詞學

第五十二輯

華東師範大學出版社・上海

圖書在版編目(CIP)數據

詞學. 第五十二輯/馬興榮等主編. —上海:華東師範大學出版社,2024. —ISBN 978-7-5760-5499-6

Ⅰ. I207. 23

中國國家版本館 CIP 數據核字第 20248QR123 號

詞 學 第五十二輯

主　　編　馬興榮　方智範　高建中　朱惠國
責任編輯　時潤民
審讀編輯　劉效禮
特約編輯　王　靜
責任校對　時東明
裝幀設計　劉怡霖
出版發行　華東師範大學出版社
社　　址　上海市中山北路 3663 號　郵編 200062
網　　址　www.ecnupress.com.cn
客服電話　021-62865537
行政傳真　021-62572105
門市(郵購)電話　021-62869887
門市地址　華東師大校内先鋒路口
網　　店　http://hdsdcbs.tmall.com
印　　刷　上海邦達彩色包裝印務有限公司
開　　本　890 毫米×1240 毫米　1/32
印　　張　13.625
字　　數　538 千字
插　　頁　4
版　　次　2024 年 12 月第 1 版
印　　次　2024 年 12 月第 1 次
書　　號　ISBN 978-7-5760-5499-6
定　　價　98.00 元

出 版 人　王　焰

明詞

有明三百年詞學之撰述槩略約果為之可分二項
(一)為倚聲律調者 擺考宋之時陳良叔慶甲周晏瑒為專司
外私人寓會者可各倚有能皆這度曲在當時歌唱之人
為洞悉音古今歌詞之善舛俯具存或習用舊調
或目製新路隨手拈東紙鋨不元以後此風戲八歌詞
漆運慶人明中葉克郭張世文延撰詩餘圖諧詞調之書
為溢实且足拡其世南宋人歌詞撐本之謝其為者百有
首凡知諧之各圖其平仄平仄之为小淤詞千後其宿字
平仄汉者亥以曰黑圈其記吳江徐師曾繼之作詞說
明辭志其圖實書其諧玉欬宏程明善至有清餘諧
作駁立為蓋祥 雄沸言歸晦屬屬為為術者蕭掻翅

黃孝紓撰《明詞》稿本書影

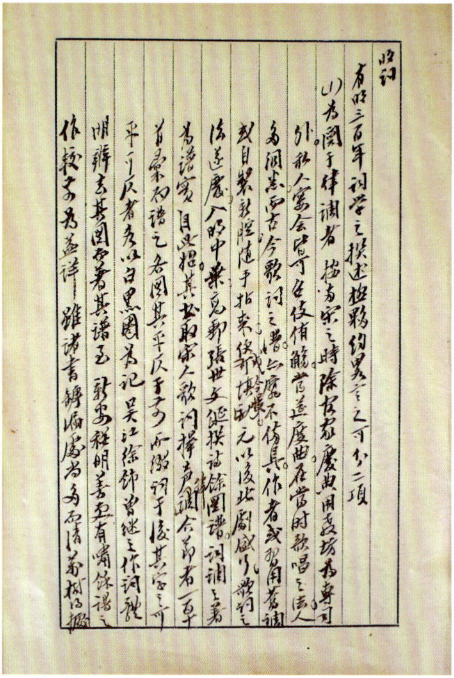

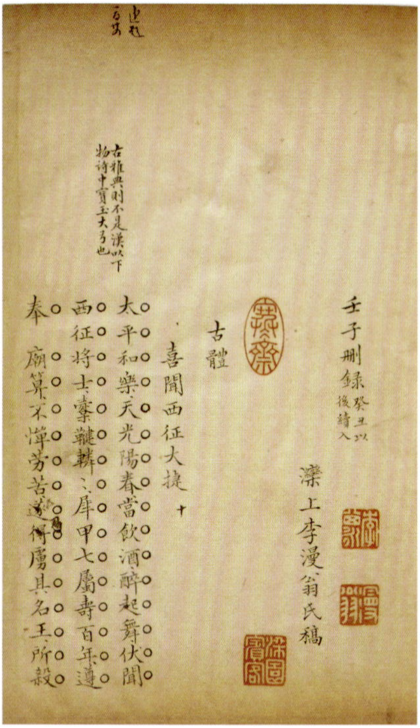

李其永《藤笈藏稿》稿本書影

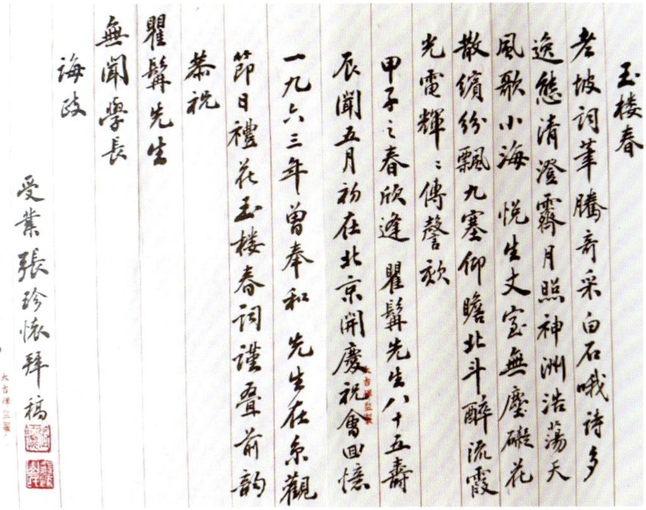
玉楼春
老坡詞筆騰霄采白石哦詩多逸態清澄霽月照神洲浩蕩天風歌小海悦生文宗無塵礙花散繽紛飄九塞仰瞻北斗醉流霞光電輝輝傳謦欬

甲子之春欣逢　瞿髯先生八十五壽辰聞五月初在北京開慶祝會回憶一九六三年曾奉和　先生在京觀節日禮花玉楼春詞謹疊前韻
恭祝
瞿髯先生
無聞學長
誨政
受業張珍懷拜稿
一九八四年四月

張珍懷致施議對書札

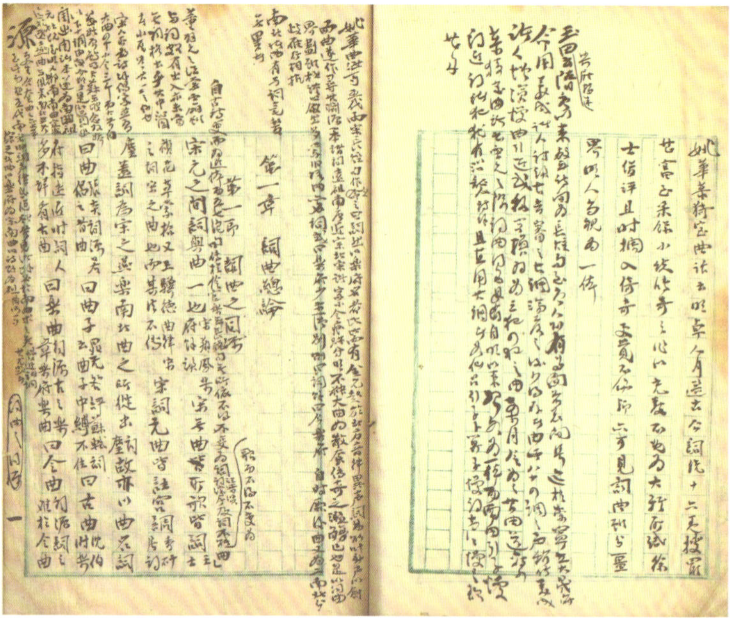

徐珂《詞講義》未刊稿書影

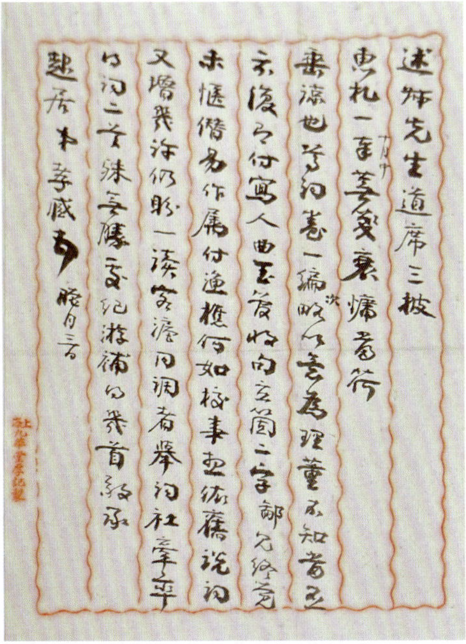

朱祖謀《上彊村人遺墨》書影

朱祖謀晚歲照

詞學　第五十二輯篇目

論　述

考　辨

書　志

年　譜

文　獻

論詞書札

詞壇漫步

詞　苑

詞韻與詞樂主音關係考辨

劉梓楠

內容提要 宋代以後，詞韻被視爲探索詞樂的關鍵。清人分析詞韻與詞樂之關係時，主張詞韻與詞樂之主音存在密切的對應。到了近代，劉堯民更提出「詞韻與基音一致」説，詞韻與主音在作用、位置及聲辭融洽等層面都被認爲具有「一致性」。不過，清人及劉堯民對詞韻與主音之關係的論述與宋人存在分歧，也不完全契合宋詞實際。結合宋人舊説及姜夔旁譜可知，在一首詞中，詞韻與主音只在歌詞及樂曲的結尾才存在固定的對應關係，至於其他各韻脚，包括起韻、過片及中間各「按拍」處，並不存在詞韻需對應主音的明確規定。宋人對詞韻與主音的關注，其實只强調歌詞之尾韻與樂曲結束音相融洽。詞韻與主音的互相融洽既需要詞人注意協律，又有賴於歌者的協調，有其扭轉伸縮的調整空間。

關鍵詞 詞韻 主音 朱熹 姜夔 劉堯民

詞樂研究是宋代以後詞學研究的難題，詞韻則被視爲探索詞樂的關鍵，所謂「韻不審則宫調之理失」〔一〕。清人分析詞韻與詞樂之關係時，主張詞韻與詞樂之主音存在密切的對應，尤其是戈載提出「起是始韻」諸説，極具影響。這些觀點由近代劉堯民加以整合，形成「詞韻與基音一致」説，詞韻與主音的「一致

本文爲二〇二一年廣東省哲學社會科學規劃項目「潮汕歷代詞文獻整理與研究」（項目編號：GD21YDXZZW01）階段性成果。

性」在作用、位置及聲辭融洽等層面得到頗具體系的理論建構。此説一出，詞韻與主音的關係遂成爲探討詞與音樂關係的重點，「詞與音樂的融合，便是把韻和基音相融合」〔二〕。而且，它還改變了人們對於詞樂乃至詞體的認識〔三〕。但是，清代以來有關這一問題的論述存在明顯缺陷，即將詞韻與主音簡單等同起來，這既偏離宋人之舊説，又與姜夔旁譜不無齟齬。鑒於此，本文考察詞韻與主音之關係及其源流，辨析歷史上相關論述的異同與得失，試圖探究詞韻與主音關係之真相。

一　詞韻與主音關係之源流

「主音」系德語 Tonika(英語 Tonic)之翻譯，舊稱「基音」，指音樂中調式的第一音，是調式的核心音，在聽感上最具穩定色彩。中西方傳統音樂都重視調式和主音的運用，一般是將主音用爲樂曲的結束音，樂曲方有結束之感，調性亦得到突顯，這是作曲的一種常規。

詞樂注重調性調式，有完備的宮調體系：每一詞調都屬於一個或多個宮調，在其樂曲之末要用所屬宮調的主音收束。宋人對主音有不同稱呼，如沈括謂之「殺聲」〔四〕，王灼稱「尾聲」〔五〕，姜夔稱「住字」、「住聲」〔六〕，張炎稱「結聲」〔七〕，朱熹稱「首尾二字」〔八〕，蔡元定稱「起調畢曲」〔九〕，等等，名稱雖不同，但都指同一概念。在詞樂中，不同樂曲對主音的運用千差萬别，主音出現的位置、次數各有不同，其相同之處在於樂曲結束音通常都用主音。這一現象正與中西方音樂傳統相一致，合乎人們的樂理常識。

至於詞韻，作爲詞體的要素之一，分布於詞中各主要句、段之末。「(詞的)韻位大都是音樂上停頓的地方。」〔一〇〕所謂「停頓的地方」，宋人又謂之「腔」或「均」。沈義父説：「詞腔謂之均，均即韻也。」〔一一〕又説：「古曲譜多有異同，至一腔有兩三字多少者，或句法長短不等者。」〔一二〕張炎也説：「蓋一曲有一曲之譜，一均有一均之拍。若停聲待拍，方合樂曲之節。」〔一三〕這裏的「腔」、「均」和「韻」意思相同，在音樂層面，它們都表示樂曲中的停頓處，或指一個或一組樂句；在文辭層面，詞韻大致與樂曲之停頓處相對。進一步説，詞有令、引、近、慢各體，其區别似主要在於「均」的不同。《詞源・謳曲旨要》：「歌曲令曲四掯勻，破近六均慢八均。」〔一四〕這是説令、慢諸體在樂曲中停頓次數不同，其樂句之長短和數量亦有别，對應到文辭層面，其押韻的次數、位置也有不同。此外，有關「均」的概念還有「拍」、「頓」、「住」等，前人論述已多，因與本論題關係不大，故不贅述。〔一五〕需要强調一點：「均」主要用於敍述樂曲的停頓處，它跟詞樂主音之運用並無直接關係；宋人只有「均即韻也」這類説法，並無「均即殺聲」之説。簡言之，詞韻的位置大致與樂曲之「均」相應，而「均」與主音是兩個層次的概念。

結合上述主音、詞韻之特點，可得到初步判斷：由於主音固定出現在樂曲的結尾，詞韻則分布於各句、段之末，兩者僅在樂曲及歌詞的結尾才存在固定的對應，而其他位置則並不存在主音、詞韻必須對應的規定。這一判斷是基於樂理和詞體的特點推理出來的，它與宋人之相關論述是否相合呢？

宋人對詞樂中主音之運用主要强調兩點。一是樂曲須以主音爲結束音，所謂「殺」、「尾」、「住」、「結」等，都是指樂曲的結束音而言，由於絶大多數樂曲之結束音都用主音，這些指稱結束音的術語也就成了主音的代名詞。如果樂曲不以主音結束，宋人謂之「走腔」或「落韻」等〔一六〕，將其視爲弊病。這是因爲樂曲結尾若不用主音，則没有結束之感，容易導致調性不明，「走腔」云云就是對這種情況的形象描述。

二是對於特定樂曲或音樂類型（如雅樂），强調樂曲的起始一音也用主音，即朱熹「首尾二字」説和蔡元定「起調畢曲」説。朱、蔡二家所謂的「尾字」、「畢曲」相當於「殺聲」、「住字」，而「首字」和「起調」則都是强調樂曲之起始音也應使用主音。〔一七〕朱熹説：「大凡壓入音律，只以首尾二字。章首一字是某調，章尾即以某調終之。如《關雎》『關』字合作無射調，結尾亦著作無射聲應之。」〔一八〕需要注意，起始音用主音僅在個别詞樂作品中出現，姜夔旁譜即大多不合於此（詳見下文），故不宜視爲詞樂創作的一種規定。

至於詞樂中間尤其是各樂句之結尾是否用主音，宋人並無規定。朱熹明確説：「如今人曲子所謂『黄鍾宮』『大吕羽』，這便是調。謂如頭一聲是宮聲，尾後一聲亦是宮聲，這便是宮調。若是其中按拍處，那五音依舊都用，不只是全用宮。」〔一九〕説明在詞樂（「今人曲子」）各樂句之末（「按拍處」）並不限用主音，而是「五音都用」，即可以使用調式中各級音。這就給詞樂創作提供了較大的自由度，使樂曲在合乎樂理的前提下更富於變化，一定程度上造就了詞樂與詞調之繁榮。

可見，宋人關於主音之論述與前述主音之特點並無矛盾。「首字」、「起調」之説，其實也是主音的常見運用方式，只是不像結束音須用主音那樣具有較强的規定性。而且，絶大多數詞調首字並不押韻〔二〇〕，故「首字」或「起調」實與詞韻無關。又因詞樂中間各「按拍」處「五音都用」，則歌詞中間各韻脚也未必對應主音。足見前述「初步判斷」既合乎樂理之常規與詞體之特點，又與宋人之論述相合。應該説，詞韻與主音本就分屬歌詞和樂曲兩個不同層面，各有其組織的邏輯，兩者匯合在一首詞（曲）之結尾而産生位置上的對應。

換言之，宋人對詞韻與主音的關注，其實只强調歌詞之尾韻與樂曲結束音相融洽，這是宋詞協律的特殊現象。樂曲之末用主音是爲了營造結束感，而歌詞尾韻的聲音如果和主音不融洽，就會破壞這種結束感，這是不協音律的一種表現。至於歌曲其他位置的聲、辭關係，由於不像結束音和尾韻那麼特殊，就顯得相對次要了，因而宋人也較少從理論層面加以叙説。

以上僅就理論層面對詞韻與主音之關係進行探討，只要將上述結論與宋人詞樂之實際相對照，即可進一步確證詞韻與主音之關係。但是，自清代以來，有關這一問題出現了不少新的觀點，其中一些與宋人舊説存在分歧。因此，我們不得不在理論層面再作停留，對這些新見加以論述，並進行必要的辨正。清人主要從三個方面探討這一問題。

其一，宋人對主音的表述很不統一，給後人增加認識上的困難，清人則著力揭示諸多概念名異實同，爲相關研究的深入奠定基礎。如淩廷堪說：「殺聲者，即姜堯章所謂住字也。」〔二一〕「朱子所云行在譜，亦即燕樂之殺聲。」〔二二〕戈載說：「住字、殺聲、結聲，名雖異而實不殊。」〔二三〕陳澧說：「《補筆談》所謂殺聲，《詞源》所謂結聲，皆謂曲終之聲，即蔡季通所謂畢曲也。」〔二四〕「《朱子語類》云：『大凡壓入音律，只以首尾二字。』朱子此說，即姜、張之意也。」〔二五〕張德瀛說：「《七篇》曰：『玉振也者，終條理也。』沈存中、張叔夏之言殺聲，蔡季通、熊與可之言畢曲，皆此義也。《舊唐書·樂志》云：『古今樂府奏曲之後，皆別有送聲。』送聲義同。」〔二六〕「沈存中《筆談》有論諸宮住字之說，與吳君特言製詞最重煞尾字，其論頗同。」〔二七〕

其二，部分清代詞家重新定義了「起調」，認爲其相當於詞之起韻，而非朱熹所說的「章首一字」。戈載說：「蓋一調有一調之起，有一調之畢，某調當用何字起，何字畢，起是始韻，畢是末韻。」〔二八〕秦巘說：「詞之聲調，全在起調畢曲。起調者，起韻也。」〔二九〕在戈、秦等人看來，「起調」在於起韻，詞之起韻在樂曲相應位置當用主音。由於不同詞調起韻位置有別，「起調」在詞樂中也就没有固定位置，而是根據不同調子而確定。這顯然跟朱熹、蔡元定等人的說法不同。然而，戈載等人的新說對後世影響很大，幾乎取代了朱、蔡之說。

其三，部分清代詞家認爲詞中各韻脚理應與主音相對應，而不限於詞、曲之結尾，摒棄了按拍處「五音都用」之說。如戴長庚譯解姜夔旁譜時，便有意識地判斷各韻脚之譜字是否用主音。其不合者，戴氏以「宮逐羽音」、「宮角相應」等說來解釋，其說原屬臆測〔三〇〕，却正是預設了詞韻與主音的對應關係。在這方面影響更大的是戈載。他提出：「住字、殺聲、結聲，……全賴乎韻以歸之。然此第言收音也。而用韻之吃緊處，則在乎起調畢曲。」〔三一〕但在分析姜譜時，戈載表現出一種傾向，認爲凡是詞韻所在則需用主音，如他指出姜夔《揚州慢》的「城」、「驚」兩韻之譜字與起結同〔三二〕，這已不限於起、結兩韻。另外，他關注到詞之過片用短句押韻的現象，認爲如果短句末之譜字與起結相同，則必爲韻脚，否則即便押韻也不當視爲韻脚。〔三三〕這是通過譜字是否用主音來判定是否韻脚，實際上已經把詞韻和主音密切對應起來了。

應當承認，上述清人之研究確有貢獻，但也存在一些問題，尤其是戈載的「起是始韻」説，以及將詞韻與主音在位置上等同起來的傾向，實際上都偏離了宋人之舊説。筆者認爲，這些觀點恐怕是戈載等人的臆斷。其實，戈載對姜譜的研究也存在類似問題。姜譜中有表示音高的譜字和表示住聲的拍號，二者通常上下合寫，即張文虎所謂「沓字」〔三四〕。在譯解沓字時，只能通過上半部分的譜字來判斷其音高，這已是學界共識。但戈載並未意識到這一點，而是把拍號也解讀爲音高譜字，如此一來，旁譜結尾處因其誤解往往不合主音，爲了自圓其説，戈載遂將這種情況附會爲「寄煞」〔三五〕。戈載對沓字、寄煞的理解都是錯誤的，其所謂「起調」很可能也是如此。

然而，戈載在晚清近代詞壇享有重要地位，隨著《詞林正韻》等書盛行於世，其關於詞韻與主音的觀點也悄然爲學界所接受。清末民初，夏仁虎在戈説的基礎上徑謂：「住字、結聲，即押韻。」〔三六〕這已與宋人相去甚遠。夏氏之説雖未引起廣泛關注，但正可看作劉堯民「詞韻與基音一致」説的先聲。

二　「詞韻與基音一致」説

一九四六年，劉堯民《詞與音樂》出版，西南聯大教授羅庸爲其作序，專門提到：「本書確定了『起調畢曲』之説，因而對於律的問題有了堅强的根據，不致如昔人之茫無涯岸。由此推衍，一部有理論的『新詞律』是可以寫定的。」〔三七〕所謂「『起調畢曲』之説」，即劉堯民「詞韻與基音一致」説，這是該書最具特色的内容之一。

劉堯民所用的「基音」（即主音）這一譯名，源自近代學者王光祈。王光祈當是最早引進西方「基音」概念來研究詞樂的學者，其所著《中國音樂史》認爲，西洋音樂之「基音」即唐宋人所謂「殺聲」、「住字」，它出現於「譜中重要位置」，如樂曲之起結，且往往合「拍」，出現於重要字面和句讀之尾。〔三八〕王光祈還指出押韻與主音的相似性：「(起調)正如吾國作詩，往往首句即行押韻；其意亦在使人立刻知其屬於何韻是也。」〔三九〕這些看法對劉堯民有直接影響。

與王光祈相比，劉堯民不止步於提出個別觀點，而是試圖建立一套理論體系。不過，劉堯民未能辨析宋人與清人之説的異同，而是籠統地接受了後者，部分觀點甚至比清人更趨極端。因此，要探究詞韻與主音的關係，還得將劉堯民的觀點作一番梳理。具體來説，劉堯民「詞韻與基音一致」説包括三個層次，一是詞韻與主音作用一致，二是詞韻與主音位置一致，三是詞韻與主音互相融洽。

（一）詞韻與主音作用一致

這「作用」體現在兩個方面。一是統一、結束的作用。劉堯民説：「詩歌的三種要素，聲音和節拍兩樣是屬於變化的，韻便是屬於統一的。」〔四〇〕因此，「韻是詩歌的靈魂，詩歌的各部分任隨怎樣變化，而終竟統一得起來，音節有一個歸宿，便全賴韻的作用」〔四一〕。詞韻這種「統一」、「歸宿」的特性，在音樂上主要靠主音來實現，「音樂中之所以有基音，起調畢曲都用基音，這就是『旋律』的作用，使全調的音節都旋歸本律，而有統一之美」〔四二〕。簡言之，即主音對於樂曲、詞韻對於歌詞均起到統一、結束的作用。

二是明確、强調的作用。劉堯民説：「在音樂裏面，每一個調子都具有一種特異的音符，……所以表現各調的獨特之美，這叫做『基音』。」〔四三〕所謂「表現各調的獨特之美」，也就是運用主音使樂曲的調式調性明確或强調。劉堯民認爲押韻也有此作用：「各篇詩歌有各篇詩歌的韻，所以表示每篇詩歌的獨有的聲音。」〔四四〕

由此，劉堯民認爲詞韻與主音作用一致。

（二）詞韻與主音位置一致

劉堯民基於清人「住字、結聲，即押韻」之論斷，將其推向極端，認爲一首詞中詞韻與主音的位置完全一致：「詞裏的韻，便是調裏的『基音』，基音的位置鬧不明白，我們便無法説明韻的位置。」〔四五〕換言之，詞韻所在必爲主音，反之，主音所在亦必爲詞韻。最直接的，就是一首詞的每一韻脚都對應主音：「『住字』『殺聲』『結聲』不是説要在詞調的結尾才用這個字，凡是到一個拍子的停頓處即是每到押韻的地方，從起韻到落韻，都要用這個字，所以取其全個音調，處處都有『同聲相應』之美。」〔四六〕這就比清人强調「吃緊處」更絶對化。劉堯民還對除了句末押韻之外的其他詞韻現象作了分析：

首先，句中韻對應主音。劉堯民説：「在一拍的中間有了基音，於是在一句的中間也不能不用韻了。這就是所謂的『句中韻』『暗韻』『藏韻』。」〔四七〕此説源自沈義父《樂府指迷》：「詞中多有句中韻，人多不曉。不惟讀之可聽，而歌時最要叶韻應拍。」〔四八〕劉堯民似將「叶韻應拍」之「韻」直接理解爲主音了。〔四九〕另外，句中韻多出現在慢詞，劉堯民亦用主音來解釋：「尤爲是在慢詞中，它的節拍既緩慢，基音的距離稍遠，其應節不免有間歇之感，於是句中韻便是補救的方法。」〔五〇〕所謂用句中韻來「補救」，也即在句中韻對應的樂曲位置添入主音。

其次，「疊頭曲」與主音有關。劉堯民説：「在過片的起頭，疊著前片畢曲的兩字或三字用一個韻，用意在疊著前片的基音，而呼起後片的音節，所以叫做『疊頭曲』。其始還是由後片起頭多用句中韻的辦法而逐漸形成的。」〔五一〕「疊頭曲皆以後起之二字疊前末之二字，故譜字同，平仄四聲同，韻脚亦同。」〔五二〕「疊頭曲」之名，源於張炎《詞源》，其實際情形已不可考。劉堯民結合《謳曲旨要》「疊頭艷拍在前存」〔五三〕，認爲「疊頭曲」就是在過片用前片末尾的聲律形式構成句中韻，並相應地添一主音。

再次，詞中自由加韻是添加主音所致。劉堯民説：「只要可以加强旋律的作用，在不妨礙音律的地方，多用幾個基音，增加共鳴，未嘗不可，這在歌詞的時代是常見的。」〔五四〕以《滿江紅》爲例，上闋第五句、下闋第七句通常不押韻，而張元幹詞却於此押韻。張詞云：「緑遍芳洲生杜若，楚帆帶雨煙中落。」「寒食清明都過却，最憐孤負年時約。」因「若」、「落」、「却」、「約」押韻，故造成兩組押韻的七言句式。在詞譜中，這種情況常被歸爲「又一體」，而按劉堯民說，則是「若」、「却」兩處多用了主音，故增加押韻。

最後，「旁疊韻」也可用主音來解釋。劉堯民說：「在句中多用幾個和本韻同部的仄韻或平韻字——即所謂『旁疊韻』字。譬如在仄韻詞裏多用幾個平韻字，平韻詞裏多用幾個仄韻字，當歌誦時也有一種間接的迴響。」〔五五〕如李清照《蝶戀花》：「四疊陽關，唱到千千遍。」「關」、「千」與韻脚「遍」同一韻部而平仄不同，即屬「旁疊韻」。但宋人是否有意造成這種押韻形式則存在爭議。方成培說：「凡一詞用某韻，則句中勿多雜入本韻字……如押魚虞韻，而句中多用語、麌、無、吾等字，則五音紊矣。」〔五六〕而劉堯民則認爲：「多用幾個疊韻字或旁疊韻字，不惟五音不紊，而且可以加强旋律的作用。」〔五七〕在他看來，李清照詞在「關」、「千」等處押韻，正是有意添加了主音。

（三）詞韻與主音互相融洽

詞韻與主音畢竟屬於文辭和音樂不同層次，兩種「聲音」如何相融，是否存在一定規律，這是繞不開的問題。戈載說：「詞之諧不諧，恃乎韻之合不合。韻各有其類，亦各有其音，用之不紊，始能融入本調，收足本音耳。」〔五八〕此即强調詞韻與詞樂的融洽，但所謂「本調」、「本音」云云，還顯得含糊不清。相比之下，劉堯民的說法則詳細不少。

劉堯民說：「協韻雖是屬於統一方面的，但這一個韻字，還是要和全調的音節，作有機的連絡，協入音律方才會諧和，而全部的旋律，方才自然。所以在熟於詞律的，認爲某調只可用平韻，某調只可用仄韻，某調只可用平入韻，不可用去上韻，這些情形，都一定是和全部的音節有重要關係。假如一隨便，在音律上便有許多違拗的地方。」〔五九〕「協韻的位置，既要和基音一致，而韻的平仄四聲更要和基音完全融洽。所以每一個韻的字音最要用得正確，如果不正確的話，在從前的填詞家便認爲有『淩犯他宫』的危險。」〔六〇〕那麼，詞韻的平仄四聲與主音具體如何對應，才能做到「諧和」與「融洽」？由於古人言之不詳，加上詞樂失傳，這個問題顯然難以回答。

因此，劉堯民在强調詞韻與主音互相融洽的必要性後，旋即轉向對清代以來詞韻有無與寬嚴之爭的評析。清初毛奇齡説：「詞本無韻，故宋人不製韻，任意取押。」〔六一〕此説曾有很大影響。後來戈載等人起而駁之，認爲詞不僅有韻，更要從嚴押韻，於是引發了詞韻有無之爭。相應地，清人編纂的詞韻之書，其韻部分合也因編者詞韻觀的不同而存在差異，有從寬近于曲韻者，有尚嚴近于詩韻者，爭執不休。對此，劉堯民認爲，唐宋詞押韻未必如清代詞家所爭論的那麼「瑣碎細微」〔六二〕，只要做到詞韻與主音融洽，那麼即便不合韻書的規定也是可以的。劉堯民不像清代「無韻派」詞家那樣否定詞韻的存在，而是主張詞韻依據音律（尤其是主音）而可以靈活變通，不必嚴守後世韻書之分部。

從上述三個層次，劉堯民完成了「詞韻與基音一致」説的建構。相較于宋人、清人那種參差零散的論述，此説體系更爲周密，觀點也更爲鮮明，故一經問世，便被學界廣泛接受。稍晚於此的一些論著，如陳匪石《聲執》説：「押韻所在，即沈括所謂殺聲，姜夔所謂住字，張炎所謂結聲。」〔六三〕已可見此説之影響。後之學者在論及相關問題時，許多概念及見解都可上溯於此。

但是，「詞韻與基音一致」説的問題也不少，由於它基本上繼承並發展了清人之説，故其觀點與宋人多有不合，有些觀點甚至自相矛盾。比較突出的一點，就是詞的轉韻現象與劉堯民强調的詞韻與主音之「一致性」彼此抵牾，無法彌合。

劉堯民也意識到這個問題，他説：「若律以基音之所在便是韻之所在，而小令的韻却是這樣的變化，它的基音究竟變化不變化？……小令的韻却這樣的平仄變易，豈不更紊亂宫調嗎？」〔六四〕轉韻跨越不同韻部，涉及平仄四聲之轉換，而宋人於押韻之字聲區別頗嚴，用之不當則「不可歌」〔六五〕，要做到「詞韻與主音互相融洽」，則詞韻變動，很難保持用主音不變。但若因轉韻而不用主音，則又跟「詞韻與主音位置一致」矛盾。反之，爲了達到詞韻與主音位置一致且互相融洽，則「決無轉韻之理」〔六六〕，但這不合乎唐宋詞之實際。對此，劉堯民承認「無法解決這些疑惑」〔六七〕。顯然，「詞韻與基音一致」説是將詞韻與主音簡單等同了，其内部的矛盾正與此相關。

三 詞韻與主音關係辨正

對照宋人和清代以後各家之説，詞韻與主音關係的最大爭議在於：一首詞中，二者在位置上如何對應？宋人只强調結束音和尾韻之關係，而清代以後的學者傾向於認爲詞中各韻脚皆對應主音。要解答這一問題，必須結合詞樂的實際情況來説明。

詞樂淪亡已久，存世的唐宋樂譜稀如星鳳，唯獨姜夔《白石道人歌曲》所載十七首旁譜不僅聲、辭具備，還標明宫調，實爲解答這一疑問的不二之選。自清乾隆間元抄本《白石道人歌曲》重現于世，姜夔旁譜研究不斷深入，迄今已有數十種譯解成果。兹以姜譜譯解的新近成果——趙玉卿《姜白石俗字譜歌曲研究》爲主要參考〔六八〕，分析姜譜中詞韻與主音的對應關係。

首先，從姜譜可直觀看出，每首詞之末尾都以主音結束，諸説均同，毋庸贅述。而除了《醉吟商小品》爲單調，其餘十六首雙調詞上闋之末韻也都用主音。這似乎説明，詞中每一闋之結尾都用主音。不過，宋人所謂「畢曲」、「殺聲」、「住字」等是否包括每一闋之結尾則尚且存疑，就僅存的姜譜得出結論未必符合唐宋詞樂的普遍情況。

至於詞韻與主音在詞之起始處的對應關係則較複雜，先看宋人的「首字」說。在姜譜中首字用主音的詞作僅五首，分別爲《鬲溪梅令》、《醉吟商小品》、《石湖仙》、《惜紅衣》、《角招》。而姜夔存世的另一樂譜《越九歌》十首中，僅《越王》、《項王》、《曹娥》、《蔡孝子》四首之首字用主音。〔六九〕顯然，「章首一字」說無法被視爲姜夔詞樂創作之一般原則。現存的唐宋樂譜中，只有雅樂類型的樂曲才遵循「首字」用主音這一規定，《中興禮書》之雅樂譜和《風雅十二詩譜》即是其例〔七〇〕，而其他類型的音樂似乎不拘於此〔七一〕。不過，無論「首字」用主音與否，其與詞之押韻關係不大，前文已論及。

至於清代以後的「起調」在於「起韻」說，對照姜譜，只有《鬲溪梅令》、《揚州慢》、《暗香》、《徵招》、《淒涼犯》、《翠樓吟》這六首完全符合。其他十一首的問題分爲兩類。

一是起韻位置存在爭議者，如《惜紅衣》、《淡黃柳》。《惜紅衣》開篇：「枕簟邀涼，琴書換日，睡餘無力。」《欽定詞譜》認爲「日」字爲韻，而萬樹《詞律》和龍榆生《唐宋詞格律》都認爲「日」字非韻，「力」字才押韻。「日」旁譜爲「五」，「力」旁譜爲「凡」（主音）。〔七二〕若按《欽定詞譜》，則此詞「起韻」並不「起調」，而按萬樹和龍榆生之說，則此詞「起韻」即爲「起調」。《淡黃柳》情況相同，其開篇：「空城曉角，吹入垂楊陌。」《欽定詞譜》認爲「角」字押韻，而《詞律》、《唐宋詞格律》都認爲「陌」字才押韻。「角」旁譜爲「工」，「陌」旁譜爲「四」（主音），對其起韻位置的分歧，自然導致對其「起調」認識的不同。

二是起韻位置無爭議，但其旁譜不用主音，不合清人「起韻」之說，如《杏花天影》、《醉吟商小品》、《玉梅令》、《霓裳中序第一》、《長亭怨慢》、《石湖仙》、《疏影》、《角招》、《秋宵吟》等九首。夏承燾在清人「起韻」說的基礎上作出解釋：「姜譜起調不盡在第一韻，時有在第二、三韻停頓處者，校之全譜，十九相合也。」〔七三〕據此統計，第二韻「起調」者有《醉吟商小品》、《玉梅令》、《長亭怨慢》、《石湖仙》、《疏影》、《角招》六首，第三韻「起調」者有《霓裳中序第一》、《秋宵吟》兩首。但是，清人「起韻」說本已偏離宋人，如果還要推至第二、三韻，是否符合「起調」之本義？另外，《杏花天影》至第四韻「駐」字才用主音，雖可看作特例，但終究與此不合。

可見，清人「起韻」説並不完全合乎姜譜實際，縱使加上起韻存在爭議的《惜紅衣》和《淡黄柳》，合乎此説的詞作也只有八首，雖較「首字」説略多，但只略及十七首之半。姜夔作曲没有在起韻處使用主音的慣例，起韻與主音也就不存在固定的對應。

除了起、結兩處，姜譜中其他各韻脚是否都用主音呢？首先是過片。據筆者統計，除了《鬲溪梅令》、《石湖仙》、《惜紅衣》、《秋宵吟》四首，其餘十二首雙調詞之過片韻脚都用主音（《醉吟商小品》爲單調，無過片）。過片用主音，可使樂曲之調性得到突顯，同時與上片結束之主音相呼應，但姜夔是否有意爲此，則難以確定。

其次，除了起韻、過片、上下闋結尾，各詞中其他韻脚大多不用主音，而是比較靈活地運用調式中的各級音，尤其是《鬲溪梅令》、《杏花天影》、《揚州慢》的其他韻脚無一用主音者。只有《角招》較爲特殊，除去上下闋起結，其他韻脚用了八次主音。而此外的十三首詞除去上下闋起結，韻脚處用主音次數都不超過三次。

詞中各韻不用主音是否有一定規律呢？學界主要有兩種看法。一種認爲韻脚不用主音者多爲五度音、三度音，它們具有類似於主音的穩定性，對調性也能起强調作用。如鄭祖襄認爲：「它們勾畫出曲調進行的調性發展邏輯，呈現出整個曲調調性色彩的面貌。」〔七四〕修海林也説，部分韻脚「對應之音，有不同的音級，由此造成『調式色彩』或『旋律色彩』的不同和變化」〔七五〕。

另一種看法倡于鄭孟津《詞源解箋》，認爲韻脚不用主音可用「寄煞」來解釋。所謂「寄煞」，本于《事林廣記・樂星圖譜》所載「寄煞訣」：「土五金水八，木六火無憑。」鄭氏指出，土爲宫，金爲商，水爲羽，木爲角，火爲徵。比如「金水」指商調式之曲可寄於羽音爲煞，如越調（無射之商）《秋宵吟》主音爲「六」，其第五處韻脚「表」字旁譜爲「尺」，「六」和「尺」恰爲該調「商」、「羽」兩音。〔七六〕筆者據以統計，發現姜譜中除了徵調《徵招》無所謂「寄煞」（「火無憑」）外，其餘各詞中都有這種「寄煞」現象，但也有不合者，如《秋宵吟》中「老」、「杳」二韻旁譜均爲「工」，就不屬「寄煞」。

以上兩種看法都可在姜譜中找到用例，但也不乏例外。問題是，當韻脚對應主音之外的其他各音，則既不合「詞韻與主音位置一致」，更談不上「詞韻與主音互相融洽」。這兩種看法其實都受「詞韻與主音一致」説的影響，力圖説明詞韻所在之樂音爲主音，或論證其與主音的關聯。然而，假如跳出這一思維，承認詞中各韻脚所用樂音並不拘於主音，豈不正與宋人之説（「五音依舊都用，不只是全用宮」）相合嗎？因此，從姜譜實際來看，詞韻與主音只在一首詞（在姜譜中可説詞中每一闋）的結尾才存在固定的對應關係，而其他各韻脚，包括起韻和過片等，並不都對應主音。因此，詞韻與主音的關係當以宋人之説爲是，清代以後的「起是始韻」説、「詞韻與主音位置一致」説均難以成立。

四　餘論

至於詞韻和主音在詞、曲之末如何融洽，這個問題不僅涉及到詞人如何填詞協律，還與歌者的演唱關係密切。理想的情況是，詞人在填詞的時候已能將詞韻與主音完全融洽，直接可以演唱，正如楊纘所云：「詞若歌韻不協，奚取焉？或謂善歌者，融化其字則無疵，殊不知詳製轉折，用或不當即失律……非復本調矣。」〔七七〕但這在現實中幾乎難以做到。沈義父説：「腔律豈必人人皆能按簫填譜。」〔七八〕詞人不嫻音律實屬常情，即如周邦彥「最爲知音」〔七九〕，其詞「於音譜且間有未諧」〔八〇〕，可見協律一事，單靠詞人自己是很難完成的。因此，歌者的協調至關重要，不可或缺，所謂「歌者當審結聲，扭轉取令歸本宮調也」〔八一〕。歌者的「協調」分兩種情況，一是詞人作詞時與歌者配合，邊作邊唱邊改，如張炎謂其父「每作一詞，必使歌者按之，稍有不協，隨即改正」〔八二〕。另一種是在聲、辭不協又無法修改時，歌者應能在演唱時「宛轉遷就」、「融化其字」〔八三〕，如姜夔說：「《滿江紅》舊調用仄韻，多不協律。如末句云『無心撲』三字，歌者將『心』字融入去聲，方諧音律。」〔八四〕另如沈括說：「如宮聲字而曲合用商聲，則能轉宮爲商歌之。」〔八五〕《謳曲旨要》說：「腔平字側莫參商，先須道字後還腔。」〔八六〕所謂「轉宮爲商」和「先字後腔」，或即「遷就」之法。可見，在詞這一藝術領域中，歌者亦是重要主體，相比於樂工作曲、詞人填詞，歌者的協律之功亦不可忽視。

明乎此，我們似可重新審視詞韻與主音如何相協的問題。由於歌者之協調，字聲與樂音的配合當有一定的寬鬆餘地，所謂「融洽」當不止單一標準；即便聲、辭不協，在演唱中也有扭轉伸縮的調整空間。宋人特重尾韻與結束音之融洽，固然有其正確性，而在創作、演唱的實踐中，恐怕多是遵從經驗，採用「活法」，而無一定之成規。

〔一〕〔二三〕〔二八〕〔三一〕〔五八〕 戈載《詞林正韻》，上海古籍出版社二〇〇九年版，第三五頁，第六四頁，第六四—六五頁，第六四頁，第六五頁。

〔二〕〔三七〕〔四〇〕〔四一〕〔四二〕〔四三〕〔四四〕〔四五〕〔四六〕〔四七〕〔五〇〕〔五一〕〔五五〕〔五七〕〔五九〕〔六〇〕〔六二〕〔六四〕〔六六〕〔六七〕 劉堯民《詞與音樂》，雲南人民出版社一九八二年版，第一五六—一五七頁，第二頁，第一三二頁，第一三二頁，第一六〇頁，第一五六—一五七頁，第一五六頁，第一六〇頁，第一五八頁，第一六三頁，第一六四頁，第一六四頁，第一六五頁，第一六七頁，第一六七頁，第一六一頁，第一六二頁，第一七二—一七三頁，第一七三頁，第一七三頁。

〔三〕 例如何昌林直接把詞樂主音看作樂曲的「韻」：「在重要的節奏地位，詞也叶韻，曲也布韻。」所謂曲之「布韻」，即「在重要的節奏地位，必然安排調式主音的重要支撑音之類。」見何昌林《宋代音樂文獻中的「歌訣」研究（下）》，《音樂藝術》一九八四年第三期，第二〇頁。而愛門森甚至認爲，唐代那些入樂的七言絶句首句入韻的現象是由於首句韻脚在樂曲中對應處用了主音，見［美］J. Z. 愛門森《清空的渾厚——姜白石文藝思想縱横》，上海文藝出版社一九九七年版，第四八七頁。

〔四〕〔八五〕 沈括著，胡道靜校注《新校正夢溪筆談》，上海人民出版社二〇一一年版，第二〇七頁，第四四頁。

〔五〕 王灼著，彭東煥、王映珏箋證《碧雞漫志箋證》，巴蜀書社二〇一九年版，第一七六頁。

〔六〕「住字」出自姜夔《淒涼犯》小序，「住聲」出自《徵招》小序，見姜夔著，夏承燾箋校《姜白石詞編年箋校》，上海古籍出版社一九九八年版，第四一、七四頁。

〔七〕 鄭孟津《詞源解箋》，浙江古籍出版社一九九〇年版，第四二九頁。另外，《詞源》還記載「宫調應指譜」，鄭孟津説：「宫調應指譜即煞聲住字，是樂曲的主調音。」見《詞源解箋》，第三五六頁。

〔八〕〔一八〕〔一九〕 朱熹《朱子語類》卷九二，朱熹著，朱傑人、嚴佐之、劉永翔主編《朱子全書》第十七册，上海古籍出版社二〇〇二年版，第三〇八八頁，第三〇八八頁，第三〇八六頁。

〔九〕 吕暢《〈律吕新書〉校點》，中央編譯出版社二〇一七年版，第二五頁。

〔一〇〕 夏承燾、吴熊和《讀詞常識》，中華書局二〇一六版，第八頁。

〔一一〕〔一二〕〔四八〕〔七八〕〔七九〕 沈義父著，蔡楨箋釋《樂府指迷箋釋》，人民文學出版社二〇一八年版，第八九頁，第八六頁，第八八頁，第七二頁，第四八頁。

〔一三〕〔七七〕〔八〇〕〔八二〕〔八三〕 張炎著，蔡楨疏證《詞源疏證》卷下，中國書店一九八五年版，第十四頁，第七二頁，第一頁，第八頁，第九頁。

〔一四〕〔五三〕 張炎著，蔡楨疏證《詞源疏證》卷上，第六三頁，第七〇頁。

〔一五〕 詳參杜慶英、張明明《論詞樂「均拍」對詞體格律之投影》，《詞學（第四十七輯）》，華東師範大學出版社二〇二二年版；林楨《「均拍」論》，《中國音樂》二〇二二年第四期。

〔一六〕「走腔」，見張炎著，蔡楨疏證《詞源疏證》卷上，第五九頁；「落韻」爲丁仙現語，見葉夢得《避暑録話》，山東人民出版社二〇一八年版，第六一頁。

〔一七〕 清人淩廷堪認爲「起調畢曲」説源出朱熹「首尾二字」説。見淩廷堪《燕樂考原》，任中傑、王延齡校《燕樂三書》，黑龍江人民出版社一九八六年版，第九一頁。

〔二〇〕 首字押韻的詞調，似僅有《十六字令》。此外，温庭筠《思帝鄉》詞開篇：「花、花，滿枝紅似霞。」也可看作首字押韻之例。

〔二一〕〔二二〕 凌廷堪《燕樂考原》，《燕樂三書》，第一七頁，第九一頁。

〔二四〕〔二五〕 陳澧著，黃國聲編《陳澧集》第六册，上海古籍出版社二〇〇八年版，第九四頁，第九五頁。

〔二六〕〔二七〕 張德瀛《詞徵》卷二，唐圭璋編《詞話叢編》第五册，中華書局一九八六年版，第四一一三頁，第四一一三頁。

〔二九〕 秦巘著，鄧魁英，劉永泰校點《詞繫》，北京師範大學出版社一九九六年版，第七頁。

〔三〇〕 戴長庚著，李玫、譚映雪、金震校釋《律話校釋》，文化藝術出版社二〇一九年版，第二三三頁。 夏承燾認爲，戴長庚此説乃「附會之談」，見夏承燾《唐宋詞論叢》，古典文學出版社一九五六年版，第一一四頁。

〔三二〕〔三五〕 戈載《宋七家詞選》卷三，清光緒十一年（一八八五）刊本，第二〇 a 頁，第二〇 a—二一 b 頁。

〔三三〕 如姜夔《徵招》過片「邐」字，譜字與起結相同，故戈載認爲其押韻。 反之，《惜紅衣》過片「陌」字，譜字與起結不同，故戈載指出萬樹《詞律》將「陌」字注爲「叶」是錯誤的。 見《宋七家詞選》卷三，第二二 b—二三 b 頁。

〔三四〕 張文虎《舒藝室隨筆》，遼寧教育出版社二〇〇三年版，第二五八頁。

〔三六〕 夏仁虎《枝巢四述　舊京瑣記》，遼寧教育出版社一九九八年版，第三二頁。

〔三八〕〔三九〕 王光祈《中國音樂史》，湖南大學出版社二〇一四年版，第一〇八—一〇九頁，第一〇九頁。

〔四九〕 「叶韻應拍」之「韻」是否等同於主音，沈氏並未明言。 從字面看，「叶韻應拍」似謂句中韻也應如句末韻一樣有「拍」（猶言樂句之停頓），意在强調句中韻因位置特殊常被忽略而缺「拍」。

〔五二〕 劉堯民《晚晴樓詞話》，《詞學（第十三輯）》，華東師範大學出版社二〇〇一年版，第二八一頁。

〔五四〕 劉堯民《詞與音樂》，第一六五頁。 詹安泰《論詞韻及其用法》亦謂：「蓋用韻愈多，則聲情愈流美。 故在聲字不相抵觸時，即添入句中韻或句末韻均無妨事。」詹文發表於《生存月刊》一九四五年創刊號，與劉堯民此説頗爲相似，提出時間也相近，未知是否存在互相影響，暫附於此。

〔五六〕 方成培《香研居詞麈》，遼寧教育出版社一九九八年版，第四三頁。

〔六一〕 毛奇齡《西河詞話》卷一，唐圭璋編《詞話叢編》第一册，第五六八頁。

〔六三〕 陳匪石《聲執》卷上，唐圭璋編《詞話叢編》第五册，第四九三四頁。

〔六五〕 李清照《詞論》指出有些詞調「本押仄聲韻，如押上聲則協，如押入聲則不可歌矣」。 見李清照著，黃墨谷輯校《重輯李清照集》，中華書局二〇〇九年版，第五四頁。

〔六八〕趙玉卿《姜白石俗字譜歌曲研究》(上海音樂學院出版社二〇二一年版)對姜夔旁譜歷代版本及譯解成果作了全面、精確的校勘與研究。本文分析姜夔旁譜時,如無特別説明,均根據此書之譯譜。

〔六九〕針對《越九歌》這一情況,清人陳澧説:「其起調、畢曲相同者四篇,不同者六篇,蓋南宋時起調不盡拘也。」見黄國聲編《陳澧集》第六册,第一八九頁。需注意的是,從陳澧所用的《越九歌》版本來看,陳澧所謂「起調」是「章首一字」,而非「起韻」。

〔七〇〕劉崇德《唐宋樂古譜類存》(黄山書社二〇一六年版)收録了這兩種樂譜並附譯譜,可以參考。另外,吕暢指出,「起調畢曲」是「專門針對宫廷雅樂創作而言」。見吕暢《蔡元定「起調畢曲」理論新解》,《音樂探索》二〇一三年第三期,第四五頁。不過,正如上文所述,朱熹所説似乎包括詞樂(「今人曲子」)。

〔七一〕元人陳敏子《琴律發微》亦謂:「琴家於起調多無定準。」見吴釗、伊鴻書、趙寬仁、古宗智、吉聯杭編《中國古代樂論選輯》,人民音樂出版社二〇一一年版,第二六八頁。王光祈也從樂理層面指出:「起調之音,固不必以基音爲限。」見《中國音樂史》第一〇九頁。

〔七二〕姜譜原爲俗字譜,爲便於電腦輸入,本文都轉換爲工尺譜字。

〔七三〕夏承燾《白石歌曲旁譜辨》,譚新紅《詞學檔案》,武漢大學出版社二〇一二年版,第三五頁。另外,修海林將姜譜起韻分爲「頭句句中起韻」、「頭句句尾起韻」,用來解釋姜譜中第二韻才用主音的現象,此即受夏承燾影響,參見修海林《從姜白石自度曲看詞樂創作中的「音」「韻」關係》,《音樂藝術》二〇一〇年第二期,第九七頁。

〔七四〕鄭祖襄《姜白石歌曲研究》,《中央音樂學院學報》一九八五年第四期,第二九頁。

〔七五〕修海林《從姜白石自度曲看詞樂創作中的「音」「韻」關係》,第九七頁。

〔七六〕鄭孟津《詞源解箋》,第三八五—三八六頁。

〔八一〕陳元靚《事林廣記》,中華書局一九九九年版,第三九三頁。

〔八四〕姜夔著,夏承燾箋校《姜白石詞編年箋校》,第三二頁。

〔八六〕蔡楨説:「蓋歌此側聲字,若徑用本音,而不以平聲作腔,或徑改作平聲,而不以側聲吐字,皆與歌法大背。……『道字』,即言先吐出本聲之字;『還腔』,即言後收還固有之腔。」見張炎著,蔡楨疏證《詞源疏證》卷上,第六九頁。

(作者單位:韓山師範學院文學與新聞傳播學院)

唐宋《小重山》詞調探析及其典型意義

——兼及《小重山》與《感皇恩》詞調源流辨證

李東賓　趙麗芳

内容提要　《小重山》是唐宋時較爲流行的詞調，其調源於唐教坊曲《感皇恩》，經韋莊創制改名爲《小重山》，後張先意在復古，重拾《感皇恩》舊名，其間有著題旨和宫調的轉移軌跡。《小重山》正體乃三五七言律句的錯綜組合，是對早期以五七言句式爲主的詞調的繼承和拓展。《小重山》詞調的題材經歷了初盛唐的「頌德」，到晚唐五代之「宫怨」，再到兩宋漸次展開、逐漸豐富的發展歷程。對《小重山》詞調的梳理考查，具有一定的典型意義，從中可以管窺諸多唐宋詞調大致相同的發展歷程和演進軌跡。

關鍵詞　《小重山》　《感皇恩》　詞調源流　體制宫調　填製歷程

詞調研究成爲目前詞學研究一個新的學術增長點，這是對詞之本體研究或「内部研究」的回歸和深化，對把握詞之本質、構建新的詞史觀有切實的重要意義。其中田玉琪的《詞調史研究》，劉尊明等人的《唐五代詞調和用調的統計與分析》、《宋代詞調及用調分析》等論著，對詞調進行整體性的觀照和研究，視

本文爲 2013 年度國家社科基金後期資助項目「詞體形態論」（項目編號： 13FZW001）階段性成果； 2022 年度内蒙古哲學社會科學規劃項目「中華民族多元一體互動交融視域下金元詞研究」（項目編號： 2022NDC178）階段性成果。

野開闊、見解宏深。詞調個案研究也在不斷地展開和豐富，近期有郭鵬飛《〈水龍吟〉詞調考原》，石佳彥、朱惠國《論〈八聲甘州〉的詞調起源及聲律特徵》，王紫菲《宋〈齊天樂〉詞調研究》等成果。至今尚没有《小重山》詞調的專論，在衆多的唐宋詞調中，《小重山》具有一定的典型意義：一方面，在與詞調《感皇恩》的源流辨析中，可以看到詞體題旨和宮調離合轉移的軌跡；另一方面，其三五七言句式的錯綜組合，有着詞體由初期以五七言句式爲主向漸次豐富的雜言句式組合的過渡特徵。通過對《小重山》詞調的源流、體制、宮調及填製歷程等方面的梳理和考辨，展現其整體面貌和獨有特點，從而以這種具體而微的研究管窺詞調大體的演進歷程。

一　《小重山》詞調溯源

詞乃音樂文學，早期的詞體，調名與歌辭的内容密切相關，而隨着詞體發展，二者逐漸脱離，最終詞調只是一種句格體式的代稱。最早以「小重山」爲調名的乃韋莊「一閉昭陽春復春」一闋，在考證其源流演變中又多與詞調《感皇恩》有着興替交錯之關係，緣其句格基本相同，故多有須辯證之處。

唐崔令欽《教坊記》中列唐教坊曲有《感皇恩》之名，可知爲初盛唐時所制大曲。敦煌曲辭中有《感皇恩》一調四首，分載兩卷，前二首爲伯三一二八卷之「四海天下及諸州」、「當今聖壽比南山」，後二首爲伯三八二一卷之「四海清平遇有年」、「萬邦無事減戈鋋」。四首《感皇恩》可分爲兩體，其體制前兩首爲「七七七三五／五五三七三五」之上下兩片；後兩首爲「七五三七三五／五五三七三五」，與後來之《小重山》體制相同。兩體四首皆以三五七言句式構成，只是上片第二句略有差異，一個是七言句，一個爲五三言句式組合，這在句式錯舛不一、一調多體的敦煌曲辭中已然非常難得，「《感皇恩》聯章四首，内容、形式，均甚齊整。在敦煌全曲中，除五臺山大曲六首，與《婆羅門》詠月四首外，當推此矣」[一]。任中敏考證《感皇恩》曲調爲唐玄宗時教坊樂工所創①，並對詞意解釋説：「按其辭所誇張者有四：（甲）海外諸蕃皆束手歸降。（乙）朝内卿相、京外諸蕃，亦無不歸心。（丙）金枝玉葉相連；此層可能指玄宗與諸王兄弟間之友愛，所謂『花萼相輝』是。（丁）修文偃武……以上四點，就初唐至晚唐之列朝情形，逐一勘驗，最爲接近者，莫如玄宗。」〔二〕「唐人填曲，多詠其曲名，所以哀樂與聲，尚相諧會」〔三〕，敦煌曲辭四首《感皇恩》其辭正與曲名含義相合，乃爲歌頌盛世，祝壽天子之意，任中敏在《教坊記箋訂》「曲名事類」中將其與「賀聖朝」、「奉聖樂」、「戀皇恩」等調一併歸爲「頌德」一類〔四〕，並推測《感皇恩》「四辭口氣出於百僚卿相」〔五〕，初盛唐時期的詞調《感皇恩》大致如此。直至韋莊《小重山》調出，其句格體制與《感皇恩》無異，後人多用「小重山」爲調名，而以「感皇恩」爲别稱。

凡唐五代早期之歌辭，多依教坊創制和收録的曲調或流傳下來的樂譜填製，鮦陽居士論及早期詞之創作曰：「才士始依樂工拍但之聲，被之以辭，句之長短，各隨曲度。」〔六〕吴熊和《唐宋詞通論》也説：「唐五代的詞調，不過一百八十個左右。出於教坊曲的，幾乎已佔半數，這足以説明教坊曲同詞的興起之間的密切關係。認爲教坊曲是唐五代詞調主要的樂曲來源，是恰當的。」〔七〕而《小重山》之曲名於《教坊記》中不載，韋莊始以爲調名。《全唐五代詞》録韋莊詞五十四首，用調二十二種，常調如《浣溪沙》、《菩薩蠻》、《清平樂》等，僻調如《荷葉杯》、《思帝鄉》、《上行杯》等，皆載《教坊記》之曲名中，只有《小重山》一調除外，韋莊未有創調之記載，由此大可推測《小重山》乃其他教坊曲之别名。唐五代人填詞先有曲調或樂譜後有辭，據夏敬觀《詞調溯源》於《小重山》下按曰：「韋莊既已在本調，則舊曲已如此。必韋莊前已有此曲，非屬本

①《唐會要》和《册府元龜》載天寶十三載「太樂署供奉曲名及改諸樂名」事，其中將金風調之《蘇莫遮》改名爲《感皇恩》，此曲「非清樂」「應屬名同調異，二者皆長短句體，而句法截然不同」。見任中敏校箋《教坊記箋訂》，鳳凰出版社二〇一三年版，第九七頁，第一一六頁。

調者。」〔八〕就是説在《小重山》調名出現之前已有一「舊曲」，而教坊曲之《感皇恩》其句格與《小重山》無異，故任中敏説：「唐調《感皇恩》叶平韻，有敦煌曲可證。至五代改叶仄韻，而名《小重山》。」①又北宋張先填有三首《感皇恩》，三首句法稍異，而在與《小重山》句格完全相同的那首「萬乘靴袍禦紫宸」下注「調名原作小重山」〔九〕。由上可知，《小重山》與《感皇恩》乃同調異名。《感皇恩》之調名於唐五代只見敦煌曲辭四首，當盛唐氣象不再，世風日靡，晚唐五代的「時代精神已不在馬上，而在閨房；不在世間，而在心境」〔一〇〕的時候，像《感皇恩》這樣歌詠盛世、辭氣恢弘的曲名就與殘唐五代衰靡的世風和「詞爲艷科」的文體規範顯得格格不入。黄升在《唐宋諸賢絶妙詞選》卷一《巫山一段雲》詞牌下題解云：「唐詞多緣題所賦，《臨江仙》則言仙事，《女冠子》則述道情，《河瀆神》則詠祠廟，大概不失本題之意，爾後漸變，去題遠矣。」〔一一〕追求題事相符，或成爲韋莊將《感皇恩》改名爲《小重山》的直接原因。

「小重山」詞意本爲女子眉妝之名，以小山、遠山喻女子之秀眉，早有典出。《西京雜記》載：「文君姣好，眉色如望遠山，臉際常若芙蓉。」〔一二〕形容卓文君之美貌，開以山喻女子秀眉之先河。白居易《和夢遊春詩一百韻》詩：「眉斂遠山青，鬟低片雲緑。」〔一三〕杜牧《少年行》詩：「豪持出塞節，笑別遠山眉。」〔一四〕皆以「遠山眉」代指女子。韋莊《荷葉杯》也有「一雙愁黛遠山眉」之句。故宋趙彦衛《雲麓漫鈔》卷三云：「前代婦人以黛畫眉，故見於詩詞，皆云：『眉黛遠山』。」〔一五〕而畫眉時有顔色深淺層次之狀，以重山形容眉之樣式，展現女子黛眉輕蹙、愁緒萬端之形象與情態，就成爲《小重山》詞調基本的題寫内容。韋莊之《小重山》

① 《全唐五代詞》載五代韋莊、薛昭藴、和凝、毛熙震六首《小重山》皆爲平聲韻；後宋創新調《感皇恩》，雙調六十七字，押仄聲，與《小重山》之别稱《感皇恩》者判然兩調。言《小重山》「至五代改叶仄韻」，恐爲任中敏先生失校處。任中敏校箋《教坊記箋訂》，鳳凰出版社二〇一三年版，第九七頁。

爲晚唐五代《花間集》名篇，其詞如下：

一閉昭陽春又春。夜寒宮漏永，夢君恩。臥思陳事暗銷魂。羅衣濕，紅袂有啼痕。 歌吹隔重闇。繞庭芳草緑，倚長門。萬般惆悵向誰論？凝情立，宮殿欲黄昏。

此詞寫深宮女子無聊之狀，愁怨之思。又有本事見宋楊湜《古今詞話》，言韋莊留蜀期間，蜀主奪其姬，韋莊念之，爲作《小重山》。〔一六〕事無可考，後人亦多言乃無據附會之辭，然詞意如此方有與之相合之附會，也見出時人對《小重山》詞調「緣題所賦」書寫宮怨主題的普遍認同。考諸《全唐五代詞》，《小重山》詞調共六首，除韋莊一首外，又有薛昭藴兩首、和凝兩首、毛震熙一首，其句格皆同，詞中多有如「御溝」、「長門」、「宮牆」、「昭陽」等詞語，皆爲宮怨之旨。而後詞體發展，入宋後調名與内容逐漸分離，同時又生出許多異名。

除《感皇恩》外，《小重山》還有《小沖山》、《群玉軒》、《壁月堂》、《小重山令》、《柳色新》、《玉京山》共六個異名。《小沖山》乃李邴詞名，因「『沖』『重』音近，或以口耳傳訛」〔一七〕。《群玉軒》與《壁月堂》，源於賀鑄詞句「群玉軒中跡已陳」、「夢草池南壁月堂」。以詞中語取名者還有《柳色新》，得名緣於韓淲一詞中「點染煙濃柳色新」句。另姜夔有《小重山令》一首。金代王喆改《小重山》爲《玉京山》，立新名以言仙道事。

二　《小重山》詞調體制與聲情特徵

（一）《小重山》詞調正體源流

清萬樹《詞律》卷八《小重山》調列蔣捷之「晴浦溶溶明斷霞」爲正體，其詞體式如下：

晴可仄浦溶溶明斷霞（韻）。樓可仄臺摇影處（豆），是誰家（叶）。銀可仄紅裙可仄襉皺宮紗（叶）。風前可仄坐（句），閑可仄門郁金芽（叶）。 人可仄散樹啼鴉（叶）。粉可平團黏不住（句），舊繁華（叶）。雙可仄龍尾可平上月痕斜(叶)。　而今可仄照，冷可平淡白菱花(叶)。

譜中句式只於句末標「句」、「豆」、「叶」、「韻」，格律則於五、七言句的第一、第三字，以及三言句的第二字旁，標注爲「可平」或「可仄」，顯得簡略籠統，當然這樣作的前提是基於文人早已熟知的近體詩律句的平仄規則。於譜後按語曰：「卷九有《感皇恩》調張先詞一首與此調相同，惟前後結各多一字，應附於此爲『又一體』。」[一八] 萬氏之作法大有可議之處，一則蔣捷乃宋季詞人，有違以創調或早期詞作作譜的原則；其次相較於韋莊、薛昭蘊、岳飛、姜夔等詞人之同調詞作在名聲和影響力上稍有不逮，其代表性不强；再次萬氏於按語中言以張先之《感皇恩》爲「又一體」，調名不同，句法又異，兩調之淵源流變也未作考論，如此作法徒增讀者的疑惑和費解，這些都有待於後來詞譜編纂者加以校正和完善。

《欽定詞譜》則列薛昭蘊之「春到長門春草青」爲正體，其詞如下（注：●仄○平⊙可平可仄▲仄韻△平韻）：

春到長門春草青。　玉階華露滴，月朧明。　東風吹斷玉簫聲。　宮漏促，簾外曉啼鶯。　愁起夢難成。
⊙●○○⊙●△。　⊙○○●●、●○△。　⊙○⊙●●○△。　⊙⊙●，⊙●●○△。　⊙●●○△。
紅妝流宿淚，不勝情。　手挼裙帶繞花行。　思君切，羅幌暗塵生。
⊙○○●●，●○△。　⊙○⊙●●○△。　⊙⊙●，⊙●●○△。

《詞譜》通行的格律標注之法以及《小重山》詞調以薛詞爲正體，較之《詞律》有了較大的改進。　體例上，採用文字和符號相結合的方式標示詞之格律，即圓圈虛者表平聲，黑實者表仄聲，上虛下實者表本平可仄，上實下虛者表本仄可平，以「讀」、「句」、「韻」表句讀和用韻等，清晰明瞭，爲後來之詞譜編纂者確立了榜樣；例詞選擇上，以薛昭蘊詞爲正體，近於其「必以創始之人所作本詞爲正體」[一九] 的原則，這種作法緣波探源，是對《詞律》以蔣捷詞爲例詞源流不辨作法的匡正。　然所缺憾處在於薛昭蘊正史生卒年不詳，諸多學者如王國維等考論疑薛昭蘊即唐末詩人薛昭緯，屬推測之辭，五代人趙崇祚編《花間集》乃爲最早可信之文獻，是編將其列於韋莊後，由此可知薛昭蘊年齒應晚於韋莊。這樣的話，《詞譜》廢韋莊首創之作而以薛詞爲正體，乃爲瑜中之瑕。

後秦巘編《詞繫》以韋莊詞爲正體，歸於本源，大體完成了《小重山》正體源流之辨的探索歷程。所憾者，《詞繫》只於韋詞句讀處標「韻」、「句」、「叶」等字樣，而於例詞後小字説明中指出何字處可平、何字處可仄，未繼承《詞譜》於例詞旁詳標格律，文字與符號相結合的簡明直觀的作法，較之《詞律》尚於例詞文字旁標「可平」、「可仄」之作法猶有不逮。

（二）《小重山》正體句格及聲情特徵

《小重山》之正體，其句格及聲情特徵大致可以歸納爲三點。第一，《小重山》乃小令雙調體制，共五十八字，上下片各四句四平韻，句式爲七五三七三五／五五三七三五。上下片除第一句分别爲七言、五言外，其他句式皆同，呈現出伴隨着曲調重章演奏中歌辭所特有的流動婉轉的重複美，曲調的重複是音樂美的重要原則和特徵，這就構成了詞體上下片大致相同的句式結構；同時在換頭處，由上片的七言換成五言，求得聲調暫歇繼起的變化，即張炎《詞源·謳曲旨要》所謂「大頭花拍居第五①，疊頭艷拍在前存」〔二〇〕所謂「花拍」、「艷拍」，即言在過片換頭處振起曲調，取得跌宕警醒、抑揚頓挫的演唱效果，歌辭也要作出相應地異於上片首句的句格變化，這種於過片處振起、異於上片首句的句構模式在後來的長調中則更爲普遍。《小重山》以上下片對稱整齊的句式爲主，又輔以換頭處局部的變化，以求得重複和變化的和諧統一。可以説，這種作法爲後來諸多長調的句格構成起到了有益的示範和借鑒作用。

① 「居第五」，言長調慢曲過片處通常爲全詞第五「曲拍」。

第二，《小重山》皆爲三五七言的奇數句，體現了早期詞體脱胎於詩體發展演進的痕跡。中國文體的長期發展實踐，形成了以五七言爲主的詩體句式和以四六言爲主的文賦語言體式。燕樂興起之初，最先入樂可歌的是唐聲詩，「指唐代結合聲樂、舞蹈之齊言歌辭——五、六、七言之近體詩，及其少數之變體」〔二一〕。由於近體詩創作積習的影響，早期的詞調中五七言的奇數句遠多於以四六爲主的偶數句，「唐五代小令中，五、七言句式尚多」〔二二〕，如《生查子》、《一片雲》、《怨回紇》等皆爲五言，《竹枝》、《玉樓春》、《瑞鷓鴣》等皆爲七言，《菩薩蠻》、《卜算子》等五七言兼用。而《小重山》在早期詞調以五七言爲主的基礎上復又增加了三言奇數句式，且形成三五七言之間的錯落組合，是詞體嘗試着突破早期以五七言句式爲主的聲詩影響和束縛的開始，也是對多樣句式組合的最初的有益探索。由此可見，《小重山》與早期以五七言句式爲主的詞調有着既繼承又拓展的血脈關係。

第三，《小重山》皆爲諧和婉轉的近體詩律句組合，見出文人創調的特徵。詞中五七言句，如「一閉昭陽春又春」爲仄仄平平平仄平格律，「夜寒宫漏永」格律爲仄平平仄仄，皆爲近體詩之律句，其他五七言皆然；即如詞中三言句，如「夢君恩」、「倚長門」爲仄平平格律，「羅衣濕」、「凝情立」爲平平仄格律。律句中平仄有規則的重複變化，形成了諧婉流麗的聲韻特徵。同時詞中上下片形成基本有規則的四個「均拍」，上下片第一「均拍」爲七五三或五五三句式，形成由低到高或漸次帶入的悠揚情調，上下片第二「均拍」皆爲七三五句式，聲情先由平緩到陡然高起接以低沉，構成了跌宕起伏、抑揚婉轉的聲情特徵。《小重山》曲調這種既諧和流麗又抑揚哀婉的重章疊唱，極適合表現處於深閨的抑鬱女子纏綿幽曲、哀怨婉轉的「調悲」的「宫怨」〔二三〕心聲。

（三）《小重山》詞調之「又一體」辯證

詞調一調多體乃普遍現象，《小重山》相較於他調之變體相對簡單些。《詞律》未加考論只列張先《感皇恩》一體；《詞譜》列趙長卿、《梅苑》無名氏、黃子行三體；《詞繫》列無名氏、黃子行二體。相互參酌比較，《詞譜》之三體最爲精審，茲列其體，緣與正體句式相同處皆爲律句，爲求簡省略去格律，只於異處簡要説明之。其一爲趙長卿之「一夜中庭拂翠條」，雙調六十字，上下片各五句，四平聲韻，其詞如下：

一夜中庭拂翠條。碧紗窗外雨、長涼飆。朝來漲水恰平橋。添清景，疏韻響、入芭蕉。　坐久篆香消。多情人去後、信音遥。即今消瘦沈郎腰。悲秋切，虚過了、可憐宵。

此體他處與正體同，唯上下片結句各添一字異，由正體之三五言句式變爲三個三言句式。在趙詞之前已有張先之《感皇恩》「延壽芸香七世孫」一體與此體同，萬氏《詞律》將其列爲「又一體」，然未考辨兩詞調異名之源流演變而列出，乃爲不妥之處。《詞譜》列趙詞明確之調名爲「小重山」之「又一體」，則名至實歸，處理得當。然於按語中卻言：「《詞律》誤刻《感皇恩》後，不知宋詞《感皇恩》體從無用平聲者，張詞蓋添字小重山也。」〔一二四〕張先以《感皇恩》爲調名意在復古，與後來宋創調且通行之仄韻《感皇恩》自是兩調（此内容後文詳論），《詞譜》於此又立一「添字小重山」説法，益增混亂。其原因在於清人編纂《詞律》、《詞譜》時，未見敦煌曲辭四首《感皇恩》①，不明《小重山》與唐教坊曲之《感皇恩》乃同調異名之淵源關係，又將張先采教坊舊名之《感皇恩》與宋創調之《感皇恩》相混淆，故有上述捫象之語。

其二爲《梅苑》無名氏之「不是蛾兒不是酥」，雙調五十七字，上下片各四句，四平聲韻，其詞如下：

不是蛾兒不是酥。化工應道也難摹。花兒清瘦影兒孤。多情處，時有暗香浮。　試問玉肌膚。夜來霜雪重，怕寒無。一枝欲寄洞庭姝。可惜許，只有雁銜蘆。

此體與正體大致相同，唯上片第二句減一字，由正體之五三言句式變爲七言句。此體與敦煌曲辭《感皇

① 敦煌曲辭發現時間是清光緒二十五年即一八九九年。

恩》之「四海天下及諸州」、「當今聖壽比南山」兩首體式全同，由此也可佐證《小重山》與教坊曲《感皇恩》之淵源關係。

其三爲黄子行之「一點斜陽紅欲滴」，雙調五十八字，上下片各四句，押四入聲韻，其詞如下：

一點斜陽紅欲滴。白鷗飛不盡，楚天碧。漁歌聲斷晚風急。攪蘆花，飛雪滿林濕。　孤館百憂集。家山千里遠，夢難覓。江湖風月好收拾。故溪雲，深處著蓑笠。

《小重山》詞調例押平聲韻，此詞則押入聲韻，即《樂府指迷》所謂「如平聲，却用得入聲字替」〔二五〕，只韻脚入聲代替平聲，他處全同，且由此造成了除第一句外其他押韻處的前一字皆爲孤平的拗體句式。

上爲《小重山》之主要異體，《中華詞律辭典》中《小重山》詞調列出六體〔二六〕，然大體不出以上正體、異體範圍，却有繁縟龐雜之病。故任中敏就諸多詞譜中詳列「又一體」現象認爲：「至於别體一項，《詞譜》、《詞律》，同一失之鋪張，多一字爲一體，少一字又爲一體，殊覺無謂。」〔二七〕

三　《小重山》之宫調演變及填製歷程

早期詞人倚聲填詞，先須擇調，然還須考慮其所屬之宫調，宫調不同，則詞調所承載和表達的情感有時却有雲泥之别。詞調之「又一體」普遍存在，即「某樂曲存在幾種不同的音譜，這些音譜的宫調也是不同的」〔二八〕，所以諸體之間體制和聲情各具面貌；有時一調體制句格無異，却分屬不同宫調，則「表示在唐宋時期，該曲調出現了數種宫調記載。這些宫調的調性不盡相同，理論上未必盡能通過移宫實現轉調，其樂必有變化」〔二九〕。故夏敬觀認爲「溯詞調之源流，必先明白它所配合的律調（宫調）」〔三〇〕，由敦煌曲辭的《感皇恩》到五代時期的《小重山》再到張先之《感皇恩》，就存在着宫調和曲樂轉移變化的軌跡。

《教坊記》載《感皇恩》爲道調宫，「道調」創制乃爲「頌德」之用，「我國家玄玄之允，未聞頌德。高宗乃命工白明達造道曲、道調」。〔三一〕《中原音韻》形容道調宮「飄逸清幽」〔三二〕，推測有着雍容閒雅的悠揚情韻，而四首疑出自「百僚卿相」之口歸於「頌德」之旨的敦煌曲辭應與此調聲情相合，用於表現盛唐天子的文治武功。至五代《感皇恩》改名《小重山》，由於題旨轉入艷情閨怨，其所屬宮調也相應發生變化，《宋史・樂志》、《金奩集》載《小重山》入雙調，又稱夾鐘商，《中原音韻》形容雙調「健捷激嫋」〔三三〕，大致爲健勁矯捷激蕩縹緲之意，聲曲極盡掩抑低徊，恰宜表達纏綿悱惻的情感，故唐五代詞人如韋莊、薛昭蘊等例以寫宮怨，以其「調悲」之故。

北宋張先詞集以宮調編排，《感皇恩》三首分入道調宮、中吕宮和般涉調。入道調宮者，得調名與宮調之本源，「是北宋猶得唐音也」〔三四〕；入中吕宮者，疑宋時律吕名與調名之間錯位所致，沈括曰：「本朝燕部樂經五代離亂，聲律差舛，傳聞國初比唐樂高五律，近世樂聲漸下，尚高兩律。」〔三五〕《宋史・樂志》亦云：「當時樂府奏言：樂之諸宮調多不正，皆俚俗所傳。」〔三六〕故沈括匡正曰：「中吕宮，今爲道調宮，用『上』字。」〔三七〕這首入中吕宮之《感皇恩》也應歸入其唐教坊本源之道調宮中。另一首入般涉調，此處無涉。兩首入道調宮和中吕宮的《感皇恩》，即「廊廟當時共代工」和「萬乘靴袍禦紫宸」，玩味其詞，乃是歌詠與張先相交遊之人其顯赫門第或隆高德業之内容，詞中多有如「廊廟」、「宗枝」、「黄閣」、「萬乘」、「紫宸」、「天陛」、「鳳池」等廟堂華貴之辭，盡顯諛頌之意，這與張先整體柔婉艷麗之詞風大異其趣。可以看出，張先有意擴大詞之功用，以復古的形式「緣題所賦」，用舊有之調名和宮調來題寫「頌德」之旨，至此唐教坊曲之《感皇恩》遂成絶響。而後宋創新調《感皇恩》，《詞譜》以毛滂之《感皇恩・緑水小河亭》爲正格，雙調六十七字，押仄聲韻，後詞作漸多，與《小重山》别稱教坊曲之《感皇恩》者判然兩調，而與《小重山》詞調並行，《全宋詞》收録毛滂詞《小重山》四首、《感皇恩》三首可知。

《小重山》的題材及填製也經歷了一個從簡單到豐富、曲折展開的過程。唐宋時期共有一百二十五首《小重山》，其中晚唐五代時期是詞的創調階段，有敦煌曲子詞四首，另有四位詞人填製了六首《小重山》。

北宋時期繼續發展，有七位詞人填製二十一首。至南宋時期進入繁盛階段，有六十四位詞人填製了八十九首《小重山》，另有無名氏詞作五首。因此《小重山》調在經歷了較長的發展階段才得以迎來創作高峰，同時不同時期的詞作内容也不盡相同，各有特色。

唐五代《小重山》屬創調時期，詞人及詞作不多，却不可忽略，其概況如下：

表一　唐五代時期《小重山》填製概況

作者	數量	詞作	題材
敦煌曲辭無名氏	四	四海天下及諸州、當今聖壽比南山、四海清平遇有年、萬邦無事滅戈鋋	祝頌詞
韋莊	一	一閉昭陽春又春	閨情詞
薛昭蘊	二	春到長門春草青	閨情詞
		秋到長門秋草黄	閨情詞
和凝	二	春入神京萬木芳	寫景詞
		正是神京爛熳時	科舉詞
毛熙震	一	梁燕雙飛畫閣前	閨情詞

唐五代時期詞作十首，題材集中在祝頌、閨情、科舉内容上。其中敦煌曲辭存四首無名氏《感皇恩》，以祝頌、歌贊爲主；而韋莊《小重山》（一閉昭陽春又春）一詞具有開創意義，賦予《小重山》調新的血液，題材由祝頌一變爲閨情，奠定了《小重山》詞調以後的整體基調和風格。

北宋時期填製《小重山》調漸多，在題材方面有所拓展。此時有七位詞人共填製二十一首詞作，分別爲張先三首、晁端禮一首、趙令時一首、賀鑄十首、祖可一首、晁沖之一首、毛滂四首。其題材情況如下：

圖一　北宋《小重山》詞調題材統計

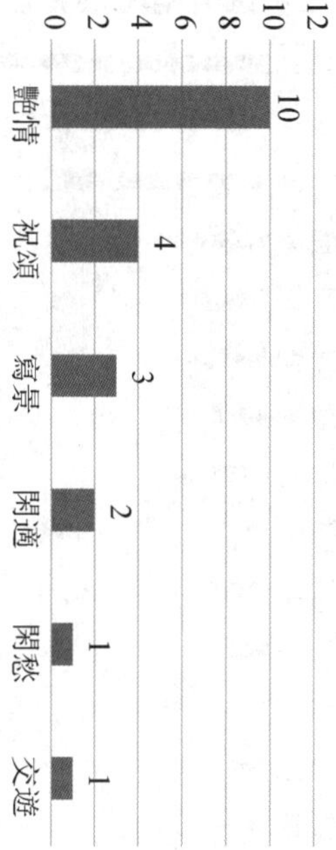

北宋時期，《小重山》調創作時間跨度較大，詞人身份多以士大夫爲主，可知《小重山》在北宋時期尚未流行。《唐宋詞的定量分析》統計了各個詞調的數量及排名，前十名中有六首爲小令，其中排名靠前的是《浣溪沙》、《鷓鴣天》、《菩薩蠻》、《蝶戀花》、《西江月》等〔三八〕，這類詞調之所以大受歡迎，主要原因在於其體式格律簡單，基本爲五七言句式，對於慣常於近體之詩人詞客來説最易上手。而《小重山》調中含有三五七言句式的錯落分布，加之「健捷激嫋」雙調宫調特點，增加了其填製難度，因此在北宋時期《小重山》調並没有得到廣泛傳播。在題材方面，賀鑄有九首艷情詞，以男性口吻叙述相思懷戀之情，另有趙令時《小重山》（雨霽風高天氣清）言愁悶淒苦之詞，晁沖之《小重山》（碧水浮瓜紋簟前）描寫生活閑適之詞，毛滂《小重山·誰勸東風臘裏來》寫立春日雪景之詞。

南宋時期填製《小重山》的詞人、詞作大增，迎來創作的繁盛階段。這一時期共有九四首《小重山》詞作，數量遠超北宋。詞人身份不再僅限於仕人，還有汪莘、劉學萁等布衣詞人，以及辛棄疾、姜夔等大家，並且還受到女性詞人李清照、吴淑姬的青睞，可見《小重山》調流行於南宋社會各階層。與此同時《小重山》詞調的内容題材更加豐富多樣。其概況如下：

圖二　南宋《小重山》詞調題材統計

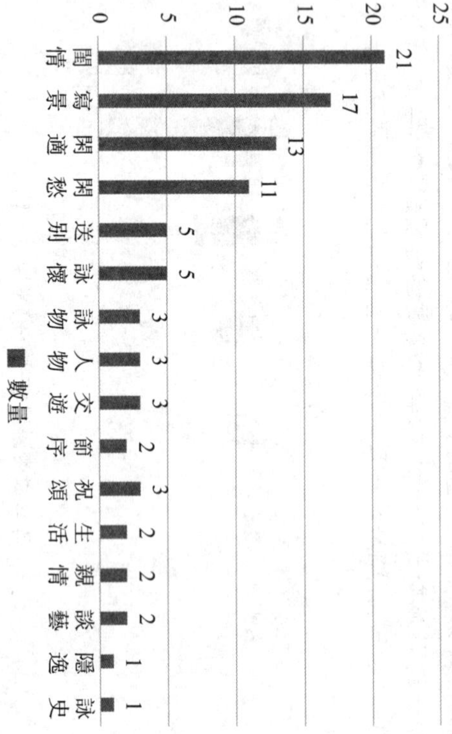

相較於北宋，南宋《小重山》詞調在原有題材基礎上，又增加了詠懷、詠物、人物、交遊等類型。據許伯卿《宋詞題材研究》統計，南宋時期題材最大的變化是祝頌與詠物類地位的提升〔三九〕。觀之《小重山》調，傳統的題材如閨情、寫景、閑適、閑愁等仍占主流，這與本調「例寫宮怨，調悲」所形成的創作定式、審美習慣大有關聯，雖有詠物、交遊、節序、祝頌等題材出現，然數量不多，整體風格仍趨向婉約。《小重山》調經歷了五代創調、北宋涵養蓄積進入到南宋的繁盛時期，並綻放出異樣的光彩。「宋詞不盡依宮調聲情」〔四〇〕，南宋則更是如此，音樂元素的消退，降低了填製難度，詞體逐漸成爲真正的文學創作，這是《小重山》及衆多詞調在南宋數量增多和題材豐富的重要原因。

《小重山》乃唐宋時較爲流行的詞調，與唐教坊曲調《感皇恩》有著興替分合的關係，體現出詞調早期依託宮調、「緣題所賦」的音樂屬性；其體制乃三五七言律句的錯綜組合，是對脱胎於近體以五七言句式爲主的早期詞調的繼承和拓展。在《小重山》漸次演進過程中，順應了詞體擺脱音樂向文學書寫轉化的發展趨勢，其題材經歷由初盛唐的「頌德」，到晚唐五代之「宮怨」，再到兩宋漸次展開、逐漸豐富的發展歷程。對《小重山》詞調的梳理考查，具有一定的典型意義，從中可以管窺諸多唐宋詞調大致相同的發展歷程和演進軌跡。

〔一〕〔二〕任中敏《敦煌曲初探》，《敦煌曲研究》，鳳凰出版社二〇一三年版，第三四五頁。
〔三〕〔三五〕〔三七〕沈括《夢溪筆談》，嶽麓書社二〇〇二年版，第三四頁，第二一七頁，第二一九頁。
〔四〕〔三一〕〔三四〕任中敏校箋《教坊記箋訂》，鳳凰出版社二〇一三年版，第二一七頁，第三三頁，第九七頁。
〔五〕任中敏編著《敦煌歌辭總編》（中），鳳凰出版社二〇一三年版，第四三三頁。
〔六〕鮦陽居士《〈復雅歌詞〉序》，金啓華等《唐宋詞集序跋彙編》，江蘇教育出版社一九九〇年版，第三六四頁。
〔七〕〔二二〕吳熊和《唐宋詞通論》，商務印書館二〇〇三年版，第十九頁，第六五頁。
〔八〕〔三〇〕夏敬觀《詞調溯源》，商務印書館一九三六年版，第一三八頁，第二頁。
〔九〕唐圭璋編《全宋詞》，中華書局一九六五年版，第五九頁。

〔一〇〕李澤厚《美的歷程》，中國社會科學出版社一九八九年版，第一四七頁。
〔一一〕黄升編《唐宋諸賢絶妙詞選》卷一，《四部叢刊》本。
〔一二〕葛洪《西京雜記》，中華書局一九八五年版，第一一頁。
〔一三〕〔一四〕彭定求等編《全唐詩》卷四三七、卷五二三，中華書局一九六〇年版，第四八五六頁，第五九八八頁。
〔一五〕趙彦衛《雲麓漫鈔》卷三，中華書局一九九六年版，第四九頁。
〔一六〕〔二〇〕〔二五〕唐圭璋編《詞話叢編》第一册，中華書局一九八六年版，第二〇頁，第二五四頁，第二八〇頁。
〔一七〕馬興榮等編《中國詞學大辭典》，浙江教育出版社一九九六年版，第四八四頁。
〔一八〕萬樹《詞律》，上海古籍出版社一九八四年版，第二一五頁。
〔一九〕〔二四〕王奕清等編《欽定詞譜》，中國書店二〇〇九年版，凡例，第八五三頁。
〔二一〕任半塘《唐聲詩》上編，上海古籍出版社一九八二年版，第四六頁。
〔二三〕龍榆生《唐宋詞格律》，上海古籍出版社二〇一〇年版，第三七頁。
〔二六〕潘慎、秋楓總編《中華詞律辭典》，吉林人民出版社二〇〇五年版，第七七一頁。
〔二七〕任中敏《增訂詞律之商榷》，《詞學研究》，鳳凰出版社二〇一三年版，第六〇頁。
〔二八〕謝桃坊《論宋詞之詞調與宫調之關係》，《東南大學學報（哲學社會科學版）》二〇一三年第二期，第一一七頁。
〔二九〕伍三土、王小盾《唐宋詞宫調表解》，《中國音樂（季刊）》二〇一三年第一期，第九頁。
〔三二〕〔三三〕周德清《中原音韻》，中國書店二〇一八年版，第一六〇頁。
〔三六〕脱脱等《宋史・樂志》，中華書局一九七七年版，第三三四七頁。
〔三八〕劉尊明、王兆鵬《唐宋詞的定量分析》，北京大學出版社二〇一二年版，第一一八頁。
〔三九〕許伯卿《宋詞題材研究》，中華書局二〇〇七年版，第一五頁。
〔四〇〕夏承燾《唐宋詞論叢》，《夏承燾集》第二册，浙江古籍出版社一九九八年版，第五頁。

（作者單位：内蒙古大學文學與新聞傳播學院）

蘇軾詞「傷才」説與康熙中葉的詞學新變

——以《詞潔》爲中心

林立　張宏生

内容提要　清代詞學中的「退蘇」一説雖然由周濟提出，但可以上溯至康熙中葉的蘇詞「傷才」批評，《詞潔》即爲代表。值得注意的是康熙中葉詞壇的特殊處境。隨着清初一代名家下世，此期詞壇面臨着創作活力衰退的瓶頸，促成了詞學的革新。一方面，詞家開始反思浙派獨崇南宋的偏弊，將包括蘇軾詞在内的北宋詞納入了理論批評視野中。這是蘇軾詞「傷才」批評出現的原因，也推動了宋詞在清代的進一步經典化。另一方面，以《詞潔》爲代表的康熙中葉詞論提出了「情興」、「寄託」之説，嘗試在宋詞典範之下建構清詞的主體性。這一過程中，清人對南、北宋詞的評價趨於平實、深入，追法北宋也成爲了康熙中葉詞學通向百年之後常州詞派的潛在理論路徑。

關鍵詞　《詞潔》　康熙中葉　「退蘇」　周濟

清代詞學中的「退蘇」概念出自周濟（一七八一——一八三九）的「退蘇進辛」一説。其《宋四家詞選目録緒論》對蘇軾、辛棄疾詞作進行了比較：「蘇、辛並稱，東坡天趣獨到處，殆成絶詣。而苦不經意，完璧甚少。稼軒則沈著痛快，有轍可尋。南宋諸公，無不傳其衣鉢，固未可同年而語也。」〔一〕在自知「足駭世」的情況下，提出了「退蘇進辛」的觀點。自蘇軾生活的時代，其詞就多有爭議，但南宋時期，蘇軾詞的經典化基本完成，辛棄疾的出現更爲蘇軾所代表的非傳統詞風壯大了聲勢。這種情況下，清代詞學中蘇軾詞批評的再度興起便值得注意。

關於「退蘇」説及其與清代詞壇整體風氣的關係，學術界已有不少討論。〔二〕不過對蘇軾詞的批評意見應當溯源到康熙中葉，却尚未受到關注，而《詞潔》就是其中重要的代表。《詞潔》成書於康熙三十一年（一六九二），爲清人先著（一六五一—？）、程洪（生卒年不詳）合編詞選，附有評點。〔三〕雖然流傳不太廣，但其詞學思想的重要價值已經受到今人的注意，甚至有學者認爲《詞潔》詞論的深度爲同時期詞家所不能及〔四〕，並視作對浙派主流詞論的修正與超越〔五〕。

不過，總體而言，前人的研究主要將《詞潔》置於浙派詞論的語境中進行討論，未對《詞潔》及其所關聯的康熙中葉詞學整體的發展予以充分注意。以蘇軾詞評點的興起作爲康熙中葉詞學轉向的表徵，我們可以深入一層透視《詞潔》的理論創獲與康熙中葉詞學的新變。在此基礎上，可以認爲《詞潔》代表了此期詞學的新動向，它是浙派詞論中萌生出的另一潛在路徑，導向百年之後的常派詞學。

一　蘇詞「傷才」説：《詞潔》與浙派的理念分歧

對蘇軾詞的批評歷來並不少見，除開「非本色」的門户之見以外，宋人對蘇軾詞的意見主要集中在音樂性上，有所謂「不諧音律」、「多不入腔」與「句讀不葺之詩」之類的評價，東坡本人是否通樂理也成爲了宋人討論的重要議題之一。

明清之際，這一情況發生了變化。入清後，由於詞樂失傳，以音律繩準蘇軾詞不再是一個重要的話題，這類批評也就少見於此時的詞話中。這一時期，伴隨着對「豪放」這一片面標籤的反思，詞評家們更多將目光投向蘇軾詞中的「婉約」之作〔六〕。但這些討論一般較爲碎片化，往往偏於印象式，未成體系。而且，清初詞家對蘇軾具體詞作的評鑒大體没有超出宋人的議論，例如論《浣溪沙》（簌簌衣襟落棗花）與《西江月》（照野瀰瀰淺浪），贊蘇軾爲「大羅天上人」、「非坡仙無此胸襟」〔七〕，這些意見均已見於宋人。至於一些整體性評論，除了重彈反對蘇軾「以詩爲詞」的老調之外，新的意見似只有批評蘇軾開創的櫽栝體詞，認爲櫽栝詞「墮惡趣」〔八〕、「不可作」〔九〕。

對蘇軾詞新的批評聲音出現在康熙朝，與周濟的「退蘇進辛」之説相呼應。納蘭性德（一六五五—一六八五）認爲：「詞雖蘇、辛並稱，辛實勝蘇，蘇詩傷學、詞傷才」〔一〇〕，明確爲蘇、辛評定高下，并將「傷才」作爲蘇詞之病。納蘭性德未對何謂「傷才」作進一步解説，這一意見在康熙朝另有同調，即上文提到的《詞潔》。其蘇軾詞評正圍繞「傷才」展開，例如：

坡公才高思敏，有韻之言多緣手而就，不暇琢磨。此詞膾炙千古，點檢將來，不無字句小疵，然不失爲大家。（評《念奴嬌·赤壁懷古》）〔一一〕

坡公於有韻之言，多筆走不守之憾。後半手滑，遂不能自由。少一停思，必無此矣。（評《蝶戀花·春景》）〔一二〕

起句入魔，「非花」矣而又「似」，不成句也。「抛家傍路」四字欠雅。「綴」字趁韻，不穩。「曉來」以下，真是化工神品。（評《水龍吟·次韻章質夫楊花詞》）〔一三〕

不同於宋人的音律批評，也不同於明末清初詞家的印象式鑒賞，先著、程洪以文辭爲着眼點，對蘇軾詞提出了一種新的、整體性的評價，即由於「才高思敏」而「不暇琢磨」、「筆走不守」，導致「字句小疵」、「不成句」的弊病，亦即所謂「傷才」。比照周濟的「退蘇」説與納蘭性德《詞潔》之論，周濟所謂的「苦不經意，完璧甚少」，正與後者對蘇軾詞「傷才」、「緣手而就，不暇琢磨」的評點一致。此外，《詞潔》同樣談到蘇、辛並稱的問題，認爲「辛非蘇類，稼軒之次則後村、龍州，是其偏裨也」〔一四〕，指出蘇、辛不可並稱的同時，也側面强調了辛棄疾在南宋的嗣響。雖未「退蘇進辛」，但在區分蘇、辛，强調辛棄疾對南宋詞家的影響這兩點上已開周濟之先。以此看來，周濟「退蘇進辛」的「駭世」之論並非新創，而是以康熙年間關於蘇軾詞的討論爲基礎。

康熙中葉詞壇正處於浙西詞派一統的格局下，《詞潔》的論詞傾向同樣屬於浙派，主要體現在先、程對雅潔詞風的崇尚（所謂「詞潔」）與對姜、張詞風的推重。典型的例子是，先、程評蘇軾詞有率意之弊，而評姜、張詞則欣賞其煉字與謀篇，所謂「一字得力，通首光彩」〔一五〕、「安章頓句，極其妥帖」〔一六〕。可以説，《詞潔》對蘇軾詞提出的批評，正是建立在其浙派「字琢句煉」的標準上。

不過在「傷才」批評之外，《詞潔》對蘇軾詞也有推許，這顯示出了異於浙派的審美趣味。前引批語中，《詞潔》在點出蘇詞瑕疵的同時表示讚歎和欣賞，所謂「不失爲大家」、「真是化工神品」，此類讚譽少見於浙派詞論。朱彝尊（一六二九—一七〇九）、汪森（一六五三—一七二六）編選的《詞綜》早於《詞潔》成書，被視作清初浙派發展成熟的標誌。值得注意的是，蘇軾詞的收録和評點標準構成了《詞潔》與《詞綜》的直接分歧。《詞綜》收入了蘇軾的代表作《念奴嬌·赤壁懷古》，但據《容齋隨筆》更改了其中字句：

按他本「浪聲沉」作「浪淘盡」，與調未協。「孫吴」作「周郎」，犯下「公瑾」字。……今從《容齋隨筆》所載黄魯直手書本更正。至于「小喬初嫁」宜句絶，以「了」字屬下句乃合。〔一七〕

《詞綜》更改《念奴嬌·赤壁懷古》文本的文獻證據並不充分。論者考證，以「浪聲沉」爲正選收録《念奴嬌》的詞集文獻只有三種，均出於清代，且《詞綜》爲最早〔一八〕。這種情況下，《詞綜》僅因爲「與調未協」等瑕疵，就依據宋人筆記更改字句，這與其説是文獻考訂，不如説是有意通過修改原作，將蘇詞收編到浙派的詞學理念與審美標準之下。

《詞潔》對此提出了批評：

《詞綜》從《容齋隨筆》改本，以「周郎」、「公瑾」傷重，「浪聲沉」較「淘盡」爲雅。予謂「浪淘」字雖粗，然「聲沉」之下不能接「千古風流人物」六字。蓋此句之意全屬「盡」字，不在「淘」、「沉」二字分別，……「談笑」句甚率，其他句法伸縮，前人已經備論。此仍從舊本。正欲其瑕瑜不掩，無失此公本來面目耳。〔一九〕

先、程注意到《詞綜》修改《念奴嬌・赤壁懷古》文本的浙派審美考量，所謂「傷重」、求「雅」，也承認原文本有「粗」、「率」之弊。但二人認爲，「浪聲沉」雖較「浪淘盡」更爲雅致，然而「盡」與下句「千古風流人物」的銜接不可替代，否則將破壞「此句之意」。這實際上是將詞意脈絡的考慮置於詞作風格、語辭之上。立足於此，《詞潔》以「瑕瑜不掩」總評此作，反對《詞綜》以浙派的審美標準改易文本，要求還其「本來面目」。《詞潔》對《詞綜》蘇軾詞收録問題的質疑不止這一處，例如《詞綜》未收録《水調歌頭・明月幾時有》一作，《詞潔》收録此作並批評「録坡公詞若並汰此作，是無眉目矣」〔二〇〕，希望以此扭轉當世「詞家疆宇狹隘」〔二一〕之弊，重新開闢清詞境界。

《詞潔》和《詞綜》在蘇軾詞收録問題上的分歧提醒我們思考蘇軾詞「傷才」問題在康熙中葉引發討論的原因。對浙西詞家而言，只要以姜、張之詞比較蘇軾詞，蘇詞即興而爲、不刻意求工的「傷才」之憾是昭然的。但如上文所論，《詞綜》不僅少録蘇軾詞作，更有意更訂了蘇詞文本，從而將其櫽栝入浙派的審美標準之中。在其影響下，蘇軾詞的「傷才」問題未得到清初浙派詞家的充分注意和討論是自然的。相較《詞綜》，《詞潔》不僅收録的蘇軾詞顯著增加，北宋詞的比重也有明顯提高〔二二〕。更重要的是，類似「苦不經意」、「完璧甚少」的評價不限於蘇軾，也屢見於先、程二人對北宋其他詞家的評點之中，例如：

亦不爲極工，然不可廢此，即詞之規模。（評晏幾道《行香子》（晚綠寒紅））〔二三〕

「無奈」數語鄙俚，然首尾實是詞家法門。（評王安石《千秋歲引・秋景》）〔二四〕

雖然「不爲極工」，但「不可廢此」；「首尾是詞家法門」，但又有「數語」鄙俚，都注意到了北宋詞家在技法雕琢層面的欠缺，同時也强調北宋詞的高境。在此意義上，《詞潔》對蘇軾詞的批評與推許實乃先、程對北宋詞整體態度的縮影。換言之，在傳統浙派推崇的南宋詞之外，《詞潔》所矚目的不僅是蘇軾，更是北宋詞；對蘇軾詞的重新評價也是《詞潔》重新考察、檢視北宋詞的結果。

要之，清代詞論中周濟的「退蘇」之説可以溯源到康熙中葉，《詞潔》即爲代表。在浙派統一詞壇的背景下，《詞潔》以浙派「字琢句煉，歸於醇雅」的理念爲標準考察蘇軾詞，得出了「不暇琢磨」、「筆走不守」的批評意見，是周濟對蘇詞「苦不經意，完璧甚少」批評的先聲。另一方面，《詞潔》對蘇軾詞的讚許和推譽顯示出異於浙派的論詞旨趣，具體體現爲收録、評點蘇詞時與《詞綜》的分歧。《詞潔》對蘇軾詞的評價其實與其對北宋詞的整體評價一致，需要追問的是這一討論在康熙中葉興起的原因及其詞史意義。

二　以宋濟清：《詞潔》及康熙中葉的詞學革新

上一節討論了《詞潔》與康熙中葉的蘇軾詞評點，這一話題引導我們思考此期詞壇的境況。學界論及康熙以降的詞壇，往往傾向於以厲鶚（一六九二—一七五二）接續浙西詞派，再將常州詞派的興起作爲清詞發展的新時期。這固然有道理，但這條綫索中，康熙中葉的詞學怎樣定位，却仍有思考的空間。厲鶚生於康熙三十一年，至其在詞壇展露頭角、成爲浙派中堅，已是雍正年間。然則從康熙中葉的詞體文學瓶頸期，到厲鶚重振浙西詞派，中間尚有數十年，面貌略顯模糊，需要進一步關注。

要理解《詞潔》對包括蘇軾詞在内的北宋詞的評價，首先需要認識康熙中葉詞壇的特殊性。一般認爲，繼明清之際的詞壇中興之後，詞體文學在清代的發展有了變化。伴隨着曹爾堪（一六一七—一六七九）、陳維崧（一六二五—一六八二）、納蘭性德等名家相繼下世，詞人群體代際更迭，浙西一派統一詞壇，清初數人主盟，百家翼之的多元鼎盛狀況不復再現。而順治中後期至康熙年間的懷柔政策以及漸密的文網，使得江南詞壇漸趨沉寂〔二五〕，新一代詞人的創作淡化易代之悲，有了「文勝而意淺」〔二六〕的傾向。晚清詞家回顧康熙中葉以降的詞壇風貌，更有「謂詞學中絶可也」〔二七〕之歎。雖然所謂「中絶」可能稍顯偏激，今人關於康熙中葉的詞體文學發展境況也各有論説，但相較清初詞壇的多元鼎盛，將康熙三十年前後浙派定於一尊，詞的創作漸有青黄不接的狀況視作清詞發展的瓶頸期應當是合理的〔二八〕。

詞學的轉向正孕育於這一詞壇瓶頸期當中，體現爲此期詞家不復有清初詞壇洋溢的凌越唐宋的自信氣魄。論者注意到，清初詞家將宋詞視爲挑戰與超越的對象：一方面熱衷於標榜當代詞家對宋人詞境進行了融合與新創，另一方面則自信地判斷本朝詞壇已比肩、甚至超越前代〔二九〕。清初《倚聲初集》是一個典型的例子。《倚聲初集》收録了諸多當世詞家追和宋人的詞作，编者之一的鄒祗謨（一六二七—一六七〇）对此多有點評。如評曹爾堪《望江南·題疑舫》：「有務觀之蕭散，無後村之粗豪，南宋當家之技。」〔三〇〕稱讚曹詞取陸游、劉克莊之長而無其短，是南宋高境。又評熊文舉（一五九九—一六六九）《念奴嬌·偶作》：「高曠處絶似蘇、陸，而意匠幽淡，故非前賢所及。」〔三一〕稱讚熊詞能得蘇軾、陸游精華，爲一般詞家所不及。面對着此種詞壇盛況，曾王孫（一六二四—一六九九）在《百名家詞鈔序》中更斷言道：「觀百家之詞，即見百名公於一堂，如延陵季子觀六代之樂，至於蕭韶，觀至矣，蔑以加矣。」〔三二〕這類評價當然有標榜之嫌〔三三〕，但可以顯示出清初詞人群體中洋溢的自信氣魄，及其對當時詞壇的高度認可。

與清初相對照，康熙中葉詞壇陷入瓶頸後，詞學的變化首先表現爲詞人對當世詞壇的批判與反思增多。同樣在《詞潔》中，先、程評論道：

> 近日以四聲立譜者，尤屬妄愚。彼自詫爲精嚴，吾正笑其淺鄙。既歷詆古人，盡掃時賢，皆謂之不合調，不知彼所謂合調者，果能悉入歌喉，一一指陳其宫調乎？〔三四〕

在宋代詞樂失傳的情況下，先、程特别譏諷了近世詞人對詞體聲律的過分要求，在其看來，近人依照四聲自行確立譜調，再以此令人之譜去繩準、批判古人之詞，是非常不合理的。這種寬以律古的立場也是《詞潔》論宋詞的核心原則之一。

較先著、程洪稍晚的田同之（一六七七—一七五六）更清晰地感知到了詞道的衰微，表達了對當下詞壇的憂慮：

又慮斯道淵微，難云小技，自鄒、彭、王、宋、曹、陳、丁、徐，以及浙西六家後，爲者寥寥，論者亦寡。行見倚聲一道，譌謬相沿，漸紊而漸熄矣。〔三五〕

清初諸名家的去世造成了詞壇的斷層，使得「譌謬相沿」，導致填詞一道「漸紊而漸熄」，趨向衰落。對詞壇類似的反思和質疑還在浙派内部萌發。「浙西六家」之一的沈皞日（一六三七—一七〇三）在康熙三十五年（一六九六）作《瓜廬詞序》，其中談道：

近代詞家林立，指不勝屈，陽羡宗北宋，秀水宗南宋，北宋以爽快爲主，南宋以幽秀爲主，好尚或有不同。……余少從秀水遊，學爲倚聲之學，……然余懷罔罔，夜蛩訴雨，敗葉於風，有感於中不能自已，若别之爲南，别之爲北，則茫茫無以答也。……勉强求南，勉强求北，余則未之敢信而何以信於人？〔三六〕

沈皞日對詞壇南、北之爭進行了反思，首先回顧了近代詞壇的南、北宋宗尚，隨後以自身的創作經驗對南、北宋之爭提出了質疑，認爲在「有感於中」的創作時刻，詞人落筆無法强作「南」、「北」之分。考慮到康熙中葉的詞壇正處於崇尚南宋的浙西詞派籠罩下，沈氏於此時提出對南、北宋之分的質疑，可視作對浙派的反思與委婉的批評。

除了體現在對當世詞壇的反思、批評之外，康熙中葉詞學的新變還表現在宋詞地位被抬高，成爲詞家推崇、效法，而非爭勝的對象。同樣在《詞潔》中，先、程論詞體文學發展史，指出「詞源於五代，體備於宋人，極盛於宋之末」〔三七〕，認爲詞體文學在宋代已經臻於完善、達到極點。雖然朱彝尊已有詞體在宋末「極其變」〔三八〕的觀點，但《詞潔》在此基礎上有進一步判斷：「故論詞於宋人，亦猶語書法、清言於魏晉間，是後之無可加者也。」〔三九〕認爲詞體文學爲宋人所獨專，這意味著後世詞家難以再另闢新境。與其立場相似，田同之在其《西圃詞説》中同樣認爲，詞在南宋已經「倍極變化」。打比方説，是「譬之於樂，舞箾至於九變，而詞之能事畢矣」〔四〇〕。這一推崇宋詞的立場成爲此後詞壇之共識，生於雍正年間的李調元（一七三四—一八〇三）在《雨村詞話序》中完全延續田同之的看法，認爲姜夔以後的詞體「譬之於樂，舞箾至於九變，而歎觀止矣」〔四一〕，已經無可復加。在此意義上，雖然清初詞壇上南、北宋詞各有其擁躉，但可以説到康熙中葉，作爲整體的宋詞在清代詞學的語境中進一步經典化了，成爲難以超越的「一代之文學」。

這種情況下，效法宋詞被視作走出當下詞壇困境的方法，這也是《詞潔》的核心理念。在序言中，先著解釋了「詞潔」命名之所由：「詞潔云者，恐詞之或即於淫鄙穢雜，而因以見宋人之所爲，固自有真耳。」〔四二〕通過編纂這部宋詞選本并附上評點，先、程二人的目的正在於發掘出宋人之「真」，爲當今詞人示法，以矯詞壇之弊。這一主張在《詞潔》對周密詞的評點中有具體體現：

> 後段步驟美成，并學堯章用字，可見當日才人降心折服大家。此道必有源流，不諱因襲，徒欲倔强自雄，應是尉佗未見陸生耳。〔四三〕

先著以周密對周邦彥與姜夔的效法爲引子，申説作詞理念，反對「倔强自雄」。其中特别用尉佗、陸賈典故，説明自己的觀點。尉佗、陸賈之事見《史記·南越列傳》，講述偏安一隅的尉佗自立爲南越王，但在見到漢家使節陸賈之後向漢王朝俯首稱臣之事。借此發揮，先著强調填詞之道「必有源流，不諱因襲」。結合《詞潔》對宋、清詞評價，其弦外之音應是以清詞家比尉佗，以宋詞家比漢家，認爲當下詞壇的凋敝正是清人「倔强自雄」的結果，因而希望當代詞家面對宋人時同樣能够擺正心態，潛心效法前賢。

「降心折服」並不意味着亦步亦趨，恰恰相反，《詞潔》以宋濟清的方式，是藉宋詞重新開闊清詞的境界。上一節談到《詞潔》多録蘇軾詞的目的，在於以其療救清詞「疆宇狹隘」之病，更理論化的闡説見《詞潔·發凡》：

> 必先洗粉澤，後除琱繢，靈氣勃發，古色黯然，而以情興經緯其間。雖豪宕震激，而不失於粗；纏綿輕婉，而不入於靡。即宋名家固不一種，亦不能操之一律，以求美成之集自標清真，白石之詞無一凡近，況塵土垢穢乎。故是選於去取清濁之界，特爲屬意，要之才高而情真，即瑕不得而掩瑜矣。〔四四〕

一方面，《詞潔》用以論證其觀點的證據是「宋名家固不一種」，更以「瑕不得而掩瑜」爲未必完全符合浙派理念的宋詞辯護。這是《詞潔》嘗試通過普遍效法宋詞來解決清詞之弊的體現。另一方面，「粉澤」代表風格，「琱繢」代表語辭，先、程先是批評了詞壇對風格、語辭的片面追求，而後提出了「情興」之説，以其爲詞作的内核。結合《詞潔》與《詞綜》在蘇軾《念奴嬌·赤壁懷古》上的分歧，這種將詞人「情興」置於風格、語辭之上的理念，與先、程反對《詞綜》以浙派標準删改蘇詞原文本，損害蘇詞「本來面目」的立場是一致的，跳出了清初以來詞家對詞體之語辭、風格的追求，强調個人才華與性情的重要性。

對「情興」的强調爲清人提供了新的在宋詞典範下建構清詞主體性的思路。《詞潔》雖然主張效法宋人，但同樣主張「學步則非」〔四五〕，以建構起清詞的當代精神爲目標。關於這一點，田同之在《西圃詞説》中亦有共鳴：

> 詞自隋煬、李白創調之後，作者多以閨詞見長。合諸名家計之，不下數千萬首，深情婉至，摹寫殆盡，今人可以不作矣。即或變調爲之，亦須别有寄託，另具性情，方不致張冠李戴。〔四六〕

閨詞這一題材，前賢詞作無數，無以復加，因此今人要想「變調」出新，關鍵在於創作主體。只有在詞中見出自我的「寄託」與「性情」，才能創作出佳作。需要注意的是《西圃詞説》的編纂方式。如田氏序文所言，

《西圃詞説》主要是輯録前人詞論而成書〔四七〕，即「諸家詞話之切要微妙者，又復採擇之，參酌之，務求除魔外而準正軌，以成此填詞之説」〔四八〕。檢視上引論述，可以發現截至「即或變調爲之」的前半條實際上引自明清之際詞家徐喈鳳（一六二八—？）的《蔭緑軒詞證》，而結尾「須別有寄託，另具性情，方不致張冠李戴」數句則無所援引，乃田氏自出機杼。結合其關於詞於宋代「能事畢矣」的看法，雖然所引的徐氏之論指向隋唐閨詞，但田氏關注的應當同樣是在宋詞珠玉在前的情況下，如何爲清詞另闢境界的問題。在此意義上，所謂「寄託」與「性情」之説實與先著「情興」之論相呼應，顯示出康熙中葉以降，詞學從詞體層面的風格、語辭轉向個人層面的襟抱、性情之脈絡，隱隱遥開常派「寄託」論之端。

值得注意的是「情興」、「寄託」之説與康熙年間浙派創作實踐的關係。面對宋詞的成就，先著、田同之等詞家的「情興」、「寄託」之論與浙派領袖朱彝尊形成了分歧。論者將朱彝尊在康熙朝對詠物詞的開拓，視爲他在面對「極其工」、「極其變」的宋詞時，從創作出發所採取的創新策略，即通過在寫作手法、詠物題材、徵典用事上的革新來超越宋人。在此基礎上，認爲朱彝尊這種存在偏頗的創新導向了深受後世詬病的「游詞」之弊，并成爲常州詞派批判矛頭所向〔四九〕。以此反觀《詞潔》的討論，浙派失却性情、空托詠物的「游詞」之弊，很大程度上正是清初詞家面對宋詞不願「降心折服」，「倔强自雄」的後果。先、程的「情興」論與田同之的「寄託」説則是針對這一浙派流弊的解決方案。

「情興」與「寄託」是傳統詩論中舊有的命題，即便將範圍局限在清代詞壇，更早的詞家也有類似的論説。例如，在討論詩與詞的關係時，清初陳維崧有所謂「考其祖禰，俱爲騷雅之華胄；咀其雋永，絶非典謨之剩馥。夫體製靡乖，故性情不異」〔五〇〕，點出了「性情」的意義。朱彝尊也談到「善言詞者，假閨房兒女之言，通之於《離騷》、變《雅》之義，此尤不得志於時者所宜寄情」〔五一〕，同樣已開「寄託」説之先。但需要看到，清初的「性情」論是以傳統詩論爲橋梁，將詩歌抒情言志的功能賦予詞體文學，以達到「尊體」的目的。與之相比，《詞潔》「情興」論的要旨是以當代之「情興」填充宋詞之舊體，相較陳、朱的以詩「尊體」，《詞潔》的關注點不在於詩與詞的關係，而在於宋詞與清詞的關係。這一理念標志着清代詞學在康熙中葉的深化，構成了清詞主體性建立過程中重要的理論環節。

以上從周濟的「退蘇」説爲出發，關注康熙中葉對於蘇軾「傷才」批評，並由此討論《詞潔》與康熙中葉的詞學新變。雖然常州詞派興起、周濟登上詞壇時，與康熙中葉相隔已百年，但引人注目的是，在共有的蘇軾詞「傷才」立場之外，《詞潔》的相關看法清晰地迴響於常派詞論當中，可以從一個新的角度提示我們康熙中葉詞學革新與常派詞論的潛在關聯。

三 「退蘇」與重返北宋：從《詞潔》到常州詞派

常州詞派的部分核心理念濫觴於康熙中葉。如上文所論，康熙中葉詞壇上，宋詞作爲整體被清人認可爲詞體文學之典範，北宋詞，特别是慢詞也由此進入了浙西詞家的批評視野。此爲蘇軾詞的評點於康熙中葉興起，並出現了蘇詞「傷才」一説的理論語境。反觀張惠言《詞選序》對宋詞的整體性推崇是其理論的基點。所謂「宋之詞家，號爲極盛」、「宋之亡而正聲絶」[五二]，同樣是將宋代作爲詞體文學的黄金年代，主張潛心效法宋詞。也正是在此基礎上，張惠言才跳出了南、北宋的分野與糾纏，將包括蘇軾在内的一批兩宋詞人共同推舉爲「淵淵乎文有其質」[五三]的典範。

《詞潔》重新考察、檢視北宋詞的嘗試使其對兩宋詞作的批評走出清初詞論的局限，更趨於公允。清代詞論中，《詞潔》是最早反對詞壇流行的南宋勝北宋之説的詞學論著之一：

> 南宋小詞，僅能細碎，不能渾化融洽。即工到極處，只是用筆輕耳，於前人一種耀艷深華，失之遠矣。讀以上諸詞自見。今多謂北不逮南，非篤論也。[五四]

閲北宋詞，須放一綫道，往往北宋人一二語，又是南渡以後丹頭，故不可輕棄也。〔五五〕

北宋詞「完璧甚少」並没有影響《詞潔》對南渡前詞作的推揚，先、程主張放寬對北宋詞家語辭的苛求，學習、效法北宋詞的高妙境界。所謂「今多謂北不逮南，非篤論也」，可見《詞潔》超越時代、得風氣之先。在此基礎上，《詞潔》認爲南宋詞「不能渾化融洽」，北宋詞的「一二語」可能是「南渡以後丹頭」。這一比較堪稱的論，更讓人聯想到周濟對南宋詞「下不犯北宋拙率之病，高不到北宋渾涵之詣」〔五六〕的評價，顯示出常派詞論與康熙中葉詞學的一致理路。

從南、北宋詞的關係問題切入，可以讓我們進一步看到常派詞論與康熙中葉詞學新變的關聯。《詞潔》認爲南宋詞由北宋詞派生而出，無法達到北宋詞的高妙境界，那麼浙派獨崇南宋而導致的詞壇困局，自然需要向北宋溯源，尋找出路。這一思路體現爲先、程二人在北宋詞家中尋找姜夔前驅的努力。姜夔與張炎是浙西一派論詞指歸，在浙派統一詞壇後，乃有「家白石而户玉田」之説。這一理論語境下，要走出浙派困境，尋找可爲姜、張之師的北宋詞家成爲了《詞潔》新的理論嘗試：

子野淡雅處，便疑是後來姜堯章出藍之助。（評張先《青門引・春思》）〔五七〕

白描高手，爲姜白石之前驅。（評張先《師師令》〔香鈿寶珥〕）〔五八〕

詞家正宗，則秦少游、周美成。然秦之去周，不止三舍。宋末諸家，皆從美成出。（評秦觀《滿庭芳》〔山抹微雲〕）〔五九〕

空淡深遠，較之石帚作，寧復有異。石帚專得此種筆意，遂於詞家另開宗派。如「條風布暖」句，至石帚皆淘洗盡矣。然淵源相沿，固是一祖一禰也。（評周邦彥《應天長》〔條風布暖〕）〔六〇〕

美成如杜，白石兼王、孟、韋、柳之長。與白石并有中原者，後起之玉田也。梅溪、夢窗、竹山皆自成家，遜於白石，而優於諸人。（評張炎《臺城路・抵吴，書寄舊友》）〔六一〕

可以看到，爲姜夔、張炎尋找北宋淵源是《詞潔》的重要理論關切。如論者注意到的，《詞潔》確認了從周邦彥到姜夔的詞學淵源，初步建立起了以周邦彥爲南宋詞之祖的譜系〔六二〕，所謂「宋末諸家，皆從美成出」。此爲《詞潔》的一大理論創獲。事實上，先、程的目光不局限於周邦彥，而是在整個北宋詞家當中尋找姜夔詞的淵源，因而張先同樣被視作姜夔的師法對象，即所謂「姜白石之前驅」。另一方面，《詞潔》對南宋詞的溯源努力也不限於姜、張二人，而是立足諸家。如評蔣捷「大抵亦自美成出」〔六三〕，賀鑄「有美成意」〔六四〕等，這顯示出《詞潔》理論視野之寬闊。

《詞潔》嘗試以北宋詞救清詞獨崇南宋之弊的努力，與周濟的理論取向是一致的。在《介存齋論詞雜著》的「學詞途徑」一條中，周濟談道：

初學詞求空，空則靈氣往來。既成格調求實，實則精力彌滿。初學詞求有寄託，有寄託則表裏相宜，斐然成章。既成格調，求無寄託，無寄託，則指事類情，仁者見仁，知者見知。〔六五〕

「空」與「實」、「有寄託」與「無寄託」是周濟「學詞途徑」中兩對重要概念。周氏認爲，學詞的理想過程應當是從「空」與「有寄託」入手，最終達到「實」和「無寄託」的境地，「有寄託入，無寄託出」也構成了周濟詞論的一個核心觀點。需要注意的是，同樣在這則詞論中，周濟談道：「北宋詞，下者在南宋下，以其不能空，且不知寄託也。高者在南宋上，以其能實，且能無寄託也。」〔六六〕在周濟看來，「空」和「有寄託」、「實」和「無寄託」分別構成了南、北宋詞的核心藝術特點。因此，周濟的「學詞途徑」本質上是對南、北宋詞的理論化概括，通過將兩宋詞史抽象成一條可以拾級而上的學詞門徑，最終抵達北宋詞之高境。這一自南宋入、由北宋出的學詞理念可以視作《詞潔》爲南宋詞溯源於北宋的理論迴響。

事實上，《詞潔》將周邦彥視作姜夔詞之祖以外，還別具慧眼地强調了吴文英的重要性，認爲「今之詞者，高手知師法姜、史，夢窗一種，未有取塗涉津者」〔六七〕；並對吴文英少人問津的境況表達了惋惜，認爲夢窗詞「亦斯道中之廣陵散也」〔六八〕。聯繫周濟的「問塗碧山，歷夢窗、稼軒，以還清真之渾化」〔六九〕一説，在以北宋詞爲法門的理念下，《詞絜》突出周邦彦、發掘吴文英，實際上已經爲周濟以王、吴、辛、周爲核心的學詞門徑説鋪平了理論道路。在此意義上，周濟的詞論可以視作以《詞絜》爲代表的重返北宋理念發展百年之後的理論總結與體系化成果。

《詞絜》與周濟關於南、北宋詞的認識可以幫助我們進一步理解「退蘇」、「傷才」之説。一方面，上文談到，在《詞絜》的評點中，蘇軾詞兼有「不暇琢磨」與「化工神品」兩個面向，代表了北宋詞的整體特徵。這一語境下，周濟所延續的「退蘇」理念不應當被視作對蘇軾詞的貶低，而更多是點出其所代表的北宋詞「拙率」與「渾涵」特質當中的「拙率」一面，是康熙中葉以來詞家對北宋詞認識進一步深入的結果。另一方面，《詞絜》與周濟雖然都推許北宋詞的高妙境界，但他們在取法北宋時，畢竟是立足於清初浙派以來推崇的南宋詞審美。周濟本人對這種心態有形象描繪，批評時人「頗知北宋之妙，然終不免有姜、張二字横亘胸中」〔七〇〕。應當説，周濟本人在建構其四家門徑之説時也未能跳出這一心態——四家之中，三家屬南宋，而《詞絜》以來，周邦彦獲得重視的根本原因，也是「宋末諸家，皆從美成出」。因此，雖然蘇軾詞在整體上更能代表先、程與周濟對北宋詞的認知，但在浙派以姜、張爲代表的南宋詞審美之影響下，周邦彦才是北宋詞家中理想的效法對象。在此意義上，「退蘇」可以説是周濟爲南宋詞溯源、或者説爲清詞取法北宋時的理論前提，如此周邦彦才能順理成章地被確立爲詞家典範。

四　結語

在常見的詞學史論述中，康熙中葉以後，厲鶚重振浙派旗鼓，引領詞壇再次走向興盛，但康熙中葉至厲鶚登上詞壇舞臺之間數十年的詞壇境況則未得到學界的充分討論。由此出發，本文從清人的「退蘇」與蘇軾詞「傷才」論入手，圍繞《詞潔》的詞學理念來考察康熙中葉這一時段的詞學新變及影響。雖然强調《詞潔》的理論價值是本文的重點之一，但其目的並非論證《詞潔》等具體詞學著作對後世的影響，而是藉這部扎根、同時超越康熙中葉的詞學著作，透視清代詞學史中這段關注不足的時期。

相較清初，康熙中葉詞學的新變體現在對宋詞的定位，以及對宋詞、清詞關係的新認知。清初詞壇洋溢着比肩唐、宋的自信氛圍，而此種狀態隨着康熙中葉詞壇創作活力減退而消散，詞家轉而意識到了宋詞「無以復加」的典範性。這一認識跳出了清初詞家對北宋、南宋詞的爭論，從整體上將詞體文學視作宋代「一代之文學」，進而將清詞置於追法宋詞的軌道上。結合康熙中葉浙派獨崇南宋詞的理論語境，將宋詞整體上視作典範也就意味着重新考察、檢視北宋詞的價值。由此，未得到充分關注的北宋詞進入了此期詞家的理論批評視野，此爲蘇軾詞批評興起的歷史背景與理論語境。同時，在浙派「句琢字煉，歸於醇雅」的詞壇共識下，北宋詞「拙率之病」是顯見的，但更重要的是其「渾涵之詣」也由此得到確認。至此，清代詞學對有宋一代詞作的認識趨於平實、深入，推動了宋詞經典化的進一步深化。

同樣需要注意的是康熙中葉詞學的理論革新與創變，《詞潔》爲其代表。前人注意到了《詞潔》的理論價值，多將其置於浙派詞論内部進行考察，本文則在清代詞學發展的宏觀綫索上討論《詞潔》及其所反映的詞學動向之意義。一方面，相較同時期詞家，先著、程洪更敏鋭地察覺到了當世詞壇的癥結所在，通過標舉宋詞，將「情興」作爲詞的内核，倡導詞壇重新向多元化方向發展。此論與稍遲的田同之「寄託」、「性情」一説相呼應，顯示了康熙朝中後期詞家在師法宋詞的基礎上，建構清詞主體性的努力。另一方面，《詞潔》與常州詞派對蘇軾詞相近的批評方式，指向二者共有的理論路徑，即通過溯源北宋詞來療救獨崇南宋造成的詞壇之弊。「傷才」、「退蘇」之説並非貶低蘇軾詞，而更多是推舉周邦彦爲北宋詞典範與清詞效法對象的理論前提。這一理路上，周邦彦南宋詞之祖的地位在《詞潔》中得到了初步確立，並最終在周濟的詞論中發展爲成體系的學詞門徑之論。在此意義上，《詞潔》呈現出了浙派詞論的另一潛在可能性，從新的角度顯示康熙中葉詞學與後世詞學的重要關聯。

〔一〕〔七〕〔八〕〔九〕〔一一〕〔一二〕〔一三〕〔一四〕〔一五〕〔一六〕〔一九〕〔二〇〕〔二一〕〔二三〕〔二四〕〔三四〕〔三五〕〔三七〕〔三八〕〔三九〕〔四〇〕〔四一〕〔四二〕〔四三〕〔四四〕〔四五〕〔四六〕〔四八〕〔五二〕〔五三〕〔五四〕〔五五〕〔五六〕〔五七〕〔五八〕〔五九〕〔六〇〕〔六一〕〔六三〕〔六四〕〔六五〕〔六六〕〔六七〕〔六八〕〔六九〕〔七〇〕 唐圭璋編《詞話叢編》，中華書局一九八六年版，第一六四三頁，第六八〇頁，第七一〇頁，第六二三頁，第一三六頁，第一三四九頁，第一三六五頁，第一三七二頁，第一三五九頁，第一三六九頁，第一三六三頁，第一三五六頁，第一三五六頁，第一三五〇頁，第一三五三頁，第一三六四頁，第一四四三頁，第一三二九頁，第八七九頁，第一三三七頁，第一四五四頁，第一三七七頁，第一三二七頁，第一三六九頁，第一三三〇頁，第一三五九頁，第一四五三頁，第一四四三頁，第一六一七頁，第一六一七頁，第一三四八頁，第一三五三頁，第一六三〇頁，第一三四六頁，第一三五二頁，第一三五六頁，第一三六〇頁，第一三六七頁，第一三六八頁，第一三七一頁，第一六三〇頁，第一六三〇頁，第一三六〇頁，第一三六〇頁，第一六四三頁，第一六二九頁。

〔二〕 如曹明升《清代宋詞學研究》，中華書局二〇一九年版，第一六八—一六九頁。

〔三〕 關於先著、程洪生平與《詞潔》版本情況的相關考證，可以參看譚新紅《清詞話考述》，武漢大學出版社二〇〇九年版，第四三—四八頁。

〔四〕 謝桃坊《中國詞學史》，巴蜀書社二〇〇二年版，第二三七頁。

〔五〕〔一二〕〔六二〕 參考張鵬《試論〈詞潔〉對前期浙派詞學思想的修正與超越》，《寧夏大學學報（人文社會科學版）》二〇一九年第一期，第四六—五二頁。

〔六〕 明人已經開始反思以「豪放」論蘇軾詞的局限性，如俞彥強調蘇詞「豪放亦止大江東去一詞」（唐圭璋編《詞話叢編》，第四〇二頁）；明清之際詞家轉而關注蘇詞的婉約之作，如王士禛評蘇軾《蝶戀花》（花褪殘紅青杏小），以其「緣情綺靡」，柳永「未必能過」（唐圭璋編《詞話叢編》，第六八〇頁）。

〔一〇〕 納蘭性德《淥水亭雜識》，納蘭性德著，黃曙輝、印曉峰點校《通志堂集》，華東師範大學出版社二〇一九年版，第三四三頁。

〔一七〕 朱彝尊、汪森編，民輝點校《詞綜》，岳麓書社一九九五年版，第一〇九頁。

〔一八〕參考盛大林《蘇軾〈念奴嬌・赤壁懷古〉新考新論》，《商丘師範學院學報》二〇二三年第三十九卷第十一期，第四〇—五三頁。

〔二五〕參看陳水雲《清代詞學思想流變》，社會科學文獻出版社二〇一八年版，第五二頁。

〔二六〕謝無量《中國大文學史》，中華書局一九二八年版，第六八〇—六八一頁。

〔二七〕況周頤《詞學講義》，張璋等編《歷代詞話續編（上）》，大象出版社二〇〇五年版，第四四頁。

〔二八〕嚴迪昌論到康熙前期朱彝尊的詞學思想導向了詞壇格局的收窄，形成了定於一尊的「凝滯」局面。參考嚴迪昌《清詞史》，江蘇古籍出版社一九九〇年版，第二五一—二五三頁。關於康熙詞壇「退衰」的具體時期，沈松勤注意到在康熙三十年（一六九一）前後，清初的代表詞家大多已經去世，而尚且在世的朱彝尊、王士禛等人或已進入創作晚期，或已退出詞壇。同時，以厲鶚（生於康熙三十一年）爲代表的下一代詞家尚未長成（參考沈松勤《明清之際詞壇中興史論》，上海古籍出版社二〇一八年版，第九四—九七頁）。據此，將這一瓶頸期大致劃定於康熙中葉應當是恰當的。

〔二九〕參考沈松勤《明清之際詞壇中興史論》，第八三、八八頁。

〔三〇〕〔三一〕葛渭君編《詞話叢編補編》，中華書局二〇一三年版，第三九一頁，第六四四頁。

〔三二〕〔五〇〕〔五一〕馮乾編校《清詞序跋彙編》，鳳凰出版社二〇一三年，第二七六頁，第三〇三頁，第一三三三頁。

〔三三〕關於清初詞壇標榜聲氣之風，具體討論可以參看夏志穎《聲氣標榜與清詞復興》，《中國韻文學刊》二〇〇九年第二期，第九四—九八頁。

〔三六〕沈皞日《瓜廬詞序》，見金人望《瓜廬詞》，國家圖書館藏康熙刻本。

〔四七〕關於《西圃詞説》所引詞論的出處，可以參看李康化《田同之〈西圃詞説〉考信》，《文獻》二〇〇二年第二期，第一六三—一七九頁。

〔四九〕參考曹明升《「游詞」的生存與清詞的演進》，《文學遺産》二〇二一年第三期，第八九—九九頁。以「變本加厲」的方式進行創新，從而超越宋人，應當説是清代一批詞人共同採取的方式，如清代詞家在詠物艷詞、以文爲詞、用典等方向上的開拓，就以損害詞作藝術性內涵爲代價觸碰到了宋人未至的詞體文學邊界（見張宏生《經典傳承與體式流變：清詞和清代詞學研究》，南京大學出版社二〇一九年，第七—十三頁），這也可以視爲「倔强自雄」的一種表現。

（作者單位：香港中文大學；香港浸會大學）

詞體代言傳統視閾下的清真詞抒情主體自我化表現

趙惠俊

内容提要　周邦彦的清真詞依然以傳統的應歌代言之情爲主，絶大多數的詞中人並不能被確認爲周邦彦自己，但在總體上還是相較柳詞有着抒情主體自我化的演進，故其具體表現需要從文本内部當中尋找。清真相思戀情詞中的男性抒情主體出現了自覺衰老的變化，並因此對未來重聚不抱希望。清真送別詞裏的行人多設想此地在自己走後的空寂，送行人則多會鋪叙自己送行歸來之所見。這兩個文本現象共同表現出清真詞的男性抒情主體對於自我關注度的提升，有力地促成了其詞抒情主體的自我化。此外，許多題材高度傳統的清真詞僅因其間零星穿插的時地細節便可獲得自抒己志的闡釋可能，尤以清真詠夏詞最爲顯著突出。清真詞的這些抒情主體自我化表現基本上都能在東坡詞裏找到先例或共通，反映出該特徵是周邦彦主動融合柳詞傳統與東坡詞新變的產物。

關鍵詞　周邦彦　清真詞　抒情主體自我化　柳永詞　東坡詞

柳周之間的承繼與演進是詞學研究的經典論題之一，周邦彦詞的諸多特質、新變及其在詞史中的重要意義主要就是依靠比照柳永詞這個參照系探知的。這個方法本身並無任何問題，對於清真詞的研究也

本文爲國家社會科學基金青年項目「南宋詞壇地域性分布與兩浙詞學思想研究」（20CZW014）的階段性成果。

確實需要始終秉承該傳統，以柳周比較作爲探討具體問題尤其是詞作文本内部問題的起點。然而目前的研究儘管通過比較總結出了諸多的柳周差異與清真詞新變，但是對於差異或新變的闡釋却存在不少偏誤，比如對於清真詞抒情主體自我化這個特徵的闡釋便是如此。

清真詞的抒情主體自我化是其相較柳詞的一個極爲重要的新變，目前的具體闡釋主要就本之王兆鵬的判斷：「到了周邦彦手中，戀情詞發生了兩大變化：一是自我化，二是雅化。所謂自我化，是變女性中心型爲男性（詞人自我）中心型。以前的戀情詞，失戀的主體多爲女性，表現女性對男子的追求思戀；周詞中的失戀主體，則多是詞人自我，女性已成爲他所思戀的對象。」〔一〕也就是説，柳詞的相思主體以女性爲主，而清真詞的相思主體則過渡至以男性爲主，甚至大多數就是周邦彦自己。從柳詞與清真詞的總體面貌上來看，以女性爲抒情主體的相思戀情詞在柳詞中的占比依舊很高，特别是他的令曲，基本保持了男子作閨音的體式；而清真詞中的女性抒情主體比例則急劇降低，無論是慢詞還是令曲，都以抒發男性的寂寞相思之情爲主。但是儘管如此，失戀主體由女性轉爲男性的變化並不是周邦彦的新創，如若將關注點聚焦於羈旅行役之詞，則會發現這幾近柳詞半壁江山的詞作題材在柳永的筆下就已經具備了主要以男性爲抒情主體的特徵。是以柳永纔是第一位大規模直接以男性口吻填詞的宋代詞人，爲宋詞的男性抒情奠定了基本的寫作範式，這也是屯田家法的重要組成内容之一，從而問題的關鍵就落在了大量出現于清真詞裏的失戀男性是否就是周邦彦本人之上。如果從詞史發展階段的角度來説，主要活動于北宋哲宗、徽宗兩朝的周邦彦完全可能會效法前輩詞人蘇軾，將自我真實的個性化情感填入詞中。但是從清真詞的文本實際來看，其實並不能理所當然地下此判斷。這一方面是因爲清真詞極其匱乏明確標識寫作時地、詞作本事的文本或副文本信息，另一方面則在於清真詞的内容題材依然高度局限在傳統詞情當中，無論是羈旅相思，還是别時愁緒，抑或是舊地重來，都是極其常見的詞體應歌代言主題，在周邦彦之前已經積累了大量的代言體寫作實踐，故而這些主題的詞作如若缺少可靠的文本内外證據的支撑，那麽猶是類型化代言之詞的可能就不能被排除。因此對於清真詞相較于柳詞之抒情主體自我化的具體闡釋，不應簡單地逕將詞中的抒情主體認作是周邦彦自己，而應遵循詞體的代言抒情傳統，在承認清真詞的詞中人仍有很大概率並不與詞人相重合的前提下，予以專注于文本自身的考察。也就是探究周邦彦所塑造的用於抒發傳統應歌代言詞情的男性形象具備了哪些柳詞所無的新貌，以及這些新貌爲何會令讀者感到詞中人在不斷地向着同爲男性的詞人自身靠攏。

一　男性抒情主體在相思戀情詞中的老去

男女之間的戀情相思是詞體最爲傳統的應歌詞情，不僅大量的以女性爲抒情主體的詞作促成了重要的詞體代言寫作傳統「男子作閨音」，而且在晚唐五代令曲當中就已經出現了不少以男性爲抒情主體的相思戀情之作。儘管論者相對習慣將韋莊的這類戀情詞就闡釋成韋莊自我情感經歷的記録，並且在宋人筆記裏也已經零星可見兩三闋韋莊戀情詞的本事記録，但是這些記載大多存在明顯的穿鑿附會痕跡，而且韋莊的戀情詞無論抒情主體是男是女，其所使用的結構程式或寫作套路基本上是相同的，再加之大量以男性爲抒情主體的詞作從内容上來説其實更加近於酒筵歌席上的勸酒佐歡之辭，故而依然將其理解爲應歌代言之詞應當是更加合理的方式。與之相同，柳永的羈旅行役之詞雖然主要就是以男性的口吻填就，但是這些詞在寫景造境、空間設定、章法結構、情感題材等方面存在着極高的雷同度，而且一闋詞裏還總是會出現地理錯位與時空矛盾的現象，詞與詞之間也没有什麽可以溝通互釋之處，因而呈現出極爲强烈的「爲文士代言」的抒情特徵，完全不能將其間的男性相思主體就確認是柳永自己〔二〕。除了論者已經揭示出的這些代言體痕跡之外，從人物形象建構這個角度也能够發現柳永羈旅行役之詞中的男性詞中人有着顯著的類型化與非中心性的形象特徵，詞人只不過將其定位爲扮演詞中相思主體的角色而已，除此之外就不會對其投入更多的筆墨了，使得相關詞作極其缺少對這位男性抒情主體的具體形象描寫。比如柳詞的羈旅相思名篇《八聲甘州》（對瀟瀟暮雨灑江天）便是如此〔三〕。此詞上闋全部都是對於登高所見的清秋風景的鋪叙，其間出現了兩個不可能被人同時看到的地理意象關河與長江，有力地將詞情限定在了應歌代言的傳統之中。下闋轉入羈旅相思之情的抒發，但其所叙基本上是情緒的流轉，並未對詞中人的容貌、神態作任何的描繪，使其在詞中更近於一個縹緲的幻影。儘管全詞的最後出現了對於這位男性抒情主體的舉止描寫「爭知我、倚闌干處，正恁凝愁」，但是相較于「想佳人、妝樓顒望，誤幾回、天際識歸舟」這幾句對於遠方佳人此刻舉止的設想，此詞的男性抒情主體在形象呈現的具體、細緻、生動等方面，其實是不如他所思念之女性對象的。

《八聲甘州》一詞所具的這個詞中人物形象特徵完全就是柳永男女戀情詞的通例，這當然還是柳詞基本處於應歌代言階段的重要表現，詞中男性形象一方面需要保持高度的類型化面貌，但另一方面却没有多少前代詞作經驗可以借鑒，畢竟絶大多數唐五代詞的代言之筆是用於塑造女性形象的。因此柳永男女戀情詞中的男性抒情主體並没有什麽自我關注度，其關注點還是落在了遠方佳人身上，從而詞作文本也就被往事回憶、未來憧憬以及設想佳人此刻的狀態大量占據。至於男性抒情主體當下的自我獨處之態，柳永既不會細緻描繪男性詞中人的容顔體態，更不會以其爲中心地展開情景鋪叙，而主要是以羈旅所見風景相映襯，或僅以「憔悴」、「消凝」、「神傷」等泛化之詞形容其情緒。這便造就了柳永相思戀情詞的一個重要男性形象特徵，即不管詞中的男性抒情主體在外漂泊了多久，他們都不會出現容貌衰老的變化，也不會對衰老感到憂愁或焦慮。哪怕是《陽臺路》（楚天晚）這種出現了「追念少年時，正恁鳳幃，倚香偎暖」等明確交代男性詞中人已不再年少之句的詞作〔四〕，同樣也毫無具體描寫男性衰老的詞句或典故。而像《戚氏》（晚秋天）這樣的追念酒朋狂侶之詞〔五〕，雖然詞中男性抒情主體的自我關注度比男女戀情詞裏的男性要提高了不少，但其容貌也只會出現「愁顔」的變化，依然與衰老有所距離。也就只有在通篇描繪男性狎客形象的《傳花枝》（平生自負）這一闋詞裏，才出現了慨歎自我老去的「可惜許老了」之句〔六〕。於是乎哪怕將考察視野拓展到全體柳詞之上，似乎也依舊只有佳人才會老去。

相較于柳詞，清真詞中的男性抒情主體不再擁有此般幸運，憂愁歎老與描繪自我衰顔是他們相當常見的行爲，如《迎春樂》（桃溪柳曲閑蹤跡）云：「鬢點吴霜嗟早白。更誰念、玉溪消息。」〔七〕《蝶戀花》（愛日輕明新雪後）云：「强對青銅簪白首。老來風味難依舊。」〔八〕《倒犯》（霽景）云：「料異日宵征，必定還相照。奈何人自衰老。」〔九〕皆是直接挑明自我的衰老現狀，詞情也因此得以更爲聚焦於詞中人本身。周邦彦不僅會讓詞中男性承受衰老的苦痛，還會重點突出人物老去所需要的漫長時間，並將其融匯在與之相契的章法結構中，比如下面這闋《玉樓春》便是將自傷衰老融匯於「人面桃花型」結構之中：

> 當時攜手城東道。月墮簷牙人睡了。酒邊難使客愁驚，帳底不教春夢到。　別來人事如秋草。應有吴霜侵翠葆。夕陽深鎖緑苔門，一任盧郎愁裏老。〔一〇〕

此詞使用的是上片憶昔、下片述今的總體布局，起首「當時」二字直接點明了上闋所叙的故事屬於過去，而換頭處的「別來」則將時空切換到了當下，引領出下闋的一段舊地重來。不同于柳詞習慣的借淒清景物烘托愁情之筆，周邦彦充分抓住了舊地重來的較長時間的間隔，將下闋的情緒具體聚焦在了男性抒情主體的衰老之上，先以吴霜翠葆的比喻描繪男性詞中人白髮已生的情狀，再用晚年方得娶妻的盧家老郎典故，表達出詞中人在物是人非的現實下所生發出的自己將要空自老去的無奈傷惋。「夕陽深鎖緑苔門」一句描繪出的空間在柳詞及唐五代詞中相當常見，但這其實是本屬女性的空間，在柳永等前代詞人的筆下，無論抒情主體是男是女，自感將被抛棄而憂慮空自老去也是被幽閉於屋内的女性才會產生的情緒。周邦彦此詞雖然並没有改變該空間的性別歸屬，但却將相關情緒轉置到了男性身上，由此使得此詞的男性抒情主體對於自我的關注度遠遠超過了柳詞。不僅如此，出現於《玉樓春》末句的用典手法，也是周邦彦表現詞中男性衰老憔悴的常見手段，並且還有着極其豐富的典源。比如《宴清都》（地僻無鐘鼓）一闋相繼使用了庾信賦愁、江淹賦恨、相如病渴、沈約帶寬等四個典故〔一一〕，而散見於其他清真詞作的男性歎老典故還有荀粲情傷、江郎才盡、衛玠清羸等，不斷强化着清真詞的男性抒情主體對於自我衰老的感知。

正是由於清真詞中的男性抒情主體會自覺衰老，從而他們在詞中抒發完羈旅行役之苦後，往往會産生和柳詞中的男性抒情主體不一樣的未來心理預期。柳詞中的男子在羈旅愁情的感慨之後，最常見的心理狀態就是期願能够回到京城佳人的身邊，如《尾犯》（夜雨滴空階）所云「甚時向、幽閨深處，按新詞、流霞供酌」〔一二〕，相當期待着未來的重逢。有時則會像《八聲甘州》（對瀟瀟）結尾所云「爭知我，倚闌干處，正恁凝愁」那樣，擔憂佳人會把自己錯怪成薄情寡恩漢。亦可見到《竹馬子》（登孤壘荒凉）「南樓畫角，又送殘陽去」〔一三〕這般，將空自思念的哀愁彌漫在蒼茫的景物運動之中。不過無論哪種狀態，柳詞中的男性對於未來的希望終究是勝過當下之失落的，除非佳人已經仙逝。然而清真詞中的男性則完全與此相反，他們基本不對未來抱以樂觀的期待，在羈旅愁情的抒發之後既不會期願未來與佳人的重聚，也不太會擔憂佳人可能産生的錯怪，而是頻繁出現上述的柳詞第三種樣態，將自我愁情彌漫在周遭風景之中，如《過秦樓》（水浴清蟾）結尾即云：「但明河影下，還看稀星數點。」〔一四〕不僅如此，清真詞中的男性還經常出現主動消解重聚之可能的新貌。如《瑞龍吟》（章臺路）一闋，就是通過舊地重遊的叙述，直接展現佳人已逝或另有新歡的事實，完全擊碎了重續前緣的可能〔一五〕；再如上引之《玉樓春》（當時攜手城東道）一闋，則是基於自我漸老的現實，産生將空自老去而終不復與佳人相見的悲觀預期。當然，因衰老而産生的悲觀預期並不只有這一種，清真詞中的男性抒情主體有時會給予自己當下即可重見佳人的機會，但對方却因自己容顔衰老而難以相認，使得自我內心的絕望感變得更加沉重。《宴清都》（地僻無鐘鼓）即云「更久長，不見文君，歸時認否」〔一六〕，即是標準的歸去而不識的構思。《還京樂》（禁煙近）一闋則稍加變化，在結尾如是感慨「怎得青鸞翼，飛歸教見憔悴」〔一七〕，雖將場景換作了對方訪我，但延續了因容顏憔悴而帶來的不識之感。在如此的悲觀預期下，清真詞中的男性甚至會做出主動放棄與佳人重聚的選擇，《一寸金・新定作》即云：「念渚蒲汀柳，空歸閑夢，風輪雨楫，終辜前約。情景牽心眼，流連處、利名易薄。回頭謝，冶葉倡條，便入漁釣樂。」〔一八〕這是將佳人與功名利禄一併拋棄，最終選擇煙波漁釣的歸隱生活。儘管柳詞中也偶爾可見對於功名的厭棄以及想要歸隱于煙波魚釣之間的願望，但二者只會分別與佳人成對出現。比如《輪臺子》（霧斂澄江），表達的是拋棄功名利禄以回到佳人身邊的願望〔一九〕；《滿江紅》（暮雨初收）與《鳳歸雲》（向深秋），表達的是林泉歸隱之志，但其對立面皆只有游宦行役之苦〔二〇〕。而清真此詞中的男性抒情主體則將三者連類言説，將佳人與功名利禄共同作爲歸隱所要放棄的美好誘惑，既突破了柳詞裏的兩兩成對之限，也更加接近于士人在選擇歸隱之時的真實心態，也就形成了自我化抒情程度提高的變化。

二　以相聚舊地爲别後叙事的主要場景空間

除了男女之間的寂寞相思，送别是詞體另一種常見而重要的應歌代言題材，蓋祖席離筵是日常生活間頻繁發生的宴飲活動，席間也少不了别辭的撰寫與離歌的演唱。當柳永及其前代詞人在以男性的口吻寫作送别詞的時候，基本上寫的都是别詞，也就是詞中抒情主體的身份是將要離去的行人。這類詞中如若出現離别當下以外的别後叙事，往往會是對於自己未來寂寞孤單情狀的設想。如李珣《河傳》（春暮）下闋云：「臨流更把同心結。情哽咽。後會何時節。不堪回首，相望已隔汀洲。櫓聲幽。」〔二一〕就是設想自己在離别之後將會面對的獨自落寞舟行。其後的别詞多沿用此詞結尾的構思，並逐漸定格爲宋人别詞的一個重要寫作傳統。如柳永《塞孤》（一聲雞）有云：「草草主人燈下別。山路險，新霜滑。瑤珂響、起棲烏，金鐙冷、敲殘月。漸西風緊，襟袖淒冽。」〔二二〕即是詳細鋪叙行人踏上旅程之當晚將會經歷的所見所感。再如宋祁《浪淘沙近》（少年不管）結句云：「日斜歌闋將分散。倚蘭橈，望水遠、天遠、人遠。」〔二三〕則是將離愁別緒彌漫在對於即將發生之落寞舟行的設想裏。就是到了秦觀的筆下也依然常見這樣的別詞構思，少游名闋《滿庭芳》（山抹微雲）結句便如是云：「傷情處，高城望斷，燈火已黄昏。」〔二四〕除了承繼這個始自晚唐五代的構思，柳永還突破了別詞裏的別後場景主要被設置在祖席結束之當晚的局限，首度將其延伸到了數年之後的時空當中。最經典的案例莫過於柳詞名闋《雨霖鈴》（寒蟬淒切），此詞下闋云：「今宵酒醒何處，楊柳岸、曉風殘月。此去經年，應是良辰好景虚設。便縱有、千種風情，更與何人説。」〔二五〕便是疊加了離別當晚之寂寞舟行與一年後之落寞孤單的雙重設想。《歸朝歡》（別岸扁舟三兩隻）也是同樣的構思〔二六〕，上闋云：「沙汀宿雁破煙飛，溪橋殘月和霜白。漸漸分曙色。路遥山遠多行役。往來人，只輪雙槳，盡是利名客。」是對於別後當晚之舟行所見的設想。而下闋云：「一望鄉關煙水隔。轉覺歸心生羽翼。愁雲恨雨兩牽縈，新春殘臘相催逼。歲華都瞬息。浪萍風梗誠何益。」則設想的是離別一年甚至多年之後的寂寞思歸。

然而無論設想當中的別後場景發生在離別當晚還是別後數年，就場景類型或叙事類型而言其實是一致的，即叙述將要離開此地的男性行人在未來會面臨的孤獨寂寞。這既是早已被晚唐五代詞人頻繁使用的詞中常見場景，也是應歌代言性質濃郁的送別詞裏的經典情節。在「詞爲艷科」與「詞主情致」的詞體本色傳統左右下，應歌代言體的送別詞基本上只會講述發生在男女之間的分別故事，而且又因爲古時男女生命狀態的不同，所以相關詞作中的行人主要就是男性，而送行人則絶大多數爲女性。這便使得柳永及其前代詞人所寫的送行詞，相當罕見以男性爲抒情主體，基本上就是「男子作閨音」式地以女性口吻抒發送別怨情的代言體歌詞。這些送行詞作除了會具體描述離別當下女性抒情主體的傷心腸斷之態與依依不捨之情，也常見對於別後情境的叙述，而其所叙內容要不是女性送行人在剛剛舉行別宴的現場獨自面對席散人去的空寂，要不就是女性送行人對於男性行人將要面臨的異鄉淒苦之設想。如韋莊《江城子》（髻鬟狼藉黛眉長）裏就有訴説女子在送別現場傷感檀郎去後之句，即「角聲嗚咽，星斗漸微茫」〔二七〕。而其《上行杯》（白馬玉鞭金轡）中的數句：「迢遞。去程千萬里。惆悵異鄉雲水。」〔二八〕則是送行女子對於少年郎將要踏上遥遠異鄉征程的擔憂。再如晏殊《殢人嬌》（二月春風）結句云：「人間後會，又不知何處。魂夢裏，也須時時飛去。」〔二九〕雖未具體描述行人將至之地的情境，但詞中女性抒情主體對於未來的設想還是落在了行人那一端。而張先《南歌子》（殘照催行棹）下闋云：「煙染春江暮，雲藏閣道危。行行聽取杜鵑啼。是妾此時離恨，盡呼伊。」〔三〇〕則是明確詳細的女性送行主體對於男性行人即將經歷之舟行場景的設想。至於馮延巳一闋以離別爲主題的《採桑子》所云：「笙歌放散人歸去，獨宿江樓。月上雲收。一半珠簾掛玉鉤。起來點檢經遊地，處處新愁。憑仗東流。將取離心過橘洲。」〔三一〕雖然抒情主體似乎接近於一位男性，但是依然延續了送行人在別宴現場獨自面對席散人去的別後叙事慣例。綜上所述，無論詞中的抒情主體是女性還是男性，晚唐五代北宋前期的送別詞大多都會出現對於男性行人在離別之後所會面臨的孤獨寂寞之情境的設想。既然如此，描述該設想情境的相關詞句自然會有着較高的雷同度，因而這種送別之後的叙事類型也就可以被視作應歌代言之詞，或者説自我抒情程度不高之詞的文本標識。

無論是別詞還是送詞，周邦彥的送別詞都突破了上文所論的別後叙事傳統，相關詞作對於別後故事的設想更多地以抒情主體自身爲中心，而且場景空間還集中地被相聚之舊地所統攝，使得其間往往會帶有豐富生動的細節。這與周邦彥的男女相思戀情詞所出現的男性抒情主體覺老歎老之變化相類，令周邦彦送別詞裏的男性抒情主體的自我關注度也得到了大幅提升，一併促成了清真詞相較柳詞之抒情自我化的推進。儘管周邦彦的別詞全部是以男性行人作爲抒情主體，但是根據上文的論述可以知曉，這並不是周邦彦爲詞體帶來的新變。不過清真詞裏的男性行人卻極爲罕見像柳詞那樣，在離別之際設想自己未來將要在他鄉所面對的孤獨寂寞情境，而是總會想像此刻的相聚之地在自己離去後可能會發生怎樣的故事。比如《花犯》（粉牆低）一詞的結尾，就以「但夢想，一枝瀟灑，黄昏斜照水」數句設想此刻所見的梅花將因自己的離開而在明年寂寞獨開的情狀。〔三二〕再如《芳草渡》（昨夜裏）下闋云：「謾回首、煙迷望眼，依稀見朱戶。似癡似醉，暗惱我、憑闌情緒。澹暮色，看盡棲鴉亂舞。」〔三三〕乃是男性行人想像佳人于曾經與自己相聚之地獨守空閣的寂寞相思之態。這樣的寫法在周邦彦以送別爲吟詠主題的令曲裏亦能見到，《木蘭花》（郊原雨過金英秀）的男性抒情主體便在踏上旅程之時發出了如此的感慨：「今宵燈盡酒醒時，可惜朱顔成皓首。」〔三四〕以誇張的筆調設想空留此地的佳人將在自己離開之後瞬間承受紅顔老去的孤苦，暗含着未來其實是後會無期的絶望情緒。相較於行人只能依靠猜測以設想縹緲的前程，想像將要離開的這片相聚之地的未來情狀，終歸擁有許多的舊日經驗可以參考，從而敘述出的別後故事也就會比前程設想有着更多的細節支撑，因此不管相關詞作的男性抒情主體是否就是周邦彦本人，這種類型的別後敘事都會增强清真詞所抒之離情的自我化色彩。

相較於別詞，清真送行詞的寫作新貌要更加地顯著且重要，因爲周邦彦一改以女性爲送行人的寫作傳統，大規模地由詞中的男性抒情主體來扮演送別場景裏的送行人角色，甚至在今傳本清真詞集裏基本見不到以女性爲送行人的送別詞作。如果說周邦彦爲詞體突破「男子作閨音」之限做出了什麽重要貢獻的話，那應該就是這番將送行詞的抒情主體從女性中心轉變爲男性中心的努力。不僅如此，清真送行詞裏的男性送行人也不太會設想行人在未來的旅途中將要面臨的坎坷與寂寞，也不太常見在別宴現場人去樓空的氛圍下感傷自我之寂寥，而是會通過詳細交代自己送別歸來之後的所見所爲，渲染烘托自己獨守於斯的孤獨感以及對其的排遣。比如下面的這闋《瑞鶴仙》即是如此：

> 悄郊原帶郭。行路永，客去車塵漠漠。斜陽映山落。斂餘紅猶戀，孤城闌角。淩波步弱。過短亭，何用素約。有流鶯勸我，重解繡鞍，緩引春酌。不記歸時早暮，上馬誰扶，醒眠朱閣。驚飆動幕，扶殘醉，繞紅藥。歎西園已是，花深無地，東風何事又惡。任流光過却，猶喜洞天自樂。[三五]

此詞中的送別在「客去車塵漠漠」一句處即已結束，其後便與祖席離歌再無關聯，亦沒有托想行人未來之辭，只有我之故事的叙述，具體詳細地描繪了自己在送行之後於短亭重開宴飲、次日醉醒西園以及獨自傷春等多段情節。最後又結以「任流光過却，猶喜洞天自樂」兩句，既是對於春光過却的自我寬慰，也是對於離別惆悵的消解，無疑是從頭到尾都僅將自我作爲這場離別的唯一焦點。相類的現象也見於《夜飛鵲》（河橋送人處）一闋。[三六] 此詞上片鋪叙的是離宴上的惜別傷惋，結韻「花驄會意，縱揚鞭、亦自行遲」兩句明確交代了已至行人踏上征程的時分，從而下片所寫就是宴席散後的情狀，似乎將要落入送行詞的寫作俗套。但是周邦彦於過片筆鋒一轉，並沒有按照程式設想行人的未來情狀，而是描繪起送行人在送別歸來途中的所見所感：「迢遞路回清野，人語漸無聞，空帶愁歸。何意重紅滿地，遺鈿不見，斜徑都迷。兔葵燕麥，向殘陽、欲與人齊。但徘徊班草，欷歔酹酒，極望天西。」完全是與《瑞鶴仙》一致的構思，共同爲詞體送別引入了送行人帶愁而歸的經典場景模式。而這個場景之所以會在後世送別詞作裏頻繁出現，就是因爲這才是送行人會在送別之後親身經歷的事件，從而當詞人在明確地用詞體記録自己當下正在經歷的送行故事並抒發自我真實的離愁別緒之時，除了會對行人的未來感到擔憂，自然也不會忽略自己在送行歸來間的所見所感。於是乎儘管《瑞鶴仙》、《夜飛鵲》等詞的抒情主體並不一定就是周邦彦，但也正是因爲送行人帶愁而歸這個場景的存在，從而促成了其與詞人自我的親近。

三　傳統題材之詞裏零星穿插的時地細節

除了通過引入新的結構程式與情節場景提升詞中男性抒情主體的自我關注度，零星穿插于傳統題材之詞裏的一二時地細節，也甚爲有力地推動着清真詞的抒情主體從類型化的詞中人朝着詞人自我的方向靠攏。那闋著名的《蘭陵王》便是這類詞作的典範，詞云：

柳陰直。煙裏絲絲弄碧。隋堤上，曾見幾番，拂水飄綿送行色。登臨望故國。誰識。京華倦客。長亭路，年去歲來，應折柔條過千尺。　閑尋舊蹤跡。又酒趁哀弦，燈照離席。梨花榆火催寒食。愁一箭風快，半篙波暖，回頭迢遞便數驛，望人在天北。　淒惻。恨堆積。漸別浦縈回，津堠岑寂，斜陽冉冉春無極。念月榭攜手，露橋聞笛。沉思前事，似夢裏，淚暗滴。〔三七〕

無論此詞的吟詠对象是柳還是送别，都改變不了吟情與題材的高度應歌代言屬性。不僅如此，此詞還主要就以上文論述過的幾個屢見於柳詞的傳統場景構思拼貼而成。第一疊以隋堤楊柳起興，帶出隋堤上年年都會發生無數次離别的感慨。第二疊即承此感慨而下，將無數次的離别濃縮融會，最終凝聚爲當下正在經歷的這場離别。「酒趁哀弦，燈照離席。梨花榆火催寒食」三句，鋪叙的是祖席離宴之上的情狀；而「愁一箭風快，半篙波暖，回頭迢遞便數驛，望人在天北」四句，則突然設想起了行人在送别宴會結束之後的舟行情境，自是送别詞最爲傳統的構思。既然第二疊的後半部分已經展開了對於行人未來的設想，於是周邦彦便在第三疊承續起柳詞的手段，將設想時空從離别當晚一直向後推出了數日甚至數月。所謂「漸别浦縈回，津堠岑寂」，乃是漫漫旅途中所經行的無數個渡口水驛，而離愁别恨也就隨着日頭的增加堆積了起來。至於結尾的「念月榭攜手」五句，可能依舊是舟行途中的往事回憶，也可能是抵達目的地之後才湧起的思緒，但總歸都是抒情主體在離别的當下對於行人未來的設想，與柳永《雨霖鈴》「此去經年，應是良辰好景虛設」同調，只不過做了與男女相思戀情詞裏常見的沉思前事情節相疊加的變化而已。

由於此詞在吟詠題材與內容情節兩個方面都表現出了極强的應歌代言色彩，故而如果沒有第一疊中的「隋堤」、「望故國」與「京華倦客」這三個語辭的話，詞中的抒情主體不僅性別相當模糊，而且還難以確認其究竟是行人還是送行人。但就是因爲三者的存在，使得此詞的抒情主體能够毫無疑問地被判斷爲就是男性送行人。蓋隋堤是北宋京城開封的重要地理標識，故詞中所叙的送別就是一次送人離京。本詞的抒情主體是「登臨望故國」一句的主語，根據此句亦可知其現在正處於離鄉漂泊的狀態。而下文的「京華倦客」是對於該抒情主體的又一番限定，由此可以確認他是一位漂泊京城的男性他鄉之客。兩相結合，即可推知此刻的離京之人並不是詞中的抒情主體自己，因爲既然他會如此强烈地感慨自己京華倦客的身份，而且下文又毫無任何的身份發生改變的痕跡，所以他當然還將持續擁有這個身份一段時間，此刻的離京者也就另有其人。如果就是抒情主體自己即將離開京城的話，那麼不僅對於京華倦客身份的特別强調會變得毫無必要，第一疊裏所言的無數次離別也將失去情感所托，畢竟只有想要離京歸鄉但又無法離京之客，才會對於隋堤上每日發生的那麼多場離別産生如此複雜幽微的傷慨。是以此詞所叙的離別故事就是周濟所言之「客中送客」〔三八〕，在類型的特殊性上已然遠高於簡單泛化的京城離別，本身就帶有一定的個性化色彩。但更爲關鍵的是，「隋堤」、「望故國」與「京華倦客」這三個空間細節還與周邦彥的生平高度相合。作爲錢塘人的周邦彥，無論是在太學求學階段還是徽宗朝供職議禮局的階段，當然都是毫無疑問的京華倦客。而隋堤在開封城東，堤邊就是通向淮水的汴河，北宋從此地離開京城之人通常就是將要順汴河南下前往江淮以及江南地區，而這條人工運河的終點就是杭州。於是詞中的抒情主體在隋堤登臨而望的方向就是詞人周邦彥自己的故國所在之地，詞中所提到的無數行人也都將去往那裏，從而周邦彥本人當然能够切實地産生此詞所詠之欲歸而不得的複雜離情。也就是説此詞完全存在周邦彥自抒己志的可能，其自我化的抒情面貌自然也就更爲强烈。

除了送別題材，同樣被上文提及的男女相思戀情題材也會深受穿插其間的一兩個時地細節的影響，呈現出强烈的周邦彦自我抒情的閱讀觀感。如《少年游·荆州作》一詞云：「南都石黛掃晴山。衣薄耐朝寒。一夕東風，海棠花謝，樓上捲簾看。　而今麗日明如洗，南陌緩雕鞍。舊賞園林，喜無風雨，春鳥報平安。」〔三九〕如若只看詞作正文，此闋就是一首基於傳統但稍作變化的相思情詞。上片所叙爲風雨摧花之景，藴藏的是詞中人獨守空房的寂寞幽情；下片所寫則轉爲晴朗明麗之貌，抒發的是詞中人出遊郊外的怡然自得之情。由於换頭處是由「而今」一詞所領起，故知周邦彦運用了逆挽倒插的手法，即先講舊日故事，再言今日情懷。這種手段多被周邦彦用於男女相思戀情題材的寫作，不過今昔之差異往往是昔樂今悲與物是人非，完全與此詞的昔悲今樂相反，是以此詞本就突破了詞以悲爲美的傳統，在抒情層面具有一定程度的特殊性。如若再將「荆州作」這個詞題添加進來，則此詞詞情的特殊性就會被充分放大，因爲荆州是周邦彦確曾經行過的地方，而且還是他在元祐更化之後的潦倒出京時期所至之處，故而此詞相當異質的昔悲今樂構思更加容易在「荆州」這個時地細節的影響下被理解成是周邦彦在表達即將重歸京城的歡娱喜悦，也就是周邦彦在自抒己志。與之相同，周邦彦在寫作登高詠懷這個傳統詞體題材的時候，也會發生某些詞作因穿插其間的時地細節影響而被沾染上詩人情采的狀況。如《點絳唇》一闋即云：

臺上披襟，快風一瞬收殘雨。柳絲輕舉。蛛網黏飛絮。　極目平蕪，應是春歸處。愁凝佇。楚歌聲苦。村落黄昏鼓。〔四〇〕

按照唐五代宋初的令曲寫作傳統，登高行爲專屬於女性詞中人，詞人主要通過描述登高所見的迷離春景，抒發女子思念遠方情人或感傷自我生命流逝之情。依舊是由柳永首次在慢詞中將詞中的登高主體拓展至男性，還相應地把登高的季節由爛漫春天改成蕭疏秋日，只是在抒情方面尚未突破男女寂寞相思的慣例。儘管周邦彦的登高慢詞基本上只是延續着屯田家法，但上引這闋《點絳唇》却展現了周邦彦的登高詞於令曲一體做出了較大的抒情突破。此詞抒情主體的性别乍看上去比較模糊，但從其在詞中所登爲臺而非樓，所見亦是荒村野落之郊景來看，應該更近是一名男性，從而構成了男性、春景以及春日幽情的組合，已是相較登高詞寫作傳統甚至令曲傳統的重大突破。而且詞中的這位登高之人雖然也在爲春歸而倍感惆悵，但却没有在思念遠方的情人，這便使得全詞倒數第二句裏穿插閃現的細節時地「楚」所具之詞人自我指向性被放大了出來，從而爲此詞也帶來了自我化的政治闡釋可能，即周邦彦在借春日登高之舉抒發自我因元祐更化而流落至荆楚一帶的落寞幽憤之情。

當然，清真詞中最爲顯豁的只需借由穿插其間的一二時地細節即可知曉是周邦彦在吟詠自我情志的傳統題材詞作類型，非得是詠夏詞莫屬。儘管詞中的夏日吟詠是北宋詞人在採蓮曲與四時歌的基礎上爲詞體做出的題材出新，是宋人突破傷春悲秋之限的一種重要嘗試，但在周邦彦活動的北宋後期，詠夏詞的主要吟情還是夏日閨情與閒悶閒愁這兩種類型化的應歌代言情緒。現存十五餘闋清真詠夏詞同樣也是以這兩類吟情爲主，尤其是諸如《浣溪沙》（翠葆參差竹徑成）、《鶴沖天》（梅雨霽）、《法曲獻仙音》（蟬咽涼柯）等吟詠夏日閒悶或消暑自適之詞[四一]，雖然已經不再是男子作閨音，但抒情主體的身份依然高度模糊，並不能確認就是周邦彦自己。不過却有三闋清真詠夏詞站在了這番主流的對立面，三者最爲重要的共同點就是它們都擁有其他清真詠夏詞所無的一二時地細節的穿插。比如那首著名的《蘇幕遮》（燎沉香）[四二]，若没有「家住吴門，久作長安旅」兩句，此詞就只能被認作是一闋類型化的夏日思鄉之作，但隨着這兩個與周邦彦生平完全吻合的時地信息出現，此詞便極爲可能就是周邦彦在抒發自我的京城羈旅之感。同樣地，《隔浦蓮·中山縣圃姑射亭避暑作》一闋所鋪叙的新篁翠葆、落盤黄梅、濃密岸草、鳴蛙驟雨等物象或場景雖不見於前人夏詞之中，但如若没有詞題與全詞結句「屏裏吴山夢自到。驚覺，依然身在江表」的提示，也就只能是對於「梅子黄時雨」的具體描繪而已，現在則毫無疑問就是梅雨之季溧水縣圃的真實所見，而詞情即爲周邦彦在溧水令任上的寂寞鄉愁。實際上，溧水夏日間的周邦彦似乎常常感到不樂，但他在鄉愁之外還有别的苦悶，《滿庭芳·夏日溧水無想山作》一闋便在數量較多的時地細節的環繞下，將這另一層夏日惆悵流露了出來：

風老鶯雛，雨肥梅子，午陰嘉樹清圓。地卑山近，衣潤費爐煙。人靜烏鳶自樂，小橋外、新緑濺濺。憑闌久，黄蘆苦竹，擬泛九江船。　年年。如社燕，飄流瀚海，來寄修椽。且莫思身外，長近尊前。憔悴江南倦客，不堪聽、急管繁弦。歌筵畔，先安簟枕，容我醉時眠。〔四三〕

此詞上闋描繪的是與《隔浦蓮》相同的梅雨時節，但却非是自造新境，而是句句從杜甫、白居易、杜牧等唐代大家之詩化出，展現出了清真詞高超的驅使語典功力。不僅如此，周邦彦還於其間融匯了大量的頓挫之筆，使得詞情呈現出回環往復、宛轉嗚咽的特徵。「地卑山近」兩句訴溧水荒僻多濕，自是映襯自己憔悴低落的情緒。「人靜烏鳶自樂」兩句轉以流麗閑樂之景，心情似得到排遣提振。然而其後復接以「憑闌久」三句，又將前文的歡樂一筆勾銷，交代出自己始終處於悶悶不平的事實，内心的哀愁便在此跌宕曲筆中愈發沉重。過片以社燕起興自己宦途飄零之苦，接以對杜詩「莫思身外無窮事，且盡尊前有限杯」的化用，似乎欲通過及時行樂解此困苦哀愁。但隨即又陡然逆轉，言己其實無心享樂，酒筵歌席只能徒增自我煩惱。所有的憤懣哀愁與强作解頤最終被簟枕醉眠的選擇全部消解，但這樣的結尾實際上又是一番頓挫。周邦彦於此處暗用着陶淵明的故事，故而最後看似真率的場面不過是一片無奈頹唐的徒留，倒是又重新綰合住了夏日閑悶的時令特徵，誠可謂圓融渾成的化境。

毫無疑問，此詞通過曲折頓挫之筆所抒發的沉鬱嗚咽之情完全就是周邦彦憔悴宦情的直白流露，這闋《滿庭芳》也是爲數極少的只能闡釋爲周邦彦自我抒情之作的詞例。值得注意的是，詞中「黄蘆苦竹，擬泛九江船」與「不堪聽、急管繁弦」兩處皆從《琵琶行》翻出，意味着周邦彦將自己的溧水任期等同于白居易的江州司馬之貶。然而周邦彦到任溧水的時間是其四十初度的元祐八年（一〇九三），由於溧水是江寧府下轄的畿縣，故而該縣縣令的級別其實不低，按照宋制當由京官出任，任滿後往往可以調入京城，這意味着剛至不惑的周邦彦此時已成功改官，並且獲得了非常有利的政治資歷，應該處於仕途的上升期，並不能與白居易的被貶江州相類。然而如若對比周邦彦的釋褐經歷，則會發現彼時與此刻存在着巨大的落差。元豐七年（一〇八四）三月，周邦彦因獻《汴都賦》而被神宗由外舍生任命爲試太學正、寄理縣主簿〔四四〕，不僅直接釋褐爲官，而且獲得了縣尉主簿的資序認定，還能憑藉此授在今後的太學學官任上持續累積與地方爲官相當的資歷。如果一切正常的話，周邦彦兩三年後即可獲得改官，而且很可能長留京城，無需輾轉地方州縣。然而次年三月，神宗溘然長逝，政局由此發生逆轉。在太皇太后高氏的主持下，舊黨人物紛紛回京任職，新黨成員則相繼被貶離京，像周邦彦這樣享受過極大新法紅利的官員亦在冷落打壓之列。而對周邦彦更爲不利的是，京城太學與學官差遣是新舊兩黨在元祐之初的重點爭奪領域。因此，儘管此時的周邦彦只是剛剛步入政壇的小輩，並非熙豐年間的新黨中堅，且其與舊党人物吕陶有着不錯的私交，叔父周邠更與蘇軾相從甚篤，但依然還是落得「居五歲不遷」的遭遇，使得神宗賜予他的優渥政治起點被全然作廢，直到溧水任上方才重新積累起與元豐末年大致相當的資歷與地位，但已然枉自蹉跎掉了十年的光陰。如此也就不難理解他爲何會在江南濕熱的黄梅夏日産生如此嗚咽鬱憤的情緒，而過片「年年。如社燕，飄流瀚海，來寄修椽」數句也就更加是他這十年間流落憔悴的真實慨歎。如若將年月再往後推移，則會發現周邦彦在溧水任上一直做到了紹聖三年（一〇九六）二月的秩滿之期，朝政在此期間再度發生了翻轉，似乎會對周邦彦的情緒産生更大的衝擊。在周邦彦剛到溧水的元祐八年（一〇九三），太皇太后高氏逝世，哲宗旋即親政。次年年中，哲宗便迫不及待地改元紹聖，全面恢復新法，貶逐舊党官員，新黨則紛紛被重新啓用。然而哲宗與新黨執政好像忘記了周邦彥這位神宗末年的獻賦明星，導致他此時完全沒有享受到屬於新黨的政治利好，只能依舊在溧水寂寞爲令，在這裏相繼遭遇了舊黨的排擠與新黨的冷落，於是周邦彥的自比江州司馬之舉也就絲毫不足爲怪了。儘管並不能確認這闋《滿庭芳》的具體創作時間是在紹聖改元前還是改元後，但都不會改變此詞的幽憂嗚咽是周邦彥裹挾於新舊黨爭漩渦中的真情實感，他在詞中的這片夏日間深切記録了一位下層官員在政治變動面前無法掌控自我個體命運的無力、無助與無奈，當然也更爲提升了其詞之自我化抒情的層級。

四　諸般抒情主體自我化表現的淵源：清真詞與東坡詞的共通

很顯然，穿插於詞中的一二時地細節是柳詞完全不具的現象，甚至也沒有明顯在柳詞基礎上變化出新而來的痕跡。這似乎意味着周邦彥在構思謀篇的時候可以不完全依賴於屯田蹊徑，如此則要不是周邦彥天才獨具，要不是他另有詞法淵源。其實只需看一下柳永與周邦彥之間長達七十餘年的活動時空間隔，便可推知周邦彥完全應該會受到柳周之間的士大夫詞人影響。事實也確實如此，在比蘇軾還早一輩的士大夫詞人作品中，就已經存在着與上述清真詞抒情自我化表現相近的詞例。如張先《西江月》（泛泛春船載樂）「風情遺恨幾時銷。不見盧郎年少」兩句[四五]，已經運用了盧郎典故指代詞中老去的男性狎客；歐陽修作於洛陽的離別詞《浪淘沙》（把酒祝東風）結尾云「可惜明年花更好，知與誰同」[四六]，即是推想明年的洛城將因爲行人的離去而無人相共賞花的寂寥情形；歐陽修另一闋吟詠別情的《長相思》（蘋滿溪）下片云「煙霏霏。風淒淒。重倚朱門聽馬嘶。寒鴉相對飛。」[四七]則聚焦于詞中人送別歸來的狀態。不過這類詞例在張先、歐陽修的時代只是零星的存在，而且文本體式也尚未與清真詞完全一致，比如《長相思》的抒情主體就猶是女性。還是得等到蘇軾於詞壇崛起之後，方才大量出現相通度更高的諸般抒情自我化表現的先例。

神宗熙寧四年（一〇七一），三十六歲的蘇軾外任杭州通判，開啓了他大規模填詞的序幕。杭倅時期的蘇軾主要填寫即席酬唱之詞，但就是在這些應酬之作中，即可多次見到上文論及的諸多清真詞抒情主體自我化的表現。如蘇軾送別陳襄移守南都的《南鄉子》即云：

回首亂山横。不見居人只見城。誰似臨平山上塔，亭亭。迎客西來送客行。　歸路晚風清。一枕初寒夢不成。今夜殘燈斜照處，熒熒。秋雨晴時淚不晴。〔四八〕

熙寧七年八月，陳襄乘舟離開杭州，蘇軾一路送至五十里外的臨平方歸，此詞上闋描述的就是這段舟行相送的所見所感。蘇軾在下闋繼續從自我角度落筆，並沒有擔憂或祝福陳襄未來的南都生活，而是描繪起自己送行歸來之後夜不成眠、燈前落淚的景況。當蘇軾接到移知密州的詔令，自己將要成爲離開杭州之人的時候，便轉而在祖席間所撰的歌詞裏設想起杭州城在自己走後的淒涼情狀。如《浣溪沙·菊節別元素》云：「壁月瓊枝空夜夜，菊花人貌自年年。不知來歲與誰看。」〔四九〕《定風波》（千古風流阮步兵）云：「紅粉尊前深懊惱。休道。怎生留得許多情。記得明年花絮亂。須看。泛西湖是斷腸聲。」〔五〇〕《南鄉子》（不到謝公臺）云：「秋色漸摧頹。滿院黄英映酒杯。看取桃花春二月，爭開。盡是劉郎去後栽。」〔五一〕蘇軾甚至在楊繪爲其舉辦的送別宴席上填出這樣的詞句：「不用訴離觴。痛飲從來別有腸。今夜送歸燈火冷，河塘。墮淚羊公却姓楊。」〔五二〕既設想了杭州城在自己走後的情狀，又以楊繪在送走自己之後的落寞惆悵作爲設想内容，將原本分屬送者與行者的兩種場景完美融合於同一闋詞中。蘇軾的這些詞例足以顯示出，這兩種場景在周邦彦之前的送別詞裏早已獲得相當純熟的運用，而且還經常被詞人用來表達自我真實的離別感慨，故而同樣使用這兩種場景的清真送別詞，才會在尚不足以完全確認詞中的送別場景就是周邦彦親身經歷的情況下，依舊呈現出强烈的自我化抒情色彩。

除了以相聚舊地爲别後叙事的主要場景空間，詞中男性自傷老去的情感表達在東坡詞中也極爲常見，畢竟蘇軾的仕宦生涯充斥著外任州郡的輾轉與貶謫天涯的流落，當然會非常容易地察覺到自我的衰老並爲之感傷。東坡詞中不僅屢見白髮、霜鬢、頽顔等形容衰老的詞彙，還能看到相關典故的運用，如《天仙子》（走馬探花花發未）的「白髮盧郎情未已」〔五三〕、《南歌子》（見説東園好）的「流年回首付東流。憑仗挽回潘鬢，莫教秋」〔五四〕、《西江月》（别夢已隨流水）的「相如依舊是臞仙」〔五五〕、《臨江仙·疾愈登望湖樓贈項長官》的「多病休文都瘦損」〔五六〕等。儘管在典故的豐富性上尚不及清真詞，但這些同樣被周邦彦採用的典故在蘇軾之前極爲罕見就是詞中男性抒情主體的代指，故而東坡詞依然足以成爲清真詞得以大規模利用此類典故以表現男性詞中人自傷衰老的淵源。而男性詞中人基於自我衰老的現實而産生的佳人重逢而不識的擔憂，更在蘇軾名作《江城子》（十年生死兩茫茫）中就已出現過最爲標準的表達：「縱使相逢應不識，塵滿面，鬢如霜。」〔五七〕此例的存在還可以幫助坐實這樣的推斷，即東坡詞與清真詞之間的相通，應該存在着由周邦彦主動效法蘇軾而形成的非偶合部分，並且其所占比例亦當不低。

至於通過穿插于傳統題材詞作當中的一二時地細節便爲其詞帶來自我化抒情的解釋可能，同樣也能够在東坡詞裏發現數量豐富且種類多樣的先例。比如這兩闋《望江南》：

春未老，風細柳斜斜。試上超然臺上看，半壕春水一城花。煙雨暗千家。　寒食後，酒醒却諮嗟。休對故人思故國，且將新火試新茶。詩酒趁年華。

春已老，春服幾時成。曲水浪低蕉葉穩，舞雩風軟紵羅輕。酣詠樂升平。　微雨過，何處不催耕。百舌無言桃李盡，柘林深處鵓鴣鳴。春色屬蕪菁。〔五八〕

二詞是蘇軾在密州超然臺上賦就的名篇，内容完全就是蘇軾自己的所見所感，故而景物描繪新穎别致，没有常見的詞體模式化寫景痕跡，情感亦不涉男女相思愁怨與類型化的傷春悲秋，皆可與上引之周邦彦《點絳唇》(臺上披襟)與《少年游・荆州作》二詞共通合觀。當然,這兩闋《望江南》的自我抒情可以被徹底落實,就是蘇軾將自我登臨所感予以思辨處理後的詞體呈現,不像清真二詞猶在似是非是之間。不過根據二者在寫景方式與非類型化情感兩方面的共通,還是能够連類推測出清真二詞有着較高的自抒己志的可能性。不僅如此,在蘇軾之前也基本見不到如此突破傳統的個性化登高抒情先例,故而同樣可以推斷此處的共通極有可能是周邦彦主動效法蘇軾所致。而東坡詞在詠夏題材上亦與清真詞有着高度共通,如蘇軾的《阮郎歸・初夏》與《浣溪沙・荷花》兩闋,就分别是夏日閨詠與寂寞消暑之作[五九];再如蘇軾的兩闋詠夏詞名作《賀新郎》(乳燕飛華屋)與《洞仙歌》(冰肌玉骨)[六〇],雖然依舊是以女性作爲詞中的吟詠對象或抒情主體,但兩詞纏綿婉轉的詞情與幽眇空靈、跌宕深沉的詞境遠遠不是僅憑閨詠所能及,若無蘇軾自我之沉鬱幽憤的寄寓則無法至此。這無疑也爲周邦彦借吟詠夏景自抒被新舊黨爭所裹挾的政治情志做好了充足的準備。就是那闋吟詠夏日羈旅京華的令曲《蘇幕遮》,其實也有着深刻的東坡詞淵源。喬大壯已經指出:「『家住』二句與東坡《醉落魄》『家在西南,常作東南别』,句同境異,可供研玩。」[六一]然而蘇軾的這闋《醉落魄》與周邦彦《蘇幕遮》之間的聯繫並不僅僅只是句法的沿襲。蘇軾此詞是熙寧七年(一〇七四)赴密州任途經京口所作,其時正是農曆四月的初夏時令,故而此詞下片出現了稍涉夏日風物的句子:「巾偏扇墜藤床滑。覺來幽夢無人説。此生飄蕩何時歇。家在西南,長作東南别。」[六二]儘管對於蘇軾來説,此詞以夏日作爲抒發行役鄉愁的背景應是一次無心之舉,但却得到了周邦彦的主動吸收借鑒,這才成就了《蘇幕遮》成熟典範的個性化詞體夏日抒情。

實際上,類似「家住吴門,久作長安旅」這樣的直接從東坡詞化用而出的清真詞句還有不少,如《訴衷情》(出林杏子落金盤)結句「不言不語,一段傷春,都在眉間」[六三],即從蘇軾《蝶戀花》(一顆櫻桃樊素口)「學畫鴉兒猶未就。眉尖已作傷春皺」翻化而來[六四];《蘇幕遮》(燎沉香)「鳥雀呼晴,侵曉窺簷語」兩句〔六五〕，則與蘇軾《江城子》(夢中了了醉中醒)「昨夜東坡春雨足。烏鵲喜，報新晴」之語相合〔六六〕，由此還可以判斷周詞之「烏雀」當作「烏鵲」；《解連環》(怨懷無托)「燕子樓空，暗塵鎖、一床弦索」雖用白居易所記之燕子樓事〔六七〕，但語句形式完全從蘇軾《永遇樂》(明月如霜)「燕子樓空，佳人何在，空鎖樓中燕」翻出〔六八〕；《還京樂》(禁煙近)「望箭波無際，迎風漾日黃雲委。任去遠，中有萬點，相思清淚」數句〔六九〕，則本自蘇軾原創且被其多次使用的喻擬構思，代表者如《永遇樂》(長憶別時)「憑仗清淮，分明到海，中有相思淚」，《江神子》(天涯流落思無窮)「回首彭城，清泗與淮通。寄我相思千點淚，流不到、楚江東」〔七〇〕等等。這些詞例足以説明東坡詞確實是周邦彦重要的借鑒與效法對象，從而清真詞在屯田家法的基礎上發展出的抒情自我化特徵，完全可能就是周邦彦主動融合柳詞傳統與東坡詞新變的產物。

〔一〕王兆鵬《從代群分期看宋詞的流變》，《唐宋詞史論》，人民文學出版社二〇〇〇年版，第二三—二四頁。

〔二〕參見趙惠俊《朝野與雅俗》，復旦大學出版社二〇二一年版，第一五九—一六五頁；趙惠俊《代言與自我之間：柳永羈旅慢詞程式化結構的類型、淵源及詞情歸屬》，《新宋學(第十輯)》，復旦大學出版社二〇二一年版，第一五六—一六七頁。

〔三〕〔四〕〔五〕〔六〕〔一二〕〔一三〕〔一九〕〔二〇〕〔二二〕〔二五〕〔二六〕　柳永著，陶然、姚逸超校箋《樂章集校箋》，上海古籍出版社二〇一六年版，第五七八頁，第三三〇—三三一頁，第四四二—四四三頁，第一六四頁，第一九頁，第五九〇頁，第四九七—四九八頁，第五五五頁、六一八頁，第六八九頁，第一六八頁，第二一三頁，第三三頁。

〔七〕〔八〕〔九〕〔一〇〕〔一一〕〔一四〕〔一五〕〔一六〕〔一七〕〔一八〕〔三二〕〔三三〕〔三四〕〔三五〕〔三六〕〔三七〕〔三九〕〔四〇〕〔四一〕〔四二〕〔四三〕〔六三〕〔六五〕〔六七〕〔六九〕　周邦彦著，羅忼烈箋注《清真集箋注》，上海古籍出版社二〇〇八年版，第一四二頁，第一八九頁，第八〇頁，第一六一頁，第七〇—七一頁，第一一四頁，第一四六頁，第七一頁，第七八頁，第一六五頁，第一三一頁，第二三九頁，第二二九頁，第二〇二頁，第二八八—二八九頁，第一九五頁，第八二頁，第八三頁，第二七頁，一〇六頁，二六六頁，第六三頁，第九四—九五頁，第六三頁，第二五八頁，第七八頁。

〔二一〕趙崇祚編，王兆鵬、譚新紅校點《花間集》卷十，《唐宋人選唐宋詞》，上海古籍出版社二〇〇四年版，第九九頁。

〔二三〕唐圭璋編纂，王仲聞參訂，孔凡禮補輯《全宋詞》，中華書局一九九九年版，第一四八頁。

〔二四〕秦觀著，徐培均箋注《淮海居士長短句箋注》卷上，上海古籍出版社二〇〇八年版，第五一頁。

〔二七〕〔二八〕韋莊著，聶安福箋注《韋莊集箋注》，上海古籍出版社二〇〇二年版，第四三一頁，第四四七頁。

〔二九〕晏殊、晏幾道著，張草紉箋注《二晏詞箋注》，《珠玉詞箋注》，上海古籍出版社二〇〇八年版，第一〇二頁。

〔三〇〕〔四五〕張先著，吴熊和、沈松勤校注《張先集編年校注》，上海古籍出版社二〇一二年版，第二七頁，第一一五頁。

〔三一〕曾昭岷等編撰《全唐五代詞》正編卷三，中華書局一九九九年版，第六六一頁。

〔三八〕周濟《宋四家詞選目録序論·附録》，唐圭璋編《詞話叢編》，中華書局一九八六年版，第一六四七頁。

〔四四〕李燾撰，上海師範大學古籍整理研究所、華東師範大學古籍整理研究所點校《續資治通鑑長編》卷三四四，中華書局二〇〇四年版，第八二六六頁。

〔四六〕〔四七〕歐陽修著，歐陽明亮校箋《歐陽修詞校箋》，中華書局二〇一九年版，第二二六頁，第三四頁。

〔四八〕〔四九〕〔五〇〕〔五一〕〔五二〕〔五三〕〔五四〕〔五五〕〔五六〕〔五七〕〔五八〕〔五九〕〔六〇〕〔六二〕〔六四〕〔六六〕〔六八〕〔七〇〕蘇軾著，鄒同慶、王宗堂校注《蘇軾詞編年校注》，中華書局二〇〇七年版，第八五頁，第九二頁，第一〇一頁，第一〇七頁，第九〇頁，第八七三頁，第五三〇頁，第五一二頁，第六一一頁，第一四一頁，第一六四頁、一六六頁，第一九三頁、五一〇頁，第七六六頁、四一四頁，第五八頁，第一三八頁，第三五二頁，第二四七頁，第一三一頁、二六二頁。

〔六一〕周邦彦著，喬大壯手批《喬大壯手批周邦彦片玉集》卷四，齊魯書社一九八五年版。

（作者單位：復旦大學中國古代文學研究中心、中文系）

明詞四家説

王靖懿　張仲謀

内容提要　本文共分三部分。第一部分通過考察明人選明詞，尤其是通過晚明時期錢允治《類編箋釋國朝詩餘》、沈際飛《草堂詩餘新集》和卓人月《古今詞統》等，判斷明人認定的明詞名家爲明初劉基、明中期楊慎和稍後的王世貞。第二部分考慮到晚明諸詞選問世在崇禎十年之前，那時陳子龍等明季詞家尚未能進入選家視野，故以清人選明詞作爲補充與延伸。通過考察《蘭皋明詞彙選》、《歷代詩餘》和《明詞綜》等七部清人選本，認爲陳子龍既是明詞殿軍與清詞開山，同時也是明詞史上最有影響的詞人，故在明人認定「三家」基礎上加上陳子龍而成「明詞四家」。第三部分基於明清兩代詞選之統計作進一步分析，認爲劉、楊、王、陳在明詞史上各自處於特定的歷史方位，且各具有獨特的範式意義，因此具有不可或缺不可取代的歷史地位。

關鍵詞　明人選明詞　清人選明詞　明詞四家　經典化

在中國近千年詞史上，明代詞一直被視爲中衰時期。經過近二三十年的研究，我們對明詞已經有了較爲全面的認知：認爲既不可像清人那樣一筆抹殺，但與此前的唐宋詞或後來的清詞相比，明詞作爲詞

本文爲國家社科基金重大招標課題「歷代詞籍總目提要與文獻資料庫建設」（18ZDA257）階段性成果。

史中衰期的大判斷並無改變。自《全明詞》和《全明詞補編》相繼出版以來，再加上近年來的增補輯佚文章所收，我們知道明代詞人總數計已達約一千九百人，其中有詞集傳世且不乏佳作者已達近百人，且其中不乏詩文大家與著名才子。本文提出的問題是，明代詞壇上有無名家，有哪些名家，他們彼此的位次如何，又是如何論定的。我們選擇的方法是，主要以明清詞選本統計爲依據，結合明清人詞話、詞集序跋等相關論述，綜合權衡，謹慎排序，如此論定，蓋亦不中不遠矣。

一　從明人選明詞看詞人甲乙

作爲一種寬泛的概念，明人選明詞計有十多種。如吴熊和先生所論列的「宋人選宋詞十種」，其中純粹的宋代斷代詞選亦爲少數。如孔夷《蘭畹曲集》、黄大輿《梅苑》、鮦陽居士《復雅歌詞》，以至黄昇《花庵詞選》等，皆兼採唐宋，我們現在一般稱之爲「通代詞選」或跨代詞選。而這些包括宋詞而非專選宋詞的選本，從寬泛意義來説亦皆可稱爲「宋人選宋詞」。准此以考察，「明人選明詞」亦不下十數。但其中涉及明詞的通代詞選較多，專選明詞的亦較少。清初顧璟芳等編選《蘭皋明詞彙選》，卷首例言曰：「明詞之選，前此不下數十家。第先後相仍，罕聞耑集。」〔一〕這裏所謂「耑集」，即指專選明詞的斷代詞選。然而晚明時期尤其是崇禎年間的一些通代詞選，選録明詞較多，且明代詞史上較爲著名的詞人，大都已進入選家視野，故從這些詞選當可看出明人眼中當代詞人的價值地位。

明人所編通代詞選中，涉及明詞的選本有以下八種。一是嘉靖時期託名程敏政編《天機餘錦》四卷，選詞範圍包括唐、五代、宋、金、元，一直到明代前期。全書共録詞一千二百五十六首，其中選録明代詞人八家，詞作一百四十八首。其中除瞿佑外，其他詞人如劉醇、桂衡、王好問、王驥等人，基本上都是與瞿佑關係較爲密切的人。二是楊慎編選《詞林萬選》四卷，卷首有嘉靖二十二年癸卯（一五四三）楚雄知府任良幹序。其中選録唐宋至明初詞人六十九家及無名氏詞作共二百一十八首，明人僅選高啓一家，詞二首。三是楊慎編選《百琲明珠》五卷，選録唐宋金元詞人一百家及無名氏詞作共一百五十二首。其中明詞僅貝瓊一家，詞十三首。四是鱅溪逸史輯《滙選歷代名賢詞府全集》九卷，收録六朝至明代詞二百二十家，詞一千餘首。其中選明代前期劉基等人詞作凡二百餘首。五是「毗陵長湖外史」選編《草堂詩餘續集》二卷，該集主要選唐宋金元人詞，其中所選明代詞人僅楊基一家，録詞十首。六是周履靖編選《唐宋元明酒詞》二卷，共選録唐宋元詞人詠酒詞六十二首，並收録自己追和之作七十二首。其所謂明人，也就是編者周履靖一人而已。七是楊肇祉選編《詞壇艷逸品》四卷，該集繼《唐詩艷逸品》而編，分元、亨、利、貞四卷，收録唐、宋、明人詞二百零七首。明代詞人中選有劉基、楊基、馬洪、楊慎夫婦、吴子孝、文徵明、王世貞等十餘家。八是騎蝶軒主人輯《情籟》四卷，該書詞曲兼選，前二卷收録晚明孫雪屋（永祚）、張葦如、伍灌夫、余壬公、薛晋阮、殷石蓮六家詞，皆爲常熟本邑人，詞凡一百一十九首。

以上所述明人編纂詞選八種，僅涉及明初或明代前期個别或少量明代詞人，不足以看出明代詞家的整體情況及各家地位，故雖列入清理考察範圍而不足以作爲判斷依據。接下來我們將重點分析晚明時期的六部詞選。其中錢允治《類編箋釋國朝詩餘》和沈際飛《草堂詩餘新集》兩部爲明詞專選，另外卓人月、徐士俊《古今詞統》等四部爲選明詞較多的通代詞選。年代較早的是錢允治《類編箋釋國朝詩餘》，刊行於萬曆四十二年（一六一四），茅暎《詞的》刊行於萬曆四十八年（一六二〇），沈際飛《草堂詩餘新集》約成書於天啓、崇禎之際。其餘三部皆成書於崇禎年間。因爲年代較後，除了明季崛起的陳子龍等人尚未入選，其他絶大部分明代詞人皆已進入視野，所以從這六部詞選，應能看出明代詞人地位高低。兹按編選年代考述如下。

第一，錢允治《類編箋釋國朝詩餘》五卷，有明萬曆四十二年（一六一四）刻本。這是明代人選編的第一部「當代詞選」。後來列入沈際飛《草堂詩餘四集》中的《草堂詩餘新集》，正是在此本基礎上增删而成的。該集共選録明代詞人二十七家及無名氏作品四百六十一闋。所謂「類編」，乃是承襲顧從敬《類編草堂詩餘》的提法，實際不是基於題材之分類，而是分調編排。其中卷一、卷二爲小令，選詞二百六十三首；卷三爲中調，選詞九十二首；卷四、卷五爲長調，選詞一百三十六首。作爲一部斷代詞選，該集的主要問題是入選詞人太少，詞人遺漏太多。選詞人少或者不成問題。錢允治《合刻類編箋釋草堂詩餘序》中所謂「搜葺國朝名人之作」，或可看作是一部「名家詞選」。但問題是所選之人或非名家，而名家詞人又多有遺漏，這就不是一般的見聞有限所可解釋的了。雖然明季一批較有成就的詞人如陳子龍、易震吉、卓人月、沈宜修等尚未進入視野，但如楊基、高啓、瞿佑、馬洪、陳霆、夏言、陳鐸、張綖、施紹莘等等，本來也都是明詞選本中不可或缺的人物，在這個選本中均不見隻字。而所選二十七家中，又有三家爲誤收。其中方秋崖（一一九九—一二六二）即南宋時期著名詩人方岳，梅花道人吴仲圭（一二八〇—一三五四）即元代著名畫家文人吴鎮，而「范夫人」就是本集已收的女詞人徐媛（因爲其夫爲範允臨，所以這裏稱作范夫人），故實際所選只有二十四家。但考慮到明代專門選明詞者並不多見，其入選各家以及選詞數量的多少亦可在一定程度上反映明人的評價，還是值得重視的。從選詞數量來看，選詞較多的前十家依次爲楊慎一百一十六首，王世貞七十七首，劉基六十六首，吴子孝四十六首，文徵明四十首，吴寬二十七首，嚴嵩十五首，陳淳十四首，王行十三首，趙寬八首。這其中後面諸家多爲吴地人，編者或不無鄉曲之見。至於嚴嵩，人品既不足道，詞亦殊不見佳，而選其詞多至十五首，實在莫名其妙。然而前三甲楊慎、王世貞和劉基，後來的幾種選本迄無更動，説明錢允治在拔尤取穎之際，還是有一定眼光的。

第二，茅暎《詞的》四卷。有萬曆四十八年（一六二〇）朱之蕃輯刻《詞壇合璧》本。茅暎，字遠士，吴興（今浙江湖州）人，茅元儀弟。曾批點湯顯祖《牡丹亭》，並作《題牡丹亭記》一文以示推崇。《詞的》之「的」，當取其標準、規範之意。先是嘉靖年間浙江海鹽人王文禄，曾有詩話著作一卷，即名《詩的》。茅暎以「詞的」爲書名，或亦受王文禄的影響。《詞的》共選唐代至明代詞三百九十二首，分調編排。該書卷首有茅暎《詞的序》及《凡例》。其序仿歐陽炯《花間集序》，駢四儷六，雕績滿眼。其旨趣一言以蔽之，曰香艷。《凡例》中則明言：「幽俊香艷，爲詞家當行，而莊重典麗者次之。故古今名公，悉多巨作，不敢闌入。匪曰偏徇，意存正調。」〔一〕以此種旨趣選詞，故集中亦多香艷之作。如評李清照《一剪梅》（紅藕香殘玉簟秋）云：「香弱脆溜，自是正宗。」可見其欣賞趣味。該集共選録詞人一百五十二家（不含無名氏），其中明代十八家。明代選詞較多的爲楊基十三首，馬洪、吴鼎芳各七首，劉基五首，楊慎、王世貞各四首。因爲該書「凡例」中以「幽俊香艷，爲詞家當行」，評語中復云「香弱脆溜，自是正宗」，退劉基、楊慎而進馬洪、吴鼎芳，是符合其編選旨趣的。

第三，沈際飛《草堂詩餘新集》五卷。沈際飛，字天羽，江蘇昆山人。他是一個在晚明時期以編著、評點爲生活方式的閑散文人，于詞、曲二體皆有較深的造詣。曾經刊行過《獨深居點定玉茗堂集》，並因此被人視爲戲曲評論家。今存詞十四首，全部見於沈氏自編的《草堂詩餘新集》。該選本是沈際飛統編的《草堂詩餘四集》系列選本中的一種。據相關資訊推求，《草堂詩餘四集》的刊行約在天啓、崇禎之交。與錢允治《國朝詩餘》相比，《草堂詩餘新集》收録詞人數量由二十四家增加到七十家，各家詞收録畸輕畸重的現象得到調整，再加上汰劣選優，整體優化，故而該集雖然是在錢允治《國朝詩餘》基礎上改編的，但改動較大，已遠非錢選的本來面目，故可看作明人選明詞的又一專集。沈際飛既是精研詞曲的行家裏手，再加上後出轉精，所以從反映明詞的原貌與特色來説，《草堂詩餘新集》作爲修訂完善之本，當然更具有代表性。《草堂詩餘新集》選明人詞凡七十家，詞作四百六十二首。其中前十家爲：楊慎九十一首，王世貞七十三首，劉基五十九首，吴子孝三十首，文徵明二十四首，瞿佑十六首，張綖十五首，王微十五首，沈際飛十四首，高濂十二首。與錢允治《類編箋釋國朝詩餘》相比，十家中有出有進，但楊慎、王世貞和劉基的前三甲地位未變。

第四，陸雲龍《詞菁》二卷。陸雲龍（一五八七—一六六六），字雨侯，號蜕庵，又號翠娛閣主人，浙江錢塘（今杭州）人。其齋名翠娛閣，書肆名崢霄館，與弟陸人龍、子陸敏樹等一起，集創作、編集、刊刻於一體，以評選、出版詩文小説爲業。曾編選叢書《翠娛閣評選行笈必攜》，崇禎四年（一六三一）由其崢霄館刊行。其中包括《詞菁》二卷等九種小集，亦皆屬《四庫全書總目》評《夷門廣牘》之所謂「小種之書」。《詞菁》仿《草堂詩餘》體例，按類徵選。陸氏選詞主新綺香艷，代表着晚明詞壇的審美風尚。選録唐李白至明末王修微等歷代人詞凡二百七十首。據陶子珍《明代詞選研究》，卷首有陸雲龍辛未（一六三一）仲夏自序。《詞菁》所選二百七十首詞，除卷一無名氏《踏莎行》（香羅宵薰）、卷二無名氏《踏莎行》（玉臂寬環）兩闋外，其餘二百六十八首全部出自沈際飛《古香岑草堂詩餘四集》〔三〕。選源單一，説明編者在這部詞選上没有花太多精力。其中共選明代詞三十七家（因爲徐小淑和范夫人實爲一人，故實際爲三十六家）。選詞較多的爲劉基十三首，王世貞九首，楊慎六首，文徵明、高濂各四首。

第五，卓人月、徐士俊編《古今詞統》十六卷，初刻於崇禎六年（一六三三）。《古今詞統》是一部通代詞選，但它不叫《歷代詞選》或《歷代詩餘》，而是和馮夢龍《古今小説》、孟稱舜《古今名劇合選》一樣，以「古今」名書，這一方面突出了「今」與「古」兩端對待的意識，同時也顯示了對明詞成就與價值的自信。此前的多種通代詞選，均是以宋詞或唐宋詞爲重心，元明詞不過等諸自鄶而已。而《古今詞統》則似有意借助詞選來全面展示明詞的發展與成就。從歷代詞人入選數量來看，《古今詞統》共選詞人四百八十六家，其中明代一百零五家，僅次於宋代；從重要詞人入選情況來看，選詞超過十首的共四十二家，其中有明代十家。在一部通代詞選中，明詞能占有這樣的份額，應該是對明詞的充分肯定。

該書選録明人詞，排名在前十位的依次爲：楊慎五十七首，王世貞三十六首，劉基二十八首，楊基二十一首，吴鼎芳二十一首，董斯張十九首，湯顯祖十五首，袁宏道十三首，沈自炳十三首，瞿佑十一首。這其中前三甲依舊未變，但其他多家却有較大變動。湯顯祖和袁宏道二人實不當入選，因爲湯顯祖的詞皆系從其傳奇劇本「臨川四夢」中摘出，而袁宏道亦從不寫詞，《古今詞統》所選十三首作品，其實全是七絶體的《竹枝》、《柳枝》之屬。但吴鼎芳和董斯張能够進到這樣的位次，顯示了編者的晚明趣味。

第六，潘游龍選編《精選古今詩餘醉》十五卷。有崇禎十年（一六三七）刻本。該集共選隋唐五代兩宋金元明詞一千三百餘首。其中宋詞二百一十家，詞作七百九十七首，約爲總數的百分之六十；明代詞家六十人，詞作三百九十七首，約占總數的百分之三十。從這個比例關係來看，《古今詩餘醉》和卓人月《古今詞統》一樣，古今並稱，也就是以明詞與宋詞並稱。管貞乾《詩餘醉附言》所謂「先生取宋彦之所集與國朝名勝之所作，合而編之曰《詩餘醉》」，與實際編選情況也是相吻合的。

從明代各家詞入選情況來看，排名在前十位的依次爲：王世貞四十七首，楊慎三十八首，劉基三十七首，陳繼儒三十五首，王微三十四首，顧璘十七首，顧同應十五首，沈際飛十三首，楊基十二首，文徵明十二首。這其中比較誇張乃至離譜的是陳繼儒和王微。陳繼儒之於詞，不過軤才小慧而已，遠非本色當行。選其三五首以見晚明詞風則可，如此多達三十五首而仿佛名家則不免過於矜誇。至於退楊慎而進王世貞，遂使王世貞居於首位，亦不免有所誇張。之所以如此，應該有兩個原因。其一是作爲晚明時期最負盛名的文學家和文壇領袖，是其文壇聲望推高了他的詞壇地位。其二是王世貞在詞學理論方面的貢獻與影響，遠高於其創作實績。晚明的詞選、詞話與詞作，幾乎無不在其「香而弱」之説的影響之下。明季賀裳曾經推本王世貞「宛轉綿麗，淺至儇俏」的詞品觀，「用其意删輯今古，匯爲一編，謂之《詞旃》，務求香弱」〔四〕。賀裳這本詞選雖没有流傳下來，但據其《詞榷序》仍可想見其影響。

以上六種詞選皆成書於晚明，具體來説是萬曆後期至崇禎時期，除了明季詞人如陳子龍、易震吉等尚未能進入編者視野，整體來説已基本覆蓋明詞發展史程，從選陣來看也基本覆蓋了明代的重要詞家。如果根據這六部詞選來看明人對明詞名家的評價，其基本傾向還是大致統一的。各集所選前十名互有出入，應該説是正常的。而位列前三名的則相當穩定。《國朝詩餘》、《草堂詩餘新集》和《古今詞統》三種選本的「前三甲」均爲楊慎、王世貞、劉基，《詞菁》、《古今詩余醉》依然是這三家，只不過先後次第有所變化，《詞菁》前三爲劉、王、楊，《古今詩餘醉》則爲王、楊、劉。茅暎《詞的》專主「香弱脆溜」，選詞稍偏，劉、楊、王也仍然不出前六家。不管怎麽説，從這六部詞選看明詞名家之排行次第，劉、楊、王三家的領先地位已經比較穩固了。

二　從清人選明詞看「明詞四家」之衡定

明清易代，詞學觀念以及詞品觀亦隨之而變。清人有專選明詞的選本二種，一爲清初顧璟芳等選編的《蘭皋明詞彙選》，一爲清中葉王昶所編《明詞綜》。另外還有包括明詞在内的通代詞選多種。這其中，如順康時期鄒祗謨、王士禛編選《倚聲初集》，佟世南《東白堂詞選初集》，張淵懿、田茂遇《清平初選後集》，蔣景祁《瑶華集》，侯文燦《亦園詞選》，傅燮詷《詞覯》等，兼跨晚明清初，其所選明人皆在萬曆至崇禎的晚明時期。又有如《柳洲詞選》、《西陵詞選》、《荆溪詞初集》、《閩詞征》等郡邑類詞集，雖然涉及明詞而有明顯的地域局限。其他還有專選女性詞的《林下詞選》、《衆香詞》，專選節令詞的《撰辰集》等，在性别或題材覆蓋方面，皆不足以見出明詞全貌，此處且存而不論。我們藉以分析的主要有《蘭皋明詞彙選》和《明詞綜》兩部專門的明詞選，還有較爲重要的通代詞選五種。爲了便於考察前後流變，試按編刊年代先後考述如次。

一是《蘭皋明詞彙選》八卷，顧璟芳、李葵生、胡應宸編選。三人俱爲浙江嘉興人。此選成書於康熙元年壬寅（一六六二）。其中評點用語及風格猶沿襲晚明口氣，實可謂明季流風餘韻。此書爲明人詞選專集，分調編排。共録存詞家二百三十一人，詞作六百零五首。因爲成書於清初，三位編者也都是由明入清的過來人，所以在明清詞學折變的過程中，該集呈現出過渡性特徵。比如該集在卷一《如夢令》調下選録劉基、楊慎與王世貞各一首，隨後顧璟芳評語中稱：「劉、楊、王，爲一代詞箋巨手。」〔五〕此處的劉、楊、王即指劉基、楊慎與王世貞。這和晚明幾部詞選是統一的。從具體選詞情況來看，其中選詞在十首以上者凡十人，依次爲劉基十八首，楊慎十七首，陳繼儒十七首，王世貞十六首，施紹莘十五首，楊基十二首，文徵明、沈龍各十一首，周用、徐爾鉉、陳子龍各十首。這裏劉基、楊慎依然保持前二位，王世貞退了一位，也還説得過去。選陳繼儒、施紹莘詞偏多，反映了明季清初詞壇的風氣。這其中沈龍較爲眼生一點。他是明季江南華亭（今上海松江）人，沈泓從弟，字友夔，號青霜。至如陳子龍這樣的大名家，集中僅選十首，也許正值易代之初，編者不無顧忌吧。在以後的有關明詞的選本中，陳子龍的地位會一直呈現上升態勢，直到民國以至當代。

二是《東白堂詞選初集》十五卷，佟世南編選，陸進、張星耀助成之，有康熙十七年（一六七八）刻本。是編計選録明代及清初詞人三百七十七家，詞作一千七百餘首。其中明代詞人一百零五家，詞作四百六十六首。所選明代詞人中，前十家依次爲：劉基五十二首，陳子龍二十九首，楊慎二十首，陳霆十四首，王世貞十二首，蔣平階七首，文徵明五首，夏完淳五首，高啓四首，瞿佑四首。另外該集選沈謙詞七十三首，如果像王昶《明詞綜》那樣把沈謙視爲明人，則沈謙爲第一。之所以選沈謙詞特多，應與陸進、張星耀有關。三人皆爲杭州人。沈謙爲「西陵十子」之一，陸進與之關係極爲密切；張星耀（台柱）更爲沈謙弟子「東江八子」之一。當然，就詞作成就而論，沈謙亦可與「明詞四家」相提並論，但學界一般把沈謙視爲清人，故此處存而不論。除了沈謙之外，其他幾位明人詞選中較爲突出的詞家仍在前列，或可視爲明清詞選的過渡性現象。

三是《古今詞彙》二十四卷，卓回選編，康熙十八年（一六七九）刊行。該集以唐宋金元詞爲初編，共十二卷；明詞爲二編，凡四卷；清詞爲三編，凡八卷。是以三編合成一通代詞選。其中二編四卷，計選録明代詞人一百三十三家，詞作四百六十五首。前十家依次爲：劉基五十首，陳子龍四十首，楊慎二十八首，楊基十五首，吴鼎芳十四首，錢繼章十四首，王世貞十三首，卓人月十二首，俞彦十一首，沈自炳八首。這裏陳子龍已上升到第二位，而王世貞的位次進一步下滑到了第七位。蓋時移世易，王世貞已不再具有晚明時期文壇盟主的地位與影響，以詞論詞，其地位回落應該説是正常的。

四是《御選歷代詩餘》（簡稱《歷代詩餘》）一百二十卷，清沈辰垣、王奕清等奉敕撰輯，康熙四十六年（一七〇七）成書。該集爲康熙時敕編的衆多大型官書之一。前一百卷爲歷代詞選，選録唐宋元明詞九千零九首，用詞譜體例，按詞調字數多寡編排，惟不用小令、中調、長調之稱。詞選後附《詞人姓氏》十卷，《詞話》十卷。該集號稱搜羅宏富、考證精詳，《四庫全書總目》譽之爲「自有詞選以來，可云集其大成矣」。其中選録明代詞人一百四十二家，詞作七百一十六首。從選詞數量多寡來看，前十家依次爲：劉基九十五首，吴子孝九十四首，楊慎五十一首，楊基三十三首，葉小鸞二十六首，周用二十四首，陳子龍二十四首，張大烈二十四首，瞿佑十八首，文徵明十七首。或許因爲是官方選本，代表主流文化意識形態，選陳子龍詞並不多。其中選吴子孝、葉小鸞詞偏多，而王世貞已掉出十名之外了。

五是《明詞綜》八卷，王昶選編，有嘉慶七年（一八〇二）初刻本。在明清人選編的幾種明詞選本中，《明詞綜》是編選較精、影響也最廣的一個選本。《明詞綜》對明詞菁華作了初步的發掘梳理，删汰了爲數不少的曲子化、俚俗化的作品，從而使明詞以一種清新雅令的藝術風貌展現于世人面前。《明詞綜》共收明代詞人三百八十七家，詞作六百零四首。選詞數量排名前十位者依次爲：陳子龍十七首，邵梅芳十二首，楊慎、沈謙各十一首，劉基、王世貞、施紹莘、葉小鸞各八首，陸嘉淑、屈大均各七首。可以看出，明人選明詞排定的詞人甲乙已被基本打破。尤其是陳子龍明詞第一的地位，自此確立，此後歷晚清、民國乃至當代，迄無改變。

六是《復堂詞録》十五卷，譚獻編選。是編自輯選删汰至最終完稿，歷時近三十載，於光緒八年（一八八二）編定。作爲常州詞派理論的後繼者，在《復堂詞録》之前，譚氏曾輯有清詞專選《篋中詞》六卷，《復堂詞録》可看作由《篋中詞》向前延伸而相接續的歷代詞選本。是編按世代先後，依人編排，選録唐代至明代詞人三百四十餘家，詞作一千零五十三首。其中卷十選明代詞人二十五家，詞作六十七首。按選詞數量多寡，依次爲陳子龍二十五首，劉基、夏完淳各六首，楊慎、楊基各四首，高啓三首，其餘詞家僅一首入選。該集雖然選人選詞不多，但考慮到譚獻的理論素養和謹嚴態度，還是值得重視的。其中選陳子龍詞二十五首，超過所選明詞總數的三分之一，是不僅爲明詞第一，抑且遥遥領先。其中選王世貞詞僅一首，也許有意於以詞存人，聊勝於無而已。

七是《雲韶集》二十六卷，陳廷焯選編。該選成書于同治十三年（一八七四），未曾刊行，稿本今存南京圖書館。是編共選録唐宋至清代詞人一千零九十五家，詞作三千四百餘首。其中明代詞人一百八十二家，詞作二百七十四首。明代詞人中，陳子龍詞入選最多，爲十六首，楊慎詞九首次之，葉小鸞詞八首又次之，劉基六首，王世貞、施紹莘、王微、沈謙、夏完淳、屈大均（一靈）各四首。

綜觀以上關於清人選明詞之考述，明人選定的「明詞三家」，劉基、楊慎二人，地位有所下降，但仍在前列。劉基在《蘭皋明詞彙選》、《古今詞彙》、《禦選歷代詩餘》三部詞選中仍居明人第一位，在《東白堂詞選初集》和《復堂詞録》中居第二位。整體來看，其地位還是相當穩固的。楊慎在《蘭皋明詞彙選》和《雲韶集》中居第二位，在另三部詞選中居第三位，雖有浮沉，仍在前三家之列。其他詞人，如陳繼儒、葉小鸞、吳子孝等，在某一部詞選中進入前三名，往往不無偶然。變化最大的是王世貞，基本跌出五名之外。儘管如此，我們認爲王世貞仍應置於明詞名家之列，説詳見下。至於陳子龍，雖然作爲抗清殉國之人，在清代前期還有一個緩慢認可的過程，但他在《明詞綜》、《復堂詞録》、《雲韶集》三種詞選中居第一位，在《東白堂詞選初集》、《古今詞彙》中居第二位。綜合來看，在明人選明詞確立的「明詞三家」基礎上，不僅應增入陳子龍而成「明詞四家」，甚至已被視爲明代首屈一指的詞人了。

三　「明詞四家」的範式意義

選本是詩詞名家名篇之經典化的重要機制與途徑。以上通過對明清兩代涉及明詞的數十種選本作了較爲全面的統計分析，認定明詞名家爲劉基、楊慎、王世貞與陳子龍四家。這些選本前後歷時三百年，其間又經歷明清易代以及浙西詞派、常州詞派等詞學觀念的變遷，經歷了不同文化語境下重讀與闡釋的過程，應該排除了偶然的詞學風會與個人喜好等偶然因素。就清人所編詞選而言，成書於清初的《蘭皋明詞彙選》猶沿襲晚明餘風，後來的選本則漸呈清詞格調；《明詞綜》編者王昶爲浙派後進，而譚獻、陳廷焯則皆屬常州詞派。然而令人感興趣的是，儘管明清兩代的詞學觀念及審美標準發生了很大變化，清人選明詞中所體現出的對明代詞人的評價，仍然具有相當的穩定性。這其中陳子龍的地位逐步崛起，並非出於詞學觀念流變的因素。陳子龍生當明季，故未能進入明代詞選之選家視野；而作爲抗清英烈，他要得到清詞選家的認可也需要一定的時間過程。所以陳子龍之地位上升，是由其所處的獨特歷史方位所決定的。在明代詞選中已經形成穩固地位的劉、楊、王三家之中，除了王世貞的地位有明顯回落之外，如劉基、楊慎等人的詞史地位，仍是相對穩定的。

在關於明詞名家的選擇論證過程中，可能會有三個方面的質疑。一是明詞有無名家？二是明詞名家爲何一定是四家而不是八家、十家？三是最後論定的爲何是這四家？在本節中我們將逐一論證回答。

其一，關於明詞名家的話題，明、清人已有所涉及。如王世貞《藝苑卮言》最後一則「評明人詞」即言：「我明以詞名家者，劉誠意伯温，穠纖有致，去宋尚隔一塵。楊狀元用修，好入六朝麗事，似近而遠。夏文愍公謹最號雄爽，比之辛稼軒，覺少精思。」〔六〕王世貞此處論明詞名家，提到三人，即劉基、楊慎和夏言。又明末陳子龍《幽蘭草詞序》云：「明興以來，才人輩出，文宗兩漢，詩儷開元，獨斯小道，有慚宋轍。其最著者爲青田、新都、婁江。」〔七〕陳子龍認爲，明代詞固不足與宋詞並論，但明詞亦有最著名者，那就是青田劉基、新都楊慎和婁江王世貞。到了清代，對明詞的看法一路走低。吴衡照《蓮子居詞話》卷三云：「明詞無專門名家，一二才人如楊用修、王元美、湯義仍輩，皆以傳奇手爲之，宜乎詞之不振也。」〔八〕這是認爲明詞無名家。當代學者余意教授在其《明代詞史》中亦云：「明詞中無名家，但不乏佳作。」〔九〕這就把名家的標準懸得太高了。明胡應麟《詩藪》説：「偏精獨詣，名家也；具範兼鎔，大家也。」〔一〇〕俞平伯《唐宋詞選釋》前言中云：「從來論詩，有大家名家之别。所謂『大家』者，廣而且深；所謂『名家』者，深而欠廣。一個好比蟠結千里的大山，一個好比峭拔千尋的奇峰。」〔一一〕或許可以説，大家是絶對的，名家是相對的。明詞無大家，但名家還是有的。尤其是陳子龍，不僅在明代詞壇上翹然傑出，在歷代詞史上亦應推爲名家。如果有人像趙翼撰《甌北詩話》那樣，在歷代詞人中選擇十家或十八家，陳子龍作爲明詞的傑出代表與清詞之開山，也是不能漏掉的。

其二，名家是相對的，可以是四傑、五子，也可以是八家、十家，爲什麼明詞名家只選擇四家？關於這一點，主要是考慮並稱的匹配度問題。如前所述，在明清詞選本中，確實有一些詞人入選詞之數量曾經一度接近四家，如楊基、吴寬、吴子孝、文徵明、施紹莘、吴鼎芳、陳繼儒、王微等人。但總起來看，這些詞人入選情況載沉載浮，不够穩定，同時在事功人格尤其是詞學成就諸方面，與前四家亦不足相提並論。

其三，明詞四家，爲什麽一定是這四家？其間是否有斟酌調整之餘地？這一問題與上一問題相關。從詞史發展的深層次來説，「明詞四家」的發生與成立，有其内在的必然性。這裏之所以衡定爲「明詞四家」，是因爲劉、楊、王、陳，各自處在特定的歷史方位，並且各具發凡起例的範式意義。

先來看劉基。從明詞的發展流變來説，明初詞壇不只是一個起始的端點，而是一個特殊的時期。這是一個沿襲宋詞流風餘韻的時期，又是一個戰亂頻仍與新舊王朝鼎革的時期。易代之際的戰亂與苦難，遭逢滄桑的出處抉擇，使得這一代詞人自然衝破了刻紅剪翠、傷春傷別的傳統模式，在詞中融入了更爲深廣的社會内涵，所以在其創作中，那種蒿目時艱、傷時憫亂的情懷，使得這些詞頗有慷慨多氣的建安風骨，反襯得和平年代的風流綺怨都未免輕淡而淺薄了。劉基《寫情集》中的詞大多數寫於入明之前。這個判斷的重要意義在於詞人的身份定位，不是功成名就的明朝開國元勳，而是身處元末動盪時代有才不得施展的志士。我們在詞中看到的，乃是一個有血有肉、有七情六欲，感士不遇，羈旅思鄉，將欲有爲而又暫不能爲，雖不能爲而又心有不甘，於是時常登樓遠眺，感慨節序，看似流連光景，實乃壯心不已的詞人。其詞中多寫闊大境界，多用凝重的色調，表現深沉勃鬱的情懷，從而構成沉鬱蒼涼的藝術風格。在明初詞壇上，劉基既是成就最高、影響最大的詞人，同時也是最具有代表性的詞人。陳廷焯《雲韶集》評語謂「伯温詞秀煉入神，永樂以後諸家遠不能及」〔一二〕；王國維《人間詞話》所謂「明初誠意伯詞，非季迪、孟載諸人所敢望也」〔一三〕。劉基在明初詞壇的地位，於此可以想見。

明詞中興，始於嘉靖。楊慎正是嘉靖詞壇的代表人物。他的詞往往淺易俗艷，這是其缺點，也是其特色。而耐人尋味的是，這種缺點、特色及其互爲表裏的情況，恰好與明詞的特色相統一，楊慎亦因此而成爲「明體詞」形成過程中的一個里程碑式的人物。艷詞歷代都有，但明代前期的艷詞猶爲偏向宋調，是沿襲宋元艷詞的風格路數，不是明代艷詞之發軔，而是宋元艷詞之尾聲。而自嘉靖時期開始，在楊慎的影響之下，艷詞的發展開始與「明體詞」的演進合流，那些後來在成熟的「明體詞」中比較突出的特點，在楊慎艷詞中大都有所表現。明代開國百年之久，詞壇尚奉前朝正朔，而自楊慎開風氣之先，然後才有「明體詞」的發展與定型。所以把楊慎詞的創作傾向與「明體詞」的形成綰合爲一體，鳥瞰整個明詞的發展走向，才能更好地彰顯楊慎的詞史地位。其他與楊慎同時的詞人，無論是因位居台閣首輔而一時聲勢喧赫的夏言，還是因模仿《草堂詩餘》而被況周頤謬贊爲「全明不能有二」的陳鐸，抑或是堅守宋元矩矱而「猶有蘇、辛遺範」的陳霆等人，在詞的創作方面各有其貢獻，但推動明詞的轉型與發展方面，皆不具有楊慎獨特的歷史地位。

關於王世貞，情況稍爲複雜一些。單就詞的創作而論，王世貞的確難入明詞四家。清代的《歷代詩餘》、《復堂詞録》等選其詞較少且排名靠後，應該不是偶然的。或許因爲他是明代後期最負盛名的文學家和文壇領袖，晚明各種詞選中其排名不出第一、第二位，亦的確與時代相近、震于高名有關。但這裏認爲王世貞當置於明四家而無愧色，既不是懾于其文壇領袖、詩文巨匠的地位聲華，也不是簡單出於對晚明諸選本的附議；而是把詞學理論建樹與創作實踐結合起來綜合評價的結果。從詞學建樹以及對「明體詞」的影響來看，王世貞的詞史地位遠高於其詞的創作實績。明代詞話四種，篇幅最大的是楊慎《詞品》，而最有建樹且影響最大的是王世貞《弇州山人詞評》。其觀念上承李清照「别是一家」之説，堅持「宛轉綿麗，淺至儇俏」的詞品詞風，主張「作則寧爲大雅罪人，勿儒冠而胡服」。又從唐人詞集《金荃》、《蘭畹》之名，抽繹出「香弱」二字來概括詞品，可謂遷想妙得。王世貞的詞學主張，代表着明代詞學的理論高度和話語特色，並且對晚明以至清初的詞學理論與詞的創作均産生了深遠的影響。這裏最有説服力的證據是，清初兩位詞壇大佬朱彝尊和陳維崧，有意於破晚明詞風而立清詞正朔，曾不約而同地對王世貞大張撻伐。朱彝尊在康熙八年（一六六九）爲吴綺《藝香詞》所寫《題詞》中云：「詩降而詞，取則未遠。一自『詞以香艷爲主，寧爲風雅罪人』之説興，而詩人忠厚之意微矣。」〔一四〕陳維崧於康熙十年（一六七一）所寫《詞選序》中云：「今之不屑爲詞者，固亡論其學，爲詞者又復極意《花間》，學步《蘭畹》。矜香弱爲當家，以清真爲本色。神瞽審聲，斥爲鄭衛。甚或爨弄俚詞，閨襜冶習。音如濕鼓，色若死灰。此則謿詼隱庾，恐爲詞曲之濫觴；所慮杜夔左驥，將爲師涓所不道。」〔一五〕這裏「香弱」、「閨襜」字面，均出於《藝苑卮言》。看來陳、朱二位詞壇巨匠有意復雅，都把艷詞流行之罪責算到王世貞頭上了。其實，晚明清初艷詞中多有佳作，應該是特色而不是缺點。與後來的清詞相比，晚明艷詞雖淺，却與詞之本色爲近；後來之清詞固然淵雅不俗，但與詞之本色也相去日遠了。總之，我們感興趣的是，不論是貢獻還是罪責，晚明清初的詞學與詞風，都是與王世貞的詞學主張分不開的。

至於陳子龍的詞史地位，更不待論證。在明代詞史上，陳子龍是一個不可多得又不可或缺的傑出人物。以其入「明詞四家」，不僅理所當然，抑且當爲四家之首。本文一直用「明詞四家」的説法而不稱「明詞四大家」，這裏包含着一個基本判斷，即明詞有名家而無大家。名家是相對的，而大家是絶對的。名家與大家之别，不只在詞作數量多少，更在於風格氣象。如果要在明清詞人中甄選大家，四家中唯有陳子龍或庶幾焉。尤其值得强調的是，陳子龍的詞史地位，不僅在於其詞作的藝術成就，而在於其承上啓下的獨特貢獻。譚獻《復堂詞話》云：「有明以來，詞家斷推《湘真》第一，《飲水》次之。」〔一六〕沈惟賢《片玉山莊詞存詞略序》：「明末乃有陳卧子《湘真詞》，上追六一，下開納蘭，實爲有明一代生色。」〔一七〕吴梅《詞學通論》云：「余嘗謂明詞，非用於酬應，即用於閨闥。其能上接風騷，得倚聲之正則者，獨有大樽而已。」〔一八〕這些論斷都超越了對陳子龍詞作本身的評價，而一致稱道他在詞史上起衰救弊，上接南唐北宋，下開三百年詞學中興的歷史貢獻。這種認知與評價的切入方式，是符合陳子龍身份特點的。

綜上所述，所謂「明詞四家」，各自處在明詞發展史上特定方位，成爲明詞流變史上之地標式人物。元明易代之際的劉基於明詞猶爲序章，嘉靖時期的楊慎始開「明體詞」之先聲，《藝苑卮言》作者王世貞以其「香而弱」之詞學主張爲晚明詞風提供了理論依據，陳子龍則是明清詞風嬗變的關鍵人物。故觀此四家，於明詞可以原始察終，具見本末。也正因爲堅持在明詞發展框架下來遴選論證，才能充分彰顯「明詞四家」的典型意義與歷史地位。

〔一〕顧璟芳等編《蘭皋明詞彙選》，遼寧教育出版社一九九八年版，卷首第五頁。
〔二〕茅暎輯評《詞的》卷首，清萃閔堂鈔本，《四庫未收書輯刊》影印本。
〔三〕陶子珍《明代詞選研究》，臺北秀威科技股份有限公司二〇〇三年版，第三八〇頁。
〔四〕賀裳《詞筌序》，賀裳《蛻疣集》，蕎欒閣刻本，《四庫未收書輯刊》影印本。
〔五〕顧璟芳等編選《蘭皋明詞彙選》，遼寧教育出版社一九九八年版，第八頁。
〔六〕王世貞《藝苑卮言》，唐圭璋編《詞話叢編》，中華書局二〇〇五年版，第三九三頁。
〔七〕陳子龍《幽蘭草詞序》，《安雅堂稿》卷五，遼寧教育出版社二〇〇三年版，第七三頁。
〔八〕吴衡照《蓮子居詞話》，唐圭璋編《詞話叢編》，第二四六一頁。
〔九〕余意《明代詞史》，北京大學出版社二〇一五年版，第七頁。
〔一〇〕胡應麟《詩藪》，上海古籍出版社一九七九年版，第一八四頁。
〔一一〕俞平伯《唐宋詞選釋》，人民文學出版社一九九七年版，第七—八頁。
〔一二〕陳廷焯《雲韶集》卷十二，葛渭君編《詞話叢編補編》，中華書局二〇一三年版，第一六八六頁。
〔一三〕王國維《人間詞話》，唐圭璋編《詞話叢編》，第四二六二頁。
〔一四〕朱彝尊《藝香詞題詞》，馮乾編校《清詞序跋彙編》，鳳凰出版社二〇一三年版，第一〇二頁。
〔一五〕陳維崧《詞選序》，馮乾編校《清詞序跋彙編》，第六一頁。

〔一六〕譚獻《復堂詞話》，唐圭璋編《詞話叢編》，第三九九六頁。

〔一七〕參見陳廷焯著，屈興國校注《白雨齋詞話足本校注》引，齊魯書社一九八三年版，第二三七頁。

〔一八〕吴梅《詞學通論》，華東師範大學出版社一九九六年版，第一五〇頁。

（作者單位：江蘇師範大學教育科學學院；江蘇師範大學文學院）

論明代擬古詞

錢佰玽

内容提要 明中後期復古風潮盛行，於明詞創作中體現爲擬古詞數量驟增，遠邁前代。不僅涌現大量專門作家進行仿擬，突破宋元偶一爲之的形態；亦表現出審美準則的與時俱進及擬古技法的新變與深入。其中，「效體」作爲擬古的重要指向，涵蓋「存體」與辨體、擬韻、「用句」、擬篇等多個維度，凸顯了明代擬古詞的特點與變易。同時，明詞中流行的將詩度詞、賦得、改寫、集句等特殊形式，也共同意味着模仿行爲的泛化及明人對前代詞學資源的選擇與接受。擬古詞不僅豐富了詞體表現手法，填補擬古文學中詞體之空白，更成爲明代詞人求新救弊、振起詞風的重要途徑。其遺風餘韻綿延至清代及民國，對此後的詞學演進產生了深遠的影響。

關鍵詞 明代擬古詞 追和 「效體」 復古思潮

明代中後期，復古風潮盛行，尤以詩文復古爲學界所重。相較之下，明詞復古的研究雖有所進展，但仍有待深入。目前，學者們的關注點多集中在次韻與追和詞上，如張若蘭較早提出追與和擬古是明詞復古的重要標識〔一〕；葉曄關注明詞中大量、集中的次韻現象〔二〕；稍後余意的《復古思潮與明代詞學》〔三〕及王靖懿、錢錫生的《明代追和詞的文化意味》〔四〕二文分别從明代復古理論及明代追和詞的熱點與接受的角度展開論述。然而，對於明代擬古詞的全面考察仍顯不足。明代擬古詞創作較爲普遍，非僅幾位詞人率意爲之；擬古的傳統標準是界近原貌，但亦步亦趨、惟妙惟肖並非明人擬古的唯一審美原則，亦可以時出新見、別饒趣味。在詞體發展史上，明清處於審美轉型期，明詞面臨舊花不堪折、新葉尚未發的困境。因此，對於明代中後期詞壇的風潮與變化，尤其是明人如何實踐其復古理論，尚需進一步研究。

一　從擬古到擬古詞

擬古初云「依古」，多指模擬《古詩十九首》格調進行創作的古詩，較早的擬作應爲西晉陸機之《擬古十四首》。降至南朝，擬古之風愈盛，據蕭統《文選》所録「雜擬」諸篇，可知當時擬古詩歌之模擬對象及仿擬方式已十分多樣〔五〕。此後，擬古逐漸成爲一種接續前代傳統、托古以發幽意的常用詩體，後人競相效仿、代有新聲。如唐人於近體詩産生後仍作漢魏六朝之古體詩，中唐以後興起的新樂府亦是以新題創作樂府古詩。而詞隨燕樂興起，隋唐五代時方興未艾，擬古無從談起〔六〕。今存較早的擬古詞應是王觀的《清平樂・擬太白應制》：「宜春小苑。處處花開滿。學得紅妝紅要淺。催上金車要看。　君王曲宴瑶池。小舟掠水如飛。奪得錦標歸去，忽忽不惜羅衣。」〔七〕有學者認爲此詞模仿李白的《清平調》「云想衣裳花想容」、「一枝紅艷露凝香」、「名花傾國兩相歡」三首〔八〕，但《清平調》與《清平樂》異體，且《唐宋諸賢絶妙詞選》録李白《清平樂令》二首亦題作「翰林應制」。黄昇注曰：「唐呂鵬《遏云集》載應制詞四首，以後二首無清逸氣韻，疑非太白所作。」〔九〕姑不論真僞，李白《清平樂》「禁庭春晝」、「禁闈清夜」二首也是應制詞，王觀更可能據此模擬。李白《清平樂》詞云：「禁庭春晝。鶯羽披新綉。百草巧求花下鬥。只賭珠璣滿斗。　日晚却理殘妝，御前閑舞霓裳。誰道腰肢窈窕，折旋笑得君王。」〔一〇〕全詞是明顯的宮體風格，王觀的擬效亦本於「應制」，雖體式、主題一致，採用的韻脚、字面意象、結構筆法却不完全近似。

綜觀北宋時期，比較明確的擬古詞約有六首，除王觀的《清平樂・擬太白應制》外，又見蘇轍《調嘯詞》

二首效韋應物、黄庭堅《訴衷情》效張志和、吕南公《調笑令》效韋應物、米芾的《菩薩蠻・擬古》等五首，此時擬古詞應尚處於發展初期。南宋時期，擬古詞數量明顯增多，據王旭統計，約有四十餘首〔一一〕。金元時期，擬古詞的發展也比較平穩，《全金元詞》中標明擬古的詞作約有二十八首〔一二〕。其中，除歐陽玄擬歐陽修十二月《漁家傲》鼓子詞共十二首外，進行過一次以上擬古的詞人只有元好問，可見擬古詞僅是金元詞人偶一爲之。值得注意的是，元好問的《朝中措・效俳體》模擬俳諧之作，白樸的《奪錦標》(霜水明秋)所擬之詞今不可見。而除此二首外，餘二十六首詞作的仿擬對象都在明代擬古詞中有所復現，其或反映出一向不太爲人們所關注的明詞對金元詞的直接繼承與接受。

擬古詞的概念有廣、狹二義。廣義而言，對古代詞的模擬創作即爲「擬古詞」，其與次韻、追和之法互有關涉。溯其淵源，前文已述「擬古」是較早産生的創作形式。其次是亦起自詩體的次韻，自中唐時期，元、白即將其普遍運用於酬答唱和的詩歌中。次韻詩起初就具備强烈的社交屬性，因此其如何突破社交功能，進入個人書寫的領域則尤可深究。一定程度上，是蘇軾所開創的次韻己詩、次韻古人詩等創作範式使得次韻超越交往寄贈的語境並流播後世，益趨規模化、經典化。蘇軾也是較早創作較多次韻詞的詞人，内山精也據此推測，次韻詞大約在北宋熙寧中後期纔開始普遍流行〔一三〕。追和之首倡者也可能是蘇軾。蘇軾作「和陶詩」後致信蘇轍云：「古之詩人，有擬古之作矣，未有追和古人者也。追和古人，則始於東坡。」〔一四〕雖也有學者認爲蘇軾所謂「追和」專指次韻古人詩〔一五〕，但此前的皮日休、陸龜蒙等人已有此類詩作，蘇軾並不是首創者，更可能是雖採用次韻的形式，亦含有「和意」的成分，因此特爲拈出「追和」二字。

時人對以次韻方式酬唱、追和多有譏評，如嚴羽批評説：「和韻最害人詩，古人酬唱不次韻，此風始盛於元、白、皮、陸，而本朝諸賢乃以此而鬥工，遂至往復有八九和者。」〔一六〕蔡夢弼引洪邁《容齋隨筆》云：「古人酬和詩，必答其來意，非若今人爲次韻所局也。」〔一七〕金人王若虚引鄭厚「魏晉已來，作詩唱和，以文寓意。

近世唱和，皆次其韻，不復有真詩矣」之語亦以爲「次韻實作者之大病也」〔一八〕。次韻較之分韻、賦題之作，其獨立性已高出許多，是當時社交語境中比較具備表意空間的詞體。然而一旦汗牛充棟，則不復魏晉以來酬和詩「多必答來意」的情形，漸趨「以韻掩意」之流弊。及至清代，厲同勳云：「古人和詩和意也。自和韻起而意反微矣。至追和古人韻，又擬古之變體也。」〔一九〕厲氏認爲「和韻」與「和意」有別，而「追和古人韻」是擬古的變體。清人王士禛云：「絕調不可强擬，近張杞有《和花間詞》一卷，雖不無可采，要如妄男子擬遍十九首，與郊祀鐃歌耳。」〔二〇〕《詞潔輯評》云：「若倪元鎮之《江南春》，本非詞也，只當依其韻，同其體，而時賢擬之，并入倚聲。」〔二一〕所謂「絕調不可强擬」、「時賢擬之」分指張杞追和花間詞與後人對倪瓚《江南春》之追和、次韻。近人朱庸齋明確指出：「追和古人之作，凡屬標明和作者，均以前人之題爲内容，使人具見前唱後和之意。如只用古人之詞體及韻，而内容與原作無所相關者，則必標明用某某體或某某韻，而不應僞稱和作。」〔二二〕朱氏認爲，追和古人須與原作内容相關聯，以見「前後唱和之意」，復拈出「用體」及「用韻」二端涵蓋内容無涉原作的唱和之作。而從「僞稱和作」及下文「亦有後之和韻者與古人原作無關」來看，實際使用中似區分未嚴。上述次韻、追和、擬古三者相互獨立而又邊界模糊，在明詞的實際創作中也常致混淆。

儘管概念的辨析與創作實際不能若合符節，但擬古詞的考察空間可以基本框定。明代追和詞中大部分是次韻詞，即對前作音律諧婉，朗朗可誦的賞愛，未必擬體、和意；而擬古也不盡表現爲和韻，而可能是主題内容、表達結構等的效法。一方面，追和詞追步前人的成分輕重不一，往往成爲群體唱和活動的標籤和逞才競巧的游戲筆墨，脱離擬古本意〔二三〕。另一方面，一些明人所謂「追和」非僅限於古今、時代概念，也有先後時序之意義。在某人作詞以後繼以和韻即爲追和，同一朝代乃至同一次唱和活動都是如此。如邵亨貞《戀綉衾》(重逢元夜心暗驚)追和曹知白(又稱雲西、雲翁)和曹居竹的詞作〔二四〕，三人約同時代人。據此進行統計可能漫漶支離，難以有效反映明人對於前代詞學資源的選擇性接受和復古理念的踐行。因此，擬古詞的狹義可劃分爲：明人題序中標明「擬古」、「擬效」、「仿效」、「用某體」、「效顰」等的詞作。本文所謂「擬古」儘量遵循狹義，必要時針對擬古行爲展開。

二　明代擬古詞的概況與特點

明代詞人對於前代詞學資源的接受十分多元，字詞意象的承襲、名家佳句的剪裁化用、篇章結構的結撰鋪排以及用典、用事，皆已熔鑄於詞學發展的知識脈絡中，形成某種難以逾越的歷史藩籬。某些經典化、頗爲固化的表達結構或是日常化、普遍化的表達方式究竟是否出於模擬襲用之目的仍有待考量，統計數據終究不能完全反映創作的複雜性，而僅能藉此管窺明代詞人的模擬趨向及創作技法。粗檢《全明詞》及《全明詞補編》[二五]，約有擬古詞三百四十餘首。從發展分期來看，明初及成弘、正德時期，擬古詞不僅創作數量少，進行創作的作家亦基本延續宋元模式，以追求近似爲原則。嘉靖中後期及此後隆慶、萬曆、崇禎三朝擬古詞數量驟增，其趨勢與明代復古思潮及明代擬古詩的創作情況基本一致[二六]。擬古詞之興起可能只是風行於各個文體的復古風潮之流波餘緒，其數量難與擬古詩相較高下，僅與《古詩十九首》的擬詩數量相彷彿。然而詩詞異體，詞學家們的理論建構有時落後於創作一步，詞作的擬古與復古實踐只能求諸作品本身。

從創作者來看，今存擬古詞超過十首的作家有俞彥四十四首，王屋三十三首，邵亨貞三十一首，王夫之十六首，沈謙十二首，瞿佑十一首，易震吉、劉節十首。由此可見，明代擬古詞之盛行並非個體現象，而是一些詞家專力創作的結果。從模擬對象來看，共計有十一家十四首詞擬蘇軾，九家三十三首詞擬辛棄疾，四家十四首詞擬歐陽修，四家十三首詞擬黄庭堅。這與當時的花草餘緒、草堂風氣迥不相侔，明人擬詞並不專師《草堂餘意》，而具有一定的詞學意識，尤以宗風北宋者數量最多。同時，亦有三家九首詞擬馮延巳，二家四首詞擬温庭筠，二家四首詞擬花間體，顯示出一些詞作者上溯南唐的詞學復古趨勢。模擬南宋詞人者則有姜夔二家三首，劉過二家四首，朱敦儒二家十六首（二組），整體來講不及五代北宋。溯源崇古的傳統以外，也可見明人之接受選擇實與南宋詞風異軌殊途。看似矛盾而一體兩面的是，明人復古的同時，也對國初幾位詞人進行了不少仿擬，共四家七首詞擬劉基，二家五首詞擬高啓，楊慎、瞿佑、王世貞等詞人也被多次仿擬，明人之仿效並不厚古薄今，其接受的範圍是比較多元的。

從題材内容來看，明代擬古詞中數量最多的應是閨情、艷情詞，多以閨情、閨怨、艷情、春思、懷人、閑愁等爲主題，風格蘊藉，與五代北宋詞情味相近。蓋因爲「詞爲艷科」，若擬五代北宋，除蘇、辛以外，大抵以婉媚柔靡爲主。若俞彦等專擬蘇、辛豪放一流詞家者亦有，數量上却難以爭勝。其二是懷古憑弔詞，其或抒寫時移事遷今昔之感，如邵亨貞的《鵲橋仙・中原懷古》、陳霆的《臨江仙・柳詞》五首；或以擬古的方式憑弔紀念，如唐世濟《賀新郎》（已矣何須説）題序自言合讀辛棄疾、陳亮二集，「追次其語，憑而弔焉」，勿使萬丈焰光「徒壯其毛錐以不朽也」。（《補編》，第六八四頁）其三是詠物詞，明代詠物詞自然接續宋元以來之詠物傳統。徐熥《浪淘沙・荔枝》詞序云：「夏日山居，荔枝正熟。偶憶歐陽永叔《浪淘沙》詞，風韻佳絶，遂按調效顰，歌以佐酒。本欲爲十八娘傳神，反不堪六一公作僕矣。」（《全明詞》，第一二四八頁）明代擬古詞中類似的聯章體詠物詞往往多見，或與明人「由詩入詞」之接受傾向有關，楊基的《水調歌頭・詠雪禁體》、朱翊鈏的《臨江仙・牡丹禁體》等詞作俱淵源於禁體詩。其四是托古雜擬詞，主題不拘，大多吸取前人的某些表現方法，由古意引起，發己之幽情。如周復俊《憶江南》三首、胡汝嘉《臨江仙・憶昔游》八首俱用聯章體抒寫別情。此外，明人的擬古詞中亦有少量描繪景物風貌、描寫生活閒適之作，技法上新意不多，茲不單論。

從明代擬古詞之模擬方式來看，模擬方式並非孤立存在，而與詞作的主題緊密相關，互爲表裏。詞作爲音樂文學，長短句間雜，詞調體式衆多，模擬方式比詩歌更複雜一些〔二七〕。從模擬對象上可分爲：擬某種表達結構、擬某篇具體詞作、擬某人的創作風貌、擬某種流派的創作風格、沒有明確模擬對象（托古意抒己情）。從模擬内容上可分爲：擬體（詞調、格律、聲律），擬篇（篇章結構、結撰脈絡），擬句（襲用成句、套用句式、賦得），擬意（詞作主題、情感意藴），托古（由某種古意引發己情）。從模擬手法上可分爲仿擬（追求近似）、揣擬（揣摩情境）、泛擬（指向不明，多爲主題相同）。從與原作的關係上又可分爲同意、反意與新意模擬。上述模擬方式間並非壁壘分明，界限森嚴，一首詞完全可以採用不相矛盾的多種仿擬方式。明人對模擬方式的選擇有所側重，且多在題序中加以申説，以明確自己的創作主張，較有代表性的模擬方式有如下幾種。

其一是「稍涉己見，輒復違背」，擬作的傳統審美標準即是追求近似，至少所擬的内容有所近似，明代的擬古詞不能脱出此窠臼，而是向前推進使之更加精細化和多樣化。代表詞人如元末明初的邵亨貞（一三〇九—一四〇一），字復孺，華亭人。邵氏《擬古十首》詞序云：

> 樂府十擬，弁陽老人爲古人所未爲。素菴先生〔二八〕復盡弁陽所未盡，可謂一出新意矣。暇日先生以詞稿寄示，且徵予作，既又獲見檇李諸俊秀所擬，益切奇出，閲誦累日無厭。因悟古人作長短句，若慢，則音節氣概，人各不類，往往自成一家。至於令，則律調步武句語，苦無大相遠者，間有奇語，不過命以新意，亦未見其各成一家也。所以令之擬爲尤難，强欲逼真，不無蹈襲，稍涉己見，輒復違背。（《全明詞》第三八頁）

邵亨貞所述與錢霖及檇李諸俊秀的擬古之作似乎不傳，但可以想見當時的集群性擬古活動，參與諸位都「復盡弁陽（周密）所未盡」，非僅爲托古，而是明確的擬意。邵亨貞擬古的觀點是强調近似、逼真，寧願犧牲表意亦不能違背原意而有涉己見。邵氏《追和趙文敏公舊作十首》擬趙孟頫詞同樣强調「僭以己意，追次元韻」(《全明詞》第四五頁)，只有不斷切近被擬者的情態，方能促進對「先哲風流文采」之「高唐想象」。宋人擬唐詩亦追求近似，《彦周詩話》載北宋錢易作擬唐詩百篇，自序「今之所擬，不獨其詞，至於題目，豈欲拋離本集，或有事迹，斯亦見之本傳」，對於原作的詞句、題目、事迹都瞭然於心，「擬古當如此相似，方可傳」[二九]。

其二是「始亂終規」與反義模仿。反義模仿淵源有自，揚雄曾作《反離騷》反對屈原湛身殞命，明人擬古詞中亦可見對題旨的反向書寫。如元末明初梁寅認爲「後之爲《昭君曲》者，多歸咎元帝，殊不當也」，於是在其《燭影摇紅》中塑造「歲久玉顔憔悴。似花落、悔隨流水」(《全明詞》第三〇頁)的昭君形象。詞中宣揚教化之意，或與其身爲儒學訓導之身份相關。更具代表性的詞人是王屋(一五九五—？)，王屋頗爲排斥綢繆婉孌之艷詞，頻頻通過反義模擬展開規勸，所宜深誡。其《如夢令·無題》詞序云：「《憶仙姿》，唐莊宗所制曲也，此唐之所以亡。後世有國家者，所宜深鑒也。余仿之作若干首，始亂而終規，亦元亮《閑情》意耳。」(《全明詞》第一六二六頁)王屋擬後唐莊宗李存勖之《憶仙姿》詞十二首，自比陶淵明《閑情賦》諷諫之旨，發出「三復大車篇，白璧豈容蠅點。穠艷。穠艷。個是斷人刀劍」(《全明詞》第一六二七頁)的規勸之語。頗有意味的是，王屋作擬艷詞同樣要「一反前人之敝」，爲艷詞加入一個發乎情止乎禮的「結局」，如《沁園春·擬艷》：

自來詠艷者，多以綢繆婉孌爲辭。間有女子遷延，丈夫靦腆，豈「九十其儀」[三〇]，至今可守，而「三千三百」竟同無事之談哉？是宜爲端士之所不窺，而鐵面禪和之所訶絶也。予戲爲擬此，一反前人之敝，庶爲魯男展季存一綫之傳。而桑椹之戒，誠爲女史之良規，士之湛兮，尤斷斷乎其不可也。

幾尺花陰，逼淺迴廊，蘚苔又盈。縱身材弱小，輕如飛燕，鸚籠翠箔，犬帶金鈴。月出中天，皎如清晝，可道都無半點聲。萬一被那鸚呼犬覺，獨自須驚。　妖嬈洵是多情。但好事終知有日成。耐三朝兩晚，單眠獨宿，從今一向，盡是前程。豈不懷思，草間多露，此際由來不可行。須珍重，做珠圓玉粹，各抱分明。(《全明詞》，第一六一六頁)

此詞上闋極寫男女相會之情思，然而主人公畢竟要「珠圓玉粹，各抱分明」，並不屈從於自己的艷情。王屋亦有艷詞存世，如《兩同心》四首，分和黃庭堅、柳永、晏幾道三人，作者自言其爲空中語，以爲游戲筆墨自解開脱。

其三是逞才弄筆，以期更進。王屋有《憶王孫》十四首，詞序「余讀放翁《憶王孫》二闋，殊不見勝。怪其爲一代宗工，技止此乎。戲仿之，得若干首，亦未能遽過之也。姑存笥，以遲更進」(《全明詞》，第一六〇〇頁)暗含與前人爭勝之意。明末詞人卓人月(一六〇六—一六三六)[三二]的《鷓鴣天》(疑與瓊姬宿世逢)詞序云：

宋子京遇宮人呼小宋，作詞紀之。天子聞而賜焉。事甚佳，而詞中捃摭唐句甚醜。余戲用其韻代爲一章，誠以宮人之逸致，天子之高懷，不可埋没，要使小宋當之無愧色耳。(《全明詞》，第二九〇六頁)

卓人月認爲宋祁《鷓鴣天》詞「身無彩鳳雙飛翼，心有靈犀一點通」、「車如流水馬如龍」、「劉郎已恨蓬山遠，更隔蓬山一萬重」等句多處「捃摭唐句」，不免掠美。因此，他將自己代入佳話主人公的位置，代爲一詞述小宋故事。明人好諧謔，喜諧俗故事，亦多引述蘇軾、邢俊臣等人的詼諧俳謔詞，並戲爲作詞。王屋所作《江月令·擬上堂語》四首也帶有情境模擬的成分，這一類擬上堂、擬勸繼母詞應與當時之市井民情有關。

其四是反覆申説己意，心有所感而「匪關學古」。明末清初的詞人余懷爲一顯例。余懷(一六一六—?)字澹心，一字無懷，號曼翁，又號曼持老人。福建莆田人，僑居江寧。其《和李後主詞》五首序云：

「(李煜)所作小詞，一字一珠，非他家所能及也。余以暇日觸緒興情，抽毫吮墨，輒和數篇。用自寫心，匪關學古。然其麗句妙音，如『一江春水』，則終難仿佛耳。」(《全明詞》，第二四〇二頁)余懷强調他雖作和韻詞，但「觸緒興情」，並不以近似爲目的，而是希冀作出「麗句妙音」，能與古人爭勝。「匪關學古」之擬古詞於明清易代之時更易訴説詞人心曲，王夫之《摸魚兒》(向西園)詞序「辛詞『烟柳斜陽』之句，宜其悲也。乃尤有甚於彼者，復用韻寫之」(《全明詞》，第二四八三頁)即説明擬效中別有寄託。某種程度上説，先有形式再填充内容較易「徇乎於物」，不追求近似而關注審美效果反而體現了明人通達的詞學觀。

此外，明人對於前代名家詞作的傳播與仿效具有明確的經典化意識。凌雲翰作《鳴鶴餘音》十三首，以爲虞集追和馮尊師之組詞能使「世之汩没塵埃流連光景者」，聞之有「遺世獨立羽化登仙之想」(《全明詞》，第一五四頁)，不可使其湮没無傳。王夫之《摸魚兒》(總由他)題序「辛幼安傷春詞，悲涼動今古，惜其『蛾眉買賦』之句未忘身世，爲次其韻以廣之」(《全明詞》，第二四八二頁)，則更明確地表達了「爲其廣之」的經典化傳播意識。總之，明人之擬古方式較爲複雜多樣，作爲承載復古觀念的一種創作實踐，模擬形式本身已經具備意義。同時，明代擬古詞的重要特點之一即是模擬的同時尋求變化，並不以逼真近似作爲最高目標和唯一準則。這種變化應肇始於明中後期而逐漸遞衍至此後的擬古詞中，使擬古詞成爲「用自寫心」的載體而避免枯萎僵化。

三　「效體」與擬古的多維内涵

明人在大量擬古詞題序處標明「效體」、「用體」等以示模擬之意。嚴格來説，擬古與「效體」的涵義略有不同，「效體」多就詞體而言，擬古多就某人、某篇而言。「效體」、「從而效之」的成分比近乎蹈襲的「模擬」更輕一些，但總體指涉仍可置於一處而論〔三二〕。宋詞中的「效體」原指效仿詞體，使用語境相對單一〔三三〕，其內涵似乎在元明以來發生微妙的偏移與嬗變。「效體」在詞作中的多義現象應首見於遺山樂府，據趙維江統計，元好問詞中明確標示名目的仿擬之作有二十一首，所效之「體」約有十種〔三四〕，至少可歸納爲花間詞派的總體風貌、具體詞人的創作風格、有類「雜體詞」的特殊詞體三種。而明代「效體」的內涵進一步發展，不管是起於明人對詞體範疇使用的隨意性，還是自詩文領域延伸至詞體帶來範疇本身的因時擴大〔三五〕，「效體」都成爲揭櫫明代擬古詞變易的重要綫索。

（一）辨體與「存體」

明代是文體學觀念流行與深化的時期，明人較宋人更爲關注「體制」。吴訥《文章辨體序論》云：「文章以體制爲先。」〔三六〕徐師曾《文體明辨序説》云：「蓋自秦漢而下文愈盛，文愈盛故類愈增，類愈增故體愈衆，體愈衆故辨當嚴。」〔三七〕胡應麟《詩藪》云：「文章自有體裁，凡爲某體，務須尋其本色，庶幾當行。」〔三八〕明人這種鮮明的文體觀念，亦體現在詞作的辨體當中。

明代較早以擬古詞進行辨體實踐的詞人應是俞彦（一五七二—一六四一）〔三九〕，俞彦專力爲詞，在其《近體樂府》中將擬詞前後排列，以《荷葉杯》六首擬顧敻、《赤棗子》二首擬歐陽炯、《瀟湘神》二首擬劉禹錫，俱是對唐五代早期詞體的模擬。俞彦在三組擬詞後自注「以上三調俱相似，實不同，宜細辨之」，正是通過擬古來辨明詞體格律的痕跡。《荷葉杯》顧敻體單段二十六字，六句，二仄韻，三平韻，一疊韻，俞彦擬作減去末句疊句，變成二十三字，五句。《赤棗子》只有歐陽炯體，别無可校，單段二十七字，五句，三平韻。《詞律》卷一論歐陽炯《赤棗子》：「此詞與《搗練子》、《桂殿秋》句法相同，未免錯認。」〔四〇〕《瀟湘神》亦劉禹錫首創，單段二十七字，五句，三平韻，一疊韻。檢萬樹《詞律》，《荷葉杯》、《赤棗子》、《搗練子》、《瀟湘神》、《桂殿秋》、《解紅》、《章臺柳》等詞調都是二十七字，三三七七七句式，句中平仄大致相同，然而所本樂曲不同，顯然根柢有别。這類句法相似的詞多源自唐五代，比之詩體長短變換而來，早期詞體中重疊復沓、曲盡其情的抒情方式也保留了承襲自民間歌謠的痕跡。俞彥對此三調的辨析雖簡，但已經體現出一定的作爲案頭文學之詞體意識。

因此，部分詞作中之「效體」與「用體」主要指同一詞調的不同「體式」，更多的是一種詞體格律概念，並不必然意味着內容、情感乃至結構技法上存在明確的承續關係。如陸嘉淑《浣溪沙》（日暮孤帆隱斷山）序云：「《浣溪沙》皆七字，唯南唐馮延巳『風散春水』一首第二句作六字。其詞本不載《花間集》。余戲學之。百旃曰：『何不更增一字。』爲答之曰：『留以存此一體。』」（《全明詞》第二六〇九頁）詞人擬古的目的只是單純的「存體」，意在保存和延續古之詞體。這些擬古詞雖與原作風味迥異，看似已脫離「模擬」的範疇，實乃「用其格句」，正是明代詞人「文體」意識的一種顯化。儘管明人「效體」——對體式的選擇已經與詞樂無涉，但選擇哪一格亦能夠反映詞人們的理性思辨與接受傾向。

（二）「效體」與擬韻

自詞體定型以來，韻位、韻脚、平仄、清濁俱爲詞體之要素，明人亦以「效體」指涉對前人特殊韻法的觀照與仿擬。首先是「改韻」之法，瞿佑（一三四七—一四三三）的《滿江紅》（香火依然）詞序云：

昔姜堯章泛巢湖，作平聲《滿江紅》，爲神姥壽。百年以來，罕有能賦之者。至正壬寅冬，自四明回錢塘，舟過曹娥江，至孝女祠下。遂效其體作此詞，書於殿壁，俟來知音者，共裁度之。[四一]

《滿江紅》詞調聲情激越，宜押仄韻，瞿佑則特別注意姜夔所作之平聲《滿江紅》，「效體」主要指效姜夔改韻。又如董黄的《江城子·用山谷體》，效黄庭堅《江城子》（新來曾被眼奚搐）詞，雙段押五仄韻，不同於唐調的單段式，亦不同於蘇軾詞之平聲韻。王屋的《兩同心·和魯直》二首、《兩同心》（衆裏偷看）、《兩同心》（儂唱蓮歌）組詞也是對於平、仄聲押韻的分别效仿，顯示出明人押韻之别有究心。

其次是句中押韻之法，詞作在句讀停頓處及句中押韻相對罕見，以其韻密且難於見工。蘇軾《醉翁操》有「琅然清圜誰彈？響空山無言。惟翁醉中知其天」之句，「彈」、「言」、「天」是通常的句末韻，「然」、「圜」、「山」則是句中韻。彭孫貽在《折桂令》「怨情」、「秋懷」二詞後跋云：「詞一名《廣寒秋》，一名《天香第一枝》，二字短柱促韻，難于見工。偶讀《輟畊録》元人詞，亦效爲之，不能有加昔人也。」（《全明詞》，第一七〇八頁）《折桂令》應是曲牌，《南村輟耕録》載元代歌伎順時秀唱今樂府《折桂令》，起句作「博山銅細嫋香風」，一句兩韻，極不易作。虞集愛其新奇，亦賦一曲，兩字一韻，彭孫貽即效仿虞集此曲〔四二〕，可見句中押韻之難與詞人對促韻技法的熱衷。此外，葉紈紈的《繫裙腰・仿劉叔擬》模仿南宋詞人劉仙倫之《繫裙腰・愁別》用「兒字體」；金堡的《梅花引・海幢鷹爪蘭》三首標明「效高仲常體」〔四三〕，俱可見明人對意象對舉、疊字疊韻等較有特色的詞體進行仿擬，頗見明人「效體」之用心。

（三）「效體」與「用句」

「用句」指引用前人語句入詞，宋詞中常見引用前代文人的詩句、詞句，「以詩入詞」更是詞體雅化、文人化的重要途徑。明人的「用句」大體上有三種情況，即襲用成句、套用句式和化用句意，「效體」比較明確的指涉前兩者。如俞彦、易震吉以《鷓鴣天》組詞效朱敦儒《鷓鴣天》（檢盡曆頭冬又殘）；邵亨貞以《點絳唇》（極目平蕪）用高晞遠「夢繞荊溪，蟹肥村甕滿」（《全明詞》，第五〇頁）之句都屬於襲用成句。而多數情況下，明人以「效體」指涉對特定句法結構的模擬。

「用句」的選擇取捨及「用句」的位置往往經過詞人精心安排。從整體創作情況來看，明代比較明確的「用句」多在起句與結句處。其作爲詞體結構的關鍵所在，能够撑起全詞之筋骨，奠定表情達意的基調，宋沈義父《樂府指迷》論起句應「見所詠之意，不可泛入閑事，方入主意。詠物尤不可泛」〔四四〕，結句則「須要放開，含有餘不盡之意。以景結情最好」〔四五〕。明代衆多的擬古詞，如周復俊《憶滇南》（滇南好）三首，陸深《南鄉子・擬馮延巳》四首〔四六〕，吴子孝《南鄉子・效馮延巳作》四首，俞彦《踏莎行》（一水盈盈），朱芾煌《定風波》「把酒花前欲問兄」、「把酒花前欲問天」，杜濬《南鄉子・蘇子瞻體》，胡汝嘉《臨江仙・憶昔游》八首，陳霆《臨江仙・柳詞》五首等，莫不如此。茅維的《蝶戀花・春恨・和歐陽永叔》二首首句「庭院深深深幾許」，末句「紫騮嘶過斜陽去」及「流鶯啼過牆東去」（《全明詞》第一二九四頁），甚至首末句均用歐陽修《蝶戀花》句式。

清代著名詞論家周濟云「過片」：「古人名換頭爲過變，或藕斷絲連，或異軍突起，皆須令讀者耳目振動，方成佳制。」〔四七〕明人所用之句往往即是前人承上接下或異軍突起之「佳制」，而在關鍵位置上「用句」，尤其能承襲前人之章法，構建經典化表達範式。胡汝嘉用陳與義《臨江仙》的「憶昔午橋橋上飲」之句，帶出詞作上下兩片一今一昔、一正一反之格局，形成强烈的對比。明初瞿佑的西湖十景聯章詞則在組詞的開頭、過片處精心結撰鋪排，以辛棄疾「君不見」爲末句表現詞義的轉折，形成一種不斷加强的表達氛圍。王夫之《瀟湘小八景詞》序云：

> 國初瞿宗吉詠西湖景，學辛稼軒「君莫舞，君不見玉環飛燕皆塵土」體，詞意淒絶。乃宗吉時當西子湖洗會稽之恥，苧蘿人得所託矣，固不宜怨者。乙未春，余寓形晉寧山中，聊取其體，仍寄調《摸魚兒》，詠瀟湘小八景。水碧沙明，二十五絃之怨，當有過者。閱今十年矣，搜破篋得之，亦了不異初意。深山春盡，花落鵑啼，乃不敢重吟此曲。（《全明詞》第二四九二頁）

王夫之「聊取其體」以辛棄疾、瞿佑之句式喻明亡之悲慨，詞人沉鬱宛轉的情感和更新創造的過程使得「用句」與整首詞渾然一體，泯滅襲用之痕跡。此後，「君不見」結構更成爲點出詞旨的詞眼與作者表露心曲的一種經典化範式，並爲後人不斷仿擬，其風流播清季。

（四）「效體」與擬篇

「效體」亦指對某篇具體作品風格面貌的仿擬，即「擬篇」。明代詞人李堂（一四六三—？）有《四時詞・效蘇長公體》，實爲七言詩歌，而以「四時詞」爲題目。蘇軾所作《四時詞》在其整體詩歌創作風格中較爲特殊，紀昀言其「純是詩餘，似稗官中才子佳人語，不知何以出東坡手」〔四八〕。李堂所謂「效蘇長公體」即是對這組《四時詞》獨特面貌的效仿。李堂《四時詞》其一云：

和氣融融簾半捲。庭草鋪金匀似翦。粉蝶驚魂梅子酸，雛鶯學語東風軟。悠悠新恨比游絲。牽惹花心挂柳枝。侍兒催起烏雲軃，寶鴨香消春睡遲。（《全明詞》第四三一頁）

蘇軾《四時詞》其一云：

春雲陰陰雪欲落，東風和冷驚簾幕。漸看遠水緑生漪，未放小桃紅入萼。佳人瘦盡雪膚肌，眉斂春愁知爲誰。深院無人剪刀響，應將白紵作春衣。〔四九〕

兩相對看，詩中的「象」被有意替換更新，以「和氣融融」置換「春云陰陰」；詩中的「意」却相連，頸聯都將筆鋒轉到一位「春恨」的「佳人」身上。或是其體宜寫「才子佳人」之情、流連光景之作，因而受到女作者的青睞，用以記述閨中生活，元代女詩人鄭奎妻即有《四時詞》〔五〇〕。而在摹範与追效的過程當中，才子佳人閨中生活的主題被逐漸强化，前兩句摹寫景物，頸聯轉而爲人物（多爲閨中女子形象）的結構意象也不斷被承襲，《四時詞》的一種創作範式得以逐漸固定並經典化。

如果説俞彦是「辨體」的代表詞人，那同樣進行過爲數不少擬古詞創作的「西泠十子」之一沈謙則體現了擬古技法的新變與深入。沈謙（一六二〇—一六七〇），字去矜，號東江，杭州人。沈謙曾纂輯詞韻專書，以《詞韻略》刻本行世，清代戈載的《詞韻》即以其所創韻部爲重要參證。《四庫全書總目》云：「詞韻舊無成書，明沈謙始創其輪廓。」〔五一〕唐圭璋據沈謙《東江集鈔》裁有《論詞雜説》，「尋尋覓覓難和」條云：「予少時和唐宋詞三百闋，獨不敢次『尋尋覓覓』一篇，恐爲婦人所笑」〔五二〕。沈謙少時和作今不能見，應是「晚年手自删汰」，然而以和詞作爲學詞之路徑以及由詩入詞之復古實踐據此可知。

值得注意的是，沈謙的擬古詞出現新變之端倪，沈謙《青玉案》詞云：

後段第二句用洪覺範體。幽期，用賀方回韻。隔墻望中渺渺相思路。便咫尺、難來去。幽夢雖輕吹不度。畫堂南畔，玉櫳西面，誰是無人處。花暝春風暮。青鳥仙書無一句。總是伊家真箇許。晚云籠罩，重門深閉，又下黄昏雨。（《全明詞》，第二六四〇頁）

此詞次韻賀鑄《青玉案》（凌波不過横塘路），後段第二句「青鳥仙書無一句」用惠洪體〔五三〕。雖標明用一人韻而用另一人體，但惠洪的「緑槐烟柳長亭路」詞也是次賀鑄韻，實際上次韻與「效體」並没有完全分離。沈謙之後所作的《沁園春》二首則更進一步，《沁園春》其二：

羨爾高情，濯足淮河，振衣蜀岡。便眺覽烟云，何妨薄宦，沉酣典籍，不媿清狂。駿馬穿花，佳人雪藕，摘徧朱荷水一方。新歌奏，早聲傳北里，色艷東皇。墨痕錦袖淋浪。但悵望、星橋有報章。任歲月驅馳，宫中磨蝎，風塵黯黮，路上亡羊。一日不齋，百年渾醉，攜手頻游翰墨場。休回首，縱蘭陵酒美，何處吾鄉。（《全明詞》，第二六五六頁）

此詞用王世禎《沁園春·偶興與程村羨門同作》二首之韻〔五四〕，王世禎「偶興」二首一反漁洋詞山水清音之概貌，反而隱逸嘯傲，顯示出對魏晉風度、阮籍孤憤的某種追慕。沈詞又用蔣捷《沁園春·爲老人書南堂壁》體，李調元《雨村詞話》言蔣捷此詞異於「堆金砌玉，少疏宕」之作，「甚有奇氣」〔五五〕。沈詞脈絡與蔣詞近似，語氣流利，一貫而下，對偶對仗，聯袂並舉，顯是「以文爲詞」的寫法。沈謙有意識地將步韻與「效體」區分開，一篇詞作的體和韻開始效仿兩位不同的作家，以此來追求聲文並美。其對前代詞體不同制式、風格、技法的兼容與效法，罕見於此前的詩詞文本中，顯示出明代詞人擬古實踐的某種深化。而這種「集大成」式的擬古探索，對於詞作的經典化構建與復古求新來説都是一種新的饒有意味的創造。

四 明代擬古詞的創作動因及詞史意義

王瑶以爲，魏晉時人好爲擬作多出於「學習屬文」、「露才揚己」、「幽然思古」[五六]等幾種緣由。梅家玲則以「人同有之情」來闡釋漢晉以來擬代體的盛行[五七]。鑒於詞體的特殊性和明詞創作所處的歷史節點，明代擬古詞的創作動因大致可歸爲以下幾點。其一是與古人建立精神聯結，旦暮遇之，興感神會。邵亨貞《東風第一枝》序云：「追念古人樂事，今無一在眼，時于文字中見其一二，遂各想像舊事爲之。然心之所好，亦寂寞中一樂也。」（《全明詞》，第六三頁）清代詞家鄭文焯在《蛾術詞選跋》中評邵氏擬古諸詞云：

> 然其好學深思，匪苟爲嗣音而已。若夫流連光景，感舊傷時，「黍離」一歌，託寄遥遠。後録益臻所造精微，足張一幟於風靡波頹之際，獨與古人精神往來，歌哭出地，繁變得中，詎可以去古愈遠，懲於鄙俚之音而少之哉。[五八]

可以説，明代衆多詞人作擬古詞並非「苟爲嗣音」，情之所寄在於與古人精神往來，不可使古音無傳，更在於詞人自身「感舊傷時」、「托寄遥遠」之深衷。

其二，明代的擬古詞創作深受當時復古風潮及擬古詩歌的影響。擬古詞罕見於明以前的詞論，無論出於無意的忽視抑或對其價值的有意貶抑，直至明代纔以遠勝前代的態勢興起，作爲擬古文學之一體體現文壇風會所趨。明代許多文人别集都採用分體編排的形式（區别於宋代的時間次序），前幾卷多以樂府詩擬古，張仲謀目爲「對詩史源流亦步亦趨的追仿體驗」[五九]。明人曹安論詩文體制云：「《文章正宗》蔑以加矣，然諸體中亦有遺者，《元詩體要》爲類三十有八……固無不備，尚少擬古體，和唐體，倡和體，迴文體。」[六〇]曹安指出前人專書所載文體猶有遺逸，尚缺少具有擬古成分的四類文體並單列出「擬古」一體，凸顯擬古文學在明代文壇的特殊地位。此前江西詩派主盟文壇之際，清真詞所謂善用前人詩句，亦受到宋詩及當時文壇風氣的深刻影響。在文學創作中，同類文體間前後改易極易引發「竄易」之譏，甚至被視爲對原作的剽竊，然而詩詞當中跨文體的接受似無此侷限，而能够豐富詞體之表現手法。

其三，明代擬古詞成爲體會唐宋詞風致的載體，藉此能够進一步探索明詞在特定歷史背景下的生存空間。一方面，明代詞譜廣泛流傳，其以「古名家詞」爲凡例，不僅作爲填詞之規範，更附帶了一部分「詞選」的功能，極大地促進了讀者的閱讀接受和唐宋詞的經典化進程。另一方面，有感於宋詞珠璣璀璨，明代詞樂又一至失傳的現實困境，詞人擬古並非徒爲追摹古人，而是以「復古」爲求新救弊、振起詞風的重要途徑。李蓘在《花草粹編序》中論及明詞「其法浸衰」的局面：

> 常見古之執一藝、效一術者，其創始之人，殫其聰明智慮，而藝術所就，精美莫踰，遂稱作者之聖。次有相觀起者，亦殫其聰明智慮，淫巧變態，日新月盛，若鬼工神手，不可摹擬，於是稱述者之明，而其道大行於世。及久而傳習者衆，則人狃於恒所見聞，若以爲易辨，了不復顓顓措意，率以爛惡相尚，而其法浸衰。又久則法遂蔑不可追矣。〔六一〕

進而感歎「兹豈非風會之流而志於復古者之一大慨」，足見「復古」正是爲了恢復詞作創作初期之「精美莫踰」，擬古恰是爲了尋求進一步推動詞學發展的可行之路。

明代擬古詞作爲溝通唐宋詞風與明代詞壇的橋梁，具有不可忽視的詞史意義。對擬古詞進行研究，有助於從文體方面把握其發展特點，梳理各體詞作的表現方法與意義内涵。擬古詞能够直觀地呈現出一個創作坐標系上的異同，不僅成爲明代詞人追摹前人創作、實現逞才目的的重要載體，更承載了明代詞壇深厚的復古觀念。其既是對前人審美標準的認同與重構，也反映出明代詞人獨特的心理情感與集體認同。

作爲一種具有復古意義的指徵，擬古詞也是明人復古熱潮中一種重要的分體創作實踐。明人論擬古詩注重「盡變」，如王世貞《藝苑卮言》贊同李攀龍「擬議以成其變」、「日新之謂盛德」的觀點，評價其：「若尋端議擬以求日新，則不能無微憾，世之君子，乃欲淺摘而痛訾之，是訾古人矣」〔六二〕。「擬議以成其變」的思想其實也貫穿於明代擬古詞的創作實踐，反映出明人在模擬與創新之間尋求平衡的一貫探索。

明末擬古詞之餘波亦綿延至清代詞壇。清代擬古詞數量劇增，僅順康雍乾時期明確可考的「效體」詞就多達四百四十八首〔六三〕，擬古詞更遠過於此。在效仿方式上，清代詞人既注重對經典詞人的選擇性接受，又善於選取獨具特色的詞作、詞體進行仿效，顯然受到明末擬古風氣的影響。總之，明人所掀起的擬古詞風潮，不僅風靡當世，亦對後世之詞學演進產生了深遠的影響。

〔一〕參見張若蘭《明代中後期詞壇研究》，中國社會科學出版社二〇一〇年版，第一七八—一八〇頁。作者以題序統計出一百二十八首擬古詞，限於篇幅，未及展開。

〔二〕葉曄《明詞中的次韻宋元名家詞現象——以蘇軾、崔與之、倪瓚詞的接受爲中心》，《中國文化研究》二〇〇七年第三期，第六〇—六七頁。

〔三〕余意《復古思潮與明代詞學》，《文藝理論研究》二〇一三年第五期，第一〇三—一一一頁。

〔四〕王靖懿、錢錫生《明代追和詞的文化意味》，《文藝理論研究》二〇一四年第四期，第一五五—一六四頁。

〔五〕《雜擬上》選陸機《擬古詩》十二首、張載《擬四愁詩》一首、陶淵明《擬古詩》一首、謝靈運《擬魏太子鄴中集詩》八首；《雜擬下》選袁淑《效曹子建樂府白馬篇》、《效古》共二首，劉鑠《擬古》二首，王僧達《和琅琊王依古》一首，鮑照《擬古三首》、《學劉公幹體》、《代君子有所思》共五首，范雲《效古》一首，江淹《雜體詩》三十首。參見蕭統編，李善注《文選》目録，中華書局一九七七年版。

〔六〕不惟擬古，檢《全唐五代詞》，未見明確標明擬效、仿效的詞作。

〔七〕唐圭璋編《全宋詞》，中華書局一九六五年版，第二六一頁。

〔八〕如謝永芳論及李白應制詞共有上述三首，參見謝永芳《論宋詞「效體」與和韻前代名家詞》，《中國韻文學刊》二〇二二年第一期，第三八頁。

〔九〕黄昇輯《唐宋諸賢絶妙詞選》卷一，王雪玲、周曉微校點《花庵詞選》，遼寧教育出版社一九九七年版，第一頁。

〔一〇〕曾昭岷等編撰《全唐五代詞》，中華書局一九九九年版，第九頁。

〔一一〕參見王旭《宋代擬效詞研究》，江蘇師範大學二〇一七年碩士學位論文，第一四—一七頁。

〔一二〕分別爲趙秉文《缺月挂疏桐・擬東坡作》，元好問《江城子・效花間體詠海棠》、《鷓鴣天・效朱希真體》、《鷓鴣天・效東坡體》、《朝中措・效俳體》、《定風波》（離合悲歡酒一壺）、《鷓鴣天・薄命妾辭三首》，白樸《奪錦標》（霜水明秋），劉因《水調歌頭・同諸公飲王丈利夫飲山亭，索賦長短句，效晦翁體》，張埜《沁園春・止酒效稼軒體》，張雨《早春怨・擬白石》，張翥《謁金門・效前人首句用山人字醉中答友》，李齊賢《人月圓・馬嵬效吴彦高》，歐陽玄《漁家傲》十二首，蔡松年《石州慢》（京洛三年）。

〔一三〕據内山精也統計，最早可考的次韻詞是張先的《好事近・和毅夫内翰梅花》，作於熙寧二年（一〇六九），張先今存的另外二首次韻詞都與蘇軾有密切聯繫。蘇軾共創作二十八首次韻詞，最早的是作於熙寧七年（一〇七四）的《南歌子》（苒苒中秋過）。參見《蘇軾次韻詞考——以詩詞間所呈現的次韻之異同爲中心》，載内山精也著，王水照編，朱剛等譯《傳媒與真相——蘇軾及其周圍士大夫的文學》，上海古籍出版社二〇〇五年版，第三六三—三八八頁。

〔一四〕蘇轍《東坡先生和陶淵明詩引》，蘇軾著，王文誥輯注，孔凡禮點校《蘇軾詩集》，中華書局一九八二年版，第一八八二頁。

〔一五〕參見内山精也著，王水照編，朱剛等譯《傳媒與真相——蘇軾及其周圍士大夫的文學》，第三三〇—三六三頁；金甫暻《蘇軾「和陶詩」研究》，復旦大學二〇〇八年博士學位論文，第四六—五五頁。

〔一六〕嚴羽《滄浪詩話・詩評》，何文焕輯《歷代詩話》，中華書局二〇〇四年版，第六九九頁。

〔一七〕蔡夢弼集録《杜工部草堂詩話》卷第一，《名儒嘉話凡二百餘條》，丁福保輯《歷代詩話續編》，中華書局二〇〇六年版，第二〇四頁。

〔一八〕王若虚《滹南詩話》卷二，丁福保輯《歷代詩話續編》，第五一五頁。

〔一九〕厲同勳《重訂厲廉州先生詩全集》，《清代詩文集彙編》第五六六册，上海古籍出版社二〇一〇年版，第一五五頁。

〔二〇〕王士禛《花草蒙拾》「絶調不可强擬」條，唐圭璋編《詞話叢編》，中華書局一九八六年版，第六七四頁。

〔二一〕先著、程洪撰，胡念貽輯《詞潔輯評・發凡》，唐圭璋編《詞話叢編》，第一三二九—一三三〇頁。

〔二二〕朱庸齋《分春館詞話》卷一，廣東文學出版社一九八九年版，第三七頁。

〔二三〕如崔與之的《水調歌頭・題劍閣》詞在明代得到十八家八十五次追和，但除鍾芳、陶奭齡外都未標明次韻，這些詞作主要産生於臺閣詞人群體的唱和環境下。以夏言、嚴嵩、王廷相等人爲首的臺閣詞人群體進行了大量的和韻詞創作，嚴嵩一人即有二十一首詞次韻蘇軾《念奴嬌·赤壁懷古》，詞題反映這些詞全部是酬唱贈答之作。

〔二四〕參見饒宗頤初纂，張璋總纂《全明詞》，中華書局二〇〇四年版，第四四頁。下引本书以文内注形式標注頁碼。

〔二五〕周明初、葉曄補編《全明詞補編》，浙江大學出版社二〇〇七年版，後文簡稱《補編》。

〔二六〕據金中慶統計，「明代中葉，自弘治年間起（一四八八年後）至萬曆初（一五七三年後）的百年間，……明代《十九首》擬詩也最多，從黄仲昭至胡應麟共三十一位詩家二百八十一首擬詩，基本占據整個明代擬詩及詩家數量的一半」。參見金中慶《明清〈古詩十九首〉擬詩研究》，廣西民族大學二〇二二年碩士學位論文，第九六頁。

〔二七〕就魏晉擬詩來説，庄筱玲將其分爲「擬篇法」、「擬體法」、「託古法」、「賦詠法」四類。參見庄筱玲《魏晉南北朝擬古詩初探》，厦門大學二〇〇一年碩士學位論文，第二〇—二八頁。趙紅玲則據不同的標準將六朝擬詩分爲同旨模擬、反意摹擬、創意模擬等幾種模式。參見趙紅玲《六朝擬詩研究》，上海辭書出版社二〇〇八年版，第二一一—二一五頁。

〔二八〕錢霖，字子雲，生卒年不詳，松江人。後出家爲道士，更名抱素，號素庵，又號泰窩道人。參見唐圭璋編《全金元詞》，中華書局一九七九年版，第一一二一頁。

〔二九〕參見許顗《彦周詩話》，何文焕輯《歷代詩話》，第三九〇—三九一頁。

〔三〇〕《詩·豳風·東山》云：「親結其縭，九十其儀。」參見周振甫譯注《詩經譯注》，中華書局二〇一〇年版，第二〇七頁。

〔三一〕卓人月生卒年據周明初、葉曄補編《全明詞補編》下册，第九四二頁。

〔三二〕如周紫芝云：「余讀秦少游擬古人體所作七詩，因記頃年在辟雍，有同舍郎澤州貢士劉剛爲余言，其鄉里有一老儒，能效諸家體作詩者，語皆酷似。效老杜體云：『落日黄牛峽，秋風白帝城。』尤爲奇絶。」擬古與「效體」没有格外區分。參見周紫芝《竹坡詩話》，何文焕輯《歷代詩話》，第三四一頁。

〔三三〕如謝永芳論宋代詞之「效體」，「體」指詞的體式和詞人的創作個性與風格，尚在範疇嬗變的早期。參見謝永芳《論宋詞「效體」與和韻前代名家詞》，第三五—四〇頁。

〔三四〕趙維江《「效體」·辨體·破體——論元好問的詞體革新》，《文藝研究》二〇一二年第一期，第五八頁。

〔三五〕文體之「體」複雜多義，參見吴承學師《中國古代文體學研究》，人民出版社二〇一一年版，第一九頁。

〔三六〕〔三七〕吴訥、徐師曾著，于北山、羅根澤校點《文章辨體序説　文體明辨序説》，人民文學出版社一九六二年版，第一九頁，第七八頁。

〔三八〕胡應麟《詩藪》内編卷一，上海古籍出版社一九七九年版，第二一頁。

〔三九〕此處從張慧劍、張仲謀等學者之考證。參見張仲謀《俞彦〈爰園詞話〉輯補辨訛》，《徐州工程學院學報》二〇一三年第一期，第三六頁。

〔四〇〕蔡國强《詞律考正》，華東師範大學出版社二〇一九年版，第一八頁。

〔四一〕周明初、葉曄補編《全明詞補編》上册，第四〇—四一頁。

〔四二〕虞集曲云：「鸞輿三顧茅廬，漢祚難扶，日莫桑榆，深渡南瀘，長驅西蜀，力拒東吴。美乎周瑜妙術，悲夫關羽云殂。天數盈虚，造物乘除，問汝何如？早賦歸歟。」參見陶宗儀著，徐永明、楊光輝整理《南村輟耕録》卷四「廣寒秋」條，浙江古籍出版社二〇一四年版，第二四八頁。

〔四三〕高憲（一二〇三—一二一〇），字仲常，遼東人。參見唐圭璋編《全金元詞》，第五四頁。

〔四四〕〔四五〕張炎、沈義父著，夏承燾校注，蔡嵩雲箋釋《詞源注·樂府指迷箋釋》，人民文學出版社一九八一年版，第五四頁，第五六頁。

〔四六〕《全明詞》所録其一即馮延巳原詞，並非陸深擬作，疑爲混入。見唐圭璋編《全明詞》，第六一二頁。

〔四七〕周濟《宋四家詞選目録序論》，唐圭璋編《詞話叢編》，第一六四六頁。

〔四八〕紀昀著，劉金柱、楊鈞主編《紀曉嵐全集》第六卷，大象出版社二〇一九年版，第二四三頁。

〔四九〕蘇軾著，王文誥輯注，孔凡禮點校《蘇軾詩集》卷二十一，第一〇九二頁。

〔五〇〕參見顧嗣立、席世臣編，吴申揚點校《元詩選》癸集，中華書局二〇〇一年版，第一五〇二頁。

〔五一〕仲恒《詞韻二卷》，永瑢等《四庫全書總目》卷二〇〇，中華書局一九六五年版，第一八三五頁。

〔五二〕沈謙《論詞雜説》「尋尋覓覓難和」條，唐圭璋編《詞話叢編》，第六三一頁。

〔五三〕惠洪《青玉案》詞云：「緑槐烟柳長亭路。恨取次、分離去。日永如年愁難度。高城回首，暮云遮盡，目斷人何處。　解鞍旅舍天將暮。暗憶丁寧千萬句。一寸柔腸情幾許。薄衾孤枕，夢回人靜，徹曉瀟瀟雨。」參見唐圭璋編《全宋詞》，第七一二頁。

〔五四〕王士禛《沁園春·偶興與程村羨門同作》其二詞云：「何處放懷，萬里之流，千仞之岡。笑非佛非仙，人稱散聖，不癡不慧，古號遺狂。蠻觸爭殘，夔蚿觀破，慢世須教覓樂方。誰解識，有粃糠堯舜，嘯傲羲皇。　門前一枕滄浪。但秋水逍遥注幾章。問舊友誰過，井公園客，新知不厭，負局修羊。金粟前身，玉清往事，游戲人間傀儡場。須回首，是麗農方丈，早認渠鄉。」參見王士禛撰，王小舒點校《衍波詞》，齊魯書社二〇〇七年版，第一五〇六頁。

〔五五〕李調元著，賴安海校注《雨村詞話》卷二，巴蜀書社二〇一三年版，第一三八頁。

〔五六〕王瑶《擬古與作僞》，《中古文學史論》，商務印書館二〇一一年版，第二二四—二三三頁。

〔五七〕參見梅家鈴《漢魏六朝文學新論——擬代與贈答篇》序言，北京大學出版社二〇〇四年版，第三頁。

〔五八〕鄭文焯撰，龍沐勛輯《蛾術詞選跋》一，《大鶴山人詞話》附録，唐圭璋編《詞話叢編》第四三三六頁。

〔五九〕張仲謀《明代詞學通論》，中華書局二〇一三年版，第二一六頁。

〔六〇〕曹安《讕言長語》卷上，鄧子勉編《明詞話全編》，鳳凰出版社二〇一二年版，第三三四頁。

〔六一〕施蟄存主編《詞籍序跋萃編》，中國社會科學出版社一九九四年版，第七〇三頁。

〔六二〕王世貞《藝苑卮言》卷七，丁福保輯《歷代詩話續編》，第一〇六三頁。

〔六三〕參見陶友珍《唐宋詞在清代順康雍乾時期的傳播與接受》，蘇州大學二〇二一年博士學位論文，第一六九頁。

（作者單位：中山大學中文系）

古典話體文學批評的「對話性」與王國維詞學

杜慧敏

内容提要　「對話性」是以詩話詞話爲代表的中國古典話體文學批評的本質屬性之一。在《人間詞話》手稿中，古典話體文學批評傳統和詩學詞學理論體系作爲王國維詞學的「潛在對話者」完整現身。通過搭建具有問答開放性的對話結構、主動設置議題等「對話性」實踐，王國維詞學在與古對話中樹立自身並融生新質。

關鍵詞　古典話體文學批評　對話性　王國維　詞學

一　古典話體文學批評的「對話性」及其理論空間的開闢

「西方文論主客二元對立之爭綿延兩千多年：……在中國詩話中，同樣有性質類似的曠日持久的爭論，許多彌足珍貴的思想資源，不僅是西方文論所缺乏的，而且在範疇的建構上，也有比西方獨到、深邃之處。」〔一〕相較于西方文論，以詩話詞話爲代表的中國古典詩論有其民族文化獨特性和獨到之處。詩話詞話之「話」，就文體而言，借用梁啓超的文學術語可稱之爲「談話體」，

談話體之文學尚矣。此體近二三百年來益發達，即最乾燥之考據學、金石學，往往用此體出之，趣味轉增焉。至如詩話、文話、詞話等，更汗牛充棟矣。……惟小説尚闕如。……「是小説叢話也，亦

中國前此未有之作。……」談次，因相與縱論小說，各述其所心得之微言大義。〔二〕而「談話體之文學」，不僅指詩話詞話，更包括文話、小說（叢）話等多人「相與縱論」的文學批評形式。有研究者統計，緊隨梁啓超提到的「此體近二三百年來益發達」之後，「民國時期出現的詩話近三千種，詞話總量也近千種，其他各種話體文學批評如文話、曲話、劇話、新詩話、小說話、聯話、書話等文獻層出不窮、數量可觀」，並概括指出：「『話體』，指叢話、叢談、短論、談片、片段、言說、劄記、殘叢小語等批評體式，是批評文體的一種。『話體文學批評』，指以詩話、詞話、小說話、曲話、劇話、聯話、書話、新詩話等體式對各種文學進行的批評。」〔三〕值得注意的是，這些中國古典話體文學批評及其長期被忽視的現代延伸，是近年來文學研究的熱點課題之一。〔四〕

從梁啓超的「談話體文學」到當下的「話體文學批評」歷經百年，此一文學概念在理論上得以成立，必然涉及對（談）話體文學之「話」性的根本認知。「中國文學理論批評自先秦時期就具有明顯的『話』性：隨機性和零散性。這種『話』性正是中國文學理論批評的最初形態，是後來各種『話』體得以最終形成的基礎因子。」〔五〕隨機性和零散性是「話」性的外在屬性，還可進一步補足其本質屬性。因爲僅憑這兩點還不能充分揭示，作爲中國古典文學理論和批評特有形式的話體文學批評何以能夠自成傳統，自宋代發展到明清乃至近代長盛不衰，且有日趨興盛之勢。

如果再回到一九〇三年梁啓超對話體文學批評特別是「小說（叢）話」創制過程的樸素描述，可能更有助於澄清真正從內部驅動話體文學批評不斷裂變的「話」性之所在。任公所用「談話體」一詞，雖則與今日「話體文學批評」所指大致相同，但它比後者更直接點明：「話」性的根本在於「談話」，亦即對話和交談。〔六〕由此，非一人獨白的「對話性」至少是「話」性的本質內涵之一方面，也即中國古典話體文學批評的本質屬性的一方面，如果不是全部的話。我們循環闡釋的基本邏輯是，從話體文學批評形成演變的歷史進程和批評文本的理論特性兩個維度，來解釋「對話性」這一本質屬性；用「對話性」以及由對話性帶出的理論生成機制，對文學批評理論空間的開闢，來解釋中國古典話體文學批評繁盛的原因及其理論價值。

近代以前，中國古典話體文學批評和詩詞理論多以詩話詞話形式出現，而所謂詩話詞話之「話」，體現在文本上是朝向「對方」的對象性言説，是對以古典詩詞爲基本域的批評「對話」的不完全記録。

一般認爲，詩話體例自北宋歐陽修（一〇〇七—一〇七二）始，其《詩話》謂「居士退居汝陰，而集以資閒談也」，可見最初集作詩話的動因是供對話交流之用。張伯偉先生認爲，士大夫晚年退休後聚會結社，「論詩篇優劣，記作詩情事」並加以文字記録正是以歐陽修《詩話》爲開端的宋代詩話産生的背景，「詩話是談詩論文的記録，又是談詩論文的資料」，詩話文字背後是「活生生的創作活動」。〔七〕只是歐陽修《詩話》中多引梅聖俞（一〇〇二—一〇六〇）語，却不可全作閒談看待。

> 聖俞嘗語予曰：「詩家雖率意，而造語亦難。若意新語工，得前人所未道者，斯爲善也。必能狀難寫之景，如在目前，含不盡之意，見於言外，然後爲至矣。賈島云：『竹籠拾山果，瓦瓶擔石泉。』姚合云：『馬隨山鹿放，雞逐野禽棲。』等是山邑荒僻，官況蕭條，不如『縣古槐根出，官清馬骨高』爲工也。」余曰：「語之工者固如是。狀難寫之景，含不盡之意，何詩爲然？」聖俞曰：「作者得于心，覽者會以意，殆難指陳以言也。雖然，亦可略道其仿佛：若嚴維『柳塘春水慢，花塢夕陽遲』，則天容時態，融和駘蕩，豈不如在目前乎？又若温庭筠『雞聲茅店月，人迹板橋霜』，賈島『怪禽啼曠野，落日恐行人』，則道路辛苦，羈愁旅思，豈不見於言外乎？」〔八〕

這則詩話雖是閒談記録，從其語意脈絡看富於「對話性」，其文字是對一次詩歌批評「對話」内容的簡要記録；而文字背後，亦是梅堯臣與歐陽修之間活生生的朝向「對方」的對象性言説。細品兩人的對話，包含問答詰辯，有核心話題，有層次和邏輯性，從而在理論提煉與具體詩人詩句的相互印證推求之間，推進了對詩家意新語工之「善」的體認。將「殆難指陳以言」，推進到「可略道其仿佛」的道出，是此次對話活動的寶貴成果。「聖俞嘗語予」條爲二人對話，文人雅集多人對話的情形亦可想見。由於歐陽修《詩話》對後世詩話詞話的示範性影響，更由於文人雅集交談是宋代話體文學批評共同的現實基礎〔九〕，詩話詞話産生的先天機制中就保留了「對話性」。

此後，司馬光（一〇一九—一〇八六）作《温公續詩話》，「詩話尚有遺者，歐陽公文章名聲雖不可及，然記事一也，故敢續書之」〔一〇〕，陳師道（一〇五三—一一〇二）作《後山詩話》等，雖然繼承並推進的是歐陽修所開創的詩話體例之中的「記事」傳統，但對象性言説的語體特質始終有不同程度的保留。而且隨着後世詩話詞話的進一步發展，對象性言説已經不僅限於實際在場的談話對象，還會涉及到當下不在場者甚至會上友古人。比如《後山詩話》：

余評李白詩，如張樂於洞庭之野，無首無尾，不主故常，非墨工槧人所可擬議。吾友黄介讀《李杜優劣論》曰：「論文正不當如此。」余以爲知言。

余登多景樓，南望丹徒，有大白鳥飛近青林，而得句云：「白鳥過林分外明。」謝脁亦云：「黄鳥度青枝。」語巧而弱。老杜云：「白鳥去邊明。」語少而意廣。余每還里，而每覺老，復得句云「坐下漸人多」，而杜云「坐深鄉里敬」，而語益工。乃知杜詩無不有也。〔一一〕

在這兩條中，作者文間徵引詩文句子有明顯的對象性意圖和强烈的對話欲望，絶不是簡單的徵引行爲。再後來，嚴羽的《滄浪詩話》是一個影響極大又非常有趣的例子，「僕之《詩辯》，乃斷千百年公案，誠驚世絶俗之談，至當歸一之論」，「以禪喻詩，莫此親切。是自家實證實悟者，是自家閉門鑿破此片田地，即非傍人籬壁，拾人涕唾得來者」。〔一二〕禪宗思想既影響嚴羽對他人詩歌的評價，也影響了嚴羽自己論詩的態度，《滄浪詩話》除「考證」部分涉及辨誤前人、「詩評」部分偶見對話痕跡外，「詩辯」等處有意標立不隨他人窠臼的獨立見解，對前人詩論絶少提及。然而「自家閉門鑿破此片田地」的禪宗宗旨未必完全契合于文學批評的精神，即如禪宗也講究「遍參」一般，詩文詞批評亦不可缺少廣泛對話。《滄浪詩話》中被有意壓制的「對話性」，在《答出繼叔臨安吳景僊書》中一觸即發。

南宋時期，與詩話基本分離的詞話，逐漸將「詩話」之「話」中的記事傳統演變爲理論論爭，「對詞的發展及發展過程中各詞家顯示的獨特面貌進行認真的審視，並對詞的創作規律與要求作了較爲具體的闡述」，「各詞論家多已形成了自己獨特的理論觀點，並以此作爲評論作家、作品的標尺」。〔一三〕再經由元明沉寂和清代復興，在中國古典詩話詞話中形成了大量「實質上隱含着追求詩的普遍規律性的問題意識」的「曠日持久的爭論」，「提出『詩眼』、『詞眼』的範疇，品評藝術水準之高下成爲傳統」。〔一四〕爭論曠日持久地展開，本身就是詩話詞話等話體文學批評「對話性」的體現。陳一琴先生選輯的《聚訟詩話詞話》，正是抓住了這一點，歷代詩話詞話之「聚訟」或明或隱，可分爲理論上的爭辯、案例的歧解、有關問題的討論三種主要形態；孫紹振先生更是從理論的高度將詩話詞話的「聚訟」與中國詩學的建構聯繫在了一起。〔一五〕

綜上，從歷時的角度看，從初期對具體作家作品的對話性討論，到後期圍繞詩學詞學規律論爭的逐漸增加，以對話的方式説理，以對話性帶出理論性，詩話詞話的理論性不斷加强；從共時的角度看，中國古典話體文學批評保留了其他人（包括後人）藉由書面文字渠道現身臨在本場對話並展開進一步對話的文本空間和思想空間。我們把這稱之爲話體文學批評的「對話性」。對話性，乃至爭論性、爭執性，同時也是詩話詞話等話體文學批評內部理論空間得以開闢的獨特方式。換言之，以古今隔時空對話和同時空對話方式呈現的「對話性」，從內部驅動話體文學批評的不斷裂變新生，與時俱進蓬勃發展。在本文的語境下，體現於「聚訟」中的「對話性」，與中國詩學根本相關。

二　王國維詞學的「潛在對話者」

梁啓超所説的「談話體文學」、「近二三百年來益發達」，以及民國時期千種詞話等話體文學批評的大量出現，話體文學批評跨越舊體文學與新文學的全面興盛，可以看作是王國維選擇「詞話」這種典型的話體文學批評樣式，寫作其主要詞學著作《人間詞話》的前後時代背景。正如「對話性」在話體文學批評整體中展示出綿延不斷的活力，「對話性」也在王國維詞學形成發展中發揮了隱秘而重要的作用。

概而言之，《人間詞話》不僅變最初歐陽修《詩話》「資閒談」的記事性對話爲圍繞某一詩學主題的理論性對話，還通過理論性、對話性更强的言説方式進入到上述古典文學批評業已成形的文本場域之中，在某種程度上回歸了「話」在秦漢時期「交談雙方帶有問答性質的談辯」的詞義以及魏晋南北朝時期談説、交談等相關意義〔一六〕。具體來説，恰恰因中國古典話體文學批評特別是詩話詞話在理論上向所有異同時空對話者開放的「對話性」特質，近代王國維詞學能够進入其理論空間，參與到與中國古典話體文學批評的藝術理論和藝術實踐的對話當中，並在與古對話中樹立自身。而另一方面，又因代表王國維詞學的《人間詞話》以話體文學批評的體裁樣式出之，具備同樣的對話特性，能够敞開理論空間並接納其他古典文學理論來與之對話。這其間發生的是雙向的「對話性」詩學進程。

有對話，必有對話者。鑒於在此一對話場域中王國維詞學一方的主動性和主導性，從其站位出發，我們將對話的另一方稱爲「潛在對話者」。「潛在」一詞在這裏包含兩方面的含義，其一是從存在方式上來看，作爲王國維詞學核心的《人間詞話》，因在定稿時有大量的條目删除和順序調整，王國維詞學形成過程中與之展開對話的對話者整體面貌被隱藏了，這需要倒退回《人間詞話》手稿方能讓對話者整體現身；其二是從存在形態上來看，王國維詞學的對話者，不僅包括此前的話體文學批評和各種相關理論文本，還包括隱藏在其背後的作者及其文藝主張。實際上在此對話過程中，對話者是人、文、思想一體的。而從完整現身後的類型來看，王國維詞學的「潛在對話者」可以大致分爲多種具有相對性的類別：文本和人；作品和文論；詞論詩論和文學總論等。

《人間詞話》是王國維詞學的核心，自一九〇八年寫就以來，幾經作者删編修訂，在刊發傳播中形成了不同版本，計有手稿本（一九〇八）、《國粹學報》本（一九〇八末至一九〇九初）、《盛京時報》本（一九一五）等。〔一七〕從手稿本開始，三個版本的變化體現着作者詞學思想的形成和演變。因後人整理中又出現「删稿」、「附録」、「未刊稿」、「手訂本」等多種説法，這裏參照已有研究的基本慣例〔一八〕，將《人間詞話》手稿本（一九〇八）稱爲「手稿」〔一九〕；而將《國粹學報》本（一九〇八末至一九〇九初）稱爲「定稿」〔二〇〕。對王國維詞學來説，相較於手稿，定稿在後世學術史上的影響顯然更大，實際上直到二〇〇五年《人間詞話》手稿才得以公布。在此之前，王國維詞學的「潛在對話者」至少在整體上無法被研究者們充分關注到。雖然中間也有趙萬里整理的《人間詞話删稿》和《人間詞話附録》，但都不能準確還原其原始形態及其所承載的極有研究價值的附加信息。「這個《附録》決不可和《人間詞話》混爲一談，因爲其中有些論點是作者後來的思想……就是未刊稿和删稿也決不能與《人間詞話》手定本等量齊觀」〔二一〕。相較於定稿，手稿在學理上具有特殊的重要性。首先，手稿具有開端性和完整性，《人間詞話》定稿、未刊稿、删稿等其他版本均在此底本基礎上或删減或重新編訂而成；第二，手稿是影響更大的定稿詞學的思想基礎，清晰地保留了王國維詞學的思想原貌和最初理路，而不僅僅是文本外在形態意義上的保留。對本文來説，作爲考察王國維詞學「潛在對話者」的核心文本，手稿的特殊性和獨特價值則在於它完整保留了王國維詞學與中國古典話體文學批評和詩學詞學體系的思想對話。考鏡王國維詞學思想的源流，辨章其學術的來龍去脈，這個版本尤其重要。研究者普遍認爲，《人間詞話》定稿中包含著兼具創新性和系統性的詞學理論體系，王國維「第一個在詞學裏引入了新的觀念與方法，爲建立詞學理論的新的體系做出了貢獻」〔二二〕。如果沒有手稿作爲底本進行勘校，一方面我們不知道王國維在多大程度上於定稿中重新凸顯和强化了他的詞學思想創新意圖；另一方面也很難辨别出王國維詞學思想在多大範圍内與以詩話詞話爲代表的中國古典話體文學批評傳統和詩學詞學體系相勾連。這兩個方面及其相互關聯本身就包含着王國維詞學的「潛在對話者」從《人間詞話》手稿到定稿的「顯隱」關係：在手稿中顯，在定稿中隱。

令王國維詞學的「潛在對話者」現身的方式，即從此「顯隱」關係入手。粗觀《人間詞話》手稿與定稿，依朝代略作統計，涉及的詩話詞話及相關文學理論諸家，上自宋代朱熹《晦庵説詩》、《清邃閣論詩》，歐陽修《詩話》等，下至晚清周保緒《詞辨》、況周頤《蕙風詞話》、張惠言等人的論詞主張等，共計三十餘家；涉及詞以外的其他詩體諸作，有早自《詩經》、《離騷》等，遲至晚清，共計六十餘種。「潛在對話者」以清代爲最多，其次是南宋，再次是明和北宋。詳見下表：

朝代	手稿條目
先秦	五〇
南朝	一一；一五；六二
唐	三；一八；三四；六二；一〇五
北宋	一五；七八；八八；九〇；一〇一
南宋	一〇；三九；六四；七四；七五；七八；七九；八三；八四；八七；八九；九〇；九一；九四；一〇二；一一二
金元	八一；八五
明	二一；四九；五一；六六；九〇；九四；一一三
清	四；一二；一五；二一；四〇；四五；五二；六一；六四；六五；六六；六七；七二；七三；七四；七九；八七；八九；九一；九四；一〇五；一一二；一一三

爲了能够比較清晰地呈現王國維詞學「潛在對話者」在《人間詞話》中從手稿到定稿的「顯隱」關係，我們採用了一些有助於展開研究、説明問題的方便措施：首先將《人間詞話》手稿條目區分爲「入定稿」和「未入定稿」兩部分；然後按照上文對「對話性」的界定並結合對「對話」的最爲樸素的理解，將手稿和定稿條目簡單區分爲「對話性」和「非對話性」兩類；最後將手稿和定稿條目内容結合形式大致分爲五類：a.直接品評詞家詞作；b.直接發表詞論或文論觀點；c.詩詞作品對比或詞與其他文體對比；d.與已有詩詞評論對話；e.與已有詩論、詞論、文論思想觀點對話。需要再次謹慎説明的是，所有類型的區別和劃分都不是絶對的，僅爲方便手段。

《人間詞話》手稿	一百二十五條	入定稿	六十三條	對話性	三十六條
				非對話性	二十七條
		未入定稿	六十二條	對話性	四十四條
				非對話性	十八條

《人間詞話》手稿共一百二十五條，結合上述三種區分，如果用數據方式來呈現「顯隱」關係，則會有兩組數據：

（一）入定稿六十三條＝三十六條（對話性）＋二十七條（非對話性）

（二）未入定稿六十二條＝四十四條（對話性）＋十八條（非對話性）

通過對比這兩組數據，基本可以得出以下結論：第一，入定稿和未入定稿部分的詞話條目數量基本相當。第二，入定稿的對話性條目與非對話性條目比例是三十六/二十七，約1.3∶1；而未入定稿部分的此一比例是四十四/十八，約2.4∶1；因此可以説，未入定稿部分或者説手稿整體的對話性强於定稿。第三，入定稿的三十六條對話性條目，其對話形式集中於c；而入定稿的二十七條非對話性條目，内容集中於a或b；因此定稿整體來看對話性更寬泛也更弱。如此《人間詞話》定稿就在手稿基礎上，讓手稿中更具創新性和體系性的詞學理論以及更具個人卓識的作品批評顯露出來。第四，未入定稿的四十四條對話性條目，比入定稿的同類條目更具對話典型性，其對話形式集中於d和e兩種形態；而未入定稿的十八條非對話性條目，内容雖在ab，其實亦略涉及潛在的言説對象和對話語境，只是因爲對話意味太過薄弱，故將其分出。這既與上述第二條結論相印證，也更有效地讓「潛在對話者」現身，從而得到充分觀照。

以上就是王國維詞學「潛在對話者」的基本情況。我們借助統計和數據大致勾勒出他們在《人間詞話》手稿中的整體面貌，及其從手稿到定稿由顯露到隱藏的過程，這同時也指向隱藏於《人間詞話》背後的中國古典話體文學批評傳統和詩學詞學理論體系相對完整的圖譜，從而彰顯王國維詞學創新與中國古典文學理論傳統之間的「對話性」關聯。「學術史對《人間詞話》手稿的總體關注程度不够，這也爲梳理王國維詞學思想的發展進程帶來了一定的困難」[二三]，原因就在於《人間詞話》手稿正位於「王國維詞學思想的發展進程」的開端處，其中包含着話體文學批評「對話性」開闢出的詞學對話空間和與古對話的大量「前開端」信息。也就是説，「王國維詞學思想的發展進程」的這一開端階段，因手稿不爲人知而被遮蔽，也需借對手稿的充分研究而得以彰顯。畢竟，遲至一九〇九年，人們就能看到《人間詞話》的定稿；而直到二〇〇五年，《人間詞話》手稿才廣泛爲人所見，中間隔了近一百年。

三　王國維詞學的「對話性」實踐

在上文描述性分析的基礎上，引入詮釋學（Hermeneutics）的「對話」理論，是我們進一步深入認識王國維詞學「對話性」實踐的突破口：發掘其思想的淵源、生成之細節，分析王國維詞學如何在與中國古典話體文學批評和詩學詞學理論體系的對話中樹立自身並融生新質。

相較于其他文本，話體文學批評更歡迎對話者，其「對話性」搭建並延展了對話之場域。伽達默爾（Hans-Georg Gadamer，一九〇〇—二〇〇二）在《詮釋學：真理與方法》中提出，在那些問和答之間的對應關係被掩蓋了的派生形式中，依然有談話的原始形式。〔二四〕《人間詞話》在其典型的古典話體文學批評式的詞學思想表達中，在這些構成對話的「問和答之間的對應關係被掩蓋了的」、看似個人詞學觀念和實踐的獨白中，依然有朝代分明的「潛在對話者」，有談話的原始形式，有王國維與他們的精彩對話。

中國古典詩詞創作和理論是王國維詞學與傳統間展開對話的基本域。而要在文本層面實現與「潛在對話者」的思想對話，首先需要搭建具有問答開放性的對話結構。手稿第四〇條：

> 馮夢華《宋六十一家詞選序》謂：「淮海、小山，真古之傷心人也。其淡語皆有味，淺語皆有致。」余謂此唯淮海足以當之。小山矜貴有餘，但稍勝方回耳。古人以秦七、黄九或小晏、秦郎並稱，不圖老子與韓非同傳。〔二五〕

王國維與馮煦（一八四三—一九二七）間的時空距離在本條詞話文本中得以彌合，兩人就如何評價秦觀、晏幾道的填詞水準以及兩人是否可以並稱而展開對話，且觀點互有分歧。手稿如此行文，構成了一個富有爭論性的雙方對話結構。從理論上説，這個話題並没有終結，還可繼續爭論，且没有理由排斥第三方甚至更多人的參與。因此本條詞話搭建的對話結構具有明顯的開放性。但不要忘記，不同時空的「潛在對話者」得以現身在場是詞話作者賦予的。「只有通過兩個談話者之中的一個談話者即解釋者，詮釋學談話中的另一個參加者即文本才能説話」〔二六〕。準確地説，這場對話是在王國維與《宋六十一家詞選序》文本、與馮煦的詞論、與馮煦之間展開的。更應該看到，本條中王國維那允執闕中的觀點是在馮煦精彩論斷基礎上的推敲和修正，而這正是「對話性」的價值所在。

其次，根據「問題在詮釋學裏的優先性」原則〔二七〕，實現與「潛在對話者」的思想對話還需要解決談話議題的設置問題。手稿第六六條：

詞家時代之説，盛于國初。竹垞謂詞至北宋而大，至南宋而深。後此詞人，群奉其説。然其中亦非無具眼者。周保緒曰：「南宋下不犯北宋拙率之病，高不到北宋渾涵之詣。」又曰：「北宋詞多就景叙情，故珠圓玉潤，四照玲瓏。至稼軒、白石，一變而爲即事叙景，使深者反淺，曲者反直。」潘四農德輿曰：「詞濫觴于唐，暢於五代，而意格之閎深曲摯，則莫盛於北宋。詞之有北宋，猶詩之有盛唐。至南宋則稍衰矣。」劉融齋熙載曰：「北宋詞用密亦疏，用隱亦亮，用沈亦快，用細亦闊，用精亦渾。南宋只是掉轉過來。」可知此事自有公論。雖止弇詞頗淺薄，潘、劉尤甚，然其推尊北宋，則與明季雲間諸公同一卓識，不可廢也。〔二八〕

對話首先把清初朱彝尊（一六二九—一七〇九）《詞綜・發凡》中提出的「詞家時代之説」設置爲對話議題。議題的確立規定了本條目對話的「問題視域」：文本意義的詮釋方向由此得到規定，相關討論均圍繞此議題展開。這意味着，王國維在詞學聚訟的歷史中重新開啓了「詞家時代之説」這一問題，讓已有的文本、思想、人再次進入懸而未決之中，讓業已沉默的「潛在對話者」參與對話，「進入這樣一種懸而未決之中，就是提問的特有的和原始的本質。提問總是顯示出處於懸而未決之中的可能性」〔二九〕。在開啓問題的同時，解釋者自己的思想也參與其中。在彌平時空差異的文本空間中，王國維與朱彝尊（一六二九—一七〇九）、周保緒（一七八一—一八三九）、潘四農（一七八五—一八三九）、劉融齋（一八一三—一八八一）、陳子龍（一六〇八—一六四七）等人展開了一場跨時空的詞學觀點群體對話。「解釋者在面對文本時也有一個不可或缺的前提條件，即他必須參與到文本的意義之中。」〔三〇〕王國維既是對話參與者又是仲裁者，並以此種方式推進了對「詞家時代之説」這一具有歷史性的詞學理論問題的深入討論。這一條目，代表了《人間詞話》手稿對話的典型特徵：對話意圖明顯，主動設置議題，組織並參與跨時空的群體對話。手稿中諸如四五、四九、五二、六一、七二、七四、七九、八三、八四、八八等條均屬此類。

再來合看手稿第一二二、一二三條，此爲「對話性」成就王國維詞論的更爲顯著的一例：

金朗甫作《詞選後序》，分詞爲「淫詞」、「鄙詞」、「游詞」三種，詞之弊盡是矣。五代、北宋之詞，其失也淫。辛、劉之詞，其失也鄙。姜、張之詞，其失也游。

「昔爲倡家女，今爲蕩子婦。蕩子行不歸，空床難獨守。」「何不策高足，先據要路津。無爲久貧賤，轗軻長苦辛。」可謂淫鄙之尤。然無視爲淫詞、鄙詞者，以其真也。五代、北宋之大詞人亦然。非無淫詞，然讀之者但覺其沈摯動人。非無鄙詞，但覺其精力彌滿。可知淫詞與鄙詞之病，非淫與鄙之爲病，而游之爲病也。「豈不爾思，室是遠而。」子曰：「未之思也，夫何遠之有？」惡其游也。〔三一〕

值得注意的是，手稿第一二三條在定稿中保留並調整爲第六二條，而接引出第一二三條的第一二二條不但在手稿寫作之初即被隨手刪去，且此後再没有出現於《人間詞話》的其他版本。然而，這並不能從根本上斬斷兩條詞話之間内在的意義關聯。若僅從定稿來看，第六二條（手稿第一二三條）的精彩之處在於詩詞互鑒，對五代、北宋詞人創作點評深刻，辯證分析了「淫詞與鄙詞之病」的真正根源在「游之爲病」，從而達到了詩詞理論與創作實踐的高度融通契合。但若就着手稿一看便知，本條的原始理據實來源於上條提到的金應珪《詞選後序》，理論靈感來自於與後者的對話。

綜合以上三例來看，通過搭建問答結構讓文本參與對話，從一個問題出發把相關文本理解爲對這個問題的一種回答；通過設置議題讓問題重新進入懸而未決之中，從而在此問題視域中容納更多可能的回答；這應該就是《人間詞話》詞學「對話性」實踐的底層邏輯。「文本必須被理解爲對某個真正問題的回答。」〔二二〕在其「對話性」實踐中，王國維詞學把中國古典話體文學批評傳統和相關詩學詞學理論的文本、思想和人激活爲對話者，在一次次由他重啓的歷史對話中來理解對方，理解自身，完成與詞學思想傳統的碰撞接續並綻放新的理論光輝。朱光潛先生在《談對話體》一文中談及「對話」，「專指不是戲劇、小説或歷史，而是自成一種特殊體裁叫做『對話』(dialogue)的那一類，像柏拉圖的許多著作」〔二三〕。「對話性」在王國維詞學中的生命力即在於柏拉圖對話術（辯證術）式的詞論「煉金」，催動新的詞學思想和識見不斷融生。

〔一〕孫紹振《詩話詞話的創作論性質及其在十七世紀的詩學突破》，《文學遺産》二〇一二年第五期。

〔二〕飲冰等《小説叢話》，載《新小説》第七號（一九〇三年）；陳平原、夏曉虹編《二十世紀中國小説理論資料》（第一卷），北京大學出版社一九九七年版，第八一—八二頁。

〔三〕曹辛華《論民國話體文學批評文獻的整理及其意義》，《江海學刊》二〇一七年第二期。

〔四〕參見黄念然、楊瑞峰《現代中國「文學話」批評的生成及其體式特徵——以對話體「文學話」爲例》，《湖北大學學報（哲學社會科學版）》二〇二〇年第一期；楊瑞峰《話體文學批評文體源流關係的建構及其學術史意義》，《雲南社會科學》二〇二一年第六期；楊瑞峰《新變與重構：現代中國「文學話」界説與辨析》，《海南師範大學學報（社會科學版）》二〇二二年第五期。

〔五〕王明强《文話：古代散文批評的重要樣式》，《長江學術》二〇〇七年第一期。轉引自黄念然，楊瑞峰《現代中國「文學話」批評的生成及其體式特徵——以對話體「文學話」爲例》。

〔六〕「至隋唐時期，『話』作爲『談』、『説』、『語』之義使用，在文獻資料中比比皆是。」參見張莉《從「以言載道」到「以事娛人」——宋前「話」的流變考論》，《中南大學學報（社會科學版）》二〇一一年第三期。

〔七〕張伯偉《宋代詩話産生背景的考察》，《文學遺産》一九八九年第四期。

〔八〕歐陽修《詩話》，《歐陽修全集》卷一百二十八，中華書局二〇〇一年版，第一九五二—一九五三頁。

〔九〕參見莫道才《從「話」的文本特性看宋四六話的博雜特點》，《廣西師範大學學報（哲學社會科學版）》二〇一三年第二期。

〔一〇〕司馬光《温公續詩話》，《司馬温公集編年箋注》，巴蜀書社二〇〇九年版，第一九八頁。

〔一一〕陳師道《後山詩話》，何文煥輯《歷代詩話》，中華書局二〇〇四年版，第三一二、三一五頁。

〔一二〕嚴羽《答出繼叔臨安吴景僊書》，嚴羽著，郭紹虞校釋《滄浪詩話校釋》，人民文學出版社一九六一年版，第二五一頁。

〔一三〕劉慶雲《中國詞話與詩話之由合而分及其意義》，《中國韻文學刊》二〇〇〇年第一期。

〔一四〕孫紹振《詩話詞話的創作論性質及其在十七世紀的詩學突破》。

〔一五〕參見《聚訟詩話詞話》「前言」和「凡例」，陳一琴選輯，孫紹振評説《聚訟詩話詞話》，上海三聯書店二〇一二年版。

〔一六〕張莉《從「以言載道」到「以事娱人」——宋前「話」的流變考論》。

〔一七〕各本區别參見彭玉平《被冷落的經典——論〈盛京時報〉本〈人間詞話〉在王國維詞學中的終極意義》，《文學遺産》二〇〇九年第一期。

〔一八〕參見周錫山《〈人間詞話〉的版本情況和本書的編校説明》，王國維著，周錫山編校《人間詞話彙編匯校匯評》，上海三聯書店二〇一三年版。

〔一九〕「手稿」的影印本，參見王國維《〈人間詞〉〈人間詞話〉手稿》，浙江古籍出版社二〇〇五年版；「手稿」的整理本，參見王國維《人間詞話手稿》，鄔國義點校，謝維揚、房鑫亮主編《王國維全集》第一卷，浙江教育出版社二〇〇九年版。

〔二〇〕「定稿」的整理本參見王國維《人間詞話》，鄔國義點校，戴燕復校，謝維揚、房鑫亮主編《王國維全集》第一卷。

〔二一〕周錫山《〈人間詞話〉的版本情況和本書的編校説明》，王國維著，周錫山編校《人間詞話彙編匯校匯評》，第一三頁。

〔二二〕謝桃坊《中國詞學史（修訂版）》，四川人民出版社二〇一五年版，第四〇五頁。

〔二三〕彭玉平《人間詞話疏證》，中華書局二〇一一年版，第二三頁。

〔二四〕伽達默爾著，洪漢鼎譯《詮釋學Ⅰ：真理與方法》，商務印書館二〇一〇年版，第五二一頁。

〔二五〕王國維《人間詞話手稿》，鄔國義點校，謝維揚、房鑫亮主編《王國維全集》第一卷，第四九九頁。

〔二六〕伽達默爾著，洪漢鼎譯《詮釋學Ⅰ：真理與方法》，第五四五頁。

〔二七〕伽達默爾著，洪漢鼎譯《詮釋學Ⅰ：真理與方法》，第五一一頁。

〔二八〕王國維《人間詞話手稿》，鄔國義點校，謝維揚、房鑫亮主編《王國維全集》第一卷，第五〇八—五〇九頁。

〔二九〕伽達默爾著，洪漢鼎譯《詮釋學Ⅰ：真理與方法》，第五二九頁。

〔三〇〕伽達默爾著，洪漢鼎譯《詮釋學Ⅰ：真理與方法》，第五四五頁。

〔三一〕王國維《人間詞話手稿》，鄔國義點校，謝維揚、房鑫亮主編《王國維全集》第一卷，第五二八頁。

〔三二〕伽達默爾著，洪漢鼎譯《詮釋學Ⅰ：真理與方法》，第五二九頁。

〔三三〕朱光潛《朱光潛全集》第九卷，安徽教育出版社一九八七年版，第四五九頁。

（作者單位：上海政法學院語言文化學院）

詞集自校與詞學思想演進
——以吴梅《霜厓詞録》定本形成爲中心

傅宇斌

内容提要 晚清民國以來，詞集自校是較爲突出的詞學現象。詞人在創作生涯中，不斷對其詞作進行校改、修訂，以期詞作臻於完美。吴梅《霜厓詞録》定本的形成歷經三個階段，詞作的自校删定長達數十年，其校改詞作的方式與範圍比較全面，涉及删棄、題序、章句、章法、意旨等多個方面的改定。這種多番删改源於吴梅「立言」以傳世的文人心態，推陳出新及不與人同的創作心態，尊崇詞體並以宋詞爲式的創作心理以及師友之間切磋詞學的影響。吴梅的詞集自校也反映了吴梅創作觀念與詞學思想的演進。創作觀念上，詞作題序、字句、意脈、詞旨的前後改動反映出吴梅在風格、章法、章句、聲律等創作實踐與理念方面的變化；詞學思想上，反映了吴梅在宗旨、宗尚、門徑上的變化。以《霜厓詞録》定本形成爲中心的討論，也有其詞史與詞學史意義。詞史上，反映一代詞人創作實踐與創作理念方面的變化，反映詞人詞派傾向的變化，反映一個時代詞史詞風的嬗變與轉型過程；詞學史上，反映了詞人詞學思想的演進過程，反映主流詞學思想或者詞學流派影響詞人創作的過程，反映一個時代或時期的詞學觀念的演進過程。

關鍵詞 吴梅 《霜厓詞録》 詞集校勘 創作觀念 詞學思想

本文爲安徽省高校哲學社會科學科研創新團隊項目「中國詩學話語體系建構研究」（AH100032）階段性成果。

一個作家在他的作品初稿完成後，往往會對其進行修改，以臻完美。這樣的創作行爲與心態自古即然，故杜甫有「新詩改罷自長吟」，白居易有「舊句時時改」等句，作家對作品進行反復斟酌、推敲，舊稿删棄，定稿形成並公諸於世，因而最後呈現出來的往往是優秀的作品。「新詩改罷」與「時時改」表現的多是一時的情境，反映的是作家在遣詞造句方面一時的最爲自許的創作觀念。古籍記載中偶爾可見作家對某首作品改易詞句的片斷，如洪邁《容齋續筆》記王安石作詩改字云：「王荆公絶句云：『京口瓜洲一水間，鍾山只隔數重山。春風又緑江南岸，明月何時照我還。』吴中士人家藏其草，初云『又到江南岸』，圈去『到』字，注曰『不好』，改爲『過』，復圈去而改爲『入』，旋改爲『滿』，凡如是十許字，始定爲『緑』。」〔一〕王安石詩作草稿是否會付諸他人且不必説，如有其事，則「到」、「過」均表明時間的變化可能帶來情感的變化，而「緑」字狀態的視覺呈現更爲豐富，對情感的衝擊想必會更大。這樣的改字當然可以看出作者在鍛煉詞句時如何更好地體現其情感與思想，但在某一作家的史料記載中，這類材料過少，很難真正把握作家創作觀念的變化。陳正宏注意到袁枚晚年刊行《小倉山房全集》時對早年詩作有重大的删改，詩集中已無早年創作的真實面貌，而早年印行的《雙柳軒詩文集》由於袁枚自行毁板，僅少量見存於世。通過對勘，陳文認爲：「大概成名後的袁枚，試圖掩飾或模糊早年經歷中的一些關節或細節。」〔二〕陳文所舉袁枚例較爲特殊，袁枚有掩飾早年創作個性的意圖，因而在其《隨園詩話》中僅説：「罷官後，悔其少作，將板焚毁。後《小倉山房集》中，僅存十分之三。」〔三〕並没有説明他對此十分之三「少作」進行了重大的改動，可見袁枚是要塑造一個完整統一的自我形象。態度嚴肅的作家應該不會諱言其保存或改動舊作的。陳文也注意到袁枚對《雙柳軒詩文集》删改的四種方式，但在創作上删改的動機與效果僅認爲少作與改作有「質實與靈動之别」，並未就其創作觀念與思想的演進進行探討。當然，這可以啓發在討論作家創作的歷時性變化時，注意到單刻與全集的關係問題。但是，從單刻到全集只是暗示了一種可能性結果，即全集對單刻本進行了一次删改，因而作品有前後期之别。實際上，在作品定稿以前，作家對以前作品可能不止是一次删改，其創作觀念的變化不應只是前後期之别，而是會經歷幾個階段。在古代刊刻爲主的發行方式下，想理想地考察作家創作思想的複雜演變比較艱難，但在晚清民國，作家的作品發行和傳播方式更趨多樣和便利，作家的作品可以迅速發表在報刊上，同時又能迅速結集出版，因而作家作品集的版本更加豐富多元，在考察作家創作思想的變化方面增加了更多的方式。吴梅《霜厓詞録》定稿的形成過程就爲理想地考察作家詞學思想的演進提供了實現的可能。

一 《霜厓詞録》定稿形成的幾個階段

吴梅詞集的結集嚴格説來有三次，第一次是柳亞子輯《南社詞録》，徵集南社詞人作品，吴梅詞作收録三十三首。《南社詞録》隨輯隨刻，自一九一三年至一九二五年，凡刻二二集，共六册。吴梅詞作分刊於一九一三年、一九一七年、一九二三年。這三十三首詞作後來收入《霜厓詞録》者僅九首。第二次是柳亞子輯《南社詞集》，一九三六年刻，收録吴梅詞三十五首，只是在《南社詞録》的基礎上删去一首，補充三首。補充的三首詞當亦作於一九二三年前，第二首《秋霽・題王彦士〈淵明采菊圖〉》，據《吴梅年譜》，作於一九一一年〔四〕；第一首《龍山會・題巢南〈徵獻論詞圖〉》和第三首《十六字令・題瘦鵑〈願天速變女兒圖〉》，《年譜》未作系年，但前者據《黄賓虹年譜》，黄賓虹爲陳去病作《徵獻論詞圖》爲一九一三年〔五〕；而後者周瘦鵑倩人繪《願天速變女兒圖》當在一九一五年，此年周瘦鵑在《女子世界》刊《懷蘭室叢話》，其中云：「瘦鵑則不欲爲男，願天速變作女兒。自慨枉爲男兒二十年，無聲無息，負却好頭顱，日向毛錐硯間討生活，且復歌離吊夢，不如意事常八九，跼天蹐地，惻惻寡歡，作男兒倦矣，頗欲化身作女兒。」〔六〕則《龍山會》與《十六字令》當分别作於一九一三年和一九一五年。這三十五首中收入《霜厓詞録》者同《南社詞録》，是相同的九首。第三次是吴梅晚年自定《霜厓詞録》，一九三八年寫定，一九四二年由其門人盧前編輯出版，收詞一百三十七首。又《霜厓詞録》定本寫成後，《制言》於一九三九年分四期連載刊出，所刊詞與盧前一九四二年貴州文通書局盧前輯《霜厓詞録》同。

吴梅一九二三至一九三七年的詞作並未再行結集出版，而是散見於各種社集與報刊及日記中。較爲集中的社集唱和作品曾刊行出版，如《潛社彙刊》、《如社詞鈔》各録吴梅詞十三首；《六一消夏詞》録吴梅詞廿二首；《消寒集》録吴梅詞十一首。還有詞作散見於各種報刊，《小説月報》二首；《國民》四首；《國學叢刊》四首；《小雅》十四首；《詞學季刊》十二首；《正論》特刊一首；《民族詩壇》七首〔七〕。除此之外，吴梅尚有未公開發表者見於《吴梅日記》，共計三十三首。這些詞作有雷同互見者，有迭經校改者，去除相同詞作，吴梅一生所作詞實有二百二十首。

可見，在《霜厓詞録》定稿的形成過程中，吴梅删汰詞作達八十三首。這些删汰詞作分布於吴梅創作各時期，且有些詞作並非直接删汰，也有經修改仍然删棄者，如《南社詞集》中《金縷曲·朱梁任最録放翁集題詞》一詞，據年譜作於一九一〇年，而一九三一年十二月初五日《日記》中載：「早起改舊作《金縷曲》一首。……此詞將來不必存稿，因録入日記中，兒輩他日，亦不必爲我補遺也。」〔八〕定稿中此詞不存。

而定稿中詞作有經一次改定者，有經多次改定者。一次改定者有從已刊詞作中進行潤色、加工、改編者，如早年《南社詞集》中所保留九首詞，每首均有校改；有從《日記》中摘出存入定稿而校改者，如《洞庭春色·詠橘》、《東風第一枝》（暖雪烘晴）、《望海潮·吊戚南塘》、《紫萸香·壬申重九怡園對菊》等十六首詞。多次校改者有多種已刊版本先後校定者，如《南社詞集》中詞作又有刊入《六一消夏詞》者，而後定稿對《六一消夏詞》本再行改定；也有先載於《日記》者，若干年後載於報刊，定稿對報刊中詞作再行校定者，如《洞仙歌·讀林鐵尊(鵾翔)〈半櫻詞〉》據《日記》卷九，作於一九三四年十二月，而後《詞學季刊》第三卷第一號刊出，此爲一九三六年三月，最後一九三八年定稿又對《詞學季刊》本予以改定；還有僅見於《日記》中記載中，當有屢次校改，最後定稿對《日記》中詞作予以改定者，如《瑞龍吟·過頤和園》詞，見於《吴梅日記》卷二一九三二年二月十七日，此條云：「下午改舊詞《瑞龍吟·過頤和園》一首，苦思力索，方脱王湘綺詩窠臼，乃信此道之難，録下以備再改。」〔九〕云「舊詞」者，則此詞作年在一九三二年以前，題云「過頤和園」，此詞或作於一九三二年以前，查《吴梅年譜》，此詞初作於一九一九年〔一〇〕，而後經《日記》校改，最後又經定稿改定。

二　吴梅校改詞作的幾種方式

吴梅對詞作的校改是全方面的，有對舊作的删棄；有對詞調與詞題、詞序的改動；有對個别字詞進行校改者；有對整句進行校改者；有對全篇進行校改，而面貌依稀者；有對全篇進行大幅度校改而面目全非者。分别述之如下。

删棄舊作。有三種情況：其一是對早年詞作進行大量删棄，《南社詞集》中録吴梅詞三十五首，最後保留進定稿的僅有九首。其二是部分社集作品删棄較多，如吴梅參與潛社唱和共九次，《潛社彙刊》中録詞十三首，而定稿中保留八首；又如《六一消夏詞》收録吴梅詞廿一首，而定稿中僅保留十首。其三是大量應酬性詞作予以删棄，如壽詞、題詞、代筆詞之類删汰較多。以《吴梅日記》中載存之四十四首詞爲例，壽詞八首皆不見於定稿；題畫詞十七首，定稿中僅存《齊天樂·題雁村填詞圖》、《齊天樂·九珠叔苦吟入定圖》二首；題詩詞集五首，定稿中存《洞仙歌·題潘軼仲瘦葉詞》、《洞仙歌·題林鐵尊半櫻詞》二首；題像題影詞三首，定稿中存《采桑子·爲天津徐蘭雪題女伶張蘊馨小影》一首；代筆詞二首及酬謝詞一首皆不見於定稿。

詞調、詞題與詞序的校改。詞調的改動主要是詞調名的改動，從《霜厓詞録》來看，僅有三例，分别是《摸魚子・秦淮秋集》，《南社詞集》詞調名作《買陂塘》；《拜星月・詠螢》，《六一消夏詞》詞調名作《拜星月慢》；《倚風嬌》（三月芳辰），《如社詞鈔》詞調名作《倚風嬌近》。詞題的改動情況較爲複雜，有這幾種情形：壹、原作無題，定稿補題。如《虞美人・劉子庚毓盤斷夢離痕圖》，在《南社詞集》中無題，而定稿補題；貳、原作有題，定稿删去詞題。如《湘春夜月》，《南社詞集》中題作「步張孟劬韻」，定稿中删題；叁、原作詞題本事稍晦，定稿補明本事。如《瑞云濃》（云腴未老）詞，《六一消夏詞》本詞題作「瑞云峰」，定稿詞題補作「過舊尚衣使署，賦瑞云峰」；肆、原作詞題本事較明，定稿則隱去本事。如《清波引》（小園聽雨）詞，《南社詞集》題作「可園春禊，步休穆韻」，而定稿題改作「可園送春」；伍、原作詞題明確，而定稿改易詞題，與原作詞題意思全異。如《蘭陵王》（旅程直）詞，《消寒集》詞題作「柳，步清真韻」，而定稿題作「南歸别京華故人，次清真韻」；陸、對原作詞題字句稍作改易，意思不變。如《玉京謡》詞，《詞學季刊》本題作「客廣南三月，龜岡獨酌，輒動鄉思，倚夢窗調」，定稿僅將「輒動鄉思」四字改爲「鄉思渺然」，其他不變；柒、原作詞題意義較豐，定稿裁減字句，通過自注方式補全題意。如《江南好》（杯底西山）詞，《六一消夏詞》本詞題作「喜芯廬至並懷紓隱」，而定稿改爲「喜潘丈芯廬昌煦南歸」，題中無「紓隱」名，但在末句「遥夜望高樓」句自注云「謂高丈紓隱」；捌、定稿對原作詞題本事進行改易。如《换巢鸞鳳》詞，《如社詞鈔》題作「不至秦淮經年矣，夏初偕木庵重過，淒然成詠，應如社第二集」，而定稿作「偕匪石過丁家水榭」。

詞序的校改主要有四種情況：一，删詞序易爲詞題。如《多麗》（水云鄉）詞《南社詞集》本有序云：「秦淮畫舫，有名多麗者，余與姚子鵷雛、陳子佩忍小集其中，文讌流連，皆一時彦俊。余别金陵十年矣，追念昔塵，彌增惆悵。因倚蜕岩舊律，賦此爲同人唱云。」定稿本删序，題云「秦淮秋集」；二，易詞題增補爲詞序。如《綺寮怨》(老眼看花如霧)詞《如社詞鈔》本詞題作「重過臺城，倚清真格」，定稿改爲詞序：「淮張舊基，新拓池囿，酣嬉士女，徹夜行歌。偶過瞻眺，余懷淒黯，爰倚此解，索仲清和。清真此詞下疊，暗韻至多，如『江陵』『何曾』『歌聲』三語，皆是協處，自來聲家多未知也。」三，原詞無序，定稿補序。如《倚風嬌》(芸葉留香)詞《瞿安日記》本有詞題爲詞序，定稿補序云：「孟蘋得宋槧《草窗韻語》，顔所居曰密韻樓，繪圖征題。是調始自草窗，而《詞律拾遺》以第三句作上三下四，誤。兹正之。」四，對原詞序字句略加改易。如《傾杯》(落葉江城)詞，《如社詞鈔》本序云：「南城歌酒，無異承平，回首前塵，淒迷欲絶。倚屯田散水調格。」定稿僅易「承平」爲「盛時」，「淒迷」爲「淒然」。

定稿對原作個別字詞的改動以吴梅晚年作品居多。最多的情況是對原作領字的改易，如《六一消夏詞》本《西子妝》(波冷襪塵)詞，定稿對其改易四字，其中三字即爲領字，分别是「已不是，嬉春舊路」中「已」字改爲「總」字，「看廣場燈火」中「看」字改爲「又」字，「問何處，清涼閑住」中「問」字改爲「待」字；其次是對某些修飾性或程度性字詞的改易，如《六一消夏詞》本《采緑吟・荷葉》詞「暖云低」，定稿改爲「淡云黄」，「芳意催詩」改成「涼意催詩」，這是修飾性詞語的改易。又如《六一消夏詞》本《水調歌頭・過滄浪亭》詞「安有溺人仕宦，更没忘憂池館」兩句中「安有」和「更没」分别改成「未必」和「安有」，這是程度性詞語的改易；再次是對動作性字詞的改易，如《吴梅日記》本《望海潮・吊戚南塘》「繡衣横海仗嬋娟」句中「仗」字，定稿改爲「拜」字。

復次是將虚詞改爲實詞或者將實詞改爲虚詞，如《如社詞鈔》本《换巢鸞鳳・偕匪石過丁家水榭》「恨好事半生都幻」句中「都幻」，定稿改爲「虚幻」，《潛社詞續刊》本《菩薩蠻・五都詠》其三「閑來尋舊跡」句中「閑來」，定稿改爲「龍亭」，這是虚詞改爲實詞；《潛社彙刊》本《桂枝香・登掃葉樓》「妝點晴巒古畫」句中「古」字，定稿改爲「似」字，《如社詞鈔》本《綺寮怨》(老眼看花如霧)詞中「有夢影記東京」，定稿將「有」字改爲「可」字，這是將實詞改爲虚詞。

最後是對某些名物字詞的改易。也有幾種情況：一是將具體可感的名物詞改成相對抽象之詞。如《南社詞集》本《眉嫵・河東君妝鏡》詞「鬢華細數」句中「鬢華」，定稿改成「歲華」；二是將抽象之詞改成具體之詞。如《南社詞集》本《壽樓春》(吹瓊簫商聲)詞「曾賦閑情」句中「閑情」，定稿改成「紅情」；三是將典故性詞語改成現實場景詞。如《消寒集》本《滿江紅・寒鴉》詞「莫根新亭煙景改」句中「新亭」，定稿改成「江潭」；四是將現實場景詞改成典故性詞語。如《南社詞集》本《壽樓春》(吹瓊簫商聲)詞「料近來秦淮潮平」句中「秦淮」，定稿改成「桑乾」；五是典故性詞語之間的斟酌改易。如《消寒集》本《江南春・趙大年〈江南春圖〉》詞「天水繁華歇」句中「天水」，定稿中改爲「天寶」；六是時序和地點詞的改換。《如社詞鈔》本《惜紅衣》詞中「今日」定稿中改爲「今夕」，這是時序的改換。《吴梅日記》本《卜算子慢・過復成橋有感》詞「對南洲浩歎」，定稿將「南洲」改成「南園」，這是地理名詞的改換；七是人名與物名之間的改換。如《消寒集》本《夢横塘・胥江村店獨酌》詞「招座客」句，「座客」一詞定稿改成「素鶴」；八是名物詞意義不變，表述略有調整。如「晴嵐」改成「晴巒」，「園林」改成「園亭」，「故園」改成「故山」等。

整句的校改。主要有兩種情況：一是换意兼换律。如《齊天樂・甲戌重九登豁蒙樓》初刊於《詞學季刊》二卷二號，有句云「十年留滯」，而定本作「三秋氣爽」，「亂葉長安」句，定本作「蓑笠漁舟」。前句平仄作「仄平平仄」，定本作「平平仄仄」；後句平仄作「仄仄平平」，定本作「平仄平平」；二是换意爲主，格律基本不變。如《清波引・可園送春》首句，《南社詞集》作「杜鵑啼雨」，定本則作「小園聽雨」；過片首句《南社詞集》作「琴言鏡語」，定本則作「荒雞唱午」，過片次句《南社詞集》作「剪雙影偷譜恨句」，定本則作「可容我滄浪暫駐」。

全篇校改面目尚存。此種情況較少，如定本《多麗・秦淮秋集》如下(括弧内爲校語，以《南社詞集》本

對勘異同,《南社詞集》本異處附括弧内):

多麗　秦淮秋集(《南社詞集》題作「秦淮畫舫有名多麗者,余與姚子鵷雛、陳子佩忍小集其中,文讌流連,皆一時彦俊。余别金陵十年矣,追念昔塵,彌增惆悵。因倚蜕巖舊律,賦此爲同人唱云。」)

水云鄉。不知何事(六朝遺事)凄凉。看長川(甚長淮)、明燈子夜,依然舊日秋光(風光)。羽衣寬(輕)歌翻湘月,銀屏護、鬢惹天香。柔艣沖波(烟波),幽花媚客(巷陌),幾年湖海送清(情)狂。問佳麗、淡煙輕粉(問前度俊遊佳侣),蝶怨板橋霜(一寐早荒唐)。誰知得、白頭孤旅(秋士),猶近歡場。笑(記)樓臺西風換盡(江城畫裏),故園鶯燕誰忙(那時多少垂楊)?汜人歸早捐漢珮(美人歸祇留楚佩),詞仙老還辦(辨)吴航。塵墨題襟(芳墨題愁),翠尊話雨,紫萸重對内家妝(霜信又重陽)。蕩客思古懷零亂,煙柳鎖斜陽(金粉也尋常)。愁無託(溪山約),醉攜(試盟)鷗鷺,共(醉)聽滄浪。

可以看出,定本對《南社詞集》本有大量的改動,幾乎每句都有不同,但兩詞的情感基調與風格面貌並無很大不同。

全篇校改面目全非。主要兩種情况:一種是只改詞作正文,詞題雖有改動,但吟詠主題不變。如定本《蘭陵王·南歸别京華故人,次清真韻》與《消寒集》本的對勘如下(《消寒集》本異處附各句括弧内):

蘭陵王　南歸,别京華故人,次清真韻(《消寒集》作「柳,步清真韻」)

旅(水)程直。新柳長亭乍碧(江浦煙痕暈碧)。東郊(蘅皋)外、回望九重(飛絮滿天),日冷觚棱淡無色(十里東風盡籬色)。吴閶問舊國(緇衣又去國)。應識長洲病(蘭臺上)客。銷凝處,緇化素衣(猶記濮潭),凄絶幽閨費刀尺(春郭攀條未盈尺)。哀吟認鴻跡(繁華恨無跡)。正(但)草暗修門,花謝瑶席。饑驅低首(黄金難買)嗟來食。算百歲如夢(空曲岸停轡),萬人如海(斷橋持盞),摇鞭歸去趁快驛(年年扶夢過破驛)。笑多事南北(況南下還北)。　悲惻。亂愁積。歎白髮(讀上聲)江關(待策馬人歸),天地孤寂(巢燕樓寂)。西樓把盞相思極(長堤民眼淒涼極)。待(正)薄醉欹枕,浩歌(嫩寒)横笛。陰晴難料,又(怕)夜雨,帶淚滴。

第二種情況是詞題與詞作正文均有根本改動,只能通過詞調、用韻和幾種版本的遞衍關係看出幾者之間的關聯。如定本所録《霓裳中序第一》有《南社詞集》本、《六一消夏詞》本、貴州文通書局定本三個版本,三者對勘如下:

霓裳中序第一(《南社詞集》題序作「畢節路君金坡朝鑾見訪京寓,爲話南都近事,賦此」;《六一消夏詞》作「殘暑漸退,雅韻將闌,撫事抒懷,不能無作,用白石韻」。按:下引詞中《南社詞集》略作《南社》,《六一消夏詞》略作《消夏》。)

晴波記泛宅(《南社》作「南云夢故國」,《消夏》作「秋堂夢故國」),墜葉青溪無信息。依舊(《消夏》作「何處」)緑楊(《南社》作「何處夕陽」)巷陌。甚(《南社》、《消夏》作「記」)花榭(《南社》作「樹」)罷(《南社》、《消夏》作「試」)燈,湘簾收笛(《南社》、《消夏》作「星橋横笛」)。西風破屐(《南社》、《消夏》作「關河浪跡」)。料謝家(《南社》作「那時」,《消夏》作「那回」)、鶯燕難(《南社》、《消夏》作「還」)識。何戡去(《南社》作「滄江暮」,《消夏》作「滄波恨」),碧城按曲(《南社》作「賦别」),冷落俊遊跡(《南社》、《消夏》作「舊瑶席」)。　淒寂。鳳樓春隔(《南社》作「鳳臺春色」,《消夏》作「春色」)。怕柳外、群山换色(《南社》作「待問訊西州倦客」,《消夏》作「待問訊東歸倦客」)。哀時(《南社》作「蘭成」)詞賦自惜。玉老田荒(《南社》作「玉井苔荒」),往事休憶(《南社》作「錦嶺雲隔」,《消夏》作「眼底非昔」)。斷紅留醉墨。但(《消夏》作「聽」)暮雨吴娘暗泣(《南社》作「但鏡裏秋絲未白」)。霜華緊(《南社》作「霜風老」,《消夏》作「西風緊」),塵侵雙袂(《南社》作「京塵衣袂」,《消夏》作「緇塵衣袂」),去住兩難得。

三　吴梅校改詞作的動機與原因

已有學者注意到近代以來校改詞作的風氣及其對經典之作形成的影響〔一一〕，吴梅校改詞作也是這一風氣的反映。檢閲《吴梅日記》可以看出吴梅校改詞作的動機與原因。

吴梅有着較爲强烈的「立言」以傳世的心態。《吴梅日記》一九三三年正月二十二日記云：「余今年五十，欲將詞稿付刊，故急急改潤，預計日改一首，則暑假前即可畢事，寫稿上木兩月可成，七月初度，可贈親友，五十無聞，庶幾幸免焉。」〔一二〕吴梅一八八四年七月生，一九三三年七月廿二日爲其五十歲壽辰，五十爲知命之年，傳統士人也把五十歲作爲個人立德、立言的生命節點，《論語·子罕》云「四十、五十而無聞焉，斯亦不足畏也已」〔一三〕，故日記中云「五十無聞，庶幾幸免」，足見刊刻詞集以「立言」傳世實爲吴梅校改詞作的重要動機。翻閲日記，吴梅頻繁地校改詞作始於一九三一年十二月初五（西曆一九三二年一月十二日），此後至日記終卷一九三七年五月二十九日（西曆一九三七年七月七日），吴梅幾乎每月均有改詞之舉，日記中記録有數十次之多。這也説明在吴梅看來，校詞改詞以成佳作也是其人生中的名山事業。

吴梅改詞的動機還在於其推陳出新，不與人同的創作心態。日記一九三二年二月十七日云：「下午改舊詞《瑞龍吟·過頤和園》一首，苦思力索，方脱王湘綺詩窠臼，乃信此道之難，録下以備再改。」〔一四〕王闓運作有《圓明園詞》，爲晚清名作，吴梅詠頤和園意在力避窠臼，故改而再改。這在吴梅改詞中實爲常態，一九三二年四月十九日云：「改舊詞《蘭陵王》、《洞仙歌》、《解連環》三首，録入定稿。前張仲清（茂炯）嘗謂余云：『各種詩文筆記，及經史編纂，皆可於身後編定，或子孫纂録，或門弟子採集，固無害於事也。惟詞非手定不可，一字一音之出入，往往有毫釐千里者。』余深服其言。今日點竄，輒以一言未安，致忘寢饋。即此三詞，實自十六日起手，至今午始安。歐陽公謂『不怕先生怕後生』，此之謂矣。」〔一五〕吴梅校改三詞共歷四天，「致忘寢饋」，用心良多。在評論當代詞家時，吴梅也表現出獨具隻眼的特點，如周岸登詞，同人「皆譽之不絶口」，吴梅則認爲其詞「琢句時覺扠挪倔强，……有間架而無生采，以詩文渲染之法作詞，實差以千里也」〔一六〕。

吴梅校改詞作的動機還在於他尊崇詞體，以宋詞爲式的創作心理。日記一九三四年六月十三日云：「下午改詞一首，《飛雪滿群山》調，止蔡友古集有之，兩宋中無他詞可校，只得字字依從，而爲上聲字所窘，竟費三小時之久。」〔一七〕可以看出，吴梅校改詞作往往參酌宋詞，並非只取某家之作，無他詞可校，始取一家爲准。其定本自序也表達了以宋詞爲式的創作態度：「長調澀體，如耆卿、清真、白石、夢窗諸家創調，概依四聲。至習見各牌，若「摸魚子」、「水龍吟」、「水調歌頭」、「六州歌頭」、「玉蝴蝶」、「甘州」、「臺城路」等，宋賢作者，不可勝數，去取從違，安敢臆定？因止及平側，聊以自寬。」〔一八〕澀調僻調的創作吴梅謹依宋人四聲，常見各調平仄上也遵從宋人。

吴梅矜慎改詞還有一個重要原因在於師友之間的切磋、影響。吴梅早年學詞於朱祖謀，並常請益於鄭文焯等人。吴梅一九一〇年日記云：「是年訪古微丈於聽楓園，庭菊盛開，倚此就教，過承獎掖，良用慚奮。」〔一九〕而朱、鄭等人的交往不僅在校勘宋詞，平常作詞也多交付對方勘正，如一九〇七年二月鄭文焯致朱祖謀書云：「又繹大著煞聲『春』字，不若徑易『朝衫』爲聲情俱合，不揆狂簡，惟知音裁之。」〔二〇〕受師輩影響，吴梅與同時詞友也多有詞作上的探討、推敲。如日記一九三五年十月三十日云：「鐵尊書至，商量《高陽臺》詞，易稿至四次，此老真不恥下問，近人所難也。余亦作一首，盡删蕪雜，自謂頗佳。」〔二一〕一九三六年二月初十日又云：「仇亮卿、蔡嵩云皆詢《倚風嬌》一詞定格，爲籀討數四答之。」〔二二〕《倚風嬌》詞調的寫作，吴梅共寫有兩首，《倚風嬌·芸葉留香》初稿寫於一九三二年四月，《倚風嬌·三月芳辰》初稿寫於一九三六年二月，前詞有《吴梅日記》本、《霜厓詞録》定本兩個版本，後詞則有《吴梅日記》本、《如社詞鈔》本、《霜匡詞録》定本三個版本。除此之外，在《吴梅日記》中尚多次記載「改舊詞《倚風嬌》」句。可見《倚風嬌》一調自一九三二年試筆至一九三八年定稿的六年間，吴梅始終始終處於不斷完善的狀態。這種最後定本的完成與吴梅詞學往來「籀討數四」是分不開的。

四　吴梅詞作校改的創作觀念與詞學思想

通過對吴梅詞作校改的種種方式的考察，可以知道吴梅校改詞作的内容主要是字句、意脈、格律三個方面。這三個方面的修改體現了吴梅創作觀念的調整。

從字詞來看，吴梅的各種修改涉及的是濃淡、動静、虚實方面的處理。濃淡即指情感與色彩方面的飽滿、濃重、深沉或者空明、清淡、平易等。如《六一消夏詞》本《西子妝》(波冷襪塵)詞，「已不是、嬉春舊路」中「已」字定本改爲「總」字，改動之後情緒更爲低沉飽滿；再如《六一消夏詞》本《采緑吟・荷葉》詞「暖云低」，定本改爲「淡云黄」，改動之後色彩上更爲空淡。動静指動作與狀態方面的生動、變動或者平静、静止等。如《吴梅日記》本《望海潮・吊戚南塘》「繡衣横海仗嬋娟」句中「仗」字，定本改爲「拜」字，改動之後動作上更生動，對於當時抗倭俠女王翠翹的功績更顯得衷心拜服；再如《消寒集》本《繞佛閣》詞「鐘梵誰理」中「誰理」，定本改爲「餘幾」，「誰理」一詞突出的是無人注意蕭寺的鐘梵，「餘幾」一詞突出的是鐘梵已多殘破，從兩詞的狀態看，明顯後詞對「蕭寺」的體現更鮮明。虚實指字詞使用與場景變化的虚實詞的轉換或者虚空、質實之境的不同。如《潛社詞續刊》本《菩薩蠻・五都詠》其三「閑來尋舊跡」句中「閑來」，定本改爲「龍亭」，這是虚詞改爲實詞。吴梅《五都詠》寫於一九三六年十月，其時國事日亟，吴梅詠西安、洛陽、開封、杭州、南京五都，實有深意，用實詞「龍亭」替換虚詞「閑來」突出故土淪喪之痛；再如《吴梅日記》本《卜算子慢・過復成橋有感》詞「對南洲浩歎」中「南洲」，定本改成「南園」，「南洲」出自佛典，即南贍部洲，中國所在洲，在詞中所指較大，而改成「南園」，則指眼前所見之園，更爲具體，這與詞表現的興亡之感聯繫得顯然更緊密。

吴梅對整句的校改側重的詞意的渾融、切題，情感的沉鬱、緊致，風格的沉着、含蓄。如《南社詞集》本《壽樓春》詞末幾句作：「聽笛中梅花江城。正詞客傷高，吴霜鬢星，秋滿庭。」而定本改成：「任客中明朝陰晴。便韋曲相逢，霜天雁鳴，秋滿城。」前詞情感上比較發越、直露（「傷高」「鬢星」等語），風格上較爲空靈幽清（「梅花江城」「秋滿庭」等語），而後詞情感上變爲沉鬱，風格含蓄空宕，且云「相逢」與詞題更愜，詞題原作「和金坡」。又如《瞿安日記》本《瑞龍吟・過頤和園》這幾句：「瓊島鵑啼苦。誰認我，低頭吞聲臣甫。」定本改成：「鸞影驚鴻睹。空認取，瑶臺朱顔仙姥。」前詞表現的是作者的悲苦哀痛，個人情緒比較突出，後詞則純白描，僅用一「空」字表現歷史已成塵埃，繼承周邦彦的藝術特徵比較明顯，風格婉曲渾厚。

從意脈來看，吴梅的修改涉及的是意義、意境、結構方面的處理，這在吴梅進行全篇校改時表現得更爲明顯。如《虞美人》（銀荷回照）一詞，《南社詞集》本與定本相差極大，並録之如下以便比較：

虞美人

銀荷回照江波淺。紅上梨渦面。嫩寒天氣最相思。却向海棠花下立多時。　下簾又是黄昏雨。雙燕銜春去。滿庭芳草掩重門。約住一牀胡蝶絮花魂。

虞美人　劉子庚（毓盤）《斷夢離痕圖》

銀荷回照紅波淺。小扇難遮面。碧紗如夢悄寒時。雨雨風風天氣最相思。　尋常巷陌都經慣。老去情懷嬾。鬧紅一舸可憐宵。不信錢唐今夜不通潮。

這是一首題畫詞，《南社詞集》本顯然雕琢較細，畫中場景大都在詞中呈現。定本以截取主要畫面爲主，同時對原畫的場景描寫與《南社詞集》本不同。如上詞「紅上梨渦面」表現的是女子的嬌羞，下詞「小扇難遮面」則突出的是女子的嬌美。上詞以描寫女性爲主，是一首閨情詞，下詞的下片則宕開出去，表現的是男主人公的落寞與期盼。因而定本雖然也是寫相思，但跳出了閨怨的模式，詞作内容發生了極大改變。此外，兩詞上片的後兩句情感大致相同，都提到了「相思」，但結構却進行了倒置調整，上詞色彩鮮明，描繪的是女子佇立海棠花下思念情人的場景，下詞描寫「悄寒」，表述悄寒天氣即相思時節，刻劃的相對靜止的離思之情。下首詞在表現情感時顯得更高明些，自然高妙，無須直説。

從格律來看，吴梅的改詞涉及的是譜式和聲律的處理。譜式方面，吴梅多次在日記中駁議徐本立《詞律拾遺》對《倚風嬌》詞調的分句、斷句之誤。一九三二年四月十一日云：「是調誠庵《詞律拾遺》收録，而注處多誤：第三句『弄嬌風軟』，是上四下三；以下四句，三句换平叶，『暖玉』非借入韻；末句『淺素』爲句中暗叶，誠庵之説，不可從也。」〔一三〕一九三六年二月初十日云：「仇亮卿、蔡嵩云皆詢《倚風嬌》一詞定格，爲籀討數四答之。」後録周密《倚風嬌》上片並云：「草窗倚楊紫霞譜，《詞律拾遺》分句不當，爲重訂之。下疊不誤。」〔一四〕其定本《倚風嬌》一詞，又在詞序中説：「孟蘋得宋槧《草窗韻語》，顏所居曰密韻樓，繪圖徵題。是調始自草窗，而《詞律拾遺》以第三句作上三下四，誤。兹正之。」可見，對此詞譜式，吴梅是反復致意。吴梅自製《倚風嬌》詞定稿如下：

芸葉留香，故家天水都杳。蠹箋猶有長恩保。新緑灑廉纖。雨脚晚涼添。濕壓重簷。可道江湖人老。　三徑延芳，來攜蘋花寒沼。誰識詞仙幽抱。避影繁華伴吟嘯。歸家好。弁峰翠色迎君笑。

此詞上片第三句「蠹箋猶有長恩保」是四三句式，後面三句接「纖」、「添」、「簷」三個平韻句，這與吴梅所説「上四下三」、「三句换平叶」的説法是一致的。

聲律方面，吴梅特别重視上聲和韻字。其《詞學通論》云：「蓋一調有一調之風度聲響，若上去互易，則調不振起，便有落腔之弊。……如《齊天樂》有四處必須用去上聲，清真詞『云窗靜掩』、『露螢清夜照書卷」、「憑高眺遠」、「但愁斜照斂」是也。」〔二五〕如吳梅《齊天樂·甲戌重九登豁蒙樓》定本在相同的位置分別是「禪房靜鎖」、「暮村吟事問誰可」、「黃花伴我」、「甚時歸計妥」幾句，韻尾或用去上聲，或用平上聲，與周邦彥詞用韻一致。《詞學通論》又云：「夫詞中叶韻，惟上去通用，平入二聲，絕不相混。」吳梅重訂詞韻云：「右韻二十二部，不守高安舊例，大氏仍用戈氏分部。而入聲則分八部。……陌、麥不能與昔、櫛同叶，沒、曷、末不能與點、屑同叶。戈氏合之，未免過寬。」〔二六〕戈載入聲分爲五部，吳梅析爲八部，如戈載將「曷」、「點」、「屑」列爲第十八部且通叶，吳梅則將「曷」與「點」、「屑」分列爲兩部，且不能通叶。如吳梅所作《石州慢》定本：

石州慢　登燕子磯，遍遊十二洞

十里晴波，千丈翠微，人意高潔。間攜兩屐登臨，水國白蘋風熱。陰崖古洞，但見紫筍排空，霓旌霜葆朝仙闕。回步出層霄，恰山花如血。　悲切。畫闌帆影，蕭寺鐘聲，霸圖銷歇。眼盡南朝，幾許春江風月。碧云天暮，喚起海底潛龍，柯亭笛管吳冰裂。瀉淚濕綀衣，又黃梅時節。

此詞押「屑」韻和「月」韻，除「闕」、「歇」、「月」韻字押「月」韻外，其他韻字均押「屑」韻，它們均屬吳梅重訂詞韻第二十一部，這與吳梅對入聲押韻嚴格的要求是一致的。

吳梅校改詞作還涉及刪汰詞作與校改詞題、詞序。關於詞作刪汰，前已提及吳梅刪棄早年詞作、社集唱和詞作、應酬性詞作較多，但這幾類詞作修改之後收入定稿的也有五十五首，所占比例也有百分之四十。所以以創作時間、社集之作、應酬之作作爲刪汰標準顯然不大合適，那麽所刪諸作有什麽特徵呢？概而言之，有如下幾點：

一、纖巧雋艷之作。如《南社詞集》中所録早年詞作《浣溪沙》（輕約梨云蘸碧羅）、《如夢令》（一剪秋痕消瘦）、《鶯啼序》（冰奩膩紅乍展）等皆是。

二、豪放發越之作。如一九一三年所作《金縷曲・朱梁任最録放翁集題詞》，一九三二年又進行了修改，然而仍然没有收入《霜厓詞録》定本，日記中云修改本此詞「能將放翁衷曲，一一寫出，所以爲佳。此詞將來不必存稿，因録入日記中，兒輩他日，亦不必爲我補遺也」〔二七〕。此詞如下：

一疊淒涼稿。是平生、壯遊萬里，江山文藻。禾黍荒原金梁下，恨事千秋未了。但托意、田園吟嘯。忍死從軍真豪語，夢沙場、血濺紅心草。秋塞外，雪飛早。　王師北定中原渺。問他年、清明家祭，乃翁誰告？珠玉都收珊瑚網，依舊身棲江表。又引起、夜猿哀叫。白雁來時風霜惡，有井中心史稱同調。今古淚，灑多少？

此詞雖然沉痛悲憤，陸游生平與心曲能够寫出，但定本依然不録，原因仍在其風格發越豪壯，結合前論，這種風格並不符合吴梅的創作要求。

三、酬酢無謂之作。前云定本中壽詞、題畫詞、題影詞、題詩詞集詞所存甚少，又其和友人詞定本也多不存，且有改易詞題並大量修改詞作而不知其爲和作者。如定本中《清波引・可園送春》詞，原《南社詞集》本題作「可園春禊，步休穆韻」，且詞作每句均有修改；又如定本《眉嫵・長安秋感》，《南社詞集》本題作「壽石公見示近詞，拈此贈之」，正文全篇幾乎也有改動，這都説明對於應酬之作，吴梅是極其警惕的。

四、聲律不諧之作。如日記一九三四年六月十三日云：「下午改詞一首，《飛雪滿群山》調，止蔡友古集有之，兩宋中無他詞可校，只得字字依從，而爲上聲字所窘，竟費三小時之久。」〔二八〕吴梅《飛雪滿群山》後發表在《小雅》第一期，題名「喜雪，次友古韻」，並未收入定稿，足見此詞聲律上尚有未諧，故吴梅棄之。王季思云吴梅中年以後「重以喜和前人澀體，講究四聲陰陽」〔二九〕，其實對聲律的嚴苛吴梅晚年仍孜孜以求，《霜厓詞録》自序云：「長調澀體，如耆卿、清真、白石、夢窗諸家創調，概依四聲。」可以與之印證。

吴梅校改詞題詞序的情況雖然多樣，然而也有其審美標準。《詞學通論・緒論》云：「擇題最難。作者當先作詞，然後作題，除詠物、贈送、登覽外，必須一一細討，而以妍雅出之，又不可用四六語（間用偶語亦不妨），要字字秀潔，別具神韻方妙。敘事寫景，俱極生動，而語語研煉，如讀《水經注》，如讀柳州遊記，方是妙題，且又得詞中之意。撫時感事，如與古人晤對。而平生行誼，即可由此考見焉。」〔三〇〕從中可以看出，吳梅認爲詞題詞序應如山水小品，又如人物小傳，應具有「妍雅」、「神韻」之美。這一認識比之前人大多訾詆詞序，明顯要具有文體的自覺性。如《瞿安日記》本《夢揚州》詞序：「燕亡久矣，秋夜入夢，依依平生，且多慰藉語，因次淮海韻記之。」定本則删「且多慰藉語」句與「因」字，改動之後既簡潔又藴藉。又如《綺寮怨》詞，《如社詞鈔》本題作「重過臺城，倚清真格」，定本改爲：「淮張舊基，新拓池囿，酣嬉士女，徹夜行歌。偶過瞻眺，余懷淒黯，爰倚此解，索仲清和。清真此詞下疊，暗韻至多，如『江陵』、『何曾』、『歌聲』三語，皆是協處，自來聲家多未知也。」改動之後的「撫時感世」之情不僅更爲突出，而且暗韻之妙，不經説出，讀者實不易知。

通過對吳梅創作觀念變化的考察，我們認爲吳梅的詞學思想也有一個演進的過程，這一演進的過程也可以通過比較其早年的詞學論述中得到印證。吳梅早年著有筆記兩種《蠡言》、《瞿安筆記》，分別刊於《小説月報》一九一三年第四卷和一九一四年、一九一五年第五卷、第六卷，其中間有論詞之語，涉及論詞宗旨者更少。《瞿安筆記》有三則略可窺其早年旨趣，其一云和龐樹柏詞四首「工力相當」，筆記中此四首全録之，可見爲吳梅其時自得之作。其《浣溪紗》詞云：「一杵西風雁影移。江潭衰柳正依依。半天寒翠撲衣飛。夢影微茫難寄淚，客情撩亂怕題詩。翦燈心事落花知。」〔三一〕此詞輕倩流麗，可謂佳作。此首及其他三首均收入《南社詞集》中，然而《霜厓詞録》定本均未收録。其二云：「龍洲詞豪邁雄宕，雅與辛幼安相近。余讀其詞，至爲心折。」〔三二〕然而一九三三年撰《詞學通論》云：「改之詞學幼安，而横放傑出，尤較幼安過之。叫囂之風，於此開矣。……至豪邁處又一放不可收，蓋學幼安而不從沉鬱二字著力，終無是處也。」〔三三〕態度發生了極大改變，由推崇而貶斥，足見其宗尚之變化；其三云：「（張爾田）詞境高卓，雅近清真，蓋磋切於師友間者至深。而幽愁哀思，觸緒紛來，蓋遭時之變，迫而爲此噍殺之音，亦有所不得已於言者在乎？」〔三四〕吴梅對張爾田及其詞風是高度認同的，《霜厓詞録》定本收録和作較少，而和張爾田詞兩首均見存於定本，足見吴梅對張爾田是嚶鳴以求的，其宗尚於周邦彦亦同於張爾田，一生大體未變。

通過以上的討論，我們對於吴梅詞學思想的演進可以作一些推測：

詞學宗旨上，由主張自然、清空之作到推崇沉鬱之作。其早期《南社詞集》中所録詞，有追求清空一路，如前所述《壽樓春》詞。吴梅一九一〇年有《讀近人詞》（四首），第一首云：「詞何名詩餘？餘自三百篇。勞人思婦語，托意通天淵。境遇有窮達，性情無變遷。哀樂得其正，咳吐皆名言。水流與花放，妙處在自然。煌煌燕許筆，勸君姑舍旃。」〔三五〕這種論調屬於「自然」「性情」論。而《霜厓詞録》定本，所改諸詞均趨向於沉鬱一路，這與其晚年宗旨是合拍的。《詞學通論》云：「學詞者從『沉鬱』二字著力，則一切浮響膚詞，自不繞其筆端，顧此非可旦夕朝也。」〔三六〕評姜夔亦云「比興中亦須含蓄不露，斯爲沉鬱」〔三七〕，評吴文英「夢窗長處，正在超逸之中，見沉鬱之思」〔三八〕，等等，可見到吴梅晚年，詞旨所主在「沉鬱」。

詞風宗尚上，由輕倩、豪放的風格旨趣轉變到到婉曲、含蓄的風格追求。因推崇自然性情之旨，早期吴梅追求流麗豪宕的風格，如與南社諸人的和作及對辛棄疾、劉過的推崇可見一斑；而晚年對辛棄疾、劉過均有批判，作詞强調含蓄婉曲，如晚年所改諸詞，哪怕情感傾向十分明顯的《五都詠》，也都改得含蓄蘊藉。其《詞學通論》云：「至用字發意，要歸蘊籍。露則意不稱辭，高則辭不達意。二者交譏，非作家之極軌也。故作詞能以清真爲歸，斯用字發意皆有法度矣。」〔三九〕

詞學門徑上，由吴派而趨於常州詞派。吴梅三十歲前除短暫幾月任河南曹載安幕僚外，其餘時間大多宅居吴中，庚、辛之際（庚戌年吴梅二十七歲）始問詞於朱祖謀、鄭文焯等。而吴中自有其詞學傳統，雖然先後受浙西、常州詞派影響，而崇聲律、尊性情的特徵是一以貫之的。〔四〇〕吴梅早期詞對自然、性情的追求十分明顯，對聲律的重視則是一生未變，而且吴梅早年對常州詞派比興寄託之旨並不完全認同，《讀近人詞》第三首云：「皋文尊詞體，上欲追國風。介存重寄託，所作信益工。抑知才士筆，直與造化通。登臨多感喟，安在諷諭中。一一求故實，誰測前人胸？毅然樹别論，無怪潘四農。」〔四一〕而到了後期，不僅創作中寄寓哀時之意，其論詞，也倡「寄託」之意，並認爲清代詞壇就是「寄託」之旨的演進史，如云：「清初輦轂諸公，尊前酒邊，借長短句以吐其胸中之氣，始而微有寄託。……皋文、郎甫，獨工寄託，去取之間，號爲嚴密，於是毗陵遂樹幟騷壇矣。……《篋中詞》品題所及，亦具巨眼，開比興之端，結浙中之局。」〔四二〕這説明吴梅到了後期，把常州詞派的「寄託」之旨已然作爲詞學入門與創作的最高準則了。

五　詞集自校的詞史與詞學史意義

異文形態的批評研究被廣泛地運用於民俗學和民間文學領域，而在中國古代文學研究方面，異文往往用於版本與校勘方面的研究，近年來，不斷有學者注意到版本對於文學批評的意義。〔四三〕詞集自校是更爲自覺、主動的創作觀念調整的表現。通過梳理吴梅各個階段校改詞集的情況，我們可以看到吴梅是有比較豐富具體的創作觀念的，同時也能發現其創作觀念的變化與詞學思想的演進。雖然本文基本上是一種封閉的文本流動的研究，但對於揭示晚清以來的詞壇創作的真實情況不無裨益。晚清民國的詞集文獻也很大程度上反映了詞人創作風格的變化與詞學觀念的演進，如王鵬運，晚年自定詞集爲《半塘定稿》，收詞一三九首，分别采自其早年和中年詞别集《袖墨集》、《味梨集》、《鶩翁集》、《校夢龕集》、《庚子秋詞》等九種詞集，並有其他詞集棄而不録者，如《梁苑集》、《四印齋詞卷》、《春蟄吟》、《和珠玉詞》、《王龍唱和集》等。〔四四〕即以所采《袖墨集》等九種詞集，亦對各集多有删棄，如《袖墨集》有《半塘乙稿》本，詞四一闋，《半塘定稿》本采其中七闋；《半塘丙稿》本《味梨集》，詞一一二闋，定稿采其中二二闋。朱祖謀序《半塘定稿》云：「君詞導源碧山，復歷稼軒、夢窗，以還清真之渾化，與周止庵氏説，契若針芥。」〔四五〕此述及王鵬運詞之演進，而王鵬運各種版本詞集多有刻本或稿本見存，朱氏所説是否如此，足可驗證。夏承燾所存詞學文獻也多能看出其前後詞風與詞學之變化，以一九二八年所作詞爲例，一九八〇年版《天風閣詞集》僅收詞一首，據《天風閣學詞日記》，此年所作近二十首，則其晚年定稿删棄之多可知，即以日記與詞集對讀同録《酹江月》詞，詞序與正文也多有不同〔四六〕，此亦可證夏承燾中晚年詞風與詞學之演進。其他如朱祖謀、況周頤，夏敬觀、陳鋭、龍榆生等人的現存詞學文獻也多能反映詞人詞風與詞學的變化。

從以上分析來看，詞集自校是有其重要的詞史意義和詞學史意義的。其詞史意義體現在：第一，詞作題序、字句、意脈、詞旨的前後改動可以反映出詞人在風格、章法、章句、聲律等創作實踐與理念方面的變化。風格上，吴梅早期詞清雋，中年以後詞漸含蓄；章法上，由雕琢而近自然；章句上，濃淡、動静、虚實方面的變化處理能反映出吴梅詞情感與意脈上的走向是偏沉鬱與婉曲的；聲律上，則以重意爲主，律不偏廢；第二，詞集的校改也反映了詞人詞派傾向的變化。如吴梅詞，早年宗尚吴中詞派，中晚年則趨向常州詞派，這既反映了吴梅個人詞派傾向的變化，也能反映吴中詞人在晚清民國的風尚變遷；第三，合而大之，如能梳理出一個時段一批詞人的詞集自校的面目，則對於詞史的演進能有更爲細微的觀察，晚清王鵬運、朱祖謀到民國夏敬觀、夏承燾、龍榆生等人的定稿形成過程即可以反映常州詞派自晚清到民國的一個嬗變與轉型的過程，也可以反映出民國迄一九四九年詞學創作觀念與詞風演變的過程。

詞集自校的詞學史意義，首先是反映了詞人詞學思想的演進過程。詞學宗旨上，吴梅由早年主張自然、清空之作到中晚年推崇沉鬱之作，這在其詞學理論著作中並不能反映出這種變化，但結合其詞集自校的情況，這種變化則一目了然。其在創作論、風格論、審美論上的觀念變化也可以通過詞集自校來體現。

其次，詞集自校也能反映主流詞學思想或者詞學流派影響詞人創作的過程，吴梅由吴中詞派向常州詞派的轉向既反映了常州派詞學對吴梅的影響力，也反映了吴梅折衷於吴中詞派與常州詞派的詞學路徑；最後，一個時段衆多詞人的詞集自校現象能夠反映一個時代或時期的詞學觀念的演進過程。如晚清四大家詞集，大都有衆多版本與定稿之别，民國著名詞人也多有詞集多個版本以及詞學論述，從王鵬運到朱祖謀到夏敬觀，再到吴梅、夏承燾、龍榆生等，將他們的詞集自校的情況串連起來，則晚清到民國再到新中國初期的詞學觀念的變化，均可抽繹、歸納出來，這樣詞學史與詞史及個人創作的關係可以從更微觀的角度來呈現。

當然，詞集自校的詞史與詞學史研究需要以理想的、豐富的詞集文獻文本作爲依託，吴梅的詞集自校相關文獻爲此研究提供了較爲理想的依據。然而這種研究也具有一定風險，以吴梅來説，其早年詞作與晚年改作差别極大，比較容易討論其創作觀念的變化，但其一九三〇年代以後的改詞，存在只改個别字詞句的情況，如果皆歸於創作觀念的變化則有所不妥。吴梅所改可能是爲了切題，或者某時的心境發生了變化，也或者是爲了更典雅的用詞，也可能是剛好個别字詞的聲律不够圓融，如果導致認爲其詞學觀或者聲律觀發生了變化，則可能有南轅北轍之誤。因而這種自校詞集後面的觀念與思想的變化，主要適合於長時段的寫作行爲，而短時段的改詞觀念的變化，可能更爲隨機，也可能更爲複雜，有待更爲豐富的材料以印證。

〔一〕洪邁《容齋隨筆·續筆》卷八，上海古籍出版社一九七八年版，第三一七頁。

〔二〕陳正宏《從單刻到全集：被粉飾的才子文本——〈雙柳軒詩文集〉〈袁枚全集〉校讀劄記》，《中山大學學報（社會科學版）》二〇〇八年第一期。

〔三〕袁枚著，王英志校點《隨園詩話・補遺》卷四，江蘇古籍出版社一九九九年版，第四九二頁。

〔四〕王衛民《吴梅年譜》，《吴梅全集・日記卷》附，河北教育出版社二〇〇二年版，第九二七頁。

〔五〕趙志鈞《畫家黄賓虹年譜》，人民美術出版社一九九二年版，第一〇二頁。

〔六〕周瘦鵑《懷蘭室叢話》，《女子世界》一九一五年第二期。

〔七〕按：苗懷明《吴梅評傳》附《吴梅著述年表》記載吴梅詞十一首刊於《詞學季刊》，經查，實脱漏《琴調相思引》（風動狂城飛九陌）一首，此詞見《詞學季刊》一九三五年第二卷第二號。

〔八〕吴梅《吴梅全集・日記卷》，第七三頁。

〔九〕吴梅《吴梅全集・日記卷》，第一一〇頁。又按：文中引用吴梅詞作版本較多，述之於此，後不另注。《霜厓詞録》，貴州文通書局一九四二年版；《吴梅日記》，河北教育出版社二〇〇二年《吴梅全集》本；《南社詞録》，柳亞子輯《南社叢刻》本，一九一三至一九二五年發行；《南社詞集》，柳亞子輯，開華書局一九三六年印行；《潛社彙刊》，吴梅輯，民國二十六年刻本；《如社詞鈔》，民國二十五年如社刻本；《六一消夏詞》，鄧邦述輯，民國十八年石印本；《消寒集》，鄧邦述輯，民國十八年石印本；《詞學季刊》，龍榆生主編，開明書店一九三三至一九三六年發行。

〔一〇〕王衛民《吴梅年譜》，《吴梅全集・日記卷》附，第九三八頁。

〔一一〕參楊傳慶《書劄中的詞學——晚近以來詞學書劄片論》，《詞學（第四十輯）》，華東師範大學出版社二〇一八年版；彭玉平《詞之修擇實踐與況周頤等修擇觀的形成》，《況周頤與晚清民國詞學研究》第九章，中華書局二〇二一年版，第二四八—二六四頁。

〔一二〕吴梅《吴梅全集・日記卷》，第二六八—二六九頁。

〔一三〕朱熹《四書章句集注・論語集注》卷五，中華書局一九八三年版，第一一四頁。

〔一四〕吴梅《吴梅全集・日記卷》，第一一〇頁。

〔一五〕吴梅《吴梅全集・日記卷》，第一五四—一五五頁。

〔一六〕吴梅《吴梅全集・日記卷》，第一五—一六頁。

〔一七〕吴梅《吴梅全集・日記卷》，第四四七頁。

〔一八〕吴梅《霜厓詞録》自序。

〔一九〕王衛民《吴梅年譜》，《吴梅全集・日記卷》附，第九二六頁。

〔二〇〕轉引自楊傳慶《鄭文焯年譜長編》，中華書局二〇二三年版，第二〇八頁。
〔二一〕吴梅《吴梅全集·日記卷》，第六四九頁。
〔二二〕吴梅《吴梅全集·日記卷》，第六八六頁。
〔二三〕吴梅《吴梅全集·日記卷》，第一五一—一五二頁。
〔二四〕吴梅《吴梅全集·日記卷》，第六八六頁。
〔二五〕吴梅《詞學通論》，華東師範大學出版社一九九六年版，第一一頁。
〔二六〕吴梅《詞學通論》，第二一頁。
〔二七〕吴梅《吴梅全集·日記卷》，第七三頁。
〔二八〕吴梅《吴梅全集·日記卷》，第四四七頁。
〔二九〕王季思《吴瞿安先生〈詩詞戲曲集〉讀後感》，《吴梅全集·作品卷》附，河北教育出版社二〇〇二年版，第四八九頁。
〔三〇〕吴梅《詞學通論》，第八頁。
〔三一〕吴梅《瞿安筆記》，吴梅著，王衛民整理《吴梅全集》本，河北教育出版社二〇〇二年版，第一四七八頁。
〔三二〕吴梅《瞿安筆記》，《吴梅全集》本，第一四八一頁。
〔三三〕吴梅《詞學通論》，第九九頁。
〔三四〕吴梅《瞿安筆記》，《吴梅全集》本，第一五三七—一五三九頁。
〔三五〕吴梅《霜崖詩録》，《吴梅全集》本，第一五頁。
〔三六〕吴梅《詞學通論》，第九九頁。
〔三七〕吴梅《詞學通論》，第八七頁。
〔三八〕吴梅《詞學通論》，第九三頁。
〔三九〕吴梅《詞學通論》，第四頁。
〔四〇〕參沙先一《清代吴中詞派研究》第二章「吴中詞派與嘉道詞風」，人民文學出版社二〇〇四年版，第一九至四六頁。
〔四一〕吴梅《霜崖詩録》，《吴梅全集》本，第一五頁。
〔四二〕吴梅《詞學通論》，第一五二頁。

〔四三〕以詞學研究言，閔豐《清初清詞選本考論》附論四「改詞：異文形態與詞學流變」一文是較早討論選本改詞現象的詞學批評價值的，見第二六五—二八三頁，上海古籍出版社二〇〇八年版。

〔四四〕參林玫儀《王鵬運詞集考述》，《中國文哲研究通訊》二〇〇九年第四期。

〔四五〕王鵬運《半塘定稿》卷首，光緒三十二年（一九〇六）朱祖謀刻本。

〔四六〕夏承燾一九二八年所作《酹江月》見夏承燾《天風閣學詞日記》，夏承燾《夏承燾全集》第五册，浙江古籍出版社、浙江教育出版社一九九八年版，第四一—四二頁；《天風閣詞集》所録《酹江月》見《夏承燾全集》第四册，第一二七頁。

（作者單位：安徽師範大學中國詩學研究中心）

辛稼軒罷官新證

——以淳熙八年落職爲中心

汪洋　孔哲

内容提要　辛棄疾是「宋代第一詞人」，歷來爲論者所重。二十世紀以來學界普遍認爲，南宋朝廷苟安於和議，歸宋之後的辛棄疾因主戰而受到「投降派」的排擠、打擊，遂致其仕途坎坷。兹以辛棄疾淳熙八年(一一八一)罷官爲中心，以南宋道學、非道學黨爭爲視角，對此問題進行重新考辯，得出結論：淳熙八年歲杪，辛棄疾被「道學之黨」的王藺彈劾罷官，因爲辛棄疾屬於「非道學之黨」，而「道學之黨」並非「投降派」，進而辛棄疾被「投降派」排擠的觀點應予以否定。由此，辛棄疾生平可以得到進一步厘清，稼軒詞也將獲得一個新的解讀視角。

關鍵詞　辛棄疾　罷官　道學　黨爭　新視角

辛棄疾是宋代最優秀的詞人，其創作成就可與屈原、陶淵明、杜甫相比擬〔一〕，歷來爲論者所重，研究成果甚夥。然辛棄疾之研究，尚有待發之覆，如其罷官問題。二十世紀以來，學界論及辛之罷官時一般都籠

本文爲國家社科基金青年項目「宋明理學視域下的陶淵明接受研究」(22CZW017)、貴州省哲社國學單列項目「辛棄疾與南宋道學運動」(17GZGX28)的階段性成果。

統地强調：因爲南宋朝廷苟安，主戰的辛棄疾受到「投降派」排擠、打擊。典型之論述如《南宋詞史》：「南宋妥協投降派却從自身利益出發，對辛棄疾的正確主張置之不理，並把他在地方上調來調去，從未委以重任。……辛棄疾的罷官與退隱，説明貫穿南宋歷史的『和』『戰』之爭，以主和派取得勝利而告終。」〔二〕此乃學界普遍接受的「定論」，絶大多數文學史、研究辛棄疾的著述皆同意這一觀點，或以此作爲立論背景。〔三〕若以南宋道學、非道學黨爭作爲研究視角，則以上説法值得商榷乃至於否定。本文即以辛棄疾淳熙八年（一一八一）歲末被王藺彈劾罷官爲中心，重新考論這一問題，以新稼軒生平之説。

關於辛棄疾淳熙八年罷官，《宋會要輯稿·職官》曰：「奸貪兇暴，帥湖南日虐害田里」〔四〕；崔敦詩《辛棄疾落職罷新任制》云：「曾微報效，遽暴過衍。肆厥貪求，指公財爲囊橐；敢於誅艾，視赤子如草菅。憑陵上司，締結同類。憤形中外之世，怨積江湖之民。」〔五〕總結起來，罪名有三：一曰貪，即「肆厥貪求，指公財爲囊橐」；二曰暴，即「敢於誅艾，視赤子如草菅」、「帥湖南日虐害田里」；三曰黨，即「締結同類」。前兩個罪名，學界以辯誣爲主，代表著述是辛更儒《辛棄疾研究》一書，其説詳實可信。既然前兩個罪名不能成立，則黨爭應是辛棄疾此次罷官的主要原因。具體而言，辛棄疾罷官與當時「道學之黨」與「非道學之黨」之間的鬥爭密切相關：辛棄疾屬於「非道學之黨」，彈劾者王藺屬於「道學之黨」。南宋「道學之黨」與「非道學之黨」的黨派分野與政治鬥爭，是南宋政治史、哲學史的大問題，本文僅論及與本題相關者。〔六〕

一　因「道學之黨」排抑而罷官

楊萬里《己酉自筠州赴行在奏事十月初三日上殿第一劄子》略云：「竊觀近日以來，朋黨之論何其紛如也。……有所謂道學之黨，有所謂非道學之黨。是何朋黨之多歟！」〔七〕楊萬里具道學背景（張栻弟子），他在奏疏中指出，當時普遍的輿論已將「道學之黨」與「非道學之黨」作爲朋黨的主要類型。實際上，「道學」、「非道學」是南宋孝宗、光宗、寧宗時期最主要的黨派分野。

沈松勤先生對「道學之黨」的形成概括得極爲精當：「秦檜去世後，道學解嚴。……至乾、淳年間，逐漸轉盛。……在這個發展過程中，道學内部雖然呈現出不同的學術主張或不同的學術流派，而且因爲主張不同，産生過激烈的爭論，但在政治上的訴求，却表現出相當的一致性，尤其是經過乾道以來與近幸勢力的抗爭，使道學人士在對待人心世道的整治上結成一體，亦即道學同道有意識地成爲一個團結而獨特的政治集團，從而成爲政治上的同黨。」〔八〕沈氏將南宋「道學之黨」的形成確定在乾道、淳熙年間，此言極是；而朝野開始將「道學」作爲一個專用罪名也在同一時間，即標誌「非道學之黨」的形成。朱熹在淳熙十五年（一一八八）六月上《戊申封事》，其中言道：「一有剛毅正直、守道循禮之士出乎其間，則群譏衆排，指爲道學之人，而加以矯激之罪，上惑聖聽，下鼓流俗。」〔九〕朱熹還指出，「十數年來」，上到京畿朝堂，下到城鎮鄉野，都存在着對道學的激烈攻擊與排擯。自上疏之時往前推算，這一朝野的「非道學」運動，正是開始於乾道、淳熙之間。

辛棄疾第一次仕宦由紹興三十二年（一一六二）南歸至淳熙八年（一一八一）歲末被彈劾罷官，正是「道學之黨」與「非道學之黨」逐漸形成並激烈鬥爭的時期。淳熙八年，彈劾辛棄疾的王藺正是「道學之黨」的重要成員。

王藺屬於「道學之黨」體現在：第一，具道學的思想傾向。南宋人杜範《清獻集》卷一九《王藺傳》記載其上書宋光宗云：「天下之治無他，其要在君志之先定，願陛下先定聖志。」〔一〇〕「先定聖志」，這是道學的一貫主張〔一一〕，他們認爲求治當以君主「正心誠意」爲本〔一二〕。

第二，李心傳《道命録》卷七所列「僞學逆黨」名單中，執政以上四人是趙汝愚、留正、王藺、周必大。「僞學逆黨」實際便是「道學之黨」，則王藺屬於「道學之黨」無疑，且爲領袖之一，其身份人所共知。

第三，大力舉薦道學弟子。據《宋史》卷三八六《王藺傳》、杜範《清獻集》卷一九《王藺傳》、《宋史》卷四三〇《道學四·黄灝傳》，王藺推舉的道學弟子有潘畤[一三]、鄭僑[一四]、林大中[一五]、黄灝（朱熹弟子）。

第四，據《宋史》卷四〇七《杜範傳》，杜氏系朱熹再傳弟子。其文集《清獻集》卷一九收傳記四篇，分别是《詹體仁傳》、《蔡元定傳》、《黄灝傳》、《王藺傳》，詹、蔡、黄皆是朱熹弟子。雖《清獻集》是後人重輯，却也看出杜氏有志於爲道學前輩立傳，此亦從側面提示王藺「道學之黨」的身份。

此外，爲辛棄疾落職草制的崔敦詩也有「道學之黨」的嫌疑。據張端義《貴耳集》卷上、《成化姑蘇志》卷五一、韓元吉《南澗甲乙稿》卷九《應詔舉所知狀》，崔敦詩爲韓元吉、周必大所推薦，二人皆是「道學之黨」的重要成員。[一六]又據《歷代名臣奏議》卷一一五《論南康軍奏請白鹿洞書院額疏》，崔敦詩曾上疏幫助朱熹興復白鹿洞書院。朱熹復白鹿洞書院，意在對抗「王（安石）學」[一七]，遇到了諸多掣肘，具有黨爭色彩。崔敦詩幫助朱熹，等於選擇了「道學之黨」的立場。

二　辛棄疾屬於「非道學之黨」

「道學之黨」的王藺之所以彈劾辛棄疾，因爲辛屬於「非道學之黨」，雙方在思想傾向、政治主張、行事風格等方面皆相反。

第一，「道學之黨」於修身上主張「正心誠意」，行事上注重「義利之辨」，辛棄疾則重實學、功利，善權變。道學政治哲學的關鍵在於「格君心之非」，强調君主個人心性修養對於改善政治、移風易俗的決定性作用。典型的論述如朱熹淳熙十五年（一一八八）上疏規諫宋孝宗：「願陛下自今以往，一念之頃必謹而察之：此爲天理耶，人欲耶？果天理也，則敬以充之，而不使其少有壅閼；果人欲也，則敬以克之，而不使其少有凝滯。」[一八]在朱熹看來，只要存天理、去人欲而達到「聖心洞然，中外融澈，無一毫之私欲得以介乎其間」，則天下之事便可爲所欲爲、無不如志。這一政治理念就是道學一直强調的「義利之辨」、「王霸之辨」。朱熹歎賞陸九淵淳熙八年（一一八一）在白鹿洞書院所講《論語》「君子喻於義，小人喻於利」一章，認爲其「説得好」、「説得來痛快」，其中略云：「竊謂學者於此當辨其志。人之所喻由其所習，所習由其所志。志乎義，則所習者必在於義，所習在義，斯喻於義矣。志乎利，則所習者必在於利，所習在利，斯喻於利矣。」[一九]這是説「義利之辨」的關鍵在「志」，即做事的動機。道學評價政治好壞、人才賢否、政策利弊皆以此作爲標準。正如張栻所言：「義利之辨大矣！豈特學者治己之所當先，施之天下國家，一也。」[二〇]

辛棄疾之思想，以兵家爲主，重功利、善權變。其政論文代表作《美芹十論》與《九議》中所論皆以兵家思想爲主，引用《孫子兵法》爲論説邏輯根源者隨處可見，僅見數例引用《孟子》等儒家典籍之語，也皆是論據式使用。其《九議》曰：「計虜人之罪，詐之不爲不信，侮之不爲無禮，襲取之不爲不義，特患力不給耳。」[二一]辛棄疾是完全的功利主義者，認爲只要是有利於恢復中原，任何手段皆可運用，主張用陰謀，其用間諜「攻其腹心大臣」之法狠毒陰險，完全是戰國縱横家之術。被後世稱爲功利主義思想家的陳亮是其知音，龍川有詞曰「只使君從來與我，話頭多和」（《賀新郎·寄辛幼安和見懷韻》）。陳亮與朱熹的「王霸義利」之辯世所共知，於此可見辛棄疾之思想絶異於道學之説，他讚賞的是經綸國家、注重實學的「真儒」，對道學頗有譏諷，以之爲「魏晉清談」。[二二]

第二，「道學之黨」對「歸正人」頗有成見，而辛棄疾是「歸正人」。《朱子語類》卷一一一：「歸正人，元是中原人，後陷於蕃而復歸中原，蓋自邪而歸於正也。」[二三]由此，當時的「歸正人」是指由金國統治區域南歸宋朝的漢人。宋孝宗是南宋最汲汲於恢復中原的皇帝，大力招納「歸正人」，且制定、實施了保護、優待、重用「歸正人」的政策。「隆興和議」後頒發的《撫諭歸正將士人民詔》中，孝宗告諭天下：決不遣返「歸正人」，且以高官厚禄相激勵，希望他們能在恢復中原的過程中發揮作用。[二四]正因如此，宋孝宗喜歡「奬用西北之士」，辛棄疾《九議》有云：「朝廷規恢遠略，求西北之士，謀西北之士。」〔二五〕便是對孝宗此一用人傾向的描述。王師愈上奏曰：「臣恭惟皇帝陛下，知人之明得於天縱……淮北歸正之人，亦加器使。或爲將帥，或爲臺諫，或爲丞郎館職，或爲監司郡守，各有攸當，雖漢高祖之善用人，殆遠過之矣。」〔二六〕雖然有頌聖意味，却如實地描述了孝宗重用「歸正人」的情況。〔二七〕辛棄疾南歸之初便取得了等同狀元及第的右承務郎、廣德軍簽判之官職，且「添差」升遷至建康府通判，皆是因其「歸正人」身份而受到的優待。〔二八〕由此，籠統地認爲因南宋歧視「歸正人」致使辛棄疾屢受排擠，也是不準確的。

對於「歸正人」，「道學之黨」大都持疑慮態度，如史浩。他是張九成弟子，而張學於二程高足楊時。紹興三十二年（一一六二）七月，即位不久的宋孝宗面對「歸正人」的棘手狀況，下詔曰：「中原歸正人源源不絶，納之，則東南方不能給；否，則絶向化之心。宰執、侍從、臺諫，各宜指陳定論以聞。」〔二九〕朝臣對此展開了激烈地辯論，史浩是當時反對招納「歸正人」的代表，其《論歸正人劄子》中列舉的理由是：一，「歸正人」耗費國家財力；二，優待「歸正人」，引起南方士民不滿；三，北人南來，其情難測。〔三〇〕又如朱熹，他曾說「今之病根在歸正人」（《朱子語類》卷一一〇），蓋言「歸正人」自金國統治區域來歸，習染夷狄風氣，不類中國之人，處於地方易起蕭牆之禍。又如王十朋，他是張浚弟子，其任太子詹事時上疏提醒宋孝宗：「謂歸附之人信其終無害也，難矣。」〔三一〕認爲歸正之人其心難測，大量重用他們，將其置之左右，難保其心之不忠，時間長久，其必爲亂。王十朋的觀點與史浩、朱熹，如出一轍。

第三，政治主張上，「道學之黨」認爲應緩行恢復，辛棄疾則持激進的恢復策略。隆興北伐的失敗，令道學士大夫重新思考恢復中原的策略，他們轉變了先前激烈的態度，主張緩行恢復，認爲國內政事修舉、富國强兵是北伐中原的前提。《宋史全文》卷二四上引何俌《中興龜鑑》云：「考之當時，端人正士如黃通老、劉恭父、張南軒、朱文公，最號持大義者。而黃通老入對，則謂『内修政事而外觀時變』而已。劉恭父自樞府入奏，則謂『復讎大計，不可淺謀輕舉以幸其成。』文公自福宫上封章，則謂『東南未治，不敢苟爲大言以迎上意。』南軒自嚴陵召對，則謂『金人之事所不敢知，境内之事則知之詳矣。』是數公者，豈遽忘國耻者哉？實以乾淳之時與紹興之時不同，紹興之時，仗義而行可也。今再衰三竭之餘，風氣沉酣，人心習玩，必吾之事力十倍於紹興而後可。不然輕舉妄動，開邊啓釁，恐不至遲之開禧而後見也。」〔三二〕引文中「黄通老」乃黄中，「劉恭父」爲劉珙，「文公」指朱熹，「南軒」是張栻，數人皆是當時道學之代表。「隆興和議」後，鑒於數次北伐失敗以及國力不足，「道學之黨」在北伐問題上變得謹慎，强調國内政事修明是出兵恢復的前提，即内修外攘，欲於内政方面進行大變革，以富國强兵，最終恢復中原。〔三三〕

與「道學之黨」主張緩行不同，朝中還有另外一群士大夫，以虞允文、趙雄、葉衡、蔣芾等人爲代表，他們主張相對激進的恢復策略。《宋史全文》卷二四下《孝宗二》「乾道三年（一一六七）十一月」條云：「一日，上顧輔臣圖議恢復，劉珙奏曰：『復讎雪恥，誠今日之先務。然非内修政事，有十年之功，臣恐未可輕動也。』同列有進而言者曰：『漢之高、光，皆起匹夫，不數年而取天下，又安得所謂十年修政之功哉？』」〔三四〕「道學之黨」的劉珙，也以「復仇雪恥」爲先務，但主張「十年生聚、十年教訓」，然後可言出兵。當時同列的輔臣（執政）是虞允文，主張數年之内北伐。南宋孝宗皇帝，以唐太宗外攘夷狄爲榜樣〔三五〕，「雄心遠慮，無日不在中原」（周密《齊東野語》卷三「誅韓本末」條）。據《鶴林玉露·甲編》卷一「鐵拄杖」條記載，孝宗在皇宫中行走，常攜一精鐵鑄造的漆拄杖，十分沉重，「陰自習勞苦」，頗有卧薪嚐膽之意。〔三六〕由此，他被後世史官譽爲「南宋諸帝之稱首」，「鋭志」恢復而「厭聞正心誠意」（《宋史·朱熹傳》）之説，支持虞允文等推行激進的恢復措施。如遣使祈請北宋諸帝的陵寢地，實則要求金國歸還河南之地；又如設置發運大使，進行理財，爲北伐籌措糧餉。不特如此，宋孝宗矢志用兵，如乾道八年（一一七二）九月，孝宗將虞允文自左丞相調任四川宣撫使，命其至四川出兵北伐，孝宗則同時於東面北進，「期以某日會河南」，最終因虞允文言「軍需未備」而作罷。「道學之黨」從國内民生凋敝〔三七〕出發，激烈地反對這些措施，陳俊卿、張栻、劉珙、汪應辰等因此罷職或被趕出朝廷〔三八〕。故而，認爲辛棄疾南歸之後，宋廷苟安於和議，亦非事實。

辛棄疾北人南歸，贊成激進恢復。辛棄疾《美芹十論》、《九議》等文章便是爲恢復中原所作的戰略謀劃，從中可知：辛棄疾反對「明日而亟鬥」，主張「無欲速」，「先定規模而後從事」；同時也認爲虞允文等人遣使至金國祈請陵寢地的做法，是「計失之早」；但是，辛棄疾主張實行「除戎器，練軍實，修軍政，習騎射，造海艦」等強兵措施，認爲「兵待富而舉，則終吾世而兵不得舉矣」。在他的計畫中，「若規模既定，斷以三歲而興兵」。至於「道學之黨」普遍強調的北伐中原的財政困難，辛棄疾指出「富國之術，不在乎聚斂而在惜費」，主張省去不急的恢復措施如廣泛築江北之城；北伐時，絶歲幣，以「帑藏之儲」，「合五千萬緡而一戰，豈不綽綽然有餘裕哉！」〔三九〕他對朝廷的恢復措施進行批評，卻非反對其策略。

第四，「道學之黨」激烈反對佞幸，而辛棄疾與佞幸曾覿頗有關聯。「道學之黨」認爲佞幸是其「得君行道」的阻礙，雙方是一種勢不兩立的狀態。張栻《南軒先生孟子説》解釋《孟子·梁惠王上》臧倉沮魯平公見孟子一章時説：「臧倉所以必沮平公者，蓋知孟子之言信用，則己將不得以安於君側故也。」〔四〇〕佞幸被「道學之黨」目爲小人，認爲他們「有生以來，自朝自暮，無非罪惡，不可殫數。」（《晦庵先生朱文公文集》卷二六《與臺端書》）朱熹説「小人不可與君子同處於朝」，原因在於「不去小人，如何身得安。」（《朱子語類》卷一三〇）典型事件是淳熙三年（一一七六），龔茂良推薦朱熹入朝，爲佞幸所抑。〔四一〕

「道學之黨」反對佞幸，還與反對孝宗的「獨斷」之習相關。孝宗本人行事「獨裁」，常以「御筆」、「白劄」處分政事，使得佞幸參與朝政，三省、樞密院多不與聞。〔四二〕因皇帝寵任佞幸，故有佞幸招權納賄、結黨營私之事，士大夫多遊其門。朱熹於淳熙七年（一一八〇）四月上疏激烈批評孝宗寵任佞幸，《晦庵先生朱文公文集》卷一一《庚子應詔封事》略云：「陛下所與親密謀議者，不過一二近習之臣，此一二小臣者，上則蠱惑陛下之心志，使陛下不信先王之大道，而説於功利之卑説，不樂莊士之讜言，而安於私褻之鄙態；下則招集天下士大夫之嗜利無恥者，文武匯分，各入其門……所謂宰相、師傅、賓友、諫諍之臣，或反出入其門牆，承望其風旨。……中外靡然向之，使陛下之號令黜陟不復出於朝廷而出於此一二人之門，名爲陛下之獨斷，而實此一二人者陰執其柄。」〔四三〕在朱熹看來，孝宗獨斷政事，不與宰相謀議而任事於佞幸，表面上是孝宗獨斷，實則小人竊權。「道學之黨」對此進行了長期的鬥爭。〔四四〕朱熹指出，佞幸的最大罪惡是「蠱惑陛下之心志，使陛下不信先王之大道，而説於功利之卑説」，此即言佞幸蠱惑皇帝，使其不信正心誠意、修齊治平之説，不顧國内民生艱難，而推行激進、功利的恢復策略。〔四五〕

宋孝宗一朝，恩寵最盛的佞幸是曾覿，辛棄疾與曾的關聯在於葉衡。據《宋史》卷三八四《葉衡傳》，葉衡「負才足智，理兵事甚悉」，孝宗於淳熙元年（一一七四）任之爲宰相。辛詞《洞仙歌·壽葉丞相》有「遥知宣勸處，東閤華燈，别賜仙韶元夜」、「好都取山河獻君王」二句，前一句言孝宗對葉衡的信賴，後一句寫葉衡全力輔佐孝宗的恢復大業。葉衡之進用由佞幸曾覿推薦，《宋史》卷四七〇《曾覿傳》云：「葉衡自小官十年至宰相。徐本中……是二人者，皆覿所進也。」〔四六〕

辛、葉二人關係密切。兩人相識於乾道四年（一一六八），辛棄疾時任建康府（今江蘇南京）通判，葉衡任總領淮西江東軍馬錢糧兼提領措置營田，治所也在建康。乾道九年（一一七三）冬，辛棄疾因病離任滁州知州，没有任何差遣。次年，葉衡任江東安撫使兼建康留守，即辟辛爲江東安撫使司參議官，並「雅重之」。葉衡「負才足智，理兵事甚悉」，辛棄疾對此十分欽仰，其好友周孚《寄幼安》云：「向時金華翁，與君嘗服膺。」〔四七〕葉衡是金華人，「金華翁」即指葉衡。淳熙元年（一一七四）十一月，葉衡任宰相，「力薦辛棄疾慷慨有大略。召見，遷倉部郎官。」（《宋史·辛棄疾傳》）淳熙二年（一一七五）六月十二日，辛棄疾以倉部郎官出任江西提點刑獄，節制諸軍進擊賴文政的「茶商軍」。當時葉衡任右丞相兼樞密使（朝廷此時未設左丞相），爲兩府長官，此次辛棄疾得以施展其軍事才華，自爲葉衡推薦。畢沅《續資治通鑒》卷一四四：「辛酉……以倉部郎中辛棄疾爲江西提刑，節制諸軍討捕茶寇。用葉衡之薦也。」[四八]畢秋帆於此，可謂有識。剿滅「茶商軍」，使得宋孝宗賞識辛棄疾之能力，致其仕途頗爲順利，其後歷任各地安撫使等要職。葉衡可謂辛棄疾之伯樂，辛師事之，周孚代其所寫《代賀葉留守》中言：「自惟菅蒯，常侍門牆，拯困扶危，韜瑕匿垢。不敢忘提耳之誨，何以報淪肌之恩？」[四九]從「常侍門牆」、「提耳之誨」、「淪肌之恩」等詞句可知：辛之出自葉衡門下，當無可疑。

辛棄疾與葉衡之親密關係，使其與曾覿産生瓜葛，且直接交際、關係親密之可能性極大。[五〇]與其他「道學之黨」一樣，彈劾辛棄疾的王藺對佞幸有着激烈的態度。據杜範《王藺傳》：「（王藺）遷樞密院編修官。輪對奏五事：其一言絶左右之毁譽，而來衆正之言，杜權幸之請求，而行大公之道。」[五一]王藺以貢禹等附石顯、劉禹錫等附王叔文爲例，言佞幸之害，其筆鋒直指孝宗寵任的曾覿、龍大淵及「出入其門牆」的葉衡等人。

第五，辛棄疾與「道學之黨」的領袖周必大、朱熹關係緊張，而與「非道學之黨」首領王淮[五二]關係親密。首先，周必大對辛棄疾行事頗多批評。據《宋元學案》卷三四，周必大從遊胡銓十年，而胡銓是胡安國弟子。李心傳《道命録》中所列「僞學逆黨」名單，執政以上四人，周必大名列其中。由此，周必大是「道學之黨」領袖之一。淳熙二年（一一七五），辛棄疾任江西提點刑獄，節制諸軍進討賴文政的「茶商軍」。周必大對他的印象是「但觀其爲人，頗似輕鋭」（《論平茶賊利害》）。淳熙十年（一一八三），周必大《與林黄中書》中認爲辛棄疾創建「飛虎軍」是「竭一路民力爲此舉，欲自爲功，且有利心焉」。[五三]顯然，這種從行爲動機上進行判斷，嚴於「義利之辨」的思維方式是道學的。

其次，朱熹與辛棄疾多有衝突。淳熙八年閏三月（一一八一），辛棄疾任江西安撫使，時朱熹守南康軍。辛以客舟運送軍需牛皮，經過南康（今江西星子縣），朱熹認爲其「不成行徑」，立即没收充公。本年十一月，朱熹入京奏事，路經上饒，對辛棄疾帶湖新居之豪奢大爲震驚，以爲「耳目所未曾睹」。淳熙十年（一一八三），陳亮《與辛幼安殿撰》云：「四海所系望者，東序惟元晦，西序惟公與子師耳。又覺戛戛然若不相入，甚思無個伯恭在中間撋就也。」〔五四〕「戛戛然」者，齟齬貌也，正是朱、辛二人關係緊張之描述。淳熙十五年（一一八八）歲末，朱熹爽約不赴陳亮、辛棄疾的鉛山之會，也應有雙方關係緊張的因素在内。應特别指出：淳熙後期，辛棄疾改善了同「道學之黨」的關係，與朱熹、陳傅良、王自中等人皆有密切交往；但在本階段，辛棄疾與「道學之黨」的關係處於緊張狀態。

復次，王淮對辛棄疾多有幫助，二人關係密切。楊萬里《宋故少師大觀文左丞相魯國王公神道碑》云：「廣西帥劉焞平妖賊李接。上問：『焞功孰與辛棄疾、王佐？』公曰：『弗如也。』」〔五五〕由此可見，與周必大等人的疑慮態度不同，王淮對辛棄疾誘殺賴文政平定「茶商軍」的行事頗爲肯定。辛棄疾第一次罷職後，於淳熙十四年（一一八七）取得「主管武夷山沖佑觀」的祠官，也是得益於王淮的幫助。〔五六〕其後王淮更擬讓辛棄疾起復，被周必大所制止。〔五七〕此外，據葉紹翁《四朝聞見録》「天子讞」條：「稼軒辛公與相（王淮）婿素善。」〔五八〕那麽，王淮與辛棄疾之間的關係便多了一道「裙帶」的橋樑，即便辛棄疾與王淮之婿「素善」的説法不成立，葉紹翁的記載也從側面反映出時人認爲王淮、辛棄疾之間關係密切。

「道學之黨」對於不符合道學理念的士大夫往往目之爲「小人」，加以排抑。乾道六年（一一七〇）五月，孝宗下詔訓誡百官曰：「而百執事之間……隆虚名以相尚，務空談以相高。見趨赴事功之人，則舞筆奮辭以沮之。遇矯情沽譽之士，則合縱締交以附之。」〔五九〕淳熙二年（一一七五）五月，孝宗宴請宰相葉衡等執政時説：「近來士大夫又好唱爲清議之説，此語一出，切恐相師成風，便以趨附事功爲猥俗，以矯激沽譽者爲清高。」〔六〇〕由此可見，「道學之黨」以「内聖」作爲標準來品評人物，對趨附事功的官員評價很低，甚至

「舞筆奮辭以沮之」，即進行政治上的攻擊。「道學之黨」的這種行爲具有很大的能量，已經引起皇帝的警戒，乃至於下詔申飭。因前述五方面的緣由，辛棄疾屬於「非道學之黨」無疑，且他在淳熙初年已經擔任地方安撫使等顯職，「道學之黨」對之進行彈劾、打擊，便不足爲奇了。

三　「道學之黨」並非「投降派」

宋孝宗「隆興和議」（隆興二年，一一六四）之前，道學士大夫〔六一〕主戰，以之爲大義所在。如尹焞〔六二〕在紹興八年（一一三八）反對朝廷議和，其上疏云：「《禮》曰：『父母之仇不共戴天，兄弟之仇不反兵。』今陛下信仇敵之譎詐，而覬其肯和以紓目前之急，豈不失不共戴天、不反兵之義乎？」〔六三〕靖康之變，宋高宗的父母兄弟等家人皆被金人擄掠至極北苦寒之地。道學最重人倫，以之爲國家秩序得以維持的依據，若高宗議和，則是棄父子倫常於不顧。父母之仇不共戴天，這正是道學勸諫高宗、反對議和的依據。衆多道學士大夫中，以胡銓〔六四〕的態度最爲激烈，紹興八年他上疏反對議和：「陛下一屈膝，則祖宗廟社之靈盡汙夷狄，祖宗數百年之赤子盡爲左衽，朝廷宰執盡爲陪臣，天下士大夫皆當裂冠毀冕，變爲胡服。」〔六五〕相較尹焞，胡銓所言更進一步，他認爲屈膝議和便是辱没祖宗廟社，更是將華夏衣冠之地變爲夷狄左衽之區，會造成中國文化之淪喪。奏疏中，胡銓還要求殺掉主持議和的時相秦檜。不過，同大多數主戰的道學士大夫一樣，胡銓被趕出朝廷，「編管新州」。

紹興三十二年（一一六二），宋孝宗即位，張浚被召回朝廷，委以恢復重任，成爲「隆興北伐」的領導者，而張浚本就是道學弟子。〔六六〕張浚啓用後，推薦了汪應辰、劉珙〔六七〕、胡銓等道學之士入朝爲官，其幕府中也聚集了不少道學士大夫〔六八〕，道學士大夫成爲「隆興北伐」的中堅力量。隆興元年（一一六三）五月，宋軍潰於符離（今安徽宿州），北伐之軍事行動失敗，朝議轉向求和，道學士大夫對此持反對態度。如朱熹隆興元年歲末入對，言「君父之讎不與共戴天。今日所當爲者，非戰無以復讎，非守無以制勝。」（《宋史·朱熹傳》）胡銓上疏孝宗，請求「絶勿言和字」，並説：「今日之議若成，則有可吊者十；若不成，則有可賀者亦十。」〔六九〕張栻也上書孝宗，請求「誓不言和」（《宋史·張栻傳》）。然而，隆興二年（一一六四）十二月，宋金「隆興和議」達成，主戰派宣告失敗。

「隆興和議」之後，「道學之黨」主張緩行恢復，然其最終目的還是在於外攘夷狄。如劉珙去世前作書與朱熹，「其言皆以未能爲國報雪仇恥爲恨」（《宋史·劉珙傳》）。再如朱熹，其與弟子講論時曾「喟然歎曰：『某要見復中原，今老矣，不及見矣』」（《朱子語類》卷一三三）。「道學之黨」所主張的這種相對理性的恢復策略，自然不是「投降」，故「道學之黨」不是「投降派」。

即便是「隆興北伐」中持反對態度的史浩，也不能武斷地以「投降派」目之。史浩是宋孝宗的老師，曾兩次爲相，大力舉薦「道學之黨」士大夫，全祖望在《宋元學案》中稱史浩有「昌明理學之功」。史浩反對倉促北伐，曾對孝宗道：「（張）浚鋭意用兵，若一失之後，恐陛下終不得復望中原。」〔七〇〕明人王夫之於《宋論》中評價史浩所説，「未必非深識之言」〔七一〕。事實也是如此。史浩言和之目的在於内修外攘，恢復中原才是其最終目的。隆興元年（一一六三），史浩任尚書右僕射，隨後即平反了岳飛之冤獄，可見其政治態度。淳熙八年（一一八一）陛辭上疏云：「臣恭惟皇帝陛下……臨蒞天下，垂二十載。恢復之圖尚未如欲，臣身爲老臣，豈不同此一念。」〔七二〕可見恢復中原一直是其心中所念。這與其他「道學之黨」士大夫一致。

總之，「道學之黨」並非「投降派」，辛棄疾被「投降派」排擠的觀點，應予以否定。

四　道學黨爭對稼軒詞創作的影響

上文的考證與結論，是對辛棄疾生平的重新厘清，進而爲解讀稼軒詞提供一個全新的視角。第一，淳熙初期，大量辛詞中表現出了憂讒畏譏的心境，即與「道學之黨」的排抑相關，如名作《摸魚兒》（更能消幾番風雨）。南宋人謝枋得《唐詩選》卷二云：「辛稼軒中年被劾，凡一十六章，不堪讒險，遂賦《摸魚兒》。」〔七三〕此說可信，而「讒毀」辛棄疾的正是「道學之黨」〔七四〕。又如作於淳熙五年（一一七八）的《水調歌頭》（我飲不須勸），是因樞密使王炎去世，「坐客終夕爲門户之歎」而作，其中言道：「孫劉輩，能使我，不爲公。余發種種如是，此事付渠儂。但覺平生湖海，除了醉吟風月，此外百無功。毫髮皆帝力，更乞鑒湖東。」詞中充滿了深陷黨爭的痛苦與無奈，「孫劉輩」，正謂「道學之黨」的宰相史浩〔七五〕，而去世的王炎，他與虞允文被朱熹等認爲是：「百方勸用兵，孝宗盡被他説動，其實無能，用著輒敗，只志在脱賺富貴而已。」（《朱子語類》卷一三三）可見王炎也屬於「非道學之黨」，故辛棄疾方如此感慨。淳熙六年（一一七九），辛棄疾作《淳熙己亥論盜賊劄子》，其中言自己被衆人排抑：「臣孤危一身久矣，荷陛下保全，事有可爲，殺身不顧。……但臣身平，剛拙自信，年來不爲衆人所容，顧恐言未脱口，而禍不旋踵。」〔七六〕綜上可知，淳熙五年的前後數年内，辛棄疾不斷爲「道學之黨」所排抑，因宋孝宗保全才得以繼續任職，則「毫髮皆帝力」並非虛言。

辛棄疾對自己的罷官緣由心知肚明。《水調歌頭·再用韻，答李子永提幹》：

> 君莫賦《幽憤》，一語試相開。長安車馬道上，平地起崔嵬。我愧淵明久矣，猶借此翁湔洗，素壁寫《歸來》。斜日透虛隙，一綫萬飛埃。　斷吾生，左持蟹，右持杯。買山自種雲樹，山下劚煙萊。百煉都成繞指，萬事直須稱好，人世幾輿臺。劉郎更堪笑，剛賦看花回。〔七七〕

鄧廣銘先生《稼軒詞編年箋注》、辛更儒《辛棄疾集編年箋注》皆繫本詞於淳熙九年（一一八二）。其説可從。辛棄疾於淳熙八年（一一八一）歲末罷官，本詞是他對自己第一次仕宦生涯之總結。從題目可知，本詞是酬答友人之作，所以首句應該理解爲：李子永寄詞予辛棄疾，在詞中替其抒發「幽憤」之情。《幽憤》

用嵇康之典,《晉書》卷四九《嵇康傳》略云:「(呂)安爲兄所枉訴,以事系獄,辭相證引,遂復收康。康性慎言行,一旦縲紲,乃作《幽憤詩》。」〔七八〕嵇康與呂安是摯友,呂安系獄後「辭相證引」,牽連嵇康,遂使嵇康也身陷囹圄。此句的「今典實指」是辛棄疾因與葉衡、王淮之親密關係而受牽連,被「道學之黨」彈劾罷官。

結句用劉禹錫典。據《舊唐書》卷一六〇《劉禹錫傳》,劉禹錫與王叔文、柳宗元等人一起輔佐唐順宗進行政治革新,因「永貞内禪」而失敗。而「永貞内禪」即「新故君主替嬗之事變,實不過當日宮禁中閹人兩黨競爭之結局」〔七九〕。劉禹錫、柳宗元等人因「黨」王叔文而遠謫至蠻荒之地。元和十年(八一五),劉禹錫被召入京城,作《元和十年自朗州至京戲贈看花諸君子》一詩,諷刺當時權貴,以至於再次遭貶。「剛賦看花回」,「剛」字,意爲「偏」〔八〇〕,謂劉禹錫明知賦詩的後果是再次遭貶,却仍舊爲之,表現出擇善固從,九死不悔的高尚節操。詞人謂「劉郎堪笑」,表面否定劉禹錫,實則暗示自己貶謫的原因與劉禹錫一樣,是由於黨爭。《賀新郎》(柳岸淩波路)一詞,送友人回臨安而用劉禹錫「前度劉郎」的典故,也是此意。

第二,辛棄疾帶湖時期的詞作中,時時用屈原的典故,表明自己因「道學之黨」彈劾而罷官。據司馬遷《史記·屈原賈生列傳》,屈原在當時楚國朝堂上是主張聯合齊國對抗秦國一派,爲聯合秦國一派的公子子蘭等打壓,進而流放湘沅。稼軒詞中用屈原典故時,往往也用嵇康《幽憤詩》的典故,即言因黨爭「忠而被謗」。如《鷓鴣天·徐衡仲惠琴不受》:

千丈陰崖百丈溪,孤桐枝上鳳偏宜。玉音落落雖難合,橫理庚庚定自奇。山谷《聽摘阮歌》云:「玄璧庚庚有橫理。」

人散後,月明時。試彈《幽憤》淚空垂。不如却付騷人手,留和南風解慍詩。〔八一〕

據鄧《注》所考,徐衡仲即徐安國,是江西詩派中人,與朱熹、韓元吉、張栻等人關係密切,故淳熙九年(一一八二)朱熹辭職回崇安路過上饒時,韓元吉邀請朱熹、徐安國同遊南岩。本詞,鄧廣銘先生系之於淳熙十一年(一一八四)。

詞之上片寫徐安國所贈之琴來歷不凡，琴音、紋理亦是奇絶。下片寫自己心中「幽憤」，不宜彈奏此琴，還是留待詩人（徐安國）彈奏歌詠盛世的《南風》之詩吧。辛棄疾爲何不受徐安國之琴？朱德才先生解釋道：「也許與此人交情不够。」〔八二〕筆者以爲，其説有理，而此時辛棄疾與「道學之黨」關係緊張，應是其中原因。其詞下片「幽憤」用嵇康典，以吕安被誣陷進而牽連嵇康之「古典」，指代辛棄疾與葉衡、王淮關係密切，因此被彈劾罷官之「今典」。稼軒詞本階段中凡用屈原典故者，皆可從這一角度觀照，如《賀新郎·賦水仙》、《山鬼謡》、《沁園春》（老子生平）、《生查子·獨遊西岩》，等等。

五　結語

綜上，本文的邏輯如下：辛棄疾淳熙八年（一一八一）罷官是「道學之黨」對之進行彈劾、排抑，因爲他屬於「非道學之黨」；「道學之黨」不是「投降派」，所以學界普遍、籠統强調的辛棄疾被「投降派」排擠的觀點，應予以否定。至於辛棄疾紹熙五年（一一九四）罷官是因「慶元黨禁」相關黨爭的牽連，開禧元年（一二〇五）落職則與他反對韓侂胄的北伐策略有關，更非「投降派」的排抑，限於篇幅，留待他文論之。學界之所以認爲辛棄疾被「投降派」排擠，究其原因在於：自二十世紀以來，學術研究普遍受到社會政治環境的影響。自二十世紀三四十年代以來，「妥協」即「投降」、即「賣國」的模式被大量運用到歷史研究領域，這使得研究在很大程度上成爲一種「宣傳」。〔八三〕學界對辛棄疾的研究，亦復如是。

〔一〕葉嘉瑩《唐宋詞名家論稿》，北京大學出版社二〇〇八年版，第二一二頁。

〔二〕陶爾夫、劉敬圻《南宋詞史》，黑龍江人民出版社二〇〇四年版，第一四一頁。

〔三〕臚列重要著述如下：陳滿銘《稼軒詞研究》，臺北文津出版社一九八〇年版；鄧喬彬《愛國詞人辛棄疾》，上海人民出版社一九八六年版；周汝昌、繆鉞等編《唐宋詞鑒賞辭典》，上海辭書出版社一九八八年版；劉揚忠《辛棄疾》，濟南出版社二〇一一年版。

〔四〕徐松《宋會要輯稿》，中華書局一九五七年版，第四〇〇四頁。

〔五〕崔敦詩《崔舍人西垣類稿》，《叢書集成新編》第六四册，臺北新文豐出版股份有限公司一九八五年版，第九二頁。

〔六〕南宋「道學」與「非道學」之爭，可參見余氏著《朱熹的歷史世界：宋代士大夫政治文化的研究》（生活・讀書・新知三聯書店二〇一一年版）及沈松勤《南宋文人與黨爭》（人民出版社二〇〇五年版）二書的論述。

〔七〕〔五五〕辛更儒《楊萬里集箋校》，中華書局二〇〇七年版，第二九三八—二九三九頁，第四六四二頁。

〔八〕沈松勤《南宋文人與黨爭》，第九三頁。

〔九〕〔四三〕朱熹《晦庵先生朱文公文集》，朱傑人等編校《朱子全書》第二二册，上海古籍出版社、安徽教育出版社二〇〇二年版，第六〇三頁，第五八一—五八七頁。

〔一〇〕〔五一〕杜範《清獻集》，《影印文淵閣四庫全書》第一一七五册，上海古籍出版社二〇一二年版，第七六一頁，第七六〇頁。

〔一一〕程顥《上殿劄子》：「君道之大，在乎稽古正學，明善惡之歸，辨忠邪之分，曉然趨道之正；故在乎君志先定，君志定而天下之治成矣。所謂定志，一心誠意，擇善而固執之也。」程顥、程頤《二程集・河南程氏文集》卷一，中華書局二〇〇四年版，第四四七頁。

〔一二〕關於「道學之黨」主張「先定君志」、「正心誠意」，可參見拙文《論南宋道學之黨的政黨特質》，《孔學堂》二〇二一年第三期，第九〇—九九頁。

〔一三〕據朱熹《晦庵先生朱文公文集》卷九四《直顯謨閣潘公墓志銘》，潘時「中年遊張敬夫、吕伯恭間」，則潘氏爲張栻、吕祖謙弟子。

〔一四〕據《宋元學案》卷四六，鄭僑爲玉山先生汪應辰之婿，二程四傳弟子。

〔一五〕據《宋史》卷三九三《林大中傳》，林大中在宋光宗、寧宗之際道學、非道學的黨爭中是「道學之黨」的中堅人物。

〔一六〕據《宋元學案》卷二七，韓元吉爲吕祖謙岳父，尹焞弟子，程頤再傳；據《宋元學案》卷三四，周必大是胡銓弟子，胡學於胡安國，胡安國「私淑洛學」。

〔一七〕吕祖謙《白鹿洞書院記》認爲，白鹿洞書院的恢復是爲了解決「晚進小生未能窺程、張之門庭，而先有王氏高自賢聖之病」。束景南在《朱子大傳》第一一章「儒宗在匡廬」指出：「朱熹建（白鹿洞）書院的目的不是真要與鹿豕共遊，物我兩忘，而是在振厲士風下以儒學反對佛學，以程學反對王學。」（束景南《朱子大傳》，復旦大學出版社二〇一六年版，第三四一頁）

〔一八〕〔四六〕〔六三〕〔六五〕〔六九〕〔七〇〕脱脱等《宋史》，中華書局一九七七年版，第一二七五七頁，第一三六九一頁，第一二七三六頁，第一一五八一—一一五八二頁，第一一五八六頁，第一二〇六七頁。

〔一九〕陸九淵《陸九淵集》，中華書局一九八〇年版，第二七五頁。

〔二〇〕〔四〇〕張栻《南軒先生孟子説》，《張栻集》第二册，中華書局二〇一五年版，第三一二頁，第三五一頁。

〔二一〕〔二五〕〔三九〕〔七六〕辛更儒《辛棄疾集編年箋注》，中華書局二〇一五年版，第三四五頁，第三六八頁，第三五九頁，第三八二頁。

〔二二〕辛詞《水龍吟·甲辰歲壽韓南澗尚書》：「渡江天馬南來，幾人真是經綸手？長安父老，新亭風景，可憐依舊。夷甫諸人，神州沈陸，幾曾回首。算平戎萬里，功名本是，真儒事，公知否。」以魏晉清談擬道學，以「真儒」爲知兵、理民，經綸王事的奇才。

〔二三〕黎靖德編《朱子語類》，朱傑人等編校《朱子全書》第一八册，第三五六三頁。

〔二四〕洪適《盤洲文集》卷一二，《影印文淵閣四庫全書》第一一五八册，第三二五頁。

〔二六〕楊士奇《歷代名臣奏議》卷一七〇，《影印文淵閣四庫全書》第四三五册，第六七二頁。

〔二七〕宋孝宗重用「歸正人」，還可參見《宋史》中尹穡、王希呂等人的傳記。

〔二八〕〔日〕村上哲見《宋詞研究》，楊鐵嬰等譯，上海古籍出版社二〇一二年版，第三九三—三九四頁；鄧廣銘《辛稼軒年譜》，生活·讀書·新知三聯書店二〇〇七年版，第一四四頁。

〔二九〕〔三三〕〔三四〕〔五九〕〔六〇〕汪聖鐸點校《宋史全文》，中華書局二〇一六年版，第一九四六頁，第二〇〇六頁，第二五五二頁，第二〇八四頁，第二一六三—二一六四頁。

〔三〇〕〔七二〕史浩《史浩集》，浙江古籍出版社二〇一六年版，第一五七—一五八頁，第一八四頁。

〔三一〕王十朋《王十朋全集·文集》卷四，上海古籍出版社版二〇一二年版，第六四六頁。

〔三二〕道學士大夫主張「大更改」進而恢復中原等相關問題，可參考余氏著《朱熹的歷史世界：宋代士大夫政治文化的研究》一書中的論述。

〔三五〕宋孝宗對唐太宗功業之欽羨屢屢見於言表，如《宋史全文》卷二四下《孝宗二》「乾道三年二月」條云：「上曰：『朕亦自以爲勤儉無愧唐太宗，惟是功業遠不逮太宗。』」再如《宋史全文》卷二五下「乾道七年秋七月」條云：「朕常恨功業不如太唐宗，富庶不如漢文、景耳。」

〔三六〕羅大經《鶴林玉露》，上海古籍出版社二〇一二年版，第一三—一四頁。

〔三七〕李心傳《建炎以來朝野雜記》卷一四、卷一五統計南宋當時稅收種類與數目之後，感歎「宜民力之困矣」。錢穆《國史大綱》第三十四章「南北再分裂」論「南宋之財政」略言道：「南宋疆域，較之全宋時僅及其半，而其國用賦入，乃超出於全宋之最高額。……若以追比唐代，徵斂之目，所增且十倍。然此猶曰正供也。其他雜取無藝，更不堪言。」

〔三八〕參見《宋史全文・宋孝宗》以及《宋史》中陳俊卿、張栻、劉珙、汪應辰、虞允文等人傳記。

〔四一〕具體情況參見《宋史》卷三八五《龔茂良傳》。

〔四二〕如乾道四年（一一六八），孝宗派王琪至揚州增築城牆，而三省不知。見《宋史全文》卷二五上。

〔四四〕相關史實可見《宋史》汪應辰、陳俊卿、龔茂良、吕祖謙、曾覿等人傳記，並參見沈松勤《南宋文人與黨爭》。

〔四五〕〔七四〕參見拙文《辛棄疾〈摸魚兒〉詞旨新説》，《中國韻文學刊》二〇一八年第二期，第五三—六〇頁。

〔四七〕〔四九〕周孚《蠹齋鉛刀編》，《影印文淵閣四庫全書》第一一五四册，第六一七頁，第六四二—六四三頁。

〔四八〕畢沅《續資治通鑒》，中華書局一九五七年版，第三八五五頁。

〔五〇〕史傳並無辛棄疾與曾覿直接交往的記載，但二人極有會面、交往之可能。據《宋史》卷四七〇《佞幸・曾覿傳》、《宋史》卷四〇一《辛棄疾傳》、《宋史全文》卷二六：曾覿於乾道二年（一一六六）十二月因陳俊卿彈劾而被逐出朝廷任淮西副總管，乾道六年（一一七〇）十月被召回京城，淳熙元年（一一七四）十月開府儀同三司，由此直到淳熙七年（一一八〇）十二月故去，曾覿一直在臨安。葉衡於淳熙元年（一一七四）十一月任右丞相，淳熙二年（一一七五）九月罷相。葉衡任右丞相後，「力薦辛棄疾慷慨有大略。召見，遷倉部郎官」。淳熙二年六月，辛棄疾由葉衡推薦任江西提刑，節制諸軍進擊賴文政的「茶商軍」。淳熙五年（一一七八）三月，辛棄疾被召回京城任大理少卿，同年秋外任湖北轉運副使。由此可知，辛棄疾至少可以在淳熙元年、二年、五年與曾覿會面。此外，辛棄疾名作《水龍吟・登建康賞心亭》首句「楚天千里清秋」，可能化用曾覿《水龍吟》（楚天千里無雲）首句。要之，因葉衡之中介，則辛、曾二人或許曾會面乃至於酒席之間唱和也未可知。

〔五二〕王淮作爲「非道學之黨」首領及其行事可參見余氏著《朱熹的歷史世界：宋代士大夫政治文化的研究》及沈松勤《南宋文人與黨爭》。

〔五三〕周必大《文忠集》卷一九五，《影印文淵閣四庫全書》第一一四九册，第二二〇頁。

〔五四〕陳亮《陳亮集》卷二一，中華書局一九七四年版，第三二〇頁。

〔五六〕楊萬里《宋故少師大觀文左丞相魯國王公神道碑》：「辛棄疾有功，而人多言其難駕馭。公言：『此等緩急有用。』上即畀祠官。」

〔五七〕張端義《貴耳集》卷下：「王丞相（淮）欲進擬辛幼安除一帥，周益公堅不肯。王問益公曰：『幼安帥才，何不用之？』益公答曰：『不然，凡幼安所殺人命，在吾輩執筆者當之。』王遂不復言。」

〔五八〕葉紹翁《四朝聞見録》，中華書局一九八九年版，第二五頁。

〔六一〕宋高宗時期的道學士大夫尚未形成正式的道學朋黨，但因其相同的學術背景、政治主張，更因朝中反道學力量之排擊，使得他們形成了一個較爲團結的整體。

〔六二〕據《宋史》卷四二八「道學二・尹焞傳」，尹焞乃是程頤高足。

〔六四〕據《宋元學案》卷三四，胡銓是胡安國弟子，而胡安國與程門弟子謝良佐、楊時、遊酢三先生「義兼師友」，「私淑洛學而大成」。

〔六六〕據《宋元學案》卷三〇，張浚是譙定弟子，譙定師從程頤。

〔六七〕據《宋元學案》卷四六，汪應辰是胡安國、吕本中弟子，喻樗之婿，程頤三傳；又據《宋元學案》卷四三，劉珙是屏山先生劉子翬之侄，與朱熹共學於屏山，屏山私淑洛學。

〔六八〕如程頤四傳、李侗弟子羅博文，見《宋元學案》卷三九。

〔七一〕王夫之《宋論》，中華書局一九六四年版，第二〇五頁。

〔七三〕謝枋得《謝注唐詩絶句》，浙江古籍出版社版一九八八年版，第二四頁。

〔七五〕沈增植《稼軒長短句小箋》：「稼軒爲葉衡所推轂，二年衡罷，史浩獨相，意不喜北人，故有『孫、劉』之譬。」（《詞學季刊》民國二十三年第一卷第二號）吴則虞先生《辛棄疾選集》也指出，「孫、劉，其殆指史浩而言」。

〔七七〕〔八一〕鄧廣銘《稼軒詞編年箋注（定本）》，上海古籍出版社二〇〇七年版，第一三三頁、第一五四頁。

〔七八〕房玄齡等《晉書》，中華書局版一九七四年版，第一三七二頁。

〔七九〕陳寅恪《金明館叢稿二編》，生活・讀書・新知三聯書店二〇〇九年版，第八八頁。

〔八〇〕張相《詩詞曲語辭匯釋》，中華書局一九五三年版，第一五四頁。

〔八二〕朱德才、薛祥生、鄧紅梅《辛棄疾詞新釋輯評》，中國書店二〇〇六年版，第三三二頁。

〔八三〕茅海建《天朝的崩潰——鴉片戰爭再研究》，生活・讀書・新知三聯書店二〇一四年版，第二五頁。

（作者單位：貴州師範大學文學院；貴州師範大學文学・教育與文化傳播研究中心）

清初詞人生卒年叢考

閔　豐

内容提要　本文利用史志、別集等文獻，對明末至清初康熙年間出生的五位詞人生卒年進行考證。若工具書目及其他出版物中相關記載存在訛誤缺失，即予以訂正補充；凡未見記載之詞人，至少明確考得其生卒信息之一，以備日後《全清詞·順康卷》重編之用。

關鍵詞　明末至清初　詞人　生卒信息

明末天啓、崇禎至清初康熙年間，填詞作者數量衆多，文獻繁雜，目前有關詞人生卒年的各種記載存在疏誤，在所難免。近來重檢《全清詞·順康卷》及《順康卷補編》，發現其已收及失收詞人，生卒信息有待補正者不少，今擇五家略爲考辨。

一　釋行悦生卒年確證

釋行悦，字梅谷，號呆翁，俗姓曹，太倉人。年十八於浙江普陀出家，康熙四年（一六六五）之粵東，主龍樹院，歷住江西龍光寺、江蘇金陵寺等。博學工詩，卓爾堪《遺民詩》選其詩三首，亦喜填詞，著有《呆翁詞集》。詞集刻本附《呆翁和尚詩集》後，殘缺不全，另有稿本《呆翁和尚詩詞原稿》可補足，《順康卷》第四册、《補編》第一册已收録。

行悦生卒年，《順康卷》載其生於明泰昌元年（一六二〇），即萬曆四十八年，卒年不詳。江慶柏《清代人物生卒年表》（下文簡稱《年表》）不收僧道，未有其人。查其他工具書目與文獻，所見有以下四説：

一、生於萬曆四十七年（一六一九），卒於康熙二十三年（一六八四）。見《清人別集總目》（安徽教育出版社二〇〇〇年版，下文簡稱《總目》）、《清人詩文集總目提要》（北京古籍出版社二〇〇二年版，下文簡稱《提要》）。

二、生於萬曆四十八年，卒年未定，標注卒於康熙十九年（一六八〇）之後。見《中國詞學大辭典》（浙江教育出版社一九九六年版）。

三、生於康熙十八年（一六七九），卒於乾隆九年（一七四四）。見《普陀縣志》（浙江人民出版社一九九一年版）、《普陀山志》（浙江古籍出版社二〇一五年版）、《普陀山大辭典》（黄山書社二〇一五年版）。

四、生於萬曆四十五年（一六一七），卒於康熙二十一年（一六八二）。見《中國佛教人名大辭典》（上海辭書出版社一九九九年版）、《中國佛教經論序跋記集》（上海辭書出版社二〇〇二年版）。

以上諸家之説，除《總目》外，均未標明出處，《總目》附行悦傳記資料書名四種，分别爲行悦弟子釋超慧所撰《行狀》、《崇川詩集》、《東皋詩存》及《新續高僧傳四集》。《新續高僧傳四集》卷二四《清杭州理安寺沙門釋行悦傳》云：

釋行悦，字梅谷，亦號呆翁，晚稱蒲衣尊者。姓曹氏，婁東人。年十八披剃於普陀海岸禪林受具。……甲子秋，客城東彌勒庵。臘月朔夜，索水沐浴。焚香禮佛，辭衆端坐，垂誡懇至，衆皆感泣。……三日荼毗……壽六十六，臘四十八。[一]

甲子爲康熙二十三年，《總目》當即據此推算，得其生年在萬曆四十七年。此傳實本釋超慧所撰《行狀》，文字多有删節，《行狀》云：

> 師諱行悦，字梅谷，號呆翁，別號蒲衣尊者。吴郡婁東曹氏子。生於明庚申年八月初四日午時。十八歲披剃普陀海岸禪林受具。……甲子秋，客城東彌勒庵。忽于臘月朔夜，索水沐浴。浴畢，又命焚香。侍者云：「夜半焚香做甚麽?」師云：「我要禮佛。」衆失笑。師云：「話也不識。」遂端坐辭衆，囑謝諸山和尚及諸護法，並垂示誡諭等語。衆皆涕泣，哀求後事。……偈畢，端然而逝，停龕三日荼毗。……壽六十有六，臘四十有八。〔二〕

二文對照，最關鍵的區别在於傳文删去了「生於明庚申年八月初四日午時」一句。明庚申年爲萬曆四十八年暨泰昌元年，按《行狀》所述，行悦生於本年，卒於康熙二十三年甲子，也就是公元一六二〇年至一六八四年，應該享壽六十有五。他十八歲受戒出家，至六十五歲卒，僧臘四十有八，這一點不誤，但與壽六十六的説法不合，那麽《行狀》中的行悦生年信息是否可靠？查行悦《呆翁詞集》，有《水調歌頭·閏中秋宗于宣昆玉見招泛舟看月》一首，詞後自注「余時年六十有一」；又有《高山流水》一首，詞序曰：

> 己未八月四日，坐寒香堂看新月，念自四十誕至今年正六十，適三處遇初度，一錢塘，一建業，今雉臯也。賦此志感。〔三〕

己未爲康熙十八年，次年康熙十九年閏八月，依二詞推其生年，皆爲明萬曆四十八年，且《高山流水》詞序述及生辰具體月日爲八月四日，與《行狀》合，可見《行狀》出自行悦弟子之手，頗爲可信。至於卒年，傳文與《行狀》記載高度一致，時在康熙二十三年十二月朔，即十二月初一日，公元紀年已是一六八五年一月五日，應無問題，壽六十六的説法或許是因此而致誤。綜合各種資料來看，行悦生卒年最準確的標注應爲「明萬曆四十八年/泰昌元年（一六二〇）——清康熙二十三年（公元一六八五）」。

再看工具書目等文獻記載，其疏誤原因也就大致清楚了。《總目》、《提要》編者應是未見《行狀》，僅據《新續高僧傳四集》傳文判定，故生年信息以及卒年公元標注均誤。《順康卷》、《中國詞學大辭典》編者應是據行悦詞集定其生年，不誤，然未見《行狀》與傳文，故不知卒年。今人所纂《普陀縣志》、《普陀山志》與《普陀山大辭典》三種，應當也是依據傳文，但將行悦生卒時間往後誤推了一甲子。《中國佛教人名大辭典》、《中國佛教經論序跋記集》二種，生卒皆誤，未詳何因。

二　陸進生年考及卒年時限

陸進，字藎思，餘杭人，歲貢生，官浙江温州府永嘉縣學訓導，一生仕宦不顯，寄興詩詞，是明清之際西泠詞人群體中的名手。其詞集《付雪詞》曾先後三刻，後收入《巢青閣集》，集中另有《悼亡詞》一卷。《順康卷》第八册、《補編》第二册已收録。

陸進生卒年，《年表》、《總目》及《提要》諸書均闕，《順康卷》載其生年大約爲明天啓五年（一六二五），卒年不詳，清康熙三十六年（一六九七）尚在世。今見毛際可《梅花繞屋圖序》一文有曰：

北郭陸子藎思，行年五十，猶屈首諸生，於初度之辰，屬毗陵惲正叔作梅花繞屋圖，而謝文侯爲寫照於繁香素影之下。〔四〕

所述惲壽平爲陸進生辰作梅花繞屋圖之事，在當時藝林頗有反響，圖成後，一時名流如陳維崧、嚴繩孫、洪昇等，均有題詠。又方象瑛《繞屋梅花圖記》云：「禹杭陸君藎思，家武林之湖墅，卓犖工詩文。顧年歷五十，尚困諸生中。初度之辰，屬謝文侯寫照，毗陵惲正叔補繞屋梅花圖。」〔五〕王嗣槐《梅花繞屋圖序》云「藎思今年亦五十矣」〔六〕，均言陸進五十生辰，可知毛際可等人所謂「五十」並非虚數，而是實指，不過皆未説明究竟是何年之事。會稽詞人方炳《河滿子·陸藎思梅花繞屋圖》詞云：「按譜詞成艷雪，臨池字就黄庭。」第二句後自注「右軍年五十書始成，今癸丑爲藎思初度」〔七〕，癸丑爲康熙十二年（一六七三），此詞提供了清楚的年份信息，結合前引數文推算，陸進生年在明天啓四年（一六二四）。

至於陸進卒年，現仍無法確考，不過時限可以再往後推。《巢青閣集》中紀年信息最晚的作品，爲《上督學張石虹師》一詩，詩序紀時曰「丁丑冬初」〔八〕，丁丑爲康熙三十六年，本年陸進在永嘉任上。戴名世爲人代撰《〈巢青閣集〉序》云：「及余來督學浙江，行部至温州，則陸君實司訓永嘉，執手版來謁，且出其所著《巢青閣集》示余。」〔九〕其《庚辰浙行日紀》又稱：「歲己卯冬，鴻臚寺少卿兼户部科給事中保德姜公，奉命督學浙江，貽書於余，欲余入幕中贊理其事。」〔一〇〕所言「保德姜公」，即姜橚，字崑麓，山西保德人，康熙三十九年（一七〇〇）五月抵浙，出任提督學政，可知《〈巢青閣集〉序》一文，即爲姜氏代作。姜橚視學浙中，「行部至温州」，陸進來謁，事在何年？《光緒樂清縣志》收録有姜橚《廟學文昌閣碑記》，此文爲温州樂清縣文昌閣落成立碑而撰，碑立於康熙四十一年（一七〇二）壬午十一月吉日，文云：

逮乎行部至温，瞻聖宫及賢廡穢蕪漫漶，事事弗堪，……予於是灑然異之，而急促其成，……爲之不一年，而學宫遂煥然一新，而又思爲樂人士濯磨砥礪，……而遂繼有文昌閣之建也。……而壬午榜發，諸生中果有以吉語聞者。〔一一〕

據「壬午榜發」二句，此文撰寫時間亦當在本年冬，與立碑大抵同時。姜氏自述先「行部至温」，開始着手修繕學宫，不到一年事竣，又爲樂清建文昌閣，迨閣成，立碑爲記。則其「行部至温」，應在撰文前一年，即康熙四十年（一七〇一），本年陸進自永嘉來謁，時已七十八歲高齡，其辭世應該也就是在此後數年間。

三　梁允植生年考

梁允植，字承篤，號冶湄，真定人，順治間拔貢生，官浙江錢塘知縣，仕至福建延平府知府。梁允植爲梁清遠子、梁清標侄，與其父兄皆能詞，康熙十二年曾爲梁清標校刻《棠村詞》，官錢塘時，與陸進、俞士彪等西泠詞人往還甚密。著有《柳村詞》，《順康卷》第十二册已收録。

梁允植生卒年，《順康卷》、《年表》、《總目》不載；《提要》謂生於明崇禎二年（一六二九），卒年不詳。今學界對其卒年已有考證結論，在康熙二十二年（一六八三）十月〔一二〕，生年尚待廓清。《提要》著録其《藤塢詩集》九卷，康熙十九年刻本，並載生於崇禎二年，依據如下：

> 集中《戊申除夕》詩，有「年垂四十艱全非」句，據此知刻集時年已五十餘。〔一三〕

戊申爲康熙七年（一六六八），《提要》由此認爲此年梁氏四十歲，推算其生年在崇禎二年；然詩中明言「年垂四十」，乃是將近四十，並非四十歲整，故《提要》記載有誤。

梁氏《藤塢詩集》不標卷次，以體編排，各體詩作數量不等，最少者七排僅一首，而七律最多。細查七律一卷中，作品順序是按時間先後編次，可紀年之最早者爲《丙午除夕》一詩，康熙五年（一六六六）作，其後詩篇中，標明年份者，依次有《戊申除夕》二首、《丙辰除夕大雨見雷丁巳元日雪》、《秋興》八首（自注「丙辰」）、《戊午元夕》。戊午爲康熙十七年，《戊午元夕》一詩以下，又有《秋懷》四首自注「戊午」、《七夕病中值初度》二首自注「時年四十有八」〔一四〕、《戊午除夕》諸篇。《戊午除夕》以下，本卷尚餘四首，依次爲：《元旦後一日同諦輝上人登鷲嶺》、《中秋督鹺侍御招飲觀桂》、《喜電發應詔入館》、《庚申元日》。《喜電發應詔入館》一詩，爲徐釚（字電發）而作，徐釚康熙十八年赴試博學鴻詞科獲雋，授翰林院檢討，入史館與修《明史》，詩述此事，可知此詩並前二首均爲康熙十八年作，下一首《庚申元日》乃康熙十九年作，時序歷然。則《戊午元夕》至《戊午除夕》諸篇，均撰於康熙十七年，《七夕病中值初度》二首在其中，據其自注，本年四十八歲，推算梁允植生年，當爲明崇禎四年（一六三一）。他寫作《戊申除夕》二首之時，年三十八歲，故云「年垂四十」。

四　毛士儀生卒年考

毛士儀，字幼範，號抑齋，遂安人，毛際可長子。貢生，康熙三十四年（一六九五）任直隸寶坻知縣，歷官至貴州思南府知府。毛士儀幼稟庭訓，喜填詞，詩亦爲王士禛、陳維崧諸人稱賞，惜其《映竹軒集》今不見傳。《光緒嚴州府志》卷二六《藝文志》載其詞二首，《順康卷》及《補編》未收。

毛士儀生卒年，向無記載，今見沈德潛《思南府知府毛抑齋傳》曰：

先生少具夙慧，讀書有神解，十三補博士弟子員。屢試有司不見收，以貢除新城縣教諭，升寶坻令，再升華州知州。以薦升甘州監督同知，丁父艱，服闋補南安府同知，升思南府知府。告歸家居八年歿，年七十有六。〔一五〕

據《乾隆甘州府志》卷一六《雜纂》，毛士儀康熙四十七年（一七〇八）任甘州同知，本年恰逢其父毛際可去世，丁父艱歸。服闋補江西南安府同知，已是十年後，朱軾《白公堤記》記當時江西巡撫白潢築堤治水事云：「擇于丞倅中得南安司馬毛君，令董其事。……始事于康熙戊戌孟冬，迄己亥季夏。」〔一六〕戊戌、己亥分別爲康熙五十七、五十八年（一七一九）。沈德潛傳文稱毛士儀在南安任上三載，那麼他赴任貴州思南府知府，其時已在康熙朝末年。

毛士儀弟名毛士儲，方楘如《奉直大夫直隸冀州知州毛公墓誌銘》一文，明確記載毛士儲生於順治十五年（一六五八）七月十九日，卒於雍正元年（一七二三）二月七日。其文述毛士儲晚年事跡云：

君篤於兄弟，抑齋之守思南也，君走南安送之。既聞其請老，竊自憐幸見之，詩有「兄弟老來欣聚首，功名末路等浮雲」之句。迨抑齋抵家，而君已寢疾，逾月奄逝，抑齋所以哭之，慟如墮肢體。〔一七〕

據文，毛士儀請老告歸抵家，弟士儲已病重不起，「逾月奄逝」，則毛士儀歸家之時應是雍正元年正月，結合沈德潛傳文「告歸家居八年歿，年七十有六」二句，毛士儀當卒於雍正八年（一七三〇），推其生年，在順治十二年（一六五五），長毛士儲三歲。

五　尹元貢生卒年考

尹元貢，字種雨，一作仲禹，雩都人。康熙三十八年（一六九九）舉人，會試屢罷，雍正初，官直隸房山縣知縣。著有《步堂詩餘》，附於《步堂全集》後，其集今存，《順康卷》及《補編》未收其詞。

尹元貢生卒年，向無記載。查《清代官員履歷檔案全編》，其中尹氏進呈清世宗履歷云：

臣尹元貢，系江西贛州府雩都縣人，年五十歲。由附生中康熙三十八年己卯科舉人，於四十五年候選知縣，於雍正元年截取到部。……欽惟我皇上，臨御以來，兢兢業業，……更著《聖諭廣訓》一十六章，以陶淑斯世，……乃猶于萬幾之暇，課吏時勤，使各抒所見，以定其優劣。〔一八〕

此後內容，皆尹氏論治民之道文字，篇幅甚長，可見此折是應世宗要求，「各抒所見」而上，其末未署具體進呈日期。《世宗憲皇帝實録》「雍正二年二月丙午」曰：

初，聖祖仁皇帝御製上諭十六條，……上以各條遵行日久，慮民或怠，宜申誥誡，以示提撕。乃復尋繹其義，推衍其文，共得萬言，名曰《聖諭廣訓》，並製序文，刊刻成編，頒行天下。〔一九〕

《聖諭廣訓》編刊是雍正二年（一七二四）二月之事，尹元貢履歷已述及此書。尹氏《寄謝周儀遠兼懷同郡諸子》一詩曰：

惜別已二年，浩歌誰與和。……幸際昌明時，天子不好貨。大開闢門典，旁求簡良佐。召見乾清宮，温語自天播。〔二〇〕

此詩後又有《都門寄贈周紀雲、儀遠昆仲》曰「雍正之元年，輕心別鄉園」，可知雍正元年他從家鄉出發，年內「截取到部」。以上二詩，都是入京後寄贈家鄉友人之作。前一首詩中「大開闢門典」以下四句，正履歷所謂「課吏時勤，使各抒所見，以定其優劣」之事；據《實録》，尹氏繕寫履歷時間，不可能在雍正元年，此詩又稱「惜别已二年」，是雍正二年所賦，故履歷亦作於雍正二年。蓋尹氏以會試落第舉子身份，候選知縣，雍正元年由地方給諮赴吏部，次年應命撰履歷進呈，其性質相當於一份論時務折，以備世宗裁定去取。雍正二年尹氏五十歲，推其生年，在康熙十四年（一六七五）。

《同治雩都縣志》載尹元貢「任直隸房山知縣，一年卒於官」[一一]，《同治贛州府志》所記與之一致。尹氏有受職謝恩所賦七律一首，詩題述及「雍正四年七月念一，奉旨特簡得順天府房山縣」[一二]。則其卒年應是雍正五年（一七二七），享年五十三歲。又《雍正朝漢文硃批奏摺彙編》載「雍正伍年叁月拾柒日，據房山縣知縣尹元貢稟」[一三]，知尹氏本年三月尚在世，辭世當在此後數月間。

〔一〕喻謙《新續高僧傳四集》，北洋印刷局一九二三年版，第七册，第三頁。

〔二〕杭世駿《武林理安寺志》卷五，《武林掌故叢編》第一集，江蘇廣陵古籍刻印社一九八五年版，第一四—一六頁。

〔三〕釋行悦《呆翁詩餘》，清康熙二十年（一六八一）刻《呆翁和尚詩集》本，第一二頁。

〔四〕毛際可《安序堂文鈔》卷七，《清代詩文集彙編》第一三〇册，上海古籍出版社二〇一〇年版，第三九九頁。

〔五〕方象瑛《健松齋集》卷六，《清代詩文集彙編》第一二八册，第一一一頁。

〔六〕王嗣槐《桂山堂文選》卷二，《清代詩文集彙編》第七三册，第八七頁。

〔七〕南京大學中文系《全清詞》編纂研究室編《全清詞·順康卷》，中華書局二〇〇二年版，第一〇册，第五八〇三頁。

〔八〕陸進《巢青閣集》卷六，《四庫未收書輯刊》第八輯，北京出版社一九九七年版，第二〇册，第二一五頁。

〔九〕〔一〇〕戴名世《戴名世集》，中華書局一九八六年版，第四四頁，第二九七頁。

〔一一〕李登雲、錢寶鎔主修，陳玾總纂《光緒樂清縣志》卷一二「金石志」，清光緒二十七年（一九〇一）修民國元年（一九一二）補刊本，第三三頁。

〔一二〕胡春麗《〈清代人物生卒年表〉訂補》，《傳統中國研究集刊（第二十一輯）》，上海社會科學院出版社二〇一九年版，第二四四頁。

〔一三〕柯愈春《清人詩文集總目提要》，北京古籍出版社二〇〇二年版，上册，第二〇六頁。

〔一四〕梁允植《藤塢詩集》,《四庫未收書輯刊》第五輯第三〇册,第七一五頁。
〔一五〕吴世進修,吴世榮增修《光緒嚴州府志》卷三二「藝文志」,清光緒九年(一八八三)增修重刻本,第二五—二六頁。
〔一六〕黄廷金修,蕭浚蘭、熊松之纂《同治瑞州府志》卷一九「藝文志」,清同治十二年(一八七三)刻本,第一六頁。
〔一七〕羅柏麓修,姚恒纂《民國遂安縣志》卷一〇「藝文志」,民國十九年(一九三〇)鉛印本,第二六頁。
〔一八〕秦國經《清代官員履歷檔案全編》,華東師範大學出版社一九九七年版,第九册,第一七九頁。
〔一九〕鄂爾泰、張廷玉等《世宗憲皇帝實録》卷一六,清内府鈔本,第一—二頁。
〔二〇〕〔二二〕尹元頁《步堂全集》,《四庫禁毁書叢刊補編》第八四册,北京出版社二〇〇五年版,第五三〇頁,第五八四頁。
〔二一〕顔壽芝、王穎修,何戴仁、洪霖纂《同治雩都縣志》卷一〇「人物志·文苑」,清同治十三年(一八七四)刻本,第五二頁。
〔二三〕中國第一歷史檔案館編《雍正朝漢文硃批奏摺彙編》,江蘇古籍出版社一九八九年版,第九册,第三〇〇頁。

(作者單位:南京大學文學院)

張元幹《蘆川詞》版本考

倪博洋

内容提要　張元幹《蘆川詞》各版本可分三系，一是宋本、景宋本的兩卷本系統，一是吴訥《百家詞》本、紫芝漫鈔《宋元名家詞》本、石村書屋鈔《宋元明三十三家詞》本一卷本系統，一是毛晋《宋六十名家詞》一卷本系統。吴訥《百家詞》本一系是一個節録本，收詞數量、順序均與宋本有較大差異，從異文與詞序脱漏看，可以認爲節録自一個全本。該系文字有可取之處，體現出其底本是有别於今宋本的其他版本。毛本過去評價不高，且異文較多，但與《四庫全書》據《永樂大典》輯《蘆川歸來集》中的詞作相校，可發現二本關係較近，且異文不可輕易否認。《蘆川詞》的版本系統對《全宋詞》的底本、《宋六十名家詞》的善否等問題具有啓示意義。

關鍵詞　張元幹　《蘆川詞》　《百家詞》　《全宋詞》　《宋六十名家詞》

《蘆川詞》今傳版本相對簡單，諸書目都列出了現存版本信息，包括：二卷本者，有宋本、吴寬影抄宋本、《景刊宋金元明本詞》本（景宋本〔一〕）；一卷本者，有吴訥《百家詞》本（訥本）、紫芝漫鈔《宋元名家詞》本

本文爲教育部人文社會科學研究青年基金項目「《全宋詞》文獻訂正（23YJC751019）」、天津市哲學社會科學規劃青年項目「明清詞、曲韻書編纂思想比較研究」（項目批准號：TJYY21－018）成果。

（芝本）、石村書屋鈔《宋元明三十三家詞》本（石本）、毛晋《宋六十名家詞》本（毛本）、《四庫全書》本；全集本者，《四庫全書》輯《永樂大典》之《蘆川歸來集》本（庫本，詳下），此外還有一些據上述本子的抄本。〔二〕但是諸書大都缺乏在此之上的版本系統梳理。今天學界利用最廣泛的有兩個本子，一是唐圭璋先生《全宋詞》所收張元幹詞，以景宋本爲底本；一是曹濟平先生的《蘆川詞箋注》，「用《全宋詞》作底本，以上述各本作校，並參校宋人選本黄昇《花庵詞選》、趙端禮《陽春白雪》，元刊本《草堂詩餘》和《清詞綜》及《詞律》、《詞譜》和《歷代詩餘》」〔三〕。不過詞集整理的目的是取善本、辨是非以儘量還原作品原貌，至於參校本的性質難免無暇考論。而由於時代與治學環境的影響，有些本子前人無緣得見，因而無法全面考察諸本的版本性質。即如唐先生當時難見宋本，故用了次一等的景宋本〔四〕，但景宋本恰有失真之處，《全宋詞》〔五〕亦有排印疏失，即如：

《全宋詞》一〇九一頁《謁金門》首句校語「案『底』原作『低』，從吴訥本蘆川詞」，按宋本正作「底」，景宋本（一九一）訛。若依原本無需出校。

《全宋詞》一〇九三頁《瑶台第一層》（寶曆祥開飛練上），宋本下有詞題「壽」，景宋本（二〇〇）脱。

《全宋詞》一〇九三頁《明月逐人來》（花迷珠翠）序，「趙禮端」承景宋本（一九四）之訛，宋本則作「端禮」。趙端禮是名人，無需贅考。

《全宋詞》一〇九二頁《好事近》（霽雨天迥）「屏山交掩」句，「交」字今見所有本子，含宋本、景宋本（一九三）皆作「半」，改「交」無據亦無必要。

《全宋詞》一〇七九頁《水調歌頭》（拄策松江上）「舌空曠」句，「舌」宋本、景宋本（一七三）皆作「吞」，當據改。

可見，儘管今天已經有了便於研讀的整理本，但諸本性質如何仍有考索必要，如訥本、芝本、毛本都是一卷，彼此是否同源。而這種考證還能引出更深層次的詞籍傳播與接受問題，比如異本的流傳、底本的選擇、叢編的價值等，這些思考比較宏闊，我們還是從具體的版本談起。

一 《蘆川詞》版本差異概覽

要討論諸本源流，先考慮幾個重要的版本特徵。較爲詳細而可信的方法是比較版式、通校異文，不過今存諸詞以鈔本爲多，所以前者較難操作，後者下文再詳論。這裏先從卷數與詞次〔六〕概述《蘆川詞》諸本的重要區别。兩卷本的宋刻一系傳承較爲簡單，而一卷本則比較複雜。諸一卷本者並非一源所出。且看前五首詞次如下：

表一 諸本前五首詞次比較表

宋本	訥本	芝本	石本	毛本	庫本
《賀新郎》曳杖危樓去	《滿江紅》春水迷天	《滿江紅》春水迷天	《滿江紅》春水迷天	《賀新郎》夢繞神州路	《賀新郎》夢繞神州路
《賀新郎》夢繞神州路	《賀新郎》曳杖危樓去	《賀新郎》曳杖危樓去	《賀新郎》曳杖危樓去	《賀新郎》曳杖危樓去	《賀新郎》曳杖危樓去
《滿江紅》春水迷天	《賀新郎》夢繞神州路	《賀新郎》夢繞神州路	《賀新郎》夢繞神州路	《滿江紅》春水迷天	《滿江紅》春水迷天

續表

宋本	訥本	芝本	石本	毛本	庫本
《蘭陵王》捲珠箔	《蘭陵王》捲珠箔	《蘭陵王》捲珠箔	《蘭陵王》捲珠箔	《蘭陵王》捲珠箔	《蘭陵王》捲珠箔
《蘭陵王》綺霞散	《蘭陵王》綺霞散	《蘭陵王》綺霞散	《蘭陵王》綺霞散	《蘭陵王》綺霞散	《蘭陵王》綺霞散

表面上看，雙方只有前三首有差異，但是後面情況並不同，毛本、庫本自《賀新郎》後，詞次、詞作數皆同宋本，唯《水調歌頭》「今夕定何夕」以下三首序次置於「放浪形骸外」之前，且結尾多一首《踏莎行》，唐先生已辨爲元人張翥詞（《全宋詞》第一一〇四頁）。可見兩系在關係上更親近一些。而訥本、芝本、石本在宋本第五個詞牌《石州慢》以下，編次與宋刻本大異，諸次略比較如下：

表二　訥本與宋本詞次舉例表

	五	六	七	八	九
宋本一系	石州慢	永遇樂	八聲甘州	水調歌頭	風流子
訥本一系	石州慢	風流子	水調歌頭	八聲甘州	永遇樂

「五」一行是原詞牌所在之次序。從收詞數量看，宋本收詞一八五首，而訥本等收詞不全，僅一百零六

首〔七〕。當然所據爲不同於宋本的另一本。這樣以收詞數量與順序就可以將訥本、芝本、石本歸爲一系。

二　吴訥《百家詞》本一系的來源

上面只是就詞次做的大體劃分。至於要考鏡諸本源流，則需要進一步對勘異文：

表三　《蘆川詞》訥本一系異文比較表

宋本	訥本	芝本	石本	毛本	庫本
《賀新郎》愁生故**國**（一〇七三）	園	園	園	國	國
《滿庭芳》**非**烟非霧（一〇九五）	林	林	林	非	非
《賀新郎》悵**秋**風（一〇七三）	西	西	西	秋	秋
《念奴嬌》雲氣蒼茫吟嘯**處**（一〇七五）	起	起	起	處	處
《石州慢》是**愁來**時節（一〇七五）	銷魂	銷魂	銷魂	愁來	愁來
《漁家傲》老手調羹當**獨**步，須**記**取（一〇九一）	脱二字	脱二字	脱二字〔八〕	不脱	不脱
《清平樂》雪擁**溪橋路**（一〇九四）	溪橈□	鶏橈□	溪橈□〔九〕	溪橋路	溪橋路
《臨江仙》殘月炯**如初**（一〇八二）	如初	初如	如初	如初	如初
《漁家傲》短夢今宵還到**否**（一〇九一）	杳	否	否	否	否

續表

宋本	訥本	芝本	石本	毛本	庫本
《瑶台第一層》寶曆祥開飛**練**上(一〇九七)	練	楝	練	練	練
《漁父家風》**悵**望冷香濃(一一〇一)	恨	悵	悵	悵	悵

上表庫本據文淵閣《四庫全書》本《蘆川歸來集》，宋本一列頁碼爲《全宋詞》所在，粗體是有異文處。

訥本、芝本、石本的異文分三類情況：一是如前四例，不能用形訛來分析，説明自有另一源頭。二是三本脱誤一致，可證彼此同源。三是如後數例，訥、芝各有誤字，而石本兼取其是者，可見石本更忠實於底本，不像是抄自訥、芝二本，也不會是石本在抄録時自改，如「初如」、「如初」皆入韻且意同，若石本依芝本抄録，不太可能會自作主張互乙二字；而「恨望」一詞亦通，初步搜索則「中國基本古籍庫」有二百零七條用例，石本若依訥本抄寫也不會妄改而恰合他本。

訥本一系究竟是何來源呢？從收詞數量與上表訛字看，兩系多有脱漏，又所收未全，那麽很容易想到此現象符合明代書商妄删原書以圖獲利的出版風氣，或許來源即是某據宋本删節的明本。但通篇校過則能發現事情並非如此簡單。

一是訥本一系文字亦有具勝義者，如：

《全宋詞》一〇七八頁《水調歌頭》(袖手看飛雪)，「奴星結柳，與君同送五家窮」，「五」宋本、景宋本(一七二)、毛本(四〇〇)、庫本皆同，訥本一系皆作「主」。按此用韓愈《送窮文》「主人使奴星結柳作車」[一〇]語，「主」字佳，「五」涉形訛。

《全宋詞》第一〇七九頁《水調歌頭》（拄策松江上），詞序「張元鑒」，宋本、景宋本（一七三）同，訥本、芝本俱作「覽」，當據改。「張元覽」見於宋人集中，如周密《浩然齋雅談》：「龍眠畫《五馬圖》，空青老人曾紆公卷跋之曰：『……余將漕兩浙，當紹興辛亥，至嘉禾，與梁仲謨、吴德素、張元覽泛舟訪劉延仲於真如寺。』」〔二〕李處權《松庵集》有詩《張元覽追和東坡咏梅要予同賦》，知其活動於紹興時，與張元幹時代相合。

《全宋詞》一〇八〇頁《風流子》（飛觀插雕梁），「滿座疑香」，「疑香」不詞，宋本、景宋本（一七五）皆同，當從芝本、訥本、毛本（四〇一）、庫本作「凝香」。

《全宋詞》第一〇八四頁《浣溪沙》，「瓦爐灰暖炷瓢香」，「瓢」宋本、景宋本（一八一）、毛本（四〇二）同，按此句與首句「曲室明窗燭（訥本一系訛作「獨」）吐光」對仗。「炷瓢」、「瓢香」皆不詞，「中國基本古籍庫」除此無「炷瓢」連用者，「瓢香」多用於「酒瓢香」、「一瓢香」，故當從訥本、芝本、庫本作「飄」。

《全宋詞》第一一〇〇頁《醉蓬萊》（對小春桃艷），「七葉蓂開，應金章通貴」，「章」他本亦同，唯訥本一系作「張」，「金張」典故更符合此首壽詞之語境。

以上諸例或者訥本一系獨善，或者能得到其他本子佐證，若言明代書商妄自删略又精心校勘，刻書態度恐不至於如此分裂。又如「張元覽」較爲生僻，不至於是書商自發翻閲宋集補正。

二是或者補充宋本所缺乏的信息，或者與宋本文字不同：

《全宋詞》第一〇九四頁《菩薩蠻》（天涯客裏秋容晚），訥本一系有尾注：「道人（訥本「人」下衍「能」字）殷七七，能開頃刻花，潤州鶴林寺常有紅裳女子相共開之。宋璟所至愛物，人謂之有脚陽春。」宋本、底本脱，當據補。

《全宋詞》第一〇九九頁《夏雲峰》，訥本一系文字頗不同，二首全録對比如下：

涌冰輪，飛沆瀣，霄漢萬里雲開。南極瑞占象緯，壽應三台。錦腸珠唾，鍾間氣、卓犖天才。正暑，有祥光照社，玉燕投懷。　新堂深處捧杯。乍香泛水芝，空翠風回。涼送艷歌緩舞，醉買瑤釵。長生難老，都道是、柏葉仙階。笑傲，且山中宰相，平地蓬萊。

——宋本一系《夏雲峰・丙寅六月爲筠翁壽》[一二]

火雲乍收銀漢淨，金莖便覺秋回。極象占慶瑞，輝映三台。川停岳峙，鍾間氣、名世通才。記祥光照社，玉燕投懷。　新堂深處宴開。擁歌扇獻花，舞袖傳杯。涼送水芝泛香，冰柱風來。長生難老，總羨柏葉仙階。笑傲，且山中宰相，平地（訥本訛作「池」）蓬萊。

——訥本一系《夏雲峰・壽》

集中只有此首文字、格律皆與宋本不同，如果認爲訥本一系據宋本而爲書商肆意改竄，則不能解釋一來爲何只改此首，二來爲何將一首庸俗壽詞改成另一首庸俗壽詞。

但我們認爲訥本一系亦是抄撮不全的節本，其另有四個特點：

一是雖然詞牌次序不同，然而詞牌內部各詞的相對次序相同。所謂相對次序，即儘管中有脫略，而彼此前後一致，如《菩薩蠻》宋本六首，訥本二首，即宋本前二且排序一致。《好事近》宋本四首，訥本三首，取宋本前一、二、三。《謁金門》宋本三首，訥本只取一、二兩首。要言之，宋本在前者，訥本亦在前。只有《浣溪沙》一首例外，宋本共十五首，訥本取七首，爲宋本順序的一、二、三、八、九、十一、十。十和十一順序互乙，而之所以如此，可能是因爲兩首相鄰，又是最後一首，故抄者（底本原刻者？）順手抄及。

二是有一處詞序誤植，宋本「武林送李似表」是《浣溪沙》第四首「燕掠風檣款款飛」之序，訥本未收此首，但此序却見於第四首（宋本第八首）的「月轉花枝清影疏」，兩詞原文如下：

燕掠風檣款款飛。艷桃穠李鬧長堤。騎鯨人去曉鶯啼。　可意湖山留我住，斷腸烟水送君歸。三春不是別離時。

月轉花枝清影疏。露華濃處滴真珠。天香遺恨罥花須。　沐出烏雲多態度，暈成娥（芝本作「蛾」）緑費工夫。歸時分付與妝梳。

不難發現第一首才符合送人情境。這就説明訥本一系所據之本一定是根據一個全集本删略而來，才能保存未收之詞的詞序。且之所以將此序張冠李戴，很可能是因爲此序恰好位於分頁處而删者漏看了一頁。三是詞序往往改成短題或徑删。如「壽富樞密」（《全宋詞》一〇九六）簡作「壽」，「乙卯……陳丈少卿韻」（一〇七五）改題「中秋」，「三月十二日……末章併發一笑」（一一〇〇）只題「杏花」。「篤耨香」（一〇八五）、「送王叔濟」（一〇八二）、「和蘇庭藻」（一一〇二）、「紹興乙丑……興復不淺」（一〇九二）皆全略去。四是無佚出宋本收詞之外者。

這四個特點見出訥本一系明顯是個節録本，而在文字上却有超出宋本之處，此麻沙本選詞原則當然不是創作成就，而只是書商爲射利而肆意删去原詞並多改序言以省成本，只不過其所據之本是有別於今存宋本的另一個本子。這一本子收詞順序與宋本不同，而文字亦有勝處，可惜今天只能見其節略。至於其與宋本的關係，我們結合毛本與庫本最后再談。

三　毛晉《宋六十名家詞》本與《四庫全書》本的關係

毛本與庫本詞次相同，而所收詞數除最後一首《踏莎行》與宋本基本一致。細心的讀者不難發現，儘管我們列出了《四庫全書》的兩個本子（《蘆川歸來集》與《蘆川詞》），但行文時統一簡稱爲「庫本」而未區分，爲何如此則要從庫本來源説起。

曾噩《蘆川歸來集序》明確指出宋本《蘆川歸來集》所收爲「書啓、古詩、律詩、贊序等作共十五卷……《樂府》二卷見於別集」〔一三〕，則《蘆川歸來集》所收無詞，詞見於宋二卷本《蘆川詞》中。祝尚書先生已指出問題所在，《蘆川歸來集》到清代全本已失傳，四庫館臣另據《永樂大典》輯出，「大典本有詞三卷」；《四庫全書》已於『詞曲類』收《蘆川詞》一卷，則又顯然重複，且非原本結構」〔一四〕。《四庫全書》本《蘆川歸來集》收詞於第五、六、七三卷，而從今天流傳的該集其他抄本看，卷六是五律，卷七是七律〔一五〕，與庫本顯然不合。《永樂大典》本爲類書，詞散見各類而不依原次無須贅言，那麽館臣所輯這三卷詞以何爲次呢？《〈蘆川歸來集〉提要》只記載：「與（汪如藻藏）鈔本互相勘校。删其重複。補其殘闕。定爲十卷。」〔一六〕但汪鈔亦無詞。館臣另在《〈蘆川詞〉提要》中提及毛晋〔一七〕：

毛晋跋曰：「人稱其長於悲憤，及讀《花庵》、《草堂》所選，又極嫵秀之致。」可謂知言。至稱其「洒窗間，惟稷雪」句，引《毛詩疏》爲證，謂用字多有出處，則其説似是而實非。詞曲以本色爲最難，不尚新僻之字，亦不尚典重之字。「稷雪」二字，拈以入詞，究爲别格，未可以之立制也。又卷内《鶴沖天》調，本當作《喜遷鶯》。晋乃注云：「向作《喜遷鶯》，誤，今改作鶴沖天。」不知《喜遷鶯》之亦稱《鶴沖天》，乃後人因韋莊《喜遷鶯》詞，有「爭看鶴沖天」句而名。調止四十七字，元幹正用其體，晋乃執後起之新名，反以原名爲誤，尤疏於考證矣。

雖然館臣對毛晋多有詆斥，不過不難想到，其所輯大典或正借鑒了毛本之詞次，經我們對驗則確然，只不過毛本爲一卷，庫本恐怕是爲了篇幅均匀而分爲三卷。無論是四庫本的《蘆川歸來集》還是《蘆川詞》，詞次都與毛本相同；但二本本身並不同，《賀新郎》諸本「氣吞驕虜」，《蘆川歸來集》改作「汩濺禾黍」而《蘆川詞》作「氣淩風雨」，可見館臣彼此並未就如何避諱協商一致，兩部詞本身也没有抄撮關係。從異文看，《蘆川詞》來自毛本，故節省篇幅我們既不比勘也不討論，這樣「庫本」就專指《蘆川歸來集》了。進一步對勘諸本異文如下：

表四 《蘆川詞》諸本異文比較表

全宋詞	宋本	毛本	庫本	芝本
《賀新郎》天意從來高**難**問（一〇七三）	難	難	莫	難
《賀新郎》況人情、老易悲**如許**（一〇七三）	如許	難訴	難訴	如訴
《滿江紅》**數**帆帶雨烟中落（一〇七三）	數	楚	數	數
《念奴嬌》見人**渾**似羞妒（一〇七四）	渾	却	却	渾
《念奴嬌》修禊**當日蘭亭**（一〇七四）	當日蘭亭	當時今日	當時今日	當日蘭亭
《念奴嬌》吴**松**初冷（一〇七四）	松	淞	淞	松
《石州慢》**驚散暮鴉**（一〇七六）	驚散暮鴉	瞥然驚散	驚散暮鴉	未收此詞
《石州慢》**微弄涼月**（一〇七六）	微弄涼月	暮天涼月	微弄涼月	未收此詞
《永遇樂》**共此**一**尊月**（一〇七六）	共此一尊月	共一樽明月	共一樽明月	共此一尊酒
《八聲甘州》更**潮頭**千丈（一〇七七）	潮頭	東湖	潮頭	湖頭
《水調歌頭》還**似**當時逢閏（一〇七七）	似	是	是	似
《水調歌頭》縹**緲**九仙閣（一〇七七）	緲	重	重	緲
《風流子》曲欄**干**外（一〇八〇）	干	闕字	闕字	干

續表

全宋詞	宋本	毛本	庫本	芝本
《沁園春》折荷**當**盞(一〇八二)	當	爲	當	未收此詞
《青玉案》走筆猶能醉**時**句(一〇八九)	時	詩	時	未收此詞

毛本異文有兩種情況較爲重要，一是僅見於毛本如「楚帆」，二是雖僅見而與訥、芝大同如「難訴」、「東湖」。從異文看，最接近於毛本的就是庫本，如「修禊當日蘭亭」、「共一樽明月」只見此二本。是否有可能庫本此三卷實際是依毛本而非大典呢？以下三點説明並非如此：

一、庫本與毛本亦有相異之處，如「東湖」「折荷當盞」等。這些文字同於宋本，若館臣當時能見到宋本，自然不會另從大典輯佚。易言之，館臣所據定有他本來源。

二、今存大典所録《蘆川詞》雖不多，而卷二千二百六十五「湖」字册下收有《八聲甘州》，恰作「更潮頭千丈」，與庫本、宋本合而不同於毛本。[一八]

三、前引《蘆川詞》提要中，館臣批評毛晋「用字多有出處」的詞學審美標準，毛氏原文如下[一九]：

（蘆川詞）凡用字多有出處，如「洒窗間，惟稷雪」云云，見《毛詩疏》，「稷雪」，霰也，形如米粒，能穿窗透瓦，今本改作「霰雪」。……便無韻味。姑記之，以爲妄改古人字句之戒云。

館臣對毛氏的批評只集中於詞曲應堅守「本色」，而不應崇尚引詩典入詞之變格；但對「稷雪」是「古人字句」則無異議，庫本亦作「稷雪」。而恰恰宋本作「霰雪」，毛本所謂「今本」，既暗示了當時有其他《蘆川詞》的本子[二〇]，也説明毛氏没有見過宋本。易言之，如果大典本也作「霰雪」，則持批評態度的館臣應會據此糾毛本之訛。

由此可以認爲，毛本與大典本淵源更近，所據爲另一個明代猶在的本子，毛本不分卷，應當認爲其沿襲了舊貌，這是因爲從毛刻體例看，諸詞卷數不一，没有必要只將《蘆川詞》改爲一卷。毛本亦有可補宋本之闕處，除前文所述與訥本一致處之外，還如：

《全宋詞》一〇七四頁《蘭陵王》「想娥緑輕暈」，「娥」宋本、芝本、訥本皆同，唯毛本（三九八）作「蛾」。又《浣溪沙》「暈成娥緑費工夫」（一〇八五），「娥」字宋本、訥本亦同，唯芝本、毛本（四〇三）作「蛾」。從語義看，「蛾」是正字没有問題，如「娥緑輕暈」與「鸞鑒新怨」對仗，自然以「蛾」爲佳。問題在於，更早的宋本作「娥」，是否古人已經習非成是，二字使用不分了呢？兩字固然易混，不過往往來自手民之誤，而非作者混用。如宋淳熙八年本《文選》卷四「蛾眉連卷」注引毛詩「螓首蛾眉」，胡克家重刻本恰誤作「螓首娥眉」。以「娥緑」爲關鍵詞搜索「中國基本古籍庫」，結果爲二十二條，去掉以下用法：一、位於不同語法成分如「青娥緑髮」；二、人名如「石娥緑」；三、同頁「蛾」「娥」雜用如宋刻本《錦綉萬花谷》「蛾緑螺」條，則可以視爲有效的混用例更少。對比「蛾緑」的四百六十條用例，不能據宋本認爲二字混用，此或爲俗字研究之一助。

四　餘論：《蘆川詞》與諸詞籍文獻問題

前述《蘆川詞》有三個版本系統，一是宋刻二卷本，二是訥本一系的節録本，三是大典、毛本一系的一卷本。後二系雖然都是一卷，但從親緣關係上，毛本一系與宋本更近一些，與訥本一系區别較大。最後我們借助《蘆川詞》再談幾個問題：

一是進一步思考諸本關係，這幾個本子最大的特點即詞次不同，説明各有淵源。但這種淵源限於資料，暫時只能推測。受秦檜專權迫害，張元幹詞曾散佚，其侄孫張廣在《蘆川歸來集序》中言及：「逮紹興末，忤時相意，語及譏刺者悉搜去，掇拾其餘得二百餘首，先叔提舉鋟木於家。廣追念先志之不可不述，因得私識其略。」[二一] 宋人蔡戡曾提到具體編纂過程：「公之子靖哀公長短句篇，屬余爲序。某晚出，恨不及見前輩，然誦公詩文久矣，竊喜載名於右。因請以送別之詞冠諸篇首。」[二二] 所謂送別之詞，即《賀新郎》「曳杖危樓去」與「夢繞神州路」兩首，最能體現張元幹的肝膽與筆墨，故被蔡氏定爲壓卷。而今二卷本正以此二詞冠篇首，合蔡氏之説。《直齋書録解題》録有「《蘆川詞》一卷」[二三]，至於這一卷本是訥本一系還是毛本一系還不清楚，然而可以想見，在張氏家刻本之前，應該還有「其餘」在外流傳。訥本一系固是節録，其所據底本却爲全本，張氏或據此本重編詞次，而有些文字作了校勘（根據作者底稿？），所以《夏雲峰》一首才差異頗大。這一解釋雖然簡單，却還缺乏證據，只能當作進一步研究的綫索。

二是《全宋詞》的底本問題，前面提到《全宋詞》雖然明言據景宋本爲底本，但一些細節容有疑議：

《全宋詞》第一〇七五頁，《念奴嬌》（秋風萬里），「數聲悲憤難測」，「憤」宋本、景宋本（一六七）、芝本、吴本皆作「噴」，此實同毛本（三九八）、庫本。「噴」字狀「笛」之例如黄庭堅「坐來聲噴霜竹」（《全宋詞》三八五）、辛弃疾「一聲誰噴霜竹」（《全宋詞》一八七四）皆是。

《全宋詞》第一〇八二頁《沁園春》（敧枕深軒），「任饑蟬自嘯」，「任」宋本、景宋本（一七七）皆闕，李彌遜重出詞作「伴」，此從毛本（四〇一）、庫本而未明言。

《全宋詞》第一〇八九頁《青玉案》（月華冷沁花梢露），「夢回猶記」句，宋本、景宋本（一八三）、庫本皆作「夢將離去」，此從毛本。

以上或者無須改，或者改而未依《全宋詞》體例出校記。故我們懷疑可能此處底本先據毛本，而又以景宋本校過，故有些異文未改乾淨。此非孤例，一般認爲結合正文詞後出處及「引用書目」所載版本即是《全宋詞》所據底本，但實際有參差，略舉數例如下：

《全宋詞》張綱詞底本謂鐵琴銅劍樓抄本《華陽集》，九一九頁《念奴嬌》序「次韻張仲遠」，底本與萬曆刻本皆作「蔣仲遠」，「蔣仲遠」又見於張綱詩，名「遒」，行狀載《兩浙名賢録》中。又「漢家豪俊」，二本皆作「漢庭」，《全宋詞》作「家」無據。此皆爲《彊村叢書》本訛字（四一九）[二四]，而據之未言明。又九二五頁《西江月》「易老方驚歲晚」當從鐵琴銅劍樓抄本與萬曆刻本作「晚歲」，才與下句「難禁又報生朝」對仗工整。此亦與《彊村叢書》本同誤（四二二）。

《全宋詞》第九八四頁江致和《五福降中天》，出處爲《歲時廣記》卷三十一，而「參考書目」謂底本爲十萬卷樓本，覆覈則文字略有不同，「斜日映珠簾」底本作「朱」，「笑勻粉面露春葱」底本作「勾」而《花草粹編》正作「勻」。又該詞實在卷十二而非三十一。

《全宋詞》第一〇七二頁王昂《好事近》，底本謂用守山閣叢書本《陶朱新録》，首句「喜氣擁朱門」，底本與《永樂大典》卷之六千五百二十三俱作「擁門闌」；「不須脂粉涴天真」底本、大典皆作「污天真」，又底本無詞題「催妝詞」。《全宋詞》詞題、文字實從《唐宋諸賢絶妙詞選》卷八。

《全宋詞》第一〇四三頁李氏《極相思》「日紅疏翠密晴暄」，「日紅」不文。《全宋詞》謂底本用誦芬室刊本《青瑣高議》，而該本實作「《極相思》曰：『紅疏翠密晴暄』」，「日」爲「曰」訛字，且當屬上表引文。紅葉山房抄本《青瑣高議》則同《全宋詞》訛作「日」，且換行（見圖一書影上圖倒一行與下圖正二行），故可懷疑底本亦非誦芬室刊本，二本書影如下：

圖一　《青瑣高議》書影對比，上誦芬室刊本，下紅葉山房抄本

神功造化有先後　倚檻王孫休悲遣
女聞之益喜曰君眞有才者生平在君願君留意乃去浩
自茲忽忽如有所失寢食俱廢月餘有尼至蓋常出入浩
門者曰李氏致意近以前事託乳母白父母不幸堅不諾
業已許君幸無疑焉至明年牡丹正芳浩開軒賞之獨歎
乃剪花數枝使人竊遺李曰去歲花未坼遇君於闌畔今
歲花已開而人未合旣爲夫妻竊相見亦非亂也如何李
復遣尼曰初夏二十日親族中有適人者父母俱去必挈
同行我託病不往可於前苑軒中相會也浩大喜嚴潔備
字預備酒醴以俟至望後一日前尼復至曰李氏遺君書
浩開讀乃詞一首云昨夜賞月堂前頗有所感因成小闋
以寄情郎曲名極相思曰
紅疎翠密晴暄初夏困人天風流滋味傷懷盡在花下

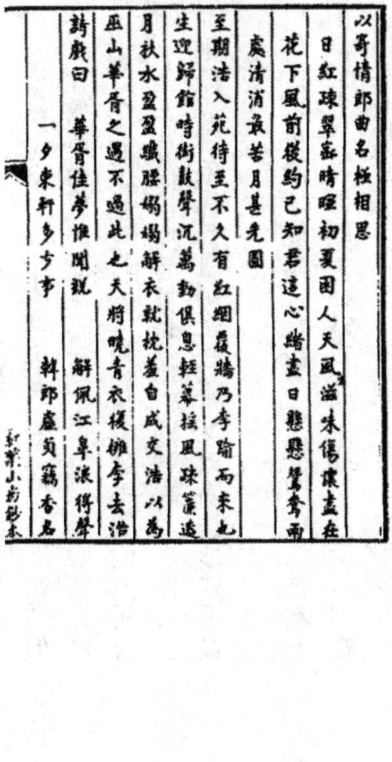
以寄情郎曲名極相思
日紅疎翠密晴暄初夏困人天風流滋味傷懷盡在
花下風前後約已知君這心緒盡日懸懸鴛鴦兩
處清消最苦月甚先圓
至期浩入苑待至不久有紅烟蔽牆乃李踰而來也
生迎歸館時街鼓聲沉萬動俱息輕幕搖風珠簾透
月秋水盈盈纖腰嫋嫋解衣就枕羞自成文浩以爲
巫山華胥之遇不過此也天將曉青衣復催李去浩
謔戲曰　華胥佳夢推聞說　解佩江皋淚得聲
一夕東軒多少事　韓郎虛負竊香名
紅葉山房抄本

篇幅有限，無法詳列，要之《全宋詞》存在一類疏失，即出處標爲某善本而實録自明清常見詞籍。衆所周知，初版《全宋詞》成於抗戰期間，缺乏文獻保障，而在修訂時唐先生年事已高，故難免留下瑕疵。雖然這裏的出處問題不必過於苛責，也不會影響到詞學史的建構，但我們仍應注意，《全宋詞》只提供了版本的綫索，不能將其文字當成善本本身。

三是過去一般對毛晋評價不高，代表性意見如：「毛氏刻詞，有時改動底本卷數，隨意增删詞作，有失底本原貌。……至於文字校勘上的問題，也有不少。」〔二五〕這種觀念由來已久，即以《蘆川詞》而論，如《鐵琴銅劍樓藏書目》認爲：「朱氏《詞綜》所選，據毛氏所刻《六十家》本，故多訛字。如《賀新郎》『況人情易老悲如許』，『如許』訛作『難訴』；『涼生岸柳催殘暑』，『催』訛『摧』；《石州慢》『到得却相逢』，『却』訛『再』。」〔二六〕

但前面我們在比較時已經看到，毛本更多的是「異文」，如瞿氏所言「如許」之與「難訴」、「却」之與「再」，而不能認爲是「訛字」。這些異文也不能斥爲毛晋臆改，如前表所列「折荷當盞」，毛本作「爲盞」，意義既同，又不影響文氣。而隨着庫本、大典本與毛本的複雜關係被揭示，我們認爲至少不能用「訛字」來粗暴評價毛本。

這種對毛本的偏見直承四庫館臣，而在邏輯上仍有問題，即不應以今天可見的本子去繩准毛本，凡與今本不合之處徑指其非。因爲毛刻不交代底本，所以一旦底本亡佚，就可能與今本都不合。又如《四庫全書總目》之《友古詞》提要云：「毛晋刊本，頗多疏舛。如《飛雪滿群山》一詞，晋注云：『又名扁舟尋舊約。』不知此乃後人從本詞後闋起句改名，非有異體，亦不應即以名本詞。《惜奴嬌》一調，晋注云：『一作粉蝶兒。』不知《粉蝶兒》另有一調，與《惜奴嬌》判然不同。至《青玉案·和賀方回韻》，前闋『處』字韻訛作『地』字。賀此調，南宋諸人和者不知凡幾。晋不能互勘其誤，益爲失考矣。」〔二七〕表面上看，館臣所言似有理，但是當我們重新發現吴訥《百家詞》時，則會發現此論不公。在館臣指出的三個「疏舛」中，《飛雪滿群山》之注與《青玉案·和賀方回韻》之「地」字全同於吴訥《百家詞》本《友古詞》，只有《粉蝶兒》訥本闕注。易言之，「『處』字韻訛作『地』字」恰恰是毛氏忠於底本的表現，若毛刻如館臣所言據賀鑄詞「勘其誤」，反而失去了底本原貌，有損保留善本的價值。至於《粉蝶兒》的注則既表現毛氏自身詞學觀念，又以附注形式不竄亂正文，儘管所言不中，也未亂底本原貌。

當然，也不能認爲毛刻完全忠於底本，其實際如何，應逐本校過才能綜合判斷。陳繼儒云：「吾友毛子晋負泥古之癖，凡人有未見書，百方購訪，如縋海鑿山，以求寶藏，得即手自鈔寫，糾訛謬，補遺亡，即蛛絲鼠壤，風雨潤濕之所靡敗者，一一整頓之。」〔二八〕雖然道出毛晋保存文獻之功，不過「糾訛謬」一舉總令人不太放心。

本節討論的三個問題，都只是將《蘆川詞》當作引出問題的引子或證據之一，而不能據以確證。要完全解決這些問題，尤其是後兩種涉及《全宋詞》、《宋六十名家詞》這種大型全集與叢編，仍有賴於具體個案的積攢，這當然也是考察詞人詞集版本系統意義之一種。

〔一〕括號内爲本文行文時的簡稱。

〔二〕王兆鵬《詞學史料學》，中華書局二〇〇九年版，第二百頁。蔣哲倫、楊萬里《唐宋詞書録》，岳麓書社二〇〇七年版，第三四七—三五二頁。鄧子勉《宋金元詞籍文獻研究》，上海古籍出版社二〇〇八年版，第六十二—六十三頁。

〔三〕張元幹著，曹濟平箋注《蘆川詞箋注》，上海古籍出版社二〇一〇年版，第八頁。

〔四〕吴昌綬、陶湘編《景刊宋金元明本詞》，上海古籍出版社二〇一二年版。爲避免繁瑣，下文隨文用括号注頁碼。

〔五〕唐圭璋編《全宋詞》，中華書局一九六五年版，下文隨文注頁碼。

〔六〕我們用「詞次」指「收詞次序」，「詞序」指「詞前小序」，以避免混淆。

〔七〕訥本、芝本目録所載諸調名下注有各調數目，但有訛誤，如《蘭陵王》訥本著録一首而芝本二首（芝本是），《豆葉黄》訥本著録三首而芝本二首（芝本是），《青玉案》二本皆録爲二首而實有三首等。

〔八〕按石本別有後人校記補入二字，可從字體分辨。

〔九〕後人校補「路」字，又爲塗黑。

〔一〇〕韓愈著，劉真倫、岳珍校注《韓愈文集彙校箋注》，中華書局二〇一〇年版，第二七四二頁。

〔一一〕葉寘、周密、陳世崇撰，孔凡禮點校《愛日齋叢抄·浩然齋雅談·隨隱漫録》，中華書局二〇一〇年版，第八頁。

〔一二〕文字、標點據《全宋詞》，「新堂深處捧杯」原標逗號，對比訥本知當爲韻脚。

〔一三〕〔二一〕〔二二〕曾棗莊、劉琳主編《全宋文》，上海辭書出版社、安徽教育出版社二〇〇六年版，第三〇一册第三六一頁，第二九〇册第一六六頁，第二七六册第二七五頁。

〔一四〕祝尚書《宋人別集叙録（修訂本）》，中華書局二〇二〇年版，第八二四頁。

〔一五〕張元幹《蘆川歸來集》，國家圖書館藏抄本。

〔一六〕〔一七〕〔二七〕永瑢等《四庫全書總目》，中華書局一九六五年版，第一六三〇頁，第一八一四頁，第一八一一頁。

〔一八〕詞序「西湖有感同劉晞顔」，大典本脱「劉」字，庫本不脱，恐怕是以毛本校過，不過也不能認爲凡與毛本一致之處都是據毛本改大典。

〔一九〕毛晋輯《宋六十名家詞》，上海古籍出版社一九八九年版，第四一一頁。下隨文注頁碼。

〔二〇〕如《持靜齋續增書目》卷五記載有「蘆川詞上下二卷。明人影宋抄本」（丁日昌著，張燕嬰點校《持靜齋書目·持靜齋藏書記要》，中華書局二〇一二年版，第五二七頁），毛氏誤將此一類當成「今本」亦情有可原。

〔二三〕陳振孫撰，徐小蠻、顧美華點校《直齋書録解題》，上海古籍出版社一九八七年版，第六一九頁。

〔二四〕朱祖謀輯校《彊村叢書》，廣陵書社二〇〇五年影印版。

〔二五〕王兆鵬《詞學史料學》，中華書局二〇〇九年版，第一二三頁。

〔二六〕瞿鏞編纂，瞿果行標點，瞿鳳起覆校《鐵琴銅劍樓藏書目録》，上海古籍出版社二〇〇〇年版，第六九〇頁。

〔二八〕轉引自程千帆、徐有富《校讎廣義·典藏編》，齊魯書社一九九八年版，第三二頁。

（作者單位：南開大學文學院）

《宋詞三百首》編選與刊行之考述

倪春軍

内容提要 《宋詞三百首》的編選工作與《鶩音集》的編訂同時展開，至遲應在一九一八年農曆八月《鶩音集》正式刊行之前啓動。該書歷經六年多時間完成初編工作，並於一九二四年農曆五、六月間由南京姜文卿刻書處初刻刊行。一九四一年九月，龍榆生在南京修補舊版重刻《宋詞三百首》，重印了幾十册，分爲大册和小册兩種開本，委託《同聲月刊》社代售。一九四四年，成都薛崇禮堂又重新校刻《宋詞三百首》，由薛志澤負責初校，雷履園、白敦仁擔任覆校。這是民國時期《宋詞三百首》的三次重要刊行。

關鍵詞 《宋詞三百首》 編選 刊刻 版本

《宋詞三百首》是二十世紀以來經典的宋詞選本之一，問世一百年來已獲得詞學界的普遍認可和廣泛贊譽。然而關於本書的編選、刊刻以及版本等基本情況，學界方家雖然已經有所關注，但尚未形成明確統一的說法，且仍有一些關鍵問題可作進一步考察。因此，筆者在前人研究的基礎上，先嘗試解決《宋詞三百首》最基本的編刻問題。主要的研究思路就是以晚清民國詞壇的學術生態爲背景，充分利用現有的文獻資料，解讀這些文獻中所隱含的時間綫索和重要信息，以期釐清《宋詞三百首》的編選過程和刊刻情況。

本文爲國家社科基金一般項目「龍榆生詩詞箋注」(24BZW092)階段性成果。

一　編選過程

關於朱祖謀和況周頤開始編選《宋詞三百首》的確切時間，學界目前尚存在一些不同的説法。比如沙先一、張暉認爲：「編選《宋詞三百首》的具體時間，應是一九二二年《彊村叢書》第三次校補本印行之後至一九二四年《宋詞三百首》正式面世之間的兩年。」〔一〕他們主張選詞工作应始於一九二二年，完成於一九二四年。此外，彭玉平先生則認爲：「朱祖謀編選《宋詞三百首》，大致與《鶩音集》的編訂同時，一九二四年正式問世。」〔二〕《鶩音集》是朱祖謀與況周頤兩人詞的合刊，《鶩音集》的編刻時間，據況氏門人趙尊嶽《蕙風詞跋》記載：「吾師臨桂況先生自定詞，曩與歸安朱先生詞合編爲《鶩音集》者，名《蕙風琴趣》。前于丁巳夏秋間仿聚珍版印行，僅二百本，未足廣其傳也。」〔三〕丁巳即民國六年（一九一七）。然據《鶩音集》扉頁沈曾植題簽的落款時間「戊午八月」，以及卷首孫德謙作序的時間「戊午七月朔」，《鶩音集》正式的刊行是在一九一八年，比趙尊嶽跋語所説的時間晚了一年。既然《鶩音集》于一九一八年正式刊行，那麼按照彭玉平先生的説法，《宋詞三百首》的編訂也應始於本年之前，這比沙、張二人主張始於一九二二年提前了至少四年。另外，還有一些比較模糊的説法，比如沈文泉認爲：「（民國十三年）正月十九日前，編成《宋詞三百首》，請況周頤作序。」〔四〕沈編年譜只交代了該書完成的時間，而没有提到該書啓動時間和編選過程。

關於《宋詞三百首》的編選時間，趙尊嶽在《惜陰堂明詞叢刻叙例》中的一段文字是最爲直接的記載。這一段文字有兩個版本：其一是原計劃在龍榆生主編的《詞學季刊》第三卷第四號發表的初稿，這一期刊物因爲抗戰爆發而終止，但殘存的期刊樣稿中保留了原稿文字；其二是正式發表于龍榆生主編《同聲月刊》第一卷第七號的改稿。兩稿文字略有異同，茲據《同聲月刊》所載引録如下，《詞學季刊》版異文則隨文標出：

尊嶽不敏，杜門海上，「柔」（葉）〔五〕翰自娱，蘭陔暇日，尤嗜倚聲。「歲在辛酉」（十餘年前），得承朱彊村丈（之）誨示，並就學臨桂況蕙風先生「講席」（門下）。彊丈居德裕里，蕙師居和樂里，相去「只尺」（里許），排日過從，側聞緒論，輒至永夜。「其時《彊村叢書》」（維時彊丈刊宋元善本），甫告殺青。適與蕙師合定《鶩音集》，「用」（以）紹半唐老人一脈之傳。又選《宋詞三百首》，手稿「丹黄」（册費），相互斠訂。皤然兩叟，曼聲朗吟，擊節深思，遥鐘饂酬答，餘音嫋嫋，「蓋」（並）習聞之。蕙師又應吴興劉氏之請，爲撰《歷代詞人考鑒》，上溯隋唐，至於金元，凡數百家，甄采箋訂，掇拾舊聞，論斷風會，已逾百卷。亦付尊嶽，盥手誦之。彼時以爲天壤此樂，可以長存。文字有靈，歲月無恙，不期山河「急」（劫）劫，彊丈、蕙師相繼謝世，迄於今日，墓有宿草，寢門之痛，況重以成連之感乎。〔六〕

《詞學季刊》第三卷第四號本來計劃於一九三六年十二月出版，因此趙尊嶽《叙例》初稿是説自己十餘年前拜入況周頤門下，而到了一九四一年六月《同聲月刊》第一卷第七號出版時，時間又匆匆過去了好幾年，原稿中「十餘年前」的表述顯然不妥，於是趙尊嶽就把拜師的時間直接改成了「歲在辛酉」，也就明確了他正式拜況周頤爲師的時間是一九二一年。這一拜師的時間，也可以在《蕙風詞話》跋語中得到更爲精確的佐證：「溯自辛酉二月，尊嶽始受詞學於蕙風先生，此五年中，月必數見。」〔七〕自此，趙尊嶽每月便數次與況周頤見面，請益問學。當時，朱祖謀住在德裕里（今上海市黄浦區寧波路六五七弄），而況周頤居住在和樂里（今上海市黄浦區新聞路三五三弄），二人相去不過一里之遥，因此經常來往，談論詞學，是爲兩人合作編選《宋詞三百首》的前提條件。在《叙例》的後半段文字中，趙尊嶽提到了《彊村叢書》和《鶩音集》的刊行。《彊村叢書》初刻於一九一七年秋問世，曹元忠《彊村叢書序》云：「今年秋，工竣，得别集百有十三家。……丁巳冬十月癸未，吴縣曹元忠序。」〔八〕初刻收總集五種，唐宋金元别集一百十三家。其後又經歷三次校補，於一九二二年十月印行，收總集五種，唐詞别集一家、宋詞别集一百十二家、金詞别集五家、元詞別集五十家。根據趙尊嶽拜入況周頤門下的時間（一九二一年二月），並結合《叙例》中「適與蕙師合定《鶩音集》」的表述，這裏所説的「其時《彊村叢書》，甫告殺青」，應該是指《彊村叢書》初刻的時間即一九一七年秋，而非第三次補刻的時間一九二二年十月。因爲，「甫告殺青」意謂剛剛完成，用來指一九二二年的第三次校補似乎不太合適。而且前引趙尊嶽《蕙風詞話》跋語已説《鶩音集》刊于一九一八年夏、秋間，上距《彊村叢書》初刻的時間不遠，而下距《彊村叢書》第三次補刻的時間尚有四年。趙尊嶽在這裏用了一個「適」字，顯然是指兩書刊刻的時間比較接近。沙先一、張暉認爲《宋詞三百首》的編選在《彊村叢書》第三次校補本印行之後，似乎與趙尊嶽在《惜陰堂明詞叢刻叙例》中的文意表述是有抵牾的。爲了更清晰地把握趙尊岳的文意，不妨把《叙例》文字按照幾個重要的時間點排比如下：

時間	事件
一九二一年	歲在辛酉……就學臨桂況蕙風先生講習
一九一七年	其時《彊村叢書》，甫告殺青。
一九一八年	適與蕙師合定《鶩音集》，用紹半唐老人一脈之傳。 又選《宋詞三百首》，手稿丹黃，相互斠訂。
一九一七—一九二二年	蕙師又應吴興劉氏之請，爲撰《歷代詞人考鑒》。〔九〕

根據文意，趙尊嶽的《叙例》應該是總、分、總的行文結構。從開頭至「輒至永夜」爲第一段，總叙其拜況周頤學詞的經歷；從「其時《彊村叢書》」至「盥手誦之」，逐次叙述朱、況二人近幾年内的著述情況（《彊村叢

書》、《鶩音集》、《宋詞三百首》、《歷代詞人考略》）；餘下爲第三段，主要抒發對二老謝世後的唏嘘感慨。因此，《宋詞三百首》的編選啓動應該要早於一九二二年，而與一九一八年《鶩音集》的編訂同時展開，但至遲應在一九一八年農曆八月《鶩音集》正式刊行之前。

趙尊嶽在《人往風微録》中回憶了朱、況二人編選《宋詞三百首》的情形：「祖謀治詞，所推重者鄭文焯、況周頤，文焯客死江南，惟周頤晨夕相見，見即談詞，選定《宋詞三百首》，屬稿甫就，即持往探討。余適在坐，自曛及夜，啜粥一盂，清吟神會，或有刪補，相與論定，寒窗夜月，清致可掬，蓋所永不能忘者。」〔一〇〕從這一段文字也可以進一步得到印證，那就是《宋詞三百首》的編選是在晚清另一位詞家鄭文焯客死江南之後由朱祖謀與況周頤共同完成的。鄭氏於一九一八年農曆二月二十六（西曆四月十二日）病逝蘇州，朱、況二人隨後便開始了編選《宋詞三八首》和合訂《鶩音集》的工作。其中《鶩音集》的工作進展較快，于本年農曆八月刊行。其後兩人繼續商討《宋詞三百首》的編選，以至通宵達旦，廢寢忘食，並於一九二四年共同完成了這一項重要的選詞事業。

二　刊刻時地

關於《宋詞三百首》初次刊刻的時間，目前學界的觀點比較統一，都認爲是一九二四年。主要的依據就是陳匪石《聲執》中的記載：「民國十三年，《宋詞三百首》始問世。詞之總集，以此爲最後。」〔一一〕兹再舉兩條材料，以爲佐證。其一是況周頤在《申報》一九二四年八月十五日第一八四八六號發表的《餐櫻廡隨筆》中提到：「彊村先生選《宋詞三百首》，蕙風爲之序，開版於金陵。比又選近人詞，自王蕫齋以次，以百名家，並皆鴻生巨儒，家喻户曉者。鄙意不如甄采遺佚，俾深林寂壑湮没之作，得以表彰於世，不尤功德靡涯耶！」〔一二〕況周頤於一九二四年正月十九（燕九日）爲《宋詞三百首》作序，然後朱祖謀就將書稿送至金陵開版雕刻。那么，在況周頤發表這條隨筆（一九二四年八月十五日）之前，書應該已經完成了刊刻。另據筆者在文獻查訪中發現，浙江大學圖書館藏有一册《宋詞三百首》初刻本（普查編號：30000－1741－0001110，索書號：綫852.3581/2530：3），封面有題記一行云：「甲子六月，彊村侍郎持贈，展誦數過。野侯謹志。」野侯是民國時期浙江畫家高時顯的號，朱、高二人交往密切，時有雅集，此書係朱祖謀本人所贈，而題記的時間是一九二四年農曆六月，也可説明《宋詞三百首》在此時完成了初刻。

況周頤在致趙尊嶽的一通書劄中，曾提及《宋詞三百首》以及《蕙風詞話》的刊刻情況：

高梧仁兄纂席：駒馳荏苒，晌届中春，九十韶光，又過三分之一矣。月半前有函致姜文卿，並不敢催，只是軟求回信，仍復杳然，令人望眼欲穿，惆悵無已。敬求尊處即發一函催之，切詢究竟有暇寫刻與否，請其復一確音。一得回信，祈即示知，至盼至佩。古微刻《宋詞三百首》及沈培老詩，均連寫帶刻，不逾三月竣事，未審前途何所見而爲是厚薄也！新詞三闋，三五日内必細讀。此頌　台綏　弟周頤拜手。二月二日。[一三]

此信不著年份，鄭煒明、陳玉瑩根據信中提及「古微刻《宋詞三百首》」之語，並聯繫一九二四年正月十九日況周頤爲《宋詞三百首》作序之事，認爲此信應寫於一九二四年農曆二月二日[一四]。如依此繫年，那麼《宋詞三百首》的刊刻最早是從本年的農曆正月十九日況周頤完序後開工，到本年二月二日況周頤寫此信時完成，前後最多只用了十餘日，這與況周頤在信中所説「連寫帶刻，不逾三月竣事」是有矛盾的。根據前文況周頤在《申報》刊載《餐櫻廡詞話》的時間（一九二四年八月十五日）以及浙江大學圖書館藏朱祖謀贈書題記（一九二四年農曆六月），《宋詞三百首》完成刊刻應該在本年的農曆四五月間，這樣就比較符合況周頤所説的「不逾三月竣事」。因此，況周頤致趙尊嶽的這通書劄，也應該寫於第二年即一九二五年。

除了提供刊刻的時間信息，這通書劄還提供了《宋詞三百首》刊刻的地點和刻書處等信息。姜文卿是晚清民初金陵著名的雕版刻工，與黄岡陶子麟齊名。盧前稱：「金陵三山街爲明代刻書者所聚，……近百年刻書業則始于洪楊事變之後，隨曾、左而起者曰李光明，江南官書局所刻皆出李氏。其後則有姜氏。……姜氏名文卿，在東牌樓黨家巷。……姜氏所刻有合肥李氏《集虚草堂叢書》、金壇馮氏《蒿庵類稿》、寶應《成氏遺書》、貴池劉世珩《暖紅室》、南陵徐乃昌《積學齋叢書》及《閨秀詞》，而江陰繆藝風書爲姜氏刻者尤多。文卿子瑞書字毓麟，與余最相得。今亦年將六十矣。古微先生《彊村遺書》及余所刻《飲虹簃叢書》，皆出毓麟手。丁丑變作，毓麟盡棄所有，惟運板至姑孰，因以保存者不少。」〔一五〕姜文卿刻書處曾先後刊刻過朱祖謀《彊村遺書》及況周頤《蕙風詞話》、《蕙風詞》等書籍，《宋詞三百首》的刊刻地也在南京姜文卿刻書處。

關於姜文卿刻書處所刻朱祖謀《彊村遺書》以及《宋詞三百首》雕版的情況，龍榆生主編《同聲月刊》一卷一號《詞林近訊》刊登過一則《〈彊村叢書〉及〈彊村遺書〉版片皆無恙》的消息：

> 《彊村叢書》，匯刻唐宋金元人詞，校勘之精，網羅之富，爲研究詞學者所共珍視。彊村先生下世後，復由龍榆生君，將先生校定未刊之《雲謠集雜曲子》、《夢窗詞集》、《詞莂》、《滄海遺音集》，並先生自撰之《彊村語業》，及詩詞遺稿等，彙刊爲《彊村遺書》，亦已久經流布。叢書版片，原由先生庋置吴門舊宅，《遺書》及《宋詞三百首》等，則悉寄貯南京姜文卿刻書處。自江南經亂，姜氏將版片移往鄉間，擇地埋藏。逾年金陵粗定，乃由龍君函托取出，運返城内。雖損壞頗多，有待修補，而與吴門所貯之叢書版片，皆得不化劫灰，實亦詞林之大幸。今二書印本，求者甚多，而坊間已不可得，本社擬就財力所及，次第修補，重印流傳。惟近來紙價奇昂，一時恐未易全舉耳。〔一六〕

這則消息的作者應該就是朱祖謀的弟子、《同聲月刊》的主編龍榆生，發表時間是一九四〇年十二月二十日。根據龍榆生的叙述，《彊村叢書》的雕版原先由朱祖謀自己收藏在蘇州舊宅，而《彊村遺書》和《宋詞三百首》的版片一開始就存放在南京姜文卿刻書處。後來因爲抗戰爆發,南京淪陷,正如前引盧前所言,「丁丑變作,毓麟盡棄所有,惟運板至姑孰,因以保存者不少」,刻書處將這些版片轉運至鄉間埋藏,才得以保存下來。當時《彊村遺書》和《宋詞三百首》在市面上已經很難覓得,於是龍榆生就寫信取回了這兩部書的舊版,並打算依託《同聲月刊》社進行重印,這是《宋詞三百首》自一九二四年初刻以後的又一次刻印。

但是,由於版片損壞以及人力經費等原因,重印的過程也是頗爲曲折。首先是版片修復的工作需要時間,據《同聲月刊》一卷五號刊登消息稱:「朱彊村先生所選之《宋詞三百首》,爲宋詞選本之最精者。欲習倚聲之學,允宜人手一編。而舊印本已少流傳,學者引爲憾事。版片存姜文卿刻書處,頗有黴爛,頃已修補竣事,不久當與《彊村語業》,重印出書云。」〔一七〕這是一九四一年四月二十日,已經完成了版片的修復,也爲下一步重印做好了準備。然而,在重印的過程中,又因爲刻工生病導致拖延,《同聲月刊》一卷十號刊載消息:「去歲龍榆生先生謀將《彊村遺書》及《宋詞三百首》版片,修補續印。以刻工患病,延未出書。最近《宋詞三百首》修竣,印成數十册,以紙價奇貴,特托本社代售。白紙大册每部連郵費三元五角,小册二元五角。又新刊張孟劬先生著《遯庵樂府》,同時出書。」〔一八〕直到一九四一年九月,《宋詞三百首》才重印了幾十册,分爲大册和小册兩種開本,委託《同聲月刊》社代售。由於重印本印數極少,而且使用的就是一九二四年初刻舊版,所以初刻本和重印本很難分辨。不過,筆者在比勘過程中,還是發現了兩個版本的細微差别。比如第五一頁劉過《唐多令》詞的下闋首二句,朱祖謀一九二四年贈高時顯的初刻本作「黄鶴斷磯頭,故人曾不到」,而另一重刻本却作「黄鶴斷磯頭,故人曾到不」,後者顯然是重印時作了校補改動。沙先一、張暉認爲:「此書(指初刻本)反復刻印,具體哪年哪月第幾次印刷已不能確知。」〔一九〕通過以上文獻考索,我們可以基本明確《宋詞三百首》在民國時期共有兩次刻印,第一次是一九二四年農曆二月至五月間在南京姜文卿刻書處初刻,第二次是一九四一年九月由龍榆生在南京修補舊版重刻。此外,《宋詞三百首》在民國時期還有一次刊刻，那就是一九四四年成都薛崇禮堂校刻。薛崇禮堂刻本卷首署清朱孝臧輯，書名由聞宥題寫。聞宥（一九〇一——一九八五），字在宥，號野鶴，江蘇松江（今屬上海）人。一九三七年入川，先後擔任國立四川大學、華西協和大學等教職，一九五二年任四川大學中文系教授，從事中國民族語言和古文字研究。該本《宋詞三百首》扉頁有「甲申春日薛崇禮堂校刊」的牌記，然而書的正式刊刻可能要推遲到本年冬。據卷末校刻人薛志澤所撰《校刻宋詞三百首後記》云：

> 朱彊村先生，詞林宗匠，其所選三百首，時稱精約，亦風行最廣。亦有如蘅塘退士所選，深合於三百篇「興觀群怨」之旨也歟？惟以國戰久稽，購求匪易，爰應蜀中人士之請，乃復爲校刻，以廣流傳。刻成略記數語於後。甲申冬成都薛志澤識于中隱樓之西楹。〔二〇〕

據薛序可知，因爲戰爭的原因，《宋詞三百首》一九二四年的初刻本當時已很難購得，又由於一九四一年龍榆生的重印本印數極少，所以成都的薛崇禮堂應蜀中人士之需重新校刻了《宋詞三百首》，時間是一九四四年冬。該書分爲上下兩册，卷二末署「成都薛志澤初校，成都雷覆園覆校，成都白敦仁覆校」，也體現了這一版本在校勘方面的精良特點。

通過以上考述，目前可知《宋詞三百首》有以下幾種重要版本：一、《宋詞三百首》稿本，係朱氏手抄，今藏浙江圖書館，浙江古籍出版社二〇二二年影印出版，共選詞人八十六家，詞作三百十二首，有朱、況二人批點删改墨蹟。二、《宋詞三百首》初刻本，一九二四年刊刻，計入選詞人八十八家，詞作三百首。胡山源編輯《詞准》時據此本收録並加以斷句，一九三七年世界書局出版；一九四一年，龍榆生據金陵姜文卿刻書處所藏初刻舊版修補重印；一九四四年成都薛崇禮堂又以初刻本爲底本重校覆刻，北京聯合出版社公司二〇一五年影印出版。後三者與初刻本的選詞數目、篇目及次序完全一致。三、唐圭璋《宋詞三百首箋》，上海神州國光社一九三四年版。該書署「上彊村民重編、江甯唐圭璋箋」，所據底本很可能是朱氏重編稿本，所以選目與朱氏初刻本頗有出入，選詞人八十二家，詞作二百八十三首。四、唐圭璋《宋詞三百首箋》，上海神州國光社一九四七年版。是書又改以一九二四年初刻本爲底本，並在「附録一」據朱氏「重編稿本」補入九家十一首詞，删除二十家詞人二十八首詞，在「附録二」據朱氏「三編本」增加兩家兩首詞。五、唐圭璋《宋詞三百首箋注》，中華書局一九五八年版。該書在民國本的基礎上詳加注釋，後多次刊印，成爲當下最爲通行之本。

今年正值《宋詞三百首》正式刊行一百周年（一九二四—二〇二四），又是目前最为通行的「唐箋本」首印九十周年（一九三四—二〇二四）。筆者藉此對該書的編選刊刻略作考述，並以此文紀念這一宋詞經典選本的世紀流傳。

〔一〕〔十九〕 沙先一、張暉《清詞的傳承與開拓》，上海古籍出版社二〇〇八年版，第二一七頁，第二一八頁。

〔二〕 彭玉平《朱祖謀〈宋詞三百首〉探論》，《學術研究》二〇〇二年第十期，第一二二頁。

〔三〕〔七〕〔一〇〕 趙尊嶽著，陳水雲、黎曉蓮整理《趙尊嶽集》，鳳凰出版社二〇一六年版，第九三八頁，第九三六頁，第七九八—七九九頁。

〔四〕 沈文泉《朱彊村年譜》，浙江古籍出版社二〇一三年版，第二六二頁。

〔五〕 案：「 」表示《同聲月刊》之原文，（ ）表示《詞學季刊》之異文和衍文。

〔六〕《同聲月刊》第一卷第七號，一九四一年六月二十日。

〔八〕 朱孝臧輯校《彊村叢書》，上海書店、江蘇廣陵古籍刻印社一九八九年版影印本，第一頁。

〔九〕 况周頤爲劉承幹寫《歷代詞人考略》的時間爲一九一七至一九二二年，詳見彭玉平著《况周頤與晚清民國詞學》第十二章第一節「况周頤代劉承幹撰《歷代詞人考略》始末」，中華書局二〇二一年版。

〔一一〕 陳匪石編著《宋詞舉》，金陵書畫社一九八三年版，第一六四頁。

〔一二〕《申報》一九二四年八月十五日。

〔一三〕國家圖書館善本部編《趙鳳昌藏劄》，第二册，國家圖書館出版社二〇〇九年版，第二二〇頁。
〔一四〕鄭煒明、陳玉瑩《況周頤年譜》，齊魯書社二〇一五年版，第四九六頁。
〔一五〕盧前《東山瑣綴》，南京出版社二〇一六年版，第九六頁。
〔一六〕《同聲月刊》一卷一號，一九四〇年十二月二十日。
〔一七〕《同聲月刊》一卷五號，一九四一年四月二十日。
〔一八〕《同聲月刊》一卷十號，一九四一年九月二十日。
〔二〇〕薛崇禮堂刻本《宋詞三百首》，北京聯合出版公司二〇一四年版影印本。

（作者單位：華東師範大學中文系）

《續修四庫全書總目提要》「詞籍提要」詮論

楊傳慶

内容提要　二十世紀三十年代孫人和等人撰著的《續修四庫全書總目提要》「詞籍提要」全面吸納了晚近詞學昌明時期重要的詞學成果，將詞籍叢刻、詞選、詞集校勘與詞學批評著作納入其中，體現出詞籍著録與詞學研究的同頻共振。《續修四庫全書總目提要》著録詞籍超越了其前任何一部詞籍目録著作，可謂是首次集成。作爲一部以鑒評爲重心的詞籍目録，孫人和所撰涉及詞籍校勘、詞選、詞話及詞作批評的衆多提要，具有很高的學術含量和鮮明的學術個性，也成爲其詞學思想的重要載體。孫人和繼承了常州詞派比興寄託的詞學思想，以「厚」、「重」、「大」論詞，對《人間詞話》進行了猛烈地批評，體現出傳統詞學批評的延展與深化。

關鍵詞　《續修四庫全書總目提要》　詞籍提要　孫人和　厚、重、大

《續修四庫全書總目提要》(下文簡稱《續修提要》)是現存規模最大的中國古代典籍解題目録。由於諸多歷史原因，《續修提要》長期隱淪，且是稿本形態，故未能廣爲人知。就「詞籍提要」而言，它全面著録了明清以來的各類詞籍，特别是體現了清季民國時期詞籍整理與研究的實績。若將《續修提要》的詞籍提要按照總集、别集、詞選、詞話、詞譜詞韻、叢刻分類獨立整理，它就是一部較爲完善的詞籍目録著作，可稱民國詞籍目録之學的最重要成果。甚至可以説，它初步實現了龍榆生提出的具有現代學術意義的詞籍目

録的撰著構想。作爲一部以鑒評爲重心的詞籍目録，《續修提要》的詞籍提要具有很高的學術含量，也是孫人和詞學思想的重要載體，其以「厚」、「重」、「大」論詞，體現了傳統詞學批評的延續。

一　《續修提要》詞籍提要撰著考識

《續修提要》的編纂策劃始於一九二五年，以日本政府退還的部分「庚子賠款」作爲經費資助，通過日本「東方文化事業總委員會」下屬的「北平人文科學研究所」主持中日兩國學者編修，編纂工作始自一九三一年，終於一九四五年七月。《續修提要》著録圖書達三萬四千餘種，但並未修訂彙理，最終形成書稿定稿，而是留下二一九函稿本。[一]《續修提要》稿本也未能將各類提要有序條理而出加以彙纂，而是雜亂散録於各册之中，詞籍提要亦如是。根據一九二七年十二月二十日「人文科學研究所」成立會議上通過的有關《續修提要》編纂的《人文科學研究暫行細則》可知，《續修提要》的編撰「搜集乾隆《四庫全書提要》内失載各書」，「採集乾隆以後至宣統末年名人著作」，選定著録的書目，「今人生存者不録」。[二]其操作流程是由研究員先擬選著録書目，交正副總裁彙總後裁決，然後再交全體研究會開會決定最終著録書目，最後確定由何人承擔何種書籍的提要撰寫。在此過程中，自是應有版本的揀選及不同類型書籍的分配。儘管其後有政局動盪及人事變動，《續修提要》在擬目、購書、體例設計、提要撰寫上仍是按照細則規定的思路進行的。

提要撰寫自一九三一年開始，因撰稿人較少進展緩慢。一九三四年一月，橋川時雄（一八九四—一九八二）成爲《續修提要》編纂的實際主持人，他多次增聘撰稿人，前後撰稿者達七一位。根據《續修四庫全書總目提要》（稿本）的《前言》後所列「提要撰者表」，對應稿中詞籍提要的撰寫，可知《續修提要》中撰著詞籍提要者有：陳鍪（一九一二—？）、趙萬里（一九〇五—一九八〇）、班書閣（一八九七—一九七三）、趙録綽（一九〇二—一九四四）、謝興堯（一九〇六—二〇〇六）、孫雄（一八六七—一九三五）、陸會因（一九一一—？，張壽林之妻）、劉啓瑞（一八七八—？）、韓承鐸（一九〇九—？）、孫海波（一九〇九—一九七二）、羅繼祖（一九一三—二〇〇二）、張壽林（一九〇七—？）、王重民（一九〇三—一九七五）、孫人和（一八九五—一九六六）、謝國楨（一九〇一—一九八二），另有一些詞籍條目未著撰人。這些詞籍提要撰稿人多爲青年學人，大學教師與圖書館館員居多，他們學有專長，熟於流略之學。當然，較好的稿酬也是他們參加提要撰寫的重要因素。〔三〕

《續修提要》未能最終完稿定型，没有對著録之書加以分類。今人據四部分類法，並參考「東方文化事業總委員會」北平「人文科學研究所」圖書館藏書目録，以經、史、子、集、叢書、方志六部分類法對其進行分類。「詞」自是歸屬於「集部」之「詞曲類」。不過原爲「詞話之屬」的「詞評」列入了「集評類」。由於未能竟稿，詞籍提要散落於多册之中。如「詞評」類詞籍共五一種，因撰人不同，分布於第八、一三、一六、一九、三二、三四、三六諸册之中。《續修提要》著録詞籍共計五百九十八種〔四〕，其中總集三四種，别集四八五種，詞譜、詞韻五種，詞評五十一種，詞籍叢刻二十三種。元明清詞别集及詞籍叢刻著録之富，最爲引人注目。特别是由於《續修提要》將「叢書」增設爲一級類目，受其影響，詞籍著録將叢刻獨立，這也是詞籍目録學與時俱進的表現。

在《續修提要》五九八種詞籍提要中，孫人和共撰寫了五百二十八種。彼時，孫人和任教於輔仁大學，正專力於詞學研究，故其於一九三三底至一九三四年初被聘爲撰稿人後，即成爲詞籍提要撰寫的最重要承擔者。孫人和之外，其他撰稿人撰著詞籍提要的情況爲：陳鍫撰寫三種，班書閣撰寫四種，趙萬里撰寫一種，趙録綽撰寫二種，謝興堯撰寫一種，孫雄撰寫一種，陸會因撰寫四種，劉啓瑞撰寫二種，羅繼祖撰寫三種，張壽林撰寫一種，王重民撰寫一種，謝國楨撰寫二十三種，撰人未詳者二十三種，諸人共撰提要七十種。其中謝國楨承擔了所有詞籍叢刻的撰寫；四部女性詞集由女學者陸會因撰寫；清人詞集提要中據

《黔南叢書》撰寫者，均未署名，當爲同一人所撰。另外，從詞别集提要撰著來看，因孫人和承擔任務較多，故其所據爲較易得見的《彊村叢書》、《校輯宋金元人詞》、《惜陰堂彙刻明詞》、《清名家詞》等。由此也可見詞籍提要撰寫的局部分工與協調。

統觀《續修提要》詞籍提要，此前所定「今人生存者不録」及「宣統元年末之前」的體例並未嚴格執行。詞籍部分明顯在擬目之後重新增加，如劉毓盤《詞史》、唐圭璋編《詞話叢編》、陳乃乾主編《清名家詞》等都在一九三一年六月之後數年方才出版的。至於目録撰寫的具體規範，《續修提要》也没有明確統一的體例。就詞籍著録而言，也只能通過《續修提要》編寫的一些規定，粗概瞭解一些撰寫上的要求。[五]如民國二十三年（一九三四）「東方文化事業總委員會」内部公布的《關於研究囑託編纂事項規定》的十九條規定中第四條云：「研究囑託編纂《續修四庫全書提要》，除准據乾隆時代提要之體裁外，其提要之論評記事，較之乾隆提要尤須詳細。」第八條云：「研究囑託所編纂之提要，所有批評是非、議論得失，必須一一就全部原書中加以檢討。如僅由題序跋記中採摘而成者，其稿本本會可不接受。」[六]可見，提要撰寫的記事論評需要詳細、客觀，反對輯録序跋以充塞。由此也可知其對清代以來目録著作中輯録一體的規避，强調提要撰寫注重評價，而這在詞籍提要中均有較好的貫徹，特别是孫人和所撰之提要。

二　以鑒評爲重心的集成性詞籍提要

《續修四庫全書總目提要》編纂之時，學界對於詞、曲的態度已經發生了根本變化。詞曲類書籍成爲《續修提要》收録書籍的重要組成。而清中葉至《續修提要》編撰的二十世紀三十年代，正是古典詞學發展最爲興盛，現代詞學逐步確立的時期。因此，《續修提要》全面吸納了晚近詞學昌明時期重要的詞學成果，將詞籍叢刻、詞選以及詞集校勘、詞學批評著作納入其中。詞籍叢刻如朱祖謀《彊村叢書》、徐乃昌《小檀欒室彙刻閨秀詞》、趙萬里《校輯宋金元人詞》、趙尊嶽《惜陰堂彙刻明詞》、陳乃乾《清名家詞》、唐圭璋編《詞話叢編》；地域詞總集如《閩詞鈔》、《湖州詞徵》、《國朝湖州詞録》、《金陵詞鈔》、《粵西詞見》、《廣川詞録》等；詞選之屬如《雲謡集雜曲子》、《唐五代詞選》、《宋詞三百首》、《古今詞選》、《見山亭古今詞選》、《國朝詞雅》、《清綺軒詞選》、《别腸詞選》、《唱經堂批歐陽永叔詞十二首》等；校箋著作如劉繼增撰《南唐二主詞箋》，繆荃孫、曹元忠撰《樂章集校勘記》，朱祖謀撰《片玉集校記》，王國維撰《南唐二主詞校》，鄭文焯撰《清真集校本》，等等，均被採擷，體現了詞籍著録與詞學研究的同頻共振。從著録詞籍的數量之多、門類之全來看，《續修提要》詞籍提要超越了其前任何一部詞籍目録著作，可謂是首次集成。

同衆多詞籍目録一樣，《續修提要》詞籍提要着力於勾勒詞人小傳、描述詞籍内容、梳理詞籍版本、評騭詞作風格等。然而，與衆不同的是，《續修提要》詞籍提要是一部以鑒評爲重心的詞籍目録，特别是孫人和所撰的涉及詞籍校勘、詞選、詞話及詞作批評的絶大部分提要，具有很高的學術含量和鮮明的學術個性。就唐宋詞籍著録而言，《續修提要》頗重校勘，指出著録之本的不足。如其著録《白雪遺音》云：

《白雪遺音》一卷（《彊村叢書》本）。是編據知聖道齋藏明鈔本以刊者，詞共六十五首，而《百字謡》第四「詠弄花香滿衣」一首全闕，實僅六十四首，其間亦多訛失。星鳳閣抄本作《白雪詞》，今以兩本校之，略舉數首，頗有異文。……其餘異文甚夥，次第亦微有不同，亟當校訂者也。〔七〕

其據星鳳閣鈔本與知聖道齋藏《南詞》傳鈔本對勘，指出《白雪遺音》在校勘上亟當重訂。作爲熟稔詞籍校勘的專家，孫人和對繆荃孫、鄭文焯、朱祖謀、王國維等校勘之詞集尤爲關注，《續修提要》中著録了繆荃孫、曹文忠《樂章集校勘記》，鄭文焯《絶妙好詞校録》、朱祖謀《片玉集校記》、王國維《南唐二主詞校》等清季代表性詞籍校勘成果，指出其優善，分析其不足。如其著録《樂章集校勘記》云：

吴重熹刊柳永《樂章集》，荃孫别撰《校勘記》附於其後，復命其弟子曹元忠重校之，並輯録逸詞十首，又附《校勘記》之後。荃孫識語謂汲古刻止一卷，因取明梅禹金鈔校三卷本、又一明鈔本、《花草粹編》、《嘯餘譜》、紅友《詞律》、《天籟軒詞譜》、杜小舫《詞律校勘記》引宋本校之，脱行、奪句、訛字、顛倒字，悉爲舉出，得百許事，編《校勘記》一卷。刻既成，吴興陸純伯觀察以宋本次第及訛字注於新刻本，悉刺取入記而另刻之，列宋本目録於前，宋本有而汲古脱者十二首，悉按原次補録云云。元忠識語謂藝風先生命輯録屯田逸詞，既得十許調，復取《花庵詞選》、《草堂詩餘》、《陽春白雪》、《樂府指迷》、《梅苑》、《群芳備祖》及徐誠庵《詞律拾遺》爲《補遺》一卷云云，所論均極詳備。《樂章集》不易校訂，原因有二：屯田喜用方音，殊不易解，一也；集中僻調最多，無所取證，二也。繆、曹所校，參用宋本、鈔本及諸選本，翔實可據。元忠《補遺》，較荃孫所撰，尤爲精審。《樂章集》本，自以吴刻爲最善矣。然記中亦間有疏忽之處。如《竹馬子》「對雌霓掛雨，雄風拂檻」，《記》引萬氏云：「檻」疑「欄」字之誤。考萬《律》收葉石林詞一首，第五句作「危檻依舊」，萬因柳作「雄風拂檻」第二字平聲，故疑葉詞「危檻」作「危欄」，並未謂柳詞「檻」當作「欄」，荃孫誤讀萬書，致成此謬。又柳永家崇安，非樂安，吴刻竟與稼軒、漱玉諸人同編入《山左人詞》，荃孫、元忠皆未深考，尤爲疏失也。〔八〕

與指出「疏忽」、「疏失」相比，繆荃孫、曹元忠《樂章集》校勘的成績無疑更爲孫人和褒揚。《樂章集》因其「方音」、「僻調」不易校訂，而得益於晚近詞籍日出的大好形勢，繆、曹得以搜羅《樂章集》的不同版本及衆多宋人詞選，特别是《樂章集》「宋本」的獲取，讓繆、曹校本《樂章集》成爲「最善」之本。《續修提要》在鑒評各類詞籍時，能够做到褒贊與批評兼顧，但其針對詞籍校勘的批評，甚至「苛評」往往體現得更鮮明，也最具學術個性。其著録王國維《南唐二主詞校》云：

此據《南詞》本《南唐二主詞》，别輯補遺十二首，又附校勘記於其後焉。觀其所校，概據别家詞集及《花間》、《尊前》、《花庵》、《草堂》、《南唐書》、《全唐詩》、《歷代詩餘》諸書。至於《花草粹編》、《詞統》

等，皆未引用，殊不完備。即其所引諸書，亦未詳盡。如第二闋中主《望遠行》「黄金窗下忽然驚」，《花庵》「窗」作「臺」；第四闋《浣溪沙》「西風愁起緑波間」，《南唐書》「緑」作「碧」，國維並未及之，其他遺失亦夥。第十闋後主《臨江仙》，傳爲不完之作，引證亦嫌漏略。第十八闋後主《搗練子令》，舊注：出《蘭畹曲令》、《碧雞漫志》「曲令」作「曲會」，國維謂作「令」爲長。考明吕遠刊本亦作《蘭畹曲會》，「曲會」者，會集衆曲之謂。馮延巳《陽春集》，舊校稱《蘭畹集》，「集」「會」誼同。國維之説，未可爲典要也。第三十闋《謝新恩》，舊注：以下六詞真跡在孟郡王家。國維謂第三十一、第三十三兩闋爲《臨江仙》。不知《謝新恩》即《臨江仙》之異名也。又《南詞》本《搗練子令》詞下注云「此詞見《西清詩話》」七字，當爲下一首《浣溪沙》之注，不知何以次於前首也。凡此諸端，未免輕忽。然考訂升庵僞撰《鷓鴣天》一節，精鑿不磨。後跋詳證二主墨蹟，尤可以補考訂二主詞者之所未逮也。〔九〕

孫人和在著録時不再重點關注王國維詞籍校訂的長處，而是聚焦《南唐二主詞》校訂的不足。首先是引書不完備，其二爲所引之書未能詳切考察，其三是誤判疏忽。從孫氏著録看，正因其具有深厚的詞學研究功力，才能指出王校之不足。

《續修提要》對明清詞選的著録頗能凸顯孫人和着力於批評的學術個性。即便如《篋中詞》這樣的詞選儘管已經給予了「大體純粹而當人心」，「詞下評語，頗中肯綮」的好評，但仍然點明其因詞人未繫小傳而導致的「詞學之淵源，皆不清晰」的不足。〔一〇〕至於未愜其心的詞選，則毫不留情予以批評。如其著録金聖歎《唱經堂批歐陽永叔詞十二首》云：

詞内分批，詞後總批，穿鑿附會，全是魔道。《長相思》（深花枝）一首，最爲淺薄，而人瑞竟歎爲絶技，可謂無識之甚矣。以其批《西廂》、《水滸》之伎倆而論詞，安見其能合也！「美人」「春閨」等題，非六一詞集所固有，亦襲明人選詞之惡習。至於集中僞作最多，即就人瑞所引，《蝶戀花》與《陽春》相混，《生查子》亦見於《斷腸》，似當一一辨明。人瑞學力不深，稍有才氣，本不足以語於此也。〔一一〕其對金聖歎選詞、評詞給予了極爲嚴厲的批評，可稱一無是處。金聖歎選詞、賞詞的角度實有其獨特處，但不對詞題妄增加以考訂，不對詞作真僞加以考辨，將其作爲歐陽修詞來對待，無疑是荒唐的。這正是孫人和猛烈批評的原因所在。另如評《清綺軒詞選》云：「唐宋精妙之作與明清淺薄之詞雜然並陳，甚矣其妄也。」〔一二〕評《別腸詞選》云：「夫明清之詞，律句自有不協，然操選政者竟任意改竄，則鄰於妄矣。」〔一三〕評《古今詞選》云：「捨古人名作，而廣取朋友家人之制，私心所在，百喙莫解。綜觀所選，全無精詣，明人惡習，未能除也。」〔一四〕針對這些詞選的著録，罕言其可稱道之處，尤對其缺點加以指摘，不無苛論。

《續修提要》著録了五一種「詞評」著作，可稱史無前例，這也是進入民國之後詞學批評研究趨於發達的一大表徵。如同著録其他詞籍，鑒評這些詞評著作的短長成爲提要的發力點，也頗能體現孫人和作爲詞學行家的本領。如其對出自《學海類編》的四部詞話《詞藻》、《詞統源流》、《詞家辨證》、《詞壇紀事》的辨析，就足見其於詞學文獻的熟稔。其著録《詞藻》云：

全書雜亂無章，引書多不言出處，補述之語，全無精彩。檢閱既屬不易，援用又迷其本源。書中既引賀黄公、王阮亭之言，而卷三「長詞推秦、柳、周、康爲協律」一節，全襲《皺水軒詞筌》；「程村詠物詞」一節，全襲《花草蒙拾》，又皆不言其所自，似若出於己手。與其所撰《詞統源流》，同一謬失，全不知著書之體例也。〔一五〕

著録《詞統源流》一卷云：

此乃輯録詞之源流及其本事。所輯既不完備，又無條理。其於出處，或著或否。中間引用《詞衷》一節，《詞衷》爲鄒祇謨所撰，書中尚有抄襲《詞衷》而不著其名者。疑孫遹讀書時，隨手寫記，友朋論詞，亦擇尤抄録，展轉流傳，遂成此全無倫脊之書矣。〔一六〕

對其他兩部詞話《詞壇紀事》、《詞家辨證》的述評亦大抵如上，可見四部詞話存在的問題大致相同，那就是剿襲他著而不注明出處。孫人和基於文獻的比勘，儘管未進一步考索文獻，揭示此四部詞話「僞書」之性質，實則已經做出了對詞話進行文獻學意義上研究的積極嘗試。〔一七〕

《續修提要》詞籍提要以鑒評爲重心，還清晰體現在對歷代詞人詞作的評騭上。這些或褒或貶的評騭與定位往往精到允洽，具有鮮明的學術研究特徵，體現出提要撰著者深刻的思考與獨到識見。其著録《南唐二主詞》云：

後主詞概分二期，南面之時，富精艷之篇，入宋以後，多悲哀之作。寫樂成歡，言哀已歎。易綢繆爲高渾，變温婉爲蒼涼，情不盡托於房帷，文不全藉於芳草。天性真摯，誠多賦體，然非不知比興也，其所用者，不似方城之深縮耳。雖爲詞中別派，而詞境至此益大矣。〔一八〕

準確揭示了李後主詞風之丕變，不僅情感類型有變，更在於表現方式之變，詞境之變，並由此開啓曲子詞之「別派」，其論可爲定讞。另如其著録《逍遥詞》一卷云：「宋初令曲，承襲唐餘，漸易秾腴爲清雅。閬之所作，頗似張志和之《漁父》，誠有如陸子遹所稱句法清古，語帶煙霞者也。」〔一九〕著録《臨川先生歌曲》云王安石「《望江南》、「歸依三寶贊」四首，以詞言佛，變離其宗，南部諸賢之風力盡矣。」〔二〇〕著録《宋景文長短句》論《玉樓春》之「鬧」字云：「其實唐末與宋初之詞界，即重厚輕薄之不同。宋初艷詞，漸入輕巧，故爭奇鬥異於字句之間。此詞『鬧』字，入唐不高，在宋自奇，此乃時代之異，變遷之跡。」〔二一〕諸論均爲精彩之語，從詞史演進的宏觀視角考察詞家詞風之變化，具體而微，別具隻眼。

《續修提要》論詞，不以詞家詞作多寡爲考量依據，而是看重審美價值，這在鑒評歷代詞中都有體現。如其論宋翁孟寅《五峰詞》時云：「是編自各書輯得五闋，其詞清秀雅麗，格高韻古，不得以其傳詞甚少而忽之也。」〔二二〕並以《阮郎歸》（月高樓外柳花明）、《燭影揺紅》（樓倚春城）二首爲例，讚美其「語淺情深，委婉曲折」。另如論明代詞人朱曰藩僅兩首詞，提要稱其「格律嚴整，語句精拔」〔二三〕；朱樸詞也僅有五闋，提要稱其「辭彩清麗，意境悠遠」〔二四〕。二人儘管詞作少，但均有其藝術上的長處，故給予褒美。至於那些體格不高，淺薄庸俗之作，提要也僅是聊以存人予以著録。像宋代韓維詞「所作均淺薄庸俗」，姑且「存以備考」〔二五〕；宋代李洪詞「平庸淺薄，存以備考」〔二六〕；元代李庭詞「盡爲酬應之作」，「存以備考而已」〔二七〕；而明代詞人存以備考者更多，像李萬年《鐖豹詞》，王立道《具茨詩餘》等，均在存人之列，詞作並無可取之處。

《續修提要》詞籍提要之鑒評詞家詞作，敢於獨抒己見，並不盲從前代學人之評定。以鑒評清代詞家爲例，如厲鶚、蔣春霖、周之琦、鄭文焯等，提要均給予頗高評價，此多係同乎他人之論；而異乎前人之評者則足見孫人和獨立不倚的學術個性。如薛時雨《藤香館詞》，《續修提要》存孫人和、孫雄兩人所撰提要，孫人和云：

> 時雨與譚獻相往來，初非不知詞者。友朋題識，或許以辛、柳，或許以張、范，皆爲諛辭，不足置信。……模擬甚雜，不宗一家，益可知矣。其詞格不高，風韻不遠。〔二八〕

而孫雄著録云：

> 時雨雖自謙律疏而語率，然集中佳處，不減蘇、辛。如《黄天蕩用東坡赤壁百字令韻》……勝概豪情，讀之起舞。金鴻佺跋云：「文人拈毫托興，貴在遇事即書，直抒胸臆，而無失唐宋清真之意，固不必刻腎鏤肝，始得爲西昆詞客也。」〔二九〕

明顯可見，孫雄所撰提要依據乃是序跋評語，缺乏己見。而孫人和則以友朋題辭、序跋爲諛辭，拋棄這些評語，獨出機杼。這在其著録清人詞集時體現得頗爲明顯，如其論董以寧詞：「詞下附以吴偉業、王士禛、陳其年等人之評語，多褒揚失實之辭。……小令頗有精妙之作，長調則平庸流滑，無可選擇。」〔三〇〕其論項鴻祚詞也否定譚獻評語的「唐大之言」〔三一〕。儘管前賢名流對著録對象已有頗高評價，但孫人和並不盲從，而是基於詞藝與詞學宗尚，勇於顛覆前人之論。這也是《續修提要》詞籍提要中孫人和與他人的不同之處。

《續修提要》詞籍提要對詞家優劣的鑒評主要依據「詞體」與「詞情」兩個維度。如評明代王廷相《内臺詞》云：

> 談玄説道，評藝論文，徒傷詞體，亦奚益哉？《蝶戀花》云「春色魔人」，《長相思》云「簾户無人花作朋，道心生不生」，用字未愜，擇韻不精，明詞蕪陋，至斯極矣。〔三二〕

著録明代馬樸《閬風館詩餘》云：

> 其間雜以《黄鶯兒》、《玉芙蓉》、《清江引》等南北小令，原本如此，今亦未别白焉。所撰非淺即陋，非粗即俗。蓋詞與詩文曲諸體，雖有相通之處，而各具其本質。今任意牽合，不倫不類，全不知詞者也。〔三三〕

「詞體」有其特質與本位，詞中不可論説玄道、藝文；另外詞之用字、擇韻均不可不究，不可與詩、曲、文體制上有所混淆，否則即爲失詞體。提要評詞的另一維度是詞情真摯。如其著録清代吴錫麒《有正味齋詞》詞云：「所撰内質空虚，敷衍門面，喜詠雜物，殊乏深情。」〔三四〕著録清代王一元《歲寒詠物詞》時云：

> 兩宋詞人未有專以詠物名其詞者，偶有所述，則别具情款，寄託遥深。北宋之中，如東坡之楊花，清真之梅花，一唱而三歎，覩物而知情矣。南宋以來，風流彌著。然如梅溪之春雨、雙燕，不即不離，情懷悱惻。至於白石詠梅，碧山之新月、雪意、蟬、螢諸作，則又家國之哀，發其幽憤者也。若一元所撰，則專事寫生，爲物所役，尚安足重哉！以其文辭精巧，存以備檢閲耳。〔三五〕

提要以宋人詠物詞作爲參照，强調詞之内質，即寄託深情；而追求文辭精巧，講究門面，是無法成爲佳作的。在「詞情」的評騭上，孫人和尤爲看重詞中家國情感。如其著録劉辰翁《須溪詞》，高度肯定其「不忘故國之意」〔三六〕；著録劉學箕《方是閒居士詞》，肯定其頗似辛、劉的「忠孝之氣」〔三七〕；著録明代曹元《淳村詞》，儘管稱其詞「音律差謬，平仄乖違」，但也因其「每寓家國之哀」〔三八〕而給予好評。

《續修提要》中孫人和所撰提要，注重詞家人品、詞品，講求詞作之情意寄託，但其並非膠固而缺乏理性。如其著録舒亶詞云：

> 亶詞思路幽絶，造語新妙。……《虞美人》寄公度云：「芙蓉落盡天涵水，日暮滄波起。背飛雙燕貼雲寒，獨向小樓東畔倚闌看。浮生只合尊前老，雪滿長安道。故人早晚上高臺，贈我江南春色一枝梅。」含思幽遠，出語自然，其工力未可幾及。亶與李定，同陷東坡於罪，有文無品，王士禎惜之。然亦不得以人廢其言也。〔三九〕

舒亶之詞，向乏人關注，詞作數量之外，更因其構陷蘇軾，致其人品爲人所不齒，故而其詞也被忽視。孫人和於此主張不因人廢詞，故而舉列其詞作予以好評，誠可補以往詞史認識之缺陷。另如著録趙文《青山詩餘》云：

> 文在文天祥幕府，而晚節不終，重餐元禄，誠不能無愧於心。然王沂孫、王義山、劉塤諸詞人，自宋入元，並爲學官，似亦不必專責一人也。其《鶯啼序》春晚云：「春還倒轉歸來，爲君起舞。寸腸萬恨，何人共説，十年暗灑銅仙淚，是當時、滴滴金盤露。思量萬事成空，只有初心，英英未化爲土。」又《有感》云：「腸斷江南，庾信最苦，有何人共賦。天又遠，雲海茫茫，鱗鴻似夢無據。怨東風、不如人意，珠履散、寶釵何許。想故人、月下沉吟，此時誰訴。」皆故國之思，淒涼宛轉，其志亦可哀矣。〔四〇〕

提要對易代之際的趙文等人予以理解之同情，理性看待其入元食禄的人生選擇，對其詞中真摯的遺民之思予以充分關注。這些論斷均體現了詞學批評進入民國之後具有的現代學術品格。《續修提要》之鑒評也因此在詞史、詞學史、詞學學術史研究上具有重要價值。

三　孫人和詞學思想的重要載體

孫人和撰寫了《續修提要》詞籍提要中的絶大部分，這些提要是其對千年詞學精研之後撰著而成的，飽含了他對詞史、詞學史的深刻認識。可以説，其撰著的詞籍提要正是其詞學思想的重要載體。由這些提要，可以清晰得見清末常州詞派詞學思想在民國的延展與深化。

孫人和較爲完整地繼承了常州詞派比興寄託的詞學思想。其著録張琦《立山詞》時云：「琦與其兄惠言合撰《詞選》，原本《風》、《騷》，情高寄託，深美閎約，宗主温、韋，當詞學靡敝之際，振起衰微，遂使後世不敢目詞爲小道，實二張之功也。」〔四一〕著録張惠言《詞選》時，又高度肯定陳廷焯對《詞選》「温、韋宗風，一燈不滅」的評定，對潘德輿《與葉生書》詆斥《詞選》給予批評。其於温韋接續《風》、《騷》之論全盤接受，他説：

> 不知唐五代爲令曲，北宋則爲慢詞，跡變而神不變也。神之不存，跡將何屬？若喻以盛唐之詩，則杜甫稱李白詩「清新庾開府，俊逸鮑參軍」，明其源於六朝。但言北宋而不知温、韋，猶之言盛唐詩而不追蹤於漢魏六朝，皆忘本逐末之言，未可爲典要也。〔四二〕

孫人和以唐五代詞爲詞體之源頭與根本。唐五代詞是最高級别的師法對象。北宋詞與南宋詞相比，又具有較高的優先級。他對清代浙西詞學師法南宋多次予以批駁。其著録朱彝尊《江湖載酒集》云：「浙派之病，在於過尊南宋，而不能知北宋之大也。」〔四三〕著録沈岸登《黑蝶齋詞》云：「自本根言之，浙派之詞，僅得和雅二字，蓋以南宋爲止境，終不能見其大。」〔四四〕著録李符《耒邊詞》云：「以南宋高於北宋，尤爲浙派之惡習，令人生厭者也。」〔四五〕著録陳良玉《梅窩詞鈔》時云：「詞效朱、厲，取法乎下也；效南宋，取法乎中也；

效唐餘北宋，取法乎上也。」〔四六〕由此可見，孫人和徹底否定浙派詞學之師法，視學習「唐餘北宋」爲取法乎上。他評納蘭性德稱其「獨追蹤五代，最得詞家之正者」〔四七〕；評宋代陳克之作稱其「全守唐五代之矩矱」〔四八〕，這更爲明晰體現了孫氏以唐五代詞爲詞家之正道的詞學主張。需要注意的是，孫人和所言五代爲「詞家之正」，其内涵已在張惠言等所論基礎上有所擴充，他把南唐詞家納入了「詞家之正」的行列。如其著録宋代謝薖詞稱其「嬌艷生動，而筆力遒勁，頗似南部諸賢之作也」〔四九〕。

爲何孫氏如此重視唐五代、北宋之詞呢？原因是他認爲「温、韋之詞，同於《風》、《騷》，合於比興，亦有道焉」（《紅豆簾琴意》提要）〔五〇〕；「從《花間》出者，筆力重、厚」（《秋水詞》提要）〔五一〕；「唐末北宋，並以重、大見長」（《井華詞》提要）〔五二〕。不難看出，孫人和將張惠言等的「比興寄託」之論與王鵬運、況周頤之「重」、「拙」、「大」理論統合一處，以之定位五代北宋詞之優長。具體到唐五代詞家而言，被孫人和推重的是温庭筠、馮延巳。如其褒美劉履芬《鷗夢詞》「深美綢繆，酷肖陽春」〔五三〕；稱讚莊棫《中白詞》「遠守温、韋、陽春之法度，近遵二張之旨而光大之」〔五四〕；稱讚陳廷焯令詞「忠厚纏綿，出入方城、陽春之間」〔五五〕。爲什麽孫氏推崇這兩位詞家？用他的話説就是，温、馮詞之高處在於「寄託遥深，纏綿悱惻，後之讀者，窺其意在有無縹緲之間，尋繹難盡」〔五六〕。也就是説温、馮之詞具有綿宕不盡的情思，耐人尋味，而又難以確指其寄託所在，存在言説無窮的多重意涵。這也就是孫人和所謂的「厚」。《陽春集》提要論馮延巳詞云：

延巳之詞，似其爲人，排斥異己，自信不疑，憂讒畏譏，思深意苦。「香車繫在誰家樹」，排斥之語也；「不辭鏡裏朱顔瘦」，自信之辭也；「千言萬語黄鸝」，憂讒之喻也；「淚眼倚樓頻獨語」，意苦之言也。故其詞微而淒婉，淡而能腴，沉鬱頓挫，纏綿忠厚，不同温、韋之穠麗，亦異後主之悲放。故爲宋初詞人所宗，允得詞家之正者矣。〔五七〕

馮延巳詞是其性格、人生的反映，其身份、遭際致使「思深意苦」情意綜得以形成。雖然他有意地克制深藏於内心的動盪情意，但仍然會壓抑不住，在無意之中將其灌注於詞作之中，似無似有，讀者能够感知其深沉豐厚之意，而又難以追索明確，故而可綰合其生命歷程做出見仁見智的理解。這樣的詞意藴深沉而不發露，可稱爲「厚」，乃「詞家之正」。「厚」又與「重」合用，稱「厚重」或「重厚」。五代之詞，多有艷體，這些詞何以「厚」、「重」？《續修提要》著録清代姚之駰《鏤空詞》時説：

> 須知詞不忌艷，而艷有方也。唐末艷詞，分爲二類：高者托體房幃，用意深邃，不當作艷詞讀也；次者，叙述綺懷，筆力沉重，使讀之者不厭其艷也。即宋人如小山、東山之輩，精微細膩，不同凡響，詞雖艷而思無邪也。若之駰所作，竭力爲艷體耳，尚安足重哉！《菩薩蠻》云：「桃花巧學佳人面。佳人故惹桃花片。紅暈玉香腮。桃花靧面來。花輪人解語。人面花應妒。我見却憐花。莫教揉碎他。」〔五八〕

據其所論，詞家可借男女之情寄託賢人君子的政治情感，也可以之抒寫幽微難言的風月情懷，但其要求的是情意的真摯深切。其舉例姚之駰詞，香艷面目之下毫無情意，徒有艷詞外殼而已。另有著録清代袁通《捧月樓詞》云：

> 其詞浮艷膚淺，全無氣格，慢詞尤不合體。制艷詞者，運意宜深沉，而筆力宜重大，而通詞則浮淺輕薄；效《花》、《尊》者，重神理而不在形骸，通詞但求字面而已。〔五九〕

「深沉」與「浮淺」相對，指「意」之「厚」；「重大」與「輕薄」相對，指運筆行文的飽滿遒勁，富有情感力量。「厚」、「重」、「大」承續了「重」、「拙」、「大」之論，而更加明晰。孫人和著録《唐五代詞選》時説：

> 然唐末詞人，筆力厚重，艷麗之語，敢於直書，似不得恣意删汰。歐陽炯《浣溪沙》（相見休言有淚珠）、毛熙震《浣溪沙》（晚起紅房醉欲銷）二詞，亦可選也。〔六〇〕

其所言歐陽炯《浣溪沙》一首，正是王鵬運、況周頤所謂「重」、「拙」、「大」者。孫氏所論仍是王、況之意，此所言「厚重」，主要指其以「重」筆寫艷情，真切淋漓，抒寫情意極具衝擊力。孫人和認爲像這樣的艷詞不應被「恣意淘汰」，因爲「五代之詞，重厚而大，故敢爲艷語」（《阮亭詩餘》提要）。〔六一〕

孫人和以「厚」、「重」、「大」論詞，體現了傳統詞學批評範疇的生命力。從批評實際來看，他最看重的是「厚」，即要求詞作必須有「深沉之旨」。例如儘管彭孫遹《延露詞》「步趨於北宋及五代」，但孫氏批評云，「驟觀之似覺深厚，細繹之好逞聰明，不能沉著」〔六二〕；其批評尤侗《百末詞》云，「內無沉深之旨，外求艷麗之容」〔六三〕；批評張九鉞《陶園詩餘》云，「敷衍門面，尚屬不能，而欲求其內旨，不可尋矣」〔六四〕，於此均可見其對詞旨深厚的强調。也正緣於對「厚」的追求，他對王國維《人間詞話》進行了猛烈地批評。其云：

> 此爲論詞之作，間亦及於詞餘。書中標出「境界」之旨，以爲有「有我之境」，有「無我之境」。不知「有我之境」，見而易知者也；「無我之境」，物我俱化者也。故國維所謂「無我之境」，仍爲「有我之境」也。人稟七情，情也；應物斯感，因情以寫景，觸景而生情也。果有「無我之境」，則爲無病而呻，吟風弄月，豈文學之所取耶！國維既有「有我」「無我」之別，而下卷又謂「一切景語皆情語」，則自相矛盾矣。且國維所謂「境」者，皆淺薄之境也。何以言之？南唐中主《浣溪沙》，自以「細雨夢回雞塞遠，小樓吹徹玉笙寒」爲妙境，而國維獨賞其「菡萏香銷翠葉殘，西風愁起綠波間」二語。秦淮海《踏莎行》，自以「郴江幸自繞郴山，爲誰流下瀟湘去」爲妙境，而國維獨賞其「可堪孤館閉春寒，杜鵑聲裏斜陽暮」二語。蓋「菡萏」「可堪」四句，淺而易知；「小樓」「郴江」四句，深而難曉也。國維於唐五代，則尊李後主，於宋則尊秦少遊。不知詞之發生，本爲侑酒嘌唱之用，托體房帷，固其宜也。後主開拓疆界，多用賦體，實爲詞中別派。唐五代之有李後主，猶宋之有蘇東坡也。少遊上承三變，下啓清真，詞最婉雅。然不如三變之大，不及清真之深。以少遊有承前啓後之功，可也；以爲高於柳、周，則非也。又以作者詞中之句而論其詞體，本非正當之法。國維以「畫屏金鷓鴣」比方城之詞，「弦上黃鶯語」比浣花，

「和淚試嚴妝」比陽春，牽强附會，玄妙難通，不可究詰矣。惟論後主詞，頗有警策之語。當時西學東來，故此書風行一時，其實當分别觀之也。〔六五〕

孫人和在《人間詞話》風行之時，幾乎對其全盤否定，令人深感詫異。而究其原因，在於二人詞學觀念的根本不同。從其對《人間詞話》的批評來看，首先是不滿以「境界」論詞，没有所謂「無我之境」者，文學之佳作皆會「有我」。此論完全符合孫氏在詞學批評中對詞家真情的强調。孫人和認爲王國維所言「境界」皆爲「淺薄之境」，由上文所論「厚」可知，其以王氏所列名句缺乏「厚」，即没有寄託遥深的、難以究詰的沉厚之旨。他對「深而難曉」極爲青睞，而王國維則注重感覺的「自然」與「真」，因此針鋒相對。王、孫論詞都推重唐五代、北宋，但二人標舉之詞家却迥異。王國維稱讚者是李煜、秦觀，而孫人和所尊者則爲温庭筠、馮延巳。李後主多用賦體白描而少用比興，故孫氏以之爲「詞中别派」。由孫人和對《人間詞話》的批評，清晰可見傳統詞學與受到西學影響的現代詞學在闡釋路徑上的迥然不同。前者堅守的是常州派詞學的比興寄託及「重」、「拙」、「大」之論，期待由意涵的咀嚼而發掘情思；後者則以新的文學理論審視詞作，希望由感性形象的刺激獲得審美，實際上他們的分歧不在於詞家情感的有無與真僞，而在於對詞家情感該如何呈現上産生了相異的認定。

《續修四庫全書總目提要》未能最終審定並出版，甚至連局部的細類都没有統合整理，所以它存在種種不足是必然的，其詞籍提要自然也不例外。由於撰寫時間倉猝，部分提要豐簡不一；某些詞籍版本來源不佳，且版本著録頗籠統，有時僅稱「刊本」、「原刊本」。此外針對某些詞集的評議往往是簡略否定，缺乏列舉詞作分析；並且少量詞籍提要存在摘録、轉抄前人之論以充塞的情况。這當然也與稿酬制度刺激之下追求撰寫速度有關。儘管如此，我們認爲瑕不掩瑜，《續修提要》詞籍提要仍是詞籍目録學史最具學術價值的目録著作之一。它全面反映了晚近民國詞學的重要成果。截至目前，它仍是著録最爲豐富的提要體通代詞籍目録著作，特别是對明清詞别集的著録，代表了較高的學術水準。從提要著録内容來看，主要包括詞家史跡、版本比勘、詞作評騭三方面，這與龍榆生提出的詞籍目録學「三義」高度吻合。以此觀之，《續修提要》詞籍提要與同時期趙尊嶽之詞籍目録著作一樣，都是詞籍目録之學獨立成科的重要推手。特别是《續修提要》詞籍提要中孫人和所撰部分以鑒評爲重心，秉持「厚」、「重」的詞學觀念對詞家詞作進行評騭，體現了「辨章學術，考鏡源流」的目録學優秀傳統，故其於詞史、詞學研究而言，也是一部不可忽視的學術著作。

〔一〕關於《續修四庫全書總目提要》編纂的情況，可以參考郭永芳《〈續修四庫全書總目提要〉的整理方法與評價》（《圖書情報工作》一九八八年第四期）、羅琳《〈續修四庫全書總目提要〉編纂史紀要》（《圖書情報工作》一九九四年第一期）等文。本文所據《續修四庫全書總目提要》爲中國科學院圖書館整理《續修四庫全書總目提要（稿本）》，齊魯書社一九九六年版。

〔二〕《續修四庫全書總目提要（稿本）·前言》，第一册，第三—四頁。

〔三〕如羅繼祖《日本人〈續修四庫總目有提要〉問世》一文中説：「橋川囑我寫藏書專題，遂爾附驥，硯田收入，稍補衣食。」（《社會科學戰綫》一九九八年第四期）王亮在《〈續修四庫全書總目提要〉研究》中也提及稿酬一事，「東方文化事業總委員會給付的單篇稿酬標準，自五元至三十元高低不等（如謝國楨每篇爲十元或十五元，以篇目計，他很可能是撰者中得稿酬最多的）」（復旦大學博士學位論文二〇一四年，第四四頁）。按：根據郭永芳先生對撰稿人撰寫提要篇數的初步統計，謝國楨共撰寫兩千一百二十二篇，張壽林撰寫一千六百八十篇，班書閣撰寫一千四百五十四篇，劉啓瑞共撰寫一千兩百六十七篇，趙録綽撰寫一千一百二十三篇，孫人和共撰寫一千一百零一篇。孫人和、謝國楨也是詞籍提要撰寫最多者。

〔四〕這一數據未將文人别集中包括的「詞」，以及總集中的詩詞合集、合選者計入。此外，《索引》中「詞曲類」的「詞」中收録的殘本《林石逸興》乃是散曲集，不當入「詞」，另外《中州音韻》、《中原音韻廣義》、《中州全韻》三者爲曲韻，今也不計入。

〔五〕就「詞曲類」而言，《續修四庫全書總目提要》的撰著對「曲」的著録義例更爲重視。東北師範大學圖書館藏有橋川時雄遺稿，其中有署橋川時雄之名的《續修四庫全書提要義例·詞曲〇義例》和傅惜華撰《擬〈續修四庫全書總目·集部·詞曲類·南北曲提要〉體例書》（鉛印稿）。《續修四庫全書提要義例·詞曲〇義例》云：「《四庫提要》集部出『詞曲』一類，目雖並列，而於曲唯録品題論斷之詞及《中原音韻》，而曲文不録，强分甲乙，判若天壤。以元明兩代著作之富，當清初曲學未衰之時，而曲之著於録者，僅《顧曲雜言》、《欽定曲譜》、《中原音韻》三種，是則道學成見，亘於胸中，殊失學術之公矣。《四庫目》所謂『詞曲類』者，實則有詞而無曲。今《續修四庫書》亟應補此一類，重立綱領，分别部居，品題甲乙，以符南北之實。」傅惜華一文更是對「曲」類提要體例有清晰明確的擬定。橋川時雄之文已由櫻田芳樹整理，發表於日本《汲古》雜誌第三七期（二〇〇二年第二期）；傅惜華文由王亮整理附録於《〈續修四庫全書總目提要〉研究》（復旦大學博士學位論文二〇一四年）。

〔六〕《續修四庫全書總目提要（稿本）·前言》，第一册，第七頁。

〔七〕《續修四庫全書總目提要（稿本）》，第一六册，第五七五頁。

〔八〕《續修四庫全書總目提要（稿本）》，第一三册，第六七〇頁。

〔九〕《續修四庫全書總目提要（稿本）》，第一三册，第五八四頁。

〔一〇〕《續修四庫全書總目提要（稿本）》，第一三册，第七三二頁。

〔一一〕《續修四庫全書總目提要（稿本）》，第一三册，第五六九頁。

〔一二〕《續修四庫全書總目提要（稿本）》，第一三册，第五二六頁。

〔一三〕《續修四庫全書總目提要（稿本）》，第一六册，第四九八頁。

〔一四〕《續修四庫全書總目提要（稿本）》，第一六册，第四九一頁。

〔一五〕《續修四庫全書總目提要（稿本）》，第一三册，第五五二頁。

〔一六〕《續修四庫全書總目提要（稿本）》，第一三册，第五五〇頁。

〔一七〕唐圭璋先生《詞苑叢談跋》明確指出此四部詞話乃是據「《詞苑叢談》中抽出，割裂原文，混淆目次，假託彭李二氏所作」。其後孫克强、張東艷《〈詞統源流〉等四詞話僞書考》論證此四部詞話確爲僞書。（《文學遺産》二〇〇四年第六期）

〔一八〕《續修四庫全書總目提要（稿本）》，第一六册，第六二七頁。

〔一九〕《續修四庫全書總目提要（稿本）》，第一三册，第七三〇頁。

〔二〇〕《續修四庫全書總目提要（稿本）》，第一六册，第六三四頁。

〔二一〕《續修四庫全書總目提要（稿本）》，第一六册，第五七八頁。

〔二二〕《續修四庫全書總目提要（稿本）》，第一六册，第四六五頁。

〔二三〕《續修四庫全書總目提要（稿本）》，第一六册，第五五七頁。
〔二四〕《續修四庫全書總目提要（稿本）》，第一六册，第四一六頁。
〔二五〕《續修四庫全書總目提要（稿本）》，第一六册，第六三三頁。
〔二六〕《續修四庫全書總目提要（稿本）》，第一六册，第六五四頁。
〔二七〕《續修四庫全書總目提要（稿本）》，第一六册，第五一六頁。
〔二八〕《續修四庫全書總目提要（稿本）》，第一六册，第五三四頁。
〔二九〕《續修四庫全書總目提要（稿本）》，第一二册，第六五三頁。
〔三〇〕《續修四庫全書總目提要（稿本）》，第一三册，第六四五頁。
〔三一〕《續修四庫全書總目提要（稿本）》，第一三册，第六二六頁。
〔三二〕《續修四庫全書總目提要（稿本）》，第一六册，第四三〇頁。
〔三三〕《續修四庫全書總目提要（稿本）》，第一六册，第四五三頁。
〔三四〕《續修四庫全書總目提要（稿本）》，第一六册，第四六八頁。
〔三五〕《續修四庫全書總目提要（稿本）》，第一六册，第五四三頁。
〔三六〕《續修四庫全書總目提要（稿本）》，第一六册，第六〇九頁。
〔三七〕《續修四庫全書總目提要（稿本）》，第一六册，第六〇六頁。
〔三八〕《續修四庫全書總目提要（稿本）》，第一六册，第四八二頁。
〔三九〕《續修四庫全書總目提要（稿本）》，第一六册，第五七六頁。
〔四〇〕《續修四庫全書總目提要（稿本）》，第一六册，第五四一頁。
〔四一〕《續修四庫全書總目提要（稿本）》，第一三册，第六八〇頁。
〔四二〕《續修四庫全書總目提要（稿本）》，第一三册，第六一五頁。
〔四三〕《續修四庫全書總目提要（稿本）》，第一三册，第六一〇頁。
〔四四〕《續修四庫全書總目提要（稿本）》，第一三册，第六四六頁。
〔四五〕《續修四庫全書總目提要（稿本）》，第一三册，第六一二頁。

〔四六〕《續修四庫全書總目提要(稿本)》,第一三册,第七四二頁。
〔四七〕《續修四庫全書總目提要(稿本)》,第一三册,第五五〇頁。
〔四八〕《續修四庫全書總目提要(稿本)》,第一六册,第六四一頁。
〔四九〕《續修四庫全書總目提要(稿本)》,第一六册,第六三七頁。
〔五〇〕《續修四庫全書總目提要(稿本)》,第一六册,第五六〇頁。
〔五一〕《續修四庫全書總目提要(稿本)》,第一六册,第四八〇頁。
〔五二〕《續修四庫全書總目提要(稿本)》,第一六册,第五一〇頁。
〔五三〕《續修四庫全書總目提要(稿本)》,第一六册,第四四七頁。
〔五四〕《續修四庫全書總目提要(稿本)》,第一六册,第五八六頁。
〔五五〕《續修四庫全書總目提要(稿本)》,第一三册,第五四七頁。
〔五六〕《續修四庫全書總目提要(稿本)》,第一三册,第五四七頁。
〔五七〕《續修四庫全書總目提要(稿本)》,第一六册,第六二九頁。
〔五八〕《續修四庫全書總目提要(稿本)》,第一六册,第五三二頁。
〔五九〕《續修四庫全書總目提要(稿本)》,第一六册,第四〇六頁。
〔六〇〕《續修四庫全書總目提要(稿本)》,第一六册,第四八五頁。
〔六一〕《續修四庫全書總目提要(稿本)》,第一三册,第五八七頁。
〔六二〕《續修四庫全書總目提要(稿本)》,第一三册,第六一九頁。
〔六三〕《續修四庫全書總目提要(稿本)》,第一六册,第四八五頁。
〔六四〕《續修四庫全書總目提要(稿本)》,第一六册,第五〇三頁。
〔六五〕《續修四庫全書總目提要(稿本)》,第一三册,第五六八頁。

(作者單位:南開大學文學院)

康乾詞人張梁先生年譜

蔡國强

傳略

張梁，初名張維照，字奕山，又字大木，自號幻花居士，江蘇婁縣人（今屬江蘇省昆山市）。張梁高祖張方，字心塘，曾祖張耀邦，字可交，均爲布衣；祖父張尚文，字從周，太學生，敦義行，好施予，在故里頗有口碑；其父張淇，字爾瞻，其二兄張彙，字竺西，皆承其志，張淇置義田千畝，以贍族人，張彙復仿其父，規條經畫甚具，其家風如此。

張梁於康熙二十二年（一六八三）七月十六戌時，出生於江蘇婁縣秀野橋。爲張淇第四子，其長兄張集，字曼園，康熙十五年進士；次兄張彙，字竺西，三兄張維煦，字珠巖。另有女兒四人。兄姊中張集及前三位女兒，俱爲正室陸淑人所生，張彙、張維熙、張梁及四姐則爲側室錢氏所生。

張梁嘗娶妻戴氏，無子嗣。娶側室王氏，生三子三女，殤二子；再娶側室鄭氏，生三子一女，殤一子。長子夢鰲，有《乃吾廬詩詞鈔》，次三燮，次繼昺，皆爲青浦縣附監生。女張佛繡，字抱珠，有《職思居鈔》二卷。

本文爲浙江文化研究工程重點項目《琴畫樓詞鈔整理點校》（19WH40043ZD－5Z）阶段性成果。

張梁康熙五十二年(一七一三)成進士,即赴京充武英殿纂修官,官行人司行人。以教習留京,次年五月離京返鄉,從此隱居故里,不復仕進。生性酷愛大自然,生平除工詩詞外,其好愛操琴,愛養鶴,且琴藝卓絶,指法入古,嘗於西溪鼓《鶴舞洞天曲》,庭中二鶴翔舞至再。年年春秋二季,都要前往杭州西溪最深處,探梅觀楓,並在杭州西溪、上海朱家角寘有別墅。素宗釋氏,晚年戒殺斷肉,日誦佛號。其性孝友,母病,嘗刺臂血作疏,籲天求代。明經繆謨殁,一子相繼殂,既爲之葬,復歲祀之。

張梁六歲開蒙,少秉異資,尤工詩詞,在京都時與杜詔、陳聶恒、兄維煦等結詞社,名噪一時。張梁是浙西詞派中承前啓後的代表人物,詞史上的地位不容忽略,其作品以詞風細膩、情感真摯、筆觸清新著稱。其詞作多以抒發個人情感、描寫自然景物爲主,風格婉約,韻味悠長,詞風承襲了南宋詞人姜夔、張炎等人的風格,同時又融合了清代詞人的特點,形成了自己獨特的風格。有鑒於此,王昶《琴畫樓詞鈔》將其列爲卷首之作。

乾隆二十一年(一七五六)張梁卒,年七十有四。殁後一年,《澹吟樓詩鈔》付刻,另有《幻花庵詞鈔》傳世。

年譜

高祖張方,字心塘,布衣。世居海濱,避倭亂,移居上海筠溪里(今屬上海浦東三林鎮)。

曾祖張耀邦,字可交,布衣,贈少宰。

祖父張尚文,字從周,太學生,贈光禄大夫。祖母趙氏。

據張集《雲間張氏族譜張筠齋行述》記載:「高祖心塘公,負才穎異……數奇不售……曾王父可交公……丙夜讀書,無間寒暑,屢困童子試,不得一青其衿,人咸惜之。先王父從周公爲太學生……

娶先王母趙淑人，生三子。」

張棨（張梁二叔張澓第三子）在《雲間張氏族譜東皋公傳》中記載：「高祖諱方，向居海濱，讀書樂道，避倭亂，遷於上海之筠溪里，遂家焉。」

《光緒婁縣志·人物志》卷二十五云：張梁祖父尚文，敦義行，好施予。張淇承先志，置義田千畝，以贍族人。張淇之次子張彙，復仿范莊，規條經畫甚具，張淇孫張照則聞於朝，請著之官牘，以垂永久，上嘉其好義，特以其子張集官，追授吏部左侍郎。

辛酉（一六二一年），明天啓元年。春三月十四日。張梁父張淇生。

梁父張淇，字爾瞻，號筠齋，原籍爲上海筠溪里，移居婁縣包家橋。

據張梁長兄張集《雲間張氏族譜張筠齋行述》記載：「先大夫諱淇，字爾瞻，號筠齋，世居上海之筠溪里，上世以耕讀傳家。」「先大夫生於前天啓元年，辛酉三月十四日辰時，卒於康熙三十年辛未七月初八日申時，享年七十有一。」

據《光緒婁縣志·人物志》卷二十五記載，張淇字爾瞻，自上海移居包家橋。

張淇兄弟三人，二弟張澓，號東皋，三弟號有芑，有一姊妹，嫁汝南。

張集《雲間張氏族譜張筠齋行述》云：「先王母趙淑人生三子，長即先大夫，次先仲父東皋公，次先季父有芑公。」又記其祖父勸學有「弟未婚，妹未嫁」句。

又據張棨《雲間張氏族譜東皋公傳》記載：「先姑母歸於汝南，早年而寡。」

張淇娶一妻一妾，正室陸氏，出一子三女，側室錢氏，出三子一女。

張梁長子張夢鰲的《雲間張氏族譜大木行述》謂：「先王母陸太夫人、先生王母錢太夫人，俱誥贈一品夫人。」

張淇育有四子四女，張梁排行最小，三兄依次爲曼園張集、竺西張彙、珠巖張維煦。

張夢鰲《雲間張氏族譜大木行述》有關於三位伯父字號及功名的記録，云：「四人：長先伯父曼園公諱集，康熙丙辰進士，兵部左侍郎（按，與張集自叙有異，應是『吏部左侍郎』之誤），先王母陸太夫人出；次先伯父竺西公諱彙，刑部湖廣清吏司郎中，封刑部尚書；次伯父珠巖公，名維煦，康熙壬午舉人，封翰林院編修；次即我府君。俱先生王母錢太夫人出。」

其長子張集，據縣志記載，「字殿英，淇子，登康熙十五年進士」，「集性樸儉，爲大臣自奉若寒畯」，年六十而卒。《雲間張氏族譜》中張集自叙：「康熙己酉科北闈舉人，丙辰科進士，授通議大夫，吏部左侍郎，娶王氏，封淑人。」

次子張彙，縣志未載，按張梁在他的長律《七十生辰感懷》中所注，其壽七十八。張集《雲間張氏族譜張筠齋行述》謂：「歲貢生，候選訓導。娶王氏。乙丑科進士，巡視京通倉監察御史，封通議大夫，户部右侍郎。」清儒姜兆翀《國朝松江詩鈔》卷十九云：「張彙，字茹英，號蓉川，華亭人。尚書照父，晉封。本諸生，官刑部郎中。」

三子張維煦，《光緒婁縣志》卷二十五載：「字和叔，集之弟，居城西東堍弄，康熙四十一年鄉薦，與弟梁同榜。工詩文，善談論，待人誠摯」，維煦因「屢試禮闈（即會試，因由禮部主持，故稱），未售，遂絶意仕進，兩選中書，皆不就」，「日以史書自娱，年八十三卒」。張集《雲間張氏族譜張筠齋行述》則謂：「歲貢生，聘王氏，候選兵馬司指揮，封奉直大夫，兵部督捕主事。」姜兆翀《國朝松江詩鈔》卷二十七云：「張維煦，字和叔，號珠巖，婁縣人。淇第三子，康熙壬午舉人。以子夢徵貴，封編修。」

張梁的三位兄長中，惟維煦與張梁常有詩詞唱和，並一起在京都組織詞社，詞社在當時曾名噪一時。此外另有女四人，張集《雲間張氏族譜張筠齋行述》云：「長適鄉飲賓聞六蔡公子，太學生長康；

次適故明刑部主事廷言趙公姪孫，鄉飲賓元輔公子，太學生昶；次適前戊午科舉人浣思公孫，廪膳生次典公子，候選州同知高德張。俱先妣陸淑人出。次適前丙辰科進士都察院左副都御史震隱公曾孫，歲貢生元飛公孫，歲貢生硯孫公子，國學生葉棐，庶母錢氏生。」

戊辰（一六二八年），明崇禎元年。張梁二叔張滖生。張滖生子四人。

《國朝松江詩鈔》卷八：「張滖，字飛瀾，號東皋，上海人。諸生。」

張棨《雲間張氏族譜東皋公傳》云：「有子四人，長曰棻，州司馬；次曰棐，授徵仕郎；次曰棨，候選廣文；次曰棻，歲進士。」

己亥（一六五九年），順治十六年。張棨生。

《國朝松江詩鈔》卷十九：「張棨，字景恒，華亭人。諸生，例貢官崇明訓導，著《空明子詩集》。」

《清代松江府文學世家述考·張照世家》：「張棨（順治十六年—？），張照從父，字景恒，一作景祖，號玉峰，又號空明子，華亭人。」

丁未（一六六七年），康熙六年。張梁二兄張彙生。

顧成天《雲間張氏族譜張彙行述》云：「容川張公以乾隆九年冬十有二月丁未遘疾，卒於里第。」「卒距其生康熙丁未，壽七十有八。」

己酉（一六六九年），康熙八年。長兄張集登順天薦，中舉。

《婁縣志》卷十八：康熙八年己酉鄉科，北榜舉人。

丙辰（一六七六年），康熙十五年。長兄張集考中進士。

《婁縣志》卷十八：康熙十五年丙辰會科，兵部左侍郎。有傳。按，張集在《雲間張氏族譜張筠齋行述》中自述，爲「吏部左侍郎」。今人據此而作「兵部」者，蓋由縣志誤。

癸亥(一六八三年),康熙二十二年。七月十六戌時,張梁出生於江蘇婁縣秀野橋。

張梁本名張維照,與其兄張彙、張維煦均爲側室錢氏所生。張集在《雲間張氏族譜張筠齋行述》中記載:張淇四子,「長不孝集……先妣陸淑人出。次彙……次維煦……次維照……俱庶母錢氏出」。《國朝松江詩鈔》卷二十八:「張梁,字奕山,又字大木,婁縣人。……著《澹吟樓詩稿》、《幻花菴詞》。梁以家世清華,位多通顯,而生平不樂仕進,門庭蕭寂,如遊方外。……後無疾而逝,年七十一歲。王述庵曰:『大木詩,宗王孟韋柳,間效山谷誠齋,以見新異。』」按,七十一歲云云,誤。

《光緒婁縣志·人物志》卷二十六云:「康熙五十二年成進士,入武英殿纂修,書成告歸,不復仕進。後移家青浦朱家角,顔其堂曰『保閒』,以示意焉。性孝友,母病,嘗刺臂血作疏,籲天求代。明經繆謨歿,一子相繼殂,既爲之葬,復歲祀之。工詩詞,在都時與杜庶常詔、陳大令鼒恒、兄維煦等結詞社,名噪一時。並善鼓琴,指法入古,嘗於西溪鼓《鶴舞洞天曲》,庭中所蓄二鶴,翔舞至再。素宗釋氏,晚年戒殺斷肉,日誦佛號。卒年七十有四。」

《婁縣志》又記載:「張梁,字奕山,居秀野橋。」關於張梁的生平,歷來語焉不詳,未見有詳細記載,其生卒年,今人亦惟見《中國詞學大詞典》及《全清詞》有記,二書的作者概要中,均爲順治十四年出生,乾隆四年卒,其材料不知何據,與實際情況的誤差,竟達二十五年。按,以《江南通志》卷一百三十三的記載,張梁於康熙四十一年中舉,若生於順治十四年,那麽其時張梁應該有四十五歲,與范進相仿了。而按照「二十歲中鄉舉」的説法上推,則其生年恰好應該是在本年。

另據張梁《澹吟樓詩鈔》卷五,其《題謝荻灘詩箋後》一詩中云:「昔我聞此詩,康熙歲丙申。我年三十四,旅食京華塵……今我見此詩,乾隆庚午春。我年六十八,屈指一倍均。」康熙丙申是一七一六年,乾隆庚午是一七五〇年,作者自叙的年紀應該是絶不會有幾十年的差錯的,且該詩爲古體詩,也没有任何因爲平仄律的緣故，而採用虛説之必要，那麼，據而上推，至本年，恰和這兩個數字相吻合，因此，正是農曆壬戌、西曆一六八二年，才是張梁真實的生年。

此外，按照《中國詞學大詞典》及《全清詞》的生卒年歲計算，則張梁享壽八十二歲，按照王昶《湖海詩傳》卷一的説法則是「八十三而終」，未知其所據，這兩種説法按照《光緒婁縣志》之記載，謂「卒年七十有四」，也大相庭徑，或皆誤。

最准確的生卒，無疑應該是其子張夢鰲的《大木行述》，云：「府君生康熙二十三年癸亥，七月十六日戌時，歿乾隆二十一年丙子四月初八日戌時，享年七十有四。」按，文中「康熙二十三年」應是「二十二年」之誤。否則是七十三歲。

張梁生平除工詩詞外，其好愛操琴，愛養鶴，酷愛大自然，且琴藝卓絶。

張梁喜琴，且琴藝超邁，詞友繆謨有《洞仙歌》記之，其序有云：「幻花於西溪之雲心閣援琴，鼓《鶴舞洞天曲》而鶴舞，他日又鼓，則鶴又舞，殆非偶然也。」其琴技可見一斑。又按，張梁除在西溪別墅中飼有二鶴，遷居朱家角後，亦嘗專門修築「鶴徑」，打算用以養鶴，衹是當時「華亭鶴久絶響矣」，所以他還專門寫信給其同年，「同年于碩堂守淮南，時以書乞之」（見《自題新居十二首》），但最終因于氏調任，未果。

張梁酷愛大自然，年年春秋二季，都要前往杭州西溪最深處，探梅觀楓，王昶《湖海詩傳》卷一説他「遇好山水及花月佳時，一彈再鼓……望之者以擬柴桑之處士，松陵之散人」。

張梁生平，娶一妻戴氏，無子嗣。側室王氏，生三子三女，殤二子；側室鄭氏，生三子一女，殤一子。家庭子女狀況總覽：

張夢鰲《雲間張氏族譜大木行述》云：「（張梁）中康熙壬午科江南鄉試二十六名，癸巳萬壽恩科會試四名，殿試第二甲第二十六名。賜進士出身，充武英殿纂修官，旋捐中行評博銜候選。配先妣戴孺人，封翰林院修撰抑齋公女。子六，長不孝夢鼇，青浦縣附監生，生母王出，娶姚氏，康熙丁酉舉人坳堂公女；次印光，生母鄭出，早殤；次不孝三燮，青浦縣附監生，生母鄭出，娶沈氏，雍正癸卯舉人、現任浙江石堰鹽場大使梅岑公女；次不孝繼昺，青浦縣附監生，生母鄭出，娶王氏，後補員外雲溪公女；次近光；次以燕，俱生母王出，俱早殤。女四，長適雍正壬子舉人，現任四川眉州知州光庭陳公子，國學生于陛，生母鄭出，前歿；次適雍正丁未進士、翰林院編修、河南按察使東麓王公子，乾隆甲子舉人芳；次適三母舅，康熙癸巳副榜，山西和順縣知縣松坡公子，江西安義縣縣丞，戴祖蔭；四適康熙癸巳進士，漢軍道調圩公，諱培和子，太學生姚惟邁，生母王出。」

《松江府志》卷五十八《張梁本傳》：「子夢鼇，字巨來，工詩文，有《乃吾廬詩詞鈔》。次三燮，貴州羅斛州判，卒於貴陽，子孫因家焉。次繼昺，安徽宿州知州。」

《國朝松江詩鈔》卷五十五：「張佛繡，字抱珠，進士大木女，歸姚惟邁。姚有肺疾，時時卧床，茶煙藥裹中，相唱和，亦相惜也。夫婦詩皆清虛工雅，憔悴婉篤，所謂其境過清，不可久留者。年三十三以病卒。未幾，惟邁亦卒。佛繡有《職思居鈔》二卷。」

時焦袁熹二十三歲，杜詔十七歲，繆謨十五歲，樓儼十四歲。

戊辰（一六八八年），康熙二十七年，六歲。就傅從師。

張夢鼇《雲間張氏族譜大木行述》云：「府君六歲，就傅從師，子久高先生暨孝則俞先生授四子書。」

九月初五，二叔張湲（東皋）過世。

張棨《雲間張氏族譜東皋公傳》云：「康熙二十七年九月初五日，終於婁村之修竹里，享年六十有一。又四年，葬於華亭盤龍塘之高原。」

庚午(一六九〇年),康熙二十九年,八歲。春正月,大母以疸疾卒。

康熙三十年,張集《雲間張氏族譜張筠齋行述》云:「去年春正月,遭先淑人之變。」「先淑人以疸疾卒。今春,先大夫亦嬰疸疾。」

辛未(一六九一年),康熙三十年,九歲。

春,從子張照出生。

事見張梁《寄壽從子得天三十初度》詩,詩中有云:「吾纔長八齡,與子若雁行。」按,張照,是張梁二哥張彙之子。初名默,字得天、长卿,号泾南、梧窗、天瓶居士。能诗,善画,通音律,精鉴赏,尤工书法。十九岁进士及第,官至刑部尚书,谥「文敏」。與張梁、繆謨並稱「焦村三鳳」。又按,《澹吟樓詩鈔》卷十四,《庚午除夕》詩有注,云:「康熙辛未秋,先封公見背,予方九齡,而從子得天生於是歲之春,不勝感歎。」

七月初八,父親亡故。

按,張梁《七十生辰感懷》中記載:「重經辛未忍迴腸,九歲孤兒事渺茫。」是其父於本年離世,孤,幼而喪父曰「孤」,是年其大母早其父一年仙逝。

又據張集《雲間張氏族譜張筠齋行述》記載:「先大夫……卒於康熙三十年辛未七月初八日申時,享年七十有一。」其子於是年「十一月初十日,奉先大夫、先淑人合葬於上海筠溪西南之新阡」。

又據張夢鰲《雲間張氏族譜大木行述》記載:「辛未秋,丁先王父憂。」

冬,遷居秀野橋世澤堂。

張夢鰲《雲間張氏族譜大木行述》記載:「(辛未)冬,先王父母大葬。府君即隨先伯父竺西公、伯父珠巖公,奉先生王母錢太夫人遷居秀野橋之世澤堂。」

壬申(一六九二年),康熙三十一年,十歲。墜樓事故,傷重幾死。

按,據《七十生辰感懷》中記載:「墜樓不死真天幸,伏枕頻危豈命强。」並注云:「十歲墜樓幾死。」

十歲後,師從高古彝學詩對課,天賦異秉。

張夢鼇《雲間張氏族譜大木行述》云:「十歲後,從師古彝高先生。師嘗出對云『桃李春深艷』,府君曰:『有一句平仄不調,奈何?』師令誦之,曰『松柏歲寒青』。師大喜,謂句工而意高也。又一日,久雨初霽,師出對云『半月不瞻白日』,府君應曰『一朝忽睹青天』。穎悟類如此。」

甲戌(一六九四年),康熙三十三年,十二歲。出痘甚危。

乙亥(一六九五年),康熙三十四年,十三歲。是年罹患嚴重痫疾。

按,《七十生辰感懷》中注云:「十二歲出痘,十三歲痫疾,俱甚危。」

丙子(一六九六年),康熙三十五年,十四歲。讀五經畢。

張夢鼇《雲間張氏族譜大木行述》云:「年十四,讀五經畢,便讀古文,即習八股。」

師焦袁熹中舉,時三十六歲。

焦袁熹,順治十八年(一六六一年)九月初三生人,字廣期,無號,友朋間因其所居,呼爲「南浦先生」,遂以自號。祖居浦南焦家浜,爲華亭人,後劃爲婁縣人,再劃,爲金山人。(據其子焦以敬、焦以恕《焦南浦先生年譜》)所以官方資料顯示他是金山人,如《欽定四庫全書總目》卷二十九載:「國朝焦袁熹,字廣期,金山人,康熙丙子舉人。」因此今天提及焦袁熹,都説他是金山人,似與婁縣張梁遠隔,而實爲鄰里。如《婁縣志》記:「(繆謨)幼貧廢書,焦徵君袁熹見其詩,勸之學,遂從袁熹遊。」而繆謨數十年均寄居於張梁家。又如《婁縣志·人物志》中,也記載有焦袁熹的生平事跡,這是一個證明他與婁縣人張梁、繆謨爲鄉里的重要證據。

關於焦袁熹的生平，今存有其二子所編的《焦南浦先生年譜》，流行説法或據該年譜認爲其爲康熙丙子舉人，如《松江府志》卷五十八《焦袁熹傳》：「康熙三十五年登鄉薦。」但各地通志中，丙子舉人榜無論南榜北榜，均無其名。

焦袁熹在張梁一生中，是一位很重要的人物，張梁的創作風格受到他很大的影響是無疑的。焦袁熹長張梁廿二歲，從張梁的詩詞中可看出，焦袁熹是他最重要的老師，自二十歲中舉後，張梁即脱離塾師，投於焦袁熹門下。而長期寄居在張家，亦兄亦友的繆謨，有史料記載是「從焦氏遊」的，極有可能就是張梁以焦袁熹爲師的媒介。在張梁的詩詞中，處處有「此木師」的蹤跡，如《澹吟樓詩鈔》卷八有五律《謁此木軒師》，尾注中有「是日，見吾師健飯，每日看書，午前必六七十頁」這樣的例子，可見在其詩詞中所稱的「師」，絶非泛泛之謂。焦袁熹讀書非常刻苦，自稱每年讀的新書有一丈多厚。

從子張棠中舉。棠，字南映，號吟樵，張集長子。

《松江府志》卷五十八《張棠傳》云：「張棠，字南映，婁縣人，集子。康熙三十五年舉人，官户部員外郎，遷刑部郎中，出知桂林府。」「守桂三載，詔許乞終養歸。」「雍正八年，朝廷以蘇松水道淤塞，大發帑金，開濬吴松江故道，復請助銀三萬，世宗憲皇帝嘉獎，特授太僕寺少卿。年七十三卒。」《國朝松江詩鈔》卷二十六：「張棠，字南映，號吟樵。……以貢充教習。康熙丙子舉人，例授清吏司員外，改刑部，出知桂林府。乞養歸。」

丁丑（一六九七年），康熙三十六年，十五歲。從南洲徐先生遊，應童子試，不利。

戊寅（一六九八年），康熙三十七年，十六歲。補婁學博士弟子員。

張夢鰲《雲間張氏族譜大木行述》云：「戊寅，年十六，磁州張公科試，遂受知，補婁學博士弟子員。」

張夢徵出生。夢徵，維煦長子。

《國朝松江詩鈔》卷二十九云：張夢徵，康熙甲午舉人。又《松江府志》卷五十八《張夢徵傳》云：張夢徵，年十七舉於鄉。則上溯十七歲，正是戊寅。

己卯（一六九九年），康熙三十八年，十七歲。參加鄉闈。

張夢鰲《雲間張氏族譜大木行述》云：「己卯，鄉闈後，肆力讀書，自南華、楚騷、史漢及李杜韓歐諸集，無不徧覽。」

庚辰（一七〇〇年），參加陽城張公歲科，列優等。

辛巳（一七〇一年），參加陽城張公歲科，列優等。

張夢鰲《雲間張氏族譜大木行述》云：「庚辰、辛巳，陽城張公歲科兩試，並列優等。」

壬午（一七〇二年），康熙四十一年，二十歲。春二月，偕繆謨初遊杭州西溪，訪法華山翠峰庵。

事見《澹吟樓詩鈔》卷九，《雪夜偶憶翠峰庵》詩。張梁於詩中記載：「余自康熙壬午春踽雪訪之，以後時相往來。迨余癸巳入都，丁酉南還後，復至西溪，而師已示寂矣。」按，張梁之所以多次往返西溪，是因其兄時已移居在西溪，並建有數間別業，他在《西溪觀梅雜言》一詩中云：「吾兄雅好事，於焉構數椽。我來二月杪，兩槳挐雲煙。」而這一次，是因爲「家兄營別業於杭之西溪，時初落成，偕雪莊遊止」（見《澹吟樓詩鈔》卷七）。其兄的這一處別業，據王昶《湖海詩傳》卷一記載：「本高文恪公竹憁，在杭州西溪，是梅竹最深處，每年上元之後，輒往探梅，直到雜花俱謝，緑陰如幄，乃歸。過中秋復往看秋山紅葉，歲以爲常。」

八月，是年秋試，張梁、張維煦中舉。

《江南通志·選舉志》卷一百三十三「舉人」條下，康熙四十一年壬午科舉人，共録取八十三人，妻縣人張梁列第二十六名。按，清朝科舉體制，鄉試例在八月，故名「秋試」。

關於這次秋試，張夢鰲《雲間張氏族譜大木行述》有一細節記録：「壬午鄉試，聖祖仁皇帝特恩設官字號南闈，主司爲吏部文選司郎中福山陳公、工科給事中興化黃公。陳公性極剛正，慮官卷中或有請托者，親自檢閱，然後分房。得府君卷，擊節歎賞，謂民卷中亦不易得，遂與伯父珠巖公同榜獲雋。府君房師爲碭山令邵武黃公也。」

癸未（一七〇三年），康熙四十二年，二十一歲。春，鄉試，不第。夏七月，長兄棄世。

張夢鰲《雲間張氏族譜大木行述》云：「壬午夏，曼園公罷官南歸，迎之吴門。旋入都會試比，癸未夏抵家。而曼園公即於七月棄世。府君哭之慟，鼻中出血無數。」

甲申（一七〇四年），康熙四十三年，二十二歲。娶妻戴氏。

張夢鰲《雲間張氏族譜大木行述》云：「府君年二十二娶先妣戴孺人，素有心痛疾，每發，輒困頓累日，故艱於生育，而壽亦不永，年四十五即卒。」

丙戌（一七〇六年），康熙四十五年，二十四歲。再試春官，又不第。

張夢鰲《雲間張氏族譜大木行述》云：「癸未、丙戌，兩試春官，俱不第。」

丁亥（一七〇七年），康熙四十六年，二十五歲。春，偕母錢氏遊西溪。

張夢鰲《雲間張氏族譜大木行述》云：「嘗於杭之西溪典一莊，中爲尋樂堂，繞屋古梅數百樹，左有海棠，右有玉蘭，皆拔地數十丈。丁亥春，府君奉太夫人盤桓三匝月，太夫人嘗言：我生平樂境，惟此爲最。」

是年，經焦袁熹紹介，結識潘牧園，賦《高陽臺》。

時焦袁熹四十七歲，潘牧園已過七十歲。按，張梁《高陽臺》詞，專記這一次相識，其序中有云：

「牧園潘君，詩窮酒狂，忤俗淪落。歲丁亥與予交，年已遠七十，後五年而下世。追憶接膝聯吟，光景猶在，己丑秋同香林，繆謨詠芭蕉而止。」丁亥始，己丑終，則兩人相交僅得兩三年，從詞中的情緒和筆觸來看，二人交誼遠去，但依然別久彌新，顯見潘氏的人格魅力，給張梁留下了較深的印象，更可見出張梁的性情特質：對朋友之間的友情，十分珍重。

戊子（一七〇八年），康熙四十七年，二十六歲。秋，生母錢氏患痢。

張夢鰲《雲間張氏族譜大木行述》云：「戊子秋，太夫人患痢後，須服人參，而以府君力薄，不肯多服。府君乃潛購數兩，用京綿紙封固，令先伯父竺西公家人送進，云是京師寄歸者，太夫人大喜，服之。」

己丑（一七〇九年），康熙四十八年，二十七歲。三試春官，又不第。

張夢鰲《雲間張氏族譜大木行述》云：「府君卷爲翰撰毗陵黃公所薦，大總裁安溪李文貞公，閱至二場表文，極加歎賞。以三場卷有微疵，又不獲售。而府君怡然不以介懷，但益自淬勵，期於必得。」

秋，姪張照登第。

張夢鰲《雲間張氏族譜大木行述》云：「己丑，文敏登第，而府君見遺。」

《松江府志》卷五十八《張照傳》云：「康熙四十七年領順天鄉薦，明年，成進士，選庶吉士，授檢討。」

辛卯（一七一一年），康熙五十年，二十九歲。正月，生母錢氏身故。

張夢鰲《雲間張氏族譜大木行述》云：「庚寅冬，太夫人患肺疾。……府君潛刺臂血，書疏，願減己禄位年壽，以延親筭，於元旦五更拜禱城隍神，冀達穹旻。而病已膏肓，卒以無效屬纊，之後府君哀毀逾禮，幾絶後甦。」

是年偕繆謨再次遊杭州西溪，並向某邵氏賃一莊。

按，張梁《幻花庵詞鈔》卷三收録《醜奴兒》一首，其詞序云：「杭之法華山後，地名西溪，梅花最盛。予昔賃一莊於邵氏，後爲富家贖去。閲七年，戊戌冬復過之，見堂已圮壞，花竹摧殘殆半，書此於壁。」「閲七年」即「歷七年」、「越七年」，戊戌年爲康熙五十七年，上推七年則是正是本年。

又按，張梁在《西溪觀梅雜言》一詩中云：「吾兄來遊幾年矣，吾兄終是功名士。小弟平生志趣卑，便思築室老於此。」這或是他向邵氏租屋的原由。

癸巳（一七一三年），康熙五十二年，三十一歲。成進士。

按，《江南通志·選舉志》卷一百二十四「進士」條下載，「癸巳科王敬銘榜」中，婁縣人張梁名列第三。所謂「癸巳科王敬銘榜」，即該年的進士發榜，其第一名爲王敬銘，每榜例以頭名爲號稱之。《國朝詩人徵略初編》卷廿一云：「張梁，清江蘇婁縣人，字大木，一字奕山，自號幻花居士。康熙五十二年進士，充武英殿纂修官。後乞假歸，不再仕進。與友朋以詩酒爲樂。工琴。有《澹吟樓詩鈔》、《幻花庵詞鈔》。」

夏，五月，乘舟離鄉，赴京，充武英殿纂修官，官行人司行人。以教習留京。

張梁行前，賦《渡江雲·別友》、《渡江雲·別内》、《齊天樂·別焦袁熹》三詞，及七律《將入都留別諸同學》、五律《入都別親友》二詩。

按，《幻花庵詞鈔》卷一，録《渡江雲》詞，其詞序云：「頻歲與二三知己，相聚於研真閣雙杉之下，言笑靡間。癸巳夏，將赴公車，重以諸君子失意之後，益增黯然，賦此留別。」是赴京之時在是年夏日。而從該詞中的「素心歡正洽，楊柳河橋，惆悵引離樽」，「君只看、一帆風飽，吹入隔江雲」這樣的描述來看，張梁應該是乘坐官家的船隻進京的。

張梁别鄉赴京，專門給焦袁熹賦一詞，顯然焦袁熹在張梁的心目中遠勝於他的塾師。

在京，與杜詔、顧衡文（顧貞觀弟）等相識相交。

按，張梁在京，擔任纂修官，與杜詔爲同事，因是相熟相交，詞集中有很多作品或與之唱和，或與之贈答，或與之雅集，是張梁的重要詞友。顧衡文則因爲與杜詔是同鄉關係，所以由杜詔引薦而相識。張梁《渡江雲》有編注云：「一夕，杜庶常杜詔偕一客籠燈過余，曰：我友讀君作，至『年華草長，心事花飛』數語，潸然泣下，曰：『今安得有此作乎，殊移我情。』因以君告，願託素心。問其姓名，則曰：『顧子倚平，明端文公涇陽先生曾孫也。』白鬚飄然，絫欷長歎，後竟以不遇，没於京。故人之感，聊誌於此。倚平名衡文，著有《清琴詞》。杜詔名詔，别號雲川，著有《雲川閣詩詞集》。並無錫人。」自此，在張梁的詞集中「倚平」二字也時有出現，其中杜詔無疑是張梁一生中的重要詞友。

在京期間並與杜詔、陳聶恒及三兄張維煦等結詞社，名噪一時。

《光緒婁縣志·人物志》卷二十六「張梁」條下：「在都時與杜庶常詔、陳大令聶恒、兄維煦等結詞社，名噪一時。」

七夕，與衆詩友在怡園雅集，並因陳聶恒將調宰長寧，作《玉京秋》。

陳聶恒赴任長寧知縣，據史料有數種記録，其一爲張梁《玉京秋》詞，與一干同人雅聚怡園，送陳聶恒之任長寧，詞序記爲於七夕送行，未知年份，但以詞中「他鄉又今夜」句來看，則此次送行之雅集，應在張梁留京之時。其二是查慎行詩，查有七律《送陳秋田赴叙州長寧宰》詩，載於他的《待放集》，是集收詩，起於癸巳正月，盡於六月，查詩排序謹嚴，且詩題十分明了。該詩之後，第九首爲《六月十四夜久雨忽霽小庭涼月如秋五更起坐即事成咏》，第十二首爲《立秋前一夕匠門席上作》、第十三首爲《立秋疊前韻用唐賓常詩作起句》。其三是《四川通志》卷三十一，在「長寧縣知縣」條下記載：「陳聶恒，江南進士，康熙五十三年任。」因此，綜合三種紀録，查詩和張詞，應該是在朋友圈中得知陳聶恒將調任消息後，好友之間的先行恭賀，而正式上任，因人事或其他原因，則是在次年。三種紀録，都不應該存在錯誤。

陳聶恒爲張梁重要詞友，也是京都詞社的發起人之一，此次雅集，很可能就是詞社活動之一，以佳節、京城、雅集、送行爲關鍵詞，諒此次聚會有一定規模。

秋八月，在京參加會試，得中進士，列二甲。

張夢鰲《雲間張氏族譜大木行述》云：「壬辰以内艱不赴試。癸巳服闋，恭逢聖祖仁皇帝六十萬壽開科，二月鄉試，八月會試，府君遂於五月北上。是科總裁爲太倉相國王公、華亭相國王丈恭公、閣學歸安沈公、少司馬南部李公。府君卷在黄平曹公房。」「廷對時，府君卷已列進呈，爲忌者所擠，遂列二甲。」

甲午（一七一四年），康熙五十三年，三十二歲。人日，雅集。分賦，作《傾杯樂》。

按，是年人日，作者與杜詔、顧衡文、張維煦四人雅集，分賦疑用「甲午人日」四字，作者分得「甲」字，賦《傾杯樂》。

四月，家眷至京。

按，《幻花庵詞鈔》卷二，存《好事近》一首，其序云：「内弟松坡送余眷屬入都，繆謨亦就北闈秋試，聞其將至，走筆往迎，時甲午四月。」北闈者，清代專指順天（今北京）之鄉試，則繆謨應一同前往到京。

張夢徵中舉。

《國朝松江詩鈔》卷二十九：「張夢徵，字鶴來，號東亭，華亭人。康熙甲午舉人，戊戌進士，點庶常，授編修。世宗朝黄河清進賦，欽取第一。己酉廣東主考。」《松江府志》卷五十八《張夢徵傳》：「張夢徵，字鶴來，華亭人，維煦長子。年十七舉於鄉，康熙五十七年進士。入翰林，授編修，直武英殿充纂修《子史精華》、《駢字類編》等書。」則是年十七歲。

繆謨新婚。

按，《好事近》詞爲聯章體，一組五首，其二之尾注云：「時繆謨新婚。」

秋，繆謨北闈秋試，則其時已在北京。

乙未（一七一五年），康熙五十四年，三十三歲。秋，送同館樓儼赴任桂林，任靈川縣知縣，作《瀟湘夜雨》。

按，樓儼也是張梁的重要詞友，先張梁到京，任館臣。據《江西通志》卷四十八秩官三卷，「按察使」條下所列之樓儼，其籍貫項云：「浙江餘姚籍，江南婁縣人。」通常都認爲樓儼是浙江人，疑祖籍浙江，遷居婁縣，因此與張梁相交甚深。

又按，樓儼任靈川縣知縣事，據《廣西通志》卷五十七記載，樓儼於康熙五十四年任靈川縣知縣。

年底，沈涵告老還鄉，作《送閣學沈坐師歸苕溪》送之。

按，考當時内閣學士姓沈，張梁可稱爲坐師，且爲苕溪邊屬籍者，惟沈涵一人。沈涵，生卒年未詳，《浙江通志》記其爲歸安人，又記爲德清人，正苕溪邊。《詞林典故》謂：浙江歸安人沈涵，康熙十五年丙辰科進士，則應是張梁父輩人物。

又按，是詩列於《次韻和鈞灘先生怡園看杏花》前，《寒夜即事》後，故應是在乙未丙申之交，按常理，應該不會在乙未除夕之後，故繫於本年年底。

丙申（一七一六年），康熙五十五年，三十四歲。九月初九，有恙。

《澹吟樓詩鈔》卷七，有《重陽後十日同人小集寓齋》詩，詩後注云：「九日諸公會陶然亭，有『賦得陶然共醉菊花杯』之作，於病不及與。」檢該詩前有《次韻和釣灘先生怡園看杏花，有懷徐編修壇長之作，時徐分校禮闈》一首，而張梁癸巳進士及第後，朝廷會試惟丙申才有，所以該重陽當繫於本年。

九月十九，在家中邀同人小集。時寓居於順城門外。

小集事見前。又按，《澹吟樓詩鈔》卷十一，有七絶《題坳堂親家翁秦山秋興圖》，詩後注云：「圖成於丙申秋，時予寓順城門外，周通政囿西庭中，頗蒔花木。」

除夕夜飲，作《水調歌頭》五首。

按，該組詞應是一時之作，其第一首詞序云：「丙申除夜，與家慎旃飲，醉中走筆，不知詞之所之。」其一有「故山此際應好」句，則顯見其時猶在京都，未歸。

丁酉（一七一七年），康熙五十六年，三十五歲。三月五日，與同年飲於凝園。

《澹吟樓詩鈔》卷七，有七言律《又三月五日與同年飲凝園花下》。是詩列丙申重陽小集後，且之後張梁在京惟此一三月五日，故可繫於此。題云「又」，不解。

是年五月離京返鄉。

張夢鼇《雲間張氏族譜大木行述》云：「念年近四十，尚未有子，乃於丁酉五月告歸。」

按，繆謨《雪莊詞》有《一枝春》詞一首，作於次年（戊戌），其序云：「戊戌奉和幻花盆梅之詠。予與幻花同客京邸者二冬春，昨歲先後歸里，吟窓歡笑，情見乎詞。」可見張梁應於是年別京還鄉。但繆謨抵京，在甲午四月，至丁酉已是三年，此處謂「二冬春」，有疑。

戊戌（一七一八年），康熙五十七年，三十六歲。冬，遊杭州西溪，書《醜奴兒》詞於壁。

按，張梁有《江城子·自板橋關至西溪容川兄山莊，同繆謨賦》詞，未注年月，或可繫於是年所作。

又按，張梁《幻花庵詞鈔》卷三收録《醜奴兒》一首，其詞序云：「戊戌冬復過之，見堂已圮壞，花竹摧殘殆半，書此於壁。」

張夢徵進士，入翰林。

己亥（一七一九年），康熙五十八年，三十七歲。與雙柑先生捐資建育嬰堂。

張夢鼇《雲間張氏族譜大木行述》云：「（張梁）常念松郡育嬰堂，自王太史椒圃先生舉行後，未有繼者，貧民多溺其子女，慘不可言，乃於己亥年，與雙柑先生共謀，復舉首捐貲建堂。白龍潭側遺孩全活甚多。」

庚子（一七二〇年），康熙五十九年，三十八歲。從子張照三十歲，作《寄壽從子得天三十初度》。

該詩中有云：「吾纔長八齡，與子若雁行。」

庚子，長子張夢鼇出生。嗣後連舉六子四女，其中二、五、六三子早殤。

張夢鼇《雲間張氏族譜大木行述》云：「庚子以後，連舉不孝夢鼇等。」「府君於庚子始生不孝夢鼇。嗣後連舉六子四女，而二弟、五弟俱三歲即殤，六弟已年十四，府君極愛憐之，其殤也，尤深痛悼，有七律五首哭之。」

《松江府志·張梁傳》云：「子夢鼇，字巨來，工詩文，有《乃吾廬詩詞鈔》。」《國朝松江詩鈔》卷三十八：「張夢鼇，字巨來，號海客，青浦籍進士。梁長子，邑諸生。幼工詩詞，晚年喪子，身後詩稿散失。」

張夢鼇子嗣。

《國朝松江詩鈔》：「張雅宗，字習之，青浦人。夢鼇子，諸生，早卒。著《操縵居詩鈔》。」

辛丑（一七二一年），康熙六十年，三十九歲。

姪夢喈出生。夢喈，字鳳于，號玉壘，又號知止居士、遯亭山人，張維煦子。

《清代松江府文學世家述考·張夢喈世家》云：「乾隆五十九年冬十月，年七十四卒。」則應生於是年。又按，《婁縣續志》卷十六載：「張夢喈，字鳳于，父維煦，兄夢徵，並有傳。……年七十四卒。次子興載以廩貢官新陽訓導。」王鼎《遜亭山人傳略》：「晚號遜亭山人。」生於京城「繩匠胡同之岸舫齋……生母徐太安人。」「乾隆五十九年十月二十八日，終於園西之知止廬。先兩日，聞第四子入泮，信爲一開顔，曰：『吾自今可稱知止居士矣。享年七十有四，子七。』」

送樓儼之任廣州，作《讀樓君敬思背子嶺紀事賦贈，兼送之任廣州》七律二首。

按，《廣東通志》卷二十九載：康熙六十年，浙江餘姚人，監生樓儼任順德知縣。則該詩可繫於是年。

又按，詩中有云：「送君我亦蹤無定，前日離筵在軟塵。」又特作尾注云：「時余初自京歸。」而其時張梁回鄉，其實已經三年多，三年多還説「初自京歸」，還説「蹤無定」，還説是「前日」，以如此之情緒表達，可見至少在這時，張梁之潛意識中，尚還有比較强烈的再度復出、重歸仕途之念頭。

爲王君題小照，作《漫書二絶》。

張梁之仕途之志，仍是舊時「達則兼濟天下」，該二絶以詩中時間叙述推之，也應是此時。其詩有序云：「敏亭王君精醫理，年已五旬，以小照索題。與余二十餘歲時，貌適相似，撫册感歎，漫書二絶。」其第二首詩：「紅輪難返魯陽戈，四十無聞歎奈何。宰相已知非我事，羨他隻手活人多。」最能證明「至少在這時，張梁之潛意識中，尚還有比較强烈的再度復出、重歸仕途之念頭」，其雄心壯志，可見一斑。

壬寅（一七二二年），康熙六十一年，四十歲。西溪山莊鼓《鶴舞洞天曲》，二鶴起舞。

《澹吟樓詩鈔》卷十四有《自題彈琴鶴舞圖》二首七絶，其尾注云：「昔在西溪山莊彈《鶴舞洞天曲》，二鶴交舞，康熙再壬寅歲也。予年方四十，距今二十八年矣。」

甲辰(一七二四年),雍正二年,四十二歲。卜居朱家角鎮。購入席氏廢園,春,重建爲張氏莊園。賦《壺中天》。

按,《幻花庵詞鈔》卷四有《壺中天》一首,其序云:「雍正甲辰,卜居朱家角鎮」,當時接盤澱湖之涘「席氏廢園,少加修葺」,尤其種植了很多樹木,有松、梅、桃、桂、柳及竹子。並賦《小重山》一組六首詞,分别記載種樹之樂。

本詞唱和,焦袁熹有《壺中天·和奕山遷居朱家角之作》,繆謨有《壺中天·和幻花移居朱家角,用花菴自題玉林韻》。

又按,張梁有組詩《自題新居十二首》,其新居各處,俱已命名,曰其客堂爲「保閒堂」,匾額其上,《婁縣志》已記載;主樓爲「澹吟樓」,其詩集即以此爲名,謂《澹吟樓詩鈔》;其園爲「學圃居」,繆謨和張梁《壺中天》詞,其序云「和幻花自題『學圃居』」;另有「叢桂讀書堂」、「嵐光塔影書樓」和「書巢」,疑爲其讀書處、藏書樓;名其卧室爲「枕流」;名朋友雅集處爲「風漪草堂」,另有「鶴徑」、「花陰館」、「藕香亭」、「一松齋」等,故新居應有一定規模。

又按,該重建工程,根據張梁所叙之規模,或在三個月以上。而其時張梁另有《甲辰夏日學圃居漫興二首》,係落成後所寫,謂「直教殘暑盡,更浸緑沉瓜」,以此推算,應在是年春天開工。

十一月十二夜,風漪草堂,與繆謨聯句。

此次聯句爲《十八香》詞,「因憶郡齋己亥逼除之集,追悼玉立,爲之黯然」,連日聯句賦詞,達四首。玉立,疑即爲梁清標。梁清標,字玉立,清代著名詞人。

乙巳(一七二五年),雍正三年,四十三歲。第三子張三燮出生。

《松江府志》卷五十八云:「三燮,貴州羅斛州判,卒於貴陽,子孫因家焉。」

丙午（一七二六年），雍正四年，四十四歲。二月末，杜詔過訪，時已闊别三年。賦《壺中天・余與杜詔别三年矣》。

《壺中天》序云：「余與杜詔别三年矣，聞游秦中，音問闊隔，思之甚，至形於夢寐。丙午二月之杪，忽蒙扁舟枉過邨居，剪燈話舊，欵洽方深，時以就館白門，匆匆别去，約共賦此解。是歲春寒特甚，小園梅花始放。」

丁未（一七二七年），雍正五年，四十五歲。八月廿九，與繆謨、周本賞桂聯句。賦《念奴嬌》。

是詞序云「丁未八月廿九日，賞桂聯句」，聯句三人，詞中記爲：梁、謨、本，即張梁、繆謨及與繆謨同授業於焦袁熹的周本，周本，字莘賢，張梁詞中稱其爲「心涵」，或是周本之號。《婁縣志》説他「與謨同以詩文名」，應也是婁縣人。

又按，張梁另有《憶故人》茶詞一首，有尾注云：「碧螺，東山峰名，周子心涵居其下，余每從購此茶，山中亦絶少也。」可知「心涵」姓周，而其後四飲之《天香》詞，原序本無名姓，王昶編《琴畫樓詞鈔》時添「與雪莊、心涵各賦一闋」一句，故可知聯句中「本」即周本。

九月二日，與繆謨、周本，連續四天飲於花下，各賦《天香》一闋。

九月三日，與繆謨、周本，連續五天飲於花下，並聯句賦《小庭花》二首。

這場雅聚，雖僅三人，但自八月廿九起，至九月三日止，連續五天，也算盡興。其時，張梁「久病，連夕醉吟樂甚，不覺頓減」（見張梁《天香》詞之尾注）。

己酉（一七二九年），雍正七年，四十七歲。孟秋，爲焦袁熹《樂府妙聲選》作序。人日，杜詔過訪。

此次杜詔來訪，帶來其新作的詩若干，並與張梁即席同賦《太常引》。

二月十七夜對月，懷繆謨，賦《壺中天》。

當時繆謨出行有日，有消息謂將於二月二十日回，故有此詠。事見詞尾注。

春分前二日，顧成天、繆謨同過郇居。疊前韻賦《壺中天》。

是詞序云：「春分前二日，小厓、雪莊同過郇居，慎旃先期至，亦用前韻，有即事兼贈小厓之作。小厓用東坡韻賦此調，再疊前韻，並和二詞。」按，小厓，即顧天成，字良哉，號小厓。有《離騷解》、《金管集》、《東浦草堂文集》。亦爲婁縣人，《江南通志·選舉志》卷一百二十四所載庚午年進士中，其籍为婁縣，張梁詩中多稱其爲「顧二小厓」，則其家中排行第二。慎旃，疑即孫岵瞻，按，孫岵瞻，字慎旃，清江苏吴县人。有《艷雪詞》、《聞籟閣集》。

清明前一日，和周本韻賦《蝶戀花》。

三月廿六是亡婦忌日。賦《木蘭花慢》。

和心涵三月三十日作，初八日立夏，賦《西江月》。

庚戌（一七三〇年），雍正八年，四十八歲。元宵後數日，以白石韻，賦《暗香》、《疏影》二詞。

張梁性愛梅，故所居處多植梅樹，是歲花正繁，又值浹旬風雨，落燈後數日，適晚來稍晴，繆謨相偕，羣從至澱山湖雅集，詠梅，約用白石韻，各賦《暗香》、《疏影》一闋。

壬子（一七三二年），雍正十年，五十歲。是年生日，大病一場，痊愈後，鬚髮俱白，絶意仕途。

按，張梁長律《七十生辰感懷》，有注云：「予自五十生辰一病後，遂絶意仕途。」蓋古人小病曰疾，重疾曰病。

張夢鰲《雲間張氏族譜大木行述》云：「府君於壬子大病後，鬚髮盡白，而頤養得宜，精神較勝。」

癸丑（一七三三年），雍正十一年，五十一歲。冬，請友人陸爰琴作雪梅小照，不肖，存覽未裱。

按，張梁庚午年有古風「小園種梅不肯盛」一首，提及十八年前曾請友人作雪梅小照，時「南浦師（蔡注：即焦袁熹）暨同學繆謨各有題句」，後因所作寫真與本人形貌不像，故未予裝裱。

又按，此後丙寅歲，張梁有七絶《檢得此木軒師及雪莊爲余題照詩稾感賦》一首，云「屈指流光十二年，詩翁畫叟盡黄泉」，並注云：「圖爲陸子爰琴所寫。」

夏，疫癘大作，虔施藥餌。

張夢鰲《雲間張氏族譜大木行述》云：「雍正壬子歲祲，癸丑疫癘大作，府君租税所入，不足供薪水，然猶虔施藥餌。雖盛暑，必肅衣冠，焚香禮佛，誦大悲咒及佛號數千遍，以故病者得藥輒愈。」

乙卯（一七三五年），雍正十三年，五十三歲。十月，杜詔、吕裕昆來訪，小住數日。

《澹吟樓詩鈔》卷九，收録五律《乙卯小春，杜五雲川同吕子裕昆過訪》二首，其二謂「五年一相見」，應是指前一次己酉人日杜詔來訪。按，杜詔，今但録其字，而無號，疑「雲川」爲其號，其齋號則爲「雲川閣」，故其詞集名《雲川閣集詞》。又按，丁紹儀《聽秋聲館詞話》「杜詔詞」條下云：「吾邑杜雲川太史詔，先以監生膺薦，食七品俸。預輯《歷代詩餘》，蒙恩賜進士。復與諸詞臣纂修《詞譜》，逮授庶吉士，即乞養歸。生平恬退寡營，少時從顧梁汾、嚴藕漁兩先生遊，故其詞如水碧金膏，纖塵不染。」

杜詔此次來訪，小住數日，見張梁七律《連日雲川填詞數闋，雪莊賦七律爲贈，次韻和之》。

是年，長子夢鰲，以背經入青浦縣學。

張夢鰲《雲間張氏族譜大木行述》云：「乙卯，不孝夢鰲以背經入青浦縣學。壬戌，不孝繼昺繼之。甲子，不孝三變亦入青庠。」

丙辰（一七三六年），乾隆元年，五十四歲。仲夏，焦袁熹卒，享年七十六歲。賦《金縷曲》三闋。

焦袁熹並非張梁塾師，但或因繆謨從焦氏遊，故向慕已久，「予年二十鄉舉後，始離家塾，得往受業」，從此亦師亦兄，「師弟契，幾生結」。焦袁熹應在是年三月已病，「予往問疾以三月晦日」，仲夏終成長別。張梁賦《金縷曲》三首爲悼，「乾隆丙辰仲夏，徵君夫子棄吾黨後，中心悲塞，未吐一辭，迹見及門，有作此調者，因次其韻三首，然不能寫萬一也」。

另，《松江府志·焦袁熹傳》據《金山志》曰：「年七十六卒，門人私謚曰『孝文』。」

十月廿三日，第六子出生。

張梁子嗣目前無考，其詩詞中幾無涉及，惟《澹吟樓詩鈔》卷十三，有七律組詩《歲暮追念幼兒不已，哭之五首》，其第五首有「父子恩深十四年，題成壙誌淚潸然」句，並夾注云：「兒生以丙辰十月廿三日，歿以己巳八月十五日。」是詩尾注又云：「臨終脈已絶，而神甚清，囑以一心念佛，即應口念兩聲，泊然右脅而逝，似有夙根者。」按，右脅，即「右脅卧」，是佛弟子比丘的一種正規的標準睡姿：右脅向下，兩足相疊，以右手爲枕，伸直左手，輕放於身上。按，張梁長子夢鰲《雲間張氏族譜大木行述》多次謂梁「連舉」：「庚子以後，連舉不孝夢鰲等。」「府君於庚子始生不孝夢鰲。嗣後連舉六子四女，而二弟、五弟俱三歲即殤，六弟已年十四，府君極愛憐之，其殤也，尤深痛悼，有七律五首哭之。」但夢鰲於一七二〇年出生，如果幼子於是年出生，相隔達十六年，與「連舉」不合，且是年梁已近花甲，疑有誤。

己未（一七三九年），乾隆四年，五十七歲。五月，王孟亭來訪。

下榻邨居，同鶴來姪用王中仙韻，作《掃花遊》。時王孟亭好友袁枚廿四歲。

重陽，橫雲小集，坳堂分韻，得「高」字，作古風一篇。

庚申（一七四〇年），乾隆五年，五十八歲。朝廷設立律吕館。

繆謨被刑部尚書張照（張梁之姪）推薦，入律吕館，參與《律吕正義》之編寫。

辛酉（一七四一年），乾隆六年，五十九歲。七月，張照官少司寇，還里省親，作七律長句二首。

《澹吟樓詩鈔》卷十一載：「從子得天官少司寇，恩假省親還里，七月十六日過余，邨居夜話，别期在即，老懷難禁，率成長句二首。」張梁詩中有「十八年來一夕談」句，自注云「甲辰至是歲辛酉」，故繫於此。

顧成天七十歲生辰，張照五十歲生日，各作七律相賀。

見《澹吟樓詩鈔》卷十，《壽顧侍講小厓七十》、《次韻和從子得天五十生朝漫成》。按，兩詩前後僅隔一首，顧成天生年無考，以此推算，應是一六七一年。

壬戌（一七四二年），乾隆七年，六十歲。爲《秦山秋興圖》題簽七絶一首。

該圖詩後注云，作於丙申年，詩中有「二十六年俄轉眼，當時相對説家山」句，推其年月，應繫於此。

是年，四子繼昺入青浦縣學。

九月，家宴於橫雲山莊，慶作者六十大壽。

按，此事見「天風吹桂棹」詩，其序中有「余六十生辰也，是歲，兒曾以秋暑未退，約親友於九月十六日，集橫雲山莊」。

癸亥（一七四三年），乾隆八年，六十一歲。好友周本作「後六十年第一日相祝」者，作七律《癸亥元旦》詩。

按，該詩前三首，均記周本相與度歲事：二首七絶記「周大碧螺冰阻瀫湖，過舍度歲」，一首七律記「除夕邀碧螺同賦」。則張梁所居之朱家角居所，應在澱湖邊，或其出行主要途徑亦爲水路。

除夕，作七律《癸亥除夕》紀之。

甲子（一七四四年），乾隆九年，六十二歲。元旦，作《甲子元旦》七律以紀。

年初，顧成天來，盤桓經月。

事見《澹吟樓詩鈔》卷十一，謂：「穀日，賀歲入郡，小匡適來爲二家兄療疾，盤桓經月，晨夕晤對。」按，穀日，正月初八，俗謂此日爲穀神生日。

十二月丁未，兄張彙病故。

按，張梁次兄張彙，是年染疾，《清史稿·張照傳》云：「九年十二月，父彙卒於家。照方有疾，十年正月，奔喪，上勉令節哀，毋致毀瘠。至徐州，卒。加太子太保、吏部尚書，謚文敏。」《雲間張氏族譜張彙行述》云：「乾隆九年冬十有二月丁未，遘疾，卒於里第。」顧成天《雲間張氏族譜張彙行述》云：「容川張公以乾隆九年冬十有二月丁未遘疾，卒於里第。」「卒距其生康熙丁未，壽七十有八。」

是年，三子三夔入青浦縣學，時年十九歲。

乙丑（一七四五年），乾隆十年，六十三歲。正月，張照於奔喪途中病重身故於宿遷。張梁患頭眩症。

張夢鰲《雲間張氏族譜大木行述》云：「春，文敏奔喪南回，卒於中途。府君以兩次悲慟，遂得頭眩症。」

《松江府志·張照傳》：「（乾隆九年）十月隨駕翰林院，忽嘔血，並蒙慰問，賜醫藥調理。明年正月丁父憂，歸，卒於宿遷途次，年五十五。上聞憫悼，贈太子太保、吏部尚書，賜祭葬，謚文敏。」

丙寅(一七四六年),乾隆十一年,六十四歲。元旦,作七言律詩《丙寅元旦》紀之。

八月廿六日,周本過訪,賦《桂枝香》詞。

是詞序云:「丙寅八月廿六日,碧螺居士心涵重過小園,桂花初放,偕則所飲酒賦詩,樂甚,用玉田韻」。

小年夜,作《丙寅小除》五律一首。

詩云:「五日句芒宰,重裘覺已暄。……衰翁六十四,安穩荷天恩。」可見張梁時雖過六旬,但體質硬朗,身體康健。

姪三燮娶姚氏。

丁卯(一七四七年),乾隆十二年,六十五歲。元旦,作五律一首記之。

戊辰(一七四八年),乾隆十三年,六十六歲。黄之雋八十壽辰,張梁集杜少陵句,得五律六首以賀。

黄之雋(一六六八—一七四八),江南華亭人,原籍安徽休寧。初名兆森,字若木、石牧,號(广吾)堂,晚號石翁、老牧。康熙六十年(辛丑)進士。歷任庶堂、翰林院編修、福建督學、右中允、左中允等,後被革職。曾參與重修《明史》,革職後曾應聘纂修江浙兩省通志,任《江南通志》總裁。按,今日集句乃屬兒戲,昔時集句則是腹笥考量,一氣六律,足見張梁之詩學底蘊。

三月十六日,周本偕錢汝誠過訪,别後見投元韻。

钱汝诚(一七二二—一七七九),字立之,號東麓,浙江嘉興人。清官員,官至刑部左侍郎。

四月十五日,作一百十二行長詩,古風《紀異》。

是詩題序紀云「乾隆十三年四月十五日」,完整記録一次「無知民」的搶米事件。

己巳(一七四九年),乾隆十四年,六十七歲。年初繆謨過世,享年八十二歲。

《澹吟樓詩鈔》卷十三有《正月十一日葬雪莊於神山之陰,立石以誌其墓。感賦》七律二首,知繆謨過世之月，該詩之後爲答繆謨同學周本之七律，有句云「目送歸舟耿别魂」，後夾注云「去年三月十六日」，是知此三首詩均在己巳年，則繆謨之故世之日，以當時時令氣候，及江南舊俗停靈時間爲三日、五日、七日計，最可能在己巳年正月初四或初六。

繆謨爲張梁摯友，因「性最落拓，不事家人産」，所以長期居於張家，張夢鼇《雲間張氏族譜大木行述》謂張梁「延諸家塾，命不孝輩受業焉」，也是張梁三子之業師。（據《雲間張氏族譜大木行述》：「不孝輩業師，茂才碧螺周先生。」）

八月十五，張以燕（第六子）病逝。

《澹吟樓詩鈔》卷十三，七律組詩《歲暮追念幼兒不已，哭之五首》夾注云：「兒生以丙辰十月廿三日，殁以己巳八月十五日。」

張夢鼇《雲間張氏族譜大木行述》云：「六弟已年十四，府君極愛憐之，其殤也，尤深痛悼，有七律五首哭之。」

庚午（一七五〇年），乾隆十五年，六十八歲。正月十五，作《壽環溪老人九十》。

環溪老人無考，應是同鄉人。詩後張梁有一長注，云十年前老人重病，幾殆，其孫夢一道者送藥，晨醒，果於案上獲之。其時老人已水漿不能下，化而服之，霍然遂愈。自後精力如常，「此老人親告我者」。

二月初三，作七律《壽顧侍講小厓八十》。

按，顧小厓，即顧成天，其號小厓。十年前有七十壽詩。

春，作古風《題謝荻灘詩箋後》。

是詩云：「昔我聞此詩，康熙歲丙申。我年三十四，旅食京華塵。」又云：「今我見此詩，乾隆庚午春。我年六十八，屈指一倍均。」故繫於此。

初秋，友人王南石爲寫真，再作小照，「見者皆稱神似」。

張梁爲此專門作詩以紀，有五絶《自題雪梅小照》二首，及古風二首，古風「小園種梅不肯盛」一首之序云：「雍正癸丑倩友作雪梅小照，南浦師暨同學繆謨各有題句，而貌不甚肖，未付裝潢。乾隆庚午，遇王君南石，爲余重寫之。見者皆稱神似，蓋相距十八年矣。師友俱作古人。」按，序中王君南，即清代著名畫家王岡，君南爲其號。張大千稱爲大哥的李祖韓先生，嘗與葉恭綽先生談曹雪芹畫像事，在致葉先生一函中，專門提及王岡爲曹雪芹寫真事，其中關於王岡一節，云：「此《獨坐幽篁圖》小像，乃王南石爲雪芹所繪者」（録自《藏書網》https://m.99lib.net/book/943/27863.html）。王岡生平，據《畫史匯傳》載：「王岡，字南石，號旅雪山人，南匯人，黄本復弟子，工花卉、人物，並善寫真後出己意，寫生入妙，蟲魚尤生動。康熙丁巳生，乾隆庚寅卒，年七十有四。」

按，關於該畫像之造型，張梁另有《自題小像》詩，云：「騎驢孟浩然，放鶴林和靖。誰飾此陋姿，緋衣立花徑。一手掐數珠，一手撚霜髭。何曾會唸佛，亦不解吟詩。身著不織衣，口喫不耕飯。五十有一年，悠悠跡空溷。」數珠，即念珠，佛教徒誦經時用其攝心計數，故名。其造型頗有仙風道骨，超然世外之感。

又按，張梁又有「豐穰實天運」詩，序云：「去年，王君南石爲余作雪梅小照，時方初秋，天氣悽凜。」則可知其小照雖名爲「雪梅小照」，但寫成時間尚是初秋時光，圖中雖然有「數珠老樹雪模糊，散點梅花疏復密」的環境描摹，亦祇是虛構而已。

除夕，作七律《庚午除夕》。

是詩尾聯云：「惟有現前安樂法，夜能酣睡晝加餐。」其身、心健康狀態頗佳。

辛未（一七五一年），乾隆十六年，六十九歲。元旦，作《辛未元旦，用慕廬先生韻》。

夏日，王南石復爲作「豐年圖」。

張梁「小園種梅不肯盛」詩中，因有「請君更畫豐年圖」句，是年夏，友人王南石復爲之作圖，因作「豐穰實天運」詩。

夏秋之際，患瘍疾，調治兩月方痊可。

張夢鰲《雲間張氏族譜大木行述》云：「夏秋之際，患瘍疾，酷暑中，調治兩月方得痊可，氣血遂憊。」

除夕，作七律《辛未除夕》。

壬申（一七五二年），乾隆十七年，七十歲。元旦，作七律《壬申元旦》。

除夕，作七律《壬申除夕》。

癸酉（一七五三年），乾隆十八年，七十一歲。元旦，作七律《癸酉元旦》二首。

二月，頭眩大作。

八月，又患右股麻木，時吐涎沫，精神又大減。

以上均見張夢鰲《雲間張氏族譜大木行述》。

除夕，作五律《癸酉除夕》。

甲戌（一七五四年），乾隆十九年，七十二歲。元旦，作七律《甲戌元旦》。

除夕，作七律《甲戌除夕》。

乙亥（一七五五年），乾隆二十年，七十三歲。元旦，作七律《乙亥元旦》。

冬，十二月廿六，黄昏進粥，忽患嘔噦，痰涎壅滯，徹夜不寧。

除夕，作七律《乙亥除夕》。

丙子(一七五六年),乾隆二十一年,七十四歲。元旦,作五律《丙子元旦》。

正月五日,集陶淵明詩,作《歲交詩》。

其中用「開歲倏五日」句,則此時應尚健在,但其詩集之古風部分,不再有續。本詩亦是其詩集中,今體詩部分的最後一篇。

正月廿一,冒寒,牙疼。

二月初六,始卧床不起。

三月十九,寒顫如瘧。

四月初八,戌時,卒,享年七十四歲。

張夢鰲《雲間張氏族譜大木行述》云:「正月二十一日大雨雪,復冒寒,繼以牙疼,不能飲食,惟以茶和飯,勉進數口。二月初六後,遂卧床食粥,衹一二盞。至三月十九,發寒顫如瘧疾然,旋發呃逆。至四月初八日,遂以不起。」

七月,詩集《澹吟樓詩鈔》付梓開雕。

梁子張夢鰲爲《澹吟樓詩鈔》作序,序云:「先君子於時藝、詩餘皆自爲序,惟詩闕如,故泣綴之以此。乾隆二十一年,歲次丙子七月。」

丁丑(一七五七年),乾隆二十二年。殁後一年,《澹吟樓詩鈔》付刻。

穀雨前一日同郡沈大成爲序,中有「晚歲專修淨土,盡屏諸緣,自編其平生所爲詩」云云,可知其詩集、詞集皆爲生前自行編訂,故其作品編排均甚有序。

張維煦是年過世。

《夢喈傳略》:「丁丑,遭考珠巖公喪。」

張興載出生。興載，張維煦孫，張夢喈子。

《國朝松江詩鈔》卷五十二：「張興載，字坤厚，號晦堂，華亭人。丁酉諸生，由貢署新陽訓導歸，卒。著《寶楔軒詩存》。王芑孫謂其以微婉生情，以駘蕩取致。《詩話》：晦堂幼慧，九歲即能詩。……其伯父東亭太史（按，即張夢徵）激賞之。」

《國朝松江詩鈔》卷五十五：「汪佛珍，休寧籍，華亭別駕張夢喈次室。訓導興載、舉人興鏞之母，著有《貽孫閣詩鈔》。王光禄鳴盛序謂：『女子能詩而得歸詩人者，唐惟吉中孚妻張夫人，元惟傅汝礪妻張氏。若玉壘（按，即張夢喈）之得碩人，則福慧雙修，不在吉中孚、傅汝礪下。』」

（作者單位：杭州師範大學詞體韻律研究所）

黃孝紓未刊手稿《明詞》

李佳傑 録入整理

黃孝紓，字頵士、公渚，號匑厂、匑庵，福建閩縣（今閩侯）人。生於清光緒二十六年（一九〇〇），少治經學，喜考據，精訓詁，工詩賦，亦善書畫。辛亥革命後，隨父隱居青島，一九二四年至上海，應劉承幹之聘主持嘉業堂十年，期間徧讀藏書。後於山東大學中文系任教授，與馮沅君、陸侃如、高亨、蕭滌非合稱「五嶽」，又與劉師培、李詳、孫德謙一起被錢基博稱爲「駢文四大家」。一九六四年，卒於濟南。

黃先生邃於詞學，除自作詞集《匑厂詞乙稾》廣受讚譽並被收入《民國名家詞集選刊》以外，尚撰有《詞範》、《清詞紀事》、《中國詞史》、《碧慮簃詞話》、《江西詞派圖》、《詞林紀事補編》、《歷代詞人考略·明清部分》等研究著作。這篇《明詞》便是他撰寫的關於明代詞學的概論，它博采衆書，在不到五千字的篇幅中，從明代詞學著述、明詞衰微原因、明詞各期成就等三大角度進行了介紹和分析，辭藻華美，點評精當。先生的詞學著作雖多，然或隱没不彰，或與明詞無涉，此文不僅是他相關成果的吉光片羽，對於明代詞史的研究也具有相當重要的參考價值，但目前只有稿本與抄本流傳，洵爲可惜。

本次對《明詞》的整理，即以黃氏後人所藏黃孝紓先生手稿（以下簡稱「稿本」）爲底本，參校以黃氏後人藏黃孝平先生的抄録本（以下簡稱「抄録本」）以及原文引用到的文獻。凡是原文舊有的内容均放置於正文，凡是整理者的校記、注釋、案語均放置於尾注。爲了盡可能地保留手稿的原貌，避免繁瑣的校勘干擾閱讀，只要是對文意理解没有影響的異文，均徑從稿本，不出校記；至於徵引前人的部分，由於不能確定黃先生用到的書籍的情況，本文也只以「語出」的方式注明詞句的可能出處，而不再標明具體的版本。原文係行草書，其中的簡俗字形以及不符合現代規範的標點符號，本文也徑直改正，不再一一説明。在整理過程中，山東大學儒學高等研究院杜澤遜教授、山東大學文學院李振聚研究員均曾予以指導，特此致謝。

有明三百年詞學之撰述極夥，約畧言之，可分三項〔一〕：

一爲關於律調者。按兩宋之時，除官家慶典用教坊爲專司外，私人宴會皆可召伎侑觴，當筵度曲。在當時歌唱之法，人多洞悉，而古今歌詞之譜，亦靡不備具。作者或習用舊調，或自製新腔，隨手拈來，便成令、慢。元以後北劇盛行，歌詞之法遂廢。入明中葉，高郵張世文綖撰《詩餘圖譜》，詞調之著爲譜，實自此始。其書取宋人歌詞，擇聲律合節者一百十首，彙而譜之，各圖其平仄於前，而綴詞於後，其字之可平可仄者，各以白黑圈爲記。吴江徐師曾繼之作《詞體明辨》〔二〕，去其圖而著其譜。至新安程明善，更有《嘯餘譜》之作，較前爲益詳。雖諸書罅漏處尚多，而清萬樹得據以成《詞律》，篳路藍縷之功，要不可没也。

二爲關於選詞者。有楊慎之《詞林萬選》、陳耀文之《花草粹編》、董逢元之《唐詞紀》、卓人月《古今詞統》等書。《詞林萬選》搜求隱僻，雅俗兼陳，評注俱極疏陋，要以耀文《花草粹編》爲較勝。《花草粹編》每調有原題者，必録原題；或少僻者，必著採自某書；其有本事者，並列詞話於後；而所填實爲孤調，如《縷金》類，則曰「備題」；編次亦頗不苟〔三〕。蓋耀文精於考証之學，雖糾正選擇之詳不及萬紅友、朱竹垞，而裒輯之功實居二家之前。《唐詞紀》十六卷，名曰「唐詞」，而五代之作居十之七，且編置不以人，亦不以調，惟區爲「景色」、「弔古」等十六門，殊無條理，故《四庫》書入於「存目」，亦可見編撰之疏陋。《古今詞統》十六卷，《四庫》未收，王漁洋謂「珂月自負逸才，《詞統》一書蒐采鑒別，大有廓清之功」〔四〕。

三爲關於評論考証者。有楊慎之《詞品》、陳霆《渚山堂詞話》、俞彦之《爰園詞話》等，以及王世貞《藝苑卮言》、祝允明之《猥談》、都穆之《南濠詩話》、胡應麟《筆談》等書之一部。

此外惟毛晉汲古閣刻行《宋六十名家詞》〔五〕及《詞苑英華》爲流傳舊業之事，雖校勘時有未精，而繼絶之功，良不可没也。

總觀上述，若張氏之《詩餘圖譜》、程氏之《嘯餘譜》，皆爲前此無有之作，而楊氏《詞品》、陳氏《粹編》，又悉有啓後之功，是明代之詞學著述，其於詞曲史上亦爲必不可缺少之一部分矣。

明代詞人雖工於議論，或且講求音律，但不能無眼高手生之譏。清吴衡照《蓮子居詞話》云：「金元工於小令而詞亡〔六〕，論詞於明並不逮金元，遑言兩宋哉！蓋明詞無專門名家，一二才人如楊用修、王元美、湯義仍輩，皆以傳奇手爲之，宜乎詞之不振也。」而朱竹垞之論曹秋岳詞集亦有「往者明三百禩，詞學失傳」〔七〕之語，則朱明一朝詞道之衰，皆可於此概見。然此尚爲後人追論者，容或有成見在胸，至本朝之論本朝詞者，宜乎誇大其詞，不應有自輕之意。但觀何良俊《〈草堂詩餘〉序》：「我明文章之盛，幾與兩漢同風，獨聲律之學，識者所歉。」黄河清《〈續草堂詩餘〉序》：「詩工於唐，詞盛於宋，至我明，詩道振而詞道廢。」錢允治《〈國朝詩餘〉序》：「竊意漢人之文、唐人之詩、宋人之詞、金元人之曲，各擅所能，各造其極，不相爲用，縱學窺二酉，才擅三長，不能兼盛。詞至於宋，無論歐、晁、蘇、黄，即方外、閨閣，罔不消魂驚魄，流麗動人，如唐人一代之詩，七歲女子，亦復成篇。何哉？時有所限，勢有所至，天地之聲，不發於此，則發於彼，政使曹、劉降格，必不能爲，時乎勢乎，不可勉强者也。我朝悉屏詩賦，以經術程士，士不囿於俗，間多染指，非不斐然，求其專工稱麗，千萬之一耳。國初諸老，犂眉龍門，尚沿宋季風流〔八〕，體制不謬。迨乎成、弘以來，李、何輩出，又恥不屑爲。其後騷壇之士，試爲拈弄，才爲句掩，趣因理湮，體段雖存，鮮稱當行。」諸書所述，知在明人亦自認爲詞道廢而當行少也。

明代詞道之衰，固如上述。若就其致衰之由，亦可分爲三種。蓋自永樂以後，兩宋諸名家詞皆不顯於世，惟《花間》、《草堂》諸集獨盛一時，於是才士模情，多寄閨閣；藝苑定論，惟主香奩。既托體之不尊，更難期於大雅。自楊升庵以後，更以花草爲宗，句摭字捃，神明不屬。此其受病之一也（參看吴梅《詞學通論》）〔九〕。

明代人士科第之念最重，一行通籍，視若登瀛，甚有懷抱沖和者，概不入鄉人之月旦，故於聲律之學，大率扣槃。迨其仕宦以後，稍事研討，便爾操觚，而藝非素習，等諸面墻。花鳥托其精神，贈答不出台閣，庚寅攬揆，或獻以諛詞；俳優登場，亦寵以華藻，連章累篇，不外酬應，此其受病二也。

又自嘉、隆以後，南詞歌謳，徧於海内。《白苧》新奏，盛推崑山；寧庵《吴歈》，蚤傳白下，一時才士，競尚側艷。因受傳奇之影響，使此道愈趨於靡敝，此其受病三也。

詞至明代，雖曰中衰，然明初作家承襲宋元之舊〔一〇〕，猶爲不乖風雅。中明若楊用修、王元美諸公所作小令、中調，亦頗可取。晚有陳卧子，卓然大家。故自來彙刻詞集雖或不及，而爲編選者又多取納，清初《御選歷代詩餘》擷取者至有一百六十餘家之富，是一代之詞，亦有不可盡廢者。

明詞初期

元代詞家可分兩派，北方詞人多受遺山影響，如楊果、李冶、王惲、薩都剌、虞集、王旭、王磐〔一一〕、王構、許有壬等，爲近蘇辛派者；南方詞人則具南宋舊格，因仇仁近本與碧山、草窗唱和，而張仲舉又親受業，刻意姜、吴，風流婉麗，冠冕一朝，誠無愧色。以其能接武兩宋之故，故詞至於元，雖近衰而實未衰也。明初詞人，相距不遠，流風猶在。昔王述庵謂「明初諸人猶沿虞伯生、張仲舉之舊，不乖於風雅」〔一二〕，而明錢功父亦有「國初諸老，犁眉龍門，尚沿宋季風流，體製不謬」之論，夫既能近承虞、張，遠紹兩宋，則於作風近於雅正，自可知矣。況明之初建，元代諸詞老之健在者頗衆，如邵亨貞、凌雲翰、謝應芳、梁寅諸人皆是。復孺所作，能合白石、玉田之長，高處直逼夢窗；彥沖《拓軒詞》，高幽曠遠，可嗣伯生；子蘭《龜巢詞》，感慨爲懷，又似遺山；即梁敬仲〔一三〕之《石門詞》亦頗具元人舊格。就中惟復孺入明不仕，列於元代，若凌、若謝、若梁，則頗有歸入明代者。觀諸遺老，存者既衆，則其往來之人，或與唱酬之士，自亦聲氣相通，不相上下，詞家作品不離正軌，又屬必然之事矣。

初明詞壇，除上述三家各家詞選分述有兩歧外，其完全爲明初詞人，自應以楊基、高啓、劉基、瞿佑諸人爲巨擘。昔朱竹垞云：「明初作手，若楊孟載、高季迪、劉伯温輩，皆温雅芊麗，咀宫含商。李昌祺、王達善、瞿宗吉之流，亦能接武。」〔一四〕蓋孟載遠宗白石，饒有新致，南宋真傳，惟此一家，故朱氏極推之。季迪之詞則沈雄所謂「大致以疏曠見長，而亦有極纏緜之致」〔一五〕者。伯温所作，雖王元美有「去宋尚隔一塵」〔一六〕之譏，但其穠纖有致，妙麗入神處，實足爲一朝冠冕也。昌祺、達善之詞，亦頗能以清麗疏宕見長。若宗吉則早年既以賦《鞋杯詞》見稱鐵崖，而所和《梅柳爭春詞》，又足使凌雲翰爲之歎服，其風情麗逸，爲時傳誦，又不僅《剪燈新語》〔一七〕一書爲然也。此外張以寧、劉昺、韓守益、解縉、張肯等所作，亦皆存有元人遺響，並足稱爲一代作手。茲將此期詞人分列於下〔一八〕：

楊基　高啓　劉基　瞿祐　王達　張以寧　韓守益　劉昺　解縉　貝瓊　高明　黃澄　程立本　姚廣孝　王洪　胡儼　張肯〔一九〕　莫璠　李禎　王直　徐有貞　趙迪

明詞中期

在洪熙、宣德二朝，上與永樂緊接，又爲時不久，其間作者，大數爲永樂舊人，故以此兩朝劃歸明初。所謂中明，則由正統起，迄於隆慶，此實爲明代詞壇發生轉變之時期。

按在正統、景泰、天順、成化、弘治間，詞家著者爲商輅、聶大年、馬洪、王越、張寧、湯允勣〔二〇〕、李東陽、沈周、桑悦、吴寬、趙寬、楊循吉、費宏、蔣冕、王鴻儒〔二一〕、史鑑、祝允明、顧潛諸人。就中商輅、王越、湯允勣、李東陽、費宏、蔣冕數人以政事顯，沈周、桑悦、吴寬、趙寬、楊循吉、祝允明等悉屬以文學著，或則幼習科舉，長而操觚；或則詩文見稱，詞非所長。若張寧、史鑑、顧潛等，似致力稍多，而氣骨亦弱不能舉，而此數人又概無專集。其可稱道者，亦惟有聶大年、馬洪二家，而馬之享名尤盛。楊用修《詞品》於本朝作家不甚許可，所舉出者不過凌彦翀、瞿宗吉、黄子常、花綸四五人，而於浩瀾則兩爲稱述〔二二〕，在後一條云：「善詠詩，而詞調尤工。皓首韋布，而含吐珠玉。錦繡胸腸，褎然若貴介王孫也。」觀其論列，知自凌、瞿以後，足稱一代之大詞手者，應舍馬莫屬。浩瀾之享名既盛，則埒和者亦必衆，除聶大年外，當尚有人在，是馬、聶之作風，便足爲彼時之代表。

而馬之作風究何如乎？朱竹垞在其《詞綜》中則謂「錢唐馬浩瀾以詞名東南，陳言穢語，俗氣薰入骨髓，殆不可醫。周白川、夏公謹諸老間有硬語，楊用修、王元美則强作解事，均與樂章未諧」，是在明朝首變詞風者，實推馬氏，惟其所變，乃使此道走入僞體，則以其多雜淫詞穢語之故耳。但其氣度尚爲雍容〔二三〕，不入小家狀態，《多麗》、《少年游》諸詞，頗有雋永意味，盛名之下，固無虚也。

正德、嘉靖、隆慶三朝之主詞壇者，前有楊用修，後則王元美，惜囿於時習，以《花間》、《草堂》爲宗，小令尚有可取，長調均雜俚俗矣。其他若顧華玉詞有承平氣象，張世文則風流藴藉，吴子孝集則見收《四庫》，王裕卿詞亦伯仲有宋，固自大有人在也。茲取數朝之特著者列名於下：

商輅　聶大年　馬洪　姚綬　王越　張寧　湯允勣　李東陽　沈周　桑悦　吴寬　王鏊　吴洪　趙寬　楊循吉　費宏　蔣冕　王鴻儒　史鑑　祝允明　顧潛　王九思　邊貢　顧璘　唐寅　周用　陳霆　王廷相　陸深　王韋　韓邦奇　丁奉　楊慎　齊之鸞　盧雍　張綖　桂華　李濂

崔桐　趙金　夏言　文徵明　陳鐸　謝承舉　陸楫　徐堦　盧襄　陸埛　楊儀　呂希周　王慎中
吴子孝　陳如綸　薛廷寵　閔如霖　駱文盛　許穀　蔡宗堯　陳鎏　萬士和　李攀龍　周思兼
文彭　王世貞　孫樓　王好問　邵圭潔　鄔仁卿　吴邦楨　于未　王世懋　王錫爵　張鳳翼
高濂　徐渭　陳淳　彭年

晚明詞壇

詞至晚明，其品格愈爲靡敝。論其原因，實有兩端。一即前述，南曲盛行，嘉、隆以後，魏良輔崑山腔、梁伯龍《江東白苧》風靡海内，而唐宋雅詞遂無人過問，固多以傳奇手而爲填詞，每流入側艷，詞品愈卑下矣。一則正、嘉以後，王陽明所倡良知一派之理學盛行，其末流易夾入禪宗，於是守程朱派者起而與抗，在兩派對峙之下，理學遂致大暢。嘉、隆以前，因制舉盛，使風雅遂衰；嘉、隆以後，因理學熾，而詞意又熄。其間顯者，有湯顯祖、施紹莘，原係曲家，及所填詞，不免流於纖麗。紹莘詞加入淫詞穢語處，較馬浩瀾爲尤勝，宜其詞品爲更下耳。惟陳繼儒雖亦工曲，而《晚香堂詞》語多瀟灑超妙，較可稱道。范鳳翼《勳卿集》，王士禛稱其「曠冽似半山，而風味過之」[二四]，殆未免不符其實。俞仲茅詞獨擅短作，《詞準》謂「少卿刻意填詞，工於小令，持論極嚴。且以刻燭爲奇，不無率露語，至其備審原委，不趨佻險，而遵雅淡，獨見典型」[二五]，貶中有褒，是爲得體。卓珂月《寤歌詞》十二卷有快意欲盡之病，非詞家之至者。湯傳楹《湘中草》僅能爲小令，若作長篇則力有所不足。自萬曆以來，迄於崇禎，詞家之可稱者，要不過如此而已。

但在崇禎末年，有英才卓絶輩流者出現，既不爲晚明風氣所囿，且能自創一派，啓後人無限法門。其人爲誰？即陳子龍卧子是也。屏絶浮華，具見根柢，能以穠艷之筆，傳悽惋之神，較諸國初諸老尚多沈著之處，其能上接風騷，得倚聲之正者，獨有此人。創爲復古派，使吴偉業、陳其年、王士禛[二六]、朱彝尊等俱受影響，用有詞學復興之事，則卧子之功，不其偉歟？並時作家，惟卧子友人之子夏完淳能與同調，《柳塘詞話》謂其詞格「慷慨淋漓，不須易水悲歌，一時淒感，聞者不能爲懷」，惜早年殉難，未克大有所成就耳。他若沈謙之《東江詞》、賀裳之《紅牙詞》，亦皆號爲特出，但論者每劃入清代，茲故不論列焉。

林章　夏樹芳　支大綸　趙南星　屠隆　馮琦　湯顯祖　袁黃　焦竑　陳繼儒　王肯堂　儲昌祚　卓發之　賀彦登　楊繼禮　李日華　查應光　范鳳翼　支如玉　吴兗　費元禄　俞彦　王衡　吴宗達　雷迅　魏大中　陳翼飛　吴宗儒　焦源溥　方于魯　錢士升　錢繼登　劉嗣榮〔二七〕魏浣初　阮大鋮　王坊　鄭士奇　張名由　黄承聖　莫是龍　徐㷿　張瑋　彭紹賢　吴鼎芳　施紹莘　董斯張　顧同應　馮盛世　范文光　孫茂之〔二八〕　徐石麒　王屋　葉紹袁　沈懋德　查維宏胡介　顧德基　俞汝言　戈止　孟稱舜　王化龍　蔣爾璵　周珽　邵梅芳　邵嶙　徐士俊　殳丹生　陸錫明　汪膺　范汭　王廷訥〔二九〕　馮鼎位　葛一龍　茅維　卓人月　湯傳楹　楊士聰　萬壽祺　支如增　劉侗　路邁　吴本泰　錢繼章　歐陽鉉　陳子龍　方大猷　錢棅　夏允彝　來集之　單恂　黄周星　周世臣　王彦泓　金俊明　錢應金　方以智　萬日吉　吕福生　沈寀　宋存標　朱一是　錢棻　闕鍵　魏學濂　吴易　王泰際　宫偉鏐　沈龍　徐遠　吴聞禮　夏完淳　沈泓　吴熙　沈廮　沈自炳　韓曾駒　歸莊　張綱孫　周永年　許友　韓洽　蔣平堦　于儒穎　周積賢　吴騏　計南陽　張天湜　金是瀛　李標　魏允柟　張逸　李元組　李明嶽　胡僧行　程䑫　張大烈　程可中　秦瀚先　錢繼振　張杞　于玉班

〔一〕「三項」，稿本原作「二項」，據抄録本改。
〔二〕「徐師曾」，原作「徐飾曾」，抄録本同，據史實改。

〔三〕此段語見永瑢等編《四庫全書總目》卷二百。按：「而所填實爲孤調」上清乾隆四十五年武英殿刻本《四庫全書總目》卷二百有「其詞本不佳」五字。

〔四〕語出王士禛《花草蒙拾》。

〔五〕「宋」下稿本原無「六」字，據抄録本補。

〔六〕「小令」下清嘉慶刻本《蓮子居詞話》卷三有「套數」二字。

〔七〕語出曹溶《静惕堂詞》卷首。

〔八〕「宋季」，稿本原作「明季」，抄録本作「元季」，而下文再引此條則作「宋季」，與明萬曆四十二年刻本《類編箋釋續選草堂詩餘》卷首、明崇禎刻本《古今詞統》卷首同，今據改。

〔九〕「參看吴梅《詞學通論》」八字，稿本原作書眉批語，抄録本作小字，附於「此其受病之一也」下，今依抄録本。

〔一〇〕「宋元」，稿本原作「元人」，據抄録本改。

〔一一〕「王馨」，抄録本同，然元代無詞人名王馨者，究是何人，待考。

〔一二〕語出王昶《春融堂集》卷四十一《〈明詞綜〉自序》。

〔一三〕「梁敬仲」，抄録本同，然梁寅字孟敬，並無此字，或係「梁孟敬」之誤。

〔一四〕語出朱彝尊編、汪森增訂《詞綜》發凡。

〔一五〕語出沈雄《古今詞話》卷八引沈雄《柳塘詞話》。

〔一六〕語出王世貞《藝苑卮言》附録一。

〔一七〕「《剪燈新語》」，抄録本同，當作「《剪燈新話》」。

〔一八〕「人」上稿本原無「詞」字，據抄録本補。

〔一九〕「張肯」下稿本原有「鐵鉉」二字，後删去。

〔二〇〕「湯允勣」原名「湯胤勣」，係清人避世宗諱改，下文同。

〔二一〕「王鴻儒」，稿本原作「王鴻」，抄録本同，按下文有「王鴻儒」而無「王鴻」，此處實誤，今改之。

〔二二〕「兩爲」，抄録本同。按：楊慎《詞品》共四次稱引馬洪詞作，「兩爲」當作「四爲」，下引「後一條」實爲書中第二條。

〔二三〕「雍容」，稿本原作「春容」，據抄録本改。

〔二四〕語出王昶編《明詞綜》卷五引王士禛語。

〔二五〕語出沈雄《古今詞話》卷八引佚名《詞衷》。按：「《詞準》」，抄録本同，當爲「《詞衷》」之誤。至於此書是否即鄒祗謨《遠志齋詞衷》，尚屬疑問，蓋今本《遠志齋詞衷》並無此條。

〔二六〕「王士禛」，抄録本作「王士禛」，其下有「毛奇齡」三字。

〔二七〕「劉嗣榮」，抄録本同，似爲「劉榮嗣」之誤。

〔二八〕「孫茂之」，抄録本同，似爲「孫茂芝」之誤。

〔二九〕「王廷訥」，似爲「汪廷訥」之誤。

（作者單位：山東大學儒學高等研究院）

李其永論詞絶句《讀唐宋歷朝詞雜興百首》輯録

譚笑

李其永（約一六八九—一七七五），字平江，一字情流，號漫翁，直隸盧龍人（一作宛平人），寄居吴中。清代康乾年間知名文人、曲家。其父李錦，曾宦遊吴地，後仕大興京令，罪謫至沈陽，起復，卒於京邸。李其永早年嘗游京師，與勞之辨、汪士鋐、陳鵬年、吕履恒交遊，乃至入直武英殿、南薰殿，負有重名。年僅四十即以母老歸吴門侍養，杜門著述近五十年，卒年八十七歲。〔一〕女李孅、婿陸昶，均有詩名。

李其永著述甚富，今存著作有：（一）《賀九山房詩》，四卷，乾隆四十一年（一七七六）其婿陸昶紅樹樓刊本，中國國家圖書館、中國科學院圖書館藏；（二）《藤笈藏稿》，不分卷，稿本，首都師範大學圖書館藏；（三）《漫翁詩話》，二卷，清刻本，臺灣大學圖書館藏，今已整理出版〔二〕；（四）《響雪齋雜志》，不分卷，稿本，中國臺灣「中央圖書館」藏，《子部珍本編・臺灣卷》第四輯影印出版；（五）《御爐香傳奇》，二卷，稿本、抄本各一種，均中國國家圖書館藏，抄本編入《古本戲曲叢刊五集》影印出版。除此之外，《賀九山房詩・例言》載云「有《響雪齋文集》、《開卷小録》、《漫翁詩話》、《雨窗詞》，詩則有《鳥鳴集》、《春雨齋集》、《蓬蒿集》、《車遥遥集》、《木門後集》、《刻燭集》」，《藤笈藏稿・自序》也稱有「《鳥鳴集》、《春雨齋集》、《車遥遥集》、《蓬蒿吟稿》、《碧蓑攜草》、《閒門集》、《土牛集》、《群鶯絶句》、《荷擔存稿》、《費暑吟》、《平干雜詠》、《木門後

本文係二〇二四年度教育部人文社會科學研究青年基金項目「沈璟《南曲全譜》整理與研究」（24YJC751030）階段性成果。

集》、《老樹軒集》、《類村書屋詩》，凡十四帙」。由此可見，李其永的創作比較豐富，涉及詩、文、詞、戲曲諸文體，其中又包括筆記、詩話、論詞絶句等類型。

《賀九山房詩》卷一收録論詞絶句《讀歷朝詞雜興》三十首，今人王偉勇編《清代論詞絶句初編》（里仁書局二〇一〇年版），程郁綴、李静《歷代論詞絶句箋注》（北京大學出版社二〇一四年版），孫克强、裴喆編著《論詞絶句二千首》（南開大學出版社二〇一五年版）等均據此整理。這組詩具有「内在的系統性」〔三〕，在清代詞學批評史上占有一定的位置，受到研究者的關注。然而這組詩僅僅是李其永更大規模論詞絶句創作的一部分，收録於《藤笈藏稿》中尚未被發掘的《讀唐宋歷朝詞雜興百首》展現了更加完整而動態的面貌。

《藤笈藏稿》稿本，一函四册，不分卷，無目録。内文墨筆修訂處頗多，主要是對原文的點改、勾乙、增加，有的詩幾乎是整首重寫；此外便是豐富的批注，包括眉批、夾批、詩末評等，多是對詩作的讚譽，偶有對作者生平的補充；批注有行楷、行書、行草多種筆跡，墨色深淺不一，似出自多人之手。稿本雖不分卷，但按文體排次，各册收録内容依次爲：第一册，卷前張鉉序、朱永思序、自序，正文「壬子删録（癸丑以後續入）」古體詩；第二册「壬子删録」近體五律、五絶；第三册「壬子删録」近體七律、七絶；第四册，内容緊接前一册，《讀唐宋歷朝詞雜興百首》、「甲寅删稿（詩餘）」。除「甲寅删稿」之外，幾乎所有詩作詩題下均標注一個單字，主要是前引自序中提及的十四帙詩集名省稱，如《鳥鳴集》省爲「鳥」、《車遥遥集》爲「車」、《群鶯絶句》爲「群」、《荷擔存稿》爲「荷」、《費晷吟》爲「費」等。《藤笈藏稿》自序稱「今仲冬之月……取前稿呵凍磨石，復爲塗汰其十之二三，存七八百首，都爲一集，曰《藤笈藏稿》」，落款爲「雍正壬子十一月廿七日」，可知該集修訂始於雍正十年壬子（一七三二），其中古體詩部分又增入十一年癸丑（一七三三）以後詩篇，詩餘部分又於十二年甲寅（一七三四）進行删録，則時間當持續至雍正十二年。《讀唐宋歷朝詞雜興百首》

收録於「壬子刪録」部分，創作時間顯然更早，或正是李其永杜門著述之初的四十歲左右。

這組論詞絶句原題作「讀唐宋歷朝詞雜興一百首」（後「一」字刪去），下標注「今存七十九首」「群」（表明原收録於《群鶯絶句》），實存八十七首，前有引言。考慮到有若干首的修訂稿與初稿差别較大，可視作不同的詩作，因此仍可按百首之數來看待。縱觀現存清代的論詞絶句，在晚清譚瑩（一八〇〇—一八七一）之前，幾乎没有一位作家有如此大規模的創作；而組詩題目中又明確而少見地提到「唐宋」二字，有斷代意識，因此更加值得關注。特此輯録，以便學界使用。

本文輯録按照稿本中每首絶句的修訂先後，分「初稿」、「二稿」、「三稿」、「終稿」的次序羅列文本。因組詩中有若干首多次修訂，而修改内容雜糅，謹依據筆跡、墨色等情況對各修訂稿加以區分，難免有誤，敬請海涵。此外，《讀歷朝詞雜興》三十首有不少與《讀唐宋歷朝詞雜興百首》中對應絶句的終稿存在較大差異，因此也附於相應絶句之後，以儘可能完整地展現這組論詞絶句的動態面貌。爲方便計，每首絶句前添加序號，同時以終稿爲準，横綫標出各修訂稿的異文。

讀唐宋歷朝詞雜興百首 並引

引

詞壇麗制，雅按金荃；樂府新聲，爭翻玉管。香囊繡帶，都爲翠袖之歌；鐵板銅鞮，亦有黄衣之曲。具神仙之佳致，字欲行雲；得閨閣之柔情，文堪傅粉。余也少時跌蕩，醉中漫揖屯田；倦境纏綿，夢里每逢清照。南北曲老盡愁根，短長辭微開笑靨。濃春染墨，吟成細細魂消；冷夜挑燈，病到匆匆歌罷。是皆無端寫怨，只覺情多；未妨强解題詞，忘其才少。一雙紅豆，心生樹樹之香；半件青衫，淚漬年年之雨。追古人之舊話，有我風流；借昔日之閒愁，作今感慨。琵琶可和，四聲别起餘波；鸚鵡能傳，七字另開生畫。譬若雲邊月出，更覺嬋娟；亦如葉底香飛，尚能旖旎。親將手染，非關燕子爲圖；自取心裁，但把梅花作印。調笑令破却欹歔，賣花聲遣其寂寞而已。

〇一

初稿：

當時天寶老名家，羯鼓閒能手自撾。不道淋鈴皆入調，龜年流唱到天涯。

二稿：

風流天寶盛詞傳，羯鼓能撾勝管弦。不道淋鈴皆入調，蜀山秋雨李龜年。

終稿：

風流天寶老詞壇，羯鼓能撾勝管弦。不道淋鈴皆入調，蜀山秋雨李龜年。

《讀歷朝詞雜興》其一與終稿同。

〇二

初稿：

秦樓明月醉來歌，說破簫聲斷夢多。可惜沉香親被旨，不曾書進憶秦娥。

二稿：

何須明月憶秦娥，感慨狂歌殘怨過。可憐沉香親被旨，空言雲想負恩多。

三稿：

何須明月憶秦娥，感慨狂歌殘怨過。可憐沉香親被旨，言得雲想負恩多。

終稿：

沉香詩句太清新，跌宕君恩憶已陳。莫問洞庭春水調，楚雲落老一孤臣。

按：該首詩的修訂最爲繁亂，從初稿至終稿完全重寫。其中二、三稿的次句又最凌亂，點改增加內容爲「感慨醉客狂歌（殘）誤（怨）已多（過）」，「殘」、「過」二字一列，「殘」字插入「歌」、「誤」之間，「誤」字又改爲「怨」，幾乎無法成句。姑且按照格律、用詞等提取七個字作爲二、三稿第二句內容。

〇三

初稿：

新詞百首擬昭陽，團扇歌情聽更長。誰是宫中最承寵，黄金合爲鑄王郎。

終稿：

費將百首賦昭陽，直遣君王恩幸長。知是宫中誰最寵，黄金合爲鑄王郎。

〇四

初稿：

鸚鵡才情最好詩，風流餘事斷腸詞。酒樓已屬平生恨，金雀鈿蟬老去時。

終稿：

鸚鵡才情最好詩，尚能餘事斷腸詞。酒樓已屬平生恨，金雀鈿蟬老去時。

〇五

引我春情百度思，淡黄衫子細腰支。去年曾在花前見，小扇輕紈戲蝶時。

○六

初稿：

元和才子一時豪，愛着江南刺史袍。風致獨能爲好語，硯邊樊素字櫻桃。

終稿：

元和才子一時豪，曾着江南刺史袍。莫道解詩皆老嫗，硯邊樊素有櫻桃。

《讀歷朝詞雜興》其二作：

元和才子一時豪，愛着蘇州刺史袍。不信解詩皆老嫗，硯邊樊素有櫻桃。

○七

初稿：

陌上花香撲帽檐，玉昌風致故飄然。自從灼灼無顔色，省費金錢買翠鈿。

終稿：

陌上花香撲帽檐，玉昌風味有誰憐。人生灼灼能多少，值得金錢買翠鈿。

○八

初稿：

側殿傳呼法駕回，玉華宫里繡屏開。頭行先獻朝元曲，乞作人才領袖來。

終稿：

側殿傳呼法駕回，玉華宫里繡屏開。頭行先獻朝元曲，不愧人才領袖來。

○九

初稿：

藕花蘋葉越城東，總是關心感慨中。猶有鵁鶄成陣起，亂將煙雨過離宫。

終稿：

藕花蘋葉越城東，幾是關心感慨中。猶有鵁鶄成陣起，亂將煙雨過離宫。

一○

初稿：

秋雨孤雁去隨陽，逐客天涯最渺茫。獨立瀟湘無限意，淚痕斑竹有新霜。

二稿：

西南孤雁去隨陽，逐客天涯思渺茫。獨立瀟湘數個事，淚痕斑竹有新霜。

三稿：

西南孤雁去隨陽，逐客天涯思渺茫。獨立瀟湘看秋晚，淚痕斑竹有新霜。

終稿：

南飛孤雁去隨陽，逐客天涯思渺茫。獨立瀟湘秋岸況，淚痕斑竹有新霜。

一一

初稿：

巫山幾見曉雲空，長憶行人是夢中。兩岸蒹花如送客，碧江新起去帆風。

二稿：

巫山幾見曉雲空，長憶行人是夢中。兩岸蒹花相送客，碧江新起張帆風。

終稿：

巫山幾見曉雲空，長憶行人是夢中。兩岸蒹花如送客，碧江新起張帆風。

一二

初稿：

薄羅衫子縫金泥，已被陽臺夢裏迷。腸斷故宫如夢令，落花殘月唱偏低。

終稿：

薄羅衫子縫金泥，已是陽臺夢境迷。重起故宫如夢令，落花殘月唱還低。

《讀歷朝詞雜興》其四作：

薄羅衫子縫金泥，夢裏陽臺意亦迷。只有故宫如夢令，夜深殘月唱還低。

一三

初稿：

一竿時倚木蘭橈，自起漁歌向泬寥。只是風波閒不得，半江花瓣落殘潮。

終稿：

一竿時倚木蘭橈，閒聽漁歌向泬寥。只覺春波流自去，半江花瓣落殘潮。

一四

初稿：

沙頭簇簇見雙鬟，能唱新歌八拍蠻。越鳥可憐金孔雀，年年落翠爲紅顔。

終稿：

沙頭簇簇見雙鬟，能唱新歌八拍蠻。越鳥漫爲金孔雀，年年落翠爲紅顔。

一五

庭院深深一闋詞，可憐金瑣綺窗時。不知煙月原無主，春到深宫更屬誰。

一六

初稿：

鳳笙吹老舊宫臣，惟有傷心怨晚春。夢裏江南知近遠，斷花飛絮尚隨人。

終稿：

鳳笙吹老舊宫臣，隱隱傷心怨晚春。夢裏江南知近遠，斷花飛絮尚隨人。

《讀歷朝詞雜興》其三作：

鳳笙冷落舊宫臣，隱隱傷心到晚春。欲問江南知好否，斷花飛絮正撩人。

一七

初稿：

陌上春殘油壁車，亂紅撩繞路邊花。人生歌扇原無價，楊柳東邊是狹斜。

終稿：

陌上春殘油壁車，亂紅撩繞路旁花。人生歌扇原無價，楊柳東邊是狹斜。

一八

初稿：

巧將三字織閨詞，細雨東風當子歸。一任春歸花淡薄，多情容易可憐時。

終稿：

巧將三字織閨詞，細雨東風當子歸。不管春歸人已晚，年年如此落花時。

一九

可堪時節又黄梅，無數閒愁得得來。直把年華等風絮，斷腸寧獨賀方回。

《讀歷朝詞雜興》其七與此同。

二〇

初稿：

侍兒絶好太輕輕，珍重當時唤小名。那得珠喉歌一串，春風飄作落花聲。

終稿：

侍兒絶好太輕輕，珍重當時唤小名。那得珠喉歌一串，春風飄入落花聲。

二一

初稿：

見説錢塘蘇小樓，舊游因憶隔前秋。不須更聽憑闌曲，湖上青山是我愁。

終稿：

見説錢塘蘇小樓，舊游還憶隔前秋。不須更聽憑闌曲，湖上青山鬱鬱愁。

《讀歷朝詞雜興》其五作：

説到錢唐蘇小樓，舊游因憶隔前秋。不須重聽憑闌曲，湖上青山鬱鬱愁。

二二

初稿：

閒過輕雲小雨天，和蕉和鹿夢相連。此時幽氣惟吾得，窗外青松亦泠然。

二稿：

閒過輕雲小雨天，和蕉和鹿夢悠然。一天幽氣惟吾得，窗外青松亦泠然。

三稿：

閒過輕雲小雨天，一煙香氣夢悠然。此中幽氣惟吾得，窗外青松閲幾年。

終稿：

閒過花飛草長天，一煙香氣夢悠然。此中幽致堪忘老，窗外青松已百年。

二三

夫人妙語説閨情，手洗胭脂寫墨成。今日海棠猶有信，一雙細雨濕流鶯。

《讀歷朝詞雜興》其六作：

夫人妙語遣閨情，手洗胭脂和墨成。今日海棠誰寫得，自憐細雨濕流鶯。

二四

官柳無窮畫舸移，何人送客踏歌隨。相逢莫及桃花度，春到桃花易别離。

二五

年年風致上元詞，明月花燈飲散時。不少翠翹人共坐，曉窗梳裹笑儂痴。

《讀歷朝詞雜興》其八與此同。

二六

初稿：

停雲老子足風流，醉便能歌不慣愁。任是蒲桃高索價，一春渾覓酒交遊。

終稿：

停雲老子足風流，醉便狂歌不慣愁。任是蒲桃高索價，一春渾覓酒交遊。

《讀歷朝詞雜興》其九作：

停雲老子擅風流，醉便狂歌不慣愁。任是蒲萄高索價，一年渾覓酒交遊。

二七

初稿：

把釣閒人即散仙，餘杭景物甚悠然。因思江上春波闊，除却漁舟盡是天。

二稿：

把釣閒人即散仙，餘杭曾在一留連。還思江上春波闊，除却漁舟盡是天。

終稿：

把釣閒人抵散仙，餘杭景物一留連。還思江上春波闊，幾個漁舟細雨天。

二八

初稿：

一生老我半生愁，如此情懷易感秋。聞道滄浪有閒處，許將雙足戲浮鷗。

終稿：

一生强半是能愁，如此情懷又感秋。聞道柳枝衰颯去，夕陽猶到酒家樓。

二九

初稿：

高僧不減美人心，綺語偏能刻意吟。不覺春歸禪榻冷，鬢絲花雨又情深。

終稿：

高僧何減美人心，綺語偏能刻意吟。不覺春歸禪榻冷，鬢絲花雨一情深。

三〇

初稿：

悠悠何處夢横塘，白髮中書憶故鄉。黄葉碧雲天地老，最愁秋色傍斜陽。

終稿：

悠悠何處夢横塘，白髮中書憶故鄉。黄葉碧雲天氣老，大都秋色滿斜陽。

三一

初稿：

今春猶是舊春思，一日傷春十二時。不見年年三月病，桃花柳絮草窗詞。

終稿：

今春依舊舊春思，無限傷情是此時。不見年年三月病，桃花柳絮草窗詞。

《讀歷朝詞雜興》其十作：

今春依舊舊春思，春思傷人一舊時。不見年年三月病，桃花柳絮草窗詞。

三二

不因花落怨無情，大抵眉痕是黛横。誰解相思憐小婦，一春簾卷坐調箏。

三三

罷相歸來意自便，直須泉石伴神仙。世間大老無人見，芳草孤村又一年。

三四

初稿：

元獻歌情最絶倫，重頭入破幾翻新。江南獨有馮延巳，花月音乖一愴神。

終稿：

元獻歌情最絶倫，重頭入破幾翻新。江南獨有馮延巳，花落鶯殘一愴神。

三五

初稿：

大江豪氣舊來非，芳草天涯何處歸。可恨春愁隨淚下，朝雲竟作柳綿飛。

二稿：

大江豪氣舊來非，芳草天涯何處歸。已是春愁如雪淡，朝雲還作柳綿飛。

終稿：

大江豪氣舊來非，芳草天涯何處歸。未許春愁如雪淡，朝雲還作柳綿飛。

《讀歷朝詞雜興》其十二作：

大江豪氣已都非，芳草天涯未許歸。獨有閒愁偏惹恨，朝雲又作柳綿飛。

三六

初稿：

處州太守亦浮萍，獨使才人有大銘。如此去官休失意，鶯聲花影一茆亭。

終稿：

處州監酒亦浮萍，獨使才人有大銘。如此去官偏得意，鶯聲花影一茆亭。

三七

歌情嬝嬝出香奩，鐵骨因春偶亦纖。流落新詞等風絮，讀詩女手有摻摻。

三八

樓外秋風一雁來，夜深雙眼倦還開。人生此味皆相似，方信天涯費酒杯。

三九

草草宫妝出格清，粉箋螺墨有濃情。聽來香冷金猊後，唱到陽關少曼聲。

四〇

譜裏群芳字字霞，碧桃紅杏鬥繁華。須知時候春光富，天上人間盡是花。

四一

一春無賴譜紅幺，攜向窗前擫碧簫。偏是柳枝吹不得，動人飛絮有魂銷。

四二

黄鶴磯頭載酒過，昔年舊事問如何。漁舟不少江山色，煙雨空濛老一蓑。

《讀歷朝詞雜興》其十五作：

黄鶴磯頭載酒過，昔年舊事問如何。漁舟不少江山色，煙雨空濛剩一蓑。

四三

初稿：

從來閨閣語能工，無限深情春正中。最喜妝成紅滿髻，隔簾愁近落花風。

終稿：

從來閨閣語能工，無限深情春正中。最喜妝成紅髻子，隔簾愁近落花風。

四四

初稿：

妒殺當時小宋名，清詞一一見風情。不須檀板銀箏地，合到花間教乳鶯。

二稿：

絶愛當時小宋名，清詞一一見風情。銀箏罷後微吟在，猶少花間教乳鶯。

終稿：
絶愛當時小宋名，清詞一一見風情。銀箏罷後微吟在，合到花間教乳鶯。
《讀歷朝詞雜興》其十六作：
可喜當時小宋名，清詞一一見風情。銀箏罷後微吟在，先到花間教乳鶯。

四五

初稿：
一番怨語欲銷魂，點點青衫漬淚痕。花月不知人意惱，半簾疏影弄黄昏。
終稿：
一番怨語欲銷魂，點點青衫漬淚痕。花月不知人意惱，半簾春影入黄昏。

四六

淡淡花朝天氣新，風光閒過寂寥人。輸他嬌小東鄰女，細嚼桃花有絳唇。
《讀歷朝詞雜興》其十四與此同。

四七

初稿：
不惜貂裘換釣篷，一身來往緑波中。魚竿長近桃花樹，春到山陰老放翁。
終稿：

不惜貂裘換釣篷，一身來往緑波中。魚竿長在桃花樹，春到山陰老放翁。

《讀歷朝詞雜興》其十七與終稿同。

四八

欲看春光仔細尋，許多天氣作晴陰。飄零一帶垂楊樹，各自風吹緑淺深。

四九

初稿：

爭知山谷老詩狂，軟語猶能學斷腸。潦倒燭花紅豆裏，鬢邊忘却有新霜。

終稿：

豫章老子最詩狂，軟語猶能學斷腸。潦倒燭花紅豆裏，鬢邊忘却有新霜。

《讀歷朝詞雜興》其十三作：

豫章老子最詩狂，纖語偏能寫斷腸。醉去燭花紅豆裏，鬢邊忘却有新霜。

五〇

緑暗園林花盡飛，闌珊數語記春歸。無情莫怨楊花落，春去楊花亦漸稀。

五一

初稿：

人間春恨極無涯，欲語幽情日已斜。莫問艷陽流水意，綠蔭無處不飛花。

終稿：

人間恨事極無涯，欲語幽情日已斜。莫問艷陽流水意，綠蔭無處不飛花。

五二

裙帶深拖繡綫雙，風流全是女兒腔。不須撩亂驚花落，親看春嬌出綺窗。

五三

初稿：

已到梅青絮白天，去拋針黹綠窗邊。背人有得雙眸倦，不覺鴉鬟墜畫蟬。

終稿：

時候梅青絮白天，去拋針黹綠窗邊。背人有得雙眸倦，不覺鴉鬟墜畫蟬。

五四

杳杳行人南浦愁，故將春色付東流。今年已老江南客，誰見飛花滿去舟。

五五

初稿：

風流如許尚書郎，花影中間字亦香。漫説鴛鴦同老去，更將雲月細商量。

二稿：

風流八十尚書郎，雲月歌殘齒亦香。漫説歸來老幺子，尚留花影作茆堂。

終稿：

風流八十尚書郎，雲月歌殘齒亦香。漫説歸來人已老，婆娑花影入茆堂。

《讀歷朝詞雜興》其十八作：

風流八十尚書郎，花月吟多鬢亦香。扶杖歸來忘已老，自穿紅影入茅堂。

五六

初稿：

古來玉樹已凋殘，别選花枝得意難。看過小桃尋酒盞，飄零春雨一闌干。

終稿：

古來玉樹已凋殘，别選花枝得意難。幾枝小桃看又過，曉寒春雨一闌干。

五七

丈夫豪氣重能文，賞識梅花玉與雲。不道銷魂真贈妾，人生能得幾紅裙。

五八

不須無賴惜芳菲，自有深情較瘦肥。玉色簾櫳春亦淺，桃花應作路塵飛。

五九

冷落東風過雨遲，麗人歸去不多時。隔簾花影還摇曳，葉葉春陰墮酒巵。

六〇

真成名士一壺冰，新得春嬌水不勝。愛殺玉奴眉目句，夫人小字擘紅綾。

《讀歷朝詞雜興》其二十五與此同。

六一

初稿：

落花渾是繡苔衣，春色催人老鬢稀。已分庭除空草色，荼蘼還到酒邊飛。

二稿：

落花瓣瓣繡苔衣，感慨春光上鬢稀。已分庭除空草色，荼蘼還到酒邊飛。

終稿：

飲殘杯酒漬苔衣，感慨春光上鬢稀。又是荼蘼開欲了，小園一角見花飛。

《讀歷朝詞雜興》其十九作：

飲殘杯酒漬苔衣，感慨春光上鬢稀。又是荼蘼開欲了，小園片片見花飛。

六二

初稿：

獨憑闌干看晚雲，惱人風景是春分。十年不夢青樓妾，錯恨桃花誤舞裙。

終稿：

獨憑闌干看晚雲，惱人風景是春分。十年不夢青樓妾，一半桃花誤舞裙。

六三

初稿：

杏花春雨滿江南，此意何人好一探。只恐歸來秋已老，寒風冷落舊朝衫。

終稿：

杏花春雨滿江南，此意何人肯一探。及至歸來秋已老，寒風冷落舊朝衫。

六四

初稿：

秦樓往事竟成空，短笛猶吹春已中。可歎年年如中酒，鳥啼花落一東風。

終稿：

秦樓往事竟成空，短笛猶吹春已中。可歎年年如中酒，鳥啼花落一園風。

按：初稿中的「東」先改爲「園」，又改爲「闌」，後又改回「園」。

六五

初稿：

如此花朝忍不酤，便隨春鳥去提壺。黄金懶爲親朋散，未必多情勝酒壚。

終稿：

如此花朝忍不酤，便隨春鳥去提壺。黄金已爲親朋散，不見多情勝酒壚。

《讀歷朝詞雜興》其二十作：

春到花朝忍不酤，也思薄醉去提壺。黄金莫爲親朋散，未必多情勝酒壚。

六六

更翻雙燕曲猶新，社客歌殘又一春。恰比呢喃紅舌好，柳昏花冥有前身。

《讀歷朝詞雜興》其二十一作：

重翻雙燕曲猶新，到得歌殘又一春。莫管呢喃聲不住，柳昏花暝是何人。

六七

無限思量去故宫，豈知雙燕意難通。居然小令南唐好，一餉貪歡是夢中。

《讀歷朝詞雜興》其二十三與此同。

六八

餘情可許夢中尋，猶把金尊等夜深。愁殺簾前寒逼甚，竹間霜下有棲禽。

六九

碧簟琉璃稱晚涼，戲調小語促殘妝。應知蝶夢無人見，不逐流螢過短牆。

《讀歷朝詞雜興》其二十二作：

碧簟琉璃稱晚涼，戲調小語促殘妝。可憐幽夢誰還覺，肯逐流螢過短牆。

七〇

初稿：

巷南巷北太隨緣，狎客生平亦可憐。惟有曉風殘月句，如今一説柳屯田。

終稿：

巷南巷北只隨緣，狎客生平亦可憐。惟有曉風殘月句，至今一説柳屯田。

《讀歷朝詞雜興》其二十四作：

巷南巷北亦隨緣，狎客生平絶可憐。剩得曉風殘月裏，如今一説柳屯田。

七一

初稿：

不是閑來作酒人，一生春色似浮塵。而今已覺尋芳晚，細碾飛花借畫輪。

二稿：

不是閑來作酒人，年年春色似浮塵。而今已覺尋芳晚，細碾飛花入畫輪。

終稿：

不是閒來作酒人，年年春色似浮塵。而今已覺尋芳晚，細碾飛花借畫輪。

七二

初稿：

騎馬匆匆折柳歌，短長亭外去情多。雲山總是行人色，絶當蕭蕭畫裏過。

終稿：

騎馬匆匆折柳歌，短長亭外去情多。雲山到處行人色，絶當蕭蕭畫裏過。

七三

初稿：

孤山高致鶴翩蹮，不獨梅花詩意仙。别有悠然青草色，淡吟微雨落花天。

終稿：

孤山高致鶴翩蹮，不獨梅花詩意仙。别有悠然青草曲，淡吟微雨落花天。

七四

初稿：

南朝詞客夢依稀，故國何人尚欲歸。三十六陂秋又晚，斷煙零落老紅衣。

終稿：

南朝詞客夢依稀，故國何人尚憶歸。三十六陂秋又過，斷煙零落老紅衣。

七五

初稿：

滄海塵飛去夢間，梨園舊曲未能删。春光已爲何戡老，一聽胡笳淚滿顔。

終稿：

滄海塵飛去夢間，梨園舊曲未能删。春光已逐何戡老，一聽胡笳淚滿顔。

《讀歷朝詞雜興》其二十六作：

滄海塵飛去夢間，梨園舊曲未全删。春光流落何戡老，一聽胡笳淚滿顔。

七六

出色花枝絶妙人，生香消盡送殘春。重來已負金鈿約，簾動東風落暗塵。

七七

煙雨花前春欲休，小鬟啼起一天愁。醉中猶記園林約，笑問山妻借杖頭。

七八

擊筑高歌比漸離，西風皂帽醉頻攲。可堪重到中原望，荒草連村一酒旗。

《讀歷朝詞雜興》其二十八作：

擊筑高歌比漸離，西風皂帽醉還攲。可堪重到中原望，荒草連村一酒旗。

七九

初稿：

松陵江上雨濛濛，帶醉歸來解釣篷。可笑關山車馬老，煙波從不負漁翁。

終稿：

松陵江上雨濛濛，帶醉歸來理釣篷。猶笑關山車馬老，煙波原不負漁翁。

八〇

猶説宣和事可哀，瓊樓歌管月徘徊。杭州士女皆新選，誰見霓裳法部來。

《讀歷朝詞雜興》其二十七作：

猶説宣和事可哀，瓊樓玉管夜頻催。南朝宫女皆新選，誰見霓裳法部來。

八一

宋家事業與誰謀，勝概空誇北固樓。滿鬢秋風人已老，自攜雙劍入西州。

八二

初稿：

自開銀甕酌葡萄，醉裏長歌意甚豪。未是參軍才絶調，龍山容易不登高。

終稿：

自開銀甕酌葡萄，醉去長歌氣亦豪。未是參軍才絶調，龍山容易不登高。

八三

娟娟霜月意如何，欲比梅花清更多。不是雪兒能耐冷，近人弦索愛摩挲。

《讀歷朝詞雜興》其三十作：

娟娟霜月夜如何，欲比梅花清更多。猶有雪兒能耐冷，近人弦索愛摩桫。

八四

初稿：

繁華誰憶昔時恩，説向東風雙淚痕。惟有落花春不管，飄零還過故宮門。

終稿：

繁華誰憶昔時恩，説與東風雙淚痕。如此落花春不管，飄零還過故宮門。

《讀歷朝詞雜興》其二十九作：

繁華誰記昔時恩，説與東風有淚痕。如此落花春不管，飄零還過故宮門。

八五

初稿：

耘老園亭溪半邊，更無塵礙住秋煙。人生不作關山夢，流水閒雲有一天。

二稿：

耘老園亭溪半邊，更無塵土礙秋煙。近來已斷關山夢，流水閒雲有一天。

終稿：

耘老園亭溪半邊，更無塵土礙秋煙。人生免得關山夢，流水閒雲有一天。

八六

狂歌心性一時傾，蹭蹬歸來已半生。碌碌未須人盡笑，床頭寶劍欲孤鳴。

八七

初稿：

蕭蕭雙鬢入紅塵，但合孤吟作散人。莫厭春來無況味，極知雲雨易翻新。

二稿：

蕭蕭雙鬢厭沾塵，只合孤吟送一春。莫怪近來無意味，極知雲雨易翻新。

終稿：

蕭蕭雙鬢不沾塵，只合孤吟送一春。莫怪向人無意味，極知雲雨易翻新。

〔一〕現有研究對李其永生平的介紹都比較簡略，如崔淑曉《〈御爐香〉作者李漫翁生平事跡考》（《中國古代小説戲劇研究（第十八輯）》，學苑出版社二〇二三年版，第一七八—一八〇頁）、吴亞楠《清傳奇作者「漫翁」考》（《戲曲藝術》二〇二三年第一期，第四三—四五頁）。本段係綜合李其永別集《賀九山房詩》、《藤笈藏稿》中的信息而成。

〔二〕李其永《漫翁詩話》，載張寅彭編纂、楊君點校《清詩話全編・順治康熙雍正朝》第九册，上海古籍出版社二〇一八年版，第五四六五—五五三八頁。

〔三〕邱美瓊、胡建次《論詞絶句在清代的運用與發展》，《重慶社會科學》二〇〇八年第七期，第一〇六頁。

（作者單位：首都師範大學初等教育學院）

張珍懷與施議對論詞書

燕鑫桐 輯録

張珍懷（一九一九—二〇〇五），別號飛霞山民，浙江永嘉人。無錫國學專修學校畢業。幼年先後從徐沅、夏敬觀學詞。國專時期先后受業於夏承燾、龍榆生門下。早歲喜愛晏幾道小令之清婉而摒其纖艷；喜愛吴文英長調之綿麗而摒其晦澀。晚年又喜愛蘇、辛詞。謂豪放、婉約不能截然分開，唯傑出詞人應具有獨特風格；並謂詞貴真摯，情真、景真，自是好詞。著有《飛霞山民詩詞》及詩詞箋校本多種。

一

議對先生：

來函及大作均悉。先生生逢盛世，英年博學，爲當代詞壇俊傑，前程萬里，至爲欽佩！

承荷詢及拙作，奉上解放前後所作數紙（以無暇鈔録，剪寄舊稿，請閱後賜還爲荷），敬請教正！珍原有詞稿二卷，「文革」中被人燬去，其中序文、評語多爲前輩名家所寫，惟今已難以回憶矣！只有數語尚記得者，已寫録詞上，請賜督爲荷！珍幼年曾從徐沅先生、夏敬觀先生學詞，入學校先後受業於夏承燾、龍榆生兩先生（與夏夫人吴聞爲同班同學）。惟舊社會經歷坎坷，解放初參加中共，以服從組織工作分配，卅年來盡棄所學。近年退休，重温舊課，惜已垂垂老矣！

聞友人云夏瞿禪先生八十五壽辰，北京擬爲開慶祝會，珍倚小詞奉祝。夏先生新遷寓所在團結湖，地址雖已聞知，但未記清楚（地址很複雜）。慮投寄不到，所以附在函内，請 先生有便代爲轉交爲至感！至託！

專此。奉函

敬禮！

張珍懷謹上

四月廿一日（一九八四年）

附呈：拙作夏先生壽詞

玉樓春

老坡詞筆騰奇采。白石哦詩多逸態。清澄霽月照神州，浩蕩天風歌小海。

悦生丈室無塵礙。花散繽紛飄九塞。仰瞻北斗醉流霞，光電輝輝傳謦欬。

甲子之春，欣逢 瞿髯先生八五壽辰，聞五月初在京開慶祝會，回憶一九六三年曾奉和 先生在京觀節日禮花《玉樓春》詞，謹疊前韻恭

祝

瞿髯先生無聞學長

誨政

受業張珍懷 拜稿

一九八四年四月

附録：施議對致張珍懷函二通

張先生吟席：

去歲徵集忍寒居士詞作，多蒙 贊助，十分感謝。近日西安吳肅森同志來訪，得知 尊址。奉上《當代詞綜》「徵集書」一份，請大力支持。

晚於一九六四年考上杭大研究生，從瞿師學詞。一九七八年「重新考」，晉京從吳世昌先生學詞，現繼續攻讀博士學位。今年瞿師八五大壽，試作小詞一首，録呈 斧正。

耑此。敬頌

撰安

晚 議對 敬上

四月七日（一九八四年）

張先生著席：

奉到四月廿一日 惠函並大作詞三十七首，十分感謝。《詞林真跡》也已開始徵稿，補奉「徵集書」一份，請 支持。大作暫存此處，用畢璧還。

夏先生壽詞日內轉奉。夏地址：團結湖中路南一條一號樓。

夏慶祝會尚在籌劃中，尚未定局。

耑此奉答。即頌

著祺

瞿師身體尚好，但腦力不行，記性差，已書不成字。外界求字，都由夫人代筆。

晚　議對　敬上

四月二十七日（一九八四年）

二

議對先生：

久未通信，近想詞學研究，日益宏富。您擬輯《當代詞綜》徵稿必多？珍懷自去年開始編寫《女詞人倚聲選注》一書（內容以清代爲主，後附近世及當代之作）。目前清人詞已選注六十家（皆女士），近世已故女詞人如陳小翠、沈祖棻、陳家慶等詞亦覓得，惟當代之茅于美（現在北京人民大學任教）趙鑒之（香港？）所作詞尚缺，先生處如有當代女詞人之作（如茅于美等詞）請惠賜複印數首，每人約五六首即可（或借用，鈔畢奉還），爲至感荷！據施蟄存先生説，當代女詞人僅三、五人可以入選，先生處如有佳作，亦請介紹爲盼！

專此拜託，即致

敬禮

張珍懷敬啓

一九八四年八月廿八日

三

議對先生：

承荷　賜覆及複印祝壽詞，並告知夏老祝壽及韻文學會活動之時（事），至爲感謝！珍懷以患高血壓癥，近月來杭，在龍井山麓賃茶農屋休養。桂叢濃香，秋茶蒼翠，景色宜人，血壓亦漸穩定矣！先生昔曾居杭州，此間佳境當亦深知也。珍懷自應專程赴京爲夏老祝賀并參加學會活動。惟居此養病方才好轉，未能長途跋涉，頗以爲憾，尚請原諒爲幸！

承問及女詞人陳小翠生卒年代，據王蘧常先生説，陳小翠爲杭實業家天虛我生之女，其夫湯某（馬一浮内侄），嫁後即反目。據杭大退休周采泉先生説，陳翠娜字小翠，杭州人，乙卯年十三歲（生年要上推）。一九六七年「文革」中受衝擊，自殺于上海。陳詞頗佳。近代除沈祖棻、陳家慶倆人著名外，尚有丁寧之詞。據施蟄存評價，似猶勝一籌。夏老詞集中之丁懷楓即丁寧也。吴無聞與丁甚好（丁詞集有油印本）。茅于美爲夏老四十年前在浙大時之老同事，昔在杭聞夏老云，茅詞甚佳，但未獲一讀。據施老云，去年茅有詞集出版。她在北京人民大學教英國文學，如以夏老名義，她自會寄一本詞集給您吧？劉蘅女士已九旬，爲貴同鄉之巾幗耆英，承陳兼于先生贈予劉詩詞集，您如向陳老要一本，自會寄給（陳家很多此書）。

奉上拙作徐燦詞論，敬請指正！韻文學會如出刊物（其他詩詞刊亦可），請修改後，能登出最好，如未能入選，請有便退稿。夏老精神佳時，請代轉告珍懷向他致賀並爲韻文學會刊物投稿。專此拜託。

即致

敬禮！

張珍懷敬上

十月十七日（一九八四年）

敬禮！

附：**龍井村居竹枝詞**

獅子峯高茶樹多。重重疊疊碧如波。清泠勝於西湖水，盡滌塵衿且放歌。

遊客如雲龍井寺，桃源咫尺小山村。陶詩佳境今方悟，竟日不聞車馬喧。

遠山如黛近如屏。最愛上坡一里程。夾道松篁臨澗水，幽棲日日畫中行。

山村距龍井寺一里許，須步行至寺前乘車。

户户門前石作梯。家家崖下菜成畦。山泉清洌甘如醴，村女浣衣處處溪。

路轉峰迴石徑斜。晨雞啼處有人家。微霜半染紅楓樹，寒蝶猶敧野菊花。

新焙秋茶細細香。一杯聊可潤枯腸。桂花簌落鋪金屑，富裕山鄉緑映黄。

疊翠層巒龍井茶。萬元農户總堪誇。客堂寬敞書齋雅，勝過春申教授家。

賃居茶農家，有新屋六間，其子八歲即有書房。

絢彩銀屏錦作幃。綉襦薰麝採茶歸。纖塵不染香閨裏，金縷靸鞋踏地衣。

採茶婦裝飾入時，内室華麗，地板鋪毯，入室須換拖鞋。

風鬟高屧映朝霞。笑指獅峯是我家。巧語村姑迎海客，桂花香裏賣春茶。

近日多以秋茶冒充春茗以高價售與旅遊者。

岳王墳傍酒家樓。南渡風雲一咉休。惟有汴京宋大嫂，魚羹味美譽千秋。

《武林舊事》載宋孝宗遊西湖，有宋大嫂進魚羹，自稱東京人氏，隨駕南來，即金之「西湖醋魚」也。

香煙繚繞雲林寺，佛古如何不及新。五十三參塗抹去，觀音法相現金身。

雲林寺即靈隱，後殿原有五十三參古塑，近以白堊塗去，遮以童子拜觀音，金光燦然。

聞係海外信女捐貲新塑。

南高峰對北高峯。攬勝而今景不同。飛轂騰空憑電纜，奇縱入地覓槐宮。

南高峯下有林彪所筑地下宮室，北高峯上下有電纜車。

照水秋荷緑似裙。臨風秋柳盡含顰。六橋緩步覩佳麗，西子淡妝最可人。

澄徹清泉曲檻中。喧囂爭看錦鱗紅。誰能濠上知魚樂，獨曳吟笻嘯晚風。

玉泉董其昌書「魚樂國」匾額猶存。

蕩漾銀波月正圓。雙輪踏水載嬋娟。何須打槳迎桃葉，湖上新興脚划船。

夜湖有新型「脚划船」如自行車踏水上，可乘二人。

山居俚句　録呈

吟政

張珍懷呈稿

甲子秋十月杭州龍井村作

四

議對先生：

承囑照格式抄録小詞十五首，遵命寫畢（除十五闋外有二闋備調換選用），即請　誊收爲荷！此十五闋若有不適宜入選者，請在小集中另挑選更换，爲託！珍近患目疾或將手術，因而寫字潦草，乞　原諒！小傳、集評是否如此寫？如不合規格，請賜示（或再另寫）。文字亦草草寫成，請予修改爲感！

珍懷撰《清代女詞人選集箋注》已將脱稿，福建出版社可爲介紹否？據施蟄存先生云，目前此種選集銷路不多，出版社以賺錢爲主要，所以彼之清及近代百家詞，皆暫無出版社需要。陳兼于先生之詩話已由上海（古籍）發行，但他又在寫續篇聯繫各地，尚無願出書處。

專此。即致

敬禮

張珍懷　敬上

一九八六年四月十六日

附録一：飛霞山民詞十五首（略）

附録二：小傳及集評

小傳

張珍懷，别號飛霞山民，浙江永嘉人。無錫國學專修學校畢業。幼年先後從徐沆、夏敬觀先生學詞。在國專肄業時受業於夏承燾先生，後又受業於龍榆生先生。少年時喜愛晏幾道小令之清婉而摒其纤艷；

喜愛吴文英長調之綿麗而摒其晦澀。近十餘年來又喜讀蘇、辛詞。認爲豪放、婉約不能截然分開，惟傑出詞人應具有自己的獨特風格。詞貴真摯。情真、景真自是好詞。著有《飛霞山民詞稿》、《日本三家詞箋注》、《清代女詞人選集箋注》。編校增補龍榆生先生遺作《唐宋詞格律》，注釋夏承燾先生所編選《域外詞選》之「日本詞」。

集評

徐沆（姜盦）曰：初學倚聲，才思如此，可以攬漱玉之袂，結湘蘋之衿。

夏承燾曰：在夢窗，方回之間。

胡士瑩（宛春）曰：幽艷不數花間。

陳兼與曰：其於絺章繪句，剪緑裁紅之中，往往有家國之懷，意氣雄往，讀之令人低徊掩抑，盪氣回腸而不能已。

王蘧常曰：甲寅冬，君詠「白菊」，作章草寄予，有「淨洗金黄，不沾綬紫，一例污顔色」（句）。又曰：獨傲霜華，枯香常抱云云。不翅自寫其衿懷。

錢仲聯曰：紅桑刦波過，詞境海山深。突破沖虚作，能知漱玉心。繡餘一横掃，菊淡有高吟。衣鉢龍門在，因君悵谷音。

五

議對先生：

來教敬悉，大作拜讀，至爲敬佩。尤其是悼念瞿禪先生詩三首，詩壇擢秀，又發奇葩，髯翁精爽有知，自當淩雲一笑，後繼有人矣！臧克家詩老，昔作舊詩亦曾讀過，今則辭意精練，似較其新詩更有味也。昔曾見趙朴初與陳仲閎論中國新體詩之途徑言，毛主席曾説要五十年才能建立新的詩體。但迄今五十年已過了（自「五四」至今），新詩體仍未成立，且如臧老昔日作新詩者，也改行矣！「長短句」，詞如能充實，革新内容，仍有發展前途。且新的一代詞家又出現了。深爲慶幸！

詞學會召開，施蟄存大約不會主持，以遠在金山賓館，施老年高有宿疾，在外住宿不方便。珍懷亦因金山太遠，且在上海師大古籍所爲退休後聘約，開會住賓館報銷，須層層去批准，亦不願（更不願自己交費）找此麻煩也。華師大主持人馬興榮上次在校内開會也很好，珍亦能前去，施老原擬請校中派汽車接兼老等，今年竟在郊縣去開會，亦想不到之事也。且歲暮天寒，諸老人頗不適宜，所以都不去了。您如到上海市内訪兼與先生之便，擬請您到附近小酌（中午或晚飯均可，請您決定），尚乞 光臨爲盼！

拙作《懷念夏老師》承代轉「政協報」，至感！餘俟面談，即致

敬禮！

張珍懷敬上

一九八六年十二月十三日

六

議對同志：

此次去京開會，承蒙親往車站送行，照顧上車，無任銘感。惜在京時間匆促，未能多談。

原獻大會《醉翁操》不符合實際情況，已作修改。録請 教正。並請閲後代轉交中華會（中華詩詞學會）辦事處編輯刊物負責人（是否張報？住址不明）。附信封，請代填寫爲荷。

承囑爲 大作題詞，珍懷實不敢當。惟 您認爲我亦從夏老學過詞，但您後來居上，夏老門下唯一博

士。我當勉力作一首請　指正，再定稿何如？小詞大約七月間奉呈。

專此致謝並拜托瑣事，即致

敬禮

珍懷敬上

一九八七年六月十四日

附：**醉翁操**

詩人節赴京參加中華詩詞學會成立大會。當夕，茶話雅集，聆聽詩人朗誦，音樂家演奏、歌唱詩詞名作。欣然倚此琴曲。

堂堂。詩場。輝煌。鳳城傍。端陽。中華盛會紅旗揚。群賢來集八方。清興長。瀹茗潤吟腸。高詠豪宕歌引吭。　楚騷煥采，日月爭光。丹心奕奕，萬古楷模景仰。聲韻悠然鏗鏘。比興芳菲盈章。湘纍憂且傷。吾儕樂而康。新境創新腔。裊裊餘響繞雕梁。

張珍懷呈稿

丁卯夏日上海

前呈此調已作修改，即請賜督。前稿作廢。

七

議對學長：

前上一函，想已達覽。囑作題詞，尚請您爲定稿，先奉上初稿如下：

玉樓春

蘇辛一脈誰承接。何代聲家無俊傑。著書樂府見傳薪，侍疾師門猶立雪。

夏瞿髯先師、吴世昌先生病篤。君俱隨侍在側，二公皆君之詞學導師也。

京華相晤匆匆别。夜話深知心志潔。後來居上小門生，雲際鶴飛髯笑曰。

一作「浩浩天風翁笑曰」。「一脈」又作「真髓」。

括弧内未能決定用那個字？請您削改、指示爲至感昐！近年目疾白内障日深，書寫草草，乞諒！

專此。即請

撰安

珍懷敬上

一九八七年七月四日晚

附録：

贈周一萍學兄（周爲王蘧常先生光華大學學生，與我同門，周自云爲師兄弟）小詞，請您指正！

玉樓春

名高細柳真瀟灑。難忘論詞清夜話。而今譜曲氣如虹，當日揮戈才倚馬。　無前盛會聞天下。四海吟朋來集社。待聽寰宇和陽春，湘纍欣然飛鶴駕。

周曾云：詞應倚今樂而歌。

八

議對學長：

前奉讀　大函，敬悉爲拙作《玉樓春》定稿，至爲感謝。兹奉呈正稿，請　教正！前稿門字重複，只好三、四句改動，雖不妥當，惟水平如此，亦難改好。

又奉呈拙稿《日本詩人土屋竹雨及其紀念集》，請賜誨益。如有可能請代轉張報同志（據人云張是負責收稿者，我亦不了解是否如此），或其他編輯《中華詩詞》者爲託！我前因王蘧常先生介紹我與周一萍（周是王教光華大學時學生），曾和周通過信，在京曾面談過一次。他是老幹部，我亦不便多打擾。所以，此稿得拜託您代轉。雖然中華（詩詞）刊物何日出版亦不知，但既被選爲理事就應爲寫稿。不管他們登否，聊盡一些綿力而已。近有日本人送來土屋紀念册，他的詩還可以登大雅之堂，就寫了此文。

許白鳳乍浦詞人，聽説您亦選其詞入近人詞選中。他有《亭橋詞》一本寄周一萍，並託我向中華會（中華詩詞學會）要一張入會會員表。因爲他和莊一拂都是嘉興詩社社長，莊已被聘爲顧問。您是否能代他向負責發展會員者要一表格，並説明許的詞還是具有特色的。可否，請　裁奪！如索來表格，請寄我轉爲感！專此奉函。

即致

敬禮

張珍懷敬上

九月十九日（一九八七年）

附録：**玉樓春**

題施議對新著

張珍懷

蘇辛一脈誰承接。何代聲家無俊傑。著書精粹見傳薪，侍疾謹恭猶立雪。

京華相晤匆匆別。夜話深知心志潔。後來居上小門生，浩浩天風翁笑曰。

九

議對先生：

寄上顧老書「中國古典詩歌總覽」題簽二張，請查收爲荷。顧將於二月中旬赴美出席世界各國收藏中國古籍會議。聞有韓、新、歐美各國，及（中國）香港、臺灣參加。唯古籍專家只有顧老爲魯靈光殿，巍然獨尊矣。聞北大圖書館某君隨行。珍贈長歌一首，複印奉上，請　教正。

吴聞逝世後，特修改紀念夏老逝世三周年文，附吴於去年五月夏老安葬所作詞一首，以表示悼念。此文將於《上海詩詞》第三期發表，但目前出版緩慢，第二期尚未印行，第三期不知今年能出否？《中華詩詞》今春想可問世？

專此奉書。祇頌

著祺

珍懷　敬上

一九八九年元月十五日

一〇

議對學長：

日前接　惠書敬悉一是。曾在上海詩詞會上聞錢百城云，明年在美召開國際詞學會，中國方面應邀出席者爲您與陈邦炎、楊海明三位，係葉嘉瑩女士推薦者云云。我想您海外交遊頗多，不一定是葉氏推薦。其他二位則不知了。潘希真（琦君）为瞿髯老學生，李祁與您很熟，饒固庵亦爲香港詞家，皆您的友人也。

本月中忽接北京書目文獻社來信云，由某單位資助拟印行拙作《日本三家詞箋注》囑写二封推薦信，並説「越快越好」。今春該社云，無銷路，紙張缺乏，怕虧本，所以排好版而不能開印。今忽又云某單位資助，我曾問顧廷龍先生，他説「出版社在搞花樣」。顧老即写一推薦書，又請《詞学》主編施蛰老写一推薦，已寄去了。据施老云《詞學》明年出「國際詞學专号」，大概是爲了國際詞學会而發行專刊吧？那麼書目文獻社出版拙作日本詞是否與此会有關係呢？倒底是否有單位資助？您可否通過陳翔華同志代爲打聽内幕情況？拜託云云。

我因小女夫婦、外孫均已在美華盛頓居住，明年有可能亦將去美探親（惟目前情況探親護照又較難了），但自今春患心疾時常發作，乘飛機亦不知适宜否？

前聞您十一月赴港，未知成行否？如已去，此信想歸來時方能看到。專此奉函。即颂

著祺

張珍懷　拜啓

一九八九年十一月二十四日

尊夫人姓名有便請介紹。現在何處工作，請代致意！

一一

議對學長：

近日卧病，偶賦小詩，奉呈 教正。前承告知田葆蓉（懷霜）所作詞載《中華詩詞》，閲後果然意境不凡。不知彼現在何處工作？似應歸隊。此事爲夏老之錯誤，「文革」後即應助其調動工作也。周一萍逝世，詩詞會何人主持？國内詞壇蕭條，前途可慮。江南諸博士皆爲唐老門生，以資料論述爲專長，聲家不能倚聲，亦奇談也。當代承前啓後之重任，惟有 學長耳。寇夢碧門下雖多青壯詞人，惟拘泥於聲律，奉姜、張爲圭臬，食古不化，難以成家。王蟄堪爲人謙虚，尚可造就。病榻匆匆作書，諸維 亮詧。

即請

著安

珍懷再拜

一九九零年五月八日

一二

議對學長：

奉讀 賜函及壽馬達堂詞，拜誦迴環，至爲欣抃。 學長已在港出版社工作，熟悉當地文化界情況，再謀發展。馬君亦來信徵詞，珍以白内障目疾日增，又因血壓高不能手術，因此頗爲煩悶，爲應酬計，草草作四絶句付之。录呈一粲。

萬木宏文廣藝舟。臨碑運筆慕前修。墨池鵬翼騰南海，人傑地靈第一流。

馬與康有爲俱南海人。

東莞及門士幾千。後來居上得心傳。十洲遍植新桃李，太白星輝照講筵。

馬爲容希白最年輕門人

工書善畫米元章。金石鏗鏘筆有芒。三絶神奇驚四海，雞林藝苑仰華光。

馬附小傳言其書畫篆刻在海外展覽。

雲夢吞胸藏萬卷，學人六十正當年。香江絳帳春常在，菊酒盈尊齊月圓。

此首湊成祝壽之意，恭維太甚矣，應酬詩耳！

絶句要善用虚詞，方能靈活有風韻。四首全無虚詞呆板之至，以血壓過高不能精思也。尚乞賜教爲感。尊著近人詞選已付印，想不久便可拜讀。珍近以二千元在滬重印詩詞稿（膠版大字），兩月後可以出書，當奉呈請　正。據友人云，中華詩詞徵訂廣告中云，將刊載拙詞。如傳聞是實，乞轉告北京編者，依照新印本登出（以油印本諸作已删去若干首，詩部份又增添多首）。請勿依油印稿本。至托！至感！今冬將去台北探親。如成行，當奉知。明春或將赴美國一游。惟目疾須治療後，方能決定也。知荷　垂注，特奉告。即請

著安

張珍懷再拜

九月十七日（一九九一年）

一三

議對學長：

久未通信，前於九一年底曾寄上小詞新印本（請人書小楷拍照，上海古籍印刷廠代印），不知收到否？九二年春節，珍即自北京乘日航來美探親。先住美京五個月，九月間，以小婿調職，在堪州立大學任教，即隨小女等卜居于 Kansas City。最近從陳葆經函中，悉知學長香港詳址，特此致候。……珍年邁獨居上海已多年，去年因修地鐵，敝寓適在車站旁，即須拆遷改建，遂來此小住。惟珍目疾日重，白內障手術此間須一萬五千美金（美人皆賴保險），負擔不起。明年仍須回滬醫治，又以房屋尚未分配，尚不知居住何處。

在没結識耶魯大學東亞文學系主任孫康宜女士之前（她來自台灣，在此獲得普林斯頓大學中國古典文學博士學位。現在有各國研究生從其學中國詩詞［但她自己説並不會作詩詞］并編譯《中國歷代女詩詞家選》，參加者有漢學家六十人之多。）拙作《清代女詞人選集箋注》盧爲峯本云無酬出版，但擕去二載亦難印行（缺少資金印書），近已將副稿寄下。孫女士借去廿詞家作品及箋注稿，作爲譯英文資料。聞孫云，英語各國文學史上無有女子作詩歌的專家（女作家只能作小説），且近代亦未開禁。所以，美國對於中國歷代女詩詞家最感興趣。我曾向她建議可從詩經選譯，中國自古以來女子作品以詩最多。西洋人多稱道叙事詩，陳寅恪曾以彈詞小説「再生緣」、「天雨花」爲中國最長的叙事詩，作者皆女士也。根據我了解，耶魯外國博士研究生之水平，亦最適合讀此二部小説（叙事詩）。因此他們只會講幾句中國話而不會寫中文信。有一位阿拉伯裔女研究生給我寫信是英文信夾幾個中國字。她説要查吕碧城辦女學資料，要研究吕對教育的貢獻。我只知道吕是名詞家（至於辦學是吕氏四姊妹都有祖傳遺産，民初時開辦女學堂主持人是吕家姊妹），對於教育家我是無可奉告她的，其實是她對於吕碧城的詞全然不懂，只好另覓途徑了。所以，外國人研究中國詩詞是難以入門。加以台灣來的中國教授似乎不及大陸的質量好。大概師承有關吧？您在香港仍任出版社工作，如果去教書可能有出來看看的機會。聽説耶魯明夏開個什麽研究女作家的會，向上海戲劇學院邀請人參加。

陳葆經先生來函云，大作《當代詞選》《當代詞綜》已竣工。如出版請寄一册仍交上海淮海中路967／二號張小玫女士轉我爲荷（目前舊居仍由舍親張小玫代管。明年下半年可能拆遷）。珍來美時有同鄉人給予潘希真美國家址，又陳葆經介紹闞家蓂女士。潘爲我的同鄉夏老門人，四十五年前在吴聞處見過。當時她是學生，我也是學生。闞女士從不知道何許人？因爲她們皆是美國中文界名流。我是一個過客，尚未敢致函討教。此二人您認識嗎（琦君即潘筆名）？她們對故國來人，有聯繫的興趣否？尚乞有以教之爲感！專此致函，即賀

九三年新禧并祝闔家歡樂！

張珍懷再拜

一九九二年十二月五日美國 Kansas

顧廷龍已九十歲，頭腦不大清楚了。您能否向陳翔華函詢，拙作日本詞之事？拜託拜託。陳翔華現在是否仍在北京文獻出版社？我的《日本三家詞箋注》由顧廷龍（八二年時）介紹，在書目文獻社已擱置十年。八八年曾付我清樣一本及八百元（説是先付三分之一稿費，還有三分之二以後出版再付。因目前無經費印書）。八九年曾囑顧寫推薦評語，説日本文化部資助出版。顧告知我，以後無

下文。但我見日本「吟詠新風」上廣告，有一黄某選日本詩即文獻社出版者（日本資助）。此事也很奇怪。我曾囑其退稿，但無回信。現在我在美國打算找個熟人打聽一下，稿費放棄能否出版此書？你以爲如何，尚請，有以教之爲幸！您在出版社對印書内行，請問印一本二十萬字的書，約二百餘頁（十六開），要多少錢印費？打算請美校東方系預約一些書（資助自印）。内地可能比港便宜些，盧爲峯當知道印價。

珍又及因目疾书写草草乞谅。

附：高速飛轂歌

壬申（九二年）新秋，女婿自美京駛汽車往堪薩斯市。予攜外孫隨乘。行程三千里，次日到達。途中作俚歌紀行。

秋晨迎爽發美京。三千里路三人行。老幼隨乘壯者駛，輕車馳向堪薩城。
高速坦途平如砥，夾道緑樹作障屏。中間芳草如翠帶。往來分道以爲界。
千乘萬乘車隆隆。背道而馳各西東。大車龐龐載宫室，長車蜿蜿矗虬龍。
高車矗立接雲漢，小車摩托疾如風。更有奇形車無數，運輸妙用各不同。
千車萬車轉爲轂。何似急流奔峽谷。一車宛若一浪濤，前浪倏過後浪逐。
滚滚車浪映斜陽。五光十色何輝煌。迤邐雙綫去來忙，仿佛雲錦織七襄。
長路漫漫天色晚。高路下來行漸緩。停車且傍加油站，就座即入快餐店。
燒雞香脆果汁涼，倚窗眺望消乏倦。燈火通明照闤闠。驀見紅樓廣場前。

今宵投宿何處去，寐泰廬中好酣眠。

注：美國所見各式汽車，色澤鮮艷，金銀七彩具備。寐泰廬（MOTEL），即公路旁鄉鎮之汽車旅館。前有廣場供旅客停車。設備尚佳，收費低廉。每客一宿約廿餘金。

飛霞山民呈稿　一九九二秋於美國西遊居

一四

議對學長兄：

承荷賜函已由滬鄰人轉下并拜讀大作，至爲欣幸。聞學長將於四月赴台灣出席詩會。珍以繼子孫義澂（在台土地銀行工作。先夫前妻早逝，子女皆於大陸解放前由姑母攜往台北）自幼去臺。近年方通信。原擬往臺作白内障目疾手術，但以大陸護照由美前往甚爲麻煩，暫難成行。拙作日本三家詞箋注，已交稿十年，北圖文獻社遲遲不付印。於八八年給予清樣一册，預支八百元（言明三分之一稿費，以後出版再付三分之二，但迄今又已五載，仍無開印消息）。在滬時謝堂來寓見清樣，云借閲數日，後竟説已寄往日本，借給吟詠新風社開展覽會。至今又云該社長大井清病重，此清樣難索還矣（幸珍已另複印一册仍在滬）。……此稿當年以夏老選域外詞時，對於日本詞中特別贊賞槐南、竹隱、竹磎，并囑珍箋注。夏老認爲，彊村叢書僅有朝鮮李益齋詞而無日本詞，應予補輯云云。珍遵從師命，乃輯日本三家詞（此書成夏老已病重）。此意他人亦不知曉，惟學長深知。珍忝列同門，至爲榮幸。學長爲夏師入室高弟，亦爲最小門人。杭大詞學人才濟濟，但自成一家者，惟學長一人而已。珍擬乞爲日本三家詞作一序（如須閲複印稿，當由上海設法寄呈）。此三家詞在《域外詞選》中皆有選入，可參閲。如蒙俯允拔冗惠賜則感泐莫名。前示及用香港書號在大陸出版自是良策，尚請爲了解清楚並乞鼎力爲助，珍已老邁又在異域。原擬歸去，奈上海修地鐵，舍間房屋須即拆遷到郊區，小女等均在美，珍一人獨處甚困難。但在此無書無友，離群索居。且目疾須手術，此間無保險難以就醫。珍處境真去留兩難也。日本詞出版事惟有拜託學長了。孫康宜介紹台灣出版社黄宗斌（説明不要版税只要出版後送些書），此爲何許人，珍亦不了解。學長赴台開會，能爲聯繫更好。關禮光爲人熱誠，與珍時通信。清女詞人已在藝林發表數十篇。近請《江西詩詞》編者熊盛元君代爲整理。知荷垂注，特奉知，諸事拜託。

即請

著安

珍懷再拜

一九九三年二月十二日於美堪州

國内通訊處：淮海中路967／11張小玫（鄰人）轉交（但此屋不久拆遷）

江西南昌市二七北路江西詩詞學會熊盛元先生轉張珍懷

附：**美京雜詠**十首

碧空如海一飛舟，辭别神州汗漫遊。春水果然天上坐，白雲片片似輕鷗。

一九九二年二月六日自北京飛美京，道經日本，夜宿空港旅社。

飛航當午出空港，追逐金烏過大洋。十二時程非子夜，一天兩度見朝陽。

七日正午離東京，行程約十一小時，日本時間爲子夜。以時差到美京仍爲七日晨。

坡陀绿野闢康莊，高樾平林夾道長。一半樓居藏地下，依然滿户太陽光。

寓美京近郊，全區無高層建築皆爲二、三層樓。底層半藏地下，以窗在地上，依然光亮。

清曉林間啼鳥多，跳檐松鼠做新窠。夜來閃爍流星燦，千轂悄然林外過。

夜眺林外，汽車燈光掠過，如流星飛舞。

昨夜驚雷今雪飄，東君緩旆海天遥。江南歸夢春來早，煙柳淒迷過六橋。

美京春遲，寒燠不定，春分后猶飛雪。

春風吹不到重扃，電火薰蒸内熱升。口渴心焦眠不得，中宵頻起飲寒冰。

時近清明而春寒猶峭，門窗緊閉，空調甚暖，江南來者皆感口渴喉感。

曲肱不醉亦陶然，瓶水清泠倚榻眠。若問美京何物美，千家萬户有甘泉。

自來水清澈潔淨，彼邦俱不沸而飲。

傑克遜祠櫻萬樹，茜雲照水映樓臺。東風勁峭傳芳訊，江户名花華府開。

日東京原名江户，美京廣植櫻花，且有櫻花節遊行。日本觀櫻自德川時代即盛行，今美京竟步其後塵焉。

豈惟殊色能傾國，殊物傾囊更可驚。估客西來揮廣袖，金蚨滚滚入東瀛。

美京遍地櫻花，而日貨暢銷，其讖象歟？

摩雲尖塔摩門教，熠熠靈光照九陔。西海聖徒驚末世，蒼生救主幾時來。

美京摩門教堂有六尖塔，夜放電光。改教全名耶穌聖徒末世教會。

壬申春飛霞山民呈稿

一五

議對學長：

奉讀來函。承蒙　俞允爲拙作《日本三家詞箋注》作序，感激莫名。三家詞爲森槐南、高野竹隱及森川竹磎。皆爲明治時傑出的詞家。「前言」約八千字，介紹其生平事蹟。三人同時代，且爲唱和詞友（竹磎亦爲槐南之妹倩），但身世相異。詞中表現的情調不同。槐南爲當時名詩人森春濤之子。自幼即精通漢詩文。後爲伊藤博文賞識，在内閣任三等秘書（因此惟有槐南有全集問世。四十卷最後一卷爲詞）至於高野、森川詩詞均無專集，以晚年俱貧困潦倒，亦無人爲之輯印詩詞集。神田喜《填詞史話》所録皆從雜誌中抄集。因此，夏先生命珍爲之編輯箋注。夏老認爲《彊村叢書》收朝鮮詞而無日本詞，實爲滄海遺珠。而日本詞又以此三家爲最佳（《域外詞選》「前言」詩中注解俱言及。森川竹磎小傳中亦介紹其增補萬氏詞律爲《詞律大成》。森川平生作詞有六百首之多）。夏老對日本詞極爲重視，惟有您和我了解。所以乞求您賜序，並請大力幫助使此稿早日問世。珍決定放棄稿酬。已函北京書目文獻社，但不得回信。近又托人轉請周振甫代爲問詢，希望該社答覆（原爲顧廷龍介紹，現在顧已九十一歲，中風後就養於北京，已不能請他再爲催促了）。以書目文獻社在一九八八年付給清様一本，三分之一稿費（八百元）即算了結。既不退稿也不付印。珍年已老邁，且白内障日深，原擬在美手術，索一萬五千美元，小女一年工資尚無此數，只好七月份歸上海手術了。極想早日使此稿印行，以報答夏先生囑託，以告慰他在天之靈。近年詞學前輩師友凋零殆盡，夏門後起之秀，大多聚集於杭大。學長爲登堂入室之高弟，得其真傳，了解夏老之心意。希望您在賜序中發揚。爲至感禱。

另有一事奉告，即謝堂其人竟借閲拙稿清様二年不還，最近又云，本擬借大井清展覽會，不料中途托人攜帶失去云云。……幸珍已有複印本，否則更麻煩了。

請求您拔冗早日賜下序文，如需閱原稿（或前言）請示知，當設法奉上。務乞七月份前惠賜，寄美國或國內原址：上海淮海中路967弄11號張小玫同志轉張珍懷亦可（請在信封上寫明，重要文件請拆封速轉）。因爲上海舊舍已划为商业擴建區，所有房屋拆遷郊區。鄰人已多移居。我因年老不便獨居郊區，申请市内房屋，尚未移动。暫托鄉友代管。此张小玫即代管者，時常往舊居察看，有信亦代轉來。珍大約七、八月之間回上海，届時住何處當奉告。

專此。即請

撰安

珍懷再拜

一九九三年五月十日 美 Kansas City

頃接孫康宜電話，説台灣「中央研究院」林玫儀女士即將來美，孫擬請其在臺出版拙作女詞人選集（此稿珍原擬自費在江西出版）。孫對「女詞人」有興趣，所以推薦。我想如您的日本詞序能早日賜下，我即可將日本詞直接寄林請她一閲。此本爲清樣，全已校過，只是大陸排的是簡字而已，不知她認識否。您以爲如何，乞賜示爲禱！

附：**金縷曲**

深圳歸來

葉採青桑樹。滿筠籠、吴蠶眠起、護持辛苦。分繭繰絲何碌碌，織就輕柔紈素。民有幸，王孫善貫。六偶三奇聯海客，舞袖長、翻覆雲和雨。千萬匹、載將去。　南天燠暖開新埠。望囂塵、危樓廣廈，電機鐵杼。十二時工紅顔瘁，逐利難言酸楚。渾未解，狙公賦數。金縷衣裳輸異域，看飛蚨紛向誰家聚。槐國夢、驀驚寤。

深圳有浙江與海外合資服裝公司總經理爲瞿某，其父爲浙副省長（原料、工人俱從浙省來）。原無題，施蟄老爲加題發表於《詞學》九期。

木蘭花令三闋

贈窗外梧桐

清禽窗外頻相喚。又報圻桐花爛熳。連宵驟雨送春歸，侵曉開簾新緑展。
青枝嫩葉年年换。青鬢皤皤難再返。棲居濩落祇君知，獨客長吟應聽慣。

昔時小樹憑窗看。今日亭亭遮滿院。如雲清蔭却炎威，送爽涼風驅暑散。
護持休問恩深淺。四十餘年朝夕見。囂塵那有鳳來棲，葉落知秋驚歲晚。

驀問廣菜康衢達。伐樹傾樓終不免。艱辛步履客遷郊，騰沸釜甑桐入爨。
雨餘枝葉風中顫。似訴離衷珠淚濺。來年福禍莫先憂，且共婆娑迎月滿。

（九二年春作於上海）

飛霞山民呈稿　一九九三年初夏録舊作寄自美國

一六

議對學長兄：

月前奉讀大函並賜予日本詞序言，拜誦回環，無任銘感。拙作以鴻文弁首，至爲榮幸，更使讀者明確日本詞之源遠流長以及夏老師對於日本詞之贊許。如能付梓，亦可補彊村叢書未選日本詞之不足也。惟孫康宜雖爲介紹臺灣「中央研究院」林玫儀女士，珍因上海房屋爲商店侵占，又以白内障急須手術，不能在美久留，匆匆返上海了。八月八日歸來，但舊居已爲一酒家侵占，拆去大半。鄰家多遷郊區。因該店改建大厦，原來房屋被震裂牆壁、地板，且在我窗外安置排風器，喧囂之聲，日夜不停。正在交涉遷調。是以遲遲未覆，尚乞垂宥。

學長已應澳大之聘，從此可以廣植桃李，使中華詩詞之學，遠播四海。夏老、吴老九天有靈，當亦歡欣也。

珍以小女等已得緑卡（將定居於美國），二年後仍擬去國。但日本詞及清女詞選，擬在國内覓得付梓之處，再行離滬。惟所住房屋遷調何處，尚未可知。如蒙賜函，請寄上海南京西路一一四零弄三號張織孫女士轉爲荷。

專此奉函致謝。即請

教安

張珍懷再拜

一九九三年十月五日上海

一七

議對先生大鑒：

日前奉讀 賜函及賜序剪報，至爲銘感。拙作蒙荷向各方推薦出版。國內出版社不會印行此種書。珍已將全稿托付臺灣「中央研究院」林玫儀教授。目前尚無機會。擬再複印此稿，乞學長保存。珍已届耄年，並擬再度赴美。以小女已在美定居，珍年邁多病，在滬乏人照顧，且房舍又爲商厦造屋震壞，難以久居。如蒙學長俞允，當寄上日本詞稿，乞 賜收存。如有機緣付梓，永遠感戴。……珍目疾手術後視力仍差。草草書此，乞諒。欲言不盡，諸維垂督。專此奉謝。敬請

撰安

張珍懷再拜

一九九四年八月三十日

一八

議對先生：

今日拜誦 賜函。承荷 俞允爲拙稿日本詞在港澳覓出版處，無任銘感。如一時未能付梓，亦乞代爲收存。珍老矣，小女全家在美定居，第三代雖在美名校習醫，但自幼就讀異國，中文亦不認識，縱然能在美行醫，也不會爲我印書了。忝爲同門之誼，即以此稿拜託 先生代存。

承囑查資料中僅袁嘉珍曾選入清詞中，奉上原稿(並填入表中)。吕惠如爲吕碧城姊，安徽旌德人。吕

氏三姊妹俱有才名。吕惠如與黄孝紓同寓青島，黄氏有詠勞山專集名「東海勞歌」與吕惠如唱和之作頗多。惜此書已失落了。龍榆生《詞學季刊》中或可查到吕惠如之詩詞。

珍以上海房屋爲商店破壞，交涉經年，仍難調房，擬於年内去深圳小住，明年小女來，與之偕行再度去美國。吾輩俱習古典文學者，珍暮歲去國，實不得已。欲言不盡一一，諸維亮鑒。敬請

著安

珍懷再拜

一九九四年十二月一日

附：原件及袁嘉文。另表中填徐淑字及籍貫，皆據《歷代婦女著作考》中所載（且徐淑有數人，不知是否此徐淑）。

一九

議對學長尊鑒：

深圳晤談，又已半年矣。珍來美已三個月。珍自從在滬拍CT片檢查患腦萎縮癥，日益衰頽健忘。白内障亦加重，書寫、閲讀皆感困難。是以奉函拜託　學長一事，即拙作《清代女詞人選集》此稿原爲盧爲峯介紹在海峽（海峽文藝出版社）出版，但擱置數年又復退稿。九四年一月又由台灣「中央研究院」文哲所林玫儀教授介紹台北文史哲出版社彭正雄允爲出版。珍原擬不受稿酬，只要印行送幾本書即可，但彭寄來合同書及稿酬六百美元。曾詢問施蟄存先生此費收否？他説數百元只是抄寫費，收下可也。惟今已一年半尚未付印。曾請林玫儀詢查，據云内有空白之處暫難付梓。珍來美後即重修訂（彼所云空白大約有二則典故未查到，現已將此詞删除。根據合同第三、六條可修訂），去蕪存菁，删去約二三萬字（共約十六七萬字）

並重編目録。擬於七月底托在美舍親返臺攜去。仍請林玫儀代轉並請按合同及時出版。如須出資買書,珍可退所收六百元,用以買書。珍聞國内出版法公布,對於來稿不可擱置多年不出書亦不退稿。不知台灣有出版法否?珍已耄年且遠在異邦,一切茫然不曉。幸有學長關懷珍之舊稿。兹奉上彭某出版社合同複印(件),乞閲後賜教,如何促其出版?林玫儀時在國内外開會(華東師大開詞學會,四月間聞林亦出席)。學長如能直接代問林氏關於拙稿未出版真實情形,尤爲感荷!叨爲同門摯友,乞求援助。並請　賜示如何方能出版。專此拜懇。

敬請

儷安

夫人均此致候。

珍懷再拜

一九九五年七月五日美國

您對出版之事,所知甚多,請閲此合同賜示爲叩。

曾聞滬友云,現在有的人出資收購版權,並不印行而是企圖改頭换面自己出版云云。如果實有此種黑幕,珍擬退還六百元,請林玫儀轉請退稿。但亦有人云,現在複印甚易,雖退還但已複印了,稿費退還亦無濟於事。您對臺出版界亦熟悉,乞見示一二,爲至感禱!

珍又叩

美國通訊處見信封(但本年内或於九月間遷居,届時當奉知)

二〇

議對先生大鑒：

賜覆敬悉。承蒙關注臺灣出版情況，詳予見示，至爲感謝。日昨蒙荷林玫儀長途電話告知，她正在親爲閱稿並囑其助理人員代爲核對珍二次寄去修訂稿云云。總之林甚熱心，代爲催促出版社並協助訂稿，珍所慮盡消，出書有望矣！知荷廑念特奉陳。

大作《當代詞選》《當代詞綜》已在校清樣，明年能出書，在國内亦是難得的事。承示拙詞《鷓鴣天》句「悠揚蝶夢飛無定，爭恨霜飆卷便回」。回字請填□中爲感……

深圳與您及夫人歡聚半日，至今猶歷歷在目。請代向夫人問好，如回國經港澳一定拜訪。珍藏有瞿師書扇，原擬奉贈，以擬連用扇骨一齊寄奉，尚等待有便人攜去，郵寄不便也。

專此奉函．

祗請

著安

珍懷 再拜

一九九五年八月十五日

美國 Kansas city

小女家十月份遷居路易安納州，届時當奉知祥址。如有事寄國内通訊處（上海郊縣金山朱涇東林街二一九弄四號黄思維轉交亦可。珍在國内諸事皆托此友代辦）。

二一

議對先生夫人儷鉴：

深圳聚首又将经年，敬维儷祉多福为颂。珍以耄年多病獨居上海乏人照顾於今春四月來美探親。因小女原住堪州調職遷路州以住所未定，遲遲奉知乞谅。前承为拙作賜序，此次来美未携剪报（《大公报》登定稿）。您如能为複印賜下至为感祷。（即使目前未能印，亦盼兒孙能为出版。）琦君曾通信多次，她亦年老多病矣。

专此。敬祝

合第歡度新年

珍懷拜上

一九九五年十二月四日

二二

議對學長教授：

久未奉候，暑期中想儷祉多福，著述日增。香港回歸在即，學長當可在九七年調到香港大學任教。……高校必須改組，中文系更須聘請名師。學長自是當代詞學專家也。珍再度來美探親，先寓堪薩斯州，客歲八月，小婿夫婦調職路易安納州立醫學院，珍隨之遷居（初寓租賃客舍以住所未定，遲遲至今方奉書）。目前彼等自置房舍，住址不再更變，謹此致函奉知（通信處見箋後）。

珍年邁多病，目疾尤爲嚴重，右眇、左目視物模糊，是以讀書、寫字如超過半小時，即頭目疼痛，且客居於此，無醫療保險亦難就醫。如回上海則以風燭殘年乏人照顧亦難以生活也。

拙作《清女詞選》由林玫儀攜台已將三年仍未出版。日本詞選承蒙賜序文，尚乞於 學長調回香港之日，爲設法印行，至爲拜託！書寫潦草，諸維諒察。

專此。敬請

儷安

張珍懷 再拜

一九九六年八月二十三日美國

嫂夫人均此不另（如施先生已去澳大，請轉交爲荷）。

附録：**美國阿肯色州秋遊**

張珍懷

繽紛秋葉勝春穠，掩映青蒼萬樹松。重九驅車九折阪，盤旋登上最高峰。

重陽節乘汽車，馳騁山道，盤回登絶頂，途中多青松與紅、黄、褐霜葉相映，斑斕多彩。此即爲旅遊公路特色。

温泉瑰麗好樓臺，入浴八方遊客來。百載繁華名勝地，樂山樂水人徘徊。

此公路重點爲温泉城，山高水暖定爲國家級公園城市。浴池樓甚華美，已建百餘年，爲美國古跡。

秋晨漫步板橋頭，煙霧蒸騰暖水流。驀見山巒明曉翠，初陽恰照小紅樓。

淩晨漫步旅社外小溪上，木板堤岸，景色幽美，對岸半山間有小樓，闌干環繞，頗具東方情調。

美洲美石滿山區，多彩多姿玉不如。可是女媧神火煉，補天餘滓棄西隅。

歸途見路旁有小肆多處設攤賣彩石。璀瓅晶瑩耀眼，遂停車購石留念。加工甚佳，光澤猶如珠玉，大者琢爲國際棋盤，人馬棋子及小桌等，挑選逾二小時，見其中大塊彩石亦有來自巴西者，是南北美山區皆産彩石也。

二三

議對學長、夫人儷鑒：

久未通信，敬維　新春吉祥，儷祉多福爲頌。珍自九五年在深圳與　賢伉儷會晤後赴美探親，九七年五月再度回國。曾於上海寄上一緘，不知收到否？客臘又到蛇口舍親處小住。檢出昔年所拍照片（以舍親尹女士不知尊址未能奉呈）。珍有幸與尊府合家同攝此影，今特奉上乞存念。令郎、媛想已大學肄業（或將卒業）。流光過隙，珍已八十四歲矣！學長想仍在澳大任教授？是否擬返港或全家遷澳門？至以爲念。珍《清代女詞人選集》一稿已由林玫儀教授介紹在臺文史哲出版社印行（贈書五十本）。原擬寄呈，但存書在上海友人處，須告知明確地址方能寄上。如學長有暇尚乞　賜覆爲叩。專此奉函。

敬請

儷安並賀

春禧！

張珍懷再拜

一九九八年二月十一日

目疾再度開刀，視力差書寫草草乞諒！

附呈照片

通訊處：深圳蛇口永方公司尹瑪麗總經理轉張珍懷

住址：深圳蛇口振興一幢三〇三室尹宅

二四

施先生、夫人儷鑒：

承蒙從香港來訪並惠贈　大著及禮品至爲感謝，尤其是暢談二小時更爲欣幸！近日拜讀《博士之家》悉知您求學經過，更爲欽佩之至。但是，我想如果您八一年得到學位就學英文三載，然後即可赴歐美爲訪問學者，也許現在仍在美工作，成就可能勝過孫康宜吧？因爲她也是八零年代在普林斯頓讀中國古典文學博士學位的（先在耶魯圖書館東方部工作）。

您的老師吴世昌先生既通英文，爲何不教您英文呢？不要以爲英文難學。我的女兒夫婦從中學到醫大讀俄文十餘年，到八三年考試研究生時才學英文（我的女兒在國内時白天在醫院看病，晚上補英文二年）。他們赴瑞典時英文很差，後來自己聯繫到美國爲訪問學者就留下來了。研究工作每半年要交專業論文，起初美國師友代爲修改，現在我的外孫已大學三年級，他是十二歲去美，所以基礎好，且他喜文科，現爲父母改論文了。

孫康宜是東方文學系主任，但在美國學中文的研究生大多是美籍阿拉伯人。這種學生英文也不大通，中文更學不會。我住華盛頓時孫介紹一阿拉伯女生寫信來問中國詩格律（聽說孫康宜至今不懂平仄，詩詞皆請教張充和。耶魯退休的，她是沈從文妻張兆和之姐）張充和是汪東之學生，嫁美國漢學家華名傅漢思。她和我通過信。文筆流暢比孫好得多了。

明年澳門回歸，您也可以外出講學，如能説生活英語也可以去外國一遊。據説現在年輕的詞人皆爲張伯駒一派寇夢碧門人，他們都不是學文學出身。魏新河竟是空軍，他曾托我設法入美專學畫，我説你如轉業便可去美專了。可是至今尚在陝西部隊，現已三十歲了。王蟄堪善學玉田，施蟄老説他們是遺少派。惟有您是真正的詞學家，夏老的嫡傳弟子。我讀書很少（中學未讀過），在國專混一張當教員的文憑，就以中學教師爲業。詞可以説没有學過，老師雖多，都未曾受業（僅夏老每週二節課）。夏老是與我温州老家對門鄰居，因爲我的曾祖在乾嘉時做官歸來，就在東山下據傳説是謝康樂池上樓遺址，造個花園。其中藏書樓就仍名池上樓。這老房子已於解放初歸了醫院改建了（據説樓仍未拆，張桂生打算重修）。我生平只回温州二次，住過幾個月。所以略知情景。夏老舊居「謝鄰」也是這個來歷。由於二小時談談，時間不够，現在就以筆談補充。最後再向賢伉儷致謝忱，並乞時通音問。

敬請

儷安

珍懷再拜

一九九八年四月廿一日

二五

議對學長、夫人儷鑒：

深圳一別，匆匆數月，敬維儷祉康綏，著述日增爲祝，客深時承蒙自港來訪並惠禮品甚爲感謝。以尹瑪麗上班未能宴請聚餐，招待不周，尚請原宥爲叩。五月初珍患氣管炎返上海就醫，其後天氣漸熱，滬上溽暑逼人，以年邁病甚，即住院一月。近方出院，惟病未愈。因病房嘈雜人多，有交叉感染之虞也。珍年逾八秩，衰病交侵，或將於九、十月間再去美國，但此去能否再與學長重逢，不可知矣。拙稿日本三家詞係夏師囑咐整理箋注。八一年書稿，至今未印出。其經過學長俱詳知，並蒙賜序言代存尊處。高情摯誼，感泐無既。兹因九九年澳門回歸，學長當更有發展。珍在中學教書時學生曹其真現爲籌委會副主任（來日可能成爲特區高層人員），如學長於九九後仍在澳大執教，當有機緣會晤。如珍已逝世（或在國外）屆時尚請與曹聯絡，設法將日本詞出版。不僅珍之期望，亦爲夏師之夙願也。病榻匆此，尚請垂督。

敬請

著安

張珍懷再拜

一九九八年九月一日

珍以血壓高頭暈，不能多寫，請原諒爲叩。尊著説詩已由尹瑪麗八月間轉來。謝謝。附呈小詩及曹女士來信複印件。

附録一，**曹其真致張珍懷函**

敬愛的張老師：

收到您的來信真使我喜出望外。令我既感動又高興的是相隔幾十年後，張老師您對我這頑皮的學生還是記憶猶新。其實我亦時時想到您，就説上星期在北京開會期間，遇到二女中時同班同學羅蘭仙、陳文燦時，我還向她們打聽老師的消息。可惜她倆説自從離開母校後，就再没有和老師來往，因此亦不知您的近況。不知張老師是否還記得陳文燦和羅蘭仙嗎？

得知老師您視力差，甚爲擔心。老師年事已高，希望多多保重。我如果來滬公幹的話，一定抽空登門拜訪。我很好，但工作十分繁忙。所幸身體尚算健康。由於年齡亦不算太小了，所以有時覺得疲勞。不過只要自己注意勞逸結合，疲勞到(倒)亦很快消除。我還是像少年時一樣，特别喜歡閲讀。可惜近卅年來讀的大都是英文書，所以我的中文書寫能力越來越差，常常詞不達意，希望不會令老師太失望。

我要趕着出去開會，所以匆匆至此，待下次有空時，再給您去信。

此祝

康安

學生曹其真

一九九八年七月十六日

附録二：

慶祝澳門回歸籌委會成立並簡籌委曹其真同學　張珍懷

五星光耀大旗揚。澳港交輝雙幟翔。美玉明珠俱璀燦，慈親相擁更康强。

銀屏欣見曹其真，少小才華自不群。九九澳門回祖國，女强人要立功勳。

優秀學生拙教師，文章練達情志奇。豈知分别卌年後，君作名流我作詩。

注：澳門區旗緑色象徵美玉（香港久稱東方明珠）。新選澳門籌委副主任曹其真女士，四十年前在上海二女中肄業，當時作爲語文老師，她的文章爲班級魁首迄今四十餘年，記憶猶新。

附録三：施議對致張珍懷函二通

張老先生詞宗著席：

接奉九月一日惠函並著作慶回歸兼簡曹女士，真切自然，頗饒情趣，甚欣喜。九、十月間赴美，若經港澳或深圳，亟盼一聚。尊編「日本三家詞」頗有價值。出版事，當努力促成。澳門回歸在即，曹女士公務繁忙，適當時候再與聯絡。

澳門中華詩詞學會，梁披雲老先生任會長，馬萬祺先生名譽會長，晚爲理事長，十分盼望得到曹女士支持，請代致意。

晚議對 上

九月十七日（一九九八年）

二六

議對學長大鑒

拜讀賜函，敬悉澳門回歸，中華詩詞（學）會召開國際學術會，並承賜下邀請函，至爲感謝。前在廣州《詩詞報》發表小詩三首，如蒙轉載乞代修改其中第二首「熒屏」句六平，必須增加仄聲（改去一平）。「欣見」擬改「倏見」，尚請代爲斟酌爲叩。此間澳門資料尚缺少（大多從歷史政治來講，人文景觀較少），如尊處有宣傳小册乞見示。珍年邁多病血壓高，如前往擬攜尹瑪麗同行，不知可否？請示知，珍已早覆信，已尊府遷居退回。再作此書敬覆。

敬請台安

張珍懷　再拜

一九九九年三月一日

附呈回憶夏老文乞　教正。不知您已看過否？

附録：施議對致張珍懷函

張老詞宗吟席：

接奉年片，至感　厚意。年前曾奉一函，言及曹其真及尊著事，不知是否收悉。尊著日本詞可爭取在澳出版。此事，晚記掛著。今年澳門回歸中國，此間擬出版《澳門吟》，不搞大比大賽。内容甚廣泛，前寄《慶祝澳門回歸籌委會成立兼簡籌委曹其真同學》三絶句擬採入編中。請爲作長歌一篇，以光篇幅。

幾時赴美，經過深圳或港澳盼賜示，並請告知電話，以便聯絡。

澳門中華詩詞學會，梁披雲任會長，晚擔任理事長。今年十月擬舉辦國際研討會，奉上請柬一件，希望爭取前來。曹女士未相識，也可借此機會一聚。

耑此。即頌

吟安

晚議對

元月廿八(一九九九年)

二七

議對先生大鑒:

澳門回歸在即,想爲籌備開國際會議忙碌。珍原擬作澳門吟長詩因近日血壓高尚未動筆,爭取交卷求正。茲奉呈舍弟張亦文文稿。他係開封市設計院工程師、退休後在彼處設計並建修當地名勝古跡,彼間澳門崇拜包公,特將其設計並已建成開封包公祠,照片及文章奉請教正。如蒙介紹在《澳門日報》發表尤爲感謝!(如文章太長請節略或删改)以澳門劉品良談包公文化已在開封發表。張亦文也希望其文章在澳門報紙刊登。您雖主持詩詞學會與建築無關係,惟澳門大學教授自是知名人士,請向報社推薦發表比自己投稿容易刊登。(如有困難,在其他刊物上登載亦可)珍冒昧郵呈,如不宜發表請退稿爲至盼禱!請稍費時間一閱能代介紹否?祈賜複拜託拜託!

專此。敬請

台安

張珍懷 再拜

一九九九年四月二十四日

附呈作者簡歷及包公祠設計建造經過剪報等

二八

議對先生大鑒：

久未通訊，近想爲澳門回歸工作忙碌？奉上慶回歸小詩敬乞　教正。珍老邁多病，詩思衰退，且對澳門人文知識缺乏。手邊無書，所謂珠江左右，只是看小地圖所知。如有舛誤請修改、潤色爲叩。小女及外孫來滬探親，擬爲辦緑卡。珍在滬乏人照顧，不得不如此也。如冬季去深圳小住，賢伉儷必能與珍重晤也。

專此。敬請

合第康樂

珍懷再拜

一九九九年六月二十五日

尊府如已遷澳門，乞賜詳址爲荷。

附録：

澳門吟（美玉重輝曲）

珠江流水碧潺湲，奔流入海處，左右雙彎環。左環香島明珠燦，右環澳門美玉蟠。美玉明珠俱瑰寶，宛若慈母懷抱雙嬋娟。往昔離母遭危厄，而今相繼祖國還。俚歌譜一曲，九九迎玉篇。宋元以來千百年，潮汐起落鏡海沿。海風燠暖魚蠣鮮，勤勞人民放漁船。驀然海上吹巨浪，海客雜沓侵島上。詭言借地曬魚網，封建王朝不設防。喧賓奪主全島讓，强梁得逞愈狂妄。迫玉與母兩離分，改玉名字侏離文。從此美玉久沉淪。歲月悠悠四百載，寶島人民志不改。代代相傳中國心，美玉重輝終可待。待到紅日出東方，中國人民有力量。三代領導毛鄧江，高舉紅旗征途長。鄧公指示大方向，群策群力奔小康。一九九九是佳辰，共祝國慶五十春。十二億人齊歡唱，升起國旗迎澳門。蓮峯巍峩鏡水清，母懷温暖玉晶瑩。紅旗緑幟相輝映，人傑地靈澳門興。世紀之交千禧逢，華夏新歲飛辰龍。龍之傳人同舉盞，共祝澳門繁榮富强四海通，一國兩制永豐隆。

一九九九年六月廿五日

張珍懷呈稿　時客上海

二九

議對先生大鑒：夫人均此致候

承蒙　惠賜電話，珍以血壓高又須待美國，（來函）未能及時參加國際學術會議，至爲歉仄，尚乞垂宥。已囑尹瑪麗前往祝賀，昨晚她電話説承您邀往澳門，她即如期趕到。高情盛意，珍感謝之至，並囑黄思維詩友代書《澳門吟》寄上，請賜　察爲叩。

關於舍弟所作「包公祠」投稿《澳門日報》不登，以未留底稿（僅此一份），乞求您向報社説明，請務必退稿（或由尹瑪麗往取）。如目前太忙，已囑尹留存退稿郵資請代交報社（以尹有港幣可在澳購郵票，請代交報社，如能由尹取回更好）。在此開會忙碌之時，以此無關緊要事打擾，實在抱歉。或請在會議後再處理，請先將尹瑪麗託付港幣收存，以後有暇再與報社聯繫爲叩。

又有一事拜託，即南京大學詞學研究生張暉（據報載吴小如教授稱讚此人所作《龍榆生年譜》爲當今佳作），久仰先生爲當代詞學大家，擬乞求惠寄大作詞論書籍閲讀。您昔日所贈我的書，今暑假皆爲外孫尹衡攜美(外孫係華盛頓大學畢業,現在加州大學攻讀博士學位)。因此,只得介紹張暉直接上書向您乞求。張暉爲上海崇明農村人,但能研究詞學,亦不可多得之人才也。惟今日南大雖有汪東之傳統,但已無人能填詞了。詞壇情況如此,惟有瞻望您在澳門能發揚光大了。專此致謝。

敬請

儷安

珍懷　再拜

一九九九年十月十四日

三〇

議對先生大鑒:

前往醫院時拜讀　賜函,遵命校對　貴校刊物《映日荷花》拙詩稿。早已寄呈。想此刊物已出版?但珍尚未收到。務請　惠賜一二册以留紀念。

珍出院後血壓仍高,在治療中,小女已爲辦緑卡,或於下半年去美,目前仍住上海,如蒙賜函,請寄太原路25弄3號爲感!

專此。即請

儷安

張珍懷　再拜

二〇〇〇年四月十一日

附録：施議對致張珍懷函

張老先生詞宗著席：

接奉年片，至感厚意。許久未奉書請安，時在念中。澳門回歸詩詞集出版，已送曹其真女士，並與見面。曹現任立法會主席。奉上詩詞集及詩會會刊各一册。望寄賜大作，可在學刊登載。幾時歸國，亟盼一聚。

耑此。即頌

吟安

晚 議對上

三月五日（二〇〇一）

三一

議對學長：

來教拜悉並 惠贈《映日荷花》及詩詞會刊，至爲感謝。田葆蓉曾到澳門開會並與 學長唱和，大作極佳。所云代爲保存詩箋，是否前所刊載？田詞有「三分春色歸何處，一片飛花過柳陰」句？此詞「本事」，珍略知一二。田年紀與 學長相似，中學已退休。但彼若能到澳門，仍可任教，惟路遠能來否？

夏老師全集中詞有《平韻滿江紅》卅首之多，以前單行本僅數首。有一首點明爲田而作（夢之子手拈素蕖）。近有友人録「學書一首示無聞」（全集本。單行本無此首），此首寓意新奇，亦點明吳有前夫。「文簫騎虎」，是用吳彩鸞典故，一般人不知也。據傳説，《平韻滿江紅》卅首皆有「本事」。惜我未攜全集中詞來美，不能閱讀。擬乞學長爲複印《平韻滿江紅》（單行本無有者，大多在京所作），如蒙俯允，感泐無既。

珍年已八十六，風燭殘年，書寫頭暈。血壓高，難以歸國矣。前在深圳相逢，至感榮幸。未知尚有機緣相見否？

欲言不盡。敬請

儷安

珍懷再拜

二〇〇一年三月二十日

附録：施議對致張珍懷函

張老詞宗吟席

接奉三月二十日惠函，知各況甚欣喜。

因葆蓉在杭州大學時，相見未相逢，但印象很深刻。當時有許多傳説。對於二人情況，晚十分同情。「文化革命」中，田已下放嘉善中學。造反派勒令揭發材料……另有兩本詩詞集，皆手鈔本。夏作田抄，田作夏抄。正好落在晚手中。當時晚負責秘書工作，就將材料私自保存下來。經過三十三年，最後在澳門親自交予田氏。此材料未公開。晚複印一份留着。「三分春色歸何處，一片飛花過柳堤」，田氏回憶舊事所作。原有兩册詩詞，均未曾公開發表。《平韻滿江紅》，僅此數篇。謹先奉上。

深圳兩度拜晤請益，十分難得。有機會爭取前往美邦學術交流，以謀良晤。

耑此。即頌

吟安

晚 議對上

八月八日（二〇〇一年）

三二

議對學長：

前蒙 惠賜複印夏師《滿江紅》詞，謝謝。温州近日修葺古今名人舊居，開放旅遊。先高祖道光間所建如園，以有謝靈運池上樓，現由市裏作爲名勝。夏師故居「謝鄰」，即在如園對面（係自建），早已無夏氏後人居住，自應爲紀念館開放，但杭大（杭州大学）無人發啓。學長可與當局聯繫。聞夏師之江女弟子潘琦君（早歲學詞，去台改爲新學）舊居近亦開放了。

恭賀

二〇〇二年新禧，並祝

春節吉祥

珍懷

二〇〇一年十二月（二十八日）

寄自美國路易斯安納

三三

議對先生：

珍懷日趨老邁多病（年已八十八歲），近又來滬一遊。信轉到，至爲欣慰。拙作日本詞（《日本三家詞》）已漸忘却，承蒙提及並列入先生領導之下，如能得到出版更爲感激不盡。小詩竹枝詞不足稱道，難登大雅之堂。近作小詞，奉呈敬乞教正。

雨驟風狂驚夜寒。悄聽敗葉墜危闌。羈棲異域又經年。

霞映澄波如酒醉，霧濛遠樾當山看。金元國裏小壺天。

——浣溪沙

病中專此奉覆。即請

著安

張珍懷　敬上

二〇〇二年六月十三日

附録：施議對致張珍懷函二通

張老詞宗吟席：

壬午新禧，接奉年卡，至感厚意。忙着雜務，稽遲奉答，時在念中。尊編《日本三家詞》，擱置多時，十分掛心。準備以澳門中華詩詞學會名義，向特區政府申請出版經費。先生爲箋注者，非詩會成員，恐怕不易獲得批注。擬加上一名審訂，由晚承擔，不知是否合適？請　賜示。

詩會出版學刊，大作《金縷曲》刊第二期，竹枝詞刊第三期，二期另日寄奉，三期待付印。尊稿校後請　擲下，並請多賜佳作以光篇幅。

夏師故居，應得保護，將與温州友人聯絡，爭取協助。

耑此，即頌

吟安

晚議對上

二〇〇二年□月二十三日

張老詞宗著席：

疊奉　惠函並年卡，至感　厚意。尊著《日本三家詞》已出版，寄 10 冊交上海黃思維先生，請代轉，以快先睹。此書在珠海印刷，交代友人辦理。諸事繁雜，無暇過境，至今尚未見書，不知裝幀印刷品質如何，是否合乎理想？有關出版事，謹再次申述如下：

一、出版者澳門中華詩詞學會，與內地詩詞學會（協會）一樣，屬於文化社團，非牟利機構。活動經費，政府資助及私人贊助，但極有限，經常自己掏荷包。

二、此書以本人名義申請贊助，所以箋注者外，另加審訂。

三、贊助金額澳門幣 15000 元，印刷費用未結算，不知所費幾多。

四、印製 400 冊，除了按規定上交存檔外，不作銷售用途。

五、先生所需多少均可郵付。餘數將分送詩友。

六、有國際書號，正式出版物。版權歸澳門中華詩詞學會。臺北或其他地方翻印，版權將無償轉讓，並可寄贈光碟以供前期製作之用。

七、澳幣 15000 元結算後，是否有餘額可支付黃思維先生校對費，尚未知。

以上各事，前此已曾稟告，供參考。

耑此。即頌
春祺

晚　議對
三月二十四日(二〇〇二年)

三四

議對先生
前上一函,想已收到。龍先生「年譜」厦材説已寄上。此为一研究生所作。我觉得「年谱」的寫法,不大像。但張宏生指導之下,張暉作此,也算力作了。龍厦材想在澳門爲印《龍榆生全集》。因爲當年龍、夏齊名,現在夏先生已出版全集,龍先生不甘落後。但不知澳門當局肯爲他出全集嗎? 龍先生全集新時代的名人特多! 尤其是陳毅。你看了「年譜」再徵求你們領導者意見可也。
此請
儷安

珍懷再拜
二〇〇二年七月八日

三五

議對先生:
承荷尊夫婦來訪,並賜月餅,至爲銘感。舍間簡陋,難以招待,至歉、至歉。

日本詞著成多年，未能付印。此夏師當年所囑（請閲附件有△部分）。至於 先生附言，請賜説明爲感。附呈小照，一爲當年所攝，一爲現在所拍。是否應用，請賜選擇爲盼。總之，此書爲夏老囑作也（夏師小照在我處者，即此數張，請選載爲感）。

專此，即請

儷安

張珍懷拜上

二〇〇二年八月二十八日

三六

議對先生學長：

奉上夏老生前題簽一紙，請賜詧（珍懷記得已付在内）。日久恐忘記，特再奉上。此書成已十八年，此次甚感出版。

十一月已到，想已付梓？如有問題，請直接黄思維查詢。只是目前出版物封面設計新穎，各色皆備也。出版後寄美國十册即可，以珍懷舊友皆在國内也。黄思維處有地址。如書有餘，請寄黄君處，彼可爲分贈也。

專此。即請

儷安

張珍懷拜上

二〇〇二年十一月八日

三七

議對先生：

拜領書六册（四本爲《三家詞》，二册爲《映日荷花》及《中華詩詞》）。《三家詞箋注》第七十二頁槐南詞《酷相思》（雨中有念）脱字頗多（正江水無情堪恨處），以下錯三字，脱六字。不知如何此處特多？照原文「潮去也，流花去」，下有「潮落也，流春去」。此六字未印。其他地方皆小錯而此處如何脱去六字耶？

其餘皆小錯，一時來不及核對。

匆匆書此。即頌

儷安

珍懷　拜上

五月卅日（二〇〇三年）

附録：施議對致張珍懷函

張老著席：

頃奉　惠函。知黄先生未肯寄書海外，未能一快先睹，亦甚爲焦急。因此書在珠海出版（印製），近段兩地不便往來，書暫時未能運到澳門。黄先生十册第一時間交代友人寄出，原以爲可託付，既不願意，就暫存另想解法。十分對不起。

耑此　即頌

壽祺

晚議對三月二十四日(二〇〇三年)

三八

議對先生大鑒:

昨日收到《當代詞綜》四册(及輓施蟄老詞一首、錢仲聯對一聯)、《日本三家詞》二册。萬分感謝厚賜!

昔日承釜谷武志賜予協助,方能成書,應予道謝並贈書。曾囑國内友人在網上查到釜谷現在京都大學任教,不知確否?擬請您代爲確實查詢,如確在京都任教,請代郵寄《日本三家詞》一部爲所拜託!珍懷現已老邁,身體欠佳,九旬之人,只得如此。恕不多談。祇頌

年禧並請

儷安

張珍懷 謹上

二〇〇四年元月十八日

三九

議對先生大鑒:

久未通訊,維起居佳勝,儷祉雙綏,珍自去年以來,時患小病,年已九旬又一,自是垂垂老矣!

最近小女爲買一屋，在杭州蕭山區金城路口金苑大厦一幢一單元 602 室。珍與其婆婆同遷入。現住者僅四人(二保姆)。

最近温州有同族弟張桂生者問起夏承燾老師爲何自己有房屋名謝鄰，但不設立紀念館？珍以久别故里，亦不知何故，但告知澳門大學有施某爲夏之研究生畢業，即是先生也。

去年承寄下《當代詞綜》四册，至爲感謝！以後寄信，請寄新址爲荷。

專此即請

台安

張珍懷　謹上

二〇〇四年十月二十三日

附録一：施議對致孫芸書二通

孫芸、聖光二先生：

驚聞張珍懷先生於十月十九日凌晨辭世，不勝痛惜。張先生工填詞，對於倚聲之學頗有心得，並且熱忱提攜後進，是一位備受尊重的老前輩。晚學有幸，八十年代初，於淮海中路趨訪，即以同門之禮相待。二十餘年，良多教益。

張先生生前著述甚豐，交遊亦廣，於學界尤其詩詞界，影響較大，有關文字，十分珍貴，將來有機會編輯出版，頗願效力。張先生詞學地位，亦須論定。有機會當撰文，加以推揚。

張先生生前所撰《日本三家詞》，已陸續分寄學界各友，包括先生所開列名單，書出之後，先生有校正，發現一些錯漏，將來重印，可添補。

望常聯絡。

耑此。即請

制安

施議對

二〇〇五年十一月二十五日

孫芸女史：

近日清理案頭，方纔發覺，您有一封來信，上有電郵地址，十分高興。由於雜務繁複，許多事情攪在一塊，經常誤事，敬希見諒。張老先生去世，獲知消息，曾有一函寄杭州，但被退回。有關老先生遺著，頗願協助整理。在寄杭州信中，曾説及此事。之後，與徐培均先生聯絡，知正進行當中。頗感欣慰。前段又接黄山出版書籍數種，一時没想到聯絡方法，未曾奉書致意，心裏總掛念。非常願意，繼續飛霞事業，將其詞學進一步發揚光大。現將我這裏正在做的幾件事，報告如下：

（一）論詞書札整理

飛霞老人，瞿禪先生早年弟子，與余有同門之誼。故此，對於晚輩特别關愛。自二十世紀八十年代之初，取得聯繫後，十餘年間，音書未斷。所有書札，約幾十通，輸入電腦，已一萬五千言。大致完成之時，再請幫忙審核。書札將收入《詞苑傳燈》（當代名家論詞書札），於明年年底在鳳凰出版社出版。

（二）學術殿堂推舉

飛霞老人在二十世紀詞壇，地位崇高。陳兼與、施蟄存諸前輩在論詞書札中，時有提及。晚輩亦深有所感。在澳門大學的碩、博課程中，曾加以推舉，並將其列入碩、博研究生學位論文選題計劃。我所指導二〇一一級碩士研究生燕鑫桐小姐，論文題目初步確定爲：二十世紀第三代詞學傳人張珍懷研究。我想將聯絡方法告訴這名學生，讓她方便請教，如何？

有關紀念網站，很有意義，請將登陸方法 賜示。今後，往返之間，望多聯絡。我的電話：（略）

專此，即請

金安

施議對敬上

二〇一二年十一月四日

附録二：孫芸致施議對書一通

施議對教授，您好！

我是女詞人張珍懷之女，現定居美國。我母親已於三年前逝世，葬在杭州南山公墓。我們非常懷念母親，她生前熱愛詞學，有不少著作，但因種種原因，大多没有在國内正式發表。例如她的詞學研究《日本三家詞箋注》，是在您的幫助下，在澳門出版的；她的《清代女詞人選集》是在臺灣「中央研究院」林玫儀教授的幫助下，在臺灣出版的，而她的詩詞《飛霞山民詞稿》上、下册是以自費少量印刷本的形式在朋友間流傳，爲了讓更多的國内詩詞愛好者，共用母親的詞學成就，我們想在國内建一個網站，將母親所有能收集得到的著作刊登在上面。我想這是對她最好的紀念，同時在這個網站上刊登各種紀念文章。您是母親經常提起的學者，如果在她的紀念網站上能有您的文章，將是我們全家的榮幸，母親在天之靈也會感到欣慰的。下面是我的聯繫地址：（略）。

孫芸

九月八日（二〇〇八年）

（輯録者單位：福建商學院）

行葉蔭大椿，詞源吐洪溜

——馬興榮教授訪談録

曲晟暢

馬興榮教授一九五四年自雲南大學畢業後，被分配到華東師範大學中文系任教，開始從事詞學研究，是二十世紀下半葉詞學發展歷程的親歷者。改革開放後，參與創辦《詞學》，與其他先生合作編纂《中國詞學大辭典》、《全宋詞評注》等書，爲詞學學科的恢復和發展作出了重要貢獻。二〇二三年七月八日下午，我們在上海市第六人民醫院住院部採訪了馬先生。馬先生當天精神不錯，坐在輪椅上，與我們交談了近兩個小時。馬先生的女兒馬繼鴻女士陪同我們採訪，並補充了一些細節問題。但馬先生畢竟是百歲老人，記憶力有所下降，採訪過程中，對部分人和事的記憶已有些模糊，因此我們在整理採訪記録時，參考了馬興榮先生撰寫的回憶性文章，以及中文系此前對馬先生一次採訪的記録。〔一〕

一　親歷當代詞學的發展歷程

曲晟暢：馬先生您好！很榮幸今天能有機會和您進行面對面交流，您是國内有名的詞學專家，您覺得您在詞學研究領域裏做的哪些工作比較有意義，對詞學學科的發展有所影響？

馬興榮：改革開放以來，中國的詞學研究蓬勃發展。研究隊伍擴大了，研究領域拓展了，研究成果多了，兩岸交流和中外交流多了。在這個過程中，我隨詞學界的師友們主要做了三件事。

一是參與創辦《詞學》。一九七九年的秋天，我們開始醖釀辦一個詞學的專業刊物，推動詞學研究的發展，並得到了華東師範大學學校和院系領導的支持。夏承燾、唐圭璋兩位詞學前輩也非常熱心幫助我們辦成這個刊物，並同意擔任刊物的主編。張伯駒、俞平伯、任中敏、潘景鄭、黄君坦、錢仲聯、宛敏灝、吕貞白、王起、徐震堮、程千帆、萬雲駿這十二位詞學專家同意擔任刊物的編委，並先後給了我們很多幫助。一九八一年十一月，《詞學》第一輯終於在華東師範大學出版社出版了，距龍榆生先生主編的《詞學季刊》終刊已經過去了四十四年了。《詞學》在詞學界師友們和華東師範大學出版社的大力支持下，現在每年出版兩輯，已經出版了四十九輯，相信會一直編下去。

二是參與編刊《中國詞學大辭典》。其實早在二十世紀六十年代，夏承燾先生就曾經組織人員編寫《唐宋詞辭典》，後來停止了。據説此後夏先生還多次提起編寫詞學辭典之事。此事我一直想做，但是擔心做不成。一九九〇年，我提議編《中國詞學大辭典》，得到南京師範大學、杭州大學、浙江教育出版社的大力支持，由三校的詞學專家及南京大學全清詞編纂室、蘇州大學、湖北大學、東南大學的詞學專家，以及鄭孟津、吴平山等校外專家共數十人，用六年多時間，編成了包括「概念術語」、「詞人」、「風格流派」、「詞集」、「論著」、「詞樂」、「詞韻」、「詞譜」、「詞調」、「名詞本事」、「語辭」及附録「二十世紀詞學研究書目」共一百八十五萬字的《中國詞學大辭典》。既然是「大辭典」，收録詞人有上千家，作品在萬首以上。在編纂的過程中，我時常寫信向繆鉞、施蟄存、王季思（起）、程千帆、唐圭璋諸位先生請教，他們都會很詳細地答復我，没有推脱。當代詞學大師唐圭璋先生在病中看了這部辭典的校樣，爲這部辭典寫了一篇長序，對這部辭典給予了充分地肯定，他説這部辭典是「融學術性、知識性與資料性三者於一體，爲我國第一部較系統、翔實、完備之大型詞學辭典，既具有較高學術價值，又有極强的實用價值，不啻爲學詞者之津梁」。很遺憾的是，一九九六年十月，《中國詞學大辭典》出版時，夏承燾先生、唐圭璋先生都已經與世長辭了，没有看到他們十分關心的詞學辭典。

三是參與編撰《全宋詞評注》。唐圭璋先生集平生之力編成煌煌巨編《全宋詞》，收録詞人一千三百餘家，詞一萬九千九百餘首。一九八一年，孔凡禮先生的《全宋詞補輯》補詞人一百餘家，詞四百三十餘首。一九九七年，朱德才先生主編的《增訂注釋全宋詞》又有所增補。一九九四年，由全國高校古籍整理研究工作委員會重點立項，並得到詞學界前輩關懷、指導的《全宋詞評注》，經北京、上海、南京、杭州、廣州、福州等地十餘所大學八十餘位詞學專家通力合作，歷時十餘年才完成。這部十大本的《全宋詞評注》根據中外現有各種文獻，又增補了佚詞二百四十多首，殘篇五百三十餘首。可以説是目前收録最全、而且注釋準確、集評精粹的一部新的《全宋詞》。這是以周篤文先生爲首的當代八十餘位詞學專家多年努力的結果，也是詞學界幾代人努力的結果。周篤文爲此事來找我好多次。

記得一九五四年我大學畢業離校前，去向劉堯民先生處辭行時，他送給我一本他一九四六年出版的《詞與音樂》和一張他的照片（「文革」中幸未被抄走），並説：「詞的天地很寬廣，有很多工作需要做，有很多問題需要研究，你可以朝這個方向去努力。」到上海後，我又先後得到龍榆生、唐圭璋、吕貞白、施蟄存、徐震堮、萬雲駿等先生的不少指教，對詞有更多的接觸，對詞學研究有更多的瞭解，決心爲詞學研究盡一份力。但回顧以往，感覺所做實在太少，我以前説過一句：「生命不止，學詞不停。」現在還是想在有生之年，將盡力去做。

（馬繼鴻補充：父親爲了編纂《詞學大辭典》，一直在圖書館古籍部查書，從早看到晚。古籍部是不允許在裏面吃東西的，但破例允許我父親帶一個饅頭作午餐。）

二　《詞學》的創辦與發展

曲晟暢：馬先生，您剛才講了三件事。據我們所知，在當時的條件下，這三件事都很不容易，對中國詞學的發展都有重大影響。您是否能給我們具體講講創辦《詞學》的一些情況？

馬興榮：我剛來華東師大時被分到古典文學教研組，當時的中文系系主任是許傑先生，副系主任是徐中玉先生，我的指導老師是施蟄存先生。起初我是助教，先後在教育系、政教系、外語系教《大學語文》課程。也幫徐中玉先生辦《語文教學》這個刊物，但是「文化大革命」前它就停刊了。

當時施蟄存先生要我邀請龍榆生先生來華師大上課，我就聯絡、接待，做他的助手。一九三三年龍榆生先生在上海辦了《詞學季刊》，到一九三六年停刊，前後出了十一期，很受歡迎。那時我就想，《詞學季刊》没有了，我們能不能再辦一個詞學方面的刊物。

「文革」結束後，我又開始考慮這個問題。一九八一年華東師範大學出版社也恢復了，出版社社長是政教系的系主任林遠先生。我將想辦一個像《詞學季刊》那樣的刊物的想法告訴他和施蟄存先生，他們都很贊同。學校和系領導也非常支持，並鼓勵我們大膽去做。像方智範、鄧喬彬、高建中等年輕學生也很積極。施先生表示，此前他也考慮辦一個詞學刊物，刊名、編委他都考慮了，要和我們一起來弄。施蟄存先生說他考慮雜誌的名字叫《詞苑》，這個比較靈活；我建議就叫《詞學》，更爲正規一些，最後刊物定名爲《詞學》。後來施先生到北京作家協會開會，老一輩詞學家夏承燾、張伯駒等都在北京，他去逐個拜訪。隨後施先生整理了一份編委名單，也把我放進去了，我說：「把我放進去不恰當，我太年輕了，把我放進去不好。」施蟄存先生說：「你迷信！他們當然成就很高，我們不否認。但是年輕人也要有，没有怎麽行。」《詞學》的編委，包含四位主編，一共是十六人。我是其中唯一的一個年輕人。施先生在我前面，我是最後一個。我自己都覺得不好，但施先生還是說：「你不要迷信。」

一九八一年十一月，《詞學》出版了第一輯。當時華東師範大學出版社剛恢復，出版社只有一位編輯，還不是内行。當時《詞學》要出版，封面、版式等編輯工作只能我來做，「詞學」這兩個字是我請施蟄存先生找人寫的，封面背景是我從新華書店買的包書紙。這樣封面就出來了。夏承燾、唐圭璋兩位詞學前輩是當時最著名的詞學研究者，不僅擔任刊物的主編，先後還給了我們很多幫助。《詞學》第一輯印出來時大家都非常高興。出版社社長林遠先生還送了一本給當時教育部派來視察學校工作的負責同志。他看了以後説我們這是「草窠裏飛出了金鳳凰」，説這本書很不錯，給予了很高的評價和鼓勵。林遠很高興，打電話告訴我教育部的領導很滿意，叮囑我好好做。施先生聽聞後説，「不一定是金鳳凰，但最起碼也是鳳凰。」第一輯裏面有兩篇文章，第一篇是寫詞從唐宋到現代的研究歷程，第二篇是寫一九四九年以後的詞學情況。第二篇本來是找夏承燾先生寫，但是夏先生表示不能寫。夏先生身體不大好，住在北京。施先生又找到唐圭璋先生，但是唐先生也推辭了，並讓施先生找年輕教授去寫，表示找老先生可能都不會寫。施先生就讓我來寫，於是我就開始寫這篇文章。後來唐圭璋來信問施先生，這篇文章誰來寫？施先生表示，馬興榮來寫；唐先生表示想先看一看。那我求之不得，馬上把文章抄一份給唐先生，唐先生看完後只表示看過了，不置褒貶。一九八二年黨刊《新華文摘》一九八二年第八期全文轉載了我的這篇文章。後來我到系裏，系裏負責的同志還誇我，説黨刊全文轉載。後來施先生問《詞學》的出版情況、銷售情況、學界反響，我還把黨刊轉載的事情説了。當時學術界可能也有些想法，因爲夏承燾在的浙江大學、唐圭璋在的南京師範大學的詞學都很强，爲什麽《詞學》在華東師範大學辦？我對施先生説，龍榆生先生的《詞學季刊》只出到第十一期（第十二期編成，因戰亂未發行），我們無論如何也要出到十二輯。《詞學》編委的第一位是張伯駒，後來他夫人潘素寫信給我，説張伯駒先生病危的時候，連問了幾遍「詞學」，潘素將《詞學》第一輯給張先生看。這説明老一輩先生很重視這本雜誌。《詞學》後來穩定下來了，老輩學者希望能出成一年四輯，但是出版社表示困難，現在學術雜志多，詞學的論文也可以在别的地方發表，這樣就定爲一年兩輯，一直到現在印到四十九輯。别的學校也辦過同類刊物，但是最後没有成功，《詞學》的天地來之不易。現在《詞學》更正規，希望一直編下去。現在日本、韓國、新加坡，以及中國臺灣、香港等，對《詞學》也很重視，將來也可以加强與國外的學術交流。在有生之年，我都會爲這個刊物出力。

三　治學的言傳與身教

曲晟暢：馬先生，我們知道您在雲南大學讀書時，詞學專家劉堯民正在雲南大學教書，是您的老師。您能否給我們講講他是如何引領您走上研究詞學的道路的，對您有哪些學術影響？

馬興榮：這説起來就長了。我與詞學結緣其實很早。我小的時候上過私塾，只是簡單地背一些詩詞，但主要是讀「四書」。抗戰期間，我們那個地方，原來是西康，那時交通不便，抗戰期間修了一條公路，從雲南到四川的一條公路。有人到西昌開一個書店，書店把書擺出來，我就到那裏看書，天天到那個地方去看。看到新詩，很多詩，我就喜歡。冰心的詩，我也喜歡，我就學着寫了一些，投了我們那的一個小的報紙——《西康報》，我就投去，他就給我發表了，然後我就再投，他又發表，然後我就拿這個稿費來買報紙。那我就努力寫，寫散文，寫詩歌。我就這麽對詩詞感興趣。後來我跟我同班同學講起，他説：「欸？我們家有《全唐詩》，你看嗎？你看的話，我借給你。」我説：「欸！太好了！」那麽他就回家去，《全唐詩》是綫裝的，他就從底下拿，那時候我們大概讀四年級、五年級，他把從底下抽一本《全唐詩》給我。底下這本就是「詞」。我拿到後還比較驚訝，我原來不懂，這本唐詩怎麽是這樣的，然後我就從五年級開始讀詞，一看覺得這個也很不錯嘛。那我就在我的新詩裏面，常常用了些詞的語句，報紙的編輯説：「你的詩還不錯的嘛！」后来我师范毕业后，我要到昆明去。報紙的编辑對我説：「你做我们通讯员吧？」我说：「好的。」他说：「你真能写，真不错的。你努力写，你真不错的。」那我就拿到这个到昆明，到记者工会，我就凭这个登记，登记以后，他们就办了一个对年轻记者的学习班，一年。我那时候做小学教师，晚上我就去上课。就这样学了一年，做了三年小学教师。

一九五一年上半年，雲南大學中文系二年級招插班生，我去報了名。考試那天，上午是筆試，下午是口試。考試地點是在會澤樓後面的平房，是中文系辦公室。主試人是系主任劉堯民先生。劉先生是一個慈善的老先生，他行動緩慢，頭有時要摇擺。摇擺得厲害時，他就用一只手去托着。這明顯是患了民間説的「抖抖病」，現代醫學稱爲「帕金森病」。

輪到我口試時，劉先生問我喜歡哪些文學作品，我回答説：「我喜歡詩詞。」他又問我喜歡哪些詩詞，我説：「我喜歡唐詩、宋詞。唐詩中我更喜歡李白、杜甫的詩，宋詞中我更喜歡蘇軾、辛棄疾的詞。」他又問我：「現代詩你喜歡嗎？」我回答説：「冰心、臧克家的詩我比較喜歡。外國的我比較喜歡拜倫、海涅、萊蒙托夫的詩。」他又問我：「你寫詩詞嗎？」我回答説：「寫。」隨手把我在報刊上發表的新詩剪貼本和寫的舊體詩詞的一個小抄本送到他面前。他翻看了一些，然後又問了個人理想、家庭情況等等，口試結束。大約過了一個多月，接到雲大的通知，我被録取了。一九五一年九月，我進入雲南大學中文系二年級學習。

那一學期，劉堯民主任開了選修課「楚辭研究」，劉文典先生開了選修課「杜甫詩研究」，我都選修了。

一天上午，系辦公室工作人員來教室通知我：「下課後到系辦公室去，劉主任找你。」下課後我就去系辦公室，劉先生見到我就説：「我介紹你今天下午三點鐘，去看望徐嘉瑞先生。徐先生現在是雲南省教育廳長，過去是上海暨南大學等校中文系的教授，也曾是我們雲大中文系的教授。徐先生對詞曲頗有研究，出版過《雲南農村戲曲史》，還寫過《詞曲與交通》、《論辛棄疾詞》等論文。」我知道徐嘉瑞先生是雲南省教育廳長，報紙上有過報導，但我不知道他是詞曲研究專家，更從未見過他。

我按照劉先生給的地址準時找到徐先生家，敲了門，來開門的是一位和劉先生年紀差不多且一樣慈善的老先生。我說：「我找徐嘉瑞先生。」他笑著說：「我就是，你是劉堯民先生介紹來的雲大中文系的學生是嗎？」我回答説「是。」他又問：「你姓馬？」我又回答説「是」，並補充説，「我叫馬興榮。」徐先生帶我進屋坐下後，他就開門見山地説起他研究辛棄疾詞，研究詞曲與交通，以及研究雲南農村戲曲的經過和體會。最後説：「我現在没有時間搞研究了，聽劉先生説，你對詩詞有興趣，基礎也比較好，中國的詩詞很豐富，研究的天地很廣闊。」又説：「雲南詩人不少，詞家不多，雲南最著名的詞人是劍川的趙藩，他有《小鷗波館詞鈔》六卷，還編有《滇詞叢録》三卷，還有你們系主任劉堯民先生自己寫詞，也研究詞。他著的《詞與音樂》是一本具有開創性的詞學專著，西南聯大中文系羅庸教授看後就曾對我説，劉堯民先生研究詞，首先注意到音樂問題，這絶對是大眼光。他在給劉先生的《詞與音樂》寫的《叙》裏更説『《詞與音樂》是劃時代的作品』。」稍停之後，徐先生又説：「除了詩詞，雲南還有很多寶貴的東西，如民間歌謡、民間戲曲、少數民族文學，如果把它們收集起來一定很可觀，也很有研究價值。」徐先生就這樣和我談了一個小時左右，我就告辭了。回校後，我把徐先生説的告訴了劉先生，劉先生説：「徐先生説的很對，雲南的民間歌謡、民間戲曲、少數民族文學都很豐富，很值得收集、研究。」受此影響，二年級下學期有一段時間，我們中文系學生到建水縣參加土地改革工作，工作之餘，我開始收集民歌，回校後又繼續收集雲南各地的民歌，編成一本《雲南民歌》，就是一九五六年，在上海文化出版社出版的《雲南民歌》第一集。這本書收集了雲南地區兩百多首歌謡，做了簡單的分類和注釋。這是在劉先生、徐嘉瑞先生、葉德均先生等鼓勵和支持下完成的，其中有些民歌發表在報紙上，大部分是在普通群衆間流行的，好多還是朋友抄給我的。現存最早的詞是敦煌《雲謡集》，民間文獻不容易保存，尤其是口頭文獻。《雲南民歌》一方面是保存鄉邦文獻，另一方面也是關注音樂和文學的關係，從中也想看一看早期詞的樣態。

三年級上學期，我和四年級一個姓楊、一個姓謝的女同學被選爲學生代表參加教師集中的政治學習，和劉主任接觸很多。在這段時間裏，有時我們也談到詞，給我印象很深。

三年級下學期，劉主任又介紹我去看望雲南著名的詞學家周泳先先生。劉主任説：「周先生三十年代著的《唐宋金元詞鉤沉》，在雲南、在國内都很有名。」我按劉主任給的地址，找到周先生家，進屋坐下後，周先生首先問我是什麽地方人，我説：「我是四川西昌人，我的祖上是雲南大理人，據説是住在大理城内青石橋。」周先生笑起來説：「我們兩個正好相反，我是雲南大理人，我的祖上是江蘇南京人。」他稍停又説：「我聽劉主任説，你喜歡詩詞，我也是喜歡詩詞，特别是喜歡詞。三十年代我在杭州、上海住過比較長的一段時間，拜龍榆生先生爲師學詞，與江浙詞家夏承燾先生等交往也比較多。江浙詞人多，研究詞的人也多，這方面的圖書資料也相當豐富。」他稍停一下以後又説：「翠湖雲南省圖書館也還有一些這方面的圖書資料，你要多跑跑圖書館，學中文的，這一點很重要。我的《唐宋金元詞鉤沉》就是跑圖書館完成的。」接著又説：「清朝光緒年間，劍川著名詞人趙藩編有《滇詞叢録》，此書雲南省圖書館有，你如果没有看過，應該去借來看看。」

我回校後，把周先生説的向劉先生彙報了。劉先生説：「清朝時，周先生的曾祖父在大理做官，覺得大理各方面都好，就在大理住下來了，後來他父親留學日本，在日本參加了革命黨，回國後就被清政府殺害了。周先生三十年代在江浙時期，在身體不好、生活相當困難的情況下，堅持完成《唐宋金元詞鉤沉》這部名著。他這種堅强的治學精神是很值得我們學習的。周先生還有一部《宋元樂曲類纂》已經完成，到現在還没有出版。」

八十年代，我應邀去雲南大學中文系主持研究生論文答辯，我和系領導談及當年在雲大中文系讀書時，劉堯民主任曾介紹我去看望過徐嘉瑞先生和周泳先先生。聽説周先生還健在，我希望去看他。聯繫後，中文系一位青年教師帶我去看望周先生。周先生年紀已經很大了，但是還很精神，他首先問龍榆生先生逝世後他家屬的情況。又問夏承燾、徐聲越等江浙老詞人的情況。接著又談到《詞學》，他説：「《詞學》出版的四輯我都看過，編得不錯，編委都是老一輩詞家，你寫的《建國三十年來的詞學研究》很好。《詞學》現在是不定期，出的又少，最好還是像龍榆生先生當年一樣辦成季刊，一年出四期。」我接著説：「很感謝周先生對《詞學》的關心、愛護，我們創辦《詞學》的時候是計畫把它辦成每年出版四期的季刊的，但真是困難重重，所以到現在好幾年了才出了四輯，我們現在努力爭取一年出兩輯，希望周先生多多給我們支持，給《詞學》寫論文。」周先生接著説：「你説要我給《詞學》寫文章，我最近剛寫好一篇《李白憶秦娥詞的作者及本事説》，就交給你帶給《詞學》。」周先生從書桌抽屜裏拿出文稿交給我後又説：「很可惜的是你們系主任劉堯民先生在『文革』中被害，他計畫寫的《詞史》聽説没有完成，真可惜。劉先生是會澤人，他父親劉盛堂是清朝光緒年間的進士，曾留學日本，在日本加入同盟會，回國後曾開過礦，辦過『愛國小學』，領導過『東路革命軍』，劉先生深受他影響。」接著又談起解放以來昆明詞壇的情況等等。我告辭時，周先生還以年紀大、行動不便，不能請我到牛肉館吃過橋米綫爲憾。（按：周先生文章載一九八五年十月出版的《詞學》第五輯）

（馬繼鴻補充：劉堯民先生的《詞與音樂》對爸爸影響很大，使得他關注雲南的民歌、回族的歌謡。）

曲晟暢：除了劉堯民先生，著名學者劉文典先生當時也在雲南大學，也是您老師，您能否談談他對您的影響？

馬興榮：是的，我也上過劉先生的課。其實解放後的雲南大學中文系，最著名的教授就是劉文典先生，當年在昆明有關他的傳説很多。因此，我一進校就很想見見他，但是沒有機會。二年級時，劉先生給我們班開了「温李詩研究」的課程，我真是非常高興。我們的教室在會澤樓二樓右邊第一個教室。那天我很早就到教室，選擇了一個最佳的座位。上課鈴響後，劉先生就來了。我記得他是中等身材，留著寸把長平頭，頭髮灰白，面孔消瘦，雙頰深陷，身穿一件半舊灰布長衫，腋下挾著一個舊布書包。他一進教室就在講臺上的椅子上坐下，把書包放在講臺上，用右手壓着左胸部直喘氣，大約是走急了，又爬上二樓的緣故。這時班長叫起立，同學們都站立起來，他舉左手示意大家坐下。當時同學們都靜靜地望著他，過了幾分鐘，他才慢慢地從椅子上站起來開始講課。那天他講唐詩興盛的原因，還有温李詩在唐詩中的地位。他沒有講稿，但講得條理清楚，分析精闢，而且越講越有精神。記得那學期有一次系裏的八、九位先生來聽課，按教學進度，那天是講李義山的《錦瑟》，劉先生先講了瑟是一種什麽樂器，是二十五弦還是五十弦。然後講李義山這首詩是以錦瑟起興，不是詠錦瑟。並對種種舊説一一加以分析，認爲都不可信。劉先生認爲這是一首「無題」詩，是詩人李義山的晚年回憶，是自述感慨。下課後，我和坐在我旁邊的葉德均先生一道走出教室，葉先生蹺起大拇指對我説：「劉先生這兩節課講得太精彩了。」三年級時，劉先生給我們班開「杜甫詩研究」一課，我擔任課代表，我的畢業論文選的就是杜甫，因此系裏決定由劉先生指導。這樣，在我三、四年級兩年中，我和劉先生的接觸就很多了，真是受益匪淺。

劉先生住在雲南大學枇杷院裏唯一一座坐北朝南的三間平房，朝西一間是劉先生的卧室兼書房、客廳。李廣田先生擔任雲大校長後，在翠湖邊上的雲大圖書館裏特别給劉先生開設了一間研究室，裏面陳列了廿四史、《四部備要》、《四部叢刊》以及《史通》、《佩文韻府》等書，至於其他劉先生需要的圖書，隨時再由圖書館調來。我在寫畢業論文時，常向劉先生請教，一般他都不直接回答，只是説你去看什麽書，有時連卷數也指出，而且把研究室的鑰匙給我，叫我自己去看。我看完他指定的書以後，去還研究室門鑰匙時，就向他報告我讀書的結果，如果滿意了他就不作聲，如果不滿意，他就叫我再去讀，或者再另加讀什麼書。劉先生讓我讀書的時候，不但有具體要求，而且還指出應注意的地方。例如他要求我通讀仇兆鼇的《杜少陵集詳注》，但他也會提醒我：「仇兆鼇的這部詳注，是衆多杜詩注本中比較好的一種，但他也存在不少問題，如宣揚忠君思想；如沿襲舊注；如引文有的非原文，有的有删節；如對杜詩的音韻没有注意，而像《秋興八首》這組詩的用韻安排就很講究，這是迄今爲止研究杜詩的人還没有注意到的，也是讀《杜詩詳注》時要注意的。總之，讀書要十二萬分注意，不能盡信。」

劉先生自視甚高，但是他很推崇陳寅恪先生，他說：「現在最有學問的是陳寅恪，只有我和他能做學問了。聽説嶺南大學中國文學研究室最近給他出了《元白詩箋證稿》，我知道他是力圖改變以史釋詩的傳統，而是用史詩互證的方法來研究，來闡述的。這很了不起，你要設法找來看看。」陳先生的《元白詩箋證稿》我是一九五六年在上海才看到的，是文學古籍刊行社據嶺南大學版，經作者增補脱漏，校正錯誤，重新出版的。讀後我曾經寫過一封信向劉先生彙報，不知劉先生收到没有。

劉先生學問異常廣博，教學生的方法也多樣。記得有一次下課後，他叫我到他家去一下。我去了，他拿出一個六七寸長的橢圓形石硯遞給我，並說：「你看看這石硯如何？」我把石硯接到手中一看，這硯暗青中帶著隱隱的紫色，石質非常細潤。硯的上方刻了幾朵雲彩，利用石上一個圓形青白色石斑，刻成破雲而出的一輪明月。最妙的是雲下硯堂正中也有一圓形青白色石斑，宛如水中月影。硯的正面和背面都没有任何題識。我問劉先生這是什麼時代的？是什麼地方出的？他說：「不知道，我是從朋友處得到的。」接著給我講了一些石硯的知識、掌故。又說：「你如果對此有興趣的話，不妨去看看高風翰的《硯史》和《西清硯譜》之類的書。」又有一次，我在劉先生家，他拿出一個茶葉罐，叫我伸出手來，倒了一些茶葉在我手心中，並說：「你看看這茶葉如何？」我用鼻子一聞就說：「香。」劉先生說：「你不要聞，你用手摸。」我看這些茶葉是扁平的，用手一摸很光滑。我説：「這茶葉的外形和手感都和普洱茶不同。」劉先生點頭説：「對，這是龍井茶，和普洱茶不同，現在很不容易得到。」他叫我把手裏的茶放在茶杯裏，叫師母泡給我吃。他接着説：「茶葉的品種很多，喝茶不止講究茶葉，也講究水，講究茶具和泡的方法，陸羽的《茶經》你讀過嗎？」我説：「知道，但没有讀過。」劉先生説：「無妨讀讀，不過讀陸羽的《茶經》，還應該讀明朝人張應文的《茶經》，清朝人陸廷燦的《續茶經》。另外，讀一點詠茶的宋詩、詞，也可以增長這方面的知識。」有一段時間，劉先生很喜歡看滇戲，有時也約幾個學生一道去看。有一次我在他家，他對我説：「昨天李廣田來看我，勸我晚上不要去看戲，説年紀大了，多保重。我告訴他：『你要是同我去看上幾次，你也會喜歡的。』」類似的故事其實不少。以上我只是撿一些我印象比較深刻的，記得比較清楚的。

一九五四年我畢業了，畢業分配方案宣布以後，我到劉先生家去辭行。劉先生説：「上海没有我的學生，你是第一個，我十二萬分高興。但是我要告誡你，做學問必須踏實、虚心。我是搞小學的，我還常翻《新華字典》。」劉先生的這個教導，我一直牢記，未敢忘記。

一九五六年，雲大中文系傅懋勉先生、張友銘先生來上海，住在上海大厦，我去看望他們，傅先生拿出一個信封對我説：「這是劉先生托我帶給你的他寫的兩幅字，兩幅都是劉先生寫的詩。」這兩幅字我是一直珍藏着的，很可惜在史無前例的「文革」中被抄家抄走了，從此石沉大海。

劉先生逝世已經五十多年了，我離開雲大也近七十年了。但是，劉先生在雲大的住宅，劉先生的音容笑貌，劉先生的愛國、耿直，劉先生的博學，劉先生對我的教導，至今還時時浮現在我心間，難以忘懷。

（馬繼鴻補充：當時劉文典先生對父親的教育是指導讀書，有問題的話會告訴讀哪本書，而不是填鴨式教育。有幾次爸爸向劉文典先生報告讀書感想，説得時間晚了，劉先生還讓夫人給爸爸下麵條吃，並且提醒爸爸是回民，爸爸對此十分感激。）

曲晟暢：您一九五四年大學畢業後到華東師大中文系工作，當時施蟄存先生做您的指導老師，您能否談談施蟄存先生對您在工作和學習方面的影響？

馬興榮：我是一九五四年畢業分派到華東師大中文系工作，八月中旬報到，然後被分在古典文學教研室，教研室主任是施蟄存先生，同時他也擔任我的指導老師。後來也有很多的變化，但我跟隨蟄存師學習中獲益良多。我也是挑我印象比較深的説吧。

華東師範大學是一九五一年成立，一九五四年教研室也只有我一個助教。一九五四年新學期，施先生教三年級的「唐宋文學」，我是助教。記得很清楚，第一天上課，我老早就等在教研室，施先生來了以後，我們談了一些其他的事，他就離開教研室去文史樓，我關上教研室門，拿着筆記本跟在他後面，他忽然回過頭來問我：「你去哪里？」我説：「去聽您的課。」他説：「我講的還不就是那些東西嗎，有什麽可聽的，你自己去讀讀書。」我回答説：「我要輔導學生，不聽課怎麽行呢。」他説：「你輔導就輔導，何必一定要聽課呢？你等我下課後再説吧。」兩節課後施先生回到教研室，他對我説：「你的進修，我已經考慮過了。你去圖書館調一部《四部叢刊》來教研室，你把它讀一遍。」我問：「要求怎麽樣？」他説：「一部一部地讀，實在不感興趣的，也可以不讀，翻翻就是了。」我又問：「要不要記筆記？」他説：「你認爲有用的，或者你有體會的你就記。」就這樣從一九五四年秋天到一九五六年底我才完成施先生給我布置的這項學習計畫，對我幫助很大。其間，他儘量保證我的讀書時間。記得有一次他寫了一篇關於《紅樓夢》的論文，有一萬多字，他叫我幫他抄寫，我抄好後交給他，他拿到稿子一看就説：「哎呀，馬興榮，你何必花時間寫得這麽工整呀，這只要寫得能認出來就行了呀。」從此，他再也没有要我給他抄寫過什麽東西了。我知道他不願花我的時間，他希望我多讀書。可以説這兩年多時間，施先生給我打了一個堅實的基礎，對我數十年的教學、科研都是大有益的。

一九七四年夏天，我到第六人民醫院看病，從醫院出來，心情不好。一個人從北京東路走到靜安寺，從靜安寺又朝中山公園走。走到愚園路時，想到很久没有見施先生了，不知道他怎麼樣，就順路到他家去看看他。那時他已經不住在我很熟悉的朝南的那間大屋子裏了，而是住在朝北的一間幾平方的小屋子裏。屋子的左邊是一張單人木床，床前是一張舊木方桌，桌子的另一邊就是抽水馬桶。這時施先生正坐在馬桶上伏案寫東西。我進了門，施先生招呼我坐在床上。看到桌上有一些碑帖，我就説：「施先生，您現在還在搞碑帖呀。」他回答説：「有空就搞搞，我想過，搞完了把它送到圖書館去，對别人會有用處的。」在那樣艱難的歲月、艱苦的生活環境下，施先生還孜孜不倦地堅持他既定的研究工作，還想到要有益别人。這給我印象很深。我當時没有説什麼，我只想，人就應該這樣具有不斷追求的執着，就應該時時想着有益别人，特别是在逆境中。

一九八一年，我們籌辦了《詞學》。在漫長的編務工作中，我和施先生交往很多，得教也很多。記得有一次我審了一篇關於詞籍版本目録的文章，我認爲這篇文章寫得不錯，但到了施先生手裏他却改動不少。我在施先生家裏看到這篇修改不少的文章時就説：「這篇文章本來不錯呀。」施先生説：「我這樣改，不但有益讀者，還讓這位年輕的作者從而知道如何搞版本目録。」作爲編輯，我知道要爲讀者着想。而施先生不但爲讀者着想，還爲年輕的作者着想。當時我想，這很值得我學習，思考。

一九八二年，施先生住在華東醫院動手術。動手術那一天早上，除他的家屬外，中文系的領導和我也在醫院守候。當護士把他仰卧着的推車推到手術室門口時，他忽然叫護士把推車停下來，當時我正站在他旁邊，他側過頭對我説：「老馬，我一村那間房子裏有一箱詞集，送給你，你去拿。」我回答他：「施先生，以後再説吧。」他説：「不，這道門進去，出來後怎麼樣就不得而知了。」我知道，在施先生早年的觀念裏，詩詞不是一門學問。六十年代初他開始讀了大量詞集後，發現詞的園地裏有不少值得研究的問題，於是開始了對詞的研究，對許多詞集他都做了校勘。今天在生死之間，他仍然没有忘記他花過不少功夫的這些詞集，也没有忘記和他一起爲詞學事業奮鬥的學生。儘管我没有遵照他的囑咐去動過這些詞集，因爲我知道施先生康復後，肯定還要用的。但施先生的隆情厚誼，永遠銘刻我心。

（馬繼鴻補充：父親當時的指導老師是施蟄存先生，徐震堮先生也對我爸爸有很多幫助。當時中文系的風氣很好，對青年教師很關心，我爸爸剛來的時候，老先生在過年的時候都會把青年老師們請到家裏。）

四　詞學研究的承續與展望

曲晟暢：您曾爲劉過和黃庭堅的詞做箋注，這兩本書到現在都是閱讀《龍洲詞》和《山谷詞》不可或缺的注本，您能否談一下箋注這兩本詞集的初衷。

馬興榮：箋注詞集是一個比較傳統的做法，楊鐵夫有《夢窗詞選箋釋》，龍榆生有《東坡樂府箋》。這兩本箋注，《山谷詞校注》開始得早，五十年代我就在龍榆生先生和吕貞白先生的鼓勵之下，開始進行山谷詞的箋注，後來瑣事很多，完成得就晚一些。龍先生早年關注蘇門詞人群，寫過《蘇門四學士詞》，他對蘇軾、辛棄疾詞比較推崇。他曾在五十年代整理過黃庭堅詞，就是中華書局一九五七年出版的《豫章黃先生詞》。黃庭堅詞很有特色，一提起山谷詞，大家想到的都是口語、俗語寫的通俗詞，要是只閱讀選本，很容易留下這個印象，但是他也有很多雅詞。我曾説蘇軾是詞的革新家，在蘇軾之後，黃庭堅詞的内容也很豐富，題材多樣，什麽都可以寫。黃庭堅受到了柳永、蘇軾的影響，但同時也能有自己的面目。想要爲讀者呈現出一本比較好的注釋本，要做校勘、編年，注明本事、典故。後來知道祝振玉也在做黃庭堅詞的注釋，我就和他一起合作，完成這個注本。《龍洲詞校箋》出版的時間早一些，一九九九年出版。早年我讀宋詞的時候，就覺得江西的詞人多，後來讀了唐圭璋先生的《兩宋詞人占籍考》，統計江西有一百五十八位詞人，全國排第二，僅比浙江少。因此，我就想研究一下爲何這片土地可以出這麼多詞人？我在八十年代曾經編選過《唐宋愛國詞選》（江蘇古籍出版社一九八九年版），對宋代愛國詞人有所關注。兩個視角合一，就選擇了劉過爲研究對象，他的詞不多，但是是一位愛國詞人，我寫過他詞的論文（《論劉過及其詞》）。劉過的詞情況也比較複雜，他受辛棄疾的影響，有豪邁的一面；到了南宋時期，詞可寫的内容進一步擴展，因此劉過詞中有品格低下的詠物詞。在清末反對浙派末流的背景下，陳廷焯《白雨齋詞話》就認爲劉過詞「詞中最下品」，只是學到了辛棄疾的皮毛。但是對一個詞人的評價，還是應該全面來看，不能存門户之見，尤其劉過與辛棄疾之間的同和異，都是要仔細讀完詞集後才能下結論，這也是爲什麽要給他的詞做箋注。這本書完成較早，出版較晚，感謝江西的出版社願意弘揚鄉邦文獻，出版了這本書。上個世紀詞學研究進展迅速，得益於唐圭璋先生的《全宋詞》和《詞話叢編》。但學術研究總要推進，或是精細閲讀，或是保存鄉邦文獻，無論哪種目的，都需要做更精細的整理和注釋。這正因如此，中華書局、上海古籍出版社等出版了很多詞集箋注的原因。

曲晟暢：爲詞做注釋是您一貫的做法，即便編選《回族名家詞選》也是如此。這種民族性的專題詞選，我印象中此前還未有過，您能否談談編這本詞選的初衷。

馬興榮：由於我自己是回族，因此對回族文獻比較關心。早年寫過《金元兩代少數民族詞人短論》，對金元詞從源頭開始做了點梳理。回族的詞何時開始？後來有哪些詞人，涉及到哪些作品？這些要搞清楚。回族詞人也有承續，從晚唐的李珣開始，一直到晚清的端木埰。陳廷焯對李珣的詞評價很高，他在《詞則·閑情集》中評李珣《南鄉子》十七首：「語極本色，於唐人《竹枝》外，另辟一境。」況周頤對他的詞評價也不錯，他在《餐櫻廡詞話》中説：「李秀才清疏之筆，下開北宋人體格。」元代之後，民族融合，比較有名的就是薩都剌，吳梅認爲他是元詞中比較優秀的，他在《詞學通論》中說：「雲石海涯以綺麗清新之派振起於前，而天錫繼之，元詞以此爲盛矣。」到明清時期回族詞人漸多，比如「西泠十子」中的丁澎、浙派後期著名詞人改琦，以及晚清時期的薛時雨、端木埰等。尤其薛時雨，與蔣春霖同年，同樣經歷了太平天國的戰亂，他的詞不應被忽視，《芬陀利室詞話》評價薛詞：「今於同人詞選中，得《西湖櫓唱》，讀之天骨開張，具見風力，非塵俗吏也。」端木埰是晚清的大家，對王鵬運、況周頤等都有影響，當時大家都向他請教。

回族詞還有一個特點，家族性、地域性比較明顯，比如丁澎有弟妹三人，除了他，還有丁瀠和丁一揆，都是詞人；福建有丁煒、丁焯兄弟，謝章鋌在《賭棋山莊詞話》中説「二丁競爽，時有詞兄詞弟之稱。」這些問題值得進一步研究。另外，回族詞人的詞在内容上也有一些特點，如改琦詞風格舒朗，遊歷吳越湖山的遊記詞寫得最好，這可能跟他工於書畫有關；四川李若虛記録了他在四川、貴州、西藏生活的經歷，以及當地的風土人情等，展現了不同地域的風貌，很有特色。清代詞流派很多，詞人也很多，但多集中在江浙地區，此類邊疆區域的詞應該關注。我衷心希望民族文學能得到更多的關注。在條件成熟時，可以考慮出版《回族名家詩選》、《回族名家文選》等。

二十世紀以來的文學史，從内容來看多是「漢族文學史」。民族融合一直都有，遼金元清爲盛。清代詞人納蘭性德最有名，舍此之外，被關注的不多。少數民族文學也是中華文化中的一部分，不應被忽視。唐圭璋先生有《全金元詞》，二〇一九年中華書局也出過新的《全元詞》。在前人文獻整理的基礎上，研究也要跟上。

（馬繼鴻補充：《回族名家詞選》爸爸很早就醞釀了，此前在雲南大學的時候受到劉堯民先生的影響，注意到詞與音樂的關係，也就關注到回族的歌謠、詞。後來媽媽問他，準備得如何了，爸爸説只是有構思，還没做。媽媽認爲此事很有意義，應該早點做起來，於是就在二〇一二年做完了這件事。）

曲晟暢：八十年代後，詞學研究迅速發展，湧現了很多優秀的成果，一度成爲古代文學研究中最成熟的文體。但成熟也有代價，近些年詞學研究遇到了一些瓶頸，如何在傳統研究的基礎上，繼續保持高質量的學術發展，不知您有什麽建議和期許？

馬興榮：建議不敢當，我只能略略説一些看法，畢竟創新和發展還是要年輕一輩學者來做。對詞學研究的總結，我曾寫過《建國三十年來的詞學研究》（《詞學（第一輯）》），以及《十年來的詞學研究》（《文學遺産》一九八九年第五期）。這兩篇文章都是針對具體時間的具體問題，如《建國三十年來的詞學研究》中，我指出了「重思想，輕藝術」、片面理解「古爲今用」等問題，這些後來學界都糾正了。我認爲當時比較忽略詞史研究，現在重新來看，自八十年代以來，研究得最充分的就是詞史和詞學批評。在《十年來的詞學研究》中，我對八十年代詞學研究做了回顧，當時辭典編纂勢頭很强，出版了大量的鑒賞辭典，現在鑒賞辭典出版得倒是少了。改革開放後的十年，老一輩學人的文集紛紛出版，有很好的反響，這些文集是對現代詞學研究的總結，現在其實也仍可以再做搜集，儘量出全。

二十世紀詞學研究的快速發展，無疑是得益於《全宋詞》和《詞話叢編》的編成。加上宋詞在文學史中是「一代之文學」，促進了相關研究的進行。因此，想要推進詞學研究，文獻占有仍是第一步。《詞學》設有「文獻」欄目，目的就是從各個角度發掘珍稀的詞學文獻。老一輩的治學方法可以延續，比如詞集箋注，現在依舊可以去做。宋代很多比較有名的詞人，他們的詞集都没有注本。目前出版的注釋本，可稱定本的也不多。現在新史料不斷被發現，大家的角度也都很多，詞作的解讀空間很難窮盡，箋注可以幫助更好地理解詞作。宋詞基礎文獻排摸清楚了，可以借着箋注繼續深入研究，而不是直接换一個朝代從頭做起，這樣詞學研究没有深度可言。更何況明清詞連摸底都未完成，如果全集一時困難，可以考慮出選集。

至於詞選，古代的詞選就不必説了，常州詞派便是靠詞選開宗立派。現代以來，唐圭璋先生的《宋詞三百首箋》，龍先生的《唐宋名家詞選》、《近三百年名家詞選》，胡雲翼的《宋詞選》都很有名，爲普通讀者、青年學子提供了方便。宋詞的經典地位毋庸置疑，但是很少有人直接讀《全宋詞》，想要做初步的概覽，詞選是很好的選擇。除了宋詞選等朝代詞選之外，地域詞選、專人詞選、題材類詞選、流派詞選等都可以考慮。尤其明清，以及近代這些經典化不高的時期，可能更需要詞選這一形式。

剛才也説了民族這一角度，其實地域是一個不錯的角度。目前出版的《全宋詞》、《全金元詞》、《全明詞》、《全清詞》是以朝代爲劃分，近些年也有《全閩詞》、《全滇詞》等以地域總集。我因爲在雲南大學學習過，對雲南詞一直有關注。早年寫過《滇詞略論》，對主要詞人做了概述。雲南詞興起於明代，在清代興盛，楊愼對滇詞的影響很大。文獻方面，趙藩的《滇詞叢録》最有名。我當初在《滇詞略論》中期待的《全滇詞》，現在已經出版了。可做的地域性詞總集還有很多，值得注意。

我曾在《詞學略論》一文中，試圖補充三個研究方向，現在來看，中國港臺及海外的「詞的研究之學」、當代的「創作之學」仍有繼續堅持的價值。我於一九九二年退休，一九九三年正好是「汪辜會談」。中國臺灣地區與大陸的聯繫增多，臺灣「中央研究院」舉辦國際詞學討論會，邀請大陸學者前去。這是大陸學者第一次去臺灣，共計八位，北京两位，江蘇两位，上海三位，浙江一位。上海三位，華東師範大學是我，上海師範大學是蔣哲倫，復旦大學是王水照。我論文的題目是《試論況周頤及其詞》。我也曾爲《柳永論稿》寫序言，中國和日本一衣帶水，唐代時期詞便傳入了日本，日本學者森槐南、森川竹蹊等都有詞學著作。當代日本詞學研究很可觀，村上哲見的《宋詞研究》想必很多學者都讀過。北美在五十年代就有詞學研究，白思達翻譯過《欽定詞譜》。七十年代後，劉若愚、林順夫、魏世德、孫康宜、方秀潔等都有很好的詞學研究成果。後來陸續有海外詞學研究專著翻譯進來，如林順夫的《中國抒情傳統的轉變》。前幾年《詞學》設有「海外詞壇」欄目，我們應該多多介紹海外的優秀成果，和國際學人共同交流。從東亞詞的創作來看，日本、朝鮮、越南等國都受到中國的影響有填詞活動，前幾年華東師大出版社還出版了《全高麗朝鮮詞》，可以在此基礎上，繼續擴展詞學研究的文獻。詞不局限在中國，詞學研究也應該有國際視野。

「創作之學」也要重視，研究古代文學，貌似只是研究已死的文物。詞是古人的作品，詞話等是古人對作品的評價，這些在古代都是鮮活的創作。當代詩詞寫作一直很繁盛，一方面要編一些適合寫作使用的詞譜，另一方面應將當代創作學理化，不應排除在研究之外。上個世紀唐圭璋先生曾想招博士生重新編訂《欽定詞譜》，後未招到。近幾年詞譜整理與研究增多，華東師大出版社出版了「詞譜要籍整理與彙編」，以及《欽定詞譜》等修訂的成果，這方面可以繼續開展。自現代大學中文系開設詞學課程，總體上還是以研究爲主，培養研究者，對創作的關注不多，將創作和研究分隔開來了，好像不相干一樣。還是要聯繫實際、結合實際。除了詞史、詞學批評之外，龍榆生先生在《研究詞學之商榷》中提出的八項研究，都可以擴展。

詞是具有多方面的綜合藝術，不應該只關注作家作品。

在充分占有資料的基礎上，也可以追求新方法。就像在上個世紀，葉嘉瑩的著作，對學界就有很多啓發，北美的詞學研究很注重和理論結合起來。我曾在論文中表示，可以考慮在研究中應從多層次、多角度，橫縱結合地研究詞學，注重深入挖掘詞人的內心世界。傳統的方法要堅持，新的觀念也要發展，不能固守。

總體來看，歷代詞的數量很大，大家多，普通詞人也多，可以研究的東西很多。傳統的方法我們不能拋棄，地域、民族、家族等方向可以繼續堅持，加强國際視野，聯繫當代創作，相信詞學研究會有更好的成績。

現在還有一個任務，就是要培養一批學生，讓年輕的學生能够被發現，不只是要招學生，而且要能發展。

曲晟暢：感謝您今天接受我的採訪。今天您講述了多年來治詞的歷程，對於《詞學》創辦的回憶，讓我們感受到了早年刊物創辦的艱辛。對師長的追憶，也讓我們領略到了前輩學人的風采。您多年來心係詞學事業，爲新中國成立以來詞學學科的建設作出了卓越的貢獻，您的教誨我們會銘記！祝您身體健康，生活快樂！

馬興榮：謝謝！

（访谈者單位：華東師範大學中文系）

〔一〕包括馬興榮先生的《憶劉堯民師》（《詞學（第三十七輯）》）、《懷念劉文典師》（《金沙江文藝》二〇〇二年第四期）、《馬興榮詞學論稿》（上海古籍出版社二〇一三年版）等。

詞苑

【按】本刊上輯第五十一輯「詞苑」欄所登《憶舊遊·題大酉山》一首，誤署名作者劉孟奇，實應爲劉啓鳴，特此更正説明，本輯另特刊劉啓鳴詞一首，並向二位作者致以歉意。

金盞倒垂蓮 癸卯除夕依友人韻 自題未刊詩集

施議對

詩債年華，正頻添白髮，歲律崢嶸。暑往寒來，紫蕨焙前蒸。望嶺上、銜霜映雪，早梅朝夕相迎。何遜未老，偶然夜半青燈。幾多舊遊堪憶，算登山觀海，巵酒當傾。大地春回，春水縠紋生。著甚忙、蠅頭蝸角，忍拋身外浮名。亭北沉香，且看迷濁清澄。

法曲獻仙音 劉阮傳説。依周清真體

景蜀慧

霞抹雲嵐，嶺飛煙瀑，峭石莓苔高樹。紺壁緗桃，翠屏幽竹，雙姝妙影溪渚。對要眇、冰姿侶。笙歌鳳鸞舞。又春暮。聽遥山、鷓鴣聲斷，珠帳冷、桑海暗换誰覩。解珮別仙源，但徘徊、老鶴來去。水隔迷津，黯芳林、花隕如雨。正秦人劫後，夜永憶歸瑶圃。

蘭陵王　王羲之。依周清真體　前　人

遠岑碧。雲畔青螺若畫。山陰路，如在鏡中，緑野澄湖弄晴色。林泉自放逸。還憶。蘭亭雅集。春波澹，芳醴泛流，觴詠人間弔陳跡。　遺編久沈寂。見舊燕堂前，新壘天北。浮文妨要非今急。知上善流惠，老成謀國。深憂秦政不獨昔。悵懷黯凝立。　歸客。問行屐。但竹徑通幽，虛室生白。桑榆向晚多欣懌。便翠巘舒翰，黛池凝墨。風超神邁，對鳳翥，聽夜笛。

注：王羲之語謝安：「今四郊多壘，宜思自效，而虛談廢務，浮文妨要，恐非當今所宜。」王羲之遺殷浩書：「自頃年割剝遺黎，刑徒竟路，殆同秦政，惟未加參夷之刑耳，恐勝廣之憂，無復日矣。」

哨遍　夜中夢迴賦此　龐　堅

剖果試茶，推户卷簾，坐對瀟瀟雨。依短檠，空鏡照清癯。歎流年還搜殘句。又底須。莊生蝶兒牽記，悠悠夢裏連番語。知菡萏形枯，菰蔣魄冷，終驚蕭瑟如許。漫掉頭何忍問盈虛，望旻穹清蟾似憐余。秋霽收虹，北雁傳恨，莫尋醉侶。　吁。彈鋏求魚。釣翁應哂真無趣。江上聽疊浪，飛雲邊認鷗羽。料到海星槎，納鯤蜃闕，迢遙也覺傍煙溆。故水滄浪，新橋寂寞，飄搖寒柳千縷。誦老坡赤壁意有餘。念顧怪歸奇剩唏噓。撫霜絃、曳音蘆絮。蓬瀛爭道仙國，豈有驂鸞遇。只應竹弟松兄謔笑，姊妹蘭來菊去。仰瞻銀漢一軒渠。任寰球、只似孤嶼。

鷓鴣天

太空　前人

北斗堪斟碧漢春。南箕欲簸紫微魂。星爲織女梳頭屑，月是麻姑掐爪痕。盟畢昴，會參辰。光年度盡鵲橋昏。更迎仙后花流彗，一鏡還窺造父奔。

柳梢青

甲辰驚蟄微雨過嘉澤花神宫小坐别院飲桂花拿鐵　秦鴻

來袖江雲。播茲湖上，絲雨紛紛。却咲池魚，吞花久矣，成否香身。玻璨淨若無痕。恍不記、曾經叩門。急凍之前，春風共我，有限温存。

婆羅門引

我瞻室主人屬題所藏《白雨齋詞話》光緒甲午鐫本　前人

湘靈鼓瑟，迎君三十九年歸。海陵遺卷累累。回首滄波籠月，蛟蜃阻羈離。趁秋霖瀝瓦，吮墨論詞。　俄而倏而。此天地、亦塵泥。安用雲羅避弋，華轂吹齏。世間文字，盡散作、雨雪正霏霏。銷凝處、今我來思。

滿江紅

癸卯九月之望，登巢湖姥山島，逕穿漁村往謁華藏淨寺，即古聖妃祠也。歸艇中用白石調以摇滾法叩舷歌此，抵岸適成。

前　人

聽我狂歌，恰促拍、空際急瀾。飛舷外、湖波平似，偃伏群山。待我傾其青玉斝，有誰抛罷白雲冠。掛碧霄、秋日正渾圓，刀背環。　蒼茫裏，休細看。孰奔北，孰圖南。把清漪劃做，千萬重關。地表爲人能俯仰，天心於我豈欺瞞。忽船頭、門店晃旗招，人世間。

徵招　用《山中白雲詞》韻

馮　乾

十年苦憶招魂事，斜陽塔外春水。迢遞幾關山，恨江南千里。遺音長在耳。天難問、喪斯文意。鶴唳華亭，鵑啼幽野，可憐山鬼。　暗裏。渺愁予，江郎恨、銷魂黯然如此。寂滅了聲光，儼樓臺彈指。淚襟渾未洗。更何語、燈前夢底。人間世、玉老田荒，歎風流英氣。

看花回

前　人

玄都觀裏千樹，殷紅凝碧。聞是種桃道士，劚海外仙苗，當年栽植。披煙戴雨，此地蟠根初結實。花不語、下自成蹊，劉郎到此亦相惜。　纔十載、落英無跡。歎滿眼、兔葵燕麥。苔綴荒畦冷甃，剩無限東風，揺曳天棘。貞元舊夢，杳眇春鴻難覓。只斜陽、冉冉盡，太液清波濕。

上行杯

前　人

漆燈波粒銷春夜。影子來游乘魔馬。默片未完。斑駁碎光幕布間。　靈魂暗與魔鬼擁。姹女飛騰如瀉汞。世界娑婆。老死繭窠不化蛾。

憶江南

雜題明清人詞集二十四首(一)

鍾　錦

湘真閣,花草映春朝。才弱尚持流派正,時危尤見姓名高。易代出風標。
《湘真閣詞》

題圓石,自作一詩人。此是平生忠厚意,淒涼惟剩説亡陳。説著已聲吞。
《梅村詞》

江流去,一片舊河山。和雅新詞推北宋,興亡前恨阻南天。遼海望悽然。
《拙政園詩餘》

聰明語,枉用曲家才。肯爲六宫憐鬪掃,爭將一字鬪詼諧。輕薄寫閨懷。
《百末詞》

江南子,湖海氣偏粗。一種緣情雖異董文友,十分循法總同朱竹垞。不是繼辛蘇。
《迦陵詞》

姜張後,浙派枉流行。一向貪多誇博學,幾曾入妙寫鍾情。艷絶曝書亭。
《曝書亭詞》

卜算子 吹風機

江合友

一握動飛蓬，對鏡殷勤理。涼暖無端鬢上留，苧雨絲絲墜。　憑汝好梳妝，占汝風頭幾。拋却流光幸汝知，髮際新來退。

浪淘沙 楸樹花

前　人

喬木紫雲開。千蓋風裁。浮煙懷抱小樓臺。細雨廉纖幢五彩，枝上青苔。　花謝碾成埃。往事堪哀。躊躇不見美人腮。修直腰身長渺渺，過去將來。

鷓鴣天 茶亭《臨江仙》賦秋日玉蘭一調，見而愛之，因邀芸館同題以和

王希顏

過盡紛華百感仍。才堪著雨復雲蒸。歸無海客槎停岸，留恐天妃夜翦翎。　紅濟濟，玉盈盈。便重來向死邊生。杯中月共階前影，不是春風也動情。

菩薩蠻 初春訪盧溝橋

前　人

漲天鯨沸桑乾水。山光明滅腥雲委。白羽失空青。垂虹勢斬鯨。　蒼痕憐玉注。精魄勝誰補。不語

對長欄。波寒帶遠烟。

蝶戀花　扶桑秋感

蒙顯鵬

一片松杉隨旅次。目極天西，霞色浮赬尾。更與何人參偈字，夕顔淡綴町邊寺。消受晚風兼落桂。木末團鴉，斷續聲嘹唳。悄悄海蟾孤照市，酒旗人語寒燈裏。

八聲甘州　秋柳

前　人

問爲誰瘦盡舊容光，鎮日作眉彎。對萬方商旅，數痕白雁，一帶寒煙。水畔無心攀惹，人去是何年。只有晴漪蕩，衰色斑斑。　身比飄零更苦，念怯秋滋味，剩有誰憐。想黄昏曾約，早晚是空言。久凝眸、追思成倦，歎還如、錦瑟漫多弦。西風晚、月中霜裏，顧影偷彈。

選冠子　癸卯秋日遊揚州瘦西湖遇雨

前　人

魚口陽微，沙頭翠擠，一夢揚州猶永。棲禪石瘦，選木禽寒，遵滸漫穿雲徑。惆悵軟語吴儂，歌破興亡，去來閑艇。漸纔纔颺柳，冥冥飛澍，共成淒冷。　都一晌、駐盡紅橋，思慚白石，對此問誰能詠。寒漪上下，古怨依稀，聽到晚荷逾迥。無語鳧翁，料疑王霸曾空，繁華叵定。對荒愁浩蕩，蹤跡淡於秋影。

鷓鴣天

曹　野

遣去南柯最老枝。醒來蒙昧憶誰誰。碧雲萋草藍橋靜，幽夢離魂閬苑迷。　花月事，鳥蟲知。東風惆悵嫩芽遲。如今春色都無味，爾汝人間莫寫詩。

浣溪沙

元旦次賀方回韻

前　人

漢劍楚舟夢底尋。一重灰燼一重吟。吟安一字兩眉深。　燕子春風來有意，芙蓉秋水去無心。凴誰感舊又傷今。

齊天樂

劉啓鳴

余家大酉山麓，下有大酉洞，故傳秦人藏書處也，又稱「大酉洞天」，爲尹真人治。昔年往遊，神思幽寥。至於漂泊湘上，每動歸與，未嘗不嘆思焉。

遺傳劫火千年事，秦餘洞天誰住。穴窈藏書，崖深煉藥，來證殘碑上古。練衣未去。甚欲訪幽栖，徑迷仙路。洞口桃花，一篙烟緑記流處。　飄零空抱慨恨，再遊何日到，劉阮前度。丹竈燒雲，石牀拂蘚，能避人間塵土。批風倩雨。爲鎖鑰巖扃，閉關蘿户。夢想歸來，鶴翎期未許。

論宋初刻本《草堂詩餘》的選人選詞

岳淑珍

《草堂詩餘》是南宋坊間編纂的詞選，此選問世後，影響頗大，以致不斷有人增加詞作内容，增修箋注，一版再版。〔一〕但現在宋初刻本《草堂詩餘》已散佚不見，難覓其蹤，因爲《草堂詩餘》對明清詞學發展影響太大，研究者非常關注宋初刻本《草堂詩餘》的面貌，並多以明洪武遵正堂《草堂詩餘》刻本作爲觀照對象，以還原宋初刻本的情況。而現存最早的《草堂詩餘》版本是元代的兩種刻本，此距離宋刻本《草堂詩餘》問世的時間較短，版本所呈現的信息也更可信。細緻研讀這兩種版本，似乎可以大體還原宋初刻本《草堂詩餘》選人選詞的基本面貌。

元刻本《草堂詩餘》有兩種：一爲元至正癸未（三年，一三四三）廬陵泰宇書堂刻本（簡稱泰宇書堂本），一爲元至正辛卯（十一年，一三五一）雙璧陳氏刊本（簡稱雙璧陳氏本），這兩種版本中國國家圖書館皆有收藏。〔二〕泰宇書堂本題爲「影元刊《草堂詩餘》」，且只有上集（卷上、卷下）二卷，無編者姓名，總目後有「至正癸未新刊　廬陵泰宇書堂」兩行十二字牌記，二卷中間皆有殘缺。雙璧陳氏本爲完整本，此本分爲前集（上卷、下卷）、後集（上卷、下卷）四卷，有總目録，還有前集與後集細目；其總目録内没有編纂者信息，後有「至正辛卯孟夏　雙璧陳氏刊行」兩行十二字牌記。前集、後集目録内均題有「建安古梅何士信君

本文爲國家社科基金項目「歷代《草堂詩餘》的纂刻及其詞學影響研究」（21BZW013）階段性成果。

實編選」一行。比對兩種版本信息可知，兩種版本總目標題一致，皆題爲《類選群英詩餘總目》，前集卷上、卷下標題一致，皆題爲「增修箋注妙選群英草堂詩餘」；皆每半頁十二行，行二十三字，雙行小注皆每行二十九、三十字不等；泰宇書堂本只有總目録，而没有前集細目；雙璧陳氏本不僅有總目録，還有前集、後集細目；字體風格也相似。由此可知，此本的編纂者亦當爲何士信。另外，中國臺灣「中央圖書館」所藏影抄元廬陵泰宇書堂本的書名頁有這樣的版刻信息：「增修箋注妙選群英草堂詩餘前集二卷，宋何士信選編，影抄元至正三年廬陵泰宇書堂刊。」〔三〕也表明元代《草堂詩餘》的兩個版本編者應該爲同一人。王重民《中國善本書提要》在「詞類」部分著録了泰宇書堂本與雙璧陳氏本，在泰宇書堂本《草堂詩餘提要》中指出：「前本（指雙璧陳氏本）何士信編選一行題於《目録》葉内，此本無目録（指前集細目），故不注何士信名，然詞話箋注，均一一相同，則此本亦士信編選本矣。」〔四〕可謂有見地。

不過，泰宇書堂本與雙璧陳氏本有些許差異〔五〕，雙璧陳氏本收詞三百七十六首，其中上集收詞二百零五首，下集收詞一百七十一首；通過比對兩種版本可知，泰宇書堂本前集卷上缺詞十七首，卷下缺詞十六首，凡三十三首，就缺詞位置及詞作内容，皆可據雙璧陳氏本補全。清水茂謂：「這個至正本前集卷下八十二頁李太白《憶秦娥》以下八闋，洪武本亦未載。」〔六〕他列出的八首詞爲周美成《風流子》「楓林凋晚葉」，柳耆卿《雨霖鈴》「寒蟬凄切」，范希文《御街行》「紛紛墜葉飄香砌」及其《蘇幕遮》「碧雲天」與《漁家傲》「塞下秋來風景異」，李後主《採桑子》「轆轤金井梧桐晚」，僧仲殊《南柯子》「十里青山遠」，李後主《浣溪沙》「菡萏香銷翠葉殘」（當爲李璟詞）」，而雙璧陳氏本不缺，就連李璟詞誤爲李煜詞都一樣。泰宇書堂本前集比雙璧陳氏本多出四首〔七〕，即周邦彦的《漁家傲》「幾日輕陰寒惻惻」（卷上，新添）、黄昇的《長相思》「天悠悠」（卷下，新添）、康伯可的《滿庭芳》「霜幕風簾」（卷下）、周邦彦《紅林擒近》「風雪驚初霽」（卷下）；泰宇書堂本前集卷上周邦彦《渡江雲》「晴嵐底楚甸」、卷下秦觀《畫堂春》「落紅鋪徑水平池」〔八〕二首詞調下有「新添」二字，雙璧陳氏本則無；泰宇書堂本上集卷下謝無逸《千秋歲》「楝花飄砌」一詞調下注「新增」二字，而雙璧陳氏本則注「新添」二字。這些少許不同，當是傳刻時脱落、誤刻所致。通過對泰宇書堂本與雙璧陳氏本兩個版本所提供的信息進行比對，我們可以擬出宋初刻本《草堂詩餘》選人選詞的大致面貌。

以元代完整本《草堂詩餘》雙璧陳氏本，輔以泰宇書堂本，考察宋初刻本之選人選詞情況，當是比較客觀的。由於《草堂詩餘》刻印後被不斷增修印刷，增修痕跡在雙璧陳氏本中可以明確看到，因爲有些入選詞作在其詞調後有明確標明「新添」、「新增」的信息，當今學者一般認爲，剔除「新添」、「新增」詞作，即爲宋本《草堂詩餘》的大致面貌。〔九〕雙璧陳氏本選詞情況如下表所示：

雙璧陳氏本《草堂詩餘》選詞情況表

卷數	選詞總數	新添詞作	新增詞作	原選詞數
前集卷上	九十九首	三十一首	四首	六十四首
前集卷下	二百零六首	二十三首	二首	八十一首
後集卷上	八十五首	十七首	零首	六十八首
後集卷下	八十六首	十二首	十七首	五十七首
合計	三百七十六首	八十三首	二十三首	二百七十首

由此表所示信息，再對比泰宇書堂本選詞情況，一般認爲宋初刻本《草堂詩餘》最初所選詞作當爲二

百七十首。但是，辛卯本後集（卷上）目録中在「節序上」之「元宵」類《瑞鶴仙》詞調下注云：「全卷新添。」這一注釋不知何人、何時所爲，多爲人們所忽略。因爲後集卷上還有「新添」詞作十七首，「全卷新添」這一注釋當在「新添」詞作選入之前完成，即不知名增添者在不知何人增選《後集》卷上以後，又在此基礎上增添了十七首。由此一來，删除後集卷上全部詞作，再加上泰宇書堂本没有「新添」、「新增」信息而多出雙璧陳氏本之詞作，即是宋本《草堂詩餘》的大概選詞量。因此，宋初刻本《草堂詩餘》選詞當爲二百零二首。其中所選署名詞人爲五十八人，時代最早者爲李白（七〇一—七六二），可以考證出詞作創作最晚時間的詞人是吴禮之。吴禮之生平事蹟不詳，但所選之詞《喜遷鶯》「銀蟾光彩」作於乾道九年（一一七三）。〔一〇〕入選的唐五代詞人有李白、温庭筠、韋莊、馮延巳、李璟、李煜、韋莊等六人，南渡詞人有趙鼎、趙善扛、李清照、朱敦儒、孫夫人、葉夢得、汪藻、張元幹、康與之等九人，還有宋豐之、俞克成二詞人，一般認爲是南宋人，但具體生活時期不詳，所選詞作亦考證不出具體創作時間。其餘皆爲北宋人。其選詞三首以上者如下表所示：

宋初刻本《草堂詩餘》選人選詞情況表

序號	詞人	詞作數	序號	詞人	詞作數
一	周邦彦	二十四首	五	柳　永	八首
二	秦　觀	二十二首	六	李　煜	六首
三	蘇　軾	十九首	七	黄庭堅	六首
四	歐陽修	十五首	八	僧仲殊	五首

續表

序號	詞人	詞作數	序號	詞人	詞作數
九	趙令時	五首	一六	范仲淹	三首
一〇	張先	四首	一七	王觀	三首
一一	李清照	四首	一八	晏幾道	三首
一二	韋莊	三首	一九	賀鑄	三首
一三	晏殊	三首	二〇	汪藻	三首
一四	宋祁	三首	二一	張元幹	三首
一五	孫夫人	三首			

由上表所示，宋初刻本選三首以上的詞人爲二十一人，其中唐五代詞人二人，北宋詞人十五人，南渡詞人三人，無論選人抑或選詞，北宋都是選者重點關注對象。另外，人們在研究《草堂詩餘》的成書時間時，往往會在集中選入劉克莊與史達祖詞不符合通過王楙的記載而推測《草堂詩餘》的刻印時間而犯難[一一]，並尋找選入的理由，而集中所選劉克莊與史達祖之詞皆在《後集》卷上，可以説「全卷新添」這一注釋信息亦爲宋初刻本《草堂詩餘》的成書時間提供了佐證。

通過對元刊本《草堂詩餘》的考察分析，宋初刻本《草堂詩餘》的面貌趨於清晰明瞭；同時，元刊《草堂詩餘》所提供的注釋信息亦爲我們判定宋初刻本《草堂詩餘》的刻印時間提供了文獻支撐。在此基礎上，我們對宋本《草堂詩餘》各方面的研究將會更客觀。

〔一〕參閲岳淑珍《〈草堂詩餘〉與明代詞學的復蘇》,《河南大學學報(社會科學版)》二〇一三年第六期。

〔二〕本文二種元刊本依據中國國家圖書館藏本。

〔三〕此據楊映雪在中國臺灣交流學習時郵寄的複印本,特此致謝。這些版刻信息不知是原本所有,還是後來圖書館在登録古籍時所補充,但字體與正文風格一致。即便是後來補充,也必有所據。所引内容中間標點符號爲本文作者所加,原書名頁信息分三行依次排列。

〔四〕王重民《中國善本書提要》,上海古籍出版社一九八三年版,第六八二頁。

〔五〕由於泰宇書堂本僅存上集(卷上、卷下)兩卷,兩種版本只能就上集對比。

〔六〕〔日〕清水茂《至正癸未廬陵泰宇書堂刊本〈妙選群英草堂詩餘〉後記》,趙曉蘭譯,《成都大學學報(社會科學版)》一九八六年第四期。

〔七〕楊萬里《草堂詩餘匯校匯注匯評》作三首,崇文書局二〇一七年八月版,第六頁。

〔八〕泰宇書堂、雙璧陳氏二本皆不注作者。

〔九〕吴世昌《〈草堂詩餘〉跋——兼論宋人詞集與話本之關係》,社會科學戰綫編輯部《中國古典文學論叢(第一輯)》,吉林人民出版社一九八〇年版,第二五二頁。胡元翎《從淮〈草堂詩餘〉初選本蠡測文人「曲化」詞之文本標準》,《學術交流》二〇一〇年第四期。楊萬里《草堂詩餘匯校匯注匯評》,第三頁。

〔一〇〕朱德才《增訂注釋全宋詞》第三卷,文化藝術出版社一九九七年版,第二八六頁。

〔一一〕王楙《野客叢書》最早提到《草堂詩餘》(中華書局一九八七年版,第二七二頁)。此書卷首有王楙寫於慶元元年(一一九五)自序,而《草堂詩餘》所選史達祖(一一六三—一二二〇)、劉克莊(一一八七—一二六九)詞作當作於一一九五年之後。

〔作者單位:河南大學文學院,中華文學史料整理與研究中心(詞學研究中心)〕

《全宋詞》趙師俠詞辨正一則

魏　友

唐圭璋先生編纂的《全宋詞》作爲有宋一代詞林淵藪，是當代學界研治宋詞時最通用的文獻資料。但若書中所收某些詞作的紀事内容本身因爲某種原因在流傳過程中出現訛誤，而前人既習焉不察，唐圭璋先生亦百密一疏，相沿不改。古今學者皆據之以考證詞人生平，則不免積非成是，與詞人的生平實際出現明顯偏差。學界據南宋詞人趙師俠《坦菴詞》中《酹江月·乙未中元自柳州過白蓮》一詞對作者所作生平考證便是顯著一例。趙師俠，字介之，新淦（今江西新干縣）人。燕王德昭七世孫，與趙善扛、趙彦端、趙汝愚並稱宋代宗室的四大詞人。《全宋詞》第三册收有所著《坦菴詞》，存詞一百五十四首。

古今學者在考證趙師俠生平的宦遊蹤跡時，皆據《酹江月·乙未中元自柳州過白蓮》一詞提及柳州，而言其曾宦遊於柳州或者「桂」地。如四庫館臣爲《坦菴詞》所撰提要曰：「其宦遊所及，繫以甲子。見於各詞注中者，尚可指數。大約始於丁亥，而終於丁巳。其地爲益陽、豫章、柳州、宜春、信豐、瀟湘、衡陽、莆中、長沙，其資階則不可詳考矣。」[一] 胡薇元《歲寒居詞話》曰：「嘗舉進士，令益陽、豫章、柳州、宜春、瀟湘、衡陽、蒲中、長沙，始丁亥，終丁巳，蓋三十年作，可按地而索也。」[二] 饒宗頤先生《詞集考》曰：「其宦遊之地，則往返於湘、贛、桂、閩間。」[三] 當代詞學論著在論述趙師俠生平時基本上都沿用此種成説。但是我們若將上述詞作與《坦菴詞》中的其他詞作比勘發覆，以及細察詞作内容，可知詞中所提及的「柳州」當爲「杭州」之誤，趙師俠生平並未曾宦遊於柳州或者「桂」地，具體考辨如下。

《酹江月・乙未中元自柳州過白蓮》所題干支紀年乙未爲宋孝宗淳熙二年（一一七五），趙師俠於是年進士及第。《坦菴詞》中另有一首《酹江月・乙未白蓮待廷對》記其同年應舉時在白蓮等待廷對之事，詞曰：

斜風疏雨，正無聊情緒，天涯寒食。煙重雲嬌春爛熳，却得輕寒邀勒。柳褪鵝黄，池添鴨緑，桃杏渾狼藉。亂山深處，尚留些子春色。　海燕未便歸來，踏青鬭草，誰與同尋覓。杜宇多情芳樹裏，只管聲聲歷歷。似勸行人，不如聞早，作箇歸消息。休教腸斷，夢魂空費思憶。

又據集中記同年應舉返程之作《朝中措・乙未中秋麥湖舟中》：

西風著意送歸船。家近總欣然。　去日梅開爛熳，歸時秋滿山川。　京華倦客，難堪羈思，歷盡愁邊。寄語姮娥休笑，月圓人亦團圓。

兩相對照，便可發現上引兩詞中羈留思歸的情感貫通一氣，且據「去日梅開爛熳，歸時秋滿山川。京華倦客，難堪羈思，歷盡愁邊」數語，可知趙師俠自淳熙二年初春時節從江西家中赴杭州應舉後，便一直滯留在南宋都城，直至同年七月中元節之時才啓程返鄉（説詳下文），並於八月中秋前後方抵達江西家中。據此，可推斷趙師俠等待廷對之地白蓮當位於杭州附近，而淳熙二年中元前後趙師俠也不可能出現在廣西柳州地區。又據《宋史》卷三十四《孝宗本紀二》記載：「（淳熙二年）夏四月乙卯，賜禮部進士詹騤以下四百二十有六人及第、出身。」〔四〕從寒食至科舉放榜的乙卯日（二十五日），期間僅僅相隔二十二天，而廷對時間更要比放榜時間稍前，若白蓮位於柳州周邊，以當時的交通條件，趙師俠不可能在這麽短的時間内從偏遠的廣西趕到杭州參加廷對，此亦證明白蓮不當位於柳州附近。

我們再細揆《酹江月・乙未中元自柳州過白蓮》一詞的意象，可以發現，詞作中所涉及的人、物無不指向杭州西湖。《酹江月・乙未中元自柳州過白蓮》全詞如下：

曉風清暑，映湖光如練，山光如染。十里荷花香滿路，飛蓋斜攲妝面。一葉扁舟，數聲柔櫓，陡覺紅塵遠。六橋三塔，恍然圖畫中見。　因念當日三賢，兩山佳處，應也經行遍。啄月吟風無限句，景物隨人俱顯。賀監風流，玄眞清致，我亦情非淺。漁簑投老，利名何用深羡。

上闋中的「十里荷花香滿路」直接套用柳永《望海潮·東南形勝》中描寫杭州西湖的名句「有三秋桂子，十里荷花」的後句而略加申説，「六橋三塔」則皆爲北宋元祐年間蘇軾主持疏浚西湖時留下的功績，「六橋」乃指西湖蘇堤上映波、鎖瀾、望山、壓堤、東浦、跨虹六橋，「三塔」即西湖十景之一「三潭印月」所指的三座瓶形石塔。下闋中的「當日三賢」指白居易、蘇軾、林逋，白居易、蘇軾治理西湖有功，林逋是宋初隱居於西湖的名士，他們吟詠西湖景色的詩作如《錢塘湖春行》（白居易）、《飲湖上初晴後雨二首》（蘇軾）、《山園小梅》（林逋）等都是膾炙人口的名篇，同時白堤、蘇堤因白、蘇二人而得名，孤山則因林逋曾隱居於此而聞名遐邇，因而宋代在西湖湖畔建有三賢堂以表紀念，詞中「啄月吟風無限句，景物隨人俱顯」句即是謂此。「賀監」即唐朝著名詩人賀知章，其所屬籍貫越州永興即今杭州市蕭山區，西湖恰好位於蕭山的西北方，是賀知章從西北方向歸返故鄉時的經行之地。因此，當詞人在淳熙二年七月中旬從杭州啓程返鄉，於途中經過白蓮縱覽西湖風光時，不禁聯想到當年賀知章從長安辭官歸鄉途經西湖時的風流神采，對他那種曠達灑脱、不慕富貴、返璞歸眞的胸襟性情心馳神往，並引其爲異代知音。此外，我們還可以進一步考證出詞中所提及的「白蓮」具體所指何地。陸游《渭南文集》卷四十收有《松源禪師塔銘》一文，文中在敘述南宋高僧松源崇岳的生平事跡時，有「隆興二年，師始得度於臨安西湖白蓮精舍」之語〔五〕。據此可知，南宋時杭州西湖湖畔立有白蓮精舍，爲佛門寶刹，且其地勢相對較高，可以遠眺西湖全景，趙師俠兩首《酹江月》詞作中所提及的「白蓮」皆指此地，由此前述考辨內容皆可融會貫通，更無滯義。

綜上可知，《全宋詞》所收趙師俠《坦菴詞》中《酹江月·乙未中元自柳州過白蓮》一詞所提及的「柳州」

爲「杭州」之誤，而過去學界據此詞考證趙師俠生平曾宦遊於柳州或者「桂」地的觀點皆屬失察之論，兩者皆當予以訂正。

〔一〕永瑢等《四庫全書總目》卷一九八，中華書局一九六五年版，第一八一三頁。
〔二〕唐圭璋編《詞話叢編》第五册，中華書局一九八六年版，第四〇三〇頁。
〔三〕饒宗頤《詞集考》，中華書局一九九二年版，第一六二頁。
〔四〕脱脱等《宋史》第三册，中華書局一九七七年版，第六五九頁。
〔五〕錢仲聯、馬亞中主編，馬亞中校注《陸游全集校注》第十册，浙江教育出版社二〇一一年版，第四四五頁。

（作者單位：南京師範大學文學院）

徐珂《詞曲概論講義》的生成與覃思

陳斐

徐珂（一八六九—一九二八），字仲可，浙江杭縣（今杭州餘杭區）人。光緒十五年（一八八九）舉人。袁世凱在天津小站練兵時，嘗應聘入幕，爲將校講授經史大義。後移居上海，任職商務印書館，編輯過《東方雜志》、《辭源》等。好編書，善詩文，尤工詞。爲常州詞派後期領袖譚獻入室弟子，輯有《復堂詞話》，被目爲「譚門顔子」。入南社及新南社，並與朱祖謀、況周頤、王藴章、陳匪石等結春音詞社、鷗社、淞社等唱和。〔一〕著有《純飛館詞》、《近詞叢話》、《清代詞學概論》等，輯有《歷代詞選集評》、《清稗類鈔》等。生平事跡見夏敬觀《徐仲可墓志銘》等。

一九二五年四月，商務函授學社國文科開班時，徐珂已是入職商務二十多年的老員工，且已蜚聲詞壇，《詞曲概論講義》應係同事約稿，撰於此時前後。通過比勘可知，此書應由徐珂所撰的另一部詞學著作《詞講義》增删、修改而成〔二〕。《詞講義》僅存未刊稿本，封面題「詞講義」，藏上海圖書館。〔三〕今存頁面從前往後可分爲三個部分。第一部分爲第七〔四〕章《詞之作法》之正文，起「八十六」頁，訖「二百卅七」頁。第二部分爲目録，凡七頁，又可分爲三個板塊。第一板塊爲第一頁正面上部，乃《詞講義》之章目；第二板塊爲用横綫隔開的第一頁正面下部和背面，分别列詞目和曲目，從内容看，應係《詞曲概論講義》尚未整合之草

二〇二四年度教育部哲學社會科學研究重大專項項目「古典詩教文道傳統的當代闡釋及教育實踐」（2024JZDZ049）。

目；第三板塊爲第二至七頁，乃《詞講義》第三至七章之章節細目。第三部分爲兩頁正文殘稿，題「第一章詞曲總論／第一節詞曲之同源」，應係《詞曲概論講義》之草稿。〔五〕

這個稿本明顯呈現出由《詞講義》向《詞曲概論講義》修改的跡象。後者詞的内容，可以直接由前者修改，所以草目也就寫在了其下。而後者與曲相關的内容，需要補寫，所以草目就另外寫在了背面，正文則附在了最末。

二著皆存的論詞之作法的正文，更是有着確鑿的源流關係。《詞講義》爲輯録彙編體。徐珂先擬定框架，提煉出作詞應注意的事項，然後摘録前人詞話、筆記、序跋、日記等中的論述，間抒己見，最後再舉出詞例及評點加以印證、説明。此著中，摘録的他人文字，一般會在後面小字注明人名或書名（多用簡稱），多爲徐珂之師譚獻及周濟、況周頤、孫麟趾等常州後派交遊圈内的人及其著述。《詞曲概論講義》即是在《詞講義》提供框架、材料的基礎上修訂而成。徐珂應是先摘録出要點，再組織、潤色語句，改寫爲文脈貫通的章節體著述。限於體例，他删去了引文出處及詞例。乍一看，書中文字全是徐珂的原創，比勘之後才發現，很多引用、檃栝自他人。不過，引用、檃栝本身也即篩選與認同，所謂「以舊説證己意，以己意衷舊説」〔六〕。像製作「百衲衣」一般，徐珂是用别人最精彩的「碎布片」，精心裁縫成了自己光耀奪目的「雲錦天衣」，其匠心巧思不容抹殺。這是没有今日學術規範意識的古人著述之常態，不足爲奇。

例如，《詞曲概論講義》第三章「作法」論「運筆」云：

詞筆不外順逆反正，有逆入平出者，亦有平入逆出者。筆以行意也，意不行，即須換筆；筆不行，更須換意。意欲暢達而語不可使一瀉無餘，所謂「留」也。泥煞本題爲最忌之事，放開説去，便不窘迫，所謂「托」也。

這段文字脱胎自《詞講義》第七章第四節「筆」：

筆　詞筆不外順逆反正，尤妙在複，複處無垂不縮，故脱處如海上三山妙發。

筆有逆入平出者，又有平入逆出者。

筆以行意也，不行須換筆，換筆不行，便須換意。（《宋四》）

宋王安國《清平樂》云：「滿地殘紅宫錦污，昨夜南園風雨。」（譚復堂師云：「倒裝二句，以見筆力。」）

宋周邦彦《六醜・薔薇謝後作》云：「願春暫留，春歸如過翼。」（譚復堂師云：「逆入平出。」下仿此。）《花犯・梅花》云：「粉牆低，梅花照眼，依然舊風味。」（「逆入。」）「露痕輕綴。疑淨洗鉛華，無限清麗。去年勝賞曾孤倚。」（「平出。」）

宋翁孟寅《摸魚兒》歇拍云：「沙津少駐，舉目送歸鴻，幅巾老子，樓上正凝佇。」（況夔笙先生云：「行人望見送者，客子銷魂，故人惜别，用筆兩面俱到。」）

……

清周僖《淒涼犯・德州道中遇雪寄京華故人》全闋云：「垂楊縱解回青眼，枯條難綰離别。亂山自住，行人自去，暮笳寒咽。征衣暗裂。又一片、西風弄雪。路蒼茫、心隨倦馬，林杪望孤驛。回首旗亭路，粉壁題詩，翠尊傾碧。故人念否，雁雙飛、旋分南北。細數歸期，料一樹、梅花正發。把相思和夢寄與，寄未得。」（譚復堂師云：「換筆換意。」）

甲　留

詞筆有宜留住者，蓋書家有無垂不縮之法，詞亦然。貴能句句縮，意欲暢達而語不能住，即有一瀉無餘之病，宜有以留之，如策騎者之懸崖勒馬也。舉例如下：

唐温庭筠《更漏子》云：「梧桐樹，三更雨，不道離愁正苦。一葉葉，一聲聲，空階滴到明。」（譚復堂師云：「似直下語，正從前半闋『夜長衾枕寒』句逗出，亦書家無垂不縮之法。」）

……

乙　托

詞筆有宜托開者，蓋泥煞本題爲最忌之事，托開説去，便不窘迫。（《詞徑》）

既須放得開，最忌步步相逢。然又須收得回，最忌行行愈遠，必如天上人間，去來無跡，方妙。（《最淺》）舉例如下：

宋王沂孫《齊天樂》云：「樓陰時過數點，倚闌人未睡，曾賦幽恨。」（譚復堂師云：「拓成遠勢。」）〔七〕

上文闡釋中所注的「《宋四》」，指周濟《宋四家詞選》，引文出自《目録序論》：「詞筆不外順逆反正，尤妙在複，在脱。複處無垂不縮，故脱處如望海上三山妙發。」「筆以行意也，不行須換筆；換筆不行，便須換意。」〔八〕「筆有逆入平出者，又有平入逆出者」一句，未見於《宋四家詞選》，僅查到譚獻點評周濟編選的《詞辨》所選周邦彦《六醜·薔薇謝後作》「願春暫留，春歸如過翼。一去無跡」三句云：「逆入平出，亦平入逆出。」〔九〕或是近似而誤。未注明出處的對「留」之闡釋，和「托」一樣，化自孫麟趾《詞徑·作詞十六字訣》：「何謂留，意欲暢達，詞不能住，有一瀉無餘之病。貴能留住，如懸崖勒馬，用於收處最宜。」「何謂托，泥煞本題，詞家最忌。托開説去，便不窘迫，即縱送之法也。」〔一〇〕「既須放得開……方妙」一句，化自江順詒《詞學集成》卷六：「詞要放得開，最忌步步相逢。又要收得回，最忌行行愈遠。必如天上人間，去來無跡，方妙。」〔一一〕然徐珂却注「《最淺》」，應是從傅汝楫《最淺學詞法》（大東書局一九二〇年初版）第六章「填辭」轉引的〔一二〕，《詞講義》後面還有兩處注「《最》」的引文〔一三〕，亦見於該書該章〔一四〕。《最淺學詞法》多輯録、檃栝他人論説，但未注明出處，故爲徐珂誤注。此亦可見徐珂對時人著作的關注與借鑒。

這些關於詞筆的論説分散在詞話、選本等書中，比較零碎，徐珂將它們遴選出來並進行整合、重組，這本身就體現了一種建構性的著述眼光。而附以詞例及評點，更是徐珂的創造，讓原本抽象玄虛、難以把握的論説變得切實具體、易於理解。與原文比勘會發現，徐珂對引文輯録時常有修潤，個別地方，甚至會改得與原文意思相反，如第一節「總作法」談粘壁改詞，將《詞徑》「實者空之」化改爲「空者使之實」〔一五〕。凡此種種，都較爲明顯地展現了他的著述意識：徐珂是帶著自己的詞學主張、見識和學養選輯、整合、修潤他人片段言論的，輯録彙編亦是他進行理論建構、梳理歷史譜系、繪制知識版圖、表達學術見解的著述方式。而由《詞講義》修潤成的《詞曲概論講義》，因爲做了進一步完善框架、提煉要點、去除冗複、梳理文脈、貫通語句等工作，主觀性、系統性和著述性更是顯著增加。

就論詞之作法的節目而言，《詞曲概論講義》對《詞講義》也有調整，主要是：將「總作法」壓縮爲兩三句，把「情景」和「運用」之「用古事」合併在「句法」中，删去了「運用」之「用古人詩句」和「用古人詞句」，《作法》二十八個(組)範疇僅保留了最後一個「神韻」，新增了「選韻」及「命意」首段的大部分文字。二著相較，後出之《詞曲概論講義》更爲精要，也更能體現徐珂的觀點；而《詞講義》則闡釋得更爲詳細，且因爲提供了詞例，更便於讀者理解、領會。閲讀《詞曲概論講義》中論詞之作法的部分，最好能參看《詞講義》。

而《詞曲概論講義》中關於曲的部分，應主要參考王國維《宋元戲曲史》和吴梅《顧曲麈談》補寫，間采他人曲論、曲話。論淵源流變，多參考《宋元戲曲史》；論體制作法，多參考《顧曲麈談》。如第一章「總論」提到，「元劇中正宫套曲」，體例全自宋人歌舞相兼之傳踏而出，即出自《宋元戲曲史》第四章「宋之樂曲」〔一六〕。再如第二章「規律」論曲之務頭，基本照搬《顧曲麈談》第一章「原曲」之論〔一七〕。

《詞曲概論講義》凡五章。第一章「總論」將詞、曲界定爲「有聲有韻之文字」，在中國協律文學衍進的大背景中梳理了其淵源流變，認爲「由詩生詞，由詞生曲」：詞、曲之産生，是因爲詩、詞在發展過程中逐漸案頭化，淪爲美文上之體制，「徒以供文人學士寄托留連之用」，於是別有可歌之詞、曲問世，所謂「詞者，詩之協律者也。曲者，又詞之協律者也」。不過，發展到後面，「曲亦有不可歌者矣。而因曲語之妙，則亦流傳而不廢」。

第二章「規律」講解填詞制曲應遵守之規律准繩，先分爲「調」、「音」、「韻」三綱，其下再分細目，逐一介紹詞、曲的具體情況。徐珂將「調」定義爲「字句聲韻有一定範圍之謂也」，闡釋了調、譜的由來、結構，襯字別體，調與題的關係，自度腔、集曲等自創之調等。關於「音」，徐珂主要談論了宫調與四聲。他認爲詞、曲宫調來源於燕樂，並對二者的沿革做了概述；提醒制作者注意起調畢曲處，尤其是住字（結聲）。四聲則大致提點了平上去入、陰陽清濁、務頭、雙聲、疊韻等方面的講究。至於「韻」，徐珂先指點了詩韻、詞韻、曲韻的異同寬嚴，認爲詞韻以戈載《詞林正韻》最備，曲韻以吴梅《顧曲麈談》所載最善；接着解析了詞之前後閿平仄韻互葉、和韻、次韻等，以及南、北曲用韻特別是用入聲韻的要點；最後提示，句中「不得雜入本韻字」、宜適當「以今吻」調諧用韻。

第三章「作法」分別講解詞、曲，强調詞不類曲，曲不類詞。詞之作法，重點解析了擇調、選韻、命意、運筆，連帶提點了氣格、意境、神韻。運筆講解了章法、句法（含用事、情景）、字法。曲之作法，則分結構、字句、賓白三方面來談，認爲結構之法有五要：一脱窠臼，二立主腦，三定章法，四有條理，五配脚色；字句之法有二要：一煉字，二造句；賓白之法，有三要：一字音，二方言，三科諢，逐一做了精要闡發，最後還提點了板式。

第四章「作家」可視爲一部點、綫、面結合的微型詞、曲史，既分時期勾勒了詞、曲的淵源流變，也描析了每一時期的風氣特征，還點評了代表作家的長短得失。徐珂認爲，「詞始於唐，衍於五代，盛於宋，沿於金、元，剥於明，復於清」，故其論述，也分爲唐五代、北宋南宋、金、元、明、清六個時期；又認爲「曲萌於北宋，成於金，盛於元，沿於明，著於清」，故將曲史也分爲元、明、清三個時期。徐珂的詞、曲史書寫，有三點值得注意：一是明顯的常州傳人立場。雖然《詞曲概論講義》全書都或多或少帶有此等立場，但詞、曲史書寫呼喚客觀性，故徐珂的做法顯得尤其突兀。他往往從常州詞派的審美主張出發評騭詞人、詞史，有時還順帶指示門徑，如評析兩宋詞史時提到：「學者習詞，當問途於王，歷吴、辛以還周之渾化，則得矣。」這體現了轉型時期「詞學」受「學詞」影響，二者混雜不分的局面。二是崇雅斥俗的文人趣味。最明顯的表征是其所謂「曲」，不包含京劇，認爲「逮乎光、宣，則二黄俗劇，普及域中而曲亡矣」。三是對某些作家的表彰比較獨特。如論明詞，特意拈出陳鐸，認爲「楊慎、王世貞輩，小令、中調，頗有可取，而長調率多俚俗」，「傑出者」爲陳，「足當『滄厚』二字，不琢不率」。

第五章「研究書目」精要臚列了進一步研究詞、曲「源流、體制、作法及作者得失一切故實」的參考書，「各分通論、譜、韻、選本、彙刻及别集五部以説明之」。有些書，還介紹内容、特點。對時人論著頗多關注、推介，如況周頤《蕙風詞話》、朱祖謀《彊村詞》、王國維《戲曲考原》等，這顯示了徐珂知古達今的通脱眼光。

「蓋天下有一事即有一學」〔一八〕，關於詞、曲的評説、研究，從其産生之日起就開始了。衍至明清，隨着相關知識的積累，逐漸出現了一些帶有集成性質的論著，對詞學或曲學知識譜系的梳理、總結更爲完善。如《詞學集成》等彙編型詞話，就將詞學梳理爲體制、創作、詞史三大板塊〔一九〕。不過，在傳統社會裏，人們品文談藝，受人物品評影響較大，習慣用相對零碎、帶有「感悟式印象式即興式譬喻式」的話體、評點等思維、表達〔二〇〕。詞曲由於受到正統思想的歧視、排斥，相關研究尤其零碎、薄弱。直到二十世紀初廢除科舉，引入西方學術與教育體制，國人才將其視爲國粹之一，開始了更爲系統、正規的研究、傳承：除了研究專著的陸續問世外，中國文學史亦增加章節書寫、大學國文系也開設課程講授〔二一〕。徐珂《詞曲概論講義》

即是在這樣的背景下進入函授課程體系並撰著的。與王國維《人間詞話》「舊瓶裝新酒」或《宋元戲曲史》「新瓶裝新酒」不同，它屬於「新瓶裝舊酒」：像王蘊章《詞學》、吴梅《顧曲麈談》那樣，用西方傳入的章節體把傳統的知識、觀念譜系化。這種做法，與徐珂的傳統文人特別是常州後學身份密切相關，對今天的「三大體系」建設頗有啓示價值。儘管此著多擷取他人之説，發明創見不多，但它「如大匠構室之廣購衆材，加以規矩繩墨，而後以覃思研精出之」〔一二〕，扼要講解了關於詞曲的源流、體制、作法等基本知識，很有系統性、邏輯性，文辭暢達清通，堪稱代表了其時研究水平的優秀講義。而且，作爲現代第一部詞曲合論專著〔一三〕，其貫通研究的首發之功亦不可没。

〔一〕參見吴小祥《徐珂詞學研究》附録《徐珂年譜》，福建師範大學二〇一七年碩士學位論文，第五九—六四頁。

〔二〕劉學洋《徐珂詞學研究》（南開大學二〇一八年碩士學位論文，第四二—四六頁）第三章「《詞曲概論講義》與《詞講義》研究」第一節「二書之關係」，雖指出二著存在源流關係，但誤解了《詞講義》稿本部分目録及「詞曲之同源」等章節的歸屬，頗多誤判。

〔三〕點校本參見徐珂撰，陳誼整理《詞講義》，上海圖書館歷史文獻研究所編《歷史文獻》（第十三輯），上海古籍出版社二〇〇九年版；影印本參見孫克強、和希林主編《民國詞學史著集成》第一卷，南開大學出版社二〇一六年版。

〔四〕「七」，正文誤作「一」，據書後目録改，參見《民國詞學史著集成》第一卷，第四三七、六三五頁。

〔五〕陳誼、劉學洋皆將此部分誤屬《詞講義》，與該著書名及章目「第一章 詞之總論」扞格（參見陳誼整理《詞講義》；劉學洋《徐珂詞學研究》，第四三頁）。此部分雖然《詞曲概論講義》定稿没有採用，但與其第一章「總論」論題、主旨一致，結合《詞曲概論講義》草目及此部分在稿本中的位置，可認定它是《詞曲概論講義》之草稿。

〔六〕王葆心《古文辭通義例目》，王葆心編撰，熊禮彙標點《古文辭通義》，武漢大學出版社二〇〇八年版，第一四頁。

〔七〕〔一三〕孫克强、和希林主編《民國詞學史著集成》第一卷，第四七二—四七九、四九三、五二〇頁，第四九三、五二〇頁。

〔八〕周濟選評《宋四家詞選》，尹志騰點校《清人選評詞集三種》，齊魯書社一九八八年版，第二〇七頁。

〔九〕周濟選，譚獻評《詞辨》，尹志騰點校《清人選評詞集三種》，第一五五頁。

〔一〇〕〔一一〕唐圭璋編《詞話叢編》，第二五五六頁，第三二八三頁。

〔一二〕〔一四〕傅汝楫《最淺學詞法》，沙先一整理《最淺學詩法・最淺學詞法》，葉嘉瑩主編，陳斐執行主編《民國詩學論著叢刊・法度編》第一輯，文化藝術出版社二〇一八年版，第一四〇頁，第一三九頁。

〔一五〕唐圭璋編《詞話叢編》第二五五七頁；孫克强、和希林主編《民國詞學史著集成》第一卷，第四四〇頁；劉學洋《徐珂詞學研究》，第五二—五三頁。

〔一六〕王國維著，葉長海導讀《宋元戲曲史》，上海古籍出版社二〇一七年版，第四〇—四二頁。

〔一七〕吴梅著，郭英德編《吴梅詞曲論著四種》，商務印書館二〇一七年版，第六九頁。

〔一八〕顧廣圻《〈詞學全書〉序》，《思適齋集》卷一三，清道光十九年（一八三九）上海徐氏刻本。

〔一九〕參見陳水雲《清代詞學的體系建構及其現代傳承》，《厦門大學學報（哲學社會科學版）》二〇二一年第一期。

〔二〇〕參見陳斐《論人物品評的文藝美學意義》，《山東社會科學》二〇二三年第一期。

〔二一〕周興陸指出，黄人於一九〇九前後撰著的《中國文學史》已納入詞曲。（黄霖主編，周興陸著《20世紀中國古代文學研究史・總論卷》，東方出版中心二〇〇六年版，第一四五—一四八頁）一九一七年秋，吴梅應聘到北京大學講授詞曲。同年十月，北京大學文科文學門「特別演講」課程表有：「以一時期爲範圍者，如先秦文學、兩漢文學、魏晉六朝文學、唐詩、宋詞、元曲、宋以後小説、意大利文藝復古時代文學、法國十八世紀文學、德國風潮時期文學等是。」（《北京大學文理法科本預科改定課程一覽》，《教育公報》第四年第一四期，一九一七年十月三十日）這標志着詞曲研究作爲一門專學，獲得學術、教育制度的保障。

〔二二〕王葆心《復饒竹生學部書》，馮天瑜主編《王葆心文集》，湖北人民出版社二〇二三年版，第二五二八頁。

〔二三〕劉學洋《徐珂詞學研究》，第四九頁。

（作者單位：中國藝術研究院《文藝研究》編輯部）

中山大學圖書館藏朱祖謀詞稿兩種闡微

何振

「清末四大家」之一的朱祖謀（一八五七—一九三一）與嶺南詞家陳洵（一八七一—一九四二）的交誼是詞學史上廣爲人知的一段佳話。二人尚未謀面時，便已傾心相知，偶有新作，即書信往來，切磋詞藝。朱祖謀逝後，陳洵將其所寄詞稿裝裱成册，匯爲《上彊村人遺墨》、《上彊村人詞墨》（以下分別簡稱《遺墨》、《詞墨》）兩編，藏於陳家。後由其子陳士谷贈與中山大學，保存至今。兩份詞稿保留了朱祖謀生前創作的原始面貌，與龙榆生所藏《朱彊村先生手書詞稿》及刊刻出版的《彊村語業》内容上多有出入，據此可窺朱祖謀改詞的過程及暗含的詞學理路，因此具有較高的文獻價值和學術價值。

中山大學圖書館藏《上彊村人遺墨》、《上彊村人詞墨》（藏书号：3397），收録一九二六年至一九三一年朱祖謀寄贈給陳洵的詞稿，計詞作四十九首。其中，《遺墨》以「上海九華堂厚記製」的八行朱絲欄箋紙裝裱而成，共二十張，箋紙大小不等，大多長25.3厘米，寬15.6厘米或12.6厘米。其中收録信札七封，詞作十一調十一首，分附於信札之後。據劉斯翰《海綃詞箋注》附録《朱孝臧〈致陳述叔書札〉》所載，《遺墨》所收《燭影摇紅》（野哭千家）、《齊天樂》（年年消受）、《高陽臺》（藥裏關心）、《小重山》（過客能言）、《一叢花》（晨陰如墨）五首附於一九二六年朱祖謀致陳洵書札第二函中。《六醜》（料芳姿記省）、《丹鳳吟》（俊賞

項目基金：2022年度安徽省人文社會科學青年研究項目（項目編號：AHSKQ2022D205）階段性成果。

霜花)二首附於一九二九年第三函。《南鄉子》(病枕不成眠)、《菩薩蠻》(温温藥鼎)二首附於一九三〇年第八函。《芳草渡》(滴夢雨)、《石湖仙》(風懷銷盡)二首附於一九三一年第九函。

《詞墨》全部係朱祖謀一九三一年農曆五月十九日所寄[一],收有花箋十三張,長25.3厘米,寬16.5厘米。其中信札一封,詞稿九調三十八首,作品分別是《鷓鴣天·廣元裕之宫體八首》、《望江南·雜題我朝諸名家詞集後得二十四章》、《前調意有未盡再綴二章》、《三姝媚》(閒芳明倦眼)、《漢宫春》(淒月三更)、《渡江雲》(春裝喧遠素)、《南鄉子》(病枕不成眠)。

《遺墨》、《詞墨》中信札已由劉斯翰整理出版,附於《海綃詞箋注》書末,然詞稿因與此書體例不符,並未收録,故學界尚未注意。據信札和詞稿可知,二書中所收詞作均係彊村晚年所作,屬於今通行本《彊村語業》卷三部分(以下簡稱定本)。朱祖謀生前便不斷刊刻、更訂詞稿,今《彊村語業》前二卷即爲彊村親自删定,唯晚年「往還吴門滬瀆間所作」,因「氣體就衰」,未及整理,便溘然辭世。後其弟子龍榆生據彊村「手稿寫訂補刊」,匯爲卷三。而卷三手稿部分,則由龍榆生於一九三四年委托開明書店景印,定名《朱彊村先生手書詞稿》(又稱《語業卷三手稿》,以下簡稱「手稿」),分贈友朋。然衆所周知,詞稿往往非一時所作,作者在抄録過程中亦會對原作多加修改,不同稿本之間文字難免有所出入,即便是龍榆生收録的「手稿」,和《遺墨》、《詞墨》之間亦有所不同。從内容上看,改動大致可以分爲以下三種情况:

一是《遺墨》、《詞墨》與手稿相同,與定本不同。如定本《燭影摇紅》「盡情鐙火,多事屠蘇」,《遺墨》、手稿[二]俱作「有情鐙火,無味屠蘇」。定本《望江南》「清揚恰稱紫雲歌」,《詞墨》、手稿俱作「清揚甘付紫雲歌」等。

二是手稿、定本相同,與《遺墨》、《詞墨》不同。如《遺墨》、《菩薩蠻》「酒病秋增减」,定本、手稿俱作「酒病秋深淺」。《遺墨》本《石湖仙》「黄昏暗香動處」,定本、手稿俱作「月明暗香動處」。《詞墨》本《渡江雲》

「吟望渺，年來慣忍伶俜」，定本、手稿俱作「吟望苦，終期共惜伶俜」等。

三是《遺墨》、《詞墨》、手稿、定本三者皆不同。定本《一叢花》「無人報與」，《遺墨》作「寂寞人事」，手稿作「蕭條人事」。定本《石湖仙》「伴翠禽、紙帳啼引」、「凍驛黃昏，定怯玉肌皴損」兩處，《遺墨》作「伴翠禽、冷夢飛引」、「凍蝶慵來，也怯玉皴悽損」，手稿作「伴翠禽、曉帳啼引」、「冷驛黃昏，也怯玉肌皴損」。定本《鷓鴣天》「經年才雪舊啼痕」，《詞墨》作「小憐縱體竟橫陳」，手稿作「經年忘却舊啼痕」等。

經統計，《遺墨》、《詞墨》中與定本相異的詞作凡十八首三十三處，計九十字，以上僅舉其大要。從改定順序來看，手稿本塗抹處或與《遺墨》、《詞墨》相同，或與定本相同，或與二者均有異，故《遺墨》、《詞墨》當爲最初版本，手稿本在時間上介於二者之間。

異文反映了作者創作思考的過程，藉此可窺朱祖謀晚年自改詞作的思路和方式。首先是重用典。夏敬觀稱彊村詞「含味醇厚，藻采芬溢，鑄字造詞，莫不有來歷」，其遺詞造句时常化用典故，从自改詞中亦可看出彊村晚年的精益求精。如《燭影摇紅·乙丑元日和閏枝》上闋第七、八句，《遺墨》本原作「有情鐙火，無味屠蘇」，并未用典。定本改作「盡情鐙火，多事屠蘇」，當化用陳與義《除夜·其一》「多事鬢毛隨節換，盡情燈火向人明」，其物是人非、流光暗換的心境與陳詩頗爲相符，意味更加雋永。又如《高陽臺·除夕閏生宅守歲》，《遺墨》本「付淺吟、深坐消他」，亦未用典。定稿改爲「付冷吟、閒醉消他」，當化用白居易《舟中晚起》「且向錢唐湖上去，冷吟閒醉二三年」，暗應此詩頸聯「退身江海應無用，憂國朝廷自有賢」，包含世事滄桑之感，使詞作主旨更加深沉含蓄。且從詞義上看，「冷吟」、「閒醉」比「淺吟」、「深坐」遞進一層，更具情感張力。

再如換典，即均用典而轉取其更加契合者。如《石湖仙》(風懷消盡)上闋結句，《遺墨》作「伴翠禽、冷夢飛引」，當化自吕徽之的《題畫梅贈黃君》「間關翠禽啼夢冷」。吕詩雖亦詠梅，但旨在歌詠友人黃君畫法的高超以及梅花的孤高，與朱詞在意境上並不相符。定本改作「伴翠禽、紙帳啼引」，當化自王沂孫《疏影・梅影》「紙帳殘燈夢斷，翠禽清響處，雲淡煙暝」，同是用典，王詞中幽寂、孤冷的氛圍與朱詞更加相近。又如《石湖仙》下闋三、四句，《遺墨》作「凍蝶慵來，也怯玉皴悽損」，上句當化自姜特立《劉晃之家園六詠・其一・梅澗》「戲魚時躍去，凍蝶忽飛來」，下句當化自陸游《十二月初一日得梅一枝絶奇戏作长句》「盡意端相終有恨，夜寒皴玉倩誰溫」。二句雖均用典，但句意之間並不完全契合，而且「玉皴」、「悽損」前人很少運用，讀來略顯生硬。故定稿易爲「凍驛黃昏，定怯玉肌皴損」，當化自吳文英《花犯・謝黃復庵除夜寄古梅枝》「料淺雪、黃昏驛路，飛香遺凍草。行雲夢中認瓊娘，冰肌瘦，窈窕風前纖縞」，句意顯得更加圓融，氣脈貫通且情感深摯。

当然，亦有未用典而更加符合情境者，如《六醜・料芳姿記省》係詠海棠，《遺墨》本作「奈芳根誤託」，以「芳根」喻指海棠並無不妥，吳文英《宴清都・連理海棠》即有「芳根兼倚，花梢鈿合，錦屏人妒」，彊村原句當化自此處。而定本改作「奈孤根誤託」，雖未用典，但與小序中「戊辰閏春偶過其地，海棠一樹，摧抑可憐，淒對成詠」的孤寂淒涼之感更爲貼切。又如《渡江雲・望蒼虯不至，倚此致懷》，《詞墨》下闋有「招棋溪館，搜句窗鐙」，意指二人意氣相投，曾共同挑燈覓句。然據詞意，彊村此詞當是回憶一九二四年秋日，過訪陳曾壽西湖別墅一事，彊村时作《高陽臺》云「小閣通明，夜深孤月尋人」，故定稿改爲「延秋湖舸，話雨床鐙」，時間、地點都更切合追憶中的真實情境。

其次，精斠詞律。彊村作詞「斠律審體，嚴辨四聲」，「本萬氏而益加博究，上去陰陽，矢口平亭，不假檢本」。然稿本亦偶有出律處，定本悉加改正。如《一叢花》，《遺墨》作「寂寞人事」，係「仄仄平仄」，而萬樹《詞律》以秦觀爲正格，此處作「俍人不起」，係「平平仄仄」，故定稿易爲「無人報與」。又如《六醜》上闋第二句，《遺墨》作「恁燒燭、輕陰池閣」，前三字係「仄平仄」，而《詞律》以方千里爲正格，此處作「似急嚮、金梭飛擲」，係「仄仄仄」，以四声而論則是「去入上」，故定稿易爲「護燭底、輕陰池閣」，嚴合「去入上」，可見彊村守律之嚴，晚年猶是。当然，彊村亦有百密一疏者，如《一叢花》「夢不到、飄麝闌干」，其中「夢不到」作「仄仄仄」，然據秦觀詞「露華上、煙裊涼颸」及《詞律》，此處當爲「仄平仄」或「仄平平」「仄仄平」，無有三仄者，故此處出律。

再次，潤飾詞句。彊村詞多詠本事，然稿本偶有稍顯直露者，定本則略加潤飾，委婉出之。如《鷓鴣天・廣元裕之宮體八首》作于一九二六年，詠「宣統出宮之變」，張爾田、龍榆生、白敦仁等人論之已詳。唯第三首改動較大，下闋第三句《詞墨》作「小憐縱體竟横陳」，化自李商隱「小憐玉體横陳夜，已報周師入晉陽」，其指溥儀出宮一事甚明。唯李詩意在諷刺，而彊村身爲遺老，用此典略與身份不合，故定本改爲「經年才雪舊啼痕」，指溥儀於次年方移居天津租借，表達更爲委婉隱晦。又如《望江南・雜題我朝諸名家詞集後》，其三詠陳維崧，《詞墨》作「清揚甘付紫雲歌」，「甘付」二字形容陳維崧愛戀徐紫雲一事雖無不妥，但姿態略低，有損陳之形象，故定稿改爲「清揚恰稱紫雲歌」，稍掩其事。

以上對中大藏《遺墨》、《詞墨》略加考論。龍榆生《書彊村遺札後》提到彊村晚年「對倚聲之學下筆特爲矜慎」，但其「不似並世詞人如鄭叔問文焯、況蕙風周頤之放言高論」，並無相關的詞學專著。因此，學界對彊村「倚聲之學」的研究多依靠其與友人的書信、題跋，或他人轉述總結而來。而《遺墨》、《詞墨》則爲我們研究彊村晚年自改詞作的思路和方式，以及其中蘊含的詞學觀念，提供相關佐證。

〔一〕此由一九三一年陳洵寄給朱祖謀信件可知：「彊邨先生道席：五月十九日得奉手教，並談詞圖及詞墨十二紙。……日來略爲定疊，重展詞墨，卧游畫量，如坐思悲閣中也。《望江南》廿四首，惟李武曾、分虎與嚴九能詞未能得談，餘則知人論世皆爲定評。」（余意《陳洵致朱祖謀書廿一則》，《詞學（第二十六輯）》，華東師範大學出版社二〇一一年版，第三一一頁。）

〔二〕手稿本中多有塗抹之處，爲保持手稿原貌，本文所引均爲塗抹前的内容。

（作者單位：安徽師範大學文學院）

編輯後記

關於清代詞壇主要詞人、不同流派和清詞大體發展脈絡等的研究，當下學界已出了不少研究成果，從詞學史演進的角度來看，清詞發展面貌也已大致清晰。但在清詞不同時期的發展脈絡中，也存在一些面貌略顯模糊的階段，尚有待研究者更精細化地去探討。比如從康熙中葉到厲鶚重振浙西詞派前的數十年，當時是怎樣的一個情況，學界尚未有充分的討論。本輯林立、張宏生《蘇軾詞「傷才」說與康熙中葉的詞學新變——以〈詞潔〉爲中心》一文從蘇軾詞的「傷才」說入手，圍繞《詞潔》的相關理論來細緻考察這一階段的詞學新變，或許對我們後續的研究有一定的啟發。

詞集文獻的發掘與整理是詞學研究的基石，對推進詞學研究有着十分重要的作用。新世紀以來，研究者在新文獻、新材料的發現與整理方面已卓有成效，爲詞學研究提供了豐富的資料和新的研究視角，進一步推動了詞學研究領域的深入發展。《詞學》编辑部一直以来也十分重視文獻欄目的建設，本期刊出李佳傑《黄孝紓未刊手稿〈明詞〉》与譚笑《李其永論詞絶句〈讀唐宋歷朝詞雜興百首〉輯録》二文，希望爲詞學研究提供一些參考。

編者　二〇二四年九月

稿約

本刊各欄歡迎惠稿，并请參照如下體例排版：

一、來稿要求格式規範，專案齊全。按順序包括：文題、作者姓名、工作單位、内容摘要、關鍵詞、社科基金號（如有）、正文、附注。

二、作者姓名：署真名，多位作者之間用空格分隔。在篇尾處加作者簡介，按順序包括：姓名（出生年月），性别，籍貫，工作單位，職稱，學位。

三、内容摘要、關鍵詞：用五號仿宋體；關鍵詞之間用空格分隔。

四、正文繁體横排（正式刊印時由出版社統一改爲直排），用五號宋體。文中小標題用四號黑體。如在正文中引用其他文獻的段落或句群，且需另起一段列出者，該段用五號仿宋字體，並首尾各收縮兩格。

五、標點：詞調名、書名、篇名用書名號。全文録詞只用三種標點：無韻句用「，」點斷；韻句用「。」點斷；逗處用「、」點斷。

六、附注：本刊注釋一律采用尾注形式，以中文數位順序編碼，用方括號標引。譯著須標明原著者國别，並在國别外加方括號。書籍要求按順序準確標明：作者，書名，出版社，出版時間及頁碼，如是刻本須標出版本與卷數。期刊則爲：作者，篇名，刊名，年期及頁碼。

中文注釋格式示例如下：

[一]王昶編《明詞綜》卷四，遼寧教育出版社一九九七年版，第五六頁。

[二]鄒祇謨、王士禛合選《倚聲初集》二十卷前編四卷，清初大冶堂刻本。

[三][日]村上哲見《〈楊柳枝〉詞考》，王水照、保苅佳昭編選《日本學者中國詞學論集》，上海古籍出版

社一九九一年版。

[四]謝桃坊《張炎詞論略》,《文學遺産》一九八三年第四期,第八三頁。

[五]楊義《詩魂的祭奠》,《中華讀書報》二〇〇一年十一月二十八日第三版。

如有不同注釋引自同一出處,請如下示例標注:

[六][一一][三五]胡适《〈詞選〉自序》,《胡适古典文學研究集》,上海古籍出版社一九八八年版,第一〇頁,第一三頁,第一九—二〇頁。

來稿請務必附上作者聯繫地址及郵政編碼、作者電話號碼、手機號碼和電子信箱,以方便聯繫。

本刊審稿期限爲三個月,收到投稿後,我們會安排初審、復審、終審,最終形成「同意發表」、「修改後發表」、「不發表」三種意見。若爲「同意發表」或「修改後發表」,則會有編輯與您進一步溝通;若爲「不發表」,則回復《退稿通知》。本刊不允許一稿多投,故在接到本刊《退稿通知》前,請不要另投他刊。

本刊不收取版面費。來稿如被録用,發表後敬致薄酬,聊表謝意。

來稿請寄:上海市閔行區東川路 500 號華東師範大學中文系《詞學》編輯部,郵編 200241;同時將電子稿發至:cixue1981@126.com